本书属于国家社科基金重大项目
　——梵文研究及人才队伍建设

梵语诗学论著汇编

(增订本)

下

黄宝生 编译

中国社会科学出版社

下卷目录

舞论注 ······ 新　护（759）
曲语生命论 ······ 恭多迦（787）
诗光 ······ 曼摩吒（1039）
文镜 ······ 毗首那特（1263）
增订本后记 ······ （1610）

舞论注

简　　介

新护（Abhinavagupta，十、十一世纪）出生在克什米尔一个信仰湿婆教的家庭，学识渊博，撰写了四十余部湿婆教宗教和哲学著作。他的诗学代表作是《舞论注》（Abhinavabhāratī）和《韵光注》（Kāvyālokalocana）。

《舞论注》广征博引，不仅对婆罗多牟尼的《舞论》中的许多难点作了透彻的阐释，而且时常提出自己的独到见解，充实和发展《舞论》中的一些观点。其中最重要的部分是对婆罗多的味的定义——"味产生于情由、情态和不定情的结合"所作的长篇注释。新护将味的这个定义称作"味经"（Rasasūtra）。我们也就可以简便地将这部分注释称作"味经注"。在"味经注"中，新护对婆罗多的味论作了创造性的阐释。他首先对跋吒·洛罗吒（Bhaṭṭa Lollaṭa，九世纪）、商古迦（Śaṅkuka，九世纪）和跋吒·那耶迦（Bhaṭṭa Nāyaka，十世纪）等人的味论观点作了评述。这些作者的论著已经失传。据新护介绍，洛罗吒认为味是由情由、情态和不定情强化的常情，存在于角色和演员之中。商古迦不同意洛罗吒的观点，认为味产生于演员对角色的常情的模仿。观众依据演员表演的情由、情态和不定情，推断出角色的常情，由此品尝到味。而那耶迦将味的实现分成三个阶段。第一阶段，戏剧或诗歌本文提供原始意义。第二阶段，戏剧的艺术表演或诗歌的艺术手法引导观众或读者进入艺术境界，由此，戏剧或诗歌中的情由、情态和不定情获得普遍化，味得以展示。第三阶段，观众品尝到味。新护批判地吸收前人观点中的合理成分，提出自己的见解。他认为具有鉴赏力的观众在观赏戏剧时，是以普遍化的方式把握戏剧内容的。凭借种种戏剧艺术表演手段，戏剧内容摆脱具体的时空限制，观众也摆脱个人的利害关系。每个观众心中都潜伏着常情。戏剧中普遍化的情由、情态和不定情，唤醒观众心中潜伏的常情。观众体验到这种常情，也就是品尝到味。味虽然源于常情，又不同于常情。常情有快乐，也有痛苦。而味永远是愉快的，因为味是超越世俗束缚的审美体验。新护对艺术审美心理的深刻探索代表味论达到的最高成就。在新护之后，梵语诗学家大多采纳新护的味论。

这里选译《舞论注》中的两篇注释。第一篇是对"不单是你们和天神的情况，戏剧再现三界所有的情况"的注释。第二篇即"味经注"。译文依据约奥里（R. Gnoli）编订本（瓦拉纳西，1985）。

第 一 章

"为什么将这种负担放在我们的背上？"① 对此，作者说道：

不单是你们和天神的情况，
戏剧再现三界所有的情况。

这一颂诗的意思是没有人将这种负担放在你们背上。天神和阿修罗都依然自在地站在外面。在戏剧吠陀中，以某种方式呈现的不仅仅是你们和天神的情况。

对于戏剧中的人物，应该既不视为真实，也不视为相似，如同孪生子；也不视为错觉，如同按照先前对银子的印象将贝壳视为银子；也不视为置换，如同排斥正确知识，换上错误知识；也不视为同一，如同说"这个瓦希迦人是头牛"；也不视为奇想，如同说月亮脸；也不视为临摹，如同绘画；也不视为追随，如同师生授受；也不视为凭空创造，如同因陀罗的天网；也不视为技巧造成的假象，如同手技之类魔术。否则，在所有这些想法中，由于缺乏普遍化，观看者处在冷眼旁观的立场，就不可能品尝到味。

如果诗人囿于描写特定的对象，则难以避免不合适性，作品也就不会成功。这正如日常生活中看到一对情人欢爱，会产生世俗的喜悦或愤怒。同时，如果既看到原始人物，又看到表演原始人物的演员，观众为看到这两者而困惑，也不会达到认知。

---

① 按照《舞论》第一章提供的戏剧起源的神话传说，最早演出的一部戏剧是表演天神战胜阿修罗，因此，阿修罗对戏剧产生不满。

那么，戏剧是什么？作者回答说："戏剧再现三界所有的情况。"这话的意思是：罗摩这类人物从不属于通常的认识手段。他们在经典中得到描述。依据《罗摩衍那》之类的诗句，他们的特殊性显而易见。然而，这种形成个性（"自相"）的特殊性，只有在共时条件下，才能产生相应的意义作用。但这样的共时条件不存在。在读者心中产生的是诗中情由、情态和不定情的普遍化。这种普遍化仅仅发生在故事中。尽管如此，诸如"他们这么做，发生了这样的事"这类语句，缺乏强烈的感染力，不能确定相应的心理活动。诗是有德、有庄严而可爱的语言身体，以超俗的味为生命。在这样的诗句中，由于心理感应，心理活动沉浸其中。只是这种与直接的感觉经验相匹敌的知觉并不发生在每个人的身上。

而戏剧有所不同。首先，观众不会怀抱这样的想法："我今天要去办一件重要的事。"而是觉得自己要去享受一次非凡的视听，高尚，有味，其本质是所有观众共享的普遍化的快乐。通过品尝合适的歌曲和器乐，观众忘却世俗事务，心地变得清净，如同明镜。他能融入通过观看姿势等表演产生的喜悦和忧伤中。通过聆听吟诵，他进入另一个载体，认知罗摩和罗波那等对象。这种认知不陷入时空的特殊性，摆脱正确、错误、怀疑和可能等知识范畴。迷人的情节、形象、歌曲、器乐和妇女伴随演出，保持和加强观众对罗摩等认知的印象，形成一种持久的魅力。

观众的思想以自我的形态沉浸在那些人物的行动中，并通过自我，观看一切。可爱的歌曲、器乐等等印象伴随味的品尝，对知觉产生特殊的感染力。与日常生活中见到情人不同，这种印象摆脱时空的特殊性，产生一种适合用祈求语态表达的知觉："对于如此行事的人，肯定会这样。"由于味的经验，这些印象深深埋在观众的心中。这样，观众永远怀着从善弃恶的心理，在实际生活中趋善避恶。

由于没有意识到这是一种手段,"再现"(anukīrtana)这个词是指一种特殊的认知,戏剧的另一个同义词。不要将它与"模仿"(anukāra)混淆。在模拟表演中,演员模仿王子或其他人物,而观众没有意识到演员是另外一个人。这种表演通常被视为"变形",只能在旁观者中产生滑稽的效果。这正如婆罗多所说,"笑产生于模仿他人的动作"。而在被模仿的一方,则产生憎恨、忌恨等。正是想到"我们成了嘲笑的对象",阿修罗的心中充满恼怒。他们害怕成为嘲笑的对象,才嫌恶戏剧,而不是嫌恶梵天的教诲。

确实,不存在对特定对象的模仿。那么,模仿有过失吗?除了不可能之外,没有什么过失。模仿意味产生相似性。那么,与谁相似?肯定不与罗摩相似,因为他不可能被模仿。同样,妇女等情由的模仿也不成立。表现为悲、怒等的心理活动的模仿也不成立。因为演员本人的心中并不产生与罗摩相似的悲伤。无论如何,他没有这样的悲伤。如果有这样的悲伤,那就不再是模仿。也没有其他东西与罗摩的悲伤相似。

或许有人说,产生的结果是相似。我们回答说,那不是相似,而是同类。对于三界中存在的普遍形态,相似从何谈起?相似是与特殊的事物相似。这种相似必定有前后次序,永远不可能同时发生。对于普遍性的事物,模仿从何谈起?因此,我们不要误认为戏剧是对非特定事物的模仿。我们的老师在《诗喜》中也说明这个意思:戏剧不是对非特定事物的模仿。

因此,戏剧是一种特殊的认知对象。首先,由于各种特殊的妆饰,对时空和吉多罗、迈多罗等演员的特殊感觉消失。其次,如果没有任何一点儿特殊性,感觉活动也不会发生,因此,必须利用罗摩等这类名称。这些著名人物的名字排除观众对这些人物高尚事迹的可能性产生怀疑的障碍。这样的认知如同直接感觉。它伴随有迷人的歌曲、器乐等等,成为魅力的源泉,适合渗入心中。四种表演方式掩藏演员的身份，但伴随有序幕等产生的演员印象。观众观看演员，产生这种认知。它处在自己知觉的欢喜和光明中，但也受到幸福和痛苦等各种形态的心理活动影响而多姿多彩。这种认知也可以称作品味、惊喜、品尝、沉浸或享受等。同时，演员处在各种感染力的混合中，他的真实身份得以隐藏。但他伴随有先前存在的、日常的感觉和推理等等印象，也伴随有演员的身份印象。他让观众通过心理感应，与剧中人物融合。这便是戏剧的实际情况。

有人会说这也是一种知识形态，或普遍性的置换，或凭空创造，或别的什么。但我们不想离题太远，麻烦读者。因为这需要说明其他各种观点，有碍我们讨论的正题。

总之，戏剧是一种以认知为核心的表现，一种具有想象色彩的感知。鉴于这种感知方式，它的形态不是模仿。如果认为它追随基本的世俗生活，在这种意义上说它是模仿，也没有错。如果实质一致，那只是用词不同罢了。现在就说到这里。我将在适当的地方再作说明。

第 二 章

在依次叙述了上述理由后，婆罗多讲述有关味的性质的定义："味产生于情由、情态和不定情的结合。"

这一定义，跋吒·洛罗吒等人解释为：味实际上产生于常情与情由、情态和不定情的结合。这里，情由是以常情为核心的心理活动产生的原因。情态不意味产生于味。它们不能算作味的原因，而是情的表现形态。不定情也具有心理活动性质，即使它们不与常情同时出现，那么，也应当说常情处于潜伏状态。就以食品为例，在各种调料和原料之中，有的像常情那样具有潜伏性，有的像不定情那样具有挥发性。因此，味是由情由、情态和不定情强化的常情。如果不被强化，它只是常情。它依靠认知的力量存在于被表演的人物和表演的演员中。

这也是前人的观点。例如，檀丁在论述庄严的特征时说"爱与许多形态结合，变成艳情味"；"愤怒至极，变成暴戾味"，等等。

商古迦不同意这种观点。理由是：如果不与情由、情态和不定情结合，缺乏特征（"相"），也就不能知道常情。如果洛罗吒的观点正确，那么，婆罗多应该首先说明常情，而后说明味。如果味是强化的常情，那么，另外再下定义就是多余的。每种情也应该被分成弱、较弱、最弱和中立等等无限层次。不会只有六种笑。在爱情的十种状态中，会有无数的情和味。我们看到的实际情形与强化恰好相反，悲在开始时强烈，而后随着时间逐渐减弱；怒、勇和爱也会分别由于缺少愤慨、坚定和奉承而减弱。

因此，味就是常情，确切地说，味是对被表演为罗摩等角色的常情的模仿（anukaraṇa）。正因为它是一种模仿，所以另外命名为

"味"。这种被模仿的常情通过三种成分被感知：称作情由的原因，以情态为核心的结果，由不定情构成的辅助因素。这些情由、情态和不定情是通过演员的人为努力造成的，因而不是真实的。但是，它们不给人以不真实的感觉。这种常情通过上述特征（"相"），被感到存在于表演的演员中。

确实，情由能通过诗的力量认知，情态能通过演员的技艺认知，不定情能通过演员艺术的和自身的经验认知。但是，甚至通过诗的力量，常情也不能直接认知。爱、悲等词只是通过自己的表示功能表示爱、悲等意义，而不是通过语言表演的形象性让人感知爱、悲等。因为语言表演不是语言本身，而是通过语言产生结果，正如形体表演是通过形体产生结果。因此，

> 犹如大海，尽管浩瀚无边，深不可测，
> 仍为地火所饮，悲哀也为愤怒所饮。

又如：

> 他因悲哀而瘫倒不动，
> 同伴们吓得心儿迸裂，
> 惊恐不安地哭叫呼喊，
> 苦苦恳求他恢复过来。

在诸如此类的诗中，悲哀不是被表演，而只是被表述。然而，

> 但见她画画时泪珠落纷纷，
> 我仿佛受抚摸身上汗津津。

在这样的诗中，通过表述本义的词句，表演而不是表述优填王的以快乐为特征的常情爱。表演是一种有别于表示的感知能力。

正是由于这些原因，婆罗多在味的定义中不提"常情"一词。甚至也不使用不同的词格。因此，艳情味就是被模仿的常情爱。味由常情造成和产生于常情，这样的说法是恰当的。甚至错误的认知也能产生真实的效果。

这里不存在这样一些感知："这演员确实快乐"，"这演员确实是罗摩"，"这演员不快乐"，"这演员是不是罗摩"，"这演员像罗摩"。而是存在这种感知："这是快乐的罗摩。"商古迦说道："这里的想法既不表现为怀疑，也不表现为真实或虚妄。它表现为'这个是那个'，而不是'这个确实是那个'。哪种论证能驳斥一种自发的经验？在这种经验中，没有任何矛盾意识，无法区别任何错误。"

我的老师说这种观点没有内在价值，经不起认真考察。我们可以这样问，商古迦根据什么说味具有模仿性？是根据观众的感知吗？是根据演员吗？是根据分析事物性质的批评家吗？据说"事实上，那是批评家如此分析的"。或者，是根据婆罗多本人？

第一种情况不能成立。只有能被感知的事物才说得上被模仿。例如，一个人喝奶模仿喝酒。这些是能被感知的。因此，人们说"这个人这样喝酒"。但根据什么感知能说演员模仿角色的常情？任何观众都不会将演员的形体、头饰以及汗毛竖起、结巴、挥臂、皱眉和斜眼等看作模仿心理活动的常情。前者是物质的，具有不同的基础，能凭借不同的感官感知，而后者完全不同。而且，意识到模仿意味原物和模仿物都能被感知。可是，谁也没有见过古代人物罗摩的爱。因此，演员模仿罗摩的说法不能成立。

如果商古迦认为艳情味只是演员的心理活动，被观众感到是对角色的常情爱的模仿。那么，需要考虑，对这种心理活动的感知，

具有什么样的性质？如果说，对演员的心理活动的感知，依据这些特征（"相"），诸如妇女等情由，斜眼等情态，满意等不定情，它们在世间表现为原因、结果和不定情，那么，观众感知到的也只是常情爱的表现形态，而不是所谓的对常情爱的模仿。

如果商古迦认为情由、情态和不定情对于被模仿的角色是真实的，而对于演员不是真实的，那么，这些情由、情态和不定情不是演员心理活动的真实的原因、结果和辅助因素，也就是说，它们是通过诗的力量、演员的技艺等人为造成的，因而不是真实的。那么，它们被观众感知为真实的，还是不真实的？如果被观众感知为不真实的，那怎么可能通过它们感知常情爱？

如果商古迦说，正是由于这个原因，所感知的不是常情，而是对常情的模仿。这也是不明智的解答。因为有经验的人能依据另一种原因产生的结果推断另一种事物，而没有经验的人只能推断常见的原因。例如，依据一些特殊的蝎子推断它们的原因是牛粪，而推断另一种原因则是错误的认知。而如果对逻辑推理的原因（"相"）的认知是错误的，那么，依据相似的原因的推理也肯定是错误的。例如，将雾认作烟，那么，以模仿烟的雾作为原因（"相"），推断模仿人的事物，肯定不合适。因为认知雾模仿烟，并不导致认知玫瑰模仿火。

商古迦可能会说，即使演员本人不愤怒，但看上去像愤怒。确实如此，只是看上去像某个愤怒的人。这种相似是由于皱眉等，正像一种牛和另一种牛的相似是由于嘴的形状等等，不存在模仿问题。而且，观众并不意识到这种相似性。观众也不感到演员缺少什么精神状态。因此，这种模仿说是虚妄的。

还有，商古迦认为观众的感知表现为"这是罗摩"。如果观众在观剧过程中，对这种感知没有任何怀疑，没有与后来的感知发生矛盾而变得不合理，那么，它为什么不是一种真实的感知？而如果发生矛盾而变得不合理，那么，它为什么不是一种虚妄的感知？实际上，即使不发生矛盾，它也只可能是一种虚妄的感知。因此，商古迦所谓"在这种经验中，没有任何矛盾意识"等，是不正确的。而且，即使换了别的演员，观众也会感到"这是罗摩"。所以，这里的罗摩其实是普遍形态的罗摩。

商古迦还认为情由能通过诗的力量认知。这个论点也不正确。事实上，演员并不将悉多视为自己的生命，感到"悉多是我的女人"。如果说，这里的认知是指情由使观众这样感知。那么，更恰当地说，应该是对常情的感知。因为观众的感知首先与常情相关，表现为"他处在这种感情中"。商古迦关于表演形态的宏论，强调语言和语言表演的区别，将在后面合适的地方讨论。总之，依据观众的感知，认为味是对常情的模仿，是错误的。

演员也没有这种想法："我在模仿罗摩或罗摩的心理活动。"因为模仿是意味做与某人相似的行动。倘若从未感知某人的行动，这是不可能的。如果模仿是意味跟着做，那么，这样的模仿可以扩展到日常生活。如果说演员不是模仿某个特定人物，而是模仿崇高之人的悲哀。那么，通过什么模仿？肯定不是通过悲哀，因为演员本人并不悲哀。也不是通过流泪等模仿悲哀，因为如上所述，悲哀不是物质状态。如果说演员的想法是"我在模仿崇高之人悲哀的情态"，那么，是哪个崇高之人呢？如果说模仿任何崇高之人，那么，缺乏特殊性，怎么能考虑模仿？如果说模仿这样哭泣过的人，那么，演员本人也包括在被模仿者之中，模仿和被模仿的关系就不复存在。实际上，演员只是通过他的技艺、他对自己的情由的回忆和由心理活动普遍化引起的心理感应，表演相应的情态，吟诵伴有合适语调的诗歌。演员的感知只是这样，而不是模仿。事实上，模仿罗摩的行为也不同于模仿情人的服装，这在第一章中已经说明。

不被感知的事物不能确定性质。因此，依据对事物性质的分

析,也不能说存在模仿。我们将在别处阐述事物性质。

　　婆罗多本人也从未说过味是对常情的模仿。婆罗多甚至没有用间接的方式提示这个观点。不仅如此,婆罗多在论述达鲁瓦歌、节拍和柔舞分支时,还作了相反的提示。这些将在论述情节关节分支那章的结尾说明。而婆罗多提到"戏剧模仿七大洲"等,也可以有别的解释。如果那是一种模仿,那么,这种模仿与对情人的服装、步姿的模仿有何区别?

　　商古迦还说:"颜料、雄黄等构成一头牛。"这里,即使"构成"被理解为"呈现",这种说法也是错误的。我们不能说朱色等像灯光那样呈现一头真实的牛。画家做的工作是产生一种相似于一头牛的特殊合成物。观众看到的是"像一头牛"。它是使用朱色等颜料,形成一种特殊的安排,即相似于一头牛的肢体的安排。而作为情由、情态和不定情的合成物,情况又有不同,如上所述,它不能被感知为相似于常情爱。因此,不能说味是对常情的模仿。

　　另外有人说,味具有快乐和痛苦的性质。它是各种外在的感官对象的结合,具有产生快乐和痛苦的力量。这是数论的观点。在这种结合中,情由占据花瓣的地位,情态和不定情起装饰作用。常情产生于这种结合,具有内在的快乐和痛苦的性质。因此,他们说"我们将给予常情以味性"等。他们自己知道,他们的观点与婆罗多的原文矛盾,所以采用这种隐喻的说法。精通逻辑的学者不犯这种明显的错误。何必再说什么?让我们叙述与感知这个难点有关的其他观点。

　　跋吒·那耶迦说,味既不被感知,也不被产生,也不被呈现。如果说观众亲身感知到味,那么,他肯定会在悲悯味中体验到痛苦。这种感知不适用。悉多等角色对于观众起不到情由的作用,而观众也不会回忆自己的爱人。此外,天神等角色不能普遍化,跨越大海等事迹也缺乏普遍性。同时,也不能说通过对如此这般的罗摩的回忆，因为观众不具有对实际的罗摩的回忆。也不能说通过言辞证据（"声量"）或推理（"比量"）感知，因为这些与人们感到的有味性无关。同样，也不能说通过感觉（"现量"）感知，因为观众如果将男女主角视同实际生活中的一对情人，那么就会产生适合自己情况的害羞、反感或渴望等心理活动，这就谈不上有味性。而如果说观众感知属于他人的味，那么，观众将处于冷漠状态。所以，味被感知的说法不能成立，不管这种感知采取经验形式还是回忆形式。

同样，味被产生的观点也是错误的。如果设想味首先以潜伏形式存在，然后呈现，那么，情由等必定会渐渐地照亮它。此外，又会遇到上述困境：它属于我们自己，还是属于他人？

因此，味是由一种有别于表示功能的展示功能展示的，以情由、情态和不定情的普遍化为核心，能排除根深蒂固的精神愚痴。这种展示功能在诗中的特点是无诗病、有诗德和有庄严，在戏剧中表现为四种表演。味被展示后，以一种不同于经验、回忆等的方式被品尝。这种品尝与人性中的善、忧和暗接触，含有流动、展开和扩大的形态。而由于善占优势，充满光明和欢喜，表现为知觉憩息，类似品尝至高的梵。

我们也不赞成跋吒·那耶迦否认的观点，因为我们不赞成跋吒·洛罗吒的观点。这样，那种错误观点必定遭到毁灭。

但是，我们不知道在这世界上有什么有别于感知等的品尝。如果承认味的品尝，就应该承认这也是一种感知，只不过手段不同而使用另一种名称。这正如感知也被另外称作目睹、推理、天启、类比（"喻量"）和直觉等。同时，如果不承认味被产生或被呈现，那么，只能得出这样的结论：味或者是永恒的，或者不存在，没有第三种可能性。而且，不被感知的事物无法应用。

如果说味的感知是品尝，含有流动、展开和扩大的形态，那么，即使如此，也不可能只含有这三种形态。既然味有多种，以味的品尝为核心的感知也应该如此。而且，善、忧和暗三性的构成方式也是无限多样的，有时这种德占主导地位，有时另一种德占主导地位。因此，品尝的形态绝不能限定为三种。

跋吒·那耶迦说："艳情味等各种味由展示功能展示。"如果说"味由诗展示"，其中的"展示"意味诗作为一种感知对象，具有由情由、情态和不定情产生的品尝性，那么，这种说法是可以接受的。跋吒·那耶迦又说："味是诗的目的（或意义），是由各种情结合而呈现的至高意识领域，是一种以品尝为核心的经验。"这里，"呈现"一词表明了被呈现的性质；"经验"一词可以理解为它的对象。

如果是这样，味的真正性质是什么？我们的看法是什么？

重复前人揭示的真理，会有什么新意？
缺乏见解和价值，怎会获得世人好评？

先哲前贤铺设的知识阶梯相互连接，
智慧不倦地向上攀登，寻求事物真谛。

开始渡过知识之河，无所依托，满怀激动，
一旦找到门径，无论架桥筑城，不足为奇。

继承前人思想遗产，可以获得丰硕成果，
因此，我们不否定，而是改善先哲的学说。

现在，让我们讲述味的真正性质。对此，婆罗多已经说过，并非什么创新。

婆罗多说道:"情之为情,因为它们使人感受到艺术作品的意义。"因此,味是艺术作品的意义。例如,"他们在夜晚继续祭祀"、"他把祭品投入火中"等,专心从事祭祖的人听后,紧接这些文字表述的原始意义,出现另一种超越特定时限的意义。原始意义转化为"我将在夜晚继续祭把"、"让我把祭品投入火中"等等。这种感知按照不同的学派,称作"呈现"、"命令"或"运用"等。同样,一个有鉴赏能力的读者在读诗时,也会产生另一种超越文字的感知。作为一个有鉴赏能力的读者,他的心具有纯洁的直觉。例如:

一再优美地扭转脖子,察看身后追赶的车子,
不断把后半身缩向前,唯恐自己被飞箭射到,
累得张口喘气,嚼了一半的达薄草撒落路上,
看哪!它跳跃,简直是在空中飞,不是在地上跑。

(《沙恭达罗》1.2)

乌玛向湿婆深深地弯下头,
那些新鲜的迦尔尼迦罗花,
在她的乌发中闪闪发光艳,
随同耳边的嫩叶一起坠落。

(《鸠摩罗出世》3.62)

湿婆的坚定有点儿动摇,
犹如月亮升起时的大海,
他将目光转向乌玛的脸,

看见频婆果般的下嘴唇。

(《鸠摩罗出世》3.67)

　　读者（或观众）在理解了这些诗的文字意义之后，立即产生另一种超越诗句特定时限的感知。这是一种内心的、直接的感知。在这种感知中，第一首诗中的小鹿等等不是真正的特殊存在，演员表演的惊恐也不是真正的恐惧。因此，这里感知的恐惧是不受时空限制的恐惧本身。这种感知不同于日常感知，诸如"我害怕"、"他害怕"、"他是敌人"、"他是朋友"、"他是中立者"等等。日常感知充满阻碍，因为接踵而来的是依据痛苦、快乐等感觉，产生拒绝、接受等想法。从上述第一首诗中感知的恐惧不存在这样的阻碍。它可以说是直接进入我们的心，跳动在我们的眼前。它就是恐怖味。在这样的恐惧中，读者（或观众）的自我既不完全湮没，也不特殊地卷入。这种情形也发生在别的读者（或观众）身上。因此，它具有普遍性，不是有限的，而是广大的。这正像谁都能从烟感知火或从颤抖感知恐惧。

　　这种直接的感知是通过演员等各种艺术手段的结合而抚育的。其中，真实存在的和诗中提供的时空等有限原因互相抵消，完全消失，感情的普遍化得到充分抚育。这样，由于所有观众的感知的一致性，味得到充分抚育。所有观众的心理意识中都有各种没有起始的潜印象。正是这种潜印象的一致性，形成感知的一致性。

　　这种不受阻碍的感知是一种惊喜。它产生的生理反应，如颤抖和汗毛竖起等，也就是惊喜。例如：

诃利大神至今惊喜不已：
吉祥天女肢体娇如新月，

怎么会在搅动乳海之时,
没有被曼陀罗山搅碎?

也可以说,这种惊喜是不厌倦和不间断地沉浸在享受中。或者说,是沉浸在奇妙享受的颤动中的享受者的惊喜。它也是一种具有直接经验性质的精神活动,如自我亲证、想象或回忆,但不以通常的方式呈现。例如,迦梨陀娑说道:

看到可爱的东西,听到甜蜜的声音,
甚至快乐的人也会内心焦虑不安,
他肯定回忆起了过去未曾想到的、
长久深埋在心中的一段前世姻缘。

(《沙恭达罗》5.96)

这种感知完全以品尝为特征,在这里表现为爱。它不以特殊的时空为前提,因而适合品尝。它不是世俗的,不是虚妄的,不是不可名状的,不是与世俗相似的,也不是附加的。就它不受时空限制而言,也可以说它具有强化的性质。就它追随情而言,也可以说它具有模仿的性质。按照唯识宗的解释,也可以说它是外在的感官对象的结合。无论如何,味就是情,一种以品尝为特征的、完全摆脱障碍的感知对象。

这里,情由等是消除障碍的手段。这种摆脱一切障碍的感知,在这世上以各种名称命名,诸如惊喜、沉浸、品味、品尝、享受、三昧、溶入和憩息等等。

这种感知的障碍有七种:(1)缺乏可信性,不适合感知;(2)陷入自己或他人的时空特殊性;(3)陷入自己的快乐等等;

（4）缺乏感知手段；（5）缺乏直观性；（6）缺乏主要成分；（7）产生怀疑。

（1）如果知觉对象缺乏可信性，知觉就不可能沉浸其中，也就无所谓憩息。这是第一种障碍。消除这种障碍的办法是描写世间通常的事件，便于观众产生心理感应。如果描写非凡的事件，应该选择罗摩一类人物。因为这类人物久负盛名，深入人心，观众容易相信他们的非凡事迹。由于传说剧等用于提供非凡的教导，必然要求表演著名的事件。然而，这种要求对于笑剧不适用。对此，我们将在合适的地方说明，这里不再赘言。

（2）如果观众在品尝中，觉得那些是自己的快乐或痛苦，就会产生其他意念——害怕失去它们，希望保持它们，希望获得类似的感受，希望回避它们，希望表露或隐藏它们，等等。这就形成味的重大障碍。如果观众觉得那些是别人的快乐或痛苦，也肯定会在自己心中产生其他意念——快乐、痛苦、迷惑或冷漠等。这也必然形成障碍。

消除这种障碍的办法是运用各种"戏剧法"。在演出前，歌舞不要持续太久。在序幕中，要有女演员或丑角。以头冠等等妆饰掩盖演员的个性，确认其为演员。运用各种非凡的语言、柔舞支以及舞台、观众席和地域划分法等。这些手段消除这种感知：这个人在这个特殊地点、特殊时刻感到快乐或痛苦。这样，一方面否定演员的真实存在；另一方面，观众的知觉不完全憩息于附加在演员身上的另一种形象，也否定了演员表演的角色的真实存在。正如各种柔舞支不见于日常生活，也不能说它们根本不存在，而只是以某种方式存在。

这是婆罗多借助普遍化，用于味的品尝。我们将在有关部分说明这一切，这里不再赘言。这样，我们说明了怎样消除陷入自己或别人的时空特殊性的障碍。

(3) 一个陷入自己的快乐或痛苦中的人，他的知觉怎么可能憩息于其他事物？消除这种障碍的办法是，依据具体对象，运用乐器、歌曲、美妙的剧场、步姿和妖娆的妓女等手段，因为音乐等感官对象具有普遍化功能，人人都会享用。依靠它们的魅力，即使不合格的观众也会达到心灵的纯净，变成合格的观众。因为婆罗多已经说过："戏剧既能看，又能听。"

(4) 如果缺乏感知手段，怎么可能感知？

(5) 即使有言辞证据和推理，它们也不是直观的感知。这样，艺术感知得不到憩息。艺术感知要求依据直观的感知或形象的感觉。正如《正理经疏》中所说："一切知识依靠感觉。"经过我们亲身感觉的一件事物，即使引证一百种经典或进行一百次推理，也不能证明是另一件事物。一个火把迅速挥动，形成一个火圈，而依靠另一种有力的直接感知，就能排除这种幻觉。这是十分普通的方法。因此，消除缺乏感知手段和缺乏直观性这两种障碍的办法是四种表演本身，还有"世间法"、风格和地方色彩。我们将会说明表演确实与言辞证据和推理不同，而与感觉功能相同。

(6) 谁的知觉会憩息在次要事物上？它必定会自动跑向主要事物。因此，唯有常情能成为品尝的载体。情由和情态是无知觉的，它们依附常情。不定情尽管是有知觉的，也依据常情，而有些与人生目的关系紧密的知觉是主要的。例如，常情爱主要依据欲，也依据法和利。常情怒主要依据利，也依据欲和法。常情勇依据所有的人生目的。还有一种常情主要是由认识真谛而产生的忧郁，它是导致解脱的手段。这四种常情是主要的常情。它们互相之间也可以形成主次关系，即在一部戏剧中，以某种常情为主，以其他常情为辅。而从一部戏剧的各个局部看，其他常情也能在那里占据主要地位。

这些常情都充满快感，因为品尝自己的纯粹知觉，本质上是欢愉的。甚至在日常生活中，妇女也能在回味纯粹的悲伤中，心灵得到憩息。因为这里没有障碍，身体平静。真正的痛苦表现为不得安宁。所以，迦比罗派在解释忧德的存在方式时说，痛苦的本质是运动性。而所有的味具有欢愉性。但其中有些受对象的影响，也染有痛感。例如，英勇味以忍受折磨等为本质。

除了以上四种主要的常情外，还有笑、悲、惧、厌和惊五种常情。这五种常情的情由吸引所有的人，具有极大的感染力。因此，它们也普遍存在于下等人物中。几乎所有的下等人物都嬉笑，悲伤，恐惧，谴责他人，对最平常的格言诗也感到惊奇不已。当然，它们作为四种主要常情的辅助，也有助于达到人生目的。我们将会谈到，戏剧的十种分类也依据这些常情的主次地位。

常情共有这九种。每个人生来就具有这些知觉。事实上，依据"嫌弃痛苦，追求享乐"这一原则，每个人的本性中都充满情欲（"爱"）；自以为高明，嘲笑他人（"笑"）；与所爱者分离而痛苦（"悲"）；因分离的原因而愤怒（"怒"）；因无力对付而恐惧（"惧"）；竭力获取某物（"勇"）；认为某物不合适，不可取，产生反感（"厌"）；目睹别人或自己的非凡事迹而惊讶（"惊"）；愿意摒弃某物（"静"）。没有哪个人不具备这些心理活动的潜印象，只是有的人某种心理活动多一些，有的人某种心理活动少一些；有的人心理活动受到合适的对象限制，有的人不是这样。只有促进人生目的的心理活动，才值得教导。人性的高下取决于这种心理活动的区别。

而虚弱、疑惑等心理活动（即不定情）则不同。如果缺乏相应的情由，它们绝不会出现。例如，一位牟尼实践"味学"，虚弱、懒散和疲倦等不会出现。即使它们通过情由而出现，一旦情由消失，它们也随之消失，不留痕迹。而常情勇等，在人完成某项任务后，即使减弱或消失，但依然完整地保持在潜印象中，以期完成其他任务。正如波颠阇利所说:"某人喜爱某个女人,不说明他不喜爱其他女人。"

因此,这些不定情串在表现为常情的心理活动之线上,千姿百态,忽而出现,忽而消失。它们犹如不同质地和色泽的水晶珠、玻璃珠、云母珠、宝石珠和翡翠珠等,串在或红或蓝的线上,互相分离,不断变化位置,不在线上留下自己的痕迹,但能起到装饰作用。它们多种多样,轮番变化,随时让纯净的常情之线显露,又以变化不定的各种珠宝光彩映照常情之线。正因为如此,它们被称作不定情。

例如,当人们听说"他虚弱",便会询问"由于什么?"这表明这种不定情的不稳定性。而当人们听说"罗摩有勇气",则不会询问原因。因此,情由只是唤醒常情,依据爱、勇等常情的性质,为它们提供形态和色彩。在情由消失后,常情也不能说不存在。因为如上所述,常情以潜印象的状态存在于一切人之中。然而,不定情的情由一旦消失,不定情也就完全不存在。对于这个问题,在有关的部分,将会再作说明。

婆罗多说过"将常情引向味性"。这是依据味的一般定义引出的特殊定义。他对常情的这种描述排除了缺乏主要成分的障碍。

(7)情态、情由、不定情和常情之间不存在固定不变的关系。例如,流泪可以出于快乐,也可以出于眼病;老虎可以引起恐惧,也可以引起愤怒;疲倦、忧虑等可以成为多种常情的不定情。然而,一旦它们聚合,也就明白无误。例如,情由是亲人死亡,情态是哭泣、流泪等,不定情是忧虑、沮丧等,那么,常情肯定是悲。因此,在产生怀疑时,可以通过情由、情态和不定情三者的结合,消除这种障碍。

观众在日常生活中,善于依据结果、原因和辅助成分推断他人以常情为核心的心理活动。而在戏剧中,花园、媚眼和满意等等情由、情态和不定情超越日常经验的原因、结果和辅助成分的性质。它们的根本生命在于呈现性、经验性和感染性。因此，它们被命名为超俗的情由、情态和不定情。这样的名称也说明它们归根到底依赖先前的原因、结果和辅助成分留下的潜印象。关于它们的性质和分类，将在论情的一章中讲述。它们互相结合，或主或次，协调一致，在观众的思想中，将一种意义引向以超俗的、无障碍的知觉为特征的品尝领域。这种意义就是味。味的唯一本质是可品尝性。它不是超越品尝的独立存在。一旦品尝结束，它也结束。因此，它不同于常情。

不能像商古迦等人那样认为常情通过情由、情态和不定情而被认知，成为品尝的对象。如果是这样，为何日常生活中没有味？如果并非真实存在的常情能成为品尝的对象，为何真实存在的常情反而不能成为品尝的对象？因此，不能说味是通过推理方式感知的常情。也正因为如此，婆罗多在味的定义中不提及常情。否则，会造成困难。婆罗多有时也说"常情变成味"。但这是一种变通的说法，意思是先前与常情有关的原因、结果和辅助成分现在变成与品尝有关的情由、情态和不定情，由此常情变成味。而实际上，在日常心理活动的推理中，根本不存在味。

味的品尝以超俗的"惊喜"为特征，不同于回忆、推理以及任何日常的自我知觉。如果习惯于日常的推理方式，站在局外人的旁观立场，就不能理解剧中人物。观众通过与剧中人物发生心理感应，味的品尝犹如花蕾开放，无须登上推理、回忆等台阶，而是在品尝中与剧中人物融合。这种品尝不是产生于先前的其他认识手段而成为现在的回忆，也不是日常的感觉等认识手段的作用。这种品尝产生于超俗的情由、情态和不定情的结合。

这种品尝不同于通过感觉（"现量"）、推理（"比量"）、言辞证据（"声量"）和类比（"喻量"）等日常的认识手段感知爱等常

情，也不同于一般的瑜伽行者独自感知他人的思想，也不同于高级的瑜伽行者完全摆脱外界事物的影响，纯粹体验自我的欢愉。这些认识手段或由于存在实际需求，或由于依靠独自沉思而缺乏直观性，或由于完全沉入对象而缺乏自主性，因此缺乏美。然而，味的品尝既不完全执著自我，也不完全执著他人。观众是沉入自己的常情潜印象。这些潜印象是通过情由、情态和不定情的普遍化而被唤醒的，因此，不会出现障碍。这是我们反复强调的。

所以，情由、情态和不定情不是味产生的原因。否则，即使对情由、情态和不定情的认知已经消失，味仍然可以继续存在。情由、情态和不定情也不是认知味的原因。否则，情由、情态和不定情成为认知手段，而味并不是既定的存在，不能成为认知对象。那么，情由、情态和不定情是什么呢？它们是超俗的，其作用是导向品尝。如果有人问："别处有这样的事例吗？"这正好加强我们提出的超俗性的说法。在糖浆和胡椒等原料中，能发现饮料味的品尝吗？道理是相同的。

那么，味不可能是认知对象吗？正是这样。味的唯一生命在于可品尝性，而不具有认知对象的性质。那么，如何解释婆罗多在味的定义中所说的味的"产生"呢？那不应该理解为味的"产生"，而应该理解为对味的品尝的"产生"。如果将味的"产生"理解为味的生命完全依赖对它品尝，那就没有什么错。这种味的品尝既不是通常的认知手段作用的结果，也不是通常的原因作用的结果。但它也不是不可知，因为它通过自己的知觉得到证实。品尝甚至也可以说成是一种认知形式，但它不同于日常的认知，因为它的认知手段是超俗的情由、情态和不定情。所以，婆罗多的"味经"（即味的定义）的含义是：情由、情态和不定情的结合产生品尝；味作为意义，就是这种超俗的品尝领域。

总之，在戏剧艺术中，首先，头冠、头饰等等妆扮掩藏了演员的身份。其次，观众借助诗的力量，得知这是罗摩等等。尽管如此，由于观众自身的知觉潜印象产生感应，这罗摩已非原本的罗摩。因此，演员和角色的时空界限均已失落。汗毛竖起等在日常生活中被看作认知爱的标志，在戏剧中导向不受时空限制的爱。由于观众自身具有爱的潜印象，观众的自我也介入这种爱。这样，观众不是以与己无关的态度感知这种爱。观众也不是依据特定的原因感知这种爱。如果这样，就会产生实际的欲望和要求。观众也不是感知完全属于他人的爱。如果这样，也会产生痛苦、憎恨等。因此，艳情味是经过普遍化而成为持续或单一的知觉对象的常情爱。常情的普遍化依靠情由、情态和不定情。①

例如，这首诗中的普遍化以情由为主：

> 你的肢体适合充满欢情、撩拨人心的春天，
> 双眉挑逗的方式如同爱神的弓弯曲颤动，
> 接吻之时，莲花嘴中的甘露是激动的源泉，
> 美人啊！你确实是三界的尤物，梵天的独创。

这里，美人的魅力作为情由，占据主要地位。依靠欢情、撩拨、颤动和挑逗这些词呈现的情态，依靠弯曲、方式和激动这些词呈现的不定情起辅助作用。这样，在品尝常情爱的艳情味中，不存在缺乏直观性而造成的疑惑。

又如，以情态为主。下面这首诗的作者是再生族王因度罗阇。他如同月亮，促使纯洁的文学之河净化的文学之海高涨。

> 目光停止转动，眼中一再呈现沮丧，

---

① 约奥里编订本至此结束，以下依据希罗摩尼编订本补足。

> 肢体日益憔悴，犹如折断的莲花秆，
> 双颊苍白，犹如祭祀的杜尔瓦草堆，
> 这是青年黑天和众位牧女的形貌。

停止、一再、日益这些词呈现的不定情，黑天等词呈现的情由，处于辅助地位。滞呆、瘫软、眼神变化、肢体消瘦、脸色变白等一系列情态占据主要地位。

又如，以不定情为主，也就是以不定情的情由和情态为主。下面是大诗人迦梨陀娑的一首诗：

> 转动的眼睛，映在双手不断捧起的水中，
> 她怀疑是游动的小鱼，胆怯地停止泼水。

这里，思索、惧怕和疑虑等等不定情美化温柔的少女。这些不定情突出，是由于获得美化的情由突出。"不断捧起"等呈现的情态起辅助作用。

两项突出的诗例容易举出。而三项都突出能导致更强烈的味的品尝。这样的作品确实存在，那就是十类戏剧（"十色"）。因此，伐摩那说道，"在一切文学作品中，十色最优秀"，"因为它们具备所有特征，绚丽多彩，如同画面"。在一切作品中，形象的呈现依赖对语言、服装和动作的合理构想。短诗的生命也依赖这种构想。有修养的读者能想象前后发生的事，断定某人在某种场合会说某种话，使诗中的形象更丰满。对于这样的读者，由于诗的修养和先前的功德发挥作用，即使诗中情由、情态和不定情刻画有限，诗的内容也会充分展现，犹如亲眼目睹。也就是说，即使诗缺乏戏剧特点，同样是喜悦的源泉。但是，对于这样的读者，戏剧犹如皎洁的月光照临，更加清澈明亮。而对于缺少修养的读者，戏剧也是清晰

的，因为戏剧的常规手段如歌曲、乐器和妓女等，不会产生个人的执著。

演员犹如沉思者的沉思对象。沉思者不会将婆薮提婆神理解为"这是红铅等等颜料涂成的婆薮提婆神"。而是以神像为手段，通向清晰的思索对象——一位向沉思者赐恩的特殊的神。同样，观众以演员表演为手段，通向清晰的感知对象——戏剧内容，不涉及特殊的时空，依据必然的规律，认知"这是结果"。在戏剧的表演或心理活动中，不出现障碍。这样的认知是正确而圆满的。因此，观众感知的就是罗摩，而不是别的。这一点还会给予说明。

曲语生命论

简　　介

恭多迦（Kuntaka，十世纪）的《曲语生命论》（Vakroktijīvita）共分四章，采用经疏体。第一章论述曲语是诗的生命。曲语指不同于日常语言和科学语言的曲折表达方式，即艺术的表达方式。曲语分成六类：音素（字母）曲折性、词干曲折性、词缀曲折性、句子曲折性、章节曲折性和作品曲折性。同时，结合诗人的性格和表达方式，论述柔美、绚丽和适中三种风格。第二章具体阐述音素（字母）、词干和词缀曲折性。音素（字母）曲折性指谐音和叠声等产生特殊声音效果的音庄严（即词音修辞）。词干曲折性指惯用词、同义词、转义（隐喻）词、修饰（形容）词、隐含词、复合词、词根、词性和动词等的特殊运用。词缀曲折性指时态、词格、词数、人称和不变词等的特殊运用。第三章具体阐述句子曲折性，即隐喻和夸张等产生特殊意义效果的义庄严（即词义修辞）。恭多迦认为诗包含自性、味和修辞。事物自性和味是所描写对象即修饰对象，修辞是修饰者即修饰所描写对象者。因此，他认为前人确认的有些修辞属于所描写对象，不能称为修辞。同时，他认为有些修辞具有同样的性质，应该归为一类，而不应该各自命名为独立的修辞。这样，他最后确立的词义修辞有十九种：明灯、隐喻、间接、迂回、褒贬、奇想、夸张、明喻、双关、较喻、共说、诗喻、补充、略去、藏因、疑问、否定、混合和结合。第四章具体阐述章节和作品曲折性。章节曲折性指产生曲折动人效果的章节或插曲。作品曲折性指创造性地改编原始故事。

恭多迦用曲语这个批评概念统摄庄严（修辞）、诗德、风格、韵和味等所有文学因素。他强调文学的魅力在于曲语，而曲语的根源在于诗人的创作想象力。他在《曲语生命论》中对修辞的概念和分类做了深入细致的辨析，对章节和作品曲折性的分析在梵语诗学中也别具一格。

  这里译出《曲语生命论》的梵语原文依据克里希那摩尔提（K. Krishnamoorthy）编订本（达尔瓦德，1977），并参考密希罗（R. Misra）编订本（瓦拉纳西，1980）。需要说明的是，这部著作采用经疏体，注疏中多有同义重复的表述，同时有些部分的论述略嫌繁琐，故而我在译文中遇此情况常采取适当简化的译法。

第 一 章

向湿婆致敬！他创造三界奇妙画面，
全然依靠自己充沛活跃的能力。(1)

如果三界中存在的事物得到如实区分，
这不足为奇，因为金苏迦花天生火红。(2)

全凭自己的意愿和喜好，确定事物本质，
大胆自信，而这样并不能达到至高真谛。(3)

我不热衷自由放任、不切实际的思辨，
而是努力揭示文学甘露之海的精华。(4)

我将确定文学本质和创作的特征，
它们的魅力令知音们惊奇和喜悦。(5)

按照惯例，在著作开始时，向尊神致敬。因此，本书这样开头：

向女神致敬！她在诗王们如同月亮的嘴上，宛若舞台上的舞女，妙语声声，舞姿翩翩，光彩熠熠。(1)

向女神致敬！什么样的女神？她在诗王们如同月亮的嘴上，宛若舞台上的舞女。诗王们即优秀的诗人们。舞台即剧场。怎样优美？妙语声声，舞姿翩翩，光彩熠熠。妙语声声即妙语闪光，舞姿翩翩即舞姿柔美，含有真情等等，故而光彩熠熠。确实，她在优秀诗人的嘴上，宛若在舞台上的舞女，以自己优美的舞姿，展现光彩。因此，向这位女神致敬。这些是句义。其中的含义是：向化身语言的娑罗私婆蒂女神致敬。她执掌文艺，如此可爱迷人。这是诗美的成因，本书的论题。

致敬完毕，现在说明有关本书论题的名称、主题和目的。

为了确定论题，一开始要说明名称等，
正如工匠在动工前，先要用绳尺量定。(6)

以上这首是相关的偈颂。

为了达到那种产生非凡魅力的奇妙性，这里提供一部前所未有的诗庄严论。(2)

这里提供庄严论。什么庄严论？诗庄严论。诗是诗人的作品。已经有很多诗庄严论，为何还要提供？这一部前所未有，提供不同的内容。然而，前所未有既可能是优秀的，也可能是低劣的。因此，这里强调非凡，即超常。什么意思？为了达到那种产生非凡魅力的奇妙性，即产生非同寻常的喜悦的奇妙性。即使已有数以百计的诗庄严论，但没有一部能产生这样的奇妙性。"庄严"一词首先用于增添身体之美的手镯等。由于功能相同，转用于明喻等修辞。同样，也转用于诗德以及整部作品。音和义两者合一，通常视为同一者。例如，牛是音，牛也是义。总之，本书的名称是庄严论，主题涉及明喻等，目的是上面所说的达到那种奇妙性。

以上确定了庄严论的目的。即使如此，如果缺乏受到修饰的诗的目的，那也没有价值。因此，这里要说：

诗作是实现正法等的手段，采取优美的方式，令出身高贵的人们内心喜悦。(3)

诗作是分章诗等。它们令人内心喜悦。令什么人满意？出身高贵的人。他们是王子等。他们追求正法等,渴望胜利,处境优越而惧怕痛苦。这样,处在喜悦之中,诗作类似玩偶等娱乐工具,因此说是实现正法等的手段。正法等即人生四要①。诗作具有教诲性,是实现这些的手段或原因。难道专门用于教诲人生目的的其他著作有什么错误吗?因此,这里说采取优美的方式。优美的方式是可爱迷人的表达方式。诗作让智者们在喜悦中接近正法等。而在那些经论中,正法等的教诲方式生硬枯涩,难以掌握。这样,即使其中含有正法等,也毫无用处。

王子们富有威力,统治世界,如果缺少应有的教诲,为所欲为,就会破坏一切传统规范。为此,诗人们编撰古代优秀帝王的传记,用于示范。因此,诗作的用途胜过经论,更为有效。

除了用于实现人生目的之外,它也用于日常生活,取悦侍臣、朋友和主人等。缺少它,无法和谐相处。

世人熟悉好诗,能得知世间行为之美,新鲜而合适。(4)

世人只有熟悉可爱的好诗,而不是其他什么,才能得知世间的行为或活动之美。怎样的美?它的性质是合适,新鲜,非凡。因为诗中描写的国王以及侍臣等人物具有合适而优秀的世间行为方式,成为世上所有人的生活楷模。这样,任何一个熟悉可爱的诗的人,自然富有世间行为之美,享受值得称赞的成果。

作为获得人生四大目的的手段,诗的用途是间接的。享受到这些果实的喜悦,有个时间过程。因此,这里要说明有别于此的另一种用途,即知音们心中即刻获得的可爱快乐的感受。

对于知音们,诗中的甘露味带来阵阵内心惊喜,甚至超越品尝人生四要的果实。(5)

阵阵惊喜是欣喜不已。由什么引起?诗中的甘露味。诗本身是

---

① 人生四要即人生四大目的:正法、利益、爱欲和解脱。

甘露。品尝甘露味是感受。哪儿的感受？心中的感受。谁的心中？知音们的心中。感知这种味的人是知味者即知音。什么样？甚至超越品尝人生四要的果实。人生四要即正法等等。品尝即享受或感受。意思是甚至超越对人生四要果实的丰富品尝。一切经论的用途在于人生目的，而即使从中品尝人生四要果实，也比不上品尝诗中甘露而获得的惊喜的十六分之一。由于在学习中，经论具有难听、难说和难懂等缺点，给人带来难以忍受的痛苦，无法与即刻产生可爱的惊喜的诗相提并论。

经论解除无知之病如同苦涩的药草，
诗歌消除愚昧之病如同愉悦的甘露。（7）

味的流动之美，即刻而久远，
因此，我们现在开始论述诗。（8）

以上是两首相关的偈颂。

将修饰者和被修饰者加以区别，只是一种手段，用以说明具有庄严（修辞）是诗的本质。（6）

修饰者用于修饰，将它和被修饰者分开论述。被修饰者和修饰者，表示者和被表示者，作出这样的区别。依据两者的一般性和特殊性作出定义。怎样做？虽然两者是互相结合的，但将它们抽离出来，区别对待。为什么？这是一种手段，即考察诗的手段。这样的区分是诗学的手段。我们看到即使有违真实，许多互相结合的事物都被拆开讨论。例如，一个词中的词干和词缀，一个句子中的各个词。即使有违真实，仍然拆开，作为论述的手段。那么，真实是什么？诗的真实是具有庄严，这是至高真谛。作为诗人创作的诗具有庄严，即与庄严形成不可分割的整体。因此，被修饰是诗的性质。

确立了这一点，诗也就不单是庄严的运用。

诗具有庄严，这种诗的定义有点含糊，不够精确。诗的定义应该怎样表述呢？

诗是在词句组合中安排音和义的结合，体现诗人的曲折表达能力，令知音喜悦。（7）

诗是音和义，即表示者和表示义两者的结合。既是二，又是一，这是奇妙的说法。由此，一些人认为诗只是诗人巧妙地运用而显得十分可爱的音（表示者），而另一些人认为诗是奇妙地组合词语而富有魅力的表示义。但这两种看法都不能成立。因为令知音喜悦的性质同时存在于这两者中，犹如麻油存在于每粒芝麻中，而不是只存在于其中之一。例如：

少女啊，你月亮脸上充满喜悦，言谈活泼，
告诉我！如果你前往夫家，我该怎么办？（9）

你的红脚移动，可爱的脚铃叮叮当当，
珍珠腰带发出声响，令我无故心发慌。（10）

这位诗人想象力贫乏，缺少妙语，只能依靠动听的谐音，表示义毫无美妙之处。这显然是某位恋人对那位妩媚可爱的青春少女的告白："少女啊，如果你前往夫家，我为何无故心发慌？"这是粗俗的表达。当然，并不是无故心发慌。那位少女在离去时，对他漠不关心，而他一心爱恋她，惧怕分离的痛苦折磨，这便是心发慌的原因。如果不说"无故"，而说"跟我出走有什么错？"这就更加粗俗。接连的呼格适合牟尼们在颂神诗中使用，而在这里使用①绝不

---

① 这两首诗中使用了四个呼格（译文中没有照译）。

会令知音们喜悦。

仅有内容，而无优美的词语，也不能称之为诗。例如：

> 在黑暗中，万物不能自己照亮自己。
> 它们做不到。若能做到，为何不这样？
> 这是太阳的功能，如同祭师孜孜不倦，
> 净化众生，有什么能与它的光辉相比？（11）

这里，诗人的想象力一闪而过。他的注意力完全集中在事情本身以及枯燥的推理表达上，见不到任何语言曲折性的魅力。这首诗成了表达推理的载体。结论（"受证"）是有别于黑暗的万物不能自己照亮自己，理由（"因"）是它们在黑暗中不是这样。那么，为什么没有提供例证（"喻"）？因为这种推理很容易理解。前人说过：

> 对于愚者，有了理由，还要例证，
> 对于智者，只要说明理由就行。（12）①

只有内容，而无庄严，能令人喜悦吗？不能。因为在这里，"间接"（辞格）在诗人的心中一闪而过。在想象力最初闪现时，内容至多是一块粗糙的玉石，只有经过老练的诗人用曲折的语言精心打磨，才能成为可爱的珠宝，令人喜悦。因此，同样的内容，用心的诗人和不用心的诗人创作的作品迥然有别：

> 月亮缓慢地升上天空，仿佛惧怕
> 沾上那些美女满含热泪的眼光。（13）

---

① 下面有一段文字指出前面第11首诗中还有在使用复合词上的一些毛病，从略。

月亮静悄悄地，逐步展露月光，
一道，两道，三道，美如莲藕新芽；
缓缓升起，仿佛惧怕那些目光中，
燃烧着与爱人分离之火的妇女。(14)

由此可见，这两者在知音感受中的差别。所以，很清楚，既非单由音的可爱，也非单由义的可爱，形成诗性。前人说过：

有些人坚持认为隐喻等是诗的装饰，因为一位
女子的面容即使可爱，不加装饰，也缺乏光彩。(15)

有些人认为隐喻等是外表的装饰，
名词和动词的安排才是语言的装饰。(16)

他们说："词音的正确安排是装饰，而词义不是这样。"
鉴于存在音庄严和义庄严的区别，我们接受这两者。(17)①

因此，诗是音和义两者的结合。一旦这一点得到确认，那么，有时其中的一方稍许弱一些，也可以称为诗。这就是"结合"的意思。"结合"就是两者具有"结合性"。那是由于所指和能指之间存在联系，任何时候都不缺少这种"结合性"吗？正是这样。但它意味一种特殊的"结合性"。什么样的？各种曲折奇妙的诗德和庄严互相展开竞争。

---

① 以上三颂引自婆摩诃《诗庄严论》1.13—15。

正如两位具备一切美德的朋友，
诗中的音和义互相争奇斗艳。（18）

例如：

月亮的红色光泽渐渐减弱，
呈现失恋美女脸颊的苍白。（19）

这里，依靠红色光泽渐渐减弱的月亮和失恋美女的脸颊两者在苍白上的相似性，形成义庄严（"比喻"），增添优美。其中还有后面会讲述的以字母（音素）安排的曲折性为特征的音庄严（"谐音"），也增加可爱性。由字母（音素）安排产生魅力，构成名为优美的诗德。又如：

湿舍蛇①用头支撑大地如同蓝莲花，
天下所有男性的阳刚气受到嘲弄。（20）

这里，既有间接和明喻两种义庄严的奇妙，也有轻松的叠声和谐音（两种音庄严）的可爱，形成诗的特殊魅力，令知音内心喜悦。

这里，使用双数②，表示能指（"音"）和所指（"义"）两类。然而，如果只说表示两类，那么，一个单词也能成为诗。③ 因此，需要指明"在作品中"。作品是句子的安排。尤其是这种安排具有优美等诗德和各种庄严之美。这里的"结合"，也指要恰当注意音

---

① 湿舍蛇是支撑大地的神蛇。
② 指"结合"一词使用双数。
③ 意思是一个单词也是音和义的结合。

和音之间以及义和义之间的和谐一致，并体现互相竞争的特点。否则，不可能令知音喜悦。例如：

> 你怎么会决意要让生活失去价值，
> 三界的瑰宝遭劫夺，人间失去美景，
> 亲人归依死亡，爱神失去往日骄傲，
> 人失去视觉，世界变成枯萎的森林？（21）

　　这是在作品中，一个迦比罗妖徒决定要杀死一个美女时，主人公所说的话。① 你为何决意要做这种不应该做的事：让生活失去价值，三界的瑰宝遭劫夺，人间失去值得观赏的可爱事物，人们的视觉失效，爱神失去战胜三界的骄傲，整个世界仿佛变成枯萎的森林？

　　这首诗由一个长句构成，其中包含许多短句。它们互相竞争，旨在表达举世渴慕的女主人公的美。这些可爱的短句形成诗的特殊魅力。只是其中的"亲人归依死亡"与其他短句不匹配，因而不能令知音喜悦。

　　在许多单句同时进入一个景观时，为了圆满表达句义，应该努力发挥想象力，做到互相匹配。在这首诗中，这个短句完全可以替换另一个与其他事例相配的事例："创造者的奇妙创造遭毁灭"。

　　遇到不能再产生与前面使用的词义相匹配的词义时，诗人们便采用其他优美的表现手法，展现诗的魅力。例如：

> 头顶巍峨高山，砍断自己的脖子丛林，
> 囚禁诃利，劫掠花车……②（22）

---

① 引自《茉莉和青春》5.30。
② 这首诗描写的对象是十首魔王罗波那。

这里，由于不能再产生与前面的词义相匹配的词义，便采用不同的表达方式，接着说："这一切如同游戏。"由此，也给前面的其他词义增添可爱性。又如：

　　白天和黄昏，观赏她的月亮脸，
　　夜晚，肢体相拥，迸发爱的激情，
　　此刻我心中依然渴望看到她
　　回眸观望我的路……（23）

在这首诗中，主人公已经表达完毕自己的思想，而他接着又加上这样一句："或许爱的节日还没有结束。"这给前面的所有内容又增添了活力。这两者使句义突显，更体现诗人丰富的想象力。

音和音之间缺少"结合性"。例如：

　　美丽装饰这些女子的身体，
　　朝气蓬勃的青春（装饰）美丽，
　　爱的魅力（装饰）青春，以情人
　　相会为装饰的醉意（装饰）魅力。①（24）

在"以情人相会为装饰的醉意（装饰）魅力"中，应该突出的"情人相会"这个词语被安置在复合词中，变得次要，这不能令知音喜悦。这首诗中借以产生诗美的明灯（辞格）在结尾部分出现断裂。这种破坏词序的做法必定会引起知音反感。其实，完全可以不使用复合词。②

---

① 引自《童护伏诛记》10.33。
② 即改成"醉意（装饰）魅力，情人相会（装饰）醉意"。

以上两种例子说明两者之间缺少"结合性"。① 归根结底，两类中的一类缺少"结合性"，必然造成另一类缺少"结合性"。因此，即使内容（"义"）本身生动，若缺少合适的表示者（"音"），也如同僵尸。同样，音缺少适合句子的表示义，言不及义，也构成句病。说得够多了。

现在，回到原题。在什么样的词句组合中？在体现诗人的曲折表达能力的词句组合中。曲折是指与经论等作品通常使用的音和义不同。有六种曲折性。这是诗人的能力，创作方法。即使如此，胡思乱想也会有非同寻常的表达方法，因此，需要指明"令知音喜悦"。知音对诗的感觉敏锐。只有令知音喜悦的作品，才是音和义结合的诗。对于各种曲折性和令知音喜悦的性质，在后面相关部分都会举例说明。

以上讲述了诗一般特点，现在开始讲述各种具体的特点。首先，说明音和义的性质：

义是所指（"表示义"），音是能指（"表示者"），这已经成为常识。尽管如此，这里仍要说明这两者在诗中的真正含义。(8)

这确实已成常识：音是能指，表示者；义是所指，表示义。然而，转示者和暗示者也是音（能指），那么，单说表示者，不就犯了定义过窄的毛病吗？回答是，转示者和暗示者是转用，而在用于理解意义这一点上与表示者具有相同性，因此也是能指。同样，转示义和暗示义是转用，而在确认意义上与表示义具有相同性，因此也是所指。尽管音和义具有能指性和所指性，在世俗中已成为常识，但这里要说的是它们在非世俗的诗中即诗人的创作中的真正含义，某种特殊的性质。什么样的性质？回答是：

音是在众多的音中唯一适合表达诗人意图的音，义是自身闪烁

---

① 一种是义和义之间的例子（引诗21），另一种是音和音之间的例子（引诗24）。

美的光辉、令知音喜悦的义。(9)

在诗中，音（"词"）完全由诗人调遣。什么是"唯一适合表达诗人意图"？也就是唯独这个音（"词"）适合表达诗人想要表达的意义。为什么？因为还有其他许多音（"词"）。因此，想要表达普遍的意义，而使用表达特殊的词，就不能获得正确的表达。例如：

大海啊，请你不要轻视这些宝石，
任由惊涛骇浪猛烈地捶击拍打；
那块憍斯杜跋宝石，连人中俊杰
都会向你伸手乞讨，不是这样吗？(25)

在这首诗中，开头想要表达大海中的所有宝石普遍珍贵，而憍斯杜跋宝石是一个表示特殊宝石的词，因此，以表达这种宝石的特殊珍贵收尾。这种开始和结尾不协调，不能增添诗美。同时也不能说，特殊中的任何优点必然出现在普遍中。因为：

马、象和铁，木头、石块和衣服，
女人、男人和水，其间差别巨大。(26)

因此，在前面那首引诗中，使用表示普遍的词能令知音喜悦。这样的改动并不难，只要将"那块憍斯杜跋宝石"改成"其中任何一块宝石"。

然而，如果想要表达特殊的内容，诗人们便会使用表示特殊的词。例如：

由于你渴望与佩戴骷髅者结合，

现在有了两件令人哀怜的事物：
一件是闪烁光辉的弯弯月牙儿，
还有一件是你，世界眼中的月亮。① (27)

  表示大神湿婆的同义词数以千计，而这首诗中选用"佩戴骷髅者"。这个词表示厌恶味的所缘情由，与常情厌相连，形成表示者（"词"）的曲折性。"现在"和"两件"这两个用词也十分可爱。这是嘲笑她原先只是自己一人因愚蠢的渴望而令人哀怜，而现在她的愚蠢的渴望居然获得援助。"渴望"一词也十分可爱。因为如果这种结合是偶然造成的，就不会受到非议。然而，渴望这种结合，也就难免受到非议。使用两个连接词 ca，让人感受到月牙儿和女主人公互相竞争优美。在"闪烁光辉的弯弯月牙儿"中使用表示"具有"的后缀 mat 和 vat，含有赞美之意。这种词义也是不能用其他同义词表达的。

  因此，表示者（"词"）的特征在于能表达诗人的特殊意图。在诗人的想象领域中，事物因生动的刻画而活灵活现，或者以符合话题的丰富描写，掩盖它们的性质。它们如何得到表达，依靠诗人的意图。只有使用适合表达这种特殊性的词语表达，才能产生魅力。例如：

"任何狮子都会对只配称作蛆虫和碎片的大象和
乌云发威，这种渺小的勇气仅仅出自属类的本性。"
想到这些，安必迦②的狮子不对成群结队的大象和
乌云发威。那么，它能在哪里展示它的非凡魅力？(28)

---

 ① 引自《鸠摩罗出世》5.71。这首诗中的"你"是雪山之女波哩婆提，"月牙儿"是大神湿婆的顶饰。
 ② 安必迦即大神湿婆的妻子波哩婆提。

在这首诗中,将"大象"称为"蛆虫",将"乌云"称为"碎片",均表示藐视。"任何"一词也表示对其他普通狮子的轻蔑。"仅仅"一词表示骄傲。形容勇气的"渺小"一词表示其他普通狮子的卑微。这些都表明它们是唯一适合表达诗人意图的用词。"成群结队"一词表示庞大,也切合话题。

如果事物的性质期望获得特殊的表达,而缺乏这种特殊性,那就会有损诗美。例如:

名为"不可言状"的如意宝是创造主的完美创造,
无论怎样优美的比喻都只能招来莫大的羞辱;
它的财富超过众生心中愿望;想到它,石头就会
变成宝石。它最好还是呈现石头模样,不为人知。(29)

在这首诗中,"想到"一词应该具有"一想到"的特殊性,因此,有必要将"想到"改为"一想到"。在后面论述表示者曲折性时,对此会详细说明,这里不再多说。

下面讲述义。什么是表示义的特征?它自身闪烁美的光辉,令知音喜悦。知音通晓诗义。它以自身闪烁的、出自自己本性的美,令知音欢愉和喜悦。也就是说,即使事物具有各种特点,诗人则选择能令知音内心喜悦的那种特点。能令知音喜悦,或依靠某种性质的伟大崇高,或有助于增强味。例如:

庞大的野猪拽出大地,自己的愿望却受阻:
獠牙紧紧挟住山峰,不能愉快地摩擦肩背,
海水只够在脚穴中流淌,不能畅快地沐浴,

地下的淤泥只够鼻子接触，不能翻身打滚。①（30）

在这首诗中，生动地展现事物的伟大性。它以本性中的另一方面完全受到阻碍，呈现本性的伟大，令知音内心喜悦。又如：

牟尼出来采集拘舍草和柴薪，
循着这啼哭声，走到她那里，
他曾经看到鸟被猎人射杀，
涌起的悲伤化作"输洛迦"。②（31）

在这首诗中，本是询问这位牟尼是谁？只要回答是蚁垤就可以。而诗人描写这位大慈大悲的牟尼一看到被猎人射杀的鸟，心中涌起的悲伤便转化成"输洛迦"（偈颂）。正是这位牟尼看到遮那迦公主（悉多）的处境，不由自主，内心激动。这样的描写有助于增强悲悯味，令知音内心喜悦。又如：

夫人啊！请认识我，我是云，你丈夫的好友，
心中怀着他的音信，来到了你的身边；
我会用低沉的悦耳的声音催促无数行人，
他们旅途疲倦，急于去解开妻子的发辫。③（32）

在这首诗中，首先打个招呼"夫人啊！"引起信任感。然后介

---

① 这首诗描写大地被阿修罗拖入大海，于是，大神毗湿奴化身野猪，从大海中拽出大地。
② 引自《罗怙世系》14.70。诗中的"她"指被罗摩遗弃的悉多。"输洛迦"是一种诗律名称。这里使用了谐音手法，śoka（悲伤）化作 śloka（输洛迦）。
③ 引自《云使》99（金克木译）。"解开妻子的发辫"意味丈夫不在家时，妻子将头发束成发辫，要等丈夫回来才能解开。

绍自己"请认识我,我是你丈夫的好友"。"好友"是值得信任的朋友。这样安慰她之后,进入主题,说明自己为了传达他的信息,来到你的身边。"心中怀着"表示认真负责。那么,为何不派遣其他聪明能干者执行这个使命?于是,他说明这是自己的特长。"我是云('携带雨水者')"表明自己擅长携带东西。他催促无数行人。什么样的行人?尽管疲倦,还能加快速度。"无数"说明他不断努力做这样的好事。怎样做?用低沉的悦耳的声音。甜蜜可爱的声音表明优秀使者的说话方式。在哪里?在旅途。这表明他对偶然遇见的行人都会做这样的好事,对亲爱的朋友怎么会不倍加关心?什么样的行人?急于去解开妻子的发辫。"妻子"一词表明他们不能忍受与妻子分离。急于去解开妻子的发辫,表明他们思恋妻子。

这首诗的含义是:"我坚守誓愿,永远怀着友善,促成有情人团圆幸福,因为他们真心相爱,却被命运拆开。"诗人在这里展现的这种优美的意义确实是这部名为《云使》的作品的生命,令知音喜悦至极。也有反面的例子:

即使此刻已经到达城市边沿,
娇嫩的悉多匆匆走了三四步,
不止一次问:"现在还有多远?"
使罗摩第一次流下了眼泪。(33)

在这首诗中,不止一次地询问还要走多远,这不体现悉多的崇高性格,也不有助于增强味。因为这是悉多自觉采取的合适的行动,即使由于肢体娇嫩,闪现这种念头,知音们也不会相信她会说出口。还有,说是悉多不止一次询问,使罗摩第一次流下眼泪。这也不合适。因为只要说一次,罗摩就会流下眼泪。这样,原本十分可爱的事,诗人稍不留神,就出了差错。因此,这里的"不止一次"应该改为"忍不住"。

音和义的这种特殊性得到认可,费解和意义不全等诗病也就排除在外,不需要再分别讲述。

已经讲述音和义两者的非凡性质,现在讲述另一种奇妙的特征:

音和义都是被修饰者。它们的修饰者称作"曲语",即机智巧妙的表达方式。(10)

音和义两者都是被修饰者。通过这种修饰,增强诗美。两者的修饰者是什么?即使是两者,由一个修饰者修饰。这个修饰者是什么?就是曲语。曲语是奇妙的表达方式,有别于通常的表达方式。什么样?机智巧妙。机智体现诗人技艺娴熟,巧妙是曲折迷人。这种奇妙的表达方式称作曲语。这里要说的意思是:在诗中分别存在的音和义并不采用不同的修饰者,而只是采用曲折奇妙的表达方式,因为这种表达方式增强诗美。后面会随时说明这种曲折性。

有人会问:唯有曲语是修饰者("庄严"),这种说法难道不违背常识吗?因为古人说过另一种名为"自性"("如实描写")的修饰者也是"庄严",而且相当可爱。对此不能苟同,批驳如下:

那些庄严论者认为自性也是修饰者(修辞),那么,还有什么是被修饰者?(11)

那些制订庄严者认为自性是修饰者。所谓的自性修辞也就是如实描写事物本身。他们思想柔弱,不愿意认真加以区别。如果自性是修饰者,那么,什么是另一种有别于它的、作为诗的身体的事物?根本就不存在这种与它不同的被修饰者。

前面说过,句子作为不可分割的整体,具有庄严,而成为诗。(1.6)那么,这里为何又这样说?确实如此。但这是便于理解,而作出不真实的区分,类似将完整的句子分成音素(字母)和词。①

---

① 按照梵语语言哲学,句子本是不可分割的整体,只是便于语法分析,才分成音素(字母)和词。

这里还可以换用另一种说法：

脱离自性，也就无话可说，因为缺乏自性的事物不可名状。(12)

脱离自性，缺乏自性，也就无法表述。凡是事物，皆可表述。缺乏自性，撇开自性，也就无法描写，无法用语言表达。"自性"一词从词源上说，是自己的或自我的性质，性质则可以表述和确认。因此，任何事物都可以命名和描述。缺乏自性，则成为兔角一类虚妄的事物，无法用语言认知。具有自性，才能进入表达领域。按照有"自性修辞"的说法，甚至车夫的话语也"具有修辞"。这里，还可以换用另一种说法：

如果身体是修饰者，那么，它的修饰对象是什么？无论如何，自己不可能登上自己的肩膀。(13)

任何受描写的事物的自性，由于值得描写，成为受描写的身体。如果它是修辞，是修饰者，那么，有别于它的修饰对象是什么？如果说是修饰自己，这不能成立。因为无论如何，自己不可能登上自己的肩膀。这种说法不符合行为方式。为了帮助理解，还可以这样说：

如果自性作为修饰者，又被加上另一种修饰者，那么，两者的区分或者明显，或者不明显。(14)

如果明显，则是混合修辞；如果不明显，则是结合修辞，不存在其他修辞的可能。(15)

如果说自性作为修辞或修饰者，又受到另一种修辞或修饰者修饰，那就有两种可能。哪两种？自性修辞和另一种修辞两者之间的区分或者明显，或者不明显。如果不明显，在诗中就是那种统称为"混合"的修辞。如果明显，就是那种统称为"结合"的修辞。那么，这有什么不对？回答是，这样就取消了其他修辞，也就是没有为明喻等修辞留下空间。那么，为其他修辞作出界定，也就失去意义。①

如果混合和结合这两种庄严囊括了其他所有修辞，那就变得毫无意义，连那些庄严论者也不会认同。这就像咀嚼天空那样虚妄不实。

现在回到原题。任何事物只有进入诗人的创作领域，才得到描写。自性必须令知音喜悦，成为诗的身体，才能成为描写对象。而自性又应该采用某种修辞，以增强诗美。这正是前面所说"义是自身闪烁美的光辉、令知音喜悦的义"（1.9）。还有，"音和义都是被修饰者"。(1.10)

已经说明诗的定义中"音和义"（1.7）这个用语的真正含义，现在说明定义中的"结合"（1.7）这个用语。

显然，音和义的结合始终都是公认的，那么，对于这两者的结合，还含有什么新颖的说法？(16)

音和义，也就是能指和所指，两者结合，互不分离，始终是这样被理解，得到公认。如果是这样，还会有什么新颖的说法？意思是老生常谈，不会有什么新颖的说法。音和义的结合天然如此，凡是有头脑的人，谁会麻烦自己徒费口舌，重弹老调？

确实如此。但这里所说的不是通常的所指（"音"）和能指（"义"）的关系。在通常意义上，"结合"一词用于表示一切语句，包括甘古吒（Gāṅkuṭa）等人艰难的语句和车夫等等散漫的语句。这样就缺乏区别，不是一种有别于词法、句法和量论②的"结合"。

即使它有别于词法等等的"结合"，这也已经成为常识。再次

---

① 以上作者表达的看法是，自性是诗的身体，因而是修饰的对象，如果它本身就是修辞，那么，它与修饰它的另一种修辞就构成混合修辞或结合修辞。这样就取消了其他各种修辞名称，只剩下混合和结合这两种修辞。

② 量论指认识世界的方法，如感觉和推理等。

谈论它，难道不嫌重复？因此，这里需要特别说明：长期以来，一直使用"结合"一词，已经习以为常。即使它是登上诗人创作艺术顶峰的可爱标志，至今却没有一位学者哪怕稍许认真地思考它的真正含义。因此，现在要让蜜蜂般的知音们认识到这种"结合"具有令人内心喜悦的性质，由此，优秀诗人的作品充满美，犹如婆罗私婆蒂（语言女神）心中莲花的滴滴蜜汁。

两者的结合带来美。那是一种不多不少而可爱迷人的境界。(17)

这里的结合，是音和义两者非凡的结合，成为内心产生惊喜的原因，一种富有魅力的奇妙境界。什么是"不多不少而可爱迷人"？那是两者互相匹配而可爱迷人。也就是其中任何一方，既不过分削弱，也不过分突出。那么，甚至低劣的两者也会形成这样的平衡。因此，这里强调说"带来美"。只有"带来美"，才能令知音喜悦。这种互相匹配的境界，平衡而优美的状况，被称为"结合"。这里意味能指（"音"）和另一种能指（"音"）以及所指（"义"）和另一种所指（"义"）的结合。在前面诗的定义（1.7）中，已经表明句子本身的完整性。

为何不是能指（"音"）和另一种所指（"义"），或所指（"义"）和另一种能指（"音"）的结合？因为违反次序，就会产生混乱，失去用处。因此，音和义两者各自凭借自己的全部优势，令知音喜悦，互相竞争，熠熠生辉。正是这样的句子安排得名为"结合"①。

产生与风格相应的甜蜜等诗德，
运用庄严，充满曲折的表达方式。(34)

---

① "结合"一词在这里也可以读作"文学"。

其中的音和义各自互相竞争，
互相适应而迷人，促进各种味。(35)

正是这种美妙的境界，令知音喜悦的组合，
由词等构成的语言精华，得名为"结合"。(36)

句子的应用中，有词法、句法、量论和文学四种方式。词法是构词方式，如发音 g 和 au，构成 gau（"牛"），以及五种词干和六种谓语动词。句法是词依次互相结合，形成句义。量论是依靠现量（感觉）等等方法证明合理。文学是依靠生动优美，令知音喜悦。它们都在各自领域中占主要地位，而在其他领域中占次要地位。尽管如此，文学体现诗人的才能，以整个句子的生动优美为生命，胜过一切。因为即使它在作品中占次要地位，只是少量应用，也能产生美。而如果完全缺少它，就变得枯燥乏味。缺少了吸引力，一切努力也就白费。它的用途优于经论；它的果实甚至超越经论表达的人生四要。这在前面已经说明（1.3、1.5）。

即使内容不显著，但富有文体之美，
也会像歌曲那样令知音内心喜悦。(37)

一旦把握表示义，知音们就感知到
词句意义的生命，犹如品尝到美酒。(38)

在知音眼中，没有它，诗就没有生命，
犹如身体缺乏生命，生命缺乏活力。(39)

只有产生美的魅力，语言才会进入

知音的领域，现在就探讨这个问题。(40)

以上是相关的偈颂。

已经说明"结合"。现在讲述诗人的曲折表达能力。

诗人的曲折表达能力分为六类。每一类又分成许多种，每种都具有各自的美。(18)

诗人的能力体现在诗的创作上。曲折表达是曲折性，即不同于一般作品的奇妙性。曲折性分为六类。每类又分成许多种。每种都具有美的奇妙魅力。说明如下：

音素安排的曲折性，词干的曲折性，还有一类是词缀的曲折性。(19)

音素安排指字母的特殊安排。它的曲折性在于这种特殊安排具有奇妙性，有别于通常的安排，充满词音之美，令知音喜悦。例如：

最初呈现红色，接着是金色，
随后宛如相思女子的脸颊，
最后洁白如同剖开的莲藕，
这月亮在夜空中驱除黑暗。(41)

在这首诗中，完全依靠音素安排的曲折性，充分展现词音之美。这种音素安排的曲折性古已有之，通常称为"谐音"。它的分类及其特征，后面（2.1）会讲述。

词干的曲折性。词指名词或动词。词干指词基或词根。它的曲折性在于安排的奇妙性。它分成许多种。一个常用词，按照语境，含有叠加的、与常用义不同的另一种性质。这是第一种词干曲折性。例如：

我是罗摩，能承受一切。①（42）

第二种是一个专有名词的常用义含有叠加的非凡性质。例如：

这罗摩凭英勇品质在三界赢得最高的声誉，
如果大王您不知道他，那实在是我们的不幸；
风儿像歌手，用七种音调歌唱他的光辉名声，
音调发自由一支箭射穿成行的大娑罗树洞。（43）

同义词曲折性是又一种词干曲折性。在众多同义词中，选取最适合语境的那个同义词。例如：

"左眼抹有眼膏，左胸乳房高高隆起，
臀部宽大，突显腰部纤细。"侍从们
第一次看到爱神之敌的身体与爱人
结合，惊讶不已。愿这身体保护我们！（44）

在这首诗中，"爱神之敌"② 这个同义词展现曲折性。因为爱神之敌的身体与爱人结合完全超出想象，引起侍从们惊讶。"惊讶不已"也体现"第一次"这个词的活力。

同义词曲折性也表现为含有与表示义不同的另一种性质。例如：

盎伽王！统帅！国王的爱将！

---

① 这里的"罗摩"一词并非单指王子罗摩，而是指经历了一切磨难的王子罗摩。
② "爱神之敌"是大神湿婆的称号之一。

请在怖军面前保护难敌吧！（45）

　　这里的三个同义词①都含有迦尔纳并无能力保护难敌的意思，故而嘲讽道："保护难敌吧！"
　　还有另一种词干曲折性，名为隐喻（转义）曲折性。其中，依靠隐喻，用表示具体事物的词表示抽象事物。例如："甚至一丁点儿的无端责备，也会让有自尊心的人心烦意乱。"又如："名誉握在手中。""一丁点儿"这个词表示少量的具体事物，而这里依靠在少量上的相似性，以隐喻方式表示抽象的事物即少量的责备，因此产生曲折性，令知音喜悦。"握在手中"是依靠与具体事物花束等可以握住的相似性，以隐喻方式表示抽象的事物即名誉可以握在手中，由此产生曲折性。同样，表示液态事物波动等性质的词，在诗人的运用中，常常依靠相似性，表示固态事物。例如：

胸脯随着喘息起伏波动。（46）

　　有时，表示液态事物的词也用于表示抽象事物。例如：

我的这些手臂久已忘却曾经与天国军队交战，
哪怕有一滴机会，能让它们止住勇气的瘙痒。（47）

　　上一首诗中的"波动"和这首诗中的"一滴"都带有曲折性。
　　还有一种词干曲折性，名为形容（修饰）曲折性。其中依靠形容的魅力，展现曲折性，令知音喜悦。例如：

---

① "盎伽王"、"统帅"和"国王的爱将"都是对迦尔纳的称号。他是难敌的忠实朋友。

灼热能煮沸一杯水，迸涌的泪水流成渠，
叹息化作跳动的灯焰，身体沉入苍白中，
她整夜坐在窗边，眺望着你的归家之路，
双手作伞，遮挡月光①，我还要对你说什么？(48)

在这首诗中，灼热、泪水、叹息和身体本身并不显示奇妙性。而依靠对它们的特殊形容，获得曲折性。又如：

长辈们在场，她羞涩地低下头，
克制住引起胸脯起伏的忧伤；
她不可能说"请留下"，而惊鹿般
迷人的眼角流出泪水，盯住我。(49)

在这首诗中，以"惊鹿般迷人"形容眼角，产生可爱性。也就是利用与惊鹿迷人的眼神的相似性，呈现因长辈们在场而胆怯的可爱情态。

还有另一种词干曲折性，名为隐含曲折性。其中，按照语境，事物的性质无论低下或高尚，不宜直接表达，而使用能隐含意义的词表达。例如：

就是他，不信守誓言，现在要做这件事。(50)

这里，犊子王听说王后仙赐死去，内心哀痛。他贪图荣华富贵，想娶摩揭陀国莲花公主。他感到这件事不光彩，又无法直接说这是大罪过，于是使用能隐含这个意思的代词"这件

---

① 对于怀有离愁的女子，月光如同炽烈的阳光。

事"。又如：

> 因醉酒而慵倦，闭目入睡，
> 这位美人的那些甜蜜言辞，
> 意义似有若无，然而至今
> 在我的心中仿佛暗示什么。(51)

在这首诗中，"暗示什么"一词表示听到那些词而引起的内心惊喜，只能体验，不可言传。"那些"一词表示它们在回忆中仍然包含那种特殊体验。"若无"一词表示只是自己的感受，不可名状。"似有"表示它们产生非凡的魅力，而非犯有缺乏意义的语病。这三个用词体现形容曲折性。

还有一种词干曲折性，名为组合奇妙曲折性。其中，诗人选用某些奇妙的复合词等组合方式。例如：

> 在幼芽中的嫩叶。(52)

又如：

> 身体沉入苍白中。[①] (53)

又如：

> 即使是月牙，也流淌甘露，

[①] 即前面第48首。

有谁见了，心中会不激动？① （54）

还有一种词干曲折性，名为词性奇妙曲折性。其中，同一对象使用不同的词性，产生奇妙性。例如：

在这个麻木的世界上，还会有哪头
大耳长鼻的象，成为我的音乐听众？② （55）

又如：

弥提罗公主（悉多）是他的妻子。③ （56）

还有另一种词性奇妙曲折性。其中，有多种词性选择，为了表达柔美，诗人采用阴性词，理由是"阴性这个名称本身柔美"(2.22)。例如：

请看前面这河岸！④ （57）

还有一种词干曲折性，名为动词奇妙曲折性。其中，诗人在动词使用中展现奇妙性，产生可爱的魅力。动词奇妙性的魅力多种多样。例如：

---

① 以上三个例举的梵语原文中，"幼芽中"、"苍白中"和"月牙"在词的组合或语言结构上体现曲折性。
② 其中的"象"一词是阳性，而"听众"一词是中性。
③ 其中的"弥提罗公主"一词是阴性，而"妻子"一词是阳性复数。
④ 这里的"河岸"一词是阴性。

在爱的游戏中脱去衣裳，
波哩婆提赶紧伸出双手，
如同树叶，遮住湿婆的双眼，
被吻的第三只眼获得胜利。①（58）

这首诗的含义是：虽然这些眼睛同样被遮住，但其中第三只眼睛被女神波哩婆提用吻遮住，故而突显这第三只眼睛获得胜利。这里使用的动词"胜利"令知音内心感到生动而奇妙。又如：

摩图之敌自愿化身狮子，
那些爪甲皎洁胜过月光，
斩断虔诚信徒们的痛苦，
但愿它们保佑你们平安。②（59）

在这首诗中，那些爪甲斩断虔诚信徒们的痛苦，有别于通常所知的斩断功能，呈现动词奇妙性。又如：

但愿湿婆的箭火焚烧你们的罪恶！（60）

这里也与上一首诗一样，具有动词奇妙性。又如：

这些可爱的女子眼睛颤动，
既含情又骄傲，斜视的目光
与耳朵上的青莲花瓣相遇，
爱神获得胜利，放下了弓箭。（61）

---

① 引自《七百咏》。大神湿婆额上长有第三只眼。
② 引自《韵光》1.1。摩图之敌是大神毗湿奴的称号。

在这首诗中，可爱的女子们的目光使爱神结束自己的行动，放下弓箭。这里突显爱神获得胜利。还要说什么？应该说在这样的胜利中，可爱的女子们也获得胜利。这首诗的含义是：想到她们优美的目光的征服力，爱神放下了自己的弓箭，因为他已达到战胜三界的目的①。诗人心中充分认识到她们是辅助爱神的重要力量。"胜利"这个动词表达了行动的原因。因此，这首诗中含有动词奇妙性，令知音喜悦，又如：

在我的心中仿佛暗示什么。（62）

这里，没有使用"念叨"或"说着"之类同义词，因为诗人旨在表明那些词充满魅力，不可名状。

另外一类曲折性依靠词缀。什么样？词缀有名词词缀和动词词缀。它们又分成多种：词数奇妙性、词格奇妙性和人称奇妙性。先说词数奇妙性。其中，词数奇妙性形成诗美。例如：

弥提罗公主（悉多）是他的妻子。②（63）

又如：

她的双眼是盛开的蓝莲花林，双手是莲花丛。（64）

这里，同一对象使用双数和复数③，产生魅力。

词格奇妙性。其中，无知觉的事物被叠加上知觉，行为如同有

---

① 意思是爱神可以依靠这些女子征服三界。
② "妻子"一词是阳性复数。
③ "双眼"是双数，"蓝莲花林"是复数。"双手"是双数，"莲花丛"是复数。

知觉的生物。利用体格等词格，促进味等。例如：

泪水流淌，强行沐浴她的双乳，
甜蜜的嗓音为难地哽噎在喉咙，
脸颊苍白似秋月，埋在手掌中，
而我们不知道她的思绪像什么？（65）

在这首诗中，泪水即使无知觉，而被诗人叠加上知觉，用作体格。女主人公不能自主，故而它们能采取这样的行动，而她本人无所作为。另外，她的脸颊让我们观察到她的状况。然而，我们不知道她的激烈复杂的思绪，因为那属于内在的心态。又如：

你的箭师是湿婆，室建陀败在你手下，
你住在你征服的大海，大地是你施舍，
然而你的斧子砍断过莱奴迦的脖子，
我的这把闪亮的利剑羞于与它交锋。① （66）

在这首诗中，"利剑羞于"与上一首诗一样，体现词格奇妙性。
还有，人称曲折性。其中，诗人采用替换人称的手法。他们用一个名词取代第二人称或第一人称，以追求诗的奇妙。例如：

如果皇上不知道他，那是我们的不幸。（67）

这里，应该说"你还不知道他"，而为了追求奇妙，说"皇上不知道他"。同样，只用名词，不用动词，也能替换人称。例如：

---

① 引自《小罗摩衍那》2.37。

> 在下有话要问你，女苦行者啊！
> 如果那不是秘密，就请回答我。①（68）

这里，应该说"我有话要问你"，而用"在下"替换"我"，与上一首诗一样体现奇妙性。又如：

> 就是他，不信守誓言……②（69）

这里，用"不信守誓言（者）"替换"我"，体现奇妙性。

以上只是对主要几种曲折性举例说明。而在大诗人们一系列作品中，各种表现手法数以千计，知音们可以自己考察。

这样，已经分别说明组成句子的词的组成部分音素等的曲折性。现在说明由词组成的句子的曲折性。

另一类是句子的曲折性，可以分出成千种。所有的庄严（修辞）全都囊括其中。(20)

另一类是句子的曲折性。句子由词组成。动词加上不变词、词格和形容词，构成句子。这是偈颂（诗节）等的曲折性，具有奇妙的魅力。它有别于前面所说的种种曲折性，体现整体的奇妙性。

> 以前，你抛弃陪伴你的吉祥
> 女神，而与我一起前往森林；
> 如今她获得地位，出于愤怒，
> 不能容忍我居住在你的宫中。③（70）

---

① 引自《鸠摩罗出世》5.40。
② 即前面第50首。
③ 引自《罗怙世系》14.63。

这是悉多满怀悲伤，向心爱的丈夫（罗摩）所做的表白：以前，你抛弃前来侍奉你的吉祥女神，与我一起进入森林，做了连梦中也想不到的事。现在，这位女神出于妒忌，不会容忍我住在你的宫中，因为忌恨情敌是女人的天性。这些话里的意思是：过去，你遭逢不幸，处境艰难时，我受到你如此恩宠，而现在你登上王位，我却落到会被无故抛弃的屈辱境地。你知晓行为规则，这样合适不合适，你自己考虑吧！

这样的曲折性可以分出成千种，也就是可以分出许多种。"成千"这个词仅仅表示数量之多，并非确定之数。例如，这样的说法："不该杀死成千人。"因为诗人想象力无穷，不可限量。有人会提出："句子的曲折性有许多种，我们不知道是什么样？"因此，这里说明所有的庄严（修辞）都囊括其中。也就是诗人作品中常用的明喻等所有修辞，不加分别，全部囊括其中，统称为一类。这些修辞，在后面论述它们的特征时会分别举例说明。

这样，已经说明句子的曲折性。现在说明由句子组成的章节和由章节组成的整部作品的曲折性。

还有章节和整部作品的曲折性。它们的优美迷人分成天然的和人为的。（21）

现在讲述作品中的章节和剧本等等作品的曲折性，即整体组合的奇妙性。什么样？优美迷人，或天然，或人为。天然是天生的，人为是取得的。它们优美而迷人。

其中，章节的曲折性。例如，在《罗摩衍那》中，罗摩去追摩哩遮幻化的金鹿。悉多远远听到罗摩悲惨的呼叫声，胆战心惊。她不顾自己的生命安全，责骂罗什曼那，派他去救罗摩。这些其实很不合适。因为主人公（罗摩）身边有随从，没有必要这样亲自去追金鹿。另外，按照描写，罗摩业绩非凡，却需要弟弟救他性命，也不合情理。正是考虑到这些，《高尚的罗摩》的作者聪明地加以改

822

编，让罗什曼那去追杀摩哩遮金鹿，让焦急不安的悉多派罗摩去救罗什曼那。这就含有令知音喜悦的曲折性。

又如，在《野人和阿周那》中，野人的话只是表示寻找自己的箭。而阿周那思考话中的含义，实际是提出挑战。因此，他说道：

你安抚、诱惑和恐吓，令我心中困惑，
找箭这样说话，貌似正当却不正当。① (71)

整部作品的曲折性。例如，在大诗人们以罗摩故事为题材创作的剧本等整部作品中，开始是描写这位伟人，汇聚所有五种曲折性的美，令知音内心喜悦。而最终产生明辨善恶是非的伦理教诲：活着应该像罗摩那样，而不应该像罗波那那样。

又如，在《苦行犊子王》中，描写主人公（犊子王）的生活。他的心柔软似花，沉湎游乐。而实际上，作品是教导那些精通谋略的大臣应该采用各种方法救助沉入灾难之海的国王。这种曲折性，在后面论述它的特征时还会加以说明。

以上只是点明诗人运用的六种曲折性。在后面论述它们的特征时，会详细说明。

现在轮到说明组合：

句子的安排富有成效，增进所指和能指的吉祥和优美，这被称为组合。（22）

特殊的调遣安排，富有成效，这被称为组合。"成效"在这里是就诗的创作功能而言。谁的成效？句子的，也就是诗节等等的。这里所说的所指和能指是表示义和表示者。它促进和强化这两者的两种品质：吉祥和优美。吉祥是想象力丰富产生的效果，令人心中

---

① 引自《野人和阿周那》14.7。

惊喜。优美是遣词造句之美。例如：

> 她将左手放在臀部，优美地转动腰部，
> 胸脯高高隆起，下颚贴近肩部，从眼角
> 向我投来两三道解除相思灼热的秋波，
> 带着镶嵌蓝宝石的珍珠项链的光辉。(72)

在这首诗中，诗人充分发挥熟练的技艺，令人心中惊喜，大大增强吉祥的品质。同时，稍许运用音素组合的魅力和充分展现遣词造句之美，大大增强优美的品质。

已经讲述组合的性质，现在讲述令知音喜悦的性质。

这是一种特殊的欢愉之美，超越能指、所指和曲语这三者，令知音喜悦。(23)

令知音喜悦也就是给知诗者带来喜悦。什么样？超越所指、能指和曲语这三者。所指是表示义，能指是用于表示的词，曲语是修饰者（"庄严"）。这三者也都优秀卓越，因此强调超越或胜过这三者。它具有不同于这三者的、另一种性质的优秀卓越。另一种什么样？这是一种特殊的欢愉之美。这种特殊的欢愉不可名状，是知音内心的感受。这是属于柔美事物的感染性。因此，这种美具有感染性而可爱。例如：

> 这些嫩芽已从池中莲花根茎上长出，
> 可以与年轻雌象柔软的象牙相媲美，
> 而那些天鹅鸣叫着吞食它们，咽下时，
> 喉咙收缩，发出另一种甜蜜的咕咕声。[1]（73）

---

[1] 引自《韵光》4.7以下。

在这首诗中，无法确定所指、能指和曲语这三者中，诗人明显突出哪一种。但它以想象的奇妙，令知音喜悦。

即使以上所有的例举足以说明好诗的种种特征，也只是就它们的主要部分而言。每种特征的丰富多彩，知音们可以自己考察。

以上已经讲述诗的一般属性。现在讲述三种风格，以说明诗的特殊属性。

这里，作为诗人创作方式的成因，有三种道路（"风格"）：柔美、绚丽和兼有两种的适中。（24）

这里，在诗中，有三种道路（"风格"）。不是两种，也不是四种，而是如同吠陀的音调数目[①]，智者们确定为三种。什么是诗人创作方式的成因？也就是诗创作本身的成因。它们的名称是什么？柔美、绚丽和适中。什么是适中？兼有前两者的性质。它连接这两者，兼有这两种道路（"风格"）的性质，仰仗这两者的魅力。在下面为它们下定义时，会说明它们的特征。

在这方面，有许多不同意见。古人依据维达巴等地域命名维达巴等三种风格，又将它们分成上、中、下三等。另一些人提出维达巴和高德两种风格。这两种说法都是不恰当的。如果按照地域区分风格，那么，地域的划分无限，风格也就无计其数。诗创作中运用特殊的风格，并不像表亲结婚那样具有地域特征。地域特征完全依据传统习俗，不能逾越。而诗创作必须依靠才能等所有原因，不可能随心所欲。不能说像南方歌曲具有优美的音调等声乐魅力，诗创作也具有某种天生魅力。如果这样，那么，人人都能从事诗创作。再有，即使才能有天赋因素，学问等后天因素也绝不会受地域限制。两者之间，没有必然联系。在这里见不到的，却可以在别处见到。

将风格分成上、中、下三等也是不恰当的。因为旨在说明令知

[①] 吠陀语的读音有三种音调：高调、低调和降调。

音内心喜悦的诗的特征，如果中等和下等风格不能像维达巴风格那样产生美，也就没有必要加以讨论。如果说是为了避免它们而加以讨论，理由也不能成立，甚至那些论者也不会认可。诗创作并非尽力而为，像施舍穷人那样。当然，如果特殊的地名只是用来指称创作风格，我们也不反对。那些主张两种风格的论者也存在同样的缺陷。但我们不必再为这个非实质的议题花费心思了。

依据诗人性格区分诗的创作方式，这才深中肯綮。性格柔美的诗人天生具有柔美的才能，因为才能与有才能的诗人不可分割。这种才能又与柔美的学养结合。这两者又引导柔美方式的创作实践。同样，依据令知音喜悦的诗的特征，性格绚丽的诗人的可爱之处在于与柔美不同的绚丽。他展现的才能与绚丽一致。这种才能又与精妙的学养结合。由此，思想受到奇妙的香气熏染，从事绚丽方式的创作实践。还有一类诗人兼有以上两类诗人的性格，形成充满混合之美的才能。这种才能又与闪耀两者之美的学养结合。由此，专心从事兼有两者魅力的创作实践。

这样，这些诗人着手创作柔美、绚丽和兼有两者性质的诗，各自达到诗创作的极境而富有魅力。这三种风格成为诗人们创作活动的标志，被称作"道路"。尽管依据诗人的性格区分，也会无计其数。但不可能一一列出，一般只能分成三种。

在确定可爱的诗时，那些天然柔美的诗归为一类，有别于它而不可爱的诗排除在外。有别于它而可爱的诗则归入绚丽一类。由于这两者可爱，仰仗这两者的诗也可爱。这样，这三类诗，每一类都富有魅力，令知音喜悦，圆满无缺。

既然说这两种才能是天生的，怎么又说与后天的学养和实践有关？这样说并没有错。因为即使撇开诗创作，在其他领域中，任何人的思想也都受到没有起始的潜意识熏染，学养和实践顺应他们的天性。这两者的成效在于展现本性。本性和这两者属于互相辅助的关系。本性启动这两者，而这两者增强本性。甚至无知觉的事物的本性，也会依靠与它的本性协调的另一种事物的力量，得到展现。例如，月亮宝石接触到月光，就会渗出水珠。

已经提出这些风格，下面依次说明。

从纯洁的想象力中绽开新鲜的音义之美，毫不费力，装饰不多而可爱迷人。(25)

以事物的本性为主，人为的技巧无足轻重，通晓味等等真谛的知音在心中感受到美。(26)

不假思索就能感受到优美可爱，仿佛是创造主的完美创造。(27)

其中任何一点奇妙性都产生于想象力，流动着柔美，熠熠生辉。(28)

这是优秀诗人采用的柔美风格，犹如蜜蜂围绕鲜花盛开的丛林。(29)

以上所说是名为柔美的风格特征。迦梨陀娑等优秀的诗人遵循这条道路，即采用这种风格创作诗。什么样？就像蜜蜂围绕鲜花盛开的丛林。凭借与鲜花盛开的丛林的相似性，展示这种风格柔美如同鲜花。就像蜜蜂们采集花蜜，诗人们专心采集语言精华。

这种风格什么样？其中任何一点奇妙性即曲语性，包括庄严（"修辞"）等等所有一切都产生于想象力。它们是诗人才能的展现，而不是人为的刻意做作。什么样？流动着柔美。这是令知音喜悦的可爱性。由于它的流动而有味。这种风格充分展现美，熠熠生辉。例如：

> 白天变得特别炎热，
> 夜晚变得特别纤细，
> 犹如夫妻俩行为不合，

互相争吵，事后懊恼。①（74）

在这首诗中，含有双关的魅力。这种修辞完全是诗人才能的展露，并非刻意追求，而呈现可爱性。"炎热"（阳性）和"纤细"（阴性）这两个词本身只是展示优美性，并无其他含义。但凭借诗人的娴熟技巧，使它们完全适合传达另一种含义，而令知音喜悦。另一种含义是什么？与"不合"和"分离"这两个词相联系，传达另一种含义。作为主体的两者（白天和夜晚）不能共处，互相对立，也就是因性质不同而分离。而作为喻体的两者（丈夫和妻子）因妒忌而吵架，造成对立，也就是因生气而分离。还有，用作形容词的两个"特别"，增强双方的力度，也十分可爱。获得双关的魅力通常很费力，而在这首诗中显得毫不费力，而可爱迷人。

从纯洁的想象力中绽开新鲜的音义之美，这又是什么样？纯洁是不受污染。这种纯洁的想象力由前世的潜印象和今生的修养积累而变得成熟，体现诗人的才能。于是，新鲜的音义即能指和所指如同新芽自动绽开，不必格外费力。这种新鲜的音义之美可爱迷人，令知音喜悦。

毫不费力，装饰不多而可爱迷人，又是什么样？即使诗中只有少量可爱迷人的装饰（修辞），也是毫不费力地获得，并不劳心费神。"不多"是指在章节中，而不局限于句子。例如：

波罗奢花还没有绽放，
弯似新月，色泽鲜红，
仿佛春天与林地交欢，
留下的点点指甲印痕。②（75）

---

① 引自《罗怙世系》16.45。
② 引自《鸠摩罗出世》3.29。

在这首诗中,"弯似新月"、"色泽鲜红"和"仿佛春天与林地交欢"这些词语只是柔美的描述,但"留下点点指甲印痕"这个修辞可爱迷人,自然地产生,毫不费力,令人惊喜。

以事物的本性为主,人为的技巧无足轻重,又是什么样?那是以事物的真实性质为主,以后天学会的技巧为次。这里,事物的真实本性凭借诗人的才能获得充分展现,那么,在其他的诗中施展的各种人为的技巧就显得无足轻重了。以《罗怙世系》中描写狩猎的那个部分为例:

> 但见前面出现一群羚羊,领头的
> 是一头骄傲的黑羚羊,它们嘴中
> 衔着拘舍草,母羚羊的行走时时
> 受到那些渴望吮奶的小羚羊阻碍。① (76)

等等。又如,在《鸠摩罗出世》中,开始说道:

> 双双对对,都以动作表达爱。② (77)

随即描写这些动物的天然本性:

> 那头公鹿用犄角为母鹿搔痒,
> 母鹿感觉舒服,闭上了眼睛。③ (78)

通晓味等真谛的知音在心中感受到美,又是什么样?味是艳情

---

① 引自《罗怙世系》9.55。
② 引自《鸠摩罗出世》3.35。
③ 引自《鸠摩罗出世》3.36。

味等。掌握艳情味等，就是掌握爱等。真谛是指至高奥秘。通晓味等便是知音。心中感受到，也就是心中体验到或内心感悟到。由此，柔美的诗句令知音内心喜悦。如在《罗怙世系》中，罗摩杀死罗波那后，乘飞车返回时，向悉多讲述自己与她分离后，内心痛苦。他指着一处又一处，描述自己的这种悲惨经历。例如：

> 夜里，我想起你以前的拥抱
> 带着颤抖，胆怯的人儿啊！
> 我难以忍受那些乌云发出
> 轰鸣声，在洞穴中久久回响。① （79）

这里的含义涉及两个方面。② 鸟、鸣声、树、水、花和季节等事物作为情由等辅助味。注重描写它们的天然本性，才能辅助味。与它们不同，天神和健达缚等富有知觉。对于他们，只有艳情等味得到充分描写，才能令知味的知音喜悦。这是诗人们的共识，已经在他们的作品中得到展现。

不假思索就能感受到优美可爱，又是什么样？那是不必思索分析，就能感受到可爱性，令知音喜悦。诗中展现的诗人技艺，无须一一指明。它们全都活跃在知音心中。

仿佛是创造主的完美创造，又是什么样？那是创造主的创造精湛完美，诸如可爱的女性之美等。借此比喻诗人的精湛技艺也像创造主的创造那样不可思议。例如：

> 那些手臂被弓弦捆住，不能动弹，
> 那些嘴巴不断地发出长吁短叹，

---

① 引自《罗怙世系》13.28。
② 即一方面是描写事物的天然本性，另一方面是传达味。

> 这个十首魔王曾经战胜因陀罗，
> 却被他囚禁狱中，直到他开恩。①（80）

这首诗没有依靠其他手法，充分体现诗人成熟的才能。

在以上一组偈颂中②，第一首主要说明词和庄严（修辞）两者之美；第二首说明被描写的事物的柔美；第三首说明不依靠其他手法而整体结构柔美；第四首说明奇妙性要与柔美性协调一致；第五首说明主体和对象的柔美。

这样，已经讲述名为柔美的风格特征。现在说明有关这种风格的诗德。

不使用复合词而可爱迷人，构成措辞的生命，这种甜蜜是柔美风格的第一种诗德。(30)

不使用复合词而可爱迷人，令人喜悦。声音悦耳，意义也可爱。运用名词和动词语尾，以词语组合的奇妙性为生命本质。这是柔美风格的第一种诗德，名为甜蜜。不使用复合词是指不大量使用复合词，而非完全不使用复合词。例如：

> 在欢爱中，高利取下湿婆的
> 月亮顶饰，佩戴在自己头上，
> 问道："我漂亮吗？"湿婆以吻
> 作为回答。愿这吻保佑我们！（81）

在这首诗中，显示这三者：少用复合词，音和义可爱，词语组合奇妙。

已经讲述甜蜜，现在讲述清晰。

---

① 引自《罗怙世系》6.40。诗中的"他"指千臂阿周那（作武王）。
② 即前面经文的第25—29颂。原文为偈颂体，故而称为"颂"（下同）。

诗人的意图不艰涩，顷刻间就能传达意义，其中含有味和曲语，这称为清晰。（31）

顷刻间是第一时间。传达意义是展现内容。什么样？诗人的意图不艰涩，即含义明白，容易理解。味是艳情味等。曲语包括所有的修辞。这就是称为清晰的诗德。其中的要点是不使用复合词，使用常用词，词语组合不复杂。即使使用复合词，也要使用易于理解的复合词。"意图"一词指含有魅力的意义。例如：

冬雪褪去，紧那罗美女们脸色转白，
嘴唇鲜明，汗珠出现在彩绘线条上。①（82）

在这首诗中，含有不使用复合词等所有特征。另外，很明显，各种彩绘线条本身具有奇妙性，又添上宛如珍珠的汗珠，增强脸庞之美。又如：

与他一起在大海岸边游玩吧！
那里棕榈树林树叶沙沙作响，
那些风儿从别处的岛屿带来
丁香花，又从这里带走汗珠。②（83）

修辞的清晰。例如：

波罗奢花还没有绽放……③（84）

---

① 引自《鸠摩罗出世》3.33。"彩绘线条"指描在身上，尤其是脸上，用作装饰的彩色线条。
② 引自《罗怙世系》6.57。
③ 即前面第75首。

已经讲述清晰，现在说明优美。

少量的字母组合和措辞的奇妙，形成词语组合之美，这称为优美。（32）

词句组合之美，可爱迷人，称为优美。什么样？字母或音素组合奇妙。名词和动词使用语尾，措辞美妙。而这两者只是少量运用，不过分。这种柔美可爱的音义组合富有魅力，称为诗德，形态优美。例如：

> 美女们的发辫沐浴后湿润松开，
> 散发芳香，插上黄昏的茉莉花；
> 春季逝去，爱神的活力已减弱，
> 却又在这些发辫中获得了力量。①（85）

在这首诗中，词语组合之美，知音们能感受到，无须多说。又如：

> 他发射利箭，使阿修罗美女们
> 失去脸颊上的那些彩绘线条。②（86）

显然，这首诗中音素组合和措辞的奇妙，形成词语组合之美。

已经讲述优美，现在讲述高雅。

悦耳动听，仿佛触动心弦，自然地闪烁柔美的光影，这称为高雅。（33）

这里描述称为高雅的诗德。悦耳动听是听觉感到优美可爱。仿

---

① 引自《罗怙世系》16.50。

② 引自《罗怙世系》6.72。这里的意思是：用利箭杀死阿修罗们后，他们的妻子成为寡妇，不再化妆。

佛触动心弦是心中感动，仿佛接触到幸福。这是夸张的说法。适合接触，又柔美，故而心中仿佛接触到幸福。自然地闪烁柔美的光影，而不是矫揉造作，因此称为高雅。例如：

鸠摩罗的孔雀落下闪耀着光环的翎毛，
乌玛因爱子便取来插在戴青莲的耳边。① （87）

在这首诗中，悦耳动听等等自然地闪烁柔美的光影，知音们能感受到。

如果有人问："优美和高雅通常指非凡的女性之类的品质特征，怎么能用在诗上？"这不对。如果按照这种说法，前面提到的甜蜜和清晰也不能说成是诗的性质。甜蜜通常指糖等甜物的性质，而依据令人喜悦的相似性，转用在诗上。同样，清晰通常指清水和水晶等的性质，而依据清澈透明的相似性，转用在那些顷刻间就能理解的诗上。正如精心打扮的妇女的可爱性，用"优美"一词表示，在诗中，体现诗人才能精湛描写的可爱性，词句组合之美，依据令人内心惊喜的相似性，也用"优美"一词表示，而不能用其他的词表示。同样，诗中自然地闪烁柔美的光影，用"高雅"一词表示。

然而，有些人依据与女性美的相似性，已将领会义称为美：

而在大诗人的语言中，
确实存在另一种东西，
即领会义，显然不同于
肢体，正如女人的美。② （88）

---

① 引自《云使》44（金克木译）。
② 引自《韵光》1.4。

那么，为何这里将词句组合之美也称为优美？这并没有错。这个比拟是证明存在一种与作为已知肢体的表示义和表示者不同的领会义，而不是证明世人眼中感觉到的女人的优美。领会义是属于知音们心中的感受。词句组合之美，甚至对于那些并不精通词和词义的人，只要听到，心中就会产生喜悦。而领会义属于那些通晓诗艺真谛者的经验领域。正像美女们的某种魅力，只能被与她们匹配的人物感受到，而她们的优美，如同优秀诗人语言的优美，能被世上所有人感受到。这已足够清楚，无须再说。

这样，已经讲述柔美风格的特征。现在讲述绚丽风格。

想象力刚开始发挥，曲折性就仿佛在词音和词义中跳动闪耀。（34）

诗人堆砌修辞，不知餍足，犹如在项链上镶嵌珠宝。（35）

正如那些装饰品闪烁着珠宝的光辉，覆盖美女的身体，形成装饰美。（36）

同样，被修饰者自己具有内在充足的美，又借助闪闪发亮的修饰者，展现光辉。（37）

即使描写的内容并不多，只要措辞美妙，也能达到某种高度。（38）

凭借大诗人的想象力和高超的描写能力，无论什么都会按照意愿获得别样的呈现。（39）

其中的句义通过暗示获知，不同于所指（"义"）和能指（"音"）的使用方式。（40）

其中的事物本身含有情味，又添上某种可爱的奇妙性。（41）

绚丽风格以曲语的奇妙性为生命，其中展现夸张的表达方式。（42）

老练的诗人们行走在这条极难行走的路上，犹如优秀战士们的愿望之车行走在刀刃之路上。（43）

这种称为绚丽的风格什么样？极难行走。为何要用很多话加以说明？只有那些老练的诗人能在这条路上行走，运用这种风格创作诗。为什么？犹如优秀战士们的愿望之车行走在刀刃之路上，或者说，犹如大勇士们决心走上剑锋之路。这里的意思是，愿望之车适合行走在刀刃之路上，毫不畏缩。而在具体的战斗中，有时会显出畏缩。因此，这条道路难以行走，从而说明走上这条道路的人经验丰富。

这种风格什么样？在音和义即表示者和表示义两者中，曲折性，语言的魅力，仿佛跳动闪耀。什么时候？想象力刚开始发挥的时候，也就是诗人发挥才能，开始描写的时候。总之，无须诗人刻意努力，音和义两者就自发地展现曲折性。例如：

> 风儿啊，你的作风是什么？你将尘土
> 带往高空，勇士们接受侍奉的地方；
> 升腾时又给人们的视线制造麻烦，
> 你凭借什么能忍受身体沾满污垢？（89）

在这首诗中，主要是使用间接修辞（即间接称述），含有另一种领会义（即暗示义）。[①] 其中，凭借诗人的才能，巧妙地运用曲折的音和义，使暗示义也如同表示义。由于一开始就明白展示，不能依据能理解另一种意义，说成是双关。依据与表示义同样重要，也不能成立。能理解另一种意义，而这种领会义又明白显豁，产生极大的魅力。

绚丽风格的另一个特征是"堆砌修辞"等。在这种风格中，诗人使用了一种修辞，又使用另一种修辞，不知餍足。什么样？就像

[①] 即表面上描述风的行为，实际上嘲讽某种人物。

珠宝商在项链上镶嵌珠宝。例如：

大海啊，不用说，你轻而易举胜过菩萨！
没有谁像你这样，已经发誓施恩于人，
却出于同情，帮助沙漠，共同承担恶名，
面对口渴难忍的旅人，毫无恻隐之心。（90）

在这首诗中，表面义是描写大海，而在诗人心中有另一种意义，即暗示一种应该受到严厉谴责的行为。这正是间接修辞的特质。句中含有另一种意义，即应受谴责的行为，同时描写生动，听来可爱，令知音喜悦。而在这种间接修辞上，又增加另一种佯赞庄严。这不能称为结合修辞，因为这两者明显各自独立。也不能称为混合修辞，因为不能确定两者同样重要。这两者不是同一种表示义修辞，因为各自的领域不同。又如：

伐木人啊，你砍掉了这排常年芒果树，
让其他受到遮蔽的树木也得以扬名，
让创造主行走在自己路上，不受羁绊，
让世界在视野中不受阻碍，展现一切。（91）

这首诗也是这种方式。① 又如：

这女郎是青春树萌发的含汁嫩芽？
还是欢快翻腾的美之海的波浪？

---

① 这首诗中含有间接和佯赞两种修辞。表面上赞扬伐木人砍掉芒果树，实际上批评这种有害无益的行为，因为他砍掉了稀有的"常年芒果树"（即不按时令、常年结果的芒果树）。

或者是爱神教鞭的化身，一心要向

充满激情的人们宣示自己的法则？（92）

在这首诗中，疑问修辞为隐喻修辞增添另一种魅力，令人心中惊喜。其他情况的说明，可以按照前两首引诗。

另一个特征："正如那些装饰品闪烁着珠宝的光辉"等，什么样？那些修辞自我闪耀，形成装饰美，正如手镯等装饰品。依靠什么？依靠珍珠宝石闪发的光辉。做什么？用自己的光芒覆盖美女的身体。就像这样，用明喻等修辞形成装饰美。也就是用它们的光芒照亮自身美丽可爱的装饰对象。总之，以优美的修辞修饰自身优美的修饰对象。例如：

在罗摩盛大的战争节日，你们中无论是谁，

在哪儿，都无法逃避被分享，罗刹们啊！

丢掉幻想吧！人多算什么？为何如此激动？

他的粗壮手臂发热，大量的铁箭还未用完。（93）

在这首诗中，"盛大的战争节日"意味他将凭借自己的勇武，杀死你们所有人。这个优美的修辞（隐喻）使修饰对象熠熠生辉。这样，无论是谁，即使是普通一员；也无论在哪儿，即使是遥远的地方，你们都无法逃脱，不被分享。因此，如果你们渴望在盛大的战争节日中不被分享，那就丢掉这个幻想吧！你们认为自己人多，不可能会这样。有时，由于匮乏或贫困，不可能让无数的人分享。然而，这两种原因不存在。他的粗壮手臂发热，大量的铁箭还未用完。又如：

哪里充满离别的痛苦，变得空虚？（94）

又如：

> 哪些字母有幸分享这个名字？（95）

以上两句的意思是"你们来自哪里？""尊姓大名？"因此，修饰对象含有间接庄严的魅力，令知音内心喜悦。

已经多次举例说明伴赞和迂回等修辞。有人会问：在后面讲述隐喻等修辞的定义时，会说明它们的特征，为何要在这里举例说明？确实是这样。但是，绚丽风格的奇妙性正是运用这些富有非凡魅力的修辞，从而展现诗句的曲折性。

现在说明绚丽风格的另一个特征："即使描写的内容并不多"等。即使描写的内容并不多，缺乏新鲜性，也能达到某种非凡的高度。为什么？主要依靠语言表述的奇妙和精湛。例如：

> 这个少女肤色黝黑，有另一种风骚，
> 另一种魅力，并非一般的生主创造。（96）

又如：

> 纳摩达河边这个地方，一排排无花果树，
> 饱含液汁，多么可爱！丛林中布满嫩芽，
> 鹿儿们欢快跳跃；风儿吹拂，协助交欢，
> 而行走在前面的爱神，有时会突然发怒。（97）

这里，诗的内容完全依靠语言表述的奇妙性，并没有很多的描写和丰富的表示义。这种语言表述的奇妙性数以千计，知音们可以自己考察。

现在再说明绚丽风格的另一个特征："凭借大诗人的想象力"等。所有一切事物都会获得别样的呈现。什么样？按照意愿，即按照自己的感受。凭借什么？凭借大诗人的想象力和高超的描写能力，即凭借优秀诗人的想象力和高超的表现能力。诗人创造的另一种形态完全适合所描写的事物，令知音们内心喜悦。例如：

> 自身灼热，依附你的树木蔓藤干枯，旅人回避，
> 渴望难以抑制，沙漠啊，哪种不幸不降临你身？
> 唯一值得称道的是，空中那些普通的乌云掌握
> 一点儿水，骄傲地吼叫，没有赐给你任何恩惠。（98）

又如：

> 世上唯一的太阳，照亮造物主的
> 所有造物，如果哪天不落入大海，
> 那么，黑夜、月亮和那些活泼的
> 星星，怎么能得以清晰地展露？（99）

在前一首诗中，即使沙漠受到普遍谴责，而凭借诗人的想象力和描写能力，叠加上非凡的慷慨行为，呈现另一种性质。其中的领会义是，闪耀美的光辉的事物数以千计，而唯有沙漠配得上行为慷慨的称号。其中各部分的意义："难以抑制"形容"渴望"，暗示即使统治三界，也不会满足。"旅人回避"暗示即使自己慷慨，但缺乏供人分享的财富，求告者们尽管羞愧，也只能自动离开。"依附你的树木蔓藤干枯"暗示依附它的树木和蔓藤即使处于这种困境，依然忠于它。"自身灼热"暗示心中焦灼，原因是不能供养自己的随从，而非自己贪图哪怕一

点儿的享受。后半部分说明即使处于这种困境，也没有接受别人恩惠，因而值得称道。

在后一首诗中，描写太阳履行自己的誓愿，每天自动升起，凌驾此方和彼方的一切之上，照亮造物主创造的一切事物，同样也按照造物主的安排，在适当的时候自动落入大海。如果不是这样，黑夜、月亮和星星等完全不可能显现。这首诗凭借诗人别出心裁的描写和丰富的领会义，产生魅力。

现在说明绚丽风格的另一个特征："其中的句义通过暗示获知"等。其中的句义主要是隐含的、未说出的内容，通过暗示获知。依靠什么方法？依靠暗示的方法，有别于所指和能指即音和义的使用方式。"使用方式"指音和义的显示能力。"暗示"这个用语在后面论述句子曲折性时，会详细说明。这里可以利用前面的两个例举。又如：

> 没有让潸潸泪水剥夺月亮脸的妩媚，
> 没有让叹息破坏频婆果嘴唇的娇艳，
> 与你分离期间，这位美女只是双颊的
> 色泽日渐变白，美似成熟的罗婆利花。（100）

在这首诗中，从女使者的这番话中，可以领会到有别于表示义的含义：与你分离，她陷入痛苦的深渊。而她竭力掩饰痛苦，甚至顾不上流泪和叹息。唯有双颊的色泽不能掩饰，日渐变白，美如成熟的罗婆利花。提到这种色泽，表明原因是热烈思念爱人。

现在说明绚丽风格的另一个特征："其中的事物本身含有情味"等。其中，事物的自然本性就充满情味。又添上某种可爱的奇妙性，什么样？也就是添上非凡迷人的艺术技巧，更显光彩。"事物"

一词指一切事物，并不只是爱情之类。例如：

> 这鹿眼女郎刚刚遭遇爱情花箭，
> 在游戏中面露微笑，而这种微笑
> 不仅仅是微笑；在微笑面纱背后，
> 仿佛能看到跃动着另一样东西。（101）

在这首诗中，前面说"这种微笑不仅仅是微笑"，体现爱的渴望，含有情味。后面说"在微笑面纱背后，仿佛能看到跃动着另一样东西"，体现可爱的奇妙性。

现在，对绚丽风格作出总结："绚丽风格以曲语的奇妙性为生命"等等。在这种绚丽风格中，以曲语即修辞的奇妙性为生命。"绚丽"一词源自奇妙性，因此，奇妙性成为这种风格的生命。这种奇妙性是什么？其中展现夸张的表达方式。也就是其中伴随某种非凡的、夸张的表达方式，熠熠生辉。例如：

> 国王的军队扬起浓密的尘土，梵天不能
> 用双手同时遮住相隔甚远的八只眼睛，
> 他竖起莲花座上一个个花瓣，构成屏障，
> 为遮住眼睛忙碌很久，嘴里还念诵祷词。①（102）

在这首诗中，可以领会到表现为想象推理的奇想。这种奇妙性具有逐步递进的可爱性，充满夸张。

这样，已经说明绚丽风格。现在讲述绚丽风格的诗德。

词的甜蜜中透出巧妙，摒弃松弛，以便呈现紧密之美。（44）

---

① 引自《小罗摩衍那》7.66。大神梵天有前、后、左、右四张脸，故而有八只眼睛。

在甜蜜这种诗德中，作为句子的组合部分，词透出巧妙，即呈现奇妙性。摒弃松弛，避免纤弱，有助于呈现词语组合紧密之美。例如：

> 这女郎是青春树萌发的含汁嫩芽？……① （103）

已经讲述甜蜜诗德，现在讲述清晰诗德。

清晰在诗人的风格中通常指不使用复合词，而在这里，可以看到多少带点壮丽。（45）

不使用复合词，在诗人的风格中，通常称作清晰。而在绚丽风格中，可以看到这种称作清晰的诗德多少带点壮丽或繁缛，以体现词语组合之美。这种含有复合词的措辞方式，自古以来称作"壮丽"。总之，这里只是在前面提到的清晰定义②中，添加了壮丽。例如：

> 眼珠转向眼角，睫毛尖儿挺立，
> 娇态妩媚可爱，微笑闪耀光辉，
> 缓慢承受欢乐，一道眉毛颤动，
> 酒醉美妇投向爱人的眼光胜利！（104）

现在说明清晰诗德的另一种特征。

在句子中纳入另一些具有暗示性的句子，如同纳入一些词，这是另一种清晰。（46）

在绚丽的风格中，在由词组合的句中，纳入另一些具有暗示性的句子。什么样？像词那样互相结合。这是清晰诗德的另一个新特

---

① 即前面第92首。
② 即前面提到的柔美风格中的清晰诗德定义。

征，具有词语组合之美。例如：

伐木人啊，你砍掉了这排常年芒果树……① （105）

已经讲述清晰诗德，现在讲述优美诗德。

词互相连接时，词尾送气音 ḥ 不丢掉，词头与短音连接，格外优美。（47）

其中的这些词显得格外优美，什么样？互相连接紧密。还有，词尾送气音 ḥ 不丢失，什么样？可以听到。同时，词头与短音连接。这样，显得格外优美。总之，在前面提到的优美诗德定义中，添加这些特点。例如：

为什么这些泪珠冲洗眼膏而变黑，
在喘息而起伏的胸脯上跌得粉碎？
为什么呜呜声从哽咽的喉咙进出，
音色甜蜜，听来似甘露？苗条女啊！（106）

又如：

部落公主啊，不要用树叶衣遮住你的双乳！
它们周边白净，中间黑似成熟的丁杜迦果，
嗨！显而易见，适合俊俏的青年猎人触摸，
因此，群象谦卑地请求你保护它们的颞颥。② （107）

又如：

---

① 即前面第91首。
② 意思是青年猎人被部落公主吸引，就不会去捕杀大象。

这些嫩芽已从池中莲花根茎上长出……①（108）

已经讲述优美诗德，现在讲述高雅诗德。
高雅是成熟的产物，既不过于柔和，也不过于生硬，可爱迷人。（48）
其中的高雅是既不过于柔和纤弱，也不过于坚实生硬，体现诗人成熟的技巧，动人心弦。例如：

你的脸颊以手掌为床铺，
装作入睡，变得苍白，美女！
请说说，哪一位有幸成为
爱情王国的灌顶登基者？（109）

这样，应该注意到柔美风格的那些诗德在绚丽风格中有所增益。

前面所说风格的高雅等诗德，
在这里添加技巧美，有所增益。（110）

以上这首是相关的偈颂。
已经讲述绚丽风格，现在讲述适中风格。
绚丽和柔美两种风格在这里混合，具有天然的和技巧的美，光彩熠熠。（49）
甜蜜等诗德依据适中风格，产生一种特殊的词语组合魅力。（50）

---

① 即前面第73首。以上三个例举，优美诗德的语音特征体现在梵语原文中。

这种风格名为适中,适应各种爱好,两种风格在这里互相竞争。(51)

这种风格名为适中。适应各种爱好,什么样?适应各种喜好或兴趣,吸引所有的人,无论他热爱柔美、绚丽或适中。柔美和绚丽两种风格在这里竞争,达到平衡,没有哪种过分削弱或突出。绚丽性和柔美性互相混合,光彩熠熠。具有天然的和技巧的美,什么样?那是诗人先天的才能和后天的学养产生的美,在这里充分展示。

其中,甜蜜等一组诗德依据具有两种风格魅力的适中风格,产生特殊的词语组合之美,增添光彩。

诗德的例举。其中,甜蜜诗德。例如:

> 在棕榈树林耸立的大海岸边,
> 西头的一些美女靠在树藤上,
> 歌唱他的生平事迹,轻柔的
> 海风拂动着她们卷曲的头发。(111)

清晰诗德。例如:

> 白天和黄昏,观赏她的月亮脸……① (112)

优美诗德。例如:

> 脸颊上的指印说明她托掌而眠,
> 泪水玷污双眼,叹息熏干下嘴唇,
> 发髻未束而披散,神情忧郁迷茫,

---

① 即前面第23首。

诡诈的恶臣们让她受尽了折磨。(113)

高雅诗德。例如：

这些紧那罗少女悬挂在多汁的
蔓藤前端，胸脯沉重，身体下弯，
啜饮恒河激流奔腾扬起的水沫，
双眼在清凉的水雾中眯缝收缩。(114)

一些有眼光的诗人热爱这种美妙可爱的风格，犹如城中一些男子喜爱巧妙的服饰。(52)

已经说明适中风格，这里加以总结。一些诗人喜爱运用这种风格创作诗。因为这些诗人有眼光，热爱可爱的事物。什么样？美妙可爱，令人喜悦。为什么？正像一些城中男子喜爱巧妙的、脱俗的服饰。这就是美妙可爱。

以上提供的诗德例举十分有限。对于每种诗德的美妙，知音们可以自己考察。这里只能指出方向。例如，摩由罗阇①、曼吉罗等人的诗呈现柔美和绚丽的混合，应该认为是适中风格。而迦梨陀娑②和全军等人的诗呈现天然的柔美，应该认为是柔美风格。同样，波那③的《戒日王传》充分展现绚丽的曲折性；薄婆菩提④和王

---

① 摩由罗阇（约八世纪）著有戏剧《苦行犊子王》和《高尚的罗摩》。
② 迦梨陀娑（约四、五世纪）著有戏剧《沙恭达罗》、《优哩婆湿》和《摩罗维迦和火友王》，叙事诗《鸠摩罗出世》和《罗怙世系》，抒情诗《云使》和《时令之环》等。
③ 波那（七世纪）著有小说《戒日王传》和《迦丹波利》。
④ 薄婆菩提（约七、八世纪）著有戏剧《茉莉和青春》、《大雄传》和《后罗摩传》。

顶①的诗中展现词语组合之美。知音们可以考察所有这一切。这里只是对三种风格的特征做个提示。谁也不可能巨细无遗地说尽优秀诗人的艺术技巧。风格含有各种诗德的综合性质，不单单是词等的性质，这在论述它们的特征时已经说明。

这样，已经说明三种风格各自一组诗德的可爱性。现在说明三种风格通用的诗德。

合适以适当的叙述为生命，以清晰的方式突出事物本身的崇高性。(53)

这是名为合适的诗德。什么样？清晰地突出事物本身的崇高性。这种方式在这里意味表达的奇妙性。它的真谛是以合适或崇高的叙述为生命。符合这种诗德的修辞必定产生魅力。例如：

> 他俩手握念珠，手腕激动颤抖，
> 发髻可爱，仿佛湿婆夫妇会合。(115)

又如：

> 让你的军队在因陀罗山的
> 另一个坡面安营扎寨吧！
> 你的那些烈马在这里肯定
> 忍受不了天象的液汁香味。(116)

又如：

> 用你的顶冠紧紧缠住曼陀罗山，

---

① 王顶（约九、十世纪）著有戏剧《小罗摩衍那》、《小婆罗多》和《雕像》等。

蛇王啊！因为你曾经围绕湿婆
不可抗衡的、结跏趺坐的双腿，
天底下，谁能有你的这种力度？（117）

这里，前两首诗以修辞促进这种诗德，而这首诗以事物本身的崇高伟大促进这种诗德。

现在说明合适诗德的另一种魅力。

其中表达的内容被说者或听者优美的本性覆盖，这也称为合适。（54）

其中，说者或听者的本性生动优美，可爱迷人，覆盖表达的内容，这也称为合适。例如：

你已将财富施舍给值得施舍者，
国王啊，现在只剩下一个身体，
如同那些野生稻谷，谷穗都被
林中人割走，留下光秃秃稻秆。[①]（118）

在这首诗中，牟尼依据自身的林中生活经验，运用修辞（比喻），生动地描写这位国王，促进合适诗德。这体现说者的本性覆盖表达的内容。

听者的本性。例如：

蜜蜂们吸吮花簇，无忧树
树枝上，柔嫩的枝条摆动，
看似模仿少妇挥动手臂，

---

① 引自《罗怙世系》5.15。

以阻挡急于亲吻的情人。①（119）

在这首诗中，少妇们依据自己的生活经验，感受到这种描写优美可爱，促进合适诗德。又如：

我们一起去池边沐浴，看到
那些灌木丛，亲爱的女友啊！
它们不伸手搀扶我们，不跟
我们说话，也不让我们返回。（120）

在这首诗中，作为听者的女子，她的天真可爱的本性覆盖表达的内容，促进合适诗德。

已经讲述合适诗德，现在讲述吉祥诗德。

在可供运用的材料中，诗人的想象力有选择地得到正确发挥，这种诗德称为吉祥。（55）

在词等可供运用的材料中，诗人的想象力或才能按照目的或动机得到正确发挥，诗的表达切合事物。这种诗德称为吉祥。

实际上，这种诗德不是仅仅依靠发挥想象力，而是依靠所有的因素。

一切优美的因素聚合，令知味者心中产生非凡的惊喜，这是诗的唯一生命。（56）

一切优美的因素聚合，即可供运用的材料互相结合，完美无瑕，生动活泼。令思想敏感的知味者心中感受到非凡的魅力，即产生非凡的惊喜。总之，这是诗的生命，诗的最高真谛。例如：

---

① 引自《野人和阿周那》8.6。

胸前双乳扩张到双臂，目光斜视，脉脉含情，
双眉宛如蔓藤，已经学会舞动，话语中浸透
微笑的甘露，心中跃动着爱意，肢体充满美，
苗条少女步入青春，悄悄焕发另一种光辉。(121)

这首诗描写少女步入青春之际，形态、思想和姿势的美妙。其中，胸前双乳突显，肢体充满美，是形态。心中跃动爱意，斜视的目光含情，是思想。双眉学会舞动，话语中浸透微笑的甘露，是姿势。"扩张"、"浸透"、"舞动"、"学会"和"跃动"体现转义的曲折性。"另一种"意味"不可描述的"，体现隐含的曲折性。"肢体充满"中的"肢体"使用具格，体现词格曲折性。这首诗属于绚丽风格，含有充足的优美诗德。所有这一切凭借诗人发挥想象力，得到展现，令知味者心中喜悦，充满吉祥。

现在说明上述两种诗德的领域。

这两种闪光的诗德适用三种风格，在词、句和作品中发挥作用。(57)

这两种名为合适和吉祥的诗德闪闪发光，在词、句和作品三者中充分发挥作用。在哪儿？在三种名为柔美、绚丽和适中的风格中。其中，词的合适也就是曲折性，分成多种。以清晰的方式突出事物的本性，这是曲折性的至高奥秘。因为句子以合适的表达为生命，其中任何一处出现不合适，都无法令知音喜悦。例如，在《罗怙世系》中：

这是尼沙陀国王的都城，
我在这里抛弃顶冠宝珠，
束起发髻，苏曼多罗哭喊：

"吉迦伊，你如愿以偿了！"①（122）

这首诗中描写的罗摩具备伟大人物的一切品德，而在这里描述他回忆"吉迦伊，你如愿以偿了"等这样一些琐事，喋喋不休，显得不合适。即使在整部作品的某个章节中出现不合适，也会如同一幅布上烧了一个洞。例如，《罗怙世系》中迪利波王和狮子的对话：

或许你害怕老师只有这头母牛，
如果得罪了他，他肯定暴怒似火，
那么，你可以送给他千万头母牛，
乳房如同水罐，平息他的愤怒。②（123）

这些话适合狮子，旨在嘲弄国王。而国王旨在维护自己的名誉，将生命视同草芥。但他这样回答：

赠送其他的母牛，怎么能平息
这位大仙人的愤怒？你要知道，
这头母牛不亚于苏罗毗神牛，
你抓住她，全仗湿婆的威力。③（124）

从这些话中可以得出这样的意思：如果有可能赠送与这头母牛相同的其他母牛，那么，我和老师就可以不顾及这头母牛的生命。

---

① 引自《罗怙世系》13.59。《罗怙世系》第十三章中描写罗摩杀死十首魔王，偕同悉多返回，在路上回忆往事。

② 引自《罗怙世系》2.49。这里描写迪利波王为求子嗣，侍奉婆私吒仙人的母牛。这头母牛为了考验迪利波王的诚心，幻化出一头狮子，装作要吞噬这头母牛。

③ 引自《罗怙世系》2.54。

这显然很不合适。

同样，在《鸠摩罗出世》中，名为多罗迦的魔王凭借自己的勇武，一心想要征服三界。天王因陀罗渴望战胜他。这时，爱神对因陀罗说道：

> 哪一位忠贞的少妇，恪守誓言，
> 承受痛苦，她的美色令你心动；
> 你渴望这位美臀女抛弃羞涩，
> 主动伸展双臂，搂住你的脖子？[①]（125）

这种描写说明即使是天国之主，也心存这样的企图，显然不合适。正是这位诗人（迦梨陀娑）的作品呈现天然的柔美，才在这里被仔细考察。其他那些只是依靠后天的学养炫耀创作技巧的诗人，这里也就略去不谈。

吉祥是另一种这样的诗德。在词、句、章节和作品中，在它们由多种多样的可爱因素产生的可爱性中，知音们心中都能感受到这种诗德。它是诗的唯一生命，展现非凡魅力，蕴含各种美味，在所有各部分中发挥作用。已经充分说明，无须再多说。

现在对风格做个总结，然后进入另一个话题。

只有一些怀着渴望、不断实践的诗人，才能掌握这三种风格。甚至只要达到一定程度，就能取得成就。现在讲述所有诗人的赏心乐事，词的优美组合方式。(58)

只有一些大诗人，而不是普通的诗人，渴望达到目的，不断实践，才能掌握这三种风格。对于这三种风格，只要达到一定程度，就会出类拔萃，取得成就，赢得名声。

[①] 引自《鸠摩罗出世》3.7。

现在讲述在运用这三种风格中，所有诗人的赏心乐事，词以及名词和动词语尾的优美组合方式。这里的"风格"（"道路"）、"赏心乐事"（"没有阻碍"）和"词"（"步"）这些用词含有双关意味。

以上是吉祥的罗阇那迦·恭多迦著诗庄严论《曲语生命论》第一章。

第 二 章

通常，在确定一般的特点后，应该确定具体特点。在确定诗的"音和义结合等"（1.7）的一般特点后，已经确定诗的音和义两部分结合的具体特点。现在，讲述第一种音素安排的曲折性的具体特点。

一个、两个、多个音素重复使用，间隔很短，这是音素安排的曲折性，分为三种。(1)

通常认为音素和辅音是同义词。因此，音素安排的曲折性，即辅音安排的魅力，分为三种。哪三种？回答说：一个辅音、两个辅音或多个辅音重复使用。怎样使用？间隔很短。这是说重复的辅音之间间隔很短。重复使用指在使用中不加限定。因此，重复使用并非只是重复使用两次。下面是一个辅音重复使用的例子：

> dhammillo viniveśitālpakusumaḥ
>   saundaryadhuryaṃ smitaṃ
> vinyāso vacasāṃ vidagdhamadhuraḥ
>   kaṇṭhe kalaḥ pañcamaḥ |
> līlāmantharatārake ca nayane
>   yātaṃ vilāsālasaṃ
> ko 'pyevaṃ hariṇīdṛśaṃ smaraśarā-
>   pātāvadātaḥ kramaḥ || 1 ||①

---

① 诗中字母底下标线者是注明重复的辅音。下同。这类词音修辞方式在汉译中无法体现。

发髻结缀少许花朵，笑容优美，
说话微妙甜蜜，声音如同杜鹃，
眼珠轻快转动，步履缓慢可爱，
这是鹿眼女郎身中爱箭的情态。（1）

一个、两个和多个辅音的例子：

bhagnailāvallarīkāstaralitakadalī-
　　stambatāmbūlajambū-
jambīrāstālatālīsaralataralatā-
　　lāsikā yasya jahruḥ |
vellatkallolahelā bisakalanajaḍāḥ
　　kūlakaccheṣu sindhoḥ
senāsīmanatinīnāmanavarata-
　　ratābhyāsatāntiṃ samīrāḥ ‖ 2 ‖

阵阵海风吹散豆蔻蔓藤，摇动芭蕉、槟榔、
阎浮和香橼树，舞动棕榈树、松树和蔓藤，
又与翻滚的波浪和莲花的根茎接触而湿润，
驱除随军妇女在海岸边尽情欢爱后的疲倦。（2）

各类辅音可以与各自的鼻音结合，ta、la 和 na 等可以成双使用，其他则可以与 ra 等结合使用，适合内容而闪耀光彩。（2）

还有其他三种音素安排的曲折性。哪三种？回答说：每类辅音与各自的鼻音结合。从 ka 至 ma 与鼻音 ṅa 等结合，重复使用，这是第一种。ta、la 和 na 等成双使用，这是第二种。其他的，即与这些辅音不同，与 ra 等结合使用，这是第三种。间隔很短，也适用所有这三种。什么样？适合内容而闪耀光彩。只要适合描写的内容，也就是适合内容而闪耀光彩。这不包括唯独注重同类辅音而不顾及适合内容的重复使用。由于适合内容而闪耀光彩，遇到粗硬的内容，也允许使用这样的辅音。下面是第一种的例子：

unnidrakakonadareṇupiśaṅgitāṅgā
　guñjanti mañju madhupāḥ kamalākareṣu ǀ
etaccakāsti ca ravernavabandhujīva-
　puṣpacchaṭābhamudayācalacumbi bimbam ǁ 3 ǁ

莲花池中，蜜蜂发出优美的
嗡嗡声，身上沾有红莲花粉，
日轮亲吻东山山顶，光芒四射，
犹如般度奢婆树艳红的花簇。(3)

又如：

kadalīstambatāmbūlajambūjambīrāḥ^①（4）
芭蕉、槟榔、阎浮和香橼树。

又如：

sarasvatīhṛdayāravindamakarandabindu-

---

① 这个例子摘自前面第 2 首。

sandohasundarāṇām①(5)

……充满美，犹如娑罗私婆蒂（语言女神）心中莲花的滴滴蜜汁。(5)

第二种例子：

prathamamaruṇacchāyastāvat-
  tataḥ kanakaprabhas-
tadanu virahottāmyattanvī-
  kapolataladyutiḥ |
prasarati tato dhvāntkṣoda-
  kṣamaḥ kṣaṇadāmukhe
sarasabisinīkandaccheda-
  cchavirmṛgalāñchanaḥ② ‖ 6 ‖

其中第一和第四诗步是第二种例子。第三诗步是第三种例子。又如：

saundaryadhuryaṃ smitaṃ③(7)

笑容优美。

---

① 这个例子摘自第一章第16颂（此处"颂"指经文，因为本书的这些经文采用偈颂体，故而称其为"颂"，下同）的释文。
② 即第一章第41首。
③ 这个例子摘自前面第1首。

又如：hlāda 和 kaklāda 结合。

对于粗硬味的内容，有这个辅音重复的例子：

uttāmyattālavaśca pratapati
　　taraṇāvāṃśavī tāpatandrīm ǀ
adridroṇīkuṭīre kuhariṇi
　　hariṇārātayo yāpayanti ǁ 8 ǁ

太阳烧灼，捕鹿的
老虎喉咙焦渴难忍，
躲进山溪旁的洞穴，
以消除炎热的困倦。（8）

这种音素安排的曲折性还有另一种魅力。

有时，即使没有间隔，由于不同的元音，这种辅音重复也迷人，产生高度的曲折性。（3）

有时，在无限定的句子某个部位，即使没有间隔，在这种情况下，一个、两个或多个辅音重复使用，这种音素的安排也迷人。意思是有时会这样。这种音素的安排不能称为叠声，因为叠声出现在限定的句子部位。无间隔不考虑元音，因为元音不在规定之中。下面是一种辅音无间隔的例子：

vāmaṃ kajjalavadvilocanamuro
　　rohadvisāritanam[①]

---

① 这个例子摘自第一章第44首。

左眼抹有眼膏，左胸乳房高高隆起。（9）

两个辅音无间隔的例子：

tāmbūlīnaddhamugdhakramukataralatā-
　　prastare sānugābhiḥ
pāyaṃ pāyaṃ kalācīkṛtakadaladalaṃ
　　nārikelīphalāmbhaḥ |
sevyantāṃ vyomayātrāśramajalajayinaḥ
　　sainyasīmantinībhiḥ
dātyūhavyuhakelīkalitakuhakuhā-
　　rāvakāntāvanāntāḥ ‖ 10 ‖

在槟榔树蔓藤缠绕的蒟酱树下，林边的
饮雨鸟发出欢快的鸣叫声，让随军妇女
与陪随的侍女们一起，畅饮盛在芭蕉叶
杯中的椰子果汁，消除旅途的疲倦吧！[1]（10）

又如：

ayi pibata cakorāḥ kṛtsnamunnāmya kaṇṭhān
　　kramukavalanacañcaccañcavaścandrikāmbhaḥ |
virahadhuritānāṃ jīvatrāṇahetor
　　bhavati hariṇalakṣmā yena tejadaridraḥ ‖ 11 ‖

---

[1] 引自《小罗摩衍那》1.63。

啊，在槟榔树周围飞动的月光鸟，
你们仰起脖子，喝完月光水流吧！
这样，如同鹿眼的月亮失去光芒，
便能拯救离愁中的情人们的性命。①（11）

多个辅音的例子：

sar alataralatālāsikā ②（12）

舞动松树和蔓藤。

"即使"一词表示有时也有间隔。两个辅音的例子：

svasthāḥ santu vasanta te ratipate ragressarā vāsarāḥ

春天啊，但愿你在爱神引领的这些时光中安乐自在！（13）

多个辅音有间隔的例子：

cakitacātakamecakitaviyati varṣātyaye

雨季结束，天空不再随同颤抖的饮雨鸟变黑。（14）

"由于元音不同"表示有时 a 等不同元音出现在辅音重复中，会产生另一种高度的曲折性，增添魅力。例如：

---

① 引自《小罗摩衍那》5.37。
② 这个例子摘自前面第 2 首。

rājīvajīviteśvare

莲花的生命之主（太阳）。(15)

又如：

dhūsārasariti

污浊的河流。(16)

又如：

svasthāḥ santu vasanta① (17)

春天啊，但愿你安乐自在！

又如：

tāltālī② (18)

棕榈树。

以上两类音素安排的曲折性与叠声有部分相似性。这种特殊安排的优美如同在珍珠项链中间镶嵌摩尼珠，对知音们极具吸引力。正如前面所说：

---

① 这个例子摘自前面第13首。
② 这个例子摘自前面第2首。

诗人堆砌修辞，不知餍足，

犹如在项链上镶嵌珠宝。①（19）

各种曲折性应该按照下面所说的特殊方式安排，才格外优美。

不过于费力安排，不使用粗硬的音素装饰，放弃先前的音素重复，改换新的音素重复，而焕发光彩。(4)

"过于费力安排"中的"费力"一词表示执迷。"不过于费力安排"，意思是不必费力安排。执迷而费力安排对适合内容有害，结果是失去音和义互相匹配的结合。② 例如：

bhaṇa taruṇi ramaṇamandiramānandasyandi-
　　sundarendumukhi |
yadi sallīlollāpini gacchasi tat kiṁ
　　tvadīyaṁ me ③ || 20 ||

"不使用粗硬的音素装饰"表示不使用不柔和的音素装饰。例如：

śīrṇaghrāṇāṅghripāṇin

溃烂的鼻子和手脚。④（21）

据此，应该怎样安排？回答说：放弃先前的音素重复，改换新

---

① 引自第一章第35颂。
② 参阅第一章第17颂。
③ 即第一章第9首，并参阅该处对这首诗的批评。
④ 这个例子摘引自《太阳神百咏》6。

的音素重复，而焕发光彩。这样，这两种音素重复都焕发光彩。
例如：

etāṃ paśya purastaṭimiha kila
    krīḍākirāto haraḥ
kodaṇḍena kirīṭinā sarabhasaṃ
    cūḍāntare tāḍitaḥ ǀ
ityākarṇya kathādbhutaṃ himanidhā-
    vadrau subhadrapater-
mandaṃ mandamakāri yena nijayor-
    dordaṇḍayormaṇḍanam ǁ 22 ǁ

看！就在前面岸边，阿周那的弓
迅猛击中乔装猎人的湿婆顶髻，
听着阿周那在雪山的奇妙故事，
他放慢了装饰自己双臂的速度。（22）

又如：

haṃsānāṃ ninadeṣu yaiḥ kavalitair
    āsajyate kūjatām
anyaḥ kopi kaṣāyakaṇṭhaluṭhanād-
    āghargharo vibhramaḥ ǀ
te sampratiyakaṭhoravāraṇavadhū-
    dantāṅkuraspardhino
niryātāḥ kamalākareṣu bisinī-

kandhāgrimāgranthayaḥ① ‖ 23 ‖

又如：

etanmandavipakvatindukaphala-
　　śyāmodarāpāṇḍura-
prāntaṃ hanta pulindasundarkara-
　　sparśakṣamaṃ lakṣyate |
tat pallīpatiputrikuñjarakulaṃ
　　kumbhābhayābhyarthanā-
dīnaṃ tvāmanunāthate kucayugaṃ
　　patrāṃsukairmā pidhāḥ② ‖ 24 ‖

又如：

ṇamaha dasāṇāṇasarahasa-
　　karatuliavalantaselabhavihalam |
vevantathorathaṇahara-
　　harakākaṇṭhaggahaṃ gorim ‖ 25 ‖

请你们向高利女神致敬！
罗波那企图用双手拔山，
山峰摇晃令她惊慌失措，
用激动的胸脯紧抱湿婆。(25)

---

① 即第一章第 73 首。
② 即第一章第 107 首。

865

已经说明音素安排的曲折性，总结如下：

依随音素的优美，诗德和风格产生，这也就是古人所说的风格魅力。（5）

音素优美可爱，具有悦耳等优点。依随它，形成特色，成为原因，产生甜蜜等诗德和柔美等风格。其中，先提及诗德，因为它与诗德的关系更紧密。而风格依随诗德。

这里的意思是，音素安排的曲折性依随辅音重复的优美，即使如此，它应该符合依随特殊诗德的特殊风格，而形成特色。由此，它的各种音素安排焕发光彩。

古人说音素安排具有独立的风格魅力，是说如同城市妇女具有种种各自的风度魅力。其中的含义是，依靠追求依随所有诗德的柔美等风格，由此，它的依赖性和无数性是必然的。因此，说它具有独立性和有限性，是不能成立的。那么，如果问："你在开头不是说过一个和两个等有限的因素，也说明它们自身的独立性，怎么现在又这样说？"这并非错误。因为一个范畴的各部分特点依靠整体，为便于理解，首先分别独立说明，然后纳入整体。这个问题不必再讨论。

这种称为音素安排曲折性的语言修辞，向来在整个句子中没有部位的限定。而另一种安排限定部位，则具有另一种魅力。

同音异义，清晰明白，柔和悦耳，具有合适性，在开头等限定部位闪耀光彩。（6）

这称为叠声，被认为是它的另一种。然而，它并非是另一种美，因而在这里不再赘述。（7）

"被认为是它的另一种"表示被认为先前所说的音素安排的另一种。它称为叠声。什么样？"同音"表示听觉相同的音素。这样，一个、两个或多个听觉相同的音素，有间隔或无间隔，重复使用，称为叠声。虽然在两个部位同音重复，但意义不同。还有什么样？

"清晰明白"表示具有清晰的诗德，保证句义明白晓畅，不难理解。"柔和悦耳"形容柔和可爱而动听，不使用粗硬滞涩的词音。还有什么样？"具有合适性"表示具有突出所描写事物本性的合适性。即使热衷安排叠声，也不能忽视这种合适性。还有，"在开头等限定的部位闪耀光彩"表示在每个诗步开头、中间和末尾这些限定的部位闪耀光彩。这种音素安排虽然具有这些特点，但不再在本书中赘述。为什么？因为这并非是另一种美。除了部位限定，并不产生另一种美。除了音素安排的魅力，并不能看到有另一种生命力。因此，它是与上述音素安排同一类的修辞。这方面的例子可见《童护伏诛记》① 第四章和《罗怙世系》② 描写春天的部分中使用的一些叠声。

这样，已经思考词的组成部分音素安排的曲折性，现在思考音素组成的词的曲折性。其中，先讲述词干有多少种曲折性。

感到惯用词含有附加的不可能的性质，或者，含有附加的夸张的性质，（8）

由于想要表示极度的蔑视或赞美，这称为表示义的惯用词奇妙曲折性。（9）

"感到惯用词含有附加的不可能的性质。"其中，词的限定的表示义或性质，称为惯用。惯用词（rūḍhi）的词根义是"增长"（rohaṇa）。③ 它有两种，即限定的一般意义和限定的特殊意义。惯用词是以惯用为主的词，因为看到性质（表示义）和有性质者（表示者）两者没有区别。而在这里，感到惯用词含有附加的某种不可能的性质，或者，含有某种夸张的性质。虽然这种事物的性质本身存在，但含有附加的、前所未有的、极其奇异的夸张。什么原

---

① 《童护伏诛记》是摩伽的叙事诗。
② 《罗怙世系》是迦梨陀娑的叙事诗。
③ 这是指在长期使用中约定俗成。

因?"由于想要表示极度的蔑视或赞美。"出于愿望,想要表示极度的、超常的蔑视、贬斥或赞美。"表示义"指惯用词的表示义。这里说明非凡的"惯用词奇妙曲折性",即惯用词的曲折性具有这种奇妙性。其中的含义是,词通常表示各种一般性,而不像推理那样表示限定的特殊性。即使词的本性如此,而诗人运用技巧,依照愿望,引申出限定的特殊性,产生非凡的魅力。例如:

> 受到知音赏识,品德才成为品德,
> 受到阳光宠爱,莲花才成为莲花。① (26)

"感到"这个动词具有特殊含义。在这里,词的表示性不起作用,然而,能产生如同另一种事物的感知。关于这种技巧,这里不再赘述。因为韵论家已经对暗示义和暗示者的关系作了充分阐述,这里不必重复。

惯用词奇妙曲折性主要有两种:诗人想要在惯用词的表示义上附加说者对自己的赞扬或谴责,或者,另一位说者。例如:

> 云朵以浓密的阴影涂抹天空,仙鹤飞翔,
> 微风湿润,云朵的朋友②发出甜蜜的欢鸣,
> 随它们去吧!我是罗摩,心地坚硬,能忍受一切,
> 可是我的悉多会怎样呢?哎呀,王后,你要坚定。③ (27)

在这首诗中,"罗摩"这个词的意义用"心地坚硬"和"能忍受一切"也不足以表达。能感到"罗摩"这个名字中含有某种不

---

① 引自《韵光》第二章。诗中所说的"莲花"特指随太阳升起而绽放的莲花。
② "云朵的朋友"指孔雀。
③ 引自《韵光》第二章。

可能的、非同寻常的残酷，表示他即使处在与悉多分离的难以忍受的痛苦中，也能忍受种种刺激心情的情景，并善于忍辱保护自己的生命。同时，"悉多"这个词表示她天性柔弱，无法忍受看到雨季来临之时的美丽景色。"可是"这个词的生命力在于形成悉多和罗摩的对照。

含有对现有性质附加的夸张，例如：

> 然而，这位王子无所畏惧，笑了笑，
> 又对摧毁城堡的天王因陀罗说道：
> "如果这是你的决定，就拿起武器吧！
> 你不战胜罗怙，也就休想达到目的。"① (28)

"罗怙"这个词表示能对抗具有所向披靡威力的天王的决定，从中可以感到对自己的勇气的夸张。"笑了笑"这个词又加强这种含义。

下面是另一位说者的例子：

> 命令喜爱凌驾天王顶珠，学问是新增眼睛，
> 梵天后裔，虔信湿婆，住在神奇的楞伽城，
> 啊，哪里能找到这样的新郎？如果他不是
> 罗波那，哪里会所有这些优点集于一身？②(29)

"罗波那"这个词表示十首王（罗波那）的恶行举世闻名，抵消了他具有作为新郎的所有优点：出身、学问、虔信、威力、享乐和富裕，从中可以感到排除他在可能考虑的范围中。

---

① 引自《罗怙世系》3.51。
② 引自《小罗摩衍那》1.36。

含有对现有性质附加的夸张。例如：

> 这罗摩凭英勇品质在三界赢得最高的声誉，
> 如果大王您不知道他，那实在是我们的不幸；
> 风儿像歌手，用七种音调歌唱他的光辉名声，
> 音调发自由一支箭射穿成行的大娑罗树洞。① (30)

"罗摩"这个词，从中可以感到他的勇武超越三界，震慑罗波那的随从。

这种惯用词奇妙曲折性具有许多可感知的性质，可以分成许多种。这可以自己观察。例如：

> 一个精通吠陀者寻求支付
> 老师的酬金，在罗怙这里
> 不能如愿，而去另找施主，
> 别让我首次受到这种责难。② (31)

"罗怙"这个词，从中可以感到超越三界的慷慨。这种曲折性的真谛在于不局限于仅有的一般性，而依照诗人意愿增添特殊性，闪耀丰富的光彩。不应该说人物名字具有限定的意义，而没有任何一般和特殊的关系。因为即使名字的表示义普遍用于一千种状况，优秀诗人也能依照意愿确立一种限定的特殊状况。这相当于音乐音调和婚衣的比喻。③

已经说明惯用词曲折性，接着依照次序说明同义词曲折性。

---

① 即第一章第 43 首。
② 引自《罗怙世系》5.24。
③ 这是说音乐音调和婚衣具有各种象征意义。

同义词最接近表示义，增添表示义的魅力，由于具有另一种可爱的魅力，而能装饰表示义。(10)

依靠自身，或依靠自己的形容词，自身魅力明显而柔美，也能在表达中含有不可能的意义。(11)

它能美化修辞而迷人，这种奇妙性是至高的同义词曲折性。(12)

由于同义词在诗中具有上述特色，具有这种奇妙性即特殊魅力，而被称为至高的同义词曲折性。同义词是以同义为主的词。有时是这个同义词，有时是另一个同义词，用于表示所说的事物。因此，同义词有许多种。有多少种？回答说"最接近表示义"，意谓最接近或最贴近表示义即表示的事物。虽然有其他的同义词，但其中一个最贴近，适合所说的事物，而不是其他某个。例如：

"你别妄想与我展开战斗，
有谁会在乎苦行者的箭？"
"我的山中有其他许多箭，
是持金刚杵者勇力的财富。"(32)

即使有无数表示因陀罗的同义词，而使用"持金刚杵者"这个词形成同义词曲折性。因为从中可以感到，虽然天王因陀罗始终手持金刚杵，而这些箭能成为天王勇力的财富，说明这些箭具有超越世界的威力。"苦行者"这个词也极其可爱。因为人们会关注或重视勇士的箭，而有谁会关注或重视毫无威力的苦行者的箭？

"你是谁？""你会知道我。""哦，爱神！"
"很幸运，你还记得我。""你来做什么？"
"诱惑你。""怎样诱惑？""凭我的力量。"

"什么力量？""请看这种力量！""我看着。"
这样说罢，他的眼中喷射出火焰，焚烧手臂
紧抱着爱妻的爱神。向这位持三叉戟者致敬！（33）

即使大自在天（湿婆）的同义词数以千计，这里使用"持三叉戟者"有这种含义：为何向这位尊神致敬？他即使对如此骄傲而不礼貌的爱神感到愤怒，也同样观看。这位持三叉戟者不使用在发怒时通常使用的这种武器，而仅仅用眼睛一看，就达到发怒的效果，充分显示这位尊神的巨大威力。因此，向他表示尊敬完全合理。

另一种形成词干曲折性的同义词是增添表示义的魅力。因为即使事物本身优美，同义词也能增添魅力，从而吸引知音的心。例如：

美女啊，请看这月亮，钱迪之主①的顶珠，
我们罗怙王族的亲戚，爱情的启蒙教师，
白净妇女脸庞的喻体，新娘星星的丈夫，
明亮似南方妇女刚刚洗净的洁白牙齿。（34）

即使月亮具有天生的美质，而使用种种同义词增加曲折性，闪耀更多光彩，令知音心中喜悦。

这是罗摩诛灭罗波那后，与悉多一起乘坐花车②返回都城时，与悉多亲密交谈中所说的话。"美女啊，请看这月亮。"这是说可爱迷人的美女啊，请观察这月亮，全世界眼中的节日。因为这样的美景适合同样的美女观察。"罗怙王族的亲戚"表示我们与月亮这位

---

① "钱迪之主"指钱迪女神的丈夫，即湿婆。
② "花车"是罗摩乘坐的飞车的名字。

亲戚不陌生。① 通过观看，表示对他的尊敬吧！从中可以感到罗摩以另一种方式表示对月亮的尊敬。其他的同义词各自增添月亮的光彩。由于对于所说的对象，每个同义词各自增添光彩，即使使用多个同义词，也不嫌重复。

另一种是形容词曲折性，不是同义词曲折性。另一种形成词干曲折性的同义词是能装饰表示义，即表示的事物。为什么？它具有另一种可爱的魅力，即双关等魅力，能体会到另一种优美。怎么样？由于依靠自身或成为自身的形容词的另一个词。其中，依靠自身。例如：

"在如此迟钝的世界上，谁有这样的
宽耳朵和长鼻子，适合听我的乐音？"
然而，它立刻驱走飞来的这只蜜蜂，
"它毕竟是一头大象，何必多说什么！"（35）

诗中的 mātaṅga（"大象"）一词在这里的语境中只是指称大象。然而，此词含有双关，可以体会到在其他语境中指称旃陀罗贱民。由于含有隐喻修辞的魅力，相当于"这个外乡人是头牛"的比喻。由于两者行为的相似性，附加所说事物的性质，增加同义词曲折性。因为在这种情况下，所说对象与未说对象产生联系，有时是隐喻，有时是明喻。可以说"它是这个"，或者说，"它像这个"。这属于依据词音的力量余音般暗示的韵。又如：

毁灭春季时代，名为夏季的大时出现，
发出如同盛开的茉莉花一般的欢笑。（36）

---

① 罗怙王族属于月亮族。

又如：

大洪水已经消退，唯独剩下你，为了保护大地。(37)

虽然 yuga（"时代"）等词主要表示所说的事物，但也能体会到表示另一种未说的事物①，闪耀诗的魅力，被称为暗示的修辞。依靠形容词，例如：

妇女界都知道爱神风流可爱，
充满柔情的大眼眼白似奶油，
而他只是一块木头，自在天
望他一眼，就把他焚烧成灰。(38)

"木头"是形容词，按照这里描写的对象，形容爱神脆弱，这样，含有另一种双关的可爱魅力。同时，可以体会到了一种未说的事物，即一种名为 madana（"爱神"）的树。由于具有隐喻修辞的魅力，产生同义词曲折性。

另一种形成词干曲折性的同义词是自身魅力明显而柔美。这是说自身的魅力可爱，显著突出，柔美而迷人。其中的含义是，虽然能为所描写的事物增添另一种光彩，但它自身具有充足的美，而吸引知音。例如：

这位持有五箭者的亲戚，
以强大的光芒激起大海中

---

① 这里是说 yuga（"时代"）这个词又表示两个月，因为印度一年分为六季，每季两个月。mahākāla（"大时"）也是湿婆的称号。这位大神具有毁灭世界的威力。śeṣa（"剩下"）也是支撑大地的神蛇的名字（音译"湿舍"）。

聪明的波浪表演登杜舞①，
激起我与爱人分离的忧愁。（39）

这里，诗人使用月亮的同义词是"持有五箭者的亲戚"②。这是一个充满离愁的人出于怨恨月亮升起而说的话。即使这不是一个常用词，由于互相联系恰当，而更出色。这种创造性的用法魅力迷人。这种自身魅力明显而柔美的同义词具有天生的美，也具有新鲜感，诗人们在描写中选用它们，而舍弃其他同义词。例如，在说到"卷曲的黑发"时，说"如同阎牟那河③波浪的鬈发"。又如，说"白净妇女脸庞的喻体"。妇女的用词数以千计，而诗人选用gaurāṅgī（"肢体白净的"）这个词，尤其可爱迷人。

另一种形成词干曲折性的同义词是能在表达中含有不可能的意义。所描写对象的目的不可能实现，在表达中含有这种不可能的意义。例如：

大地之主啊，你就不必白费劲了！
即使使用这武器，对我也是徒劳，
犹如足以连根拔起树木的风速，
遇到高耸的山峰也是无能为力。④（40）

这里，"大地之主"是国王的同义词，表示国王具有保护整个大地的勇力，然而，即使同样地努力保护，却不能保护老师的奶牛的性命。这样的称呼含有即使在梦中也不可能实现的

---

① "登杜舞"是印度古典舞。
② "持有五箭者的亲戚"指持有五种花箭的爱神的亲戚。
③ "阎牟那河"（yamunā）的河水以黑色著名。
④ 引自《罗怙世系》2.34。

意义。又如：

> 如果你同情生物，民众之主啊！
> 你死后，只是一头奶牛得平安，
> 而你活着，则能像父亲那样，
> 始终保护你的民众免遭灾难。① （41）

这里是说，你同情生物，而舍弃自己的生命，这不合适。因为你死后，只是这头奶牛平安活着。这三种情况缺乏价值。而如果你活着，民众之主啊，就能始终保护生活在大地上的所有民众，免遭灾难和不幸。使用"父亲"这个词，还能体会到另一种含义。任何一个处于民众之主地位的人，不始终保护民众是不可能的。这样的表达具有针对性。因为你活着，关心老师的用于祭祀的奶牛，那只是眼前的一头牲畜，然而你在任何时候都不能毫不关心保护民众。这种说法合理。有句格言说道：

> 谁能阻挡如同激流的逻辑推理结论。（42）

这里，表示义和暗示义依靠正例和反例而相辅相成。

另一种形成词干曲折性的同义词修辞美化而迷人。"修辞美化"这个词可以是具格复合词，也可以是属格复合词。因此，它有两种意义。第一种是具有隐喻等修辞而获得美化，增添另一种光彩，因而迷人。第二种是奇想等修辞的美化作用，增添另一种光彩。下面是具格复合词的例子：

---

① 引自《罗怙世系》2.48。

愿这月亮消除你的忧愁！它是女神喜爱的团扇，
秘密欢爱时忠诚的灯，爱情争吵赌气时的武器①，
嘴唇上齿痕伤口的清凉剂，梳洗打扮时的镜子，
困倦躺下时脸颊的枕头，湿婆顶髻上的芭蕉花。(43)

这里，由于团扇等的作用与月亮相似，形成隐喻，使所有的同义词增添另一种光彩。下面是属格复合词的例子：

王后啊，你的莲花脸
令一轮圆月黯然失色，
看啊，这些莲花被你
征服，顿时减却光泽。②(44)

这里，莲花在黄昏时失去光泽是一种自然现象。而在一位风流天子的口中，为了取悦宠爱的王后，说成是被王后可爱的脸庞征服。这是暗示的奇想修辞。还有，"你的莲花脸令一轮圆月黯然失色"，暗示这些莲花必定会被王后的脸庞征服而减却光泽。这是增添暗示的奇想修辞的光彩。

这样，已经思考同义词的曲折性。接着，依照次序思考隐喻的曲折性。

两者距离很远，而只要具有稍微的相似性，就能形成隐喻，表示关系紧密。(13)

这是有味的隐喻等修辞的根基，称为以隐喻为主的曲折性。(14)

这被称为是一种新颖的曲折性。什么样？以隐喻为主。隐喻成

---

① 这是指月亮升起能使对方平静下来。
② 引自《璎珞传》1.25。

为这种曲折性的主要因素。其实质是什么？在所描写事物和另一种所说事物之间，以暗示的方式，叠加某种相似性，形成隐喻。什么样的所描写事物？与所说事物相隔距离很远。由于所描写事物地点的抽象性，以及所描写事物的时间与行动相关，地点和时间这两者可以不予考虑。即使所描写事物具有行动和行动者这两种性质，但地点和时间可以不予考虑。因为词只是表示事物的一般性，而不是特殊性。那么，为何说两者间隔距离很远？确实是这样。虽然依据"距离很远"这个词的字面义，存在地点和时间两方面的不同，而隐喻产生的只是性质的不同。这种性质不同是叠加在事物上的不同性质，例如抽象与具体、液体与固体、有生物与无生物之间的不同。怎样的相似性？稍微的相似性，即仅有一点儿相似性。为什么？说明一种前所未有的关系紧密性，而具有充足的魅力。例如：

云朵以浓密的阴影涂抹天空……① （45）

这是诗人有意增添有生物的性质。通常是使用具有涂抹能力的蓝色等具体颜料，涂抹布料等具体物质。而这里以浓密的阴影涂抹天空，即使仅有一点儿相似性，在隐喻中也表示关系紧密。"浓密"一词也具有隐喻曲折性。因为"浓密"是指可以触摸感觉的具体事物的浓密性质，这样，在隐喻中，这种阴暗的光影也被说成"浓密"。又如：

夜间，妇女们前往情人住处，唯有针尖
能刺破的黑暗笼罩大道，请你释放闪电，
犹如试金石上划出一道金痕，照亮地面，

---

① 即前面第27首。

但不要下雨和发出雷鸣,因为她们胆小。①(46)

这里,虽然黑暗是抽象事物,而由于浓密,在隐喻中,产生适用于具体事物的性质,即能被针尖刺破。又如:

天空中布满醉云,
树林在暴雨中摇晃,
月亮失去了骄傲,
这样的黑夜也迷人。(47)

这里,在隐喻中产生与有生物的"醉"和"失去骄傲"之类性质的相似性。这种隐喻曲折性在优秀诗人的作品中数以千计,知音们可以自己观察。正因为如此,倘若两者距离很近,便不能称为隐喻曲折性,例如,"这个外乡人是头牛"。

隐喻曲折性的另一种特质是成为隐喻等修辞的根基,意思是形成隐喻等修辞的魅力。什么样的魅力?有味的。有味的,也就是有魅力的。两者属于因果关系。例如:

鹰嘴豆难以消化,不能用作食品。②(48)

它是"有味的隐喻等修辞的根基",意思是隐喻曲折性是隐喻等所有一切修辞的生命。

这种隐喻曲折性与前面所说的曲折性有什么不同?在前面的曲折性中,由于两者性质不同,仅有少量相似性,而依据这种相似性,叠加性质,便能增添魅力。而在这种隐喻曲折性中,叠加性质

---

① 引自《云使》37。
② 这句话用于说明因果关系。

而同一，即使两者相隔距离很远，也变得关系紧密。例如：

> 你有这些箭，它们确实是
> 死神的耳饰，军队森林的
> 毒芽，地下深处的众蛇王，
> 毗湿奴怎么能与你相匹敌？（49）

这里，隐喻中叠加性质而同一，与死神的耳饰等的相似性产生紧密的关系。

"隐喻等修辞"表示隐喻曲折性也是其他未提及的修辞的生命。

诗人通常在心中以暗示性为主，确定另一种事物，依靠这种相似性，实现另一种事物的表示性。例如：

> 月中的鹿儿啊，你展现的伟大
> 无法估量，唯有你令三界惊异，
> 月亮的身体成为你漫游的林地，
> 流淌甘露汁的月光是你的食草。（50）

这里，依靠两者具有非凡特征的相似性，以诗人想象的事物暗示性为主，叠加性质而同一。虽然这两种修辞①都以隐喻曲折性为生命，但暗示性和表示性具有不同的特质。这两者各自的特征会在后面得到充分说明。

这样，已经思考隐喻曲折性。接着依照次序思考修饰词曲折性。

由于修饰词出色，名词和动词的美闪耀光彩，这是修饰词曲折

---

① "这两种修辞"指隐喻和其他修辞。

性。(15)

　　修饰词曲折性指修饰词曲折性的魅力。什么样？其中展现美，即展现可爱性。谁的美？名词或动词。为什么？由于修饰词出色。以自身的优美，各自修饰各自的对象。它展现所描写事物的情态和自性的柔美，也增添修辞的魅力。例如：

　　　　夜晚结束时，这美女微红的醉眼值得称道：
　　　　忍受汗水浸湿的齿痕烧灼之痛而迷糊蒙眬，
　　　　因情人猛烈摇动而被散乱的鬓发遮盖一半，
　　　　施展各种方式享受爱欲而流露羞涩和慵倦。① (51)

又如：

　　　　这位细腰女双手托腮，
　　　　流淌的泪水浸湿脸颊
　　　　彩绘线条，全部身心
　　　　用于耳朵，倾听歌声。② (52)

又如：

　　　　四方布满洁白和清凉的
　　　　月光，长时间静默无声
　　　　而迷人，成为他的心中
　　　　产生宁静或爱情的原因。③ (53)

---

① 这首诗中的种种描写用于修饰眼睛。
② 这首诗中的种种描写用于修饰细腰女。
③ 这首诗中的种种描写用于修饰四方。

动词修饰词曲折性。例如：

象王紧闭着双眼，回想
林居生活的自由和欢乐。①（54）

在以上这些例子中，修饰词展现对象的柔美性。修饰词也增添修辞的魅力。例如：

……令一轮圆月黯然失色……②（55）

这种修饰词曲折性也遵循适合所描写事物的原则，由此，诗味达到最高顶点。例如：

这位细腰女双手托腮……③（56）

自身出色，赋予有味的事物自性和情态
以及修辞非凡的美，应知这是修饰词。（57）

以上这首是相关的偈颂。

这样，已经思考修饰词曲折性。接着依照次序思考隐含词曲折性。

为了形成魅力，用各种代名词等掩盖所描写事物，这称为隐含词曲折性。（16）

这里所说的隐含词曲折性是运用掩盖的曲折性，或者是以掩盖

---

① 这首诗中的种种描写用于修饰回想。
② 即前面第44首。这首诗中的修饰词也增添诗中原有修辞的魅力。
③ 即前面第52首。

为主的曲折性。其中，所描写事物的特征被掩盖。为什么？为了形成魅力，即有意制造魅力。由此，所描写的事物产生魅力。怎样掩盖？使用各种代名词等。"等"指其他同样能产生非凡魅力的表述。

这种曲折性有多种。诗人即使能直接表述所描写的事物，然而，这会限制事物的无限性。因此，用一般性的代名词加以掩盖，而采用暗示的方法，即用另一个句子表述其他事情，同时能表达所要表达的事物的优美。例如：

> 看到他的父亲想要结婚，
> 他尽到应尽的微小责任，
> 这引起爱神将脸颊搁在
> 花弓的顶端，陷入沉思。（58）

这里即使诗人能直接表述福身王之子（毗湿摩）具有优秀品行，真心孝顺父亲，展现非凡的崇高，能控制感官，摒弃对一切感官享受的渴望①，然而，诗人用一般性的代名词②加以掩盖，而在诗的后半部分另一句中表述其他的事情③，暗示这一切，产生魅力。另一种是事物的优美难以用言语表达，于是用代名词加以掩盖，而用另一个句子表述其他的事情，同时能表达它的优美。例如：

> 黑天前往多门城时，罗陀④满怀焦虑，扶着
> 以前在阎牟那河中戏水时被他摇动的蔓藤，

---

① 这里的故事背景是福身王想要与渔夫的女儿结婚。而渔夫提出的嫁女条件是由女儿生下的儿子继承王位。福身王已经有儿子毗湿摩，难以答应这个条件。而毗湿摩为了成全父亲，发誓自己永不结婚，独身一世。
② 诗中使用了代词"他"和另一个关系代词"他"。
③ "其他的事情"指爱神对此事的反应。
④ "罗陀"是黑天钟爱的一位牧女。

泪流满面，嗓音哽咽沙哑，唱出这支歌，
所有水中生物听到后，全都发出悲鸣声。(59)

这里，用另一个句子表述其他的事情，展现用代词掩盖的事物①，而吸引知音。又如：

黑天啊，罗陀这样哭泣，嗓音哽咽，
即使活上一百次，也别再成为情人！(60)

这里，前半部分掩盖哭泣的情状，而用后半部分另一句表达这种情状的强烈性，令知音喜悦。

另一种是对于极其柔美的事物，不具体描写相关的情状，而是掩盖可爱性，将它推到极致。例如：

在镜中观看欢爱的痕迹，
爱人就坐在自己身背后，
她看到自己和他的影像，
出于羞涩，不知会怎样？②(61)

另一种是使用掩盖，说明所描写对象自己能感受，而无法用语言表述。例如：

……在我的心中仿佛暗示什么。③ (62)

---

① 这首诗中，以关系代词"这"表示这支歌，并引出另一个句子描写水中生物的反应。
② 引自《鸠摩罗出世》8.11。
③ 即第一章第51首。

这首诗在前面已经说明。

另一种是使用掩盖，说明不能用语言表述他人对事物的感受。例如：

> ……脸颊搁在花弓的顶端，陷入沉思。① （63）

这里，爱神的伟大威力闻名三界，而毗湿摩居然有能力抵御他，令他心情沮丧，沉思着只有他自己能感受的什么。

另一种是依照诗人的意愿，使用掩盖，说明与某种性质或杀害相关的事情，不宜直接说是大罪过。例如：

> 不要再说这种难听的话，
> "这猛兽不知会对你怎样，
> 如果不是军队统帅②及时
> 用锋利的箭迅速射倒它"。③ （64）

又如：

> 女友啊，赶快阻止这个青年，
> 他嘴唇颤动，还想说些什么，
> 不仅毁谤伟大人物者，甚至
> 闻听毁谤者也会犯下罪过。④ （65）

---

① 即前面第 58 首。
② "军队统帅"指阿周那。
③ 引自《野人和阿周那》13.49。
④ 引自《鸠摩罗出世》5.83。

这里，不宜说出阿周那杀死猛兽和对世尊（湿婆）的毁谤，加以掩盖，而产生魅力。又如：

……就是他，不信守誓言，要做这件事。①（66）

这首诗在前面已经说明。

这样，已经思考隐含词曲折性。现在思考词缀曲折性，即置于词中的词缀闪耀适合语境的魅力，具有曲折性。

置于词中的词缀自身出色，闪耀适合语境的魅力，展现另一种曲折性。(17)

某种词缀置于词中，展现前所未有的曲折性。怎么样？适合所描写的事物。凭什么？自身出色。例如：

云朵以浓密的阴影涂抹天空，仙鹤飞翔……②（67）

又如：

……目光斜视，脉脉含情……③（68）

诗中，使用现在分词词缀at④，展现目前适合所描写事物的优美，而不是过去或将来的优美。产生吸引知音的词缀曲折性。

现在观察另一种：

增音等闪耀的优美增添词的曲折性，具有极大的魅力，赋予文

---

① 即第一章第50首。
② 即前面第27首。
③ 即第一章第121首。
④ 如以上诗中的"飞翔"（vellat）和"含情"（snihyat）都使用现在分词形式。

体可爱性。(18)

另一种词缀具有前所未有的魅力，成为词的曲折性，即表示者（词音）的曲折性。什么样？增音等的优美。增音即 muṃ[①]等，自身闪耀优美。什么样？词的曲折性，赋予文体可爱性。例如：

我知道你的女友对我怀有深厚情意，
故而揣测她在初次分离中这般情状，
确实不是我自认为有福气才这样说，
兄长啊，你很快会亲眼看到这一切。[②]（69）

又如：

灼热能煮沸一杯水，迸涌的泪水流成渠……[③]（70）

又如：

畅饮盛在芭蕉叶杯中的椰子果汁……[④]（71）

在这些诗中，subhagammanya（"自认为有福气"）等词[⑤]中，muṃ 等闪耀优美，具有可爱性，增添词缀的表示者（词音）曲折性。

---

① muṃ是语法术语，指在词的尾音元音后插入 m。
② 引自《云使》90。
③ 即第一章第48首。
④ 即前面第10首。
⑤ 还有 itthambhūtām（"成为这样的"即"这般情状"）、prasṛtimpacaḥ（"煮沸"）和 pāyampāyam（"畅饮"）。

这样，已经思考置于词中的词缀曲折性。接着思考词的组合方式曲折性。

以不变复合词为主的词的组合方式展现可爱性，应知这是词的组合奇妙曲折性。(19)

词的组合奇妙性是与同类用词相比，更为柔美，由此体现曲折性。什么样？展现可爱性。谁的可爱性？词的组合方式的可爱性。哪些组合方式？以不变复合词为主的词的组合方式。其他的组合方式是语法中所说的复合词、名词派生词和名动词。这里的含义是由于使用恰当，而展现自身的优美。例如：

啊，在春季，那些蔓藤的新鲜
液汁展现优美，但并不是显露
在外表上，而是内在充盈饱满，
散发爱的浓郁芳香，可爱迷人。(72)

这里，adhimadhu（"在春季"）这个复合词暗含依格的意义，表示季节。"新鲜液汁"这个词含有双关的魅力而展现美妙性。即使有同类的用词可以传达这种意义，然而不如这样的表达方式令知音喜悦。其中的"浓郁"、"芳香"、"散发"和"可爱"这些用词也具有隐喻曲折性。又如：

你的事迹展现的崭新光辉覆盖一切，
从天国到地下蛇城，有什么不变白？
甚至那些敌人的妻子处在分离中，
她们身上留着的指甲印痕也变白。(73)

这里，pāṇḍimānam（"变白"）一词与其他同类用词相比，具有词的组合的特殊奇妙性。又如：

> 僧伽罗女子沉浸在美似甘露的溪流中，
> 月亮吸取她们脸上的光泽而更加明亮，
> 因此，它成为爱神饮宴上的唯一华盖，
> 这爱神征服包括天王在内的整个世界。(74)

这里，名动词[①]和其他复合词的组合方式呈现奇妙的曲折性。

这样，已经思考词的组合方式曲折性。现在思考状态曲折性，即词干采用合适的时间。

不管事情还有待完成，而说成已经完成，这是状态曲折性。(20)

这是状态奇妙曲折性。状态指动词的状态。它具有不同于其他表达方式的可爱性，形成曲折性魅力。什么样？其中，事情被说成已经完成。怎么做？不管事情还有待完成。这里的含义是，因为事情还有待完成，则所说事物的意义不饱满，而说成已经完成，原始意义就显得饱满。例如：

> 她叹息深重，嘴唇变黑，芭蕉双臂
> 消瘦，手镯变臂钏，脸颊肤色变白，
> 如同蓝莲花的双眼泪水迸涌，眼角
> 变得鲜红，由此，爱神的威力增强。(75)

这里，将事物说成已经完成的状态，极具魅力。

这样，已经思考状态曲折性。现在思考词干中的词性曲折性。

[①] 这首诗中的 ekātāpatrāyyate（"成为唯一华盖"）是名动词形式。

两种不同的词性用于同一种对象，产生特殊的魅力，这是词性奇妙曲折性。（21）

这是阴性等词性①的奇妙曲折性。在句中没有其他动词的情况下，应该理解为含有联系动词"是"②。什么样？其中，两种不同的词性表示同一种对象，由此，闪发前所未有的光彩而可爱。例如：

> 湿婆的弓一旦上弦，众多勇士丧失勇气，
> 现在我可以用这些手臂为它搭上羽毛箭，
> 那位非子宫生的女宝就会成为我的收获，
> 我的十双眼睛转动，成为盛开的莲花林。③（76）

又如：

> 以如意树的嫩芽充作扇子，
> 南风让树上那些攀缘植物
> 翩翩起舞，在他的胸脯
> 各处布满香气和撒遍香粉。④（77）

又如：

---

① 梵语中有阳性、阴性和中性三种词性。
② "含有联系动词'是'"，表明所说两者是同一对象。
③ 引自《小罗摩衍那》1.30。诗中的"我"是十首王罗波那，故而有十只手臂和十双眼睛。"那位非子宫生的女宝"指罗摩的妻子悉多。她是大地的女儿。诗中的"盛开的莲花林"（pullapaṅkajavanam）喻指罗波那的十双眼睛（dṛśām viśatiḥ），前者词性是中性，后者词性是阴性。
④ 引自《小罗摩衍那》7.66。诗中的"各处"（sarvāspadan）是中性，"香气"（saorabham）是中性，"香粉"（aṅgarāgaḥ）是阳性。

> 各个季节努力制成这花环,
> 安放在毗湿奴大神的肩上,
> 吉祥女神手中滴淌蜜汁的
> 莲花,成为他可爱的耳饰。① (78)

下面是另一种词性奇妙曲折性:

可以使用其他词性,而使用阴性,增添魅力,因为阴性这个名称本身柔美。(22)

即使一种事物可以使用其他词性,而选择使用阴性。为什么?增添可爱性。原因何在?阴性这个名称本身柔美,动人心弦。它适合味等,产生另一种魅力。例如:

> 海岸处在夏季的炎热中,变得苍白,
> 蔓藤嫩叶在风儿无力的叹息中摇摆,
> 这时出现声誉胜过月亮的云,我想,
> 深受折磨的海岸将遏制大地而可爱。(79)

诗中的 taṭa("海岸")一词可以使用三种词性。为了柔美,而使用阴性②。这里意谓云和海岸将成为男女主角,而具有另一种魅力。这种可爱性体现曲折性。

下面说明还有另一种:

虽然存在其他的词性,但使用某种特殊词性,适合表示义,而产生魅力,这是另一种。(23)

---

① 诗中的"莲花"(aravindam)是中性,"耳饰"(karṇapūraḥ)是阳性。

② 诗中使用 taṭa 一词的阴性形式 taṭī。

这是另一种词性曲折性。其中，依照诗人的意愿，使用某种特殊的词性。怎么样？在也可以使用其他词性的情况下。为什么？能产生魅力。原因何在？适合表示义，即适合所描写的事物。例如：

> 胆怯的女郎啊，这些蔓藤
> 虽然不会说话，但出于同情，
> 用嫩叶下垂的枝条，向我
> 指点罗刹劫走你的那条路。① （80）

这里描写罗摩和悉多一起乘坐花车返回都城途中，罗摩向悉多讲述自己与她分离时的痛苦："确实，罗波那劫走你，急于快速逃跑，路上那些蔓藤被他擦身而过，而成为这样，我得以据此推测你的去向。"罗摩对此事的描写，具有另一种魅力：胆怯的女郎，即天性柔弱而内心胆怯。罗波那行为如此残酷，从这条路劫走你。正是眼前的这些蔓藤向我指点这条路。实际上，它们是无生物，不可能会指路。这是诗人运用奇想修辞手法传达这种意义：看到你胆怯，罗波那残酷，而我尽心竭力保护你，这些蔓藤具有女性的柔软心肠，同情受苦的同类，而为我指路。怎样指路？用嫩叶下垂的枝条。因为她们缺乏发音器官，不能说话。确实，她们不用说话，而用枝条手臂指路，十分合适。

同样的情况也见于另一首：

> 这些雌鹿顾不得达薄草尖，
> 将它们的睫毛向上竖起的
> 眼睛转向南方，提醒我

---

① 引自《罗怙世系》13.24。

这个不知道你的行踪的人。①（81）

这些雌鹿提醒我。什么样？那些蔓藤为我指出的路，我还不确定。而这些雌鹿聪明机灵，因此能准确指明方向。什么样？她们看到这样的悲惨情景，感到痛苦，而顾不得觅食草尖。做什么？指引方向。怎么样？用睫毛向上这种方式，指向天空南方。

在以上诗中，树木和鹿等可以使用其他词性，而依照诗人的意愿使用阴性②，适合所描写的事物，产生魅力。由此，形成奇妙的曲折性。

这样，已经思考具有格尾的词干曲折性。现在思考与名词格尾和动词语尾关联的动词词根曲折性。这是具有动词奇妙性的曲折性。什么样？有几种？下面讲述这种曲折性的特质：

行动者具有极大的能力，另一位行动者的奇妙性，自身的修饰词具有奇妙性，隐喻的魅力，（24）

掩盖对象等，这是五种适合描写对象的奇妙性，称为动词奇妙曲折性。（25）

动词奇妙曲折性是动词词根意义的奇妙曲折性。有几种？什么样？适合所描写对象而奇妙可爱。其中，第一种是行动者具有极大的能力，即行动者具有独立完成行动的极大能力。例如：

但愿神蛇湿舍的头保持稳定，它的
头颈挺起，支撑坐落在顶珠上面的
沉重大地，如果再稍许弯下一点儿，
所有世界就会剧烈摇晃，坠入虚空。（82）

---

① 引自《罗怙世系》13.25。
② 以上诗中的 latā（"蔓藤"）和 mṛgī（"雌鹿"）均为阴性。

这里，保持稳定这一行动的伟大性适合所描写的行动者神蛇的头，胜过其他任何魅力，形成动词奇妙曲折性。又如：

……
问道："我漂亮吗？"湿婆以吻
作为回答。愿这吻保佑我们！①（83）

尊神湿婆以吻表示高利女神漂亮，没有其他行动方式比这更合适，形成动词奇妙曲折性。又如：

……被吻的第三只眼获得胜利。②（84）

又如：

……爱神获得胜利，放下了弓箭。③（85）

这两首诗在前面已经说明。

另一种动词曲折性是另一位行动者的奇妙性。依据所描写事物和同类行动者，他的行动形成另一位行动者的奇妙性。例如：

无论何地，能力不限于一人，
众生本性具有或高或低能力，
海火不断吞噬海水直至劫末，

---

① 即第一章第81首。
② 即第一章第58首。
③ 即第一章第61首。

而投山仙人一口就喝完海水。①（86）

这里，由于持久的决心和努力，投山仙人的能力成熟达到顶点，能一口喝完海水，与海火相比，具有行动的奇妙性，而展现曲折性。又如：

那些爪甲……斩断虔诚信徒的痛苦……②（87）

又如：

但愿湿婆的箭火焚烧你们的罪恶!③（88）

以上两首诗在前面已经说明。

另一种动词曲折性是自己的修饰词奇妙。依据语境，先有行动，然后又有对行动的修饰。这种修饰词具有奇妙性。例如：

月亮升起，妇女们与情人的女使
愉快交谈，眉飞色舞，心情激动，
在修饰打扮时，装饰品戴错部位，
女友们在一旁发出嘻嘻的笑声。④（89）

这里，修饰打扮的行动有修饰词，即女友们看到妇女们的装饰品戴错部位而发笑。这展现柔美的魅力。这里暗示修饰打扮急切慌

---

① 引自《妙语珠串》992。
② 即第一章第59首。
③ 即第一章第60首。
④ 引自《诗探》第十三章。

忙，说明她们对情人怀有炽烈的爱，因而激动万分。又如：

……惊鹿般迷人的眼角流出泪水，盯住我。① (90)

这首诗的奇妙性在前面已经说明。这种对行动的修饰词展现行动和行动者两者的曲折性。因为造成行动的奇妙性也是行动者的奇妙性。

另一种动词奇妙曲折性是隐喻的魅力。隐喻是依据具有相似性等，叠加另一种性质。例如：

四肢仿佛游动在翻滚的美的海洋，
胸脯和臀部展现自己成熟而丰满，
双眼卖弄风情，显然不再天真单纯，
啊，这鹿眼女郎已进入青春年华。② (91)

这里，"四肢仿佛游动在翻滚的美的海洋"，表示决心要达到彼岸。这是运用与人的行动有相似性的隐喻，诗人想象青年女子游泳渡海。隐喻确实是奇想修辞的生命。这在后面论述奇想修辞时会加以探讨。

"胸脯和臀部展现自己成熟而丰满"，如同有人存放着某种物品，到了需要使用时才启用。这也是运用胸脯和臀部展现丰满与这种行动有相似性的隐喻。这里是说，自己的能力在童年时期潜藏着，直至进入青春时期，它们的丰满才充分展现。

"双眼卖弄风情，显然不再天真单纯"，表示双眼抛弃童年时期的单纯，改换成适合青春时期的妩媚，如同有人抛弃某个地区的生

---

① 即第一章第49首。
② 引自《妙语悦耳甘露》2.11。

活习惯，改换成另一个地区的生活习惯。这也是运用这两种行动有相似性的隐喻。

这三种动词曲折性都运用隐喻。诗中每个用词的曲折性会在后面说明。

另一种动词曲折性是掩盖对象等。这是掩盖行动的对象等，也就是适合所描写的事物，暗示非凡的优美。由于体现行动的奇妙，而称为另一种。

依据原因，运用隐喻表示结果。例如：

> 甜蜜仿佛向眼中传送什么，
> 仿佛向耳中悄悄诉说什么，
> 又仿佛在这位女郎失恋的
> 心中描绘某些美妙的景象。（92）

这里，感知的对象难以表述。行动赋予各种对象非凡的优美，展现曲折性。其中也有隐喻的魅力，因为传送、诉说和描绘属于人的行为特征。又如：

> "请你暂停一会儿刚烈的舞蹈，让我
> 为你调整摇晃松懈的顶饰。"爱人
> 说罢甜蜜的话，为他调整顶饰月亮，
> 胜利属于湿婆充满幸福的某种骄傲！（93）

这里，"某种"一词说明感知的对象难以表述，暗示湿婆的骄傲非同寻常。这是掩盖行动者。"胜利"一词表示一切荣耀，也具有动词奇妙曲折性。

以上已经简要说明词干曲折性，
其他种种可以自己观察和确定。(94)

这是一首总结的偈颂。

这样，已经思考与格尾和语尾关联的名词词干和动词词根的奇妙曲折性。现在思考动词语尾的曲折性。这里，接着动词奇妙曲折性，观察具有时间次序的时态曲折性，因为时间与行动关系紧密。

时间最为合适，产生可爱性，这是时态奇妙曲折性。(26)

这是另一种时态奇妙曲折性。时态是语法家通常用动词语尾表示的现在时等时态，表明事物的出现和消失。它的奇妙性形成曲折性魅力。什么样？时态具有可爱性。原因何在？最为合适，也就是最适合所描写的对象，而产生魅力。例如：

水流淹没平地坑洼，旅途日益艰难，
不用多久，连心愿也难以越过道路。① (95)

这里，主人公与爱人分离，内心充满痛苦，推测着以后的日子，而不能忍受眼前展现的这种优美的自然景象②，感到某种恐惧不安。"不用多久，连心愿也难以越过道路"，使用将来时态，展现动词语尾曲折性魅力。又如：

自然界新气象告知情感柔弱的人们
新的讯息，它们准备达到美的极致，
此时爱神开始努力制造麻烦，我们
害怕一旦春意盎然，他会做些什么！(96)

---

① 引自《韵光》第三章。
② 指雨季的景象。

这里，"准备"、"开始"、"会做"和"害怕"这些动词含有各自的时态①，展现动词语尾曲折性。春天来临之初，自然界开始展现美景，激发爱情。而爱神威力无比，在春色稍微显露之时，就开始折磨有情人的心。因此，接着的推测具有极大的魅力。一旦春意盎然，这位爱神便有机会粉碎傲慢女子的傲慢，征服一切。那些有情人已经被花箭射中，内心痛苦，因此这样推测，而感到害怕。这是一位与爱人分离的有情人说的话。

这样，已经思考时态曲折性。接着依照次序思考词格曲折性。

叠加主要者的性质，依据主次性的表述，次要的词格居于主要地位，(27)

由此，增添语言表达的可爱性，这种词格的转换，称为词格曲折性。(28)

这里是说词格曲折性的魅力。什么样？其中，词格转换，即主次转换。怎么样？次要的词格如工具等，转换成主要的词格。用什么方法？叠加主要者的性质，赋予主要性。怎样确定主要性？依据主次性的表述。为什么？增添语言表达的可爱性，展示前所未有的魅力。这样，将有生物的独立性赋予无生物，或将行动者的性质赋予次要的工具等。这种词格转换产生魅力。例如：

> 甘蔗族人从没学会愿意可怜地乞求，
> 哪有俱卢族后裔双手合十奉承他人？
> 即使我做了这一切，大海也不理睬，
> 别无办法，我的手猛然伸向我的弓。②（97）

这里应该是说"我要用手拿起我的弓"。而将行动者的性质赋

---

① 它们分别为将来时、现在时、将来时和现在时。
② 引自《大剧》4.78。

予作为工具的手，形成词格曲折性魅力。又如：

泪水流淌，强行沐浴她的双乳……① （98）

又如：

我的十只左手互相展开竞争，
同时熟练地伸出握住这张弓，
现在，十只右手善于侍奉我，
也争先恐后，同时为弓上弦。② （99）

这里，如同前两首诗，也体现叠加行动者性质的词格曲折性。又如：

……我的这把闪亮的利剑羞于与它交锋。③ （100）

这样，已经思考词格曲折性。接着依照次序思考词数曲折性，因为词数有另一种曲折性。

想要表现诗的奇妙性，运用词数转换，行家们知道这是词数曲折性。(29)

这里，诗人想要表现诗的奇妙性，运用词数转换，行家们知道这是词数曲折性。其中的含义是，在应该使用单数或双数时，为了产生奇妙性，使用另一种词数，或者说，不同的词数用于同一对象。例如：

---

① 即第一章第65首。
② 引自《小罗摩衍那》1.50。
③ 即第一章第66首。

双手托腮，抹去脸颊上的彩绘线条，
长吁短叹，熏干嘴唇上的甘露蜜汁，
眼泪不断缠绕脖颈，引起胸脯颤动，
狠心人，愤怒成了你爱人，不是我们。①（101）

这里应该是说"不是我"。说"不是我们"，是使用复数，为了提供另一种色彩，暗示关系疏远。又如：

我们探求真实遇阻碍，蜜蜂啊，你却如愿以偿！②（102）

这里，如同前一首诗，暗示关系疏远。又如：

她的双眼是盛开的蓝莲花林，双手是莲花丛。③（103）

这里，双数和复数用于同一对象，这种词数转换吸引知音。又如：

……学问是新增眼睛……④（104）

这里，如同前一首诗，单数和复数用于同一对象，产生奇妙性。

这样，已经思考词数曲折性。接着依照次序思考人称曲折性。

运用人称转换，产生魅力，应知这是人称曲折性。（30）

---

① 引自《阿摩卢百咏》85。
② 引自《沙恭达罗》第一幕。
③ 即第一章第64首。
④ 即前面第29首诗。这里，"学问"一词使用复数，"眼睛"一词使用单数。

这里，第一人称转换成其他人称。为什么？为了产生奇妙的魅力。应知这是人称曲折性。其中的含义是，应该使用第一和第二人称时，为了产生奇妙性，使用第三人称。同样，在可以使用人称代词时，换用名词。例如：

> 我很明白，我们的憍赏弥城已经被卑劣的
> 敌人侵占，然而国王厌恶谋略，苟且偷安，
> 与丈夫分离，妇女心中必定痛苦，这方面
> 我不能多说什么，王后自己该知道怎么做！① （105）

这里，"王后该知道"可以使用第三人称代词，而换用名词，暗示宰相认为这是很难做到的事，故而以中立的口气说话。因为作为王后，她可以自己权衡利弊，作出决定。这形成这个句子的曲折性，成为句子的生命。

这样，已经思考人称曲折性。接着依照次序思考与人称有关的中间语态和主动语态的曲折性。语态指动词词根的特征。

依据合适性，使用两种语态中的一种，展现光彩，这称为语态曲折性。（31）

诗人们称说这种动词语态曲折性的魅力。在中间语态和主动语态中，诗人们确定使用其中的一种。原因何在？为了合适，即适合所描写的对象。为什么？展现光彩，产生魅力。例如：

> 他想要放箭射击其他的鹿，即使
> 紧握拳头拉弦至耳边，却又松开，
> 因为看到那些美丽的鹿眼惊恐颤抖，

---

① 引自《苦行犊子王》1.67。

想起了他的爱妻们转动的迷人目光。①（106）

这里，国王完全沉浸在回忆爱妻们优美可爱的目光，肢体的努力停止，拳头松开。这是行动者（拳头）自主行动的中间语态②，形成句子曲折性的魅力。

已经思考动词语态曲折性。接着依照次序思考另一种词缀曲折性。

使用有别于常用词缀的某种词缀，增添可爱的魅力，这是另一种词缀曲折性（32）

另一种词缀曲折性是与通常使用的词缀不同的另一种词缀的曲折性。存在这种词缀。它能展现前所未有的可爱性，增添魅力。什么样？不使用经常使用的动词词缀，设法使用另一种词缀。例如：

能用语言揭示事物中隐藏的美妙本质，
或能用语言创造迷人的事物，我尊敬
这两类优秀诗人，然而我更尊敬理解
他们的辛劳和解除他们的负担的诗人。（107）

这里，"我更尊敬"（vendetarām）一词③是诗人匠心独运，展现后缀曲折性。同时，"然而"这个词也用于强调后者优于前者。

这样，已经思考名词和动词以及相关的词干和词缀的曲折性。然而，还有非派生的和无格尾的前缀和不变词，现在一起思考它们的曲折性。

其中，前缀和不变词用于展现味等，成为句中唯一的生命本

---

① 引自《罗怙世系》9.58。
② 诗中的"松开"（bibhide）一词使用动词中间语态。
③ 这个词是动词 vende（"我尊敬"）加上后缀 tarām（"更加"）。

质，这是另一种词的曲折性。(33)

另一种词的曲折性指不同于前面所说的种种词的曲折性。存在这种曲折性。什么样？语法学家通常所说的前缀和不变词，在曲折性中展现艳情等味。怎么样？成为句中的唯一生命，也就是诗的唯一生命本质。这是说诗中的味等获得最充分的展现。例如：

……可是我的悉多会怎样呢？哎呀，王后，你要坚定。① (108)

这里，展现在眼前的自然景象激发罗摩的强烈感情，他肯定悉多现在处在痛苦中，一心想要保护她。他完全沉浸在心中描绘的场景中，以至忘却此时与悉多天各一方。这样，连续使用的不变词②传达这种新鲜而优美的情味，成为句中唯一的生命。诗中这个不变词 tu ("可是") 的使用也具有曲折性。这在前面已经说明。又如：

突然间与爱人分离，我实在难以承受，
现在新云又升起，往后的日子无阳光。③ (109)

这里，与爱人分离和雨季来临同时出现，令主人公难以承受。诗中使用两个 ca ("又") 表示同时。这如同南风扇旺火焰，展现句子的曲折性。诗中使用的 su ("实在") 和 duḥ ("难以") 这两个前缀也是强调难以承受与爱人分离。又如：

这位睫毛美丽的女郎一再用手指

---

① 即前面第 27 首。
② 这里所说的不变词是 hahā hā ("哎呀!")。
③ 引自《优哩婆湿》4.3。

> 遮住嘴唇，含混地说着拒绝的话，
> 娇媚可爱，我好不容易抬起她的
> 转向肩头的脸，可是没能吻到她。① （110）

这里，主人公着迷于最初的渴望，回忆沙恭达罗美似月亮的脸庞，为没能吻到她而懊恼。诗中使用的不变词 tu（"可是"）充分展示句子的曲折性。

其中词缀的曲折性不再单独说明，因为与其他词缀的曲折性相似，读者可以自己观察。例如：

> 你的乌黑身躯由此变得更加可爱，犹如
> 化身牧童的毗湿奴戴上闪光的孔雀翎毛。② （111）

这里，使用的不变词 atitarām（"更加"）极具魅力。这样，其他类似的优美特征，读者可以自己观察。有多种曲折性魅力，即使表现为句中一处的生命，也形成整个句子的魅力。

> 在诗人的创作中，有多种曲折性，
> 而即使只有一种，也令知音喜悦。（112）

这是一首相关的偈颂。

如果一种曲折性就具有这样的效力，那么，多种曲折性结合在一起，又会如何？回答是：

多种曲折性结合，互相辉映，产生奇妙迷人的魅力。（34）

在一个词或一个句子中，结合有多种曲折性，展现诗人丰富的

---

① 引自《沙恭达罗》3.78。
② 引自《云使》15。

想象力。为什么？互相辉映，互相展现魅力。这样，具有多种可爱的曲折性，而产生奇妙迷人的魅力。例如：

> 四肢仿佛游动在翻滚的美的海洋……① (113)

这里，三个动词各自具有行动、词格和时态三种奇妙性。丰满的胸脯和臀部以及青春具有词的组合方式奇妙性。美的海洋、成熟和单纯等这些词具有隐喻奇妙性。这样，在一个词或一个句子中，有多种曲折性的结合，产生奇妙迷人的魅力，动人心弦。

这样，已经思考在词的四个方面，即名词、动词、前缀和不变词的种种曲折性。现在总结这一章，进入下一章。

语言蔓藤以词汇嫩叶为基础，展现曲折性，充满情味，具有鲜明的魅力，但愿知音们如同蜜蜂，加以观察，始终保持强烈的新鲜感，吸吮蕴藏在句子花朵中芳香浓郁而迷人的蜜汁吧！(35)

语言蔓藤光彩熠熠，展现非凡的魅力。怎么样？以词汇嫩叶为基础，即以具有格尾和语尾的名词和动词为基础。什么样的魅力？充满情味。有什么特点？展现曲折性。什么样？具有极其可爱的魅力。但愿聪慧的知音们加以观察，吸吮和品尝蜜汁。什么样的蜜汁？蕴藏在由词汇组成的句子花朵中的蜜汁。又什么样？芳香浓郁而迷人。怎样品尝？始终保持强烈的新鲜感。这里的含义是，蜜蜂观察到嫩叶展现，随后就会从绽开的柔软花朵中吸吮蜜汁，感受到节日般的快乐。同样，知音们观察到诗中某种曲折性魅力，心中会产生强烈的新鲜感，就会思考蕴藏在整个句子中的曲折性生命本质。所谓"充满情味"，一方面表示春天的蔓藤充满液汁，另一方面暗示艳情等情味。所谓"曲折性"，一方面表示新月的优美形态，

---

① 即前面第91首。

另一方面表示惯用词等使用中的奇妙性。所谓"魅力",一方面表示嫩叶合适的分布排列,另一方面表示诗人娴熟美妙的技巧。所谓"鲜明",一方面表示嫩叶的光洁明亮,另一方面表示词语组合的优美。所谓"芳香",一方面表示花朵的香气,另一方面表示句子令知音喜悦。所谓"蜜汁",一方面表示花朵中的蜜汁,另一方面表示句子中诗的所有因素凝聚而成的精华。

以上是吉祥的罗阇那迦·恭多迦著
诗庄严论《曲语生命论》第二章。

第 三 章

　　这样，在前一章中，已经思考作为句子组成部分的词的曲折性，指出表示者（词音）曲折性的魅力。现在，说明句子曲折性的魅力，也就是说明表示义（词义），即所描写内容的曲折性特征，因为句义的确立先要理解词义。

　　本身极其优美，具有独特的曲折用词，这样的描写形成内容曲折性。（1）

　　"内容"指所描写的相关词义。若是这样描写，便形成内容的曲折性魅力。怎样描写？回答是：本身极其优美。"极其"指显著突出，胜过一切。"本身优美"指自性优美。这样，具有无限可爱的自性。"描写"指说明或表现。怎么样？具有独特的曲折用词。这种曲折用词不同于其他种种曲折用词，而是能体现诗人意图的特殊用词。这里不说表示义，因为描写也运用暗示义。

　　这里要说，如果所描写的事物自性优美，便不适合过多使用明喻等词义修辞，因为这样会削弱事物自性的柔美。"这种公认的自性修辞令知音喜悦，为什么你竭力予以否定？"按照他们的看法，唯独事物的一般性是修辞的对象，而修辞是为事物增添优美性。因此，他们才会认为自性修辞是合理的。然而，这里要说，他们的看法不能成立。因为诗歌创作不是随意的作为，而是为了令知音喜悦。如果所描写的对象本身缺乏优美，那么，修辞也不能为它增添光彩，犹如在不合适的墙面上画画。因此，应该确认所描写的对象具有无限可爱的自性，然后，依据合适性，运用隐喻等修辞。其中的区别在于，如果诗人的意图是突出自性优美，就不会过多使用隐喻等修辞，否则会淹没事物自性的优美和蕴含的情味。在这方面，修辞对象如同一位美女，在沐浴、与丈夫分离时苦守家中以及欢爱尽兴时，都不需要过多的装饰，因为自性的优美就足以令知音喜悦。例如：

> 这位腰肢瘦削的女子进入圣坛，
> 面朝东方，侍女们坐在她前面，
> 准备为她装饰，而被她的天然
> 姿色所吸引，延宕了片刻时间。[①]（1）

这里，诗人的意图是展现这种自性柔美而迷人的神采，担心过多的修饰会削弱天然的优美。因此，所描写的对象自性优美突出，即本身极其优美，再增添其他的装饰，无所助益，反而会削弱天然的优美。尤其需要指出的是，依靠合适的情由、情态和不定情暗示柔美的情味，若是再添加什么，便会损害所描写对象的优美。正是这样，刚刚步入青春的少女和生机蓬勃的春季等对象，本身就具备句子的曲折性，诗人不会再添加其他的修辞。例如：

> 面露天真微笑，眼光甜蜜地颤动，
> 话语新鲜有味，似溪水欢快流淌，
> 移动的步子散发嫩芽绽开的清香，
> 青春期的鹿眼少女怎么会不迷人？[②]（2）

又如：

> 这些少女情爱尚未成熟，但已感知甜蜜，

[①] 引自《鸠摩罗出世》7.13。
[②] 引自《韵光》第四章。

内心激动，又闭上双眼，令观看者心碎，
心中的欲望不停息，却又懒散而不努力，
尽管还懵懵懂懂，仍然成为爱神的俘虏。(3)

又如：

胸前双乳扩张到双臂，目光斜视，脉脉含情……① (4)

又如：

蔓藤花朵还在花蕾中，绿叶还在嫩芽中，
雌杜鹃优美的鸣声也在喉咙中怀抱希望，
还有，爱神的弓即使已经搁置了很久，
然而只要操练两三天，他就能征服三界。(5)

又如：

这些嫩芽已从池中莲花根茎上长出……② (6)

又如：

春季之月已经准备好爱神之箭，尚未射出，
箭头是芒果嫩芽和绿叶梢，以少女为目标。③ (7)

---

① 即第一章第 121 首。
② 即第一章第 73 首。
③ 引自《韵光》第二章。

在这些情况中，所描写对象自性柔美突出，诗人不再过多增添修辞，害怕会淹没这种柔美。而有时增添修辞，也只是为了展现自性的柔美，而不是为了突出修辞的奇妙性。例如：

　　双眼洗去眼膏，脸颊明亮
　　如同水晶，嘴唇擦去口红，
　　肢体洁白如同幼象的象牙，
　　少女们全身哪处会不优美？（8）

这里，使用"洁白如同幼象的象牙"这个明喻，展现自性的优美。又如：

　　……可以与年轻雌象柔软的象牙相媲美……①（9）

这完全合理。因为优秀的诗人适应所描写的对象，有时着意充分展现自性的优美，有时展现种种词语安排的奇妙性。对于前者，不热衷使用隐喻等修辞，而对于后者，则充分使用。由此，可以得出结论：自性极其优美的事物是修辞对象，而不是修辞。如果事物本身缺乏优美，如恶鬼等，即使加以装饰，也不会令知音喜悦，因此是不可取的。

如果所描写的事物自性极其优美，非常合适，这样，由于自身极其优美，而不能忍受添加其他的装饰。若有人据此将这种修辞对象也称为修辞，这也符合我们的观点。因为我们的本意是要排除多余的修辞，故而对此不予批驳。②

---

　　① 即第一章第 73 首。
　　② 这里表明作者以上论述的主要目的是说明前人所说的自性修辞实际是修辞对象，不能算作修辞，应该排除出修辞名单。

是否就是这种描写事物的曲折性，或者，还有另一种曲折性？回答是：

另一种是创造性，展现诗人天赋的和后得的技巧，创新的描写超越世间的领域。(2)

另一种是描写事物的创造性。这是关于曲折性。什么样？展现诗人天赋的和后得的技巧。"天赋的"是天生的。"后得的"是通过学习和实践获得的。"技巧"是技能娴熟，善于创造。这样的"展现"受称赞。又什么样？描写新颖，超越世间的领域。"创新的"是首创的。"描写"是刻画，就在此刻展现优美。"超越世间"是超越世俗日常行为。这种"领域"极其优美。由此，具有创造性。这里的含义是，诗人描写事物并不是将不存在的事物变成存在，而只是将优美赋予存在的事物，由此形成令知音喜悦的可爱性。

有这样的说法：

能用语言揭示事物中隐藏的美妙本质……① (10)

这样，仅仅是存在的事物被赋予非凡的光彩，产生特殊的魅力。面目崭新而迷人，淹没事物原本的形态，所描写的事物仿佛是在此刻展现的。因此，诗人被称为创造主。有这样的说法：

在无边的诗的领域，诗人是唯一创造主，
这个世界如何转动，完全按照他的意愿。② (11)

这种所描写事物的曲折性分成自然的和增加的两类。这种增加

---

① 即第二章第 107 首。
② 引自《韵光》第三章。

的曲折性是增加所描写事物的魅力，也就是修辞。因此，依据许多种分类，有无穷的规则。例如：

> 是皎洁的月亮作为生主，还是充满艳情的
> 爱神亲自创造了她，或是繁花似锦的春季？
> 这个年老的牟尼诵习吠陀而愚呆，对爱欲
> 毫无兴趣，怎么会创造出如此迷人的美女？①（12）

这里，描写一位女子，美丽，可爱，迷人，无与伦比，并想象她的种种优美各有合适的来源，而成为前所未有的创造物。诗中使用的"亲自"一词强调说明这三种来源。月亮本身充满可爱的光辉，温和善良，擅长赐予光辉。爱神本身充满艳情，擅长赋予对象情味。春季本身充满鲜花，擅长创造同样柔美的事物。后半首强调这三种优美性不可能有其他来源。因为这位牟尼诵习吠陀而愚呆，生主不会依靠他创造优美的事物。他对爱欲毫无兴趣，摒弃情味，而且年迈体衰，自然会对柔情蜜意怀有反感。这样，诗人在这首诗中使用奇想修辞，赋予所描写事物非凡的优美。这种奇想修辞本身极其优美，而且又与另一种疑问修辞结合，更添优美。因此，这确实是超越世间的创造性。所描写事物，即这位女主人公的优美特征，是诗人的创造，仿佛首次出现在世上。

即使诗人描写的事物前所未有，在此刻出现，实际也是原本存在的事物，由于融合种种优美事物的特征，而成为崭新的创造物，不再呈现原貌。例如：

> "你是谁？""天国的花环工匠。""为何来这里？"

---

① 引自《优哩婆湿》1.8。

"采花。""为什么?""卖好价钱。""太奇妙了!"
"请听我说,有位国王,名叫阿罗跋,捐躯疆场,
天女们向他抛撒花环,采尽了天国乐园的鲜花。"(13)

在这方面,使用修辞,能赋予所描写事物特殊的优美。对于这首诗,如果不了解其中使用的修辞,就难以正确领会它表达的意义。因为不能确定这样的事情真实存在,无法用现证等认知手段证实。所以这是优秀诗人发挥想象力,运用修辞,由此令知音喜悦。这里,诗中描写的国王在激烈的战斗中极其英勇而受赞赏,由此想象天女们渴望获得他的宠爱,成为她的丈夫①,竞相抛撒曼陀罗花等花环,数以千计,以至天国乐园树上的鲜花已被采尽。这种诗人想象的事物可以分成两类:"它像这样"和"它是这样"。在后面相关部分会探讨这种特征。这首诗中的奇想修辞在前半首中与间接修辞结合,增强这位国王英勇气概的魅力,赢得知音赏识。

这种奇想具有夸张性:

有某种相似性,但与性质和功能无关,因此,
主旨不在相似性,而与夸张有关,叫做奇想。②(14)

夸张构成奇想的特征:

诗人应该努力通过这种、那种乃至一切
曲语显示意义,没有曲语,哪有庄严?③(15)

---

① 因为刹帝利国王战死后,就会升入天国,故而天女们希望这位英勇的国王能选中自己。
② 引自《诗庄严论》2.91。
③ 引自《诗庄严论》2.85。

这说明它有助于一切修辞。因此，即使说这里的修辞主要是夸张，也不会产生多少差异。因为出于诗人的想象，即使是极不可能存在的事物，然而有合理性，也能够接受。由于这种原因，使用的语言也这样，具有超越世间领域的性质。尽管如此，它也只是为了突出所描写事物的优美。

这样，前面已经讲述表示者（词音）和表示义（词义）的曲折性。现在依照次序讲述句子的曲折性。

句子的曲折性不同于适合风格的曲折的音义、诗德和修辞的美，它的表达方式形成生命。（3）

诗人的特殊技巧如同绘画的魅力不同于可爱的画板、线条和色彩的美。（4）

"句子的曲折性不同于"指词汇彼此组合而成的句子具有另一种曲折性。以上句子中①没有使用动词，可以理解为含有联系动词"是"。为什么？不同于适合风格的曲折的音义、诗德和修辞的美。"风格"指柔美等风格。"曲折的"指那些不同于日常用语的音义、诗德和修辞，具有某种美。而句子的曲折性具有另一种不同于它们的美。什么样？"它的表达方式形成生命"，指句子具有某种不可名状的特殊表达方式，形成生命。它的特质是什么？诗人的特殊技巧，即作者的非凡技巧。以上说明句子的曲折性。如同绘画的迷人魅力不同于各种绘画工具，那是画家的特殊技巧。为什么？不同于可爱的画板、线条和色彩，即具有另一种本质不同的美。画板是绘画的基础，线条是绘画的规则，色彩是运用各种颜料。它们本身都具有美。这里的含义是，如同画家的技巧有别于画板等绘画工具，形成所有绘画工具组合而成的画作的生命，闪耀独特的光辉。同样，诗人的技巧有别于适合风格的音义、诗德和修辞，形成由这些

---

① 指上面第3颂梵语原文。

组合而成的句子的生命，闪耀曲折性光辉，令知音喜悦。这样，描写事物自性柔美，展现艳情味等，运用各种修辞，达到至美，成为令知音喜悦的原因。一个词或一个句子中的曲折性也与诗人的技巧相联系，因为古已有之的味、自性和修辞，不断展现崭新的特征，显示另一种魅力，令知音喜悦。

据此，有这样的描述：

自古以来，即使优秀的诗人天天都在汲取
语言精华，而语言宝库仿佛至今仍未启封。① (16)

这里是说自古以来，优秀的诗人天天汲取语言精华，即使如此，语言宝库依然不断展现崭新的光辉，其中大部分仿佛至今仍未启封。诗句的优美极其丰富，确实值得称赞。因此，即使句义本身合理，诗人的技巧依然闪耀非凡的光辉。

上述这首诗中，隐含作者本人的骄傲：自古以来，即使优秀的诗人天天都在汲取语言精华，而语言宝库仿佛至今仍未启封。由于不知其中真谛，没有人从中获得什么。而现在凭借我的才能，将为它启封，揭示真谛。

即使诗人的技巧是一切味、自性和修辞的生命，尤其是与它关系密切的修辞，然而，缺少了它，所描写的内容只有客观事实和修辞方式，也就不会令知音喜悦，我们并不期望这种奇妙性。因为这如同在众多平凡的事物中，再增添一种。例如：

这位黝黑的细腰女犹如达薄草茎和荵扬古蔓藤。(17)

---

① 引自《高达伏诛记》87。

然而，这样的修辞若能展现崭新的光辉，产生非凡的魅力，就会令知音喜悦。例如：

是皎洁的月亮作为生主，还是充满艳情的
爱神亲自创造了她……① (18)

又如：

这女郎是青春树萌发的含汁嫩芽？……② (19)

这样的独特魅力完全依靠诗人的技巧，充分证明它包含在句子曲折性中。因此，前面这样说：

另一类是句子曲折性，可以分出
成千种，所有的修辞都囊括其中。③ (20)

自性的例举：

好友啊，阎牟那河岸那些蔓藤凉亭还安好吗？
它们是牧女们游戏的伴侣，见证罗陀的秘密，
如今不再修剪，不必保持柔软，用作欢爱之床，
我想它们鲜艳的绿叶会褪色，渐渐衰老凋敝。④ (21)

---

① 即前面第 12 首。
② 即第一章第 92 首。
③ 即第一章第 20 颂。
④ 引自《韵光》第二章。

这里，知音感受到的只是所描写事物的自性，而且没有充分展开，然而，事物中隐含一种崭新的想象，显示微妙的魅力。由此，诗人以句子曲折性为本质的技巧达到极致。因为缺少了它，也就感知不到所描写对象的优美。

味的例举：

> 人们都说这个刹帝利妇女的儿子是勇力的
> 宝库，也许他正是这样，这种传言不虚假，
> 我的这些手臂久已忘却曾经与天国军队交战，
> 哪怕有一滴机会，能让它们止住勇气的瘙痒。① （22）

这里，描写主人公渴望胜利，表达的基本感情是英勇，具有合适的背景，依靠语言的曲折奇妙性，充分展现这种感情，产生英勇味。这种句子曲折性的本质是诗人的技巧。前一章中有不少例举体现句子的表达方式是生命。知音们应该自己思考这种句子的曲折性。

> 它为各种具有合适诗德的曲折性
> 增添光彩，即使它们自身很优美。（23）

> 即使味、自性和修辞古已有之，
> 依靠它焕然一新，令知音喜悦。（24）

这是两首相关的偈颂。

这样，已经说明诗中表示者、表示义和表达方式这三方面的特

---

① 这首诗的后半部分见于第一章第47首。

征。现在说明诗中所描写事物的分类。

相传有有情物和无情物两种事物，具有充足的适合自性的美。(5)

什么样？有两种。这是智者们相传的说法。哪两种？有情物和无情物。有情物是有知觉的有生物，无情物是无知觉的无生物。两种事物有两种性质。它们的特质是什么？具有充足的适合自性的美。"充足的"指十分柔美的。"自性"指真实的性质。"适合"指适合这种自性。由此，这种美令知音喜悦。

第一种又分成两种，天神等和狮子等，以其中之一为主。(6)

两类中的第一类是有情物。有情物又分成两种，因为没有第三种。为什么？天神等和狮子等，以其中之一为主。"天神等"指天神、阿修罗、悉陀、持明、健达缚和人等有情物。"狮子等"指狮子、野兽、鹿、鸟和蛇等有情物。现在说明这两者的特征。

第一种是充满自然的爱等感情而迷人，第二种是符合本性的生动描绘闪耀光彩。(7)

第一种是天神和阿修罗等有情物成为优秀诗人的描写对象，即创作活动领域。什么样？充满自然的爱等感情而迷人。"自然的"指新鲜的。"爱等"指充满爱等基本感情，由此产生艳情等味。"迷人"指动人心弦。

《优哩婆湿》第四幕中，国王补卢罗婆娑失魂落魄，诉说心中的忧伤，是分离艳情味的例举：

> 或许她生气而施展神力隐身，但怒气不会长久，
> 或许她已经升入天国，但依然会对我怀有柔情，
> 如果她在我面前，连天神的敌人也不能夺走她，

而我的双眼始终看不见她,难道这是命运作怪?①(25)

这里,国王与爱妻分离而痛苦万分,他想不出她消失的原因。考虑到她天性温柔,他设想她消失的两个原因都不能成立。于是,他陷入绝望。由此,这种分离艳情味达到极致。而另一些诗句又强化这种味。例如:

林中沙地已被雨云浇湿,如果
这位妙腰女郎双脚踩过这地面,
就会发现她的抹有红色颜料的
脚印,因臀部沉重而脚跟深陷。②(26)

这里说"如果这位妙腰女郎双脚踩过这地面",表示他希望找到她。因为林中沙地雨后柔软,她的臀部沉重,抹有红色颜料的双脚踩在上面,会留下脚跟深深的印记。然而,没有看到这样的脚印,他陷入更深的绝望。这正是在此后的诗句中,他失魂落魄,一再发出悲叹的原因。

在《苦行犊子王》第二幕中,犊子王的悲叹是悲悯味的例举:

愁眉苦脸,凝视这喷泉,游荡在凉亭周边,
频频叹息,眼光迅速转向盖瑟罗蔓藤走廊:
"孩子,你为何来到我身边,发出可爱鸣声,
无情王后远去他方,你已和我一起与她分离。"(27)

这里,诗中充分展现激发悲悯味的情景。丑角紧接着说道:

---

① 引自《优哩婆湿》4.2。
② 引自《优哩婆湿》4.6。

可怜啊，王后收养的这头小鹿现在跟随王上。(28)

小鹿和喷泉等情景充分激发悲悯味。

同样，紧接宰相卢蒙凡的话："这是在伤口上撒盐。"有另一首诗：

这只鹦鹉叼啄你耳朵上的玉石耳坠，
以为是石榴籽，爪子抓挠你这脸颊，
它是你的心腹朋友，一再发出鸣叫，
王后你为何不回答，解除它的困惑？(29)

这里充分描写这只被宠坏了的鹦鹉。"这脸颊"是暗示脸颊的柔嫩。这样的描写富有生命力，悲悯味的可爱性由此达到极致。

这里已经举例说明分离艳情味和悲悯味。其他的味，知音们可以自己观察。

同样，第二种有情物狮子等是诗人描写的对象。什么样？符合本性的生动描绘闪耀光彩。这是说符合各类动物的本性，诗人的描写真实生动，闪耀光彩，令知音喜悦。例如：

这头狮子闭目睡在波利耶多罗山洞中，
前面的双腿交叉，獠牙垂在下颌上。(30)

这里，描写狮子在山洞中的睡姿，符合狮子本性，真实生动。又如：

一再优美地扭转脖子，察看身后追赶的车子，
不断把后半身缩向前，唯恐自己被利箭射到，

累得张口喘气，嚼了一半的达薄草撒落地面，
看哪！它跳跃，简直在空中飞，不是在地上跑。①（31）

现在说明另一类。
第二种有情物，还有无情物，能激发味而优美。(8)
这里是第二种有情物辅助所描写对象。什么样？能激发味而优美。"味"是艳情等味。它们能激发味而优美，动人心弦。例如：

雄杜鹃品尝芒果的嫩芽，
喉咙红润，发出甜蜜鸣声，
而成为爱神发布的命令，
能挫败高傲女人的骄傲。②（32）

还有无情物，指水、树、花和季节等。它们成为描写对象，也能激发味而优美。例如：

我抑制不住难以实现的愿望，
爱神的花箭依然射击我的心，
更何况摩罗耶山风已吹落花园
芒果树的枯叶，枝头展露嫩芽。③（33）

又如：

---

① 引自《沙恭达罗》1.7。这里描写一头鹿被乘车持箭的国王追赶，慌忙逃跑的姿态。
② 引自《鸠摩罗出世》3.32。
③ 引自《优哩婆湿》2.6。

俱罗婆迦树萌发嫩芽，水池周边
长满苔藓，大海泛起成排的泡沫，
在这个季节，爱神的弓大显身手，
细腰美女啊，森林中也布满蔓藤。（34）

这样，已经说明事物自性的优美，下面加以总结。

应知事物本身充满可爱性，值得诗人用作描写对象。（9）

应知所描写事物本身值得采用。什么样？充满可爱性，无所障碍，自然而然令知音喜悦。由此，它成为诗人的描写对象，进入创作活动领域。因为它本身优美，也就值得进行修饰。现在，思考另一种。

另一种符合社会习惯的事物，体现实现正法等人生目的的方法，闪耀光辉，成为描写对象。（10）

"另一种符合社会习惯的"，指另一种事物，无论有情物或无情物，成为诗人描写的对象，即创作活动领域。什么样？符合社会习惯的。又什么样？体现实现人生四大目的[①]的方法，自身闪耀光辉。这里是说所描写的第一种有情物体现实现正法等人生目的的方法，鲜明突出，甚至第二种有情物也是这样，而成为诗人描写的对象。

因此，诗人描写首陀罗迦等国王和修迦那婆等大臣遵循人生四大目的的行为。同时，也描写大象和鹿等在战斗和狩猎等中的优美行为。正如前面所说，诗、诗的材料和诗人如同绘画、绘画工具和画家。正是这样，自性鲜明突出，味鲜明突出，这两者天生有味柔美，成为描写对象。它们自身成为修辞的对象，而不是修辞。

自性不是修辞，前面已经说明。现在批驳修辞学家认为所描写含有味的第一种有情物是修辞的看法。

[①] "人生四大目的"指正法、利益、爱欲和解脱。

有味不是修辞，因为除了自身的形态，别无他者显现，而且音义自身矛盾。（11）

有味不是修辞。这是说通常认为有味是修辞，然而，它并不具有修饰性。为什么？因为除了自身的形态，感知不到它所修饰的其他事物。这里的含义是，对于任何优秀诗人的诗句，知音们都会明确区分其中的修辞对象和修辞。如果说诗句中有有味修辞，我们即使努力思索，也无法理解这个说法。

如果所描写的艳情等味是修辞对象，那么，应该有其他某种修辞。或者，如果它的自身形态令知音喜悦，而称为修辞，那么，应该说明有另一种有别于它的修辞对象。然而，长期以来，修辞学家在界定有味修辞时，没有对这种区分作出任何说明。例如：

有味是明显展示艳情味等。①（35）

这是有味修辞的定义。

这里是说，明显展示艳情味等，那么，这个复合词②的意思只是表示诗，而不是其他什么。那么，如果说这种修辞就是诗，显然不合适。因为诗的组成部分音和义两者都是修辞对象，说诗是修辞也就不能成立。或者认为这个复合词的意思是由它而明显展示艳情味等，那么，它是谁？如果说是描写的奇妙性，这也说不通。因为描写的奇妙性有别于所描写的对象，不可能等同于所描写的对象。如果说这个复合词的意思是明显展示艳情味等的奇妙性，这也不能说明问题。因为在明显的展示中，依然是艳情味等自身的美。如果认为这个复合词的意思是一种有味的诗的修辞，这也毫无新意。或者认为由于这种修辞，诗产生有味性。这样，它就不是有味修辞，

---

① 引自《诗庄严论》3.6。
② 按照梵语原文，这个定义是一个复合词。

而变成有味也是一种修辞。那么，由于它的作用，诗也成为有味。如果认为先有这种有味的诗的修辞，然后有这种有味修辞的名称，如同说"他的儿子将成为祀火祭司"。这也不能成立。因为"祀火祭司"这个词首先表示过去熟练主持祭祀者，然后表示将来适合主持祭祀者。而这种意义用在这里并不恰当。因为这里说有味的诗的修辞，意谓其中的两者密切相连。如果诗的有味性与修辞密切相连，也就不可避免会犯有互相依存的过失。如果诗中既有味，而味也成为修辞，那么，除了诗和修辞，就没有其他什么。已经否定上述论点，对于这个定义的例举也就不再讨论。

> 她已死去，我也想死，
> 死后可以与她团聚，
> 留在这世上，我哪能
> 获得这阿槃底公主？[①]（36）

这里，主人公充满爱恋的思想活动是描写的内容，除此之外，没有任何其他事物，因此，只能说它是修辞的对象。

还有一种定义：

> 具有味词[②]、常情、不定情、情由和情态。[③]（37）

这是对前一个定义的修订增饰。其中，具有味词的说法前所未闻。因此，应该请教这些通晓味的真谛的智者："什么是具有味词？或者，什么是有味？"关于第一个问题。味是被品尝者。具有味词，

---

① 引自《诗镜》2.280。这首诗是《诗镜》中用作有味修辞的例举。
② "味词"指表示味的词，如艳情和悲悯等。
③ 引自《摄庄严论》4.3。

也就是味存在于艳情等味词中，这也就是说，只要提到味词，有情的人们听到后，就会产生品尝味道快感。照此说法，只要提到糖果等词，人们听到后，就会品尝到糖果。这样，无论人们想要享受什么，不用费力就能实现。只要说出相关的词，甚至能享受三界之主的荣华富贵。这里，只能对这些智者表示敬意。

关于第二个问题，具有味词而有味，也不能成立。这样，味不能依靠味词的表达而获得，更何况其他。

前面已经否定有味是修辞。这个定义中提到的常情等，就不再讨论。

还有这个定义：

与味有联系而有味。（38）

这个定义也不能成立。这里是说，与味有联系，因此这是有味修辞。那么要问，除了味，另一种事物是什么？如果说是诗。对此，前面已经予以否定。同一事物不可能有不同的功能，因此，它不是修辞。或者，无论这个定义是说味的依附者，还是说与味有联系，都要求说明与此不同的另一种事物是什么。这个定义的例举也是同样情况，就不再讨论。

还有另一种说法：

有味是味美。[①]（39）

这与前面的说法没有什么不同。

描写事物自性和味等的词句是修辞对象，具有味的形态，怎么

---

① 引自《诗镜》2.275。

会是修辞？如果这样认为，则是主次颠倒。

下面依照次序说明音义自身矛盾。这里，音和义即表示者和表示义两者不一致，因此，有味修辞不成立。这里，有味和修辞组成复合词，可以读为有味的修辞，也可以读为有味即修辞。

关于第一种读法，需要回答除了味，还有其他什么事物，即这种有味修辞的对象？如果回答说是诗，那么，仍然需要回答有别于味的事物是什么？由此才能说明有味修辞。然而，找不到这样的特殊事物，可以确认有味修辞。因此，有味修辞的音和义不一致。

或许可以举例说明有味修辞的音义并非不一致。例如：

> 这株柔弱蔓藤，雨水淋湿叶芽，犹如泪水冲洗嘴唇，
> 自己的季节已逝去，不再开花，犹如不再佩戴首饰，
> 身边也没有蜜蜂的嘤嘤嗡嗡声，犹如站着沉思默想，
> 这个发怒的女子拒绝下跪求情的我，现在仿佛后悔。[①]

（40）

又如：

> 翻腾的波浪似眉毛，成行飞鸟似腰带，
> 甩开的泡沫似慌乱中松懈滑落的衣服，
> 曲折摇晃着向前行进，我的爱人肯定
> 是不能忍受我的行为，变成了这河流。[②]（41）

这里，清晰地展现有味性和修辞。因此，不难区分这两者。这样，按照第一种读法"有味的修辞"，音和义并非不一致。修辞增

[①] 引自《优哩婆湿》4.38。
[②] 引自《优哩婆湿》4.28。

强味，因而有味性与它相连。即使按照第二种读法"有味即修辞"，音和义也并非不一致。在这两个例举中，蔓藤和河流是激发感情的情由，在主人公心中变成自己的爱人，因为他失魂落魄，在一切无情物中看到与自己爱人的相似性。这里是运用明喻和隐喻。除了这些，别无其他。

如果这是实际情况，那么，按照第二种读法"有味即修辞"，应该没有"修辞"，只有"有味"。[①] 如果这样理解"有味即修辞"，排斥明喻和隐喻，也就不合理。而按照第一种读法"有味的修辞"，同样不成立。确实，任何诗都具有有味性。如果说诗必须增添优美，令知音喜悦，需要修辞，因此，隐喻等修辞都是有味的修辞。故而，按照第二种读法"有味即修辞"也能成立。即使这样理解，也毫无新意。因为每种修辞既有为诗的内容增添优美的共性，也有各自的特殊定义。如果只有共性，那么，各种修辞的特殊定义就失去意义。因此，有味修辞这种说法也不能成立。行家们不赞同这种说法，而认为各种修辞都有各自的突出地位。

或者有人说，有味修辞属于有情物领域，明喻等其他修辞属于无情物领域。行家们也不赞同这种区分。因为即使是无情物，也能激发味，在优秀诗人笔下，柔美而有味。否则，就会缩小或否定明喻等修辞，也会否定优秀诗人通过无情物传达的味。行家们早已对此作出说明。[②]

或者，认为有味修辞有另一种奇妙性，正如行家们所说：

> 如果味等附属于其他主要句义，我认为
> 在这样的诗中，味等是庄严（即修辞）。[③]（42）

---

① 这里是说以上两首是有味的诗，明喻和隐喻这两种修辞只是用于增强味。
② 参阅《韵光》第二章。
③ 引自《韵光》2.5。

这里是说，诗中其他的句义为主，成为修辞对象，艳情味等附属于其他句义，则成为修辞。在这种情况中，次要者修饰主要者，故而成为修辞。例如：

> 愿湿婆的火焰烧尽我们的罪恶！
> 这火焰犹如惹人生气的情人——
> 魔城妇女的莲花眼中含着泪水，
> 甩开它，它依然拉住她们的双手，
> 拍打它，它依然拽住她们的衣角，
> 推开它，它依然抱住她们的身躯，
> 不让它抓头发，它又匍匐在脚下，
> 由于情绪激动，她们还没有察觉。[1]（43）

这里，阿修罗的妻子们遭到湿婆箭火的烧灼，含泪的莲花眼等词语表示她们的痛苦，充分表达湿婆的威力。附属于它的是悲悯味，而不是妒忌分离艳情味[2]，因为感受不到后者。这首诗的实质是诗人发挥高度的想象力，充分展现悲悯味，为尊神湿婆的威力增添优美，令知音喜悦。还有，情人和湿婆的箭火两者的表示义不同。两者的性质对立，合在一起表达，不能理解为两者本性同一。即使大自在天湿婆也不能改变事物的本性。知音们也不会单凭这种合在一起的表达方式产生这种感受。这正如不会一提及糖果，就会品尝到糖果味。如果确认艳情味，不可避免会陷入两种对立的味同时并存的困境。也不能说两种对立的味同时并存，一种为主，另一种为次。或者说成是尊神湿婆的威力为主，这两种味是附属的修饰。这种说法也不能成立。因为所描写的对象只是悲悯味，两者并

---

[1] 引自《韵光》第二章。
[2] 《韵光》中将这首诗中的味说成是妒忌分离艳情味。

存没有根据，正如有和无两者没有共同性。对这个问题不再继续讨论。

或许论者对这个例举也不完全满意，希望例举契合定义，于是提出另一个例举，说明有味修辞：

"你笑什么？我俩久别重逢，你将不再离开我，
无情的人啊，你为何喜欢羁留在外，远离我？"
敌人的妻子们在梦中搂紧丈夫的脖子说道，
醒来后发现怀抱的两臂空空，又号啕大哭。（44）

这里是对国王说的话：你杀死你的这些敌人，他们的妻子陷入悲伤，孤苦无助。她们遭遇这样的苦难，含有强烈的悲悯味。这是主要的句义，悲悯味附属于它。远行分离艳情味不是主要的味。已经说过，相互依存的事物，处于附属地位的是修饰者。这里，远行分离艳情味不缺乏对象，也不缺乏味的情由等所有因素。即使有两种味并存的缺陷，也无大碍。只要感觉到两种事物的真实存在，而且两者互不竞争，互不妨碍。这样，不确定唯有悲悯味或唯有远行分离艳情味，也能令知音喜悦。在梦中，远行分离艳情味具有自己的情由等因素。梦醒后，则成为悲悯味。因此说诗中有两种味，并非不合适。或者，设想惧怕国王的威力，敌人和他们的妻子四处逃窜而分离，也并非不合理。①

一旦确认悲悯味，说明那些敌人的妻子心中长久悲伤，终于在梦中与丈夫团聚，重温昔日甜蜜生活，却又突然醒来。醒来后，面对今昔生活的强烈反差，心儿仿佛被撕裂，号啕大哭。这一切形成优美的不定情，适合增强悲悯味。因此，这里并不存在单独发挥作

---

① 这里表述的是对方的观点。下面是作者的看法。

用的远行分离艳情味。如果认为诗中以颂扬国王为主，悲悯味处于附属地位，因此是修辞。这种看法并不正确。因为上述两个例举中，种种表现说明句义以悲悯味为核心。

譬如，迂回和间接两种修辞有不同于表示义的暗示义。这种暗示义也可以直接表达。而悲悯味是暗示的味，并不能直接表达。这里也不是暗示为辅的情况，因为明显是暗示的悲悯味为主。这里也不存在两种味，因为不存在主味和次味。

以上已经说明一切可能的情况，不必再详细讨论。此外，上述那个定义中说"在这样的诗中，味等是庄严（即修辞）"，只是说味是修辞，而没有说有味是修辞。因此，这种音义不一致造成无穷的混乱。

这样，已经说明所谓有味修辞实际是所描写的内容，也就容易说明所谓有情修辞。

称赞不是修辞，否则，与它相反的不称赞也成为修辞，或者也会出现与另一种修辞混合，或者在无称赞的情况下，也独立存在。(12)

前人确认的这种修辞不能成立。其中有些人将这种修辞界定为"说明可爱的事物"。有些人只是举例说明这种修辞。例如：

称赞，如维杜罗对来访的黑天说道：
"愿你以后再次来到我家，让我高兴。"[①]（45）

前人赞同这个例举。这样，他们在维杜罗的这句话的前面增加一句：

[①] 引自《诗镜》2.276。

"黑天啊，今天你来到我家，让我高兴。"（46）

这个例举经不起推敲。"愿你以后再次来到我家，让我高兴"，这是所描写的事物形态。如果这是修辞，也就没有任何修辞对象。如果说这既是修辞，又是修辞对象，显然不合理。同一事物既是行动对象，又是行动工具，这不可能。如果说，在以下这样的诗句中能看到两者同时存在：

你自己知道自己，你自己创造自己，
又依靠自己的行动，你沉入你自己。① （47）

然而，举这个例子并不能说明问题。因为这里是诗人运用想象力，将不可分割的实体作出区分。大自在天由宇宙构成，宇宙由大自在天构成，这是不可分割的实体。为了说明大自在天的伟大，而将他与创造的世界万物作出区分。这样，既认为大自在天自身遍布一切，又认为他的意识创造一切，也就没有什么不一致。而对于前面的例举，即使我们努力思索，也不能作出这种区分。因为没有显示有别于自身的他者，故而存在缺陷。因此，称赞修辞和有味修辞一样，缺乏修辞和修辞对象的区分。正如前面所说："自己不能登上自己的肩膀。"②

下面，指出另一个缺陷，即"否则，与它相反的不称赞也成为修辞"。如果说"即使如此，又有什么错？"这也不行，因为以前的修辞学家都没有确认不称赞是修辞。还有，以前的修辞学家都遵循诗中存在修辞对象和修辞这一普遍原则。三界中事物无穷无尽，如悉陀和持明等是装饰对象，而手镯和臂钏等装饰品是有限的。同

---

① 引自《鸠摩罗出世》2.10。
② 即第一章第13颂。

样，诗中所描写的事物是修辞对象，无穷无尽，而明喻等修辞是有限的。如果对所描写的事物的称赞是修辞，那么，这种修辞即所描写的对象便无穷无尽，也就不可能一一举例说明。因此，必须明确指出诗中的修辞对象和修辞，不多也不少。

下面，指出另一种缺陷，即"或者也会出现与另一种修辞混合"。首先，称赞所描写的事物实际是修辞对象，如果成为修辞，那么，一旦出现另一种修辞，就会成为具有两种不同修辞的混合修辞。然而，没有任何修辞学家将这种表达称赞的诗句称为混合修辞。例如：

> 月亮的斑点，湿婆的脖颈，毗湿奴的
> 身体，那些方位象流淌液汁的颞颥，
> 至今色泽乌黑，大地之主啊，你说吧！
> 纵然你名声①远扬，如何能将它们洗白？(48)

这里，对国王的称赞是修辞对象，明贬暗褒是修辞，并不存在两种修辞，而可以称为混合修辞。除了称赞国王和明贬暗褒修辞之外，也不存在第三种事物。

下面，指出另一种缺陷，即"或者在无称赞的情况下，也独立存在"。这是说，在对于所描写事物无称赞的情况下，它也像明喻等其他修辞那样独立存在。然而，实际并没有发现这种情况。因此，它像有味修辞那样，不成其为修辞。

已经否定称赞是修辞。下面否定其他实际是所描写对象的修辞。

有勇和高贵这两种同样不是修辞，还有两种神助也不是修辞。

---

① 在梵语诗中，名声或名誉为白色。

(13)

前人按照先后次序确认的有勇和高贵两种修辞同样缺乏修辞的性质。"同样"指与称赞和有味两种修辞同样缺少修辞的性质。虽然以前的修辞学家已经提供定义和例举，但都不合理。有的提供这样的定义和例举：

出于爱欲和愤怒等，呈现不合适的情和味，这称为有勇。① (49)

例如：

他的爱欲增长，偏离正道，
试图强行夺取雪山的女儿。② (50)

有的只是举例说明这种修辞：

例如，蛇箭返回普利塔之子后，
迦尔纳将它搁置一旁，说道：
"沙利耶啊，我迦尔纳射箭，
哪有射第二回的？"这是有勇。③ (51)

又如：

你别以为自己是挑衅者而恐惧，

---

① 引自《摄庄严论》4.5。
② 引自《摄庄严论》4.6。
③ 引自《诗庄严论》3.7。

我的剑从来不攻击别人的后背。①（52）

这里，先考察第一种定义和例举中提到的"不合适"，因为其中含有这样的味等，而成为修辞。"不合适"明显阻碍味的发展，也有损于味的柔美。因此，有这种说法：

除了不合适，别无其他损害味的原因。②（53）

如果说，这里并不存在真正的不合适，因为已经正确无误地通过情由、情态和不定情暗示味，只是偶尔出现一点与所描写对象不协调的情况，因此定义中已说明原因是"出于爱欲和愤怒等"。然而，这样的说法不完全正确。因为即使味获得合适而充分的展示，而出于爱欲等，出现少量不合适的情况，这也只适用于不完美的众生，并不适用于上述例举中的人物③。真正合适的味依靠诗人的天赋才能，通过情由等展现，柔美而可爱，犹如月亮宝石闪耀奇妙的光芒，达到至美。这种出于爱欲等而造成不合适的情况怎么会成为修辞？在类似的描写中，优秀诗人着眼于味，光彩熠熠。例如：

湿婆一心渴望与雪山之女结合，
好不容易忍耐着，熬过这些天，
这样的感情甚至触动这位神主，
怎会不扰乱不能自主的其他人？④（54）

---

① 引自《诗镜》2.293。
② 引自《韵光》第二章。
③ 上述例举中的人物指湿婆。
④ 引自《鸠摩罗出世》6.95。

这里只是顺便考察这个问题。需要向这些通晓婆罗多《舞论》的行家们请教的是，这个例举描写尊神，是不是表现类味？因此，不必考虑合适或不合适。无论你们如何回答，诗中尊神的特殊精神状态显然是所描写对象，而不是修辞。

　　在"我迦尔纳射箭，哪有射第二回的？"这个例举中，句义主要表现这位勇士非凡的英雄气概和心理活动，并非其他什么。对他来说，甚至偶尔产生发射第二回箭的念头也是自己的耻辱。话中的"我迦尔纳"表示他的骄傲。"沙利耶啊"这个称呼也含有名字使用的奇妙性。①"普利塔之子"这个称号②表示如果他是一个普通人，就会考虑换用另一支箭可能会杀死敌人。"返回"这个词表示这支箭尽了努力而返回，迦尔纳将它搁置一旁，也是突显迦尔纳的骄傲。这个例举充满英勇精神。这种特殊的思想活动体现所描写人物的本性，是修辞对象，而不是修辞。这正如前面所说："本身极其优美，具有独特的曲折用词，这样的描写形成内容曲折性。"③

　　因此，按照诗人的意图，描写这些特殊的思想活动，含有味、情以及类味和类情，具有修辞对象的性质，而不具有修辞的性质。所以，有勇没有摆脱有味等修辞的缺陷。前面所说的一切在这里都适用。

　　"你别以为自己是挑衅者而恐惧……"这个例举与前面的例举情况一样，无须再讨论。

　　同样的道理，高贵的两种形式也是修辞对象，而不是修辞。这里是第一种形式的定义，有些费解：

---

　　①　"沙利耶"（śalya）这个名字的词义为箭。
　　②　"普利塔之子"（pārtha）这个称号表示迦尔纳是英雄母亲普利塔的儿子，而非普通人。
　　③　即本章第1颂。

> 高贵是繁荣富饶的事物。① （55a）

这里，高贵是事物。那么，不禁要问："什么是修辞？"如果说是繁荣富饶，那么，这修饰事物，即繁荣富饶的事物。这样，这种事物既是修辞对象，又是修辞，不可避免犯有同一事物具有互相矛盾的作用的过失。同时，缺少有别于自身的另一种事物。因此，高贵和有勇一样，不成其为修辞。

或者，将"繁荣富饶的事物"读解为"其中含有繁荣富饶的事物"，那么，同样必须回答什么是有别于这种事物的另一种事物。如果说那是诗本身，这也不能解决问题。因为普遍认为诗有修辞，而不能等同于修辞。或者说，按照这种读解，即"其中含有繁荣富饶的事物"，本身就是修辞。这也不能成立。因为除了所描写的事物，没有任何修辞或类似修辞的东西。这也说明这个定义的音义不一致。

还有，如果高贵成为修辞，一旦出现另一种修辞，与它结合，则成为混合修辞，然而，实际上并不出现这种情况。此外，它应该像隐喻等修辞那样，可以出现在任何所描写对象中，无论高贵或不高贵。然而不是这样。因此，高贵不存在任何修辞的性质。

同样，高贵的第二种形式也是修辞对象，而不是修辞。它的定义是：

> 偶尔提及伟大者的行为，不构成主要内容。② （55b）

这里，通晓句义真谛的行家首先应该思考定义中提到的伟大者的行为是否与句子中所描写的事物有关。如果有关，即使独自表

---

① 引自《摄庄严论》4.8。
② 同上。

现，如同另一种事物，仍然是主要内容的组成部分，犹如手等是身体的组成部分，而不具有修辞的性质。如果无关，那么，它是另一个句子中的事物，也就是不属于这个句子，那么，无从讨论是否是修辞。

如果说也有与所描写事物有关的隐喻等修辞，因此，不能否定它也是修辞。这有部分道理。然而，与所描写事物相关者有两种：一种是所描写事物的附属部分，如诗病；另一种是所描写事物的修饰部分，如修辞。第一种情况如上所述。如果伟大者的行为成为所描写事物的修辞，那么，难以避免出现以下过失：所描写对象的卑劣行为也应该可以成为修辞。或者，在出现另一种修辞时，就应该称为混合修辞。还有，它应该像其他修辞那样，也出现在其他所描写对象中。

即使以前的修辞学家热衷确认这种修辞，并举例说明，但它终究属于所描写事物的组成部分，而没有得到知音认可。例如：

……① （56）

……你的声誉如同月光……② （57）

同样，两种神助也是修辞对象，而不是修辞。它的定义是：

味和情以及类味和类情不知不觉平息，没有其他的情态。③ （58）

---

① 这首诗残缺过甚，无法译出。
② 这首诗残缺开头部分和中间大部分，也难以译出。下面略去作者对这两个例举的评述，因为这段原文中存在一些文字不易读解的问题。
③ 引自《庄严论精华》。

味和情以及类味和类情处在平息状态，随后的味的波浪尚未出现。暗示者的作用停息，也就是已经完成前一阶段的暗示，后一阶段的暗示尚未开始，犹如白天进入黄昏的时刻。即使是优秀诗人也很难捉摸这种神助修辞。例如：

> 涌起的泪水已淹没眼中的红色，
> 嘴唇和眉毛的抖动也随之平息，
> 即使怒气仍停留在脸颊，占据
> 已久，还没有让位给其他感情。（59）

这个例举不能说明问题。因为它呈现的形态是特殊的味等。这些特殊的思想活动怎么可能同时成为修辞。还有，诗中所描写对象是有感情的人物，出于本性，他只是暗示自己的感情，并不暗示其他什么。因此，正如前面所说，这里不显现有别于自身的其他事物。

有些人提出另一种称为神助的修辞，同样不具有修辞的性质。前面已经指出：

> 还有两种神助也不是修辞。①（60）

前面所说的一种和这里所说的另一种，这两种神助都不是修辞。这另一种的定义和例举如下：

> 刚刚开始做某件事，遇到好运，
> 获得意外的帮助，这称为神助。②（61）

---

① 即本章第 13 颂。
② 引自《诗镜》2.298。

这个定义清楚明白。

> 为了消除她嗔怒，正要跪在她脚下，
> 老天爷爷帮我忙，这时响起雷鸣声。① （62）

这里，后者帮助前者，被称为神助。然而，这两者都是有味的活动，不分主次，因而不具有修辞的性质。两者同样是所描写的事物，其中的"响起雷鸣声"属于奇想修辞。

对这个问题的讨论到此为止。

已经说明自性柔美迷人的事物分成有情物和无情物两类。现在考察诗人具有非凡的创作才能，而增添新的魅力。修辞对象有别于修辞的优美。修辞的优美并不等同于修辞对象而成为令知音喜悦的原因。

> 现存的事物性质不依靠修饰，
> 优秀诗人正是这样从事描写。(63)

> 然而，与非凡的描写相联系，
> 而呈现种种美质，焕然一新。(64)

以上两首是相关的偈颂。

这样，为诗的内容增添新的魅力，便成为修辞。下面依次讨论。

诗的描写有两类：一类是增添描写对象的魅力；另一类是暗示魅力，并作为附属部分存在。（14）

---

① 引自《诗镜》2.299。

一类是有味修辞部分地增添描写对象的美。另一类是作为附属部分，暗示描写对象的美，呈现修辞的性质。下面分别讨论。

现在思考有味是一切修辞的生命，成为诗的唯一精髓。（15）

前面已经讨论过有味修辞。现在，确认它是诗人创作中的唯一精髓，也是一切修辞的生命。因此，需要提出不同的定义和例举。下面是有味修辞的定义：

与味相同，具有有味性，令知音喜悦，这是有味修辞。（16）

隐喻等具有这样的特性，称为有味修辞。什么样的特性？与艳情味等相同。如同刹帝利与婆罗门相同，称为如同婆罗门的刹帝利，有味修辞也是这样。为什么？具有有味性。它有味而诗有味，成为本质。为什么？令知音喜悦。正如味形成诗的有味性而令知音喜悦，明喻等修辞产生同样的效果，而称为有味修辞。例如：

　　月亮突然变红，捕捉住闪烁着星星的黑夜面孔，
　　由于这红光，黑色的绸衣不知不觉在东方消失。[①]（65）

这里，诗的句义主要描写自身具有柔美的黑夜和月亮。诗人运用隐喻修辞，叠加情人的行为，增添可爱性。其中还有双关语迷人的曲折性以及词性的特殊使用，增添诗的有味性，令知音喜悦。由此，隐喻成为有味修辞。这里，没有使用男女情人这样的词语，而隐喻有能力叠加男女情人的行为。我们会在后面说明这种"部分隐喻"。

前面提到的"有味修辞"的缺陷，诸如成为混合修辞、不出现在其他描写对象中、没有有别于自身的其他事物、修辞对象和修辞

[①] 引自《韵光》第一章。这首诗含有隐喻修辞，意谓男主人公突然产生激情，拥抱亲吻女主人公眼珠闪动的脸庞，出于爱欲，女主人公的黑绸衣不知不觉滑落在前面。

不加区分和同一事物具有互相矛盾的作用，在这里和其他例举中都不会出现。例如：

> 你一再接触她移动的眼角，颤抖的眼睛，
> 在她的耳边飞来飞去，仿佛悄悄诉说柔情，
> 不顾她挥舞双手，狂饮那欢乐的源泉嘴唇，
> 蜜蜂啊，我们未能探明秘密，你却获得成功。① (66)

这里，主要描写艳情，运用隐喻，在蜜蜂身上叠加情人的行为，增添优美的魅力。又如：

> 双手托腮，抹去脸颊上的彩绘线条……② (67)

同样的道理：

> 愿湿婆的火焰烧尽我们的罪恶！
> 这火焰犹如惹人生气的情人……③ (68)

如果有人说，此前对它的否定不合适。这有点道理。但是，前面否定的只是分离艳情味的附属性④，并不妨碍它是有味修辞。

如果说，一旦出现另一种修辞，与有味修辞结合，便成为混合修辞，这也不必加以否定。例如：

---

① 引自《沙恭达罗》1.24。
② 即第二章第101首。
③ 即前面第43首。
④ 前面否定这首诗是表达分离艳情味，而认为是表达悲悯味。

> 月亮仿佛亲吻黑夜的
> 脸庞，光线如同手指，
> 抓住她的乌黑的头发，
> 她的莲花眼紧紧闭上。（69）

这里，十分明显，有味修辞与隐喻等修辞结合。其中，"月亮仿佛亲吻黑夜的脸庞"是奇想修辞，成为主要的有味修辞，其他修辞起辅助作用，只是增强所描写的味。又如：

> 秋天白净的胸脯携带彩虹，
> 如同新鲜湿润的指甲印痕，
> 她抚慰带有斑点的月亮，
> 引起灼热的太阳热上加热。（70）

这里，描写秋天的景象，没有使用 iva（"像"）这样的词，是暗示的奇想修辞。诗人运用这种有味修辞增添可爱的魅力。"带有斑点的"等词语具有暗示义而迷人。"白净的胸脯携带彩虹，如同新鲜湿润的指甲印痕"，含有双关和明喻。① 这些词语都十分合适。她抚慰带有斑点的月亮，自然会引起情敌热上加热。② 这里，叠加妇女的行为，增添可爱性。这首诗也是以暗示的有味修辞即奇想修辞为主，其他修辞为辅。

有时，修辞形同最初萌发的情爱等，知音们可以自己考察。例如：

---

① "白净的胸脯"指白云。"彩虹"也指因陀罗的弓。"如同新鲜湿润的指甲印痕"是明喻。

② "引起情敌热上加热"指引起太阳妒忌。

>春天美女脸上展现提罗迦花，
>停留的蜜蜂美似点抹的油膏，
>她又用柔和似朝阳的红颜料，
>装饰宛如芒果花蕾的嘴唇。① (71)

这里，也是运用隐喻，双关辅助，叠加女主人公的行为，具有有味修辞的性质。即使是几乎无味的描写对象，也能运用有味修辞，而变得有味。例如：

>波罗奢花还没有绽放……② (72)

这是一切诗的本质。依靠这样的修辞，能赋予木头和石墙那样的事物生命活力，产生情感的魅力。

>这是有味修辞，位于一切修辞之首，
>如同闪耀的顶珠，是诗美唯一源泉。(73)

>现在已经阐明诗人技巧的精髓，
>它将进入诗学家们探索的领域。(74)

以上两首是相关的偈颂。

已经说明有味修辞能使无味的事物变得有味。现在依照次序说明明灯修辞能为自身优美的事物增添魅力。

以前的修辞学家将明灯修辞按照明灯用词在句中的部位分成头部、腹部和尾部三种。明灯修辞的名称源自动词照明或照亮。

---

① 引自《鸠摩罗出世》3.30。
② 引自《鸠摩罗出世》3.29。也见前面第一章第75首。

例如：

> 迷醉产生热烈的愿望，
> 愿望（产生）抑制傲慢的爱，
> 爱（产生）相会的渴求，
> 渴求（产生）难以忍受的烦恼。(75)

> 春天装饰穿戴新衣和花环的妇女，
> 鸽子和鹦鹉唧啾声（装饰）山谷。(76)

> 夏天使一座座森林不再满目树皮，
> （使）河流（不再）干枯，（使）旅人（不再）思念。① (77)

这里，动词具有照明性或照亮性，因为动词照亮与自己相联系的一切。这样，所有句子即使具有不同的明灯，都只是动词起作用。而如果不能增添魅力，它就不具有修辞的性质。即使撇开动词，句中的词互相联系，也有互相照亮的作用。如果说，位于句子头部、腹部或尾部的动词具有魅力，因此具有修辞的性质。那么，需要回答：这种动词及其所处部位的魅力究竟是什么？如果句子中具有明灯修辞，那么，应该具备有别于动词的诗性。如果说，一个动词同时照亮许多同格的名词，称为明灯。那么，仍然需要回答：是什么形成诗的魅力？事实上，已有修辞学家说明明灯修辞不是别的什么，而是能暗示描写中的主要和次要事物的相似性。例如：

> 明灯位于头部、腹部和尾部，

---

① 以上三首诗引自《诗庄严论》2.27、28、29。其中括号中的词为原文中无。

暗示主要和次要事物的相似性。①（78）

这是另一部著作中的例举：

碍于方位象的颞颥液汁气味，
那些大象在森林中艰难行走，
同样，这些诗人也是在优秀
诗人的词语路上（艰难行走）。（79）

这里，能展现主要和次要事物的相似性，令知音喜悦，形成诗的可爱性。这个句子中的动词或者其他词的功能与在其他句子中并无不同。它的句义是，正如那些大象受到方位象的颞颥液汁气味影响，艰难地在森林中行走，同样，诗人们在优秀诗人的具有曲折奇妙性的词语之路上行走。诗中的 ca（"也"）一词表示这种相似性。其中的含义是，这些诗人怀有骄傲，渴望获得超越前代优秀诗人的成就，因此表达艰难。所以，这种修辞的唯一生命是暗示相似性，形成另一种魅力。其中暗示的相似性有三类②，可以依此类推。否则，只是直接陈述事实。例如：

太阳落山，月亮照耀，鸟儿回窝。③（80）

现在，对明灯修辞作出新的阐释，说明它的可爱性。

某种事物照亮种种对象的性质，不直接表述，合适，新鲜，令知音喜悦，这是明灯修辞。（17）

---

① 引自《摄庄严论》1.14。
② "三类"指事物自性、修辞和味。
③ 引自《诗庄严论》2.87。

这里，某种存在的事物成为修辞。如果说，若是这样，然后存在的事物都能成为修辞。回答是，只有能照亮者，才成为修辞。照亮什么？照亮所描写事物的特殊性质。什么样？不直接表述，而照亮暗含的意义。有什么特质？合适而高尚，新鲜而不陈腐。这些性质令知音喜悦。下面说明它的类别：

照亮者分为一种和多种，即一种事物或多种事物照亮多种对象。(18)

这种修辞分为两种：一种是只有一个照亮者，另一种是有多个照亮者。

一个照亮者照亮多个对象。例如：

> 你怎么会决意要让生活失去价值……① (81)

这里，"决意要让"是共用的动词。这样，一个行动者照亮（即暗示）"生活失去价值"等多种事物性质，形成明灯修辞。

多个照亮者照亮多个对象。例如：

> 诗人中的狮王通晓词语的安排，
> 珠宝匠（通晓）珍珠和宝石的安排，
> 熟练的花匠（通晓）花朵的安排。(82)

如果说，前人已经引用过这个例举，你现在为何提出异议？难道前人的说法有何不妥？这有点道理。但是，前人认为明灯修辞是一个动词照亮多个与自己相联系的名词，而我们认为是照亮多个所描写事物暗含的某种优美性。这个例举中所说"通晓安排"的含义

---

① 即第一章第21首。

是，通晓那种能赋予有关事物优美的特殊性。怎么说？诗人中的狮王能巧妙安排词语，产生某种魅力，珠宝匠能巧妙安排珍珠和宝石，熟练的花匠能巧妙安排花朵，也同样如此。即使"狮王"这个词也暗示这三者的相似性，但明灯在这首诗的整个含义中起主要作用。又如：

夜晚靠皎洁的月光而增色，池塘靠莲花，
蔓藤靠花簇，秋天靠天鹅，诗歌靠知音。① (83)

这里，多种事物为多种对象增添优美，也就是多个行动者构成明灯。其他可以依此类推。

这第二种又分成三种：多个照亮多个，后者依次照亮前者，被照亮者依次成为照亮者。(19)

这第二种依据不同情况分成三种。第一种多个照亮多个已在前面提到。第二种是后一个依次照亮前一个照亮者。例如：

国王装饰大地，财富装饰国王，
坚定装饰财富，勇气装饰坚定，
谋略装饰勇气，业绩装饰谋略，
具备这一切，甚至能摧毁三界。(84)

这里，后者依次照亮前者，形成花环。又如：

纯洁的学问装饰身体，平静装饰学问，
勇气装饰平静，谋略的成功装饰勇气。(85)

---

① 引自《韵光》第二章。

又如：

> 优美装饰他们的身体，
> 萌发的青春装饰优美，
> 爱情装饰青春，情人
> 欢聚的迷醉装饰爱情。(86)

第三种是被照亮者依次成为照亮者。例如：

迷醉产生爱，爱引发激情，激情消除骄傲。① (87)

如果说，前人已经引用这个例举，你起先予以否定，现在又试图肯定，对此应该作出说明。回答是，正是这样。因为前人只是认为句中的一个动词是明灯，而我们认为许多行动者构成许多明灯。在这首诗中，并不是说爱等原先不存在，现在才显现，因为迷醉等不是爱的必然原因。这里，"产生"这个动词的意义是产生青春女子的美。或者，可以将"产生"读作"点燃"。

现在，总结如下：

正如一个动词这样使用，形成所描写对象的魅力，吸引知音，某种事物也能成为明灯。(20)

正如动词能与其他事物联系，同样，事物也能与其他事物联系，吸引知音。

这样，已经说明明灯。现在说明含有相似性的隐喻。

以叠加为本质，提供自己的形态，传达相似性，这是隐喻。(21)

---

① 这首诗中的共用动词是"产生"。

它是所描写对象的魅力来源,分为全体隐喻和部分隐喻两类。(22)

人们知道这是隐喻。什么样?提供自己的形态,即自己的表示义。做什么?传达相似性,形成所描写对象的魅力。不是一般感知的相似性,而是具有上述特征的相似性,这样所描写的对象才能令知音喜悦。以叠加为本质,即唯一的生命,由此成为隐喻。前面已经提到这种叠加相似性是曲折性的生命,成为"有味的隐喻等修辞的根基"①。以前的修辞学家也持有这种看法。

"这张脸是月亮。"② 这是隐喻修辞。为什么这两种形态不同的事物(喻体和本体)会成为同位语?回答是,"月亮"这个词首先表示月亮本身,其次含有皎洁等极其优美的性质,因为事物与性质密切相连。因此,它暗示与脸的相似性,成为喻体,产生迷人的魅力。本体(被比喻者)限定喻体(比喻者)。由于修饰者(喻体)和被修饰者(本体)的这种关系,才产生"月亮脸"这个复合词。因此,深得知音赏识。不只是"月亮脸"这个隐喻例举,还有"这女郎是青春树萌发的含汁嫩芽?"③ 等。

这样,已经说明隐喻的一般定义,现在说明它的类别。整体隐喻是涉及整个描写对象,即作为修辞对象的整个句子,在每个部分都提供自己的优美形态。由于装饰者(喻体)依靠被装饰者(本体),缺乏独立性,不成为独立的修辞对象。例如:

> 这些雨云戴着闪电腰带和仙鹤花环,
> 它们发出沉重声响,惊吓我的爱人。④ (88)

---

① 引自第二章第14颂。
② 这一句的原文是一个复合词,即"月亮脸"。
③ 即第一章第92首。
④ 引自《诗庄严论》2.24。

这里，闪电隐喻（大象佩戴的）腰带，仙鹤隐喻（装饰大象的）花环，但没有涉及雨云隐喻大象，这是部分隐喻。这也十分合理。因为修辞只是为了增添修辞对象的魅力，而不是别的什么。如果出现与上述隐喻不同的特征，也会形成另一种隐喻，这里不予讨论。然而，不能因为隐喻中只涉及腰带等，不涉及大象，便认为是弊病。因此，我们的看法与前人有所不同。

这正是隐喻的本质。它能提供自己的形态，展现相似性，形成所描写事物的优美性。因此，"月亮脸"是依靠隐喻，脸转化为月亮。前面提到的词干曲折性只涉及词义，如"它能美化修辞而迷人，这种奇妙性是至高的同义词曲折性"①。因此，不必考虑句子的曲折性。然而，隐喻修辞涉及句子，分为两种：整体和部分。第一种是句中含有的所有词义各自都成为修辞对象，由此整体成为修辞对象。例如：

> 肢体柔软的蔓藤春季，
> 脸庞明亮优美的白半月②，
> 发情大象的颞颥液汁，
> 啊，青春萌发值得赞美！（89）

下面说明另一种隐喻，即部分隐喻。这方面，以前的修辞学家解释为只涉及某部分，或者，不涉及某部分。或者说，在句子的某处，提供自己的优美形态。例如：

> 向你致敬！生死轮回荒野路上唯一的
> 如意树，被雪山的女儿蔓藤紧紧拥抱。（90）

---

① 引自第二章第12颂。
② "白半月"指月光明亮的半个月。

这是所说的部分隐喻，即隐喻出现在某部分。① 这种词义的美具有修饰作用，在隐喻修辞中达到极致。例如，在"月亮突然变红……"② 这首诗中，"黑色的绸衣"是部分隐喻。其中，月亮的情夫性质和黑夜的情妇性质也含有隐喻，然而是通过不同的词性修辞方式转示。如果它们都用词语表达，就会显得累赘或俚俗。

知音们懂得修辞的本质有三种：表示、转示和暗示。(23)

其中，表示见于前面整体隐喻的例举中。转示见于前面"月亮突然变红……"这种部分隐喻例举中。至于暗示，例如：

此刻，大眼女郎！你面露笑容，
美丽的光艳照遍这四面八方，
可是这大海不起波澜，故而，
我认为它显然只是一堆水。③ (91)

这里是诗人暗示隐喻，即"你的脸是月亮"④。前两种隐喻具有照亮的性质。故而，在它们之后说明这种隐喻。现在说明另一种魅力。

凭借创作想象力，与另一种修辞结合，使隐喻获得某种曲折性奥秘。(24)

诗人使这种隐喻修辞获得某种非凡的曲折性真谛。这里，体现增添曲折性魅力而可爱的最高本质。什么样？与其他展现诗美的修辞结合，如疑问和奇想等。凭借什么？凭借诗人自己的创作想象力。这样，达到非凡的优美境界。例如：

---

① 这首诗中，蔓藤隐喻雪山的女儿，而没有涉及如意树隐喻湿婆。
② 即前面第65首。
③ 引自《韵光》第二章。
④ 这里意谓月亮升起时，会引起潮汐。

这河流犹如天空之蛇蜕下的蛇皮，犹如天国清客额上的檀香志。① （92）

这里，说明凭借诗人创作想象力而显现。其中所描写事物呈现的非凡优美简直无法用其他方式表达。即使其中含有隐喻，也不能毫不犹豫地称之为隐喻，因为修辞学传统不认可。而我们考虑到所描写事物中的种种情形，说明它与奇想修辞结合。又如：

这女郎是青春树萌发的含汁嫩芽？……② （93）

这也符合这个原则。这仅仅是诗人觉得运用"月亮脸"这样的隐喻还不能充分表达所描写对象的柔美，故而与疑问修辞结合，表示面对这样优美的对象，怀疑是否是真实的事物？这符合人们的真实感受。

还有，重叠隐喻。例如：

在你的莲花脸舞台上，眉毛蔓藤舞女翩翩起舞。③ （94）

这只是一个例举，并不能单独构成一类。④ 否则，会形成无数类别。

这样，已经说明隐喻修辞，现在说明间接修辞，即称述不相关的事物，不直接说出相似性。

即使是不相关的事物，它的词义或句义赋予相关的事物魅力，

---

① 引自《戒日王传》。其中的"蛇皮"和"檀香志"均为白色。
② 即第一章第92首。
③ 引自《诗镜》2.93。这首诗中，莲花叠加脸上，舞台又叠加莲花上；蔓藤叠加眉毛上，舞女又叠加蔓藤上。
④ 这里意谓这种隐喻并无本质上不同的特征。

而成为描写对象。(25)

其中，依靠两者的相似性或其他的联系，这种修辞称为间接。(26)

这种修辞被修辞学家们称为间接。什么样？即使是不相关的词义也成为描写对象。做什么？展现相关事物的优美性。表达真实事物的词义有两种。一种仅仅通过句中的词表达；另一种是通过整个句子表达，其中各自的优美共同构成主要的优美。这两种都采取暗示相关事物的方式。诗人将相关事物藏在心中，为了增添魅力，而运用这种修辞，描写不相关的事物。怎么做？依靠两者的相似性，也就是前面所说隐喻修辞含有的相似性。或者，依靠两者的其他联系，如因果关系等。作为句义，则是各种词互相结合构成句子表达不相关事物。不相关事物成为描写对象是依靠与相关事物的相似性或其他的联系，以增添相关事物的优美。

句中的词义依靠相似性的间接修辞。例如：

> 这是谁？一座美的海洋，
> 蓝莲花和月亮一起漂浮，
> 大象的一对颞颥隆起，
> 还有莲花茎和芭蕉树。① (95)

这里，依靠相似性，句中的不相关事物暗示诗人心中的相关事物。

句义依靠相似性的间接修辞。例如：

> 自身没有阴影，怎么能为他人提供庇荫，

---

① 引自《韵光》第三章。这首诗中的蓝莲花、月亮、一对颞颥、莲花茎和芭蕉树分别暗示女主人公的眼睛、面庞、双乳、手臂和大腿。

在炎热的夏季，在这树下接触不到凉风，
说它一百年后会结果，这也是说说而已，
啊，我们长期以来受多罗树的高度欺骗！① （96）

句中的词义依靠其他联系的间接修辞。例如：

哎呀，在悉多的面前，仿佛月亮
抹上一层油膏，鹿儿的眼光呆滞，
珊瑚树褪色，金子的光芒黯淡，
杜鹃嗓音沙哑，孔雀羽毛有缺陷。② （97）

这里，月亮等失去光辉的原因与悉多的面庞等身体各部分的柔美迷人有联系，通过与辅助的其他修辞（如奇想）结合，以暗示的方式，增添悉多的魅力。

句义依靠其他联系的间接修辞。例如：

爱神的手指抚摸花箭，眼睛望着弓，
又观看爱妻沉浸在微笑甘露中的脸，
对春神说："我已登临大地，征服三界。"
啊，他满怀喜悦，接触苗条的肢体。（98）

这里，实际是表现少女青春萌发，所描写爱神的种种姿态构成原因。也就是依靠因果关系暗示少女青春萌发。

依靠不真实的句义③表达的间接修辞。例如：

---

① 引自《妙语珠串》821。
② 引自《小罗摩衍那》1.42。
③ 此处"不真实的句义"可能指不相关的句义。

永远不停行走的时间旅行者,这世上没有
什么不成为命运主妇为他准备的旅途干粮。(99)

这首诗中含有相似性、因果关系和一般与特殊关系这三者。因为不宜直接宣布钵罗诃斯多①的死讯,而以这种方式间接表达,产生魅力。

可以发现诗人们广泛运用这种间接修辞,知音们可以自己考察。"间接称述"②中的"称述"一词,可以是称赞,也可以是责备,或者可以是一般的表述。

这样,已经说明间接修辞。现在说明迂回修辞,即为了说明意图中的事,叙述另一件事。

可以用一个句子表述的事物,用另一句表述,由此增添魅力,这称为迂回。(27)

可以用词语组合的句子表述的句义即事物,用另一个句子表述。为什么?增添优美的魅力。这与同义词曲折性有什么不同?同义词曲折性只涉及词义,而迂回修辞涉及句义,因此分别对待。例如:

他坚决下令飞轮袭击,罗睺的妻子们遭殃,
从此欢爱失去热烈的拥抱,只剩下亲吻。③(100)

同样的方式:

为了增添有关事物的魅力,表示义是谴责,暗示义是称赞,这

---

① "钵罗诃斯多"是十首王的一位将帅。
② "间接称述"是间接修辞的全称。
③ 引自《韵光》第二章。这首诗暗示大神毗湿奴用飞轮砍下罗睺的脑袋,从此罗睺失去躯干,只有脑袋还活着。

是褒贬。(28)

表示义是谴责，暗示义是称赞，增添有关事物的魅力。这种修辞有两种。① 例如：

神蛇湿舍的千头顶冠努力支撑着大地，
大神毗湿奴保持清醒，维持世界稳定，
国王啊，你不值得格外骄傲，不知你
采取什么办法，让他们一刻不得安宁？(101)

又如：

月亮的斑点，湿婆的脖颈……②（102）

与以上佯贬相反的是佯赞。例如：

大海啊，不用说，你轻而易举胜过菩萨！……③（103）

又如：

伐木人啊，你砍掉了这排常年芒果树……④（104）

又如：

---

① 两种指佯贬和佯赞。
② 即前面第48首。
③ 即第一章第90首。
④ 即第一章第91首。

白天结束，我们休息，沙漠中的水池啊！

出于羞涩，我们不能说你的至高恩惠苦涩，

但愿旅行者们享有好运，你的池水不枯竭，

你身边的这棵舍弥树也永远提供阴凉树荫！（105）

已经说明褒贬修辞。现在说明奇想修辞，它的开头和结果与明喻相似。

依靠想象推测、相似性或这两者，旨在增添所描写对象的魅力。（29）

通过词义和词暗示自己的意义，使用"像"等词，"它像这个"，"它是这个"，或者不使用"像"等词。（30）

展现与想象的句义不同的句义，通晓诗性的知音称为奇想。（31）

"想象"指合理的想象，涉及事物的自性。"句义"指词语合成的句义，即事物。"展现不同的句义"指展现与所描写事物不同的另一种句义。这称为奇想。依靠什么方法？"依靠想象推测"指凭想象进行推测，形成想象的事物。这必定是将一种事物转化为另一种，因为看到两者的相同功能。"依靠相似性"指以相似性为原因，展现与所描写事物不同的句义，形成奇想。相似性有两种：真实的和想象的。真实的相似性属于明喻等领域。想象的相似性含有夸张性。相似性必定依靠两者。想象的事物依据另一种事物的性质，不可能孤立地想象。正是依据性质，才产生某种事物的想象。想象并不限于一种事物，但缺乏相应的性质，便不能成立。"或者依靠这两者"指同时依靠想象推测和相似性这两种原因，展现与所描写事物不同的句义，形成奇想。依靠这三种奇想，旨在增添所描写对象的魅力。怎么样？有两种方式："它像这个。"或者，"它是这个"。"它像这个"表示所描写对象像想象的事物。这是依据与想象的事物的相似性说明所描写对象的优美。"它是这个"表示所描写对象就是这个想象的事物。这是将想象的事物的优美叠加在所描写对象身上。依靠什么表示奇想？或使用"像"等词，或通过词义和词暗示自己的意义。

依靠想象推测的奇想。例如：

贪恋她头发上芳香的花环，
那些蜜蜂飞向她，在耳边
嘤嘤嗡嗡，仿佛爱神正在
教给她迷住国王们的咒语。（106）

依靠想象的相似性的奇想。例如：

……仿佛三眼神湿婆的大笑一天天堆积而成。①（107）

又如：

犹如天空之蛇蜕下的蛇皮……②（108）

依靠真实的相似性的奇想。例如：

……③（109）

---

① 引自《云使》58。其中的"堆积而成"指雪山山峰。笑通常被认为呈现白色。
② 引自《戒日王传》。
③ 这是一首俗语诗，原文缺失对应的梵语。

依靠两者的奇想。例如：

这少女的甜蜜眼光撕裂人心而血红，
犹如锐利的箭，沾有敌人伤口的血。(110)

"撕裂"指受到来自远处的打击而破裂，犹如世上锐利的箭等刺穿肢体而沾有血迹。由于双眼发红，与沾血的箭相似，呈现所描写事物具有想象的事物性质。又如：

即使与他分离片刻时间，
情人也发出芳香的叹息，
好像是爱神的花箭射中
她的心后，滴淌的蜜汁。① (111)

又如：

鹿眼女摇晃可爱的芒果枝条，
这枝条已被盛开的鲜花压弯，
我怀疑它并不是爱神的花弓，
折磨分离中的少女柔软的心。(112)

这里，没有另一种事物有别于想象中的事物，因此不要与否定修辞混淆。它首先展现的生命是奇想，而不是否定。后面讨论否定修辞时会说明这一点。

"它像这个"，没有使用"像"这个词。例如：

---

① 引自《高达伏诛记》5.748。

春天，缠在檀香树上的那些蛇呼出毒气，
摩罗耶山风沾上后膨胀，致使旅人昏厥。①（113）

又如：

王后啊，你的莲花脸……②（114）

又如：

胆怯的女郎啊……③（115）

"它是这个"，没有使用"像"这个词。例如：

他竖起莲花座上一个个花瓣，构成屏障……④（116）

下面说明另一种奇想。

即使一种事物不是行动者，也将行动归诸它，因为感觉像是这样，完全适合它的自性。（32）

这是另一种奇想。即使一种事物不会行动，也赋予它能自主行动的性质。什么样？适合它的自性。为什么？感觉像是这样。前面所说"旨在增添所描写对象的魅力"以及"'它像这个'，'它是这个'，或者不使用'像'等词"，也适用于这里。例如：

---

① 引自《韵光》第二章。
② 引自《璎珞传》1.25。见前面第二章第44首。
③ 引自《罗怙世系》13.24。见前面第二章第80首。
④ 引自《小罗摩衍那》7.66。见前面第一章第102首。

黑暗仿佛涂抹我身，天空仿佛下着烟子。① (117)

又如：

四肢仿佛游动在翻滚的美的海洋……② (118)

又如：

月亮仿佛在空中伸展，在白莲花中增长，
在妇女们宛如成熟芦苇秆的白净脸颊上
得到反射，在水中展现，在那些刷白的
住宅中发笑，在迎风招展的旗帜中嬉戏。(119)

檀丁已经列举种种使用"像"等词的奇想，这里不再重复举例。这种奇想展现符合事物自性的优美，富有魅力。它构成诗人展现其他方法的各种修辞的生命本质和首要原因。由于与它有联系，而产生特殊的魅力。

压倒其他一切修辞的魅力，
奇想成为首要的生命本质。(120)

这是一首相关的偈颂。

这样，已经说明奇想修辞。现在说明夸张修辞，即展现具有夸张性的相似性的修辞。

夸张是一切修辞的生命，其中，所描写事物的性质极其优美，

---

① 引自《诗镜》2.226。
② 即第二章第91首。

富有魅力，令知音喜悦。(33)

"某种性质极其优美"指超越通常的表达方式。"富有魅力"指具有机智美妙的魅力。"所描写事物的性质"指它们的自性。什么样的自性？令知音喜悦的自性。因此，诗人们热衷运用夸张修辞，增添诗的魅力。

具有相似性，而展现可爱的光辉，味、自性和修辞形成至高的曲折性。(34)

味、自性和修辞这三者呈现优美的夸张性，形成体现诗的奥秘的曲折性。例如：

> 雌天鹅在月亮宝石住宅上，
> 向失散的雄天鹅发出呼叫，
> 然而，在月光的笼罩中，
> 她产生怀疑，发出悲鸣。(121)

又如：

> 月光胜过花色，七叶树消失不见，
> 只有凭蜜蜂的嗡嗡声才能推断。[①] (122)

这里，极大地增强事物自性的优美。又如：

> 一旦他的勇力太阳燃烧，也就不必说
> 其他光辉者，无论迦罗迦罗山或月轮，
> 这位高贵的国王业绩显赫，享誉三界，

---

① 引自《诗庄严论》2.82。

在他的面前，太阳和月亮也减却光辉。(123)

又如：

这些林地沉浸在清凉的
水中，接触清晨的阳光，
身体洁净，阳光又为她们
抹上红色油膏，格外迷人。(124)

在前一首诗中，夸张增添隐喻①的优美。同时在这两首诗中也增添有味修辞的魅力。清凉的水洗净污垢，在清晨阳光照耀下，更显洁净。这里，叠加有味的女性沐浴等行动，增添优美。又如：

初升的月亮光线，
新鲜柔嫩宛如麦芽，
你可以用尖指甲
切割它，制成耳饰。②(125)

这里，展现味的优美。初升的月亮光线柔软而优美。湿婆告诉爱妻可以切割它，制成耳饰，因为它适合接触她的脸颊、耳朵和头发。这暗示湿婆同时看到爱妻的月亮脸和初升的月亮光线，心中涌起情味。

通常认为作为修辞对象的事物为主，修辞为辅。然而，如果修辞格外优美，显著突出，即使原本为辅，也显得仿佛为主。正是具有这种感染力，所以说它为主。

---

① "隐喻"指诗中的"勇力太阳"，将国王的勇力比喻为太阳。
② 引自《鸠摩罗出世》8.63。

现在，说明展现相似性的一类修辞及其魅力。

为了成功传达意图中的迷人性质，事物与某种特别迷人的事物相似，这是明喻。(35)

依靠所说的共同性质，或依靠相联系的句义，也依靠"像"等词，具有魅力，其中使用谓词。(36)

"事物"指所描写的事物。"某种"指不同于所描写事物的另一种事物。两者有相似性，而称为明喻。为什么与另一种事物相似？为了传达意图中的迷人性质。"意图"指诗人的意图。"迷人"指令知音喜悦。另一种事物什么样？特别迷人。这里的含义是，为了成功传达意图中的优美性质，合理地运用所描写事物与另一种事物的相似性。这里是说与另一种事物的相似性，而不是说与另一种性质的相似性，因为并不完全局限于性质。这样，两种事物互为喻体和本体，以性质为途径，形成相似性。

表示这种明喻的标志是使用谓词等。这样的谓词在这里仅仅用于表示相似性，而不是一般的动词。如同"厨师"这个词，主要意义是善于煮食物者，但也隐含原始的动词意义"煮"。"煮"也隐含"煮者"。这样，谓词具有两种形态，而可以用作明喻用词。怎么样？具有魅力。因为缺乏魅力，不可能令知音喜悦。不仅谓词用作明喻用词，也使用"像"等词。多财释等复合词和 vat（"像"）等名词后缀也用于表示明喻。依据什么？依据所说的共同性，即喻体和本体两者的相同性质。两个不同行动者的行动存在联系。在哪里？在句义中。互相联系的词语组合成句子。句子的表示义是所描写的对象。怎么样？依据词语的互相关系。句子中含有许多词语。其中，那些互相联系而有相似性的词语形成明喻或奇想。明喻和奇想都依据相似性，两者有什么不同？回答是：

虽然奇想的事物中有相似性，但它的含义在别处。(37)

奇想中也有相似性，但知音心中明白是有别于词义的另一种事物或对象形成句义的生命。而明喻只是确立相似性，即所描写事物与另一种事物的相似性。

使用次要谓词①的明喻。例如：

> 莲花眼女郎啊，你的脸庞如同圆月，
> 激发手持花弓的爱神渴望征服三界。（126）

使用"像"等词的明喻。例如：

> 看似模仿少妇挥动手臂，
> 以阻挡急于亲吻的情人。②（127）

使用谓词的明喻。例如：

> 月亮的红色光泽渐渐减弱，
> 呈现失恋美女脸颊的苍白。③（128）

使用句义的明喻。例如：

> 但见她身体消瘦，装饰减少，
> 脸色苍白，如同罗陀罗花，
> 看似几乎已经天亮的夜晚，

---

① "次要谓词"（amukhyakriyāpada）可能指类似谓词的用词。下面例举中的"如同"的原词是 saṃvādin（"相似的"），源自动词 saṃvad（"相似"或"相应"）。

② 引自《野人和阿周那》8.6。见前面第一章第119首。

③ 即第一章第19首。

月亮的光线微弱,星星难辨。①(129)

使用"像"等词的明喻。例如:

他亲吻爱人激动的脸颊,
她的双眼在愉快的接触中
闭上,仿佛水池中的睡莲,
在月光接触下合拢花苞。(130)

使用句义的明喻。例如:

这位般底耶王,项链从双肩
下垂,身上涂抹黄褐檀香膏,
犹如群山之主,初升的朝阳
染红山峰,溪流从山上流下。②(131)

虽然以上两个句子都有本体和喻体的相似性,而前者了解相似关系先于理解句义,后者理解句义先于理解相似关系。在前一句中没有复合词等间接暗示的明喻,互相的相似性是直接表达的,这称为词义明喻。这里,句子前半部分不能形成句义,因为还不能把握诗人意图中对象的优美。"具有修辞是诗的本质",这是定则。而在另一句中,理解互相联系的词语构成的句义先于理解喻体和本体的相似性,这称为句义明喻。前面已经提供使用谓词的例举,这里不再进行讨论。"像"(iva)等词指其他表示明喻的用词,如 yathā ("如同"或"正如")等。在复合词中,明喻有两种:说出的和不

---

① 引自《罗怙世系》3.2。
② 引自《罗怙世系》6.60。

说出的。例如：

可爱的圆月脸，蓝莲花眼。①（132）

又如：

她在行走时，一再扭动脖子，
脸庞宛如转动的莲花，这位
长睫毛女子斜睨的目光涂抹着
甘露和毒药，仿佛刺入我的心。（133）

使用后缀的明喻。例如：

太阳收缩光线，渐渐变红如同
莲花花环，缓缓附身亲吻西山，
大风卷起的莲花花粉成为华盖，
刹那之间失去光芒，沉入大海。②（134）

又如：

闻听迦罗奈密的这些话，
阿修罗大王愤怒似大象……③（135）

---

① 这是"不说出的"。实际是隐喻。
② 引自《小罗摩衍那》3.10。这首诗中，"成为华盖"（chatrāyamāṇaḥ）是使用名动词后缀。
③ 这首诗原文含有残缺。其中，"似大象"（kuñjaravat）使用后缀 vat（"像"）。

又如：

这位少女闻听这些话……①（136）

又如：

少年罗摩拉断湿婆的古老
神弓，如同莲花秆断裂，
这对于扬名三界的罗刹王，
实在是受到不小的嘲弄。（137）

这里，凭借诗人的智慧，运用谓词，不多不少表达两者的联系，暗示明喻。② 又如：

尽管山王已经有了儿子，
仍对这个孩子百看不厌，
正如春天百花竞相开放，
蜜蜂依然偏爱芒果树。③（138）

这里，春天有无数花朵，山王有许多后裔，两者的相似性无疑形成明喻。④ 这里需要指出，不应该与补充修辞混淆，因为明喻只是表示两者的相似性。

此外，引证相同事物的对偶喻不值得单独列出。它只是明喻的

---

① 这首诗也含有残缺，其中不见明喻用词。
② 这首诗中的"莲花秆断裂"是一个多财释复合词，意谓断裂似莲花秆的。
③ 引自《鸠摩罗出世》1.27。
④ 这首诗中的"蜜蜂"也喻指春天的眼睛。

另一种例举。下面是引证相同事物的对偶喻例举：

有多少有德之士，他们的财富为天下善人共享？
有多少路边之树，它们的枝头挂满成熟的甜果？①(139)

这里，诗人的意图是表示两者同样稀少，并没有有别于相似性的其他迷人魅力。因此，对偶喻属于暗示的明喻。

现在说明互喻修辞也属于明喻。

互喻是喻体和本体具有相同性，并无有别于明喻的定义。(38)

互喻是互为喻体和本体的修辞，也是依据相似性，并无特殊性，也属于明喻。为什么？没有不同的性质，不能作出另外的定义。其中，本体也成为喻体，喻体也成为本体。

睡眠或瞌睡是忧伤者的
心爱，是失恋者的安慰。(140)

这个例举是不是等同修辞？回答是：

等同不是独立的修辞，其中有两个或多个同等性事物。(39)

如果没有为主的事物，它们都成为所描写事物，什么是它们的修饰者？(40)

这种名为等同的修辞不是独立的修辞，因为其中有两个或多个具有同等性的事物成为描写对象。描写对象为主，那么，什么是作为修饰者的修辞。每个事物都为主，就没有任何修饰者。如果说，它们分别成为其他事物的修饰者，也不能成立。为什么？因为一旦成为修饰者，也就成为辅助者，失去为主性。为主的事物不能具有

---

① 引自《诗庄严论》2.36。

为辅的性质。因为一个事物不能具有互相对立的性质。如果说，在国王的侍臣身上有为主和为辅两种性质共存，即在侍奉主人方面，具有侍从的性质，而在掌握侍奉方面，具有主人的性质。那么，为何否定这种修辞？确是这样。不否定它是修辞，而否定它作为独立的一类。

其中，所有描写的事物同等重要，具有相似性，这显然是明喻。（41）

即使不成为描写对象，也具有描写对象的性质，而且这些事物的相似性突出，故而显然是明喻修辞，而不是其他修辞。

同样，在聚集明喻中，以聚集的方式与所描写对象相联系，成为聚集明喻。聚集明喻同样具有同等性。由于喻体与所描写本体的相似性突出而形成修辞。例如：

……①（141）

正是这样，与所描写事物的相似性突出，而成为明喻。例如：

萨盖多城的居民赞扬他俩的
品德，乞求者不愿接受超过
老师酬金的财富，而国王给予
超过乞求者本人愿望的财富。②（142）

一种想象的喻体格外柔美可爱，尤其能增添诗人意图中的本体的魅力。例如：

---

① 这是一首俗语诗，原文残缺，无法译出。
② 引自《罗怙世系》5.31。

> 如果空中的恒河水分成
> 两道流下，那样就可以
> 比喻他佩戴珍珠项链的、
> 黝黑似多摩罗树的胸膛。（143）

以上两个例举展现等同明喻和想象明喻。同样，在自比修辞中，想象推测的喻体不足以表达所描写对象的柔美，因此，只能使用与对象自身相比的明喻。例如：

> 见过你的脸，月亮等一切都微不足道，
> ……
> 因此，我心中确认你的脸是美的极限，
> 决定让你的脸作为优美可爱的喻体。（144）

这说明这类明喻的奇妙性多种多样，不必一一作出定义。

> 凭借诗人创作才能，表达方式无穷无尽，
> 显然如同无法一一列举自己情人的魅力。（145）

这是一首相关的偈颂。

等同包括在明喻中，不必作为独立的修辞。下面是前人对等同的定义：

> 即使地位较低，但表明性质相同，
> 所作所为相同，称为等同修辞。[①]（146）

[①] 引自《诗庄严论》3.27。

这说明其中的事物具有明显的相似性。例如：

千头蛇、雪山和你，伟大、沉重和坚定，
不越出自己的界限，稳住动荡的大地。① (147)

在以上定义中，说明等同修辞含有明喻，即不著名的事物的优美和著名的事物的优美两者具有相似性。它们使用共同的动词，说明它们性质相似。这里的含义是，除了所描写事物和另一种事物之间的相似，别无其他。这个例举正是这样。其中，没有有别于相似性的双关等修辞。因此，有人认为这个例举是运用表示不同意义的双关，而不是等同，这种说法也不合理。例如：

看到或没有看到她，同样都遭受损失，
前者的心被夺走，后者的眼福被夺走。(148)

若是说这个例举也是等同，那么，在知音们看来，这是对修辞一窍不通的外行话，因为这里明显是诗人为了表达少女的青春美，而使用间接称述修辞。然而，等同可以出现在其他例举中。例如：

领悟诗的含义，与情人交谈，秘密幽会，
柔美的歌声，与知心朋友分担痛苦感受。(149)

自比也被认为属于明喻。这是它的定义和例举：

本体成为喻体，表明

---

① 引自《诗庄严论》3.28。

无与伦比，称为自比。① （150）

嘴唇被蒟酱叶染红，牙齿洁白闪光，
眼睛宛如青莲，你的脸只像你的脸。② （151）

依据它的定义以及表达的奇妙性，说明这属于明喻。因为这里存在喻体和本体的关系。如果认为按照自比的定义，其中没有另外的喻体，这也不能成立。因为按照你们的自比定义，理解为喻体和本体的叠合，这对于我们，已经足以说明问题。

诗人们认为自比与想象明喻相同。(42)

诗人们认为自比不多不少与想象明喻相同。在想象明喻中，所描写的优美与自身相似。诗人如果发现所有事物不能增添优美，便依照自己的喜好，运用想象的喻体，即使这种喻体并非真实存在。并非真实存在和诗人想象，这说明喻体和本体之间的相似性，并无其他更多的迷人性。

这里是互喻的定义和例举：

喻体和本体互相交换，称为互喻。③ （152）

芳香，悦目，饮酒之后兴奋泛红，
你的脸像莲花，莲花像你的脸。④ （153）

这里，不存在有别于明喻的其他修辞。按照前面所说规则，它

---

① 引自《诗庄严论》3.45。
② 引自《诗庄严论》3.46。
③ 引自《诗庄严论》3.37。
④ 引自《诗庄严论》3.38。

并不形成独立的修辞。其中，只是喻体和本体的互换，可以感知喻体和本体的相同和相异。它只是诗人凭借创作才能，充分展现语言表达的奇妙性，并非是另一种修辞。这种语言表达的奇妙性所在多见。例如：

> 因此，让这两者同时可爱地绽开，
> 立刻展现互相等同吧！一是你的
> 眼睛，里面转动着柔软的眼珠，
> 一是莲花，里面飞动着大黑蜂。①（154）

又如：

> 萨盖多城居民们赞扬他俩的
> 品德……②（155）

在这两首诗中，描写两种事物具有相似性，并非是另一种修辞。又如：

> 即使他游戏般折断湿婆的弓，
> 湿婆仍对他的行为表示满意，
> ……③（156）

同样，交换也不是独立的修辞。这是交换的定义：

---

① 引自《罗怙世系》5.68。
② 引自《罗怙世系》5.31。即前面第142首。
③ 这首诗有部分残缺，意义不明。下面略去对这首诗的解释。

事物互相交换，这称为交换。(157)

一个事物与另一个事物交换位置，这称为交换修辞。交换修辞有多种。一个事物与另一个事物整体交换。例如：

毗诃波提啊，现在你低声说话吧！
天国导师啊，这里不是因陀罗殿堂！(158)

有时，一个事物的多种特征逐步交换。例如：

她的手不再为褪色的嘴唇抹口红，
不再拍击被胸脯脂粉染红的皮球，
手指在采摘拘舍草时被草尖刺破，
现在已与念珠串结成亲密的朋友。①(159)

这里是描写高利女神的手的位置交换。有时，只是事物的某个特征交换。例如：

你正值青春，为何舍弃种种装饰，
身穿这种适合老年人的树皮衣？②(160)

有时，多种事物互相匹配的特征交换。例如，以前的修辞学家提供的这个例举：

国王啊，你的手臂给予敌人致命打击，

---

① 引自《鸠摩罗出世》5.11。
② 引自《鸠摩罗出世》5.44。

夺走他们长期积累的、犹如白莲的名誉。(161)

这样，交换不能成为独立的修辞。

排除一个事物，换上另一个事物，这不能成为修辞，因为情况如旧。(43)

"情况如旧"指两种事物依旧同样重要，并非一种修饰另一种。正如前面所说，两者之间不分主次，不存在修饰和被修饰的关系。例如：

> 这位大臂者仁慈温和地
> 享受新近归附他的大地，
> 如同刚刚牵手成亲的新娘，
> 唯恐行为粗鲁会吓坏她。① (162)

这里，暗示国王努力善待大地如同爱抚新娘，两者同等重要。在描写中，两者交换位置。然而，这是暗示相似性的明喻。又如：

> ……剑刃确实不是莲花花环。② (163)

这首诗中的迷人之处只是呈现相似性。诗人为了增添魅力，暗示相似性，而不是直接表达相似性。也能发现暗示的交换。例如：

> 在族长指引下，他和控制
> 自我的妻子一同住进茅屋，
> 睡在拘舍草床上，度过夜晚，

---

① 引自《罗怙世系》8.7。
② 这首诗的前面部分意义不明。

在学生们的晨读声中醒来。①（164）

这里，所描写的所有事物都暗示国王生活方式的交换，如果缺乏这种交换，怎么能令知音喜悦？确实如此。我们并不否认存在交换。我们是说交换是所描写的事物，而不是修辞。而且，也不因为采取暗示方式而成为修辞。不能说暗示的对象令知音喜悦，成为修辞。因为修辞对象本身也能令知音喜悦。否则，事物、修辞和味等这三种分别便不能成立。还有，如果交换本身是修辞，也就不需要另一种修辞修饰它。前面的一个例举是一首诗的前半部分：

你正值青春，为何舍弃种种装饰，
身穿这种适合老年人的树皮衣？

接着的后半部分是：

请说，暮色降临，月亮星星闪耀，
此时的夜晚是否适合红色的霞光？②

如果说诗人不满足现有的修辞，而增加另一个修辞，这也不能成立。因为只有存在修辞对象，才能增加修辞。按照前面所说规则，两者互相交换，不能称为修辞。因此，诗人是为这种交换增添优美，而增加明喻修辞。上面这首诗的意义是：正值青春，而舍弃种种装饰，身穿适合老年人的树皮衣，正如夜晚在月亮星星闪耀时，与朝霞结合。这形成诗的魅力，令知音喜悦。

诗人发挥创作才能，呈现种种语言曲折奇妙性。例如：

---

① 引自《罗怙世系》1.95。
② 这里意谓诗的后半部分修饰前半部分。

……① （165）

通过某种特殊行为，教诲某种意义，
不使用如同、像等词，这称为例证。② （166）

这个定义表明例证也是明喻。

太阳光辉减弱，准备落山，
它在提醒富人，盛极必衰。③ （167）

这里，诗人凭借创作才能传达另一种含义，而不使用"它像这个"或"它是这个"这种方式说明相似性。这是暗示的奇想，体现诗人高超的表现技巧。例如：

……④ （168）

又如：

……淡淡的月光夺走头箍的光辉。⑤ （169）

"月亮脸"这个复合词意谓她的脸像月亮，因为与举世仰望的月轮有相似性。按照前面所说的规则，"月亮"在这个复合词中具

---

① 这是一首俗语诗，原文严重残缺。
② 引自《诗庄严论》3.33。
③ 引自《诗庄严论》3.34。
④ 这是一首俗语诗，原文含有残缺，意义不明。下面略去对这首诗的解释。
⑤ 这首诗原文含有残缺。下面略去对这首诗的解释。

有修饰性。或者,这个复合词也可以理解为她的脸像月亮的脸。这样,月亮成为自己的脸的修饰词。"人虎"(即"人中之虎")这个复合词也暗示两者之间的共同性。因为缺乏这种共同性,喻体和本体的关系便不能成立。这里是依靠两个并列的词理解,而没有使用表示相似性的词。正如古人所说:"虎等用作比喻,不直接说出相似性。"

"月亮(般)可爱的脸"这个复合词意谓她的脸可爱似月亮,实际上能听出表示相似性的词。"可爱似月亮"用作表示相似性的喻体,与另一个词("脸")组成复合词,因此说她的脸可爱似月亮。在这种复合词中,明显表示相似性,不能称为暗示。

这样,按照说者的意图,相似性有时暗示,有时明显表示。词的使用是为了传达意义。如果凭借诗人的技巧,运用暗示表达意义,何必还要使用其他的词?诗人依靠词义和词音传达喻体和本体的相似性,呈现最为合适的特殊魅力,诗句优美可爱,只要闻听连续发出的音节,就能领会其中暗示的修辞,并不需要使用"像"等说明相似性的词。例如:

尽管山王已经有了儿子……① (170)

这里,不使用其他的修辞,只是描写事物的交换,而凭借诗人的技巧,知音能领会其中的相似性,理解喻体和本体的关系。这种语言表达的奇妙性体现修辞的魅力。魅力在于知音领会这种暗示性。这种语言表达不使用"像"等词。例如:

……剑刃确实不是莲花花环。② (171)

---

① 引自《鸠摩罗出世》1.27。即前面第138首。
② 即前面第163首。

而使用"像"等表示相似性的词也具有奇妙性，方式多种多样。在词义明喻中，在句中某处，使用"像"等词表示喻体和本体的相似性，又在另一处使用"像"等词表示喻体和本体的相似性。例如：

> 然后，罗怙如同太阳，
> 向俱比罗的方位挺进，
> 用箭歼灭北方人，如同
> 太阳用光芒消除水汽。① （172）

有时，在词义明喻中，句中某处已使用"像"等词表示喻体和本体的相似性，而在另一处又使用"像"等词表示喻体和本体之间另一种特征的相似性。例如：

> 这位大仙的脸庞显露慈爱，
> 犹如朝阳发射光芒，明亮
> 如同火花，照耀阿周那的脸，
> 犹如阳光照耀绽放的莲花。② （173）

有时，在词义明喻中，有两组喻体和本体，而使用一个表示相似的词。例如：

> 他亲吻爱人激动的脸颊……③ （174）

---

① 引自《罗怙世系》4.66。
② 引自《野人和阿周那》3.25。
③ 即前面第132首。

有时，在词义明喻中，一个事物作为主要描写的本体，而有多种修饰词，喻体也有相应的修饰词，由此体现喻体和本体的相似性。为了表达这种相似性，应该使用"像"等词。例如：

这位般底耶王，项链从双肩
下垂……①（175）

以上说明所有一切都依靠表达方式和表达能力的奇妙性。一旦明喻的定义这样确立，费解等喻病就能排除，这里就不一一列举。

一旦意图中的迷人特征获得
传达，种种弊病就远远消失。（176）

这是一首相关的偈颂。

这样，已经说明明喻修辞以所描写事物与另一种事物的相似性为生命。现在，说明双关修辞以词音相似性为本质，含有与明喻同样的魅力。

同一个词表示两种不同的词义，这种词的表示性称为双关修辞。（44）

同一个词能表示两种真实的事物，形成句义，这称为双关修辞。词的相似性凭听觉感知。同一个词也能因重音不同而成为不同的词。相似性也体现两者互相关联。在句中，一个词能表示一种意义，也能表示两种意义。双关分为三种：义双关、音双关和音义双关。它们的标志是什么？回答是：

诗人们知道双关的标志是表达另一种词义，或表达另一种句

---

① 引自《罗怙世系》6.60。即前面第 133 首。

义,也能使用"像"等词。(45)

"另一种词义"指有别于双关词的词义。有时使用"像"等词表示双关。有时能表达整个句义。它们都能传达意图中的意义。在这三种双关中,以所描写的两种意义为主,其中词的表示性具有相似性,成为魅力的原因。这种修辞以暗示方式获得句义。所描写事物和另一种事物,这两者意义的主次性,也体现在词的表示性的相似性中。

同一个词表示两种词义,仿佛合二为一,其中的依据是相似性。(46)

记住同样的词音,领会这种意义和另一种意义,因为词音生而又灭,表示义依靠记忆。(47)

第一种义双关。例如:

> 善于表达自己的意图,具有甜蜜的印记,
> 充满魅力,激起知音心中不可名状的喜悦,
> 达到情味感染力的顶峰,诗人们如此娴熟
> 而又奇妙的语言和情人的眼光征服一切。(177)

第二种音双关。例如:

> 但愿诛灭安陀迦的乌玛之夫永远亲自保护你!
> 他曾焚毁爱神,使诛灭钵利者的身体变成武器,
> 以身体蜷曲的大蛇为项链和臂钏,托住恒河,
> 以月亮为头顶装饰,众天神以诃罗之名称颂他。[①](178)

---

① 引自《韵光》第二章。

（这首诗的以上读法是称颂湿婆大神，以下另一种读法是称颂毗湿奴大神。）

　　　　但愿这位赐予一切的摩豆族后裔亲自保护你！
　　　　他无生，与声同一，让安陀迦族定居，毁车灭蛇，
　　　　托起山岳和大地，战胜钵利，让身体进入女性，
　　　　众天神以砍下吞月的罗睺头颅的事迹称颂他。

第三种音义双关。例如：

　　　　佩戴光秃的骷髅项链，
　　　　眼中的火焰焚毁爱神，
　　　　束有蛇腰带，但愿这位
　　　　裸身的湿婆救护这世界。（179）

（这首诗的以上读法称颂湿婆大神，以下另一种读法称颂湿婆之妻乌玛。）

　　　　佩戴绽放的莲花花环，
　　　　妩媚的眼光激发爱情，
　　　　衣服束有可爱的腰带，
　　　　但愿乌玛①救护这世界。

还有一种义双关的例举：

---

① 此处"乌玛"的原词是"湿婆的身体"，这是一个双关词。

"黑天啊，牛群扬起的尘土挡住视线，我跌跌撞撞，
你为何不扶住我？主人啊，你难道不是崎岖路上
心慌意乱的弱女子的唯一救主？"牧女在牛栏中，
对诃利说着这些双关的话。愿他永远保护你们！[①]（180）

（这首诗中牧女的话也可以另外读作如下：）

"黑天啊，对牧童的爱恋迷住我的眼睛，使我失足，
你为何不像丈夫那样对待我？主人啊，你难道不是
陷入困境而心慌意乱的弱女子的唯一救主？"……

这样，已经说明这种值得品味的双关修辞，唯有聪明睿智的诗人能创作这种奇妙的诗句。现在，说明较喻。这种修辞产生于明喻、隐喻和双关，依据词的表示性中具有特征的相似性。

在词的表示性中具有特征的相似性，一个事物不同于另一个，并呈现所描写事物的优异性，这称为较喻，或表示，或暗示。（48）

这里，表示的词能成为双关词。它的表示义中有具有两种事物的相似性。诗人按照意愿选择其中一个，赋予意图中的特征，与另一个作出区分，形成较喻。为什么？为了呈现所描写事物的优异性。较喻分成两种：表示和暗示。前者是使用诗人常用的具有表示能力的词语。后者只能通过整个句义领会。

首先，依据明喻的较喻。例如：

人们都将月轮用作美女脸颊的喻体，
而认真一想，月轮只像可怜的月亮。（181）

[①] 引自《韵光》第二章。

又如：

热衷观看你千只眼睛上卷曲睫毛的颤动，
这些蜜蜂失去对池中绽放的青莲的兴趣。（182）

又如：

"他已经获得吉祥天女，为何还要来搅动折磨我？
他思想活跃，估计不会像以前那样来这里安睡，
所有国王都已经归顺他，为何还要来这里架桥？"
见你来到这里，大海便翻腾不已，仿佛这样思索。① （183）

这里，所描写对象（即国王）如果没有叠加那罗延的身份②，国王的行动性质就无法确定。正是由于这种叠加，前人确认这是隐喻。那么，为什么认为这是表示较喻呢？确实是这样。但是，暗示的内容有两种：一种是依靠表示功能附属于所描写对象；另一种是依靠表示功能自身。前人认为这里的表示的词是喻体，成为意图中意义的原因。然而，这里不能这样确定表示功能。这首诗中"获得吉祥女神"等词语具有暗示的关联性，旨在说明所描写对象（即国王）具有一切优异的神性，因而明显构成隐喻较喻。正如这种说法：

若诗中的词义或词音将自己的意义作为附属，

---

① 引自《韵光》第二章。
② 诗中提到的吉祥天女是那罗延大神的妻子。"吉祥天女"一词也可读作"财富"或"王权"。

而暗示那种暗含义,智者称这一类诗为韵。①（184）

双关较喻。例如:

> 诃利持有妙见飞轮,手掌美观,而她全身值得赞美,
> 他以优美的莲花足,而她以优美的全身征服三界,
> 他只有月亮眼睛,而她的整个脸庞宛如月亮。因此,
> 他认为她的身体远比自己优越。愿艳光保护你们!②

(185)

还有另一种较喻:

由于举世公认,不使用明喻等,说明一个事物的优异性,这是另一种较喻。(49)

这里是说另一种较喻修辞。什么样?说明一种事物的优异性。为什么?由于举世公认。以什么方式?不使用明喻等。例如:

> 开花的大地是他的弓,成排蜜蜂是弓弦,
> 圆月升起是战斗的时刻,春季是助手,
> 武器是莲花和盖多吉花,这位爱神武士
> 怀有征服三界一切有情人的美妙愿望。(186)

这里,爱神渴望使用花等装备征服世界,有别于使用举世公认的各种武器装备。大地等用作弓等,这难道不是隐喻较喻?然而,不是这样。因为隐喻较喻首先要确认隐喻,然后体现两者的区别。

---

① 引自《韵光》1.13。
② 引自《韵光》第二章。这首诗中的"妙见飞轮"含有双关,也读作"手掌美观"。"艳光"是诃利的妻子名。

而在这里，区别直接依靠举世公认的观念，大地等用作弓等隐喻只是起辅助的修饰作用。

已经说明较喻。现在说明对立，与双关关系紧密。

对立是两种互相对立的表示义，通过暗示方式，获得协调，变得合理。（50）

这种修辞是互相对立的意义变得合理。它是通过另一种词义或暗示获得协调。这称为对立。例如：

虽然是个坏丈夫，仍然宠爱妻子，
虽然充满缺点，仍是艺术的宝库。（187）

（这首诗按照另一种读法，则消除对立，变得合理。）

虽然是大地之主，仍然宠爱妻子，
虽然双臂强壮，仍是艺术的宝库。

这里，"虽然"一词表示对立。有时，通过暗示的方式。例如：

……① （188）

有时，对立修辞与双关等紧密结合。例如：

……② （189）

对立修辞也与隐喻等有联系，读者可以自己考察。

---

① 这首诗的原文严重残缺。
② 这是一首俗语诗，原文含有残缺，意义不明。

这样，已经说明对立。现在说明合说等，它们常常含有对立的影子。

合说和共说不被认为是修辞，因为含有另一种修辞，以及本身缺乏优美。（51）

合说不被认为是独立的修辞。为什么？因为它含有另一种修辞。还有，它本身缺乏优美。也就是说，如果它有优美性，也是因为它含有另一种修辞。如果它没有优美性，也就不能确立为修辞。这是它的定义和例举：

在讲述一种意义时，通过共同的特征表达
另一种意义，形成意义的叠合，称为合说。① （190）

这棵树有躯干，高大，挺拔，坚固，
无蛇，硕果累累，却被狂风刮倒。② （191）

如果认为树和大人物两者同样重要，那么，大人物方面同样应该有其他许多修饰词。或者，没有其他许多修饰词，可以通过暗示理解修饰对象。然而，没有这种迹象，显然缺乏这种优美性。由于两者的性质不同，没有充足的理由说明同一句子中包含两种同样重要的对象。它也不像"但愿湿婆的身体或乌玛救护这世界"③ 这样的双关表达。因为他俩都有能力救护这世界，用同一个词表达是合适的。而在这里，互相之间没有这种关系，不能在同一句中结合。如果说，正如这棵树被狂风刮倒，大人物也会遭逢不幸。那么，这显然是喻体和本体的关系。因此说，它含有另一种修辞。如果说，

---

① 引自《诗庄严论》2.79。
② 引自《诗庄严论》2.80。
③ 见前面第179首。

大人物是暗示义，树是表示义，那么，这是间接称述修辞。因此，有种种可能性。如果修饰词含有两种意义，那么，也不否认具有双关。下面另一个例举也明显体现合说：

　　黄昏充满激情，白天走在她前面，
　　然而永不会合，命运之路多奇特！① （192）

　　这里，黄昏和白天是主要描写对象，其中通过同样的修饰词暗示情人关系。这样表达两者之间的相似性，属于暗示的明喻。如果认为暗示的情人关系是主要描写对象，黄昏和白天起表示作用，那么，这是间接称述修辞。

　　共说也不被认为是修辞，由于上述同样的两个原因。这是它的定义和例举：

　　同一句讲述同时发生的
　　两件事情，这称为共说。② （193）

　　下雪而天色朦胧，促进热烈拥抱，
　　这夜晚和情人们的欢爱同时延长。③ （194）

　　这里，迷人之处在于互相之间具有相似性，也就是明喻。缺少这种相似性，也就缺乏优美性，如同"老师和学生一起诵读"或"父亲和儿子一起站着"之类表述。已经否定上述这两种修辞的合理性。现在为它们提供另外一种合理的定义。关于共说：

---

① 引自《韵光》第一章。
② 引自《诗庄严论》3.39。
③ 引自《诗庄严论》3.40。

为了增添所描写对象的优美,同一句中同时描写两种事物,智者们称为共说。(52)

智者们确认这种共说。① 什么样？同一句中同时描写两种事物。为什么？为了增添所描写对象即意图中的主要事物的优美。这里的含义是,如果另一个事物需要用另一个句子表达时,合并在一个句子中表达,以增添所描写对象的优美。例如：

右手啊,为了救活死去的婆罗门
孩子,你用剑刺向首陀罗苦行者,
你是罗摩的手,已放逐怀有身孕
而痛苦的王后,哪里还有仁慈心？②(195)

这里,需要用另一个句子表达的事情,已合并在一句中,为了增添所描写主要对象的魅力。即使这种杀戮行为出于职责是应该做的,而从仁慈的角度,仍不应该这样做。考虑到你是放逐怀有身孕的王后的罗摩的手,哪里还有一点仁慈心？因此,即使这个首陀罗苦行者不应该被杀,而为了救护婆罗门孩子,你仍然这样做。以上是传达的一种意义。同时传达的另一种意义是,即使出于职责应该这样做,而你思想高尚,出于仁慈心,认为不应该这样做,然而,你终究是放逐怀有怀孕的王后的罗摩的手,因此,相比之下,杀死这个苦行者,显得微不足道。在这两种意义中,"罗摩"这个词体现惯用词的奇妙曲折性,增强分离艳情味的魅力。又如：

对他说出你想说的所有的话,

---

① 前面第51颂否定共说是修辞,这里是对共说作出另一种解释,而确立为修辞。
② 引自《后罗摩传》2.10。

朋友啊，对丈夫苛刻并不好，
你还是去劝他回来吧！但是，
怎样劝慰这个惹人生气的人？（196）

何必去呢？这样做并不合适。
骄傲的人啊，何必对爱人骄傲？
听到妇女们在那里这样交谈，
情人间的情味确实多姿多彩。①（197）

这里，魅力在于整个句子表示的含义。女主人公和女友之间虽然关系亲密，但她们各有对待情人的方式。这些通过整个句子表示。又如：

众山之王啊，在这林地，你曾看到这位
肢体美妙的可爱女郎，现在已与我分离。②（198）

（这首诗的另一种读法，形成山王对国王的回答。）

大地之主啊，在这林地，我曾看到这位
肢体美妙的可爱女郎，现在已与你分离。

这里，含有两种句义，形成主要描写的分离艳情味的魅力。如果说，这里含有两种意义，难道不是双关吗？回答是，如果含有两种意义是主要因素，则可以说是双关。然而，这里不是这种情况。这两种意义在这里成为另一种主要意义的辅助因素。双关词如同灯

---

① 引自《野人和阿周那》9.39、9.40。
② 引自《优哩婆湿》4.51。

光，同时照亮两个词或两种词义。在共说中，双关词只是辅助因素，而是整个句子以不同语调重复，传达另一种意义。这样的重复成为主要意义。如果说，"众山之王"在句中一处属于双关，这没有错。因为一个修辞可以附属于另一个修辞。这里，正是双关在句中一处起辅助作用，而共说在整个句子中起主要作用。如果说，通过这样的重复，而理解另一种意义，那么，这不符合"共说"这个名称。这种说法不成立。因为"共说"这个名称只是表示重复说，而不是同时理解。因此，并没有什么不合适。

> 一些人称为合说，一些人称为共说，依据
> 这两种修辞的内容，智者们提供各种定义。（199）

所有修辞具有共同的性质，即作为辅助因素，都起到增进诗的魅力作用。现在说明诗喻。

依靠事物的相似性，传达另一种意义，不使用"像"等词，这称为诗喻。（53）

"传达另一种意义"指不同于所描写事物的意义。"依靠事物的相似性"指依靠喻体和本体两种事物的相似性，而不是依靠词性、词数和词格的相似性。也不使用"像"等词表示相似性。由此，诗喻不同于明喻。例如：

> 莲花即使长有苔藓，依然可爱，
> 月亮即使有黑斑，也增添光彩，
> 这细腰女身穿树皮衣愈发迷人，
> 天生美物有什么不能成为装饰？[①]（200）

[①] 引自《沙恭达罗》1.20。

这里，前三句是诗喻例举。第四句属于另一种修辞。

已经说明诗喻。现在说明与它相关而具有同样魅力的补充修辞。

依靠与主要句义的相似性，补充另一种句义，这称为补充修辞。(54)

这称为补充修辞。什么样？补充另一种句义。即有别于所描写事物的另一种句义，令知音喜悦。什么原因？依靠与主要句义即所描写主要事物的相似性。怎么样？具有补充作用。其中，特殊能补充一般，一般也能补充特殊。例如：

无疑她能成为刹帝利妻子，
因为我的心完全迷上了她，
善人遇到事情犹疑不决时，
内心的活动是最好的向导。①（201）

又如：

天生美物有什么不能成为装饰？②（202）

这样，已经说明补充。现在说明略去，含有特殊的句子表达而具有同样的魅力。

以否定的方式，略去主要描写的事物，更增强可爱性，这称为略去。(55)

这称为略去修辞。什么样？略去主要描写的事物即想要表达的意义。依靠什么？依靠具有魅力的否定方式。为什么？更增强可爱

---

① 引自《沙恭达罗》1.22。

② 见前面第200首。

性。例如：

> 多情人啊，等一会儿，让我
> 因分手而痛苦的心平静下来，
> 我要说些话，或者，你走吧！
> 我们之间还有什么好说的话？（203）

这里，"多情人"这个称呼意谓他有许多情人。其中，女主人公想要说的话没有说出。那些直接说出的话并不具有魅力。唯有那些略去未说的话具有暗示的魅力，令知音喜悦。

这样，已经说明略去的特征。现在说明这三种修辞的其他共同性。

依据诗人的意图，具有将说和已说的意义，其中的补充修辞有或没有表示原因的词。（56）

诗喻等三种修辞在表述时，有将说和已说的内容。依据什么？依据诗人的意图。这只是体现具有种种奇妙性，并不需要提供各自的定义。其中的补充修辞可以使用或不使用诸如"因为"这样的表示原因的词。这种情况只适用于补充修辞。与上述情况不同的例举，读者可以自己考察。

为了增强可爱性，否定自己的原因，而想象事物的某种特殊原因，这称为藏因。（57）

"事物"指所描写的事物。"某种特殊原因"指非凡的原因。它想象没有其他的原因能造成这种结果，故而否定自己的原因。为什么？为了增强可爱性。也就是说，诗人赋予所描写事物非凡的优异性。例如：

> 她到达了跨越童年的年龄，

那是苗条身材的天然装饰，
不称作酒，也能够令人迷醉，
不同于花，也成为爱神武器。①（204）

这里，诗人的意图是否定所描写对象优美的种种人为原因，而表明那是非凡和天生的优异性。

这样，已经说明不显露原因的藏因修辞。现在说明含有思索的疑问修辞。

其中，想象的特征引发另一种想象，产生怀疑，形成魅力，这称为疑问。(58)

在这种修辞中，出于想象，事物的特征与另一种事物有相似性，产生怀疑。什么原因？引发另一种想象。为什么？为了形成魅力。这种表达方式的奇妙性称为疑问修辞。例如：

难道大地和高山已被涂黑？
难道天空已经弯下和闭合？
难道大地的坑洼已被填满？
难道四方已在黑暗中合拢？（205）

又如：

沐浴的妇女们在情人身边，
眼睛半闭，目光转动不定，
肢体颤抖，胸脯喘息起伏，
这究竟表示疲倦还是爱欲？（206）

---

① 引自《鸠摩罗出世》1.31。

又如：

……① （207）

又如：

这是创造主珍宝库中最佳的宝石？
这是艳情湖中最柔嫩的一株莲花？
这是美的海洋中新生的一轮圆月？
我无法决定什么与你的脸庞相似？（208）

这是以奇想为基础的一类疑问修辞。

这样，已经说明以怀疑特征而呈现优美的疑问修辞。现在说明以否定特征而呈现优美的否定修辞。

否定所描写事物的特征，而赋予它另一种特征，这称为否定。（59）

这种修辞也以奇想为基础。出于想象，依据相似性，赋予所描写事物另一种特征，而否定它自己的特征，这称为否定修辞。例如：

这是太阳，世界的眼睛，最明亮的发光体，
这不是如同最可爱脸庞而大饱眼福的月亮，
在我看来，它受爱神派遣，削尖那些花箭，
渴望胜利，无情地射穿分离中的情人的心。（209）

---

① 这是一首俗语诗，原文文字存在较多讹误，意义不明。

事物本身保持不变，只是否定事物的特征。例如：

你有花箭，月亮有清凉的光芒，
在我看来，这两种说法不如实，
这月亮用清凉的光芒投射火焰，
而你制作的花箭坚硬似金刚石。① （210）

这里，体现诗人表达的奇妙性，不使用表示否定的词。其中，花箭失去自己固有的柔软性，而呈现与之相反的坚硬性。有时，疑问依据相似性。例如：

这不是一轮圆月，在天空中升起，
放射光芒，而是爱神的白色华盖，
他渴望战胜世界，与夜晚美女一起，
一心粉碎所有骄傲的亲人们的骄傲。（211）

这样，已经说明各种修辞以各自的方式为修辞对象增添魅力。现在说明混合的修辞。

正如一些词义形成句义，一些修辞互相混合，闪耀光辉，这称为混合修辞。（60）

其中，一些修辞共同修饰所描写事物，闪耀光辉。怎样闪耀光辉？正如一些不同的词义，互相联系，传达整个句义。同样，各种修辞在句中各个部分，以混合的方式，令知音感知它们在整个句义中的魅力。它们各自闪耀的光辉附属于整个句义的魅力。例如：

---

① 引自《沙恭达罗》3.50。

此刻，黄昏来临，仿佛女神实现他的愿望，
在大地上与晚霞拥抱，接触她下垂的衣袍，
她的目光是四射的霞光，殷红宛如番红花，
树上嘤嘤嗡嗡飞动的蜜蜂误认月光是嫩芽。(212)

这里，隐喻等修辞具有各自的魅力，互相混合，形成整个句义的曲折性魅力。又如：

蛇王啊，由于你眼中喷出毒火，
这棵芭蕉树的嫩芽已不再萌发，
即使在盖拉瑟园林中，沐浴在
湿婆头顶月光下，它停止生长。(213)

这里，正如前一首诗，隐喻等修辞具有各自的魅力，互相混合，呈现曲折性魅力。

这样，已经说明混合修辞。现在说明具有同样魅力的结合修辞。

多种修辞互相结合，句中呈现多种魅力，这称为结合修辞。(61)

前面提到的有味等各种修辞互相结合。什么样？互相结合，增添光辉。怎么做？它们呈现各自的魅力，形成整体的光辉。它们不是作为单个的修辞与其他修辞混合，而是互相结合成整体的修辞，因此，称为结合修辞。例如：

国王啊，你的名誉蔓藤的根，洁白似地下
蛇王的顶冠，优美的嫩芽遍布四面八方，
犹如方位象的象牙，绽放的花朵是夜空中

璀璨群星，结出的果实是流淌甘露的月亮。(214)

这里，"名誉蔓藤"是隐喻。这是天国悉陀们想象的相似性。如果缺少了它，便不合理。正是悉陀们的这种想象，说明这位国王的名誉遍布一切。这是诗人暗示的奇想修辞。其中缺少了奇想，隐喻也不完善。这两种修辞互相交织，形成结合修辞。

在句中某处，例如"这河流犹如天空之蛇蜕下的蛇皮"①。这不可能是直接的陈述。"蜕下的蛇皮"是与奇想结合的隐喻。因此，这是结合修辞。按照这种规则，"是皎洁的月亮……"②和"这女郎是青春树萌发的含汁嫩芽？……"③等难道不是结合修辞？它们不是。因为这里缺少疑问修辞，暗示的奇想就不能成立。另外，缺少隐喻修辞，暗示的奇想也不能成立。这样，这两种修辞性质相同。疑问中含有其他修辞，犹如珍珠项链镶嵌摩尼珠而可爱迷人。混合修辞正是具有这种魅力。然而，结合修辞是各种可爱的珠宝结合，合成一种无与伦比的光辉。

这样，已经如实合理说明各种修辞。有些修辞没有提及，并非存在定义过窄的缺陷。说明如下：

有的包含在其他修辞中，有的缺乏优美性，它们都不是独立的修辞。(62)

它们都不是独立的修辞。为什么？包含在其他修辞中，它们的特征与其他修辞没有区别。或者，缺乏优美性。此外，它们是修饰的对象，而不是修饰的修辞。

前人确认的罗列修辞，依据上述两种理由，不被认为是修辞。(63)

---

① 见前面第 92 首。
② 见前面第 12 首。
③ 见前面第 19 首。

前人将罗列称为修辞，但由于它包含在另一种修辞中和缺乏优美性，不能成为独立的修辞。例如：

> 你的面庞、光辉、目光、步履、言语和发髻，
> 胜过莲花、月亮、蜜蜂、大象、杜鹃和孔雀。① （215）

这里，缺乏语言的奇妙性，并不可爱。他们不认为这首诗的生命是其中的相似性或优异性，而认为是同样数目的罗列。

一些人认为祝愿是修辞。这里不再引述祝愿的定义和例举。祝愿作为主要的描写事物，是修辞的对象。它与前面所说的有情修辞一样，存在种种缺陷，不能成为修辞。

> 如果认为祝愿也是一种修辞，
> 那么，与有情修辞并无二致，
> 若非这样，应该成为混合或
> 结合修辞，在别处也会出现。（216）

这是一首相关的偈颂。

殊说也不是一种修辞，因为它包含在另一种修辞中以及是修辞的对象。例如：

> 唯独这位手持花箭的爱神征服整个三界，
> 湿婆焚毁他的身体，不能夺走他的力量。（217）

这里，诗句的含义只是说明爱神非凡的优异性，能成功地征服

---

① 引自《诗庄严论》2.90。

一切世界。

同样，微妙、掩饰和原因也不是修辞。婆摩诃说：

原因、微妙和掩饰不是修辞，
因为合成的意义不形成曲语。① (218)

微妙的例举：

这位聪明的女子从情人挤眉弄眼的微笑中，
得知他想知道约会时间，便合上玩耍的莲花。② (219)

这里，微妙是所描写的事物，而不是修辞。为什么？它是以这样一种方式表达想要直接表达的意义。

掩饰的例举：

见我汗毛直竖，卫兵会发现我与公主相爱，
啊，有办法了："哦，森林里的风多凉快！"③ (220)

这里，同样要问："所说的事情怎么会成为修辞？"按照语言规则，词所表达的是词义。

原因的例举：

拂动成熟的檀香树叶，

---

① 引自《诗庄严论》2.86。
② 引自《韵光》第二章。
③ 引自《诗镜》2.266。

摩罗耶风令众生喜悦。①（221）

明喻隐喻②也不是修辞。例如：

仙女用以映照如月面容的明镜，
测量天空的标尺，湿婆之足万岁！③（222）

"明喻隐喻"这个复合词可以理解为相违释（并列的复合词）或持业释（修饰的复合词）。如果是相违释，那么，在句中一处是隐喻，在另一处是明喻。两者不在同一处。每一种在自己的位置上呈现魅力，并不互相结合修饰对象。因此，依照相违释，并不形成独立的修辞。如果说持业释，那么，两者在同一句中或句中同一处，互相对立如同光亮和阴影，不可能共存。这样，各自有各自的表现，不能互相结合修饰对象。因此，按照持业释，也不能形成独立的修辞。

现在说明整个句义的曲折性特征。

闪耀种种美质，词语安排优美，使用少量修辞，富有魅力而迷人，充满情味，温柔可爱，语言高雅，优秀诗人的语言曲折性如同女主人公吸引人心。(64)

这里说明这种诗句的特征。种种美质合成的诗句具有情味，如同女主人公吸引人心。什么样？闪耀种种美质。具有词语安排的优美和技巧的魅力。使用少量修辞，然而极其优美而迷人。语言高雅，充满趣味，温柔可爱。女主人公方面的美质有优美的步履和优雅的姿态。诗句方面的魅力有语言的技巧、修辞的修饰、表达的方

---

① 引自《诗镜》2.236。
② "明喻隐喻"或译"相似隐喻"。
③ 引自《诗庄严论》3.36。

式和作品的表现力。

以上是吉祥的罗阇那迦·恭多迦著诗庄严论《曲语生命论》第三章。

第 四 章

已经说明堪称一切文学精华的句子曲折性，现在进而说明章节曲折性。

其中，说话者的行为蕴含无限热情，生动优美，心中的意愿得到展现；（1）

悬念贯穿始终，显示无穷魅力，这是作品组成部分（章节）的曲折性。（2）

作品组成部分的曲折性即章节的曲折性。什么样？有无穷魅力。说话者从事活动，显示非凡的魅力。什么样？怀着无限的热情，积极努力，生动优美，充满魅力。自己心中的独特意愿得到展现。以什么方式？悬念贯穿始终。

这里的意思是：享有崇高威望的人物从事活动，在故事中间留有悬念，意图隐而不露。这样，他们的行动过程富有曲折的魅力，令人心中惊喜。这不仅形成章节之美，也形成作品之美。例如，在戏剧《遮那吉公主》第三幕中，描写猴王们一开始看到大海时，不知道毗提诃国公主遮那吉之夫（罗摩）神箭的威力，不自量力地想要架桥过海。这样，猴军统帅尼罗说道：

  四面八方数以千计的山岳如同蚁垤，
  你们双臂似棍，渴望参加勇敢的游戏，
  也听过罐生①的故事，填满这大海如同
  填满牛蹄坑，众猴儿！你们有无兴趣？（1）

---

① 罐生即投山仙人，曾喝干大海的水。

幕后响起猴子们的回答声：

这里有不少猴子充满好奇心，玩耍
那些山头如同玩球；他们也知道
罗芭慕德拉之夫①的故事，但想到会
接触风神之子②的残留物，感到羞愧。(2)

这里，"风神之子的残留物"（即"哈奴曼的残留物"）应该记得是同义词曲折性。

罗摩指出他们想要在海上架桥，这很困难。而瞻波梵回答说：

即使在无边无际、不可期盼的愿望之路上，
贤士们也会着手去做该做的事，获取成功。(3)

还有其他这类例子，新奇可爱，是妙语中的精华。

又如，在《罗怙世系》第五章中，描写以四海为腰带的大地之主罗怙，在完成名为"全胜"的祭祀后，布施他的所有财富。他是生性慷慨的典范。婆罗登杜仙人的弟子（高蹉）满怀希望，前来求乞，发现施舍给他的是一只陶罐，失望地离开。罗怙留住这位牟尼，询问道：

智者啊，你要给予老师
什么礼物或多少酬金？③(4)

---

① 罗芭慕德拉之夫即投山仙人。
② 风神之子即神猴哈奴曼，曾纵身跃过大海，寻找罗摩之妻悉多。
③ 引自《罗怙世系》5.18。

这位牟尼回答说："要支付老师总共一亿四千万金币。"于是，罗怙说道：

> 贤士啊，容我两三天时间，
> 我会努力满足你的愿望。①（5）

他显得慷慨大度，没有流露心中的窘迫。他在祭火堂中敬拜赞颂，全面思考，决定征服财神俱比罗。这令知音们心中喜悦。接着可以品尝到一首又一首甘露般甜蜜的诗，充分展示这一章生动活泼的美。例如：

> 从他准备要进攻的俱比罗
> 那里，获得成堆闪光的金子，
> 犹如金刚杵砍下的弥卢山脚，
> 国王请高蹉牟尼全部取走。②（6）

这里，金刚杵砍下金山山脚③这个比喻暗示成堆成堆的金子无计其数。罗怙让牟尼全部取走，而他自己正处于财富匮乏的困境。他的这种慷慨显然胜过那些高大的如意树。如意树只是按照求告者的愿望，让他们如愿以偿。这样的描写生动地配合前面的情节。前面提到他没有流露心中的窘迫，因为他渴望获得无与伦比的荣誉，不能忍受有另一位施舍者。接着，另一首：

> 萨盖多城居民们赞扬他俩的

---

① 引自《罗怙世系》5.25。
② 引自《罗怙世系》5.30。
③ 金刚杵是因陀罗的武器。

品德，乞求者不愿接受超过
老师酬金的财富，而国王给予
超过乞求者本人愿望的财富。① (7)

这里，高蹉不接受超出老师酬金的金子，而罗怙施舍的是他所要求的百倍或千倍。两人为此互相争执。一个毫无贪欲，另一个极其慷慨，沙多盖城居民们目睹这个前所未闻的奇迹。

在大诗人的作品中，这类章节曲折性富有魅力，充满情味，知音们可以自己考察。

现在说明另一种章节曲折性。

即使采用现成的情节，只要在故事的巧妙叙述中，稍有创新之美，就会呈现另一种曲折性。(3)

章节也会熠熠生辉，如同整部作品的生命，含有达到极致的味。(4)

其中，"稍有创新之美，就会呈现另一种曲折性"。创新可爱，不同凡响，展示曲折的魅力，令知音们折服。在哪儿？"在故事的巧妙叙述中"，也就是在诗中故事奇妙的进程中。什么特征？"即使采用现成的情节"，也就是采用历史传说。"章节也会熠熠生辉，如同整部作品的生命。"章节（肢体）也会熠熠生辉，如同分章诗（叙事诗）等整部作品的生命。什么样？"含有达到极致的味"，即充满强烈鲜明的艳情等味。

这里的要义是：在《摩诃婆罗多》等作品中充满各种奇妙可爱的著名故事，如同味海。即使在这样的作品中，无须区分其中故事魅力的高下，诗人也应该选择这样的故事：能激发特殊的味和情，产生奇妙的效果，并适合自己发挥想象力，从而无与伦比。诗人采

---

① 引自《罗怙世系》5.31。

用这种富有曲折性的章节进行创作，就能在诗人和知音的集会上受到赞赏。

即使在整部作品中，这种创新能力也能增强作品的可爱魅力，犹如龟裂的旧画添上油彩，焕发新的光辉。

在戏剧《沙恭达罗》中，国王（豆扇陀）见到沙恭达罗时，她的无与伦比的容貌，美丽、吉祥和可爱，激发他甜蜜愉快的模糊记忆，但不能阻止他责备她是他人的妻子。沙恭达罗以当初他俩炽烈的爱情，互相的信任、亲昵、嬉戏和私下的密语，唤醒他的记忆。而在原著（《摩诃婆罗多》[①]）的情节中没有说明豆扇陀失去记忆的原因。诗人（迦梨陀娑）创造了"牟尼杜尔婆娑诅咒"这个插曲。这位牟尼稍受怠慢，就大发脾气，毫不留情。在这个插曲中，沙恭达罗初次与爱人分离，难以忍受心中的痛苦，神志恍惚地躺在她的小屋中，没有注意到站在院子门口的牟尼，惹得他发怒诅咒道：

> 你心中没有旁人，唯独想念他，
> 不知道我这个苦行者站在面前；
> 即使受到提醒，他也不会记起你，
> 就像醉汉记不起原先的谈话。[②]（8）

就这样，沙恭达罗受到诅咒。听到这个诅咒，两位女友急忙向正要离去的牟尼求情。牟尼以看到赠给爱人的戒指为诅咒结束的时限。沙恭达罗在前去会见爱人的途中，下河沐浴，戴在娇嫩的手指上的戒指无意中失落在波浪翻滚的河中。有一条鱼误以为闪亮的珠宝是一块肥肉，吞下了这枚戒指。后来，这条鱼被渔夫杀死，戒指

[①] 《摩诃婆罗多》1.62—1.69。
[②] 引自《沙恭达罗》4.1。

失而复得。这样的情节设置成为味的汇集处，整个戏剧的魅力所在。

那时，幕后有责备蜜蜂的歌声，即使国王因牟尼的诅咒而失去记忆，歌曲的含义也触动他，激发他心底深处对爱人的模糊记忆，不由自主地说道：

> 看到可爱的东西，听到甜蜜的声音，
> 甚至快乐的人也会内心焦虑不安，
> 他肯定回忆起了过去未曾想到的、
> 长久深埋在心中的一段前世姻缘。① (9)

沙恭达罗的回忆优美动人，令知音们惊喜。而国王认为她的回忆是假的。大仙的弟子说明结婚和怀孕的情况，也引起国王发怒。沙恭达罗超越天生的羞涩，突然揭下面纱。尽管她汇聚天下女性之美，说话优美似琴声，回忆林中游戏和两人的私密，国王依然粗鲁地否认。而在诅咒解除后，这种粗鲁转变成悔恨，表明国王心中依然保持着对沙恭达罗的爱情，令知音们深感喜悦。

戒指失而复得，诅咒时限结束后，国王恢复记忆，难以忍受与爱人分离的痛苦烦恼，焦躁不安，深深打动知音们的心。国王的侍从说道：

> 他卸下所有特殊的装饰，只在左腕上
> 戴一只金镯，嘴唇因频频叹息而褪色，
> 相思失眠，眼睛变红，但天生英姿勃勃，
> 瘦削也不显露，犹如经过打磨的宝石。② (10)

---

① 引自《沙恭达罗》5.2。
② 引自《沙恭达罗》6.6。

他厌弃可爱的事物，不再照常会见大臣，
在床边翻来覆去，度过一个个不眠之夜，
有时出于礼貌，也与后宫嫔妃寒暄几句，
却把她们姓名叫错，惹得自己羞愧不已。① (11)

这里，有对国王形容修饰的曲折性。在"姓名"（复数）一词中还有词数的曲折性。这些令知音们惊喜。

国王凝视自己画的画像，回忆自己的爱人，说着深情的话：

我的爱人的嘴唇宛如幼嫩未伤的树芽，
即使在爱的狂欢中我也是温柔地吸吮，
蜜蜂啊！如果你敢触动这殷红的嘴唇，
我就把你紧紧地关闭在这莲花瓣中。② (12)

这些话语可爱有味。

如果这部戏剧中没有这个具有创新之美的插曲，国王无缘无故失去记忆，那么，就会像历史传说（《摩诃婆罗多》）中的那个插话一样存在缺陷。

"稍有创新之美"可以理解为两种：一是原本没有，进行创新；二是原有的不合适，加以改编。目的都是令知音们心中喜悦。

例如，在《高尚的罗摩》中，有关杀死摩哩遮的插曲。这在前面已经说明。③ 具有这种曲折性魅力的其他例举，可以自己在大诗人的作品中寻找。

---

① 引自《沙恭达罗》6.7。
② 引自《沙恭达罗》6.20。
③ 参阅第一章第 21 颂注疏。这个例子说明原有的不合适，加以改编。

大诗人的语言含有源源不断的味，

充满生命活力，并不单单依靠故事。(13)

以上这首是相关的偈颂。

现在说明另一种章节曲折性。

作品的各个部分互相协助，生动活泼，引向最终的结果。(5)

这是创新曲折性的奥秘，属于那种具有非凡的描写能力和想象力的诗人。(6)

这是创新曲折性的奥秘或奥义，属于那种诗人，而不是所有诗人。这种诗人擅长对内容进行合适而美妙的编排组合。互相协助，互相支持，生动活泼，引向最终的结果，达到目的。这种诗人具有非凡的描写能力和想象力，也就是无与伦比的表现力。作品的各个部分，也就是各个章节。

以上是说，尽管作品的各个部分都有各自的美，但它们互相协助，紧密配合，引向最终的结果，呈现诗人天然优美的想象力。这种诗人熟谙曲折性魅力，展示非凡的曲折性之美。

例如，在《残花》第二幕中，已经出门的萨莫陀罗达多怀着对妻子南陀衍蒂炽热的爱，突然在当天漆黑的深夜返回，窃贼似地进入妻子的居室。惊慌匆忙中，他的肢体碰醒在门口睡着的侍卫古婆罗耶。于是，他褪下手上的戒指贿赂侍卫，放他进屋。这个插曲在第四幕中起到辅助作用。这时，古婆罗耶从摩突罗城回来，向南陀衍蒂的公公商主沙伽罗达多报告萨莫陀罗达多的消息。沙伽罗达多一直为自己家族的污点烦恼，现在得知那个黑夜入室的人是自己的儿子，因而儿媳清白无辜。于是，沙伽罗达多说道：

这个戒指刻着儿子的名字，

清楚地证明儿媳行为纯洁，

至于我本人已犯下的罪愆，

只有通过悔恨自责来洗清。（14）

然后，他责问侍卫："你当初为什么不说？"古婆罗耶回答：

……①（15）

又如，在《后罗摩传》中，毗提诃公主（悉多）怀着身孕，肢体沉重，十车王之子（罗摩）陪她消遣，观赏绘有国王生平事迹的壁画，指着那些无往不胜的"哈欠神箭"，说道："如今它们会侍奉你的后代。"这个说法在第五幕中起到辅助作用。旃陀罗盖杜富有英雄气概，渴求战斗，前面还有许多军队狂妄地叫嚣呐喊，悉多之子（罗婆）自然渴望战胜他们，便施展"哈欠神箭"。

罗婆：好吧！别浪费时间，让我用"哈欠神箭"镇住这些军队。

苏曼多罗：怎么回事？这些吼叫的士兵突然哑口无声，安静下来。

罗婆：我看他有多大本事。

苏曼多罗：（惊慌地）孩子啊！这少年施展"哈欠神箭"。

旃陀罗盖多：贤士啊！毫无疑问，

这肯定是使用威力无比的呵欠箭，
稠密黑暗和极度光明可怕地混合，
伤害眼光，先吞噬它，又释放它，
军队伫立不动，仿佛固定在画中。②（16）

---

① 这首诗原文残缺，从略。
② 引自《后罗摩传》5.13。

奇妙啊，奇妙！

哈欠神箭布满空中，乌黑似地狱深处
浓密的黑暗，明亮似炽热发光的黄铜，
犹如世界毁灭时，文底耶山座座山峰
被狂风刮落，山洞裹挟着乌云和闪电。①（17）

这是一个插曲。"各个部分"使用的是复数。两个或两个以上的插曲互相协调配合，知音们可以自己考察。

一个插曲展现某种曲折之美，
作品就会新鲜活泼，熠熠生辉。（18）

以上这首是相关的偈颂。

现在说明另一种章节曲折性。

同一内容在不同章节中一再得到描写，但具有巧妙的想象力，（7）

不缺乏新颖的描写，也不缺乏味和修辞的光辉，展现曲折性魅力而令人惊异。（8）

展现曲折性魅力，也就是展现蕴含的曲折性之美。什么特征？产生奇妙性，令人惊异。同一内容或同样的主题，依靠适合故事背景的优美编排而生动活泼，一再出现在各个章节中。这样会不会重复累赘？不会。因为不缺乏新颖的描写、味和修辞的光辉，也就是充满新颖的描写、艳情等味和隐喻等修辞，生动活泼，熠熠生辉。具有巧妙的想象力，也就是展现成熟的智慧。

---

① 引自《后罗摩传》5.14。

这里的要义是：同一内容在不同的章节中出现，犹如月亮一次又一次升起。但这种重复是依据情节发展的需要。如果它们充满各种可爱的味和修辞，就会形成某种迷人的曲折性。

例如，在《戒日王传》中，不止一处描写山岳、夜晚结束等，新鲜，优美，可爱，富有魅力，令人惊喜。因此，这部作品值得品尝。由于内容丰富，这里不能详细描述。

又如，《苦行犊子王》这部戏剧汇集了味的一切精华。同一种悲悯味，在各部分都显得新鲜可爱，富有魅力。例如，在第二幕中，

国王：（悲悯地望着前方）啊，王后！你已与这些树木一起离去。

> 古罗婆迦树盼望你紧紧拥抱，
> 跋古罗树丛盼望你用嘴喷酒，
> 红色无忧树盼望你用脚踢踏①，
> 它们都忠于你，不像我们无情。（19）

这里，犊子王看到后宫着火，优美的树木一起被大火吞没，心中充满悲痛。他觉得它们都已追随王后而去。尽管它们是无知觉的树木，只是分别受到王后的部分恩惠，在灾难中也追随王后而去。相比之下，自己也受到她的恩惠，享受她的一切，而在这个时刻，没有追随她而去，显出品德比它们低下。犊子王深感羞愧，自我责备。

前面的"愁眉苦脸，凝视这喷泉"等和"这只鹦鹉叼啄你耳朵上的玉石耳坠"等两首引诗②也可以用作这里的例举。

---

① 按照印度古代传说，这三种树分别因妇女的拥抱、喷酒和脚踢而开花。
② 即第三章第27首和第29首。

在第三幕中，

国王：（流泪叹息）

　　大火燃遍后宫，女侍们在惊恐中逃散，
　　可怜的王后吓得浑身颤抖，步步跌倒，
　　烈火烧身，一再呼救，喊叫"夫主啊！"
　　即使事情已过，大火至今仍在焚烧我。（20）

这里，尽管火灾结束，事情已过，但大火焚烧身体娇嫩似茉莉新芽的王后，其残忍可想而知。即使遭遇这样残酷的打击，我还未死去，至今还感受到大火焚烧。依靠这种富有新意的生动描写，为先前的悲悯增加曲折性。同时，王后娇嫩而被烧死，而我的心坚硬如同金刚石，即使至今还遭受焚烧，也没有化为灰烬。这也是对内容的修饰，增添光泽。

在第四幕中，

国王：（满怀悲悯，自言自语）啊，王后！

　　他的眼睛离开你的脸，没有任何去处，
　　他的胸脯永远是你的休憩地，爱人啊！
　　他对你说过："没有你，世界顿时空虚。"
　　就是他，不信守誓言，现在要做这件事。（21）

国王心中悲痛。在这首诗中，"没有任何去处"表明他的痛苦思考，即使与你的脸相似的月亮能驱除交欢后的疲劳，在露台上散步时很容易看到，它的优美也十分微弱，不能与你的脸相比。"他的胸脯"等表明她甚至愿意睡在半张床上，避免与他分离。"顿时"等说明尽管与她分离这么长时间，我还活着，我的心肠多么硬！这也表明自己以前表达的所有的爱都成了虚情假意。"就是他"等已在前面说明。①

这样，用不同的句子展示新的魅力，对悲悯味的品尝也就具有与先前不同的美。

在第五幕中，

国王：（怀着特殊的焦虑，叹息）

> 她会在可爱的额头皱起眉结吗？
> 她会用泪水冲刷双颊的彩绘吗？
> 见我竭力奉承，她会羞涩低头吗？
> 为何要这样假装慈悲，安抚爱人？（22）

这里，犊子王已与莲花公主结婚，不可能再与仙赐（王后）重逢，一点儿希望也没有。但内心的焦虑一旦达到极点，精神仿佛错乱，觉得仙赐已经来到，想着怎样用合适的方式安抚她。这些描写极其有力地强化悲悯味。在同一幕中，

> 为何我不抛弃生命，追随你而去？为何
> 我不束起发髻，在旷野中游荡，呼号？
> 与你相会的希望又一次落空，爱人啊！
> 我做错什么，令你发怒，至今不回答我？（23）

结尾是"他哭泣着说了这些"。对于他的带点疯癫状的描写，突显悲悯味。

在第六幕中，

---

① 参阅第一章第50首和第69首。

国王：啊，王后！

> 有希望与你相会，大臣们让我保持生命，
> 考虑到这一点，我不抛弃身体，并非无情，
> 当时有机会追随你去，而我坚持到如今，
> 可悲在那个可怕时刻，我的心没有迸裂。（24）

这里，犊子王陷入绝望，心中长久积压的悲伤炽烈似火，眼前的迦林底河似乎为他提供了却心愿的机会。这个追随爱人而去的想法不断出现和扩充，成为章节的优美装饰。

……①

怎么说？即使是一个小事件，巧妙地展开描写，也能打开味门，有味的语言涌出，为章节增添魅力，形成某种曲折性。例如，《罗怙世系》中描写狩猎的章节。其中，十车王在河边耽迷狩猎，不慎射死一位年老眼瞎的苦行者的儿子。这个内容用一句话就可以表达。而这位诗人（迦梨陀娑）通晓富有情味的辩才女神的语言精华，善于发挥想象力，为这个插曲增添魅力，令知音们心中惊喜。

尽管日日夜夜耽迷狩猎，全神贯注，毫不分心，也不能射死这样的生物（即人）。而且，这位国王具备种种优良品德，庇护三界，是太阳的吉祥标志，通晓一切知识，以名誉为财富，也有"十车"这个好名字，与圣洁的天国之主因陀罗共享宝座。正像那位大仙人（即那位失去儿子的苦行者）所说，这样一位国王却做了这样一件不该做的事。这一切都得到描写，这里只举少量例子。

---

① 此处原文残缺。但意义可以从下面的论述得知。

这位弓箭手训练有素，身手敏捷轻巧，
面对从洞穴扑向他的老虎，无所畏惧，
如同狂风摧折阿萨那树上开花的树枝，
那些老虎口中填满利箭而成为箭囊。①（25）

尾翎绚丽的孔雀飞近马前，
他也不会拔箭去瞄准它们，
此刻想起爱人戴花的发辫，
在欢爱中发结松开而披散。②（26）

他威武似天王，瞄准一头羚羊，
却看见雌羚羊用身子挡在中间，
惺惺相惜，怜悯之情油然而生，
即使挽弓至耳，仍然收回利箭。③（27）

如此等等。以各种所指（"义"）和能指（"音"）合适优美的句子，充分展示国王沉浸在各种狩猎活动中。例如：

以柔软的花朵和枝条为床，
以闪光的药草为身边的灯，
热爱森林，不用侍从陪伴，
在某处度过夜晚三个时辰。④（28）

---

① 引自《罗怙世系》9.63。
② 引自《罗怙世系》9.67。
③ 引自《罗怙世系》9.57。
④ 引自《罗怙世系》9.70。

这里,"热爱森林"是形容修饰的曲折性。停留在森林中,表明他放弃在欢喜宫中的欢喜床上与爱人欢聚以及酒宴等享乐,强化他沉浸在狩猎的趣味中。"三个时辰"(即"夜晚")使用单数,显示词数的曲折性,表明时间比他感觉的要长。① 它也有惯用词的曲折性,表明浓密的黑暗阻碍其他一切可爱的活动。"度过"具有动词的曲折性魅力,表明在床上解除身体的疲劳,也就是在极度劳累后,睡眠提供美味的憩息。又如:

> 狩猎如同狡黠的美女迷住国王,
> 殷勤的侍奉使他激情与日俱增,
> 他已忘却自己其他应尽的职责,
> 把治国的重任全都托付给大臣。②(29)

这里,"迷住"具有动词的曲折性魅力,表明狩猎吸引住国王,使他心中完全不顾其他应尽的职责。同样,

> 国王在林中追踪一头花斑鹿,
> 身边那些侍从都没有看见他;
> 到达苦行者出没的多摩萨河,
> 他的马疲惫不堪,吐着白沫。③(30)

这里,"苦行者出没"具有形容修饰的曲折性,表明国王既然看到多摩萨河边有不少奉行各种正法的苦行者,怎么能一听到声音,就毫不迟疑地朝那个方向挽弓放箭呢?

---

① 意思是他没有长夜漫漫的感觉。
② 引自《罗怙世系》9.69。
③ 引自《罗怙世系》9.72。

"即使是通晓经典者，一旦受激情蒙蔽，也会走上邪路。"① 这说明难以控制的激情一旦达到顶点，连智者也会陷入黑暗，失去分辨力，走上邪路。这也为后面故事的发展作了铺垫。

等到你年迈体衰之时，也会
像我一样，为儿子忧伤而死。②（31）

这是衰老的苦行者对憍萨罗国王（即十车王）发出的诅咒。对此，十车王回答说：

我尚未见到儿子俊美的莲花脸，
尊者给我的这个诅咒连带恩惠，
如同柴薪点燃的火焰烧遍耕地，
依然让土壤中的种子发芽生长。③（32）

"诅咒"意味国王接受它，作为对自己犯下错误的惩罚。"连带恩惠"意味在这种情况下意外获得的恩惠。"尊者"意味出自天性，对不幸者怀有慈悲心。而"尊者"和"诅咒"连用，意味诅咒和恩惠如同水火，互不相容，但在能力非凡的尊者身上可以同时并存。"我尚未见到儿子俊美的莲花脸"，然而，由于这个恩惠，我长久的渴望必将实现。儿子是我强烈企盼的生命果实。以上说明足够充分，不再赘言。

现在说明另一种章节曲折性。

章节作为大诗等作品的组成部分，获得美的效果，成为故事奇

---

① 引自《罗怙世系》9.74。
② 引自《罗怙世系》9.79。
③ 引自《罗怙世系》9.80。

妙性的载体，达到曲折性。(9)

达到曲折性，什么特征？成为故事奇妙性的载体，也就是体现内容安排组合的奇妙性。章节指水中嬉戏等插曲。它们协助大诗等作品产生美。

这里的要义是：在作品中，水中嬉戏和采集鲜花等插曲，与原有的内容安排紧密结合，产生可爱的魅力。例如，在《罗怙世系》中，

萨罗优河水在夏季清凉舒服，
携带着岸边蔓藤飘落的鲜花，
天鹅迷恋水中波浪，他想要
由妇女们陪伴，入水游玩。① (33)

如此等等。国王（俱舍）沉浸在与妇女们嬉水的欢乐中，这个插曲引出古莫陀（蛇王）之妹玩球的插曲，有助于后面故事的发展，令知音们喜悦。

国王醉心于泼水等水中游戏，没有注意到臂钏在泼水时滑落，而名叫古莫陀婆提的蛇女好奇地捡起它。国王看重这只臂钏，而遍寻不着。渔夫们认定已被水中蛇王取走。于是，罗摩之子（俱舍）挽弓搭上金翅鸟箭，瞄准古莫陀。古莫陀急于保命，向悉多之子（俱舍）交出妹妹古莫陀婆提和那只臂钏。这里有一些优美的诗：

毗湿奴担负使命，化身为人，
我知道你是他称为儿子的
另一个形体，理应受到尊敬，

---

① 引自《罗怙世系》16.54。

保护主啊，我怎么会打扰你？（34）

这个女孩用手向上拍球，
看到你的这只胜利臂钏，
仿佛是彗星从空中坠落，
她出于好奇，将它收下。（35）

让这臂钏戴回你这手臂！
它强壮有力，长至膝盖，
上面有弓弦磨出的老茧，
堪称是保护大地的铁闩。（36）

也请你不要拒绝接受
我的妹妹古莫陀婆提；
她愿意长久侍奉足下，
弥补自己过失，国王啊！[①]（37）

　　这些是蛇王说的话。在第一首诗中，"毗湿奴"具有惯用词曲折性。依据说话者（蛇王）的特殊性质，暗示支撑世界的无限蛇以自身为床，侍奉毗湿奴，听候一切吩咐，他也准备成为这样的蛇。"我"（与 sa 连用）具有隐含的曲折性，表示我一直是你统辖地区的居民。"怎么"具有词的曲折性，表示我忠于你，也就是我能约束自己，不用担心我会做什么坏事。
　　在第二首诗中，"仿佛是彗星从空中坠落"，意味那只臂钏闪耀的光环照亮一切，怎么会不令我们感到震惊和疑惧？

[①] 以上四首诗引自《罗怙世系》16.82—16.85。

在第三首诗中,"这臂钏"具有隐含的曲折性,意味如同你的父亲胸前的憍斯杜跋宝石,都是吉祥胜利的饰物。"保护大地的铁闩"是隐喻,意味你的手臂能为整个大地驱除苦难。

在第四首诗中,"侍奉足下"意味通过侍奉国王的双足,自己的双手得到净化,从而与国王牵手结婚。"妹妹"① 意味她刚刚步入青春,情窦初开。"请你不要拒绝接受",意味你能带走她。

  古莫陀婆提与俱舍王一起,
  生下一个儿子,名叫阿迪提。②(38)

显然,前面水中嬉戏的插曲引出这个插曲,有助于故事的发展。同样,此前对夏天的描写为引入水中嬉戏的插曲提供了机会。

  然后,夏天来到,仿佛指导
  爱人穿戴,用宝石系住上衣,
  项链戴在周边白净的胸前,
  薄薄的丝衣,喘息也能掀动。③(39)

诸如此类的描写只是为了增加故事的奇妙性。在作品中,插曲安排在相关的内容中,但它们产生的各种可爱的效应互相交织,紧密结合。这方面的其他例证,知音们自己可以选取。

  水中嬉戏之类描写即使生动优美,
  也必须用于增强作品的故事活力。(40)

---

① 原文为"年轻的妹妹"。
② 引自《罗怙世系》17.1。
③ 引自《罗怙世系》16.43。

以上这首是相关的偈颂。

现在说明另一种章节曲折性。

某一幕成为表现主味的试金石，前后各幕都无法企及，这是幕等等的某种曲折性。(10)

幕等指幕或章等。某种曲折性指非凡的曲折性。其中，主味如同跃动的生命。某一幕成为试金石，表明它无与伦比，前后各幕都无法企及。

这里的含义是：只有某个章节是主味的游乐园，其中的曲折性魅力尤为明显突出。它极其优美，前后各个章节都无法效仿。

例如，在《优哩婆湿》描写国王疯癫的那一幕中，对情由和情态的优美描写，强化作为主味的分离艳情味，知音们心中感受到味的涌动。不仅在其他章节中，也在其他作品中，都无法效仿它的可爱性。这一幕这样开始：

国王：（慌忙地）喂，恶魔啊，站住，站住！你带着我最亲爱的人，去哪里？（观察）怎么？他从山顶跃上天空，还向我泼洒箭雨？（流泪）怎么？我受骗了！

> 这是新生的乌云，不是全副武装的傲慢恶魔，
> 这是伸展很远的一道彩虹，不是恶魔的弓，
> 这是一阵迅猛的暴雨，不是接连不断的箭，
> 这是闪电，如同金痕，不是我心爱的优哩婆湿。① (41)

这里，国王处在疯癫状态。他能抵御全副武装、手持弓箭的恶魔的傲慢进攻，却对乌云无可奈何。即使是密集的利箭，也不能像暴雨这样给予他致命的打击。即使空中的闪电一闪而过，也能在瞬

---

① 引自《优哩婆湿》4.1。

间看见，而自己的爱人连这样的瞬间也见不到。这是句中的含义。还有，"或许她生气而施展神力隐身"等、"如果这位妙腰女郎双足踩过这地面"等和"翻腾的波浪似眉毛"等已在前面举例说明。①

又如，《野人和阿周那》中阿周那和湿婆徒手搏斗那个章节。般度之子阿周那没有护身的铠甲等和其他装备，赤手空拳，投入一场无与伦比的战斗，为能展示自己天生的臂力而满心喜悦。这里突显英勇味，也就是说，知音们此时不注意其他一切。还有，这位至高大神居然被一个凡人凭借臂力抛入空中。这也是诗人的创造，构成魅力的另一个原因。还能举出其他类似例子。

现在说明另一种章节曲折性。

另一个情节的奇妙性为主要情节增色，其中的描写闪耀光彩，这是另一种曲折性。(11)

描写闪耀光彩，指展现新的曲折性。另一个情节的奇妙性，指新的魅力。为主要情节增色，指为主要情节增加曲折性。

例如，《指环印》中以"一个人手持套索进入"开头的那个插曲。这个人是无比精通政治游戏的憍提利耶派遣来的，思想老练。罗刹因失落指环印而陷入受人敌视的困境，来到这个破落的花园。这个人假装没有看见他，用套索套在脖子上装作要自尽。罗刹既好奇，又同情，询问道："贤士啊，怎么回事？"这个人说道："为了解除巨大的痛苦，我想自尽，你为什么要阻止我？"在罗刹一再追问下，他讲述准备自尽的原因："高尚的珠宝商旃陀那陀婆是我的好友毗湿奴陀婆的知心朋友。他不能忍受珠宝商遭遇杀身之祸，准备在他之前投火自尽。我也像他那样，不能忍受极度的悲痛，想要先一步自尽。"不用多说，罗刹自以为精通错综复杂的政治谋术，

---

① 即第三章第25、第26和第41首，分别引自《优哩婆湿》第四幕2、6和28。

居然也会受蒙骗，顿时陷入焦虑不安，准备献出自己的身体，交换旃陀那陀娑。这里，可以引用这首诗：

> 向贾那吉耶的治国术绳索致敬！
> 由六股计谋绳子紧紧交织而成，
> 以策略手段为绳索顶端的套索，
> 将它施展出来，就能制服敌人。①（42）

这首诗具有形容修饰的曲折性，用隐喻展示这个人的话中含义：同样是这些计谋、策略手段和治国术，只有让彻底精通的人用来制服敌人，才能在施展谋略时不露声色，无人察觉，甚至能蒙骗智者，取得胜利。同样，

罗刹：贤士啊！你的朋友为何要投火自尽？是多种重病缠身，无药可救？

这个人：尊者啊！不是，不是。

罗刹：那么是国王发怒，猛烈似火，可怕似毒？

这个人：罪过，罪过！在月护王的领域中，没有暴虐。

罗刹：那么是爱上一个女子，不能如愿？

这个人：（捂住耳朵）罪过！他从不逾越仪轨。

罗刹：那么，对于他，就像对于你，朋友遭到毁灭，如同自己中毒。（43）

这个人：尊者啊！正是这样。

这里，"重病"使用复数，具有词数的曲折性。"似火""似毒"具有形容修饰的曲折性。这一切都用于强化即将表达的主要内容：即使旃陀那陀娑得罪国王，面临死刑，也不会按照要求交出罗

---

① 引自《指环印》6.4。

刹的妻子。"对于他"，意味他天生重友情，而遇难受害。"就像对于你"，意味情急之中，想要自尽。这是利用各种悬念，突显主要内容，增光添彩，具有新鲜感。还能举出其他类似的例子。

主要情节的结局包含在罗刹的话中，从"我要用自己的身体赎回他"等等开始，到下一幕中"让他的这个通向死亡世界的死刑花环戴在我的身上吧！"

现在说明另一种章节曲折性。

善于娱乐观众的演员转换角色，扮演观众，观看其他演员演出。（12）

有时，这种在一幕之中的另一幕能增添如同整部作品生命的曲折性。（13）

"有时"，指在技艺成熟的优秀诗人的剧作中，并非随处可见。一幕之中含有另一幕，或称"戏中戏"。另一些演员表演，而一些演员扮演观众。这些演员本身善于娱乐观众，令观众满意，而现在自己扮演观众。

这里的含义是：在有的戏剧作品中有"戏中戏"。这种"戏中戏"含有丰富的曲折性，如同故事情节的生命。一些技艺高超的演员以自己扮演的角色为舞台增添光彩，而在另一些演员表演的"戏中戏"中扮演观众，以各种情态表演的魅力令真正的观众感受到奇妙性，心中惊喜。

例如，在《小罗摩衍那》第四幕中，一个演员扮演楞伽王，另一个扮演钵罗诃私多。"戏中戏"从这里开始：

尽管遭到焚烧似樟脑，却威力盖世，
向手持花弓的艳情种子爱神致敬！[①]（44）

[①] 引自《小罗摩衍那》3.11。

另一些演员表演"戏中戏",各种情态富有魅力,充满曲折性,而他们成了观众。悉多的女友们的表演多姿多彩①,使台下的观众们分外喜悦。那些优美的诗句,知音们可以自己考察。作品自身也提到这个"戏中戏"的曲折性:

悉多选婿这场戏仿佛为你们创作,
适合众多耳朵聆听,众多眼睛观赏。②(45)

又如,在《后罗摩传》第七幕中,扮演罗摩和罗什曼那的两位演员成为观众,另一些演员表演"戏中戏":

幕后:啊,夫主!啊,王子罗什曼那!我孤苦伶仃,凄凉悲惨,在林中无人帮助,产期临近,希望破灭,野兽想要吞食我。我这苦命之人,现在就要投身恒河。(46)

现在说明另一种章节曲折性。

开头等关节愉快地互相连接,前后各部分连贯配合,情节安排优美可爱。(14)

不执著枝节的无谓描写,而呈现新颖的曲折表现之美。(15)

呈现新颖的曲折表现之美,也就是呈现曲折性而新鲜可爱。前后各部分连贯配合,也就是前后各个章节或插曲体现特殊的安排组合,即联系紧密,互相依靠。开头等关节③愉快地互相连接,也就是这些关节连接优美,令人喜悦。

这里的含义是:在作品中,前后各个章节或插曲互相紧密联系,各个关节中含有味,呈现成熟巧妙的曲折性,令人喜悦。

例如,在《残花》中,第一部分描写萨莫陀罗达多首次出远

---

① 这个"戏中戏"是表演悉多选婿。
② 引自《小罗摩衍那》3.12。
③ 情节有五个关节:开头、展现、胎藏、停顿和结束。

门,难以忍受与妻子南陀衍蒂分离的痛苦,不辞而别,来到海边,忧愁烦恼。第二部分描写他在深夜返回,用戒指贿赂侍卫古婆罗耶,在花园里与妻子相会,黑暗中面目不清。第三部分描写公公怀疑南陀衍蒂行为不端,将她逐出家门。第四部分描写古婆罗耶从摩突罗城回来,向商主沙伽罗达多展示了戒指,表明南陀衍蒂清白无辜。沙伽罗达多悔恨自己犯了大错,无缘无故将儿媳逐出家门,尤其她还怀着身孕。于是,他出门去朝拜圣地。第五部分描写南陀衍蒂在森林中受到林中人保护,古婆罗耶前来报告萨莫陀罗达多的平安讯息。第六部分描写大团圆。这样,各部分互相配合,故事中情味涌动,充分展现可爱性。

又如,在《鸠摩罗出世》中,波哩婆提刚刚步入青春;她虔诚侍奉湿婆;梵天提示战胜难以征服的多罗迦的办法,难似跃过大海;春神的朋友爱神按照因陀罗的吩咐,借助波哩婆提美貌的力量,挽弓欲射湿婆,被湿婆第三只眼中喷出的奇妙火焰烧成灰烬;爱神的妻子罗蒂悲痛欲绝,啼哭哀悼;波哩婆提心中沮丧,实施苦行;由七仙人向山神(波哩婆提之父)提亲;湿婆满怀激情与波哩婆提牵手结婚。这些章节互相联系,前后配合,美不胜收,极其可爱。

在其他大诗人的作品中,也能发现这种章节的奇妙性。为了强调它的重要性,也从反面提出要求,即"不执著枝节的无谓描写"。如果不适当地进行无谓的描写,各部分的组合就不会呈现曲折性。前后各部分的联系和组合构成作品的意义。对此,作者要运用现量等认识方法[①]进行思考,以避免出现不切合故事的无谓描写。

例如,在《结髻记》含有开头关节的第二幕中,难敌听到妻子的梦话,怀疑妻子不忠。而此时即将与可怕的敌军展开激战,毗湿

---

① 认识方法包括现量(感觉)、比量(推理)和喻量(类比)等。

摩已经倒在箭床，王子、兄弟、亲戚和朋友们遭到杀戮。这样一位傲慢的勇士即使呆在后宫，就已经不合适，更何况与妻子调情？而且，这位大王对待王后如同妓女。他不假思索，不理解妻子的真实思想，就怀疑妻子不忠。这一切都极不合适。

又如，在《童护伏诛记》中，黑天已经前往天帝城，却大事描写多门城。

> 各个章节合适优美，为诗人的作品
> 增添吉祥光辉，犹如项链镶嵌宝石。(47)

> 充满奇妙魅力，成为故事形体中的
> 唯一生命，这样的章节是味中精华。(48)

以上两首是相关的偈颂。

这样，已经说明多种章节曲折性。现在说明整部作品的曲折性。

改编原有的情节，也不拘泥原有的味，在结尾形成另一种可爱的味。(16)

故事形体自始至终熠熠生辉，令观众喜悦，这是整部作品的曲折性。(17)

作品指戏剧和大诗等。结尾指结局。改编原有的情节指改编历史传说。不拘泥原有的味指放弃原有的艳情等味。故事形体指诗的身体。自始至终熠熠生辉指表示义（"义"）和表示者（"音"）的组合富有奇妙性。观众指王子等。

这里的含义是：诗人抛弃原有故事情节中体现某种味的结局，换成体现另一种可爱的、令人喜悦的味的结局，形成作品的曲折性。

例如，在《结髻记》中，所依据的原作《摩诃婆罗多》充满摒弃一切俗念的弃世思想。而剧作者抛弃原作结尾的平静味，代之以英勇味，充满惊奇，光彩熠熠，适合般度族故事。在战场消灭所有敌人，遵奉正法的坚战最后获胜。作品充满成熟的曲折性魅力，令高贵的观众喜悦。因为他们会想："尽管他们陷入如此艰难的困境，仍然依靠自己一方的顽强勇敢战胜敌人，赢得王国，享受幸福。"这样，他们即使遇到灾难，也会坚忍不拔，保持足够的勇气。

又如，在《后罗摩传》中，依据的原作《罗摩衍那》的主味是悲悯味。悉多不能忍受与丈夫分离的痛苦，进入地下世界；罗摩最后也与弟弟一起投河。而剧作者改变故事结局，使它成为与悉多团圆的会合艳情味。罗摩见到儿子罗婆精通一切天国武器，更增强这种味。由此，产生特殊的魅力，令高贵的观众们喜悦。其他的例子，知音们可以自己考察。

   主角克服困难，获得成功，
   这样的作品令观众喜悦。（49）

以上这首是相关的偈颂。

前辈学者们已经说明《罗摩衍那》以悲悯味为主味，《摩诃婆罗多》以平静味为主味。

现在说明另一种作品曲折性。

优秀诗人以历史传说中的某个部分，创作一部完整的作品，以新颖的描写突出主角在三界中的非凡形象，（18）

旨在避免故事后面部分乏味，这种奇妙性形成作品的曲折性。（19）

这种奇妙性指呈现各种魅力。优秀诗人指精通合适原则。作品指大诗等等。完整指具有结尾。历史传说中的某个部分指故事情节中的某个部分。目的是生动地展现主角在三界中的非凡形象，避免故事在后面部分乏味。

这里的含义是：大诗人从历史传说中选取某个故事进行创作。用这个故事展现主角无与伦比的光辉名誉和非凡成就，令三界惊喜，避免追随原作而出现结局乏味的情形。由此，增强作品的可爱性，形成曲折性。

例如，在《野人和阿周那》这部大诗中，首先点明整个故事以难敌灭亡和法王（坚战）胜利为结局：

> 为了装备自己，消灭敌人，
> 他秘密地获得国王许诺。[①]（50）

> 你如同太阳，早晨升起，驱散
> 黑暗敌人，让吉祥女神走向你![②]（51）

> 阿周那获得了难以获得的
> 勇力，他们将遭到彻底毁灭。[③]（52）

般度之子阿周那手持甘狄拨神弓，是一位杰出的勇士。他忍受着赌博骗局的屈辱。黑公主遭受的奇耻大辱点燃他心中的怒火。毗耶娑教给他使用法宝的知识。为了求得"兽主"法宝，他修炼苦行。而通过描写他与野人交战，展示他的无与伦比的勇力，表明作者的特殊意图。

也就是说，阿周那在获得"兽主"法宝之前，就孤身与湿婆交

---

① 引自《野人和阿周那》1.3。
② 引自《野人和阿周那》1.46。
③ 引自《野人和阿周那》3.22。

战。他用双臂将湿婆抛入空中，湿婆感到前所未有的惊异和困惑。而后湿婆显身，赐予恩惠，阿周那获得各种法宝。

这样，阿周那站在巍峨的战车上，手持飞轮的黑天担任驭者，保证他免遭灾祸。周围还有一排排军队，包括作战奋勇的怖军等勇士。然而，他让束发在前面作掩护，射击老祖父（毗湿摩）。仙人悲呼："这些是阿周那的箭，不是束发的箭。"这表明他的行为比食狗肉的贱民还卑劣。阿周那还趁广声不注意，以不光彩的方式射断他的手臂。这有悖于在作品中以合适的方式增强英勇味的原则。还有，盎伽王（迦尔纳）忙于拔起陷入地下的战车，阿周那明知不符合战斗规则，依然趁此机会，用箭射下他的头颅。还可以举出类似的例子。[1]

只有排除有害于丰功伟绩的
种种障碍，主角才能获得光辉。（53）

以上这首是相关的偈颂。

现在说明另一种作品曲折性。

别的事件插入主要情节，故事受阻，其中的味出现断裂，（20）
而它最后能保持味的光彩，赋予作品某种新鲜的曲折性。（21）

作品指大诗等。赋予指保证。新鲜的指前面没有显示的。某种指知音们感受到一种不可言状的魅力。别的事件插入，主体故事受阻，味被割断，隐而不见。主要情节受到干扰，也就是获得主要成果的手段受阻。而随着别的事件结束，主体故事能成功地保持味的光彩，也就是主味顺畅地焕发原有的光彩。

这里的要义是：别的事件插入，主体故事一时受到阻隔。即使

---

[1] 在《野人和阿周那》这部作品中，没有涉及以上这些事例。

如此，由于别的事件的作用，主体故事最终充满美似白莲的味，形成可爱的作品曲折性。

例如，在《童护伏诛记》这部大诗中，婆薮提婆之子（黑天）的双臂担负保护三界的责任。他从神仙（那罗陀）口中得知因陀罗委托的使命。

优本陀罗啊，我现在当众
向你宣布因陀罗吩咐的话。①（54）

如此等等。

而后，黑天回答说："就这样吧！"②（55）

当时，黑天显出愤怒的情状，答应要完成使命。然后，他没有直接去消灭车底王童护，而是前往天帝城，将英雄的使命完全搁置了下来。后来，在所有国王出席的法王（坚战）的王祭大典上，车底王不能忍受黑天获得最高礼遇，说出一连串尖刻难听的侮辱言辞，黑天由此得以完成应该完成的使命。

现在说明另一种作品曲折性。

主角努力追求一个成果，而获得无数同样的成果。(22)

出于自身的伟大魅力，主角获得大量的荣誉，这是另一种作品曲折性。(23)

另一种指不同于前面所说的。作品指戏剧等。努力追求一个成果指努力实现自己最向往的事。同样的成果指与自己追求的成果同样重要的成果。大量的荣誉指超越宇宙广度的荣誉。出于自身的伟

---

① 引自《童护伏诛记》1.41。
② 引自《童护伏诛记》1.75。

大魅力指由自身的威力产生的奇妙性。

这里的含义是：虽然怀着无限的希望追求一个成果，而获得无数同样的成果。它们出于主角自身的威力，而非有意追求。这充满可爱性，形成作品的曲折性。

例如，在《龙喜记》中，云乘是怜悯众生的楷模。他施舍自己的身体，不仅从难以抵御的金翅鸟的死亡要求中，拯救了龙太子螺髻一人，而且拯救了整个龙族。……①

即使撇开故事内容的巧妙性，诗人给予主要情节的标志性命名，也能成为诗的某种曲折性。（24）

故事内容的巧妙性指各个章节或插曲的魅力。诗指戏剧和大诗等等。诗人指展现奇妙的想象力的诗人。主要情节指作品的生命。"也"这个词强调令人惊奇。

这里的要义是：故事内容巧妙而有魅力，展现作品的曲折性，理所当然，不足为奇。而以准确而有味的语词为组合而成的作品命名，也能令人惊奇。例如，《表记和沙恭达罗》、《指环印和罗刹》、《雕像和阿娄尼陀》、《魔幻花车》、《魔幻罗波那》、《罗摩受骗记》和《残花》等等书名。② 这些作品的命名生动有味，无与伦比，提示作品内部组合的特殊联系，体现曲折性。而一些直白的书名并不是这样，例如，《童护伏诛记》、《般度族成功记》、《罗摩的喜悦》和《罗摩传》等。

优秀的诗人即使利用同一种题材创作诗，也各有各的特色，形成无与伦比的曲折性。（25）

---

① 原文此处以下残缺。

② 以上所举书名均为戏剧作品。《表记和沙恭达罗》（一般译为《沙恭达罗》）的书名意思是"凭表记认出沙恭达罗"。《指环印和罗刹》（一般译为《指环印》）的书名意思是"凭指环印降服罗刹"。其他几部戏剧作品都已失传，只在一些诗学著作中有所引用和介绍。

形成指展现。无与伦比指不可估量。各有各的特色指互相不同。诗指戏剧等等。利用同一种题材指采用同样的故事情节。或者化繁为简，或者化简为繁。依靠各种音庄严和义庄严的修饰，产生新意。

这里的含义是：即使优秀的诗人们利用同一个生动可爱的故事创作了很多作品，它们之间也互不雷同，各有曲折性，令知音们心中喜悦。

例如，以十车王之子罗摩为题材的作品：《罗摩成功记》、《高尚的罗摩》、《大雄传》、《小罗摩衍那》、《魔幻罗波那》和《魔幻花车》等等。这些都是优秀作品，虽然利用同样的故事题材，但都含有丰富的味，每字每句和每个章节或插曲都闪耀新鲜的魅力。主角令人惊叹的崇高品德得到崭新的展现，令知音们一次又一次感受到强烈的喜悦。其他的这类例证还可以举出。

> 虽然表现同样故事，作品各有特色，
> 犹如生物的形体相同，而品质不同。（56）

以上这首是相关的偈颂。

所有大诗人的作品都教导以新颖的方法获得成功的行为方式，具有曲折性。（26）

大诗人指善于创新而无与伦比的优秀诗人。新颖的指新鲜的。方法指智者运用的安抚等手段。作品中教导依靠这些手段获得成功的行为方式。

这里的含义是：在所有优秀诗人的作品中，都具有新鲜的魅力，教导以新颖的行为方式获取人生的果实，令知音们惊喜。

例如，在《指环印》中，充分展现依靠杰出的智慧的力量，奇妙地展现政治谋略。又如，在前面已经论述过的《苦行犊子王》。

还可以举出其他类似例子。

  缺乏曲折性,只能出现在平庸的作品中;
  在声誉卓著的诗王们作品中,怎么可能?(57)

以上这首是相关的偈颂。①

---

  ①　校勘本依据的抄本缺标明篇章题目的最后一页,因此,《曲语生命论》是否至此结束,无法确定。但从内容上看,已进入结尾。

诗光

简　　介

曼摩吒（Mammaṭa，十一世纪）著有《诗光》（Kāvyaprakāśa）。现存《诗光》的最早注本属于十二世纪中叶，而《诗光》中涉及的最晚作品属于十一世纪初叶，据此可以确定曼摩吒生活在十一世纪或十一、十二世纪之间。

《诗光》以韵论为核心，对以往的梵语诗学成果作了全面总结。全书共分十章，采用经疏体。第一章论述诗的目的、原因、定义和分类。曼摩吒给诗下的定义是："音和义无病，有德，有时无庄严。"（1.4）他按照韵在诗中的地位，将诗分为上品、中品和下品三类。第二章论述词的三种功能——表示、转示和暗示以及由此产生的三种意义——表示义、转示义和暗示义。第三章论述这三种意义的暗示功能。第四章论述韵诗（即上品诗）。在涉及味韵时，论述了各家味论。第五章论述以韵为辅的诗（即中品诗）。第六章论述无韵的画诗（即下品诗）。第七章论述诗病，分成词病、句病、义病和味病。第八章论述诗德，将传统的十种诗德归纳为甜蜜、壮丽和清晰三种诗德，并认为诗德是味的属性。第九章论述音庄严。第十章论述义庄严。

作为一部综合性梵语诗学著作，《诗光》内容周详，结构严密，叙述简明，例举丰富，为后人了解梵语诗学全貌提供了方便门径，也为后人撰写同类著作提供了范本。因此，在后期梵语诗学领域，《诗光》流传最广，注本也最多。

曼摩吒还著有《词功能考》，探讨词的功能。论旨与《诗光》第二章相同，而论述更为详细。有的学者还提到曼摩吒曾著有一部音乐著作《乐歌珠串》。

这里的《诗光》译文依据德维威迪（R. C. Dwivedi）编订本（德里，两卷本，1967、1970），并参考恰（G. Jha）编订本（德里，1986）。

第 一 章

论诗的功用、原因、特征和分类

在写作开始时,为排除障碍,作者默默赞颂心爱的神:

诗人的语言(女神)胜过一切,她的创造摆脱命运束缚,唯独由愉悦构成,无须依靠其他,含有九味①而甜蜜。(1)

梵天的创造受到命运的力量束缚,以快乐、痛苦和痴迷为本性,依靠极微等物质原因和业等辅助原因,含有六味②,并不都令人愉悦。诗人的语言(女神)创造与此不同,因此,她胜过一切。"胜过一切"含有"致敬"的意思,也就是说,"我向她俯首行礼"。

本书讲述的内容具有功用。因此,作者说:

诗是为了成名,获利,知事,禳灾,顷刻获得至福,像情人那样提供忠告。(2)

成名是像迦梨陀娑那样获得名声。获利是像达婆迦那样从戒日王获得财富。知事是获得有关国王等等人物的正确行为的知识。禳灾是像摩由罗那样通过赞颂太阳神解除病患。一切目的中最重要的是欢喜,直接产生于品味,排除其他认知对象。吠陀等经典如同主

---

① 九味指艳情味、滑稽味、悲悯味、暴戾味、英勇味、恐怖味、厌恶味、奇异味和平静味。"九味"一词也可读作"新味"。

② 六味指辣、酸、甜、咸、苦和涩。

人，以词为主；往世书等历史传说如同朋友，以意义为主。诗与它们不同，具有使词和意义依附于味的功能。它是诗人的工作。诗人擅长非凡的描绘，像情人那样以有味的方式进行劝导，提供"应该像罗摩那样而不应该像罗波那那样行动"的教训。诗向诗人和知音分别提供这一切。因此，应该努力学诗。

现在，讲述诗的原因：

才能，通过观察世界、学习经典和诗歌等而获得的学养，在诗歌专家指导下进行的实践，这三者是诗产生的原因。（3）

才能指特殊的天赋，是诗艺的种子。没有它，不能写诗；即使写了，也贻笑大方。世界指由植物和动物构成的世界活动方式。经典指有关诗律、语法、词汇、技艺、人生四大目的、象、马和剑等的著作。诗歌指大诗人的作品。"等"指历史传说等。通过研究这些而获得学养。在擅长写诗和品诗的人指导下，不断练习写诗。这三者合在一起而不是各自独立成为诗的产生即创作和展现的原因。因此，这是一个原因，而不是几个原因。

讲述了诗的原因，现在讲述诗的特征：

音和义无病，有德，有时无庄严。（4ab）

诗病、诗德和庄严（修辞）以后会说。有时指音和义通常都有庄严，而有时即使缺乏明显的庄严，也不妨碍诗的特性。例如：

> 依然是这位夺走我童贞的丈夫，
> 依然是春夜，茉莉花香随风飘逸，
> 我也依然是我，但我的心却向往
> 雷瓦河畔蔓藤树下的爱情游戏。（1）

这首诗中没有任何明显的庄严。由于它以味为主，也不形成（有味）庄严。

现在依次讲述诗的分类：

暗示义胜过表示义，这是上品诗，智者们称为韵。（4cd）

智者指语法家。他们把能暗示处于主要地位的"常声"状态的暗示义的词称为"韵"。①

后来，其他人按照他们的理论，把能胜过表示义而显示暗含义的音和义称为"韵"。例如：

乳边的檀香膏一点不剩，嘴唇的口红也已擦掉，
眼角的黑烟子不见踪影，娇嫩的肢体汗毛直竖，
撒谎的女使啊，全然不知亲人蒙受痛苦的人啊！
你从这儿去池塘沐浴，而不是去那下流胚身边。②（2）

这里，"你已去他的身边寻欢作乐"这个意思主要由"下流胚"一词暗示。

暗示义不像这样，即暗示义居于次要地位的诗，是中品诗。（5ab）

"不像这样"指暗示义没有胜过表示义。例如：

这位村中青年手持新鲜的无忧花束，
少女一再朝他望去，脸色变得阴暗。（3）

---

① 梵语语法家波颠阇利认为词本身是原本存在的，恒定不变，不可分割。但它是由声音展示的。因此，他把词本身称作"常声"（sphoṭa，直译为"绽开"或"展露"），即通过声音展示的原本存在的词。以 gauḥ（牛）为例，这个词是原本存在的，但它是通过连续发出 g、au 和 ḥ 三个音素展示的。这种原本存在的词的发音被称作"韵"（dhvani）。

② 引自《阿摩卢百咏》105。

这里,"少女没有如约赴无忧花亭相会"这个暗示义变得次要,与它相比,表示义本身更为动人。

有音画和表示义画而无暗示义,是下品诗。(5cd)

"画"指具有诗德和庄严。无暗示义指缺乏明显的、可以领会的暗示义。下品指下等。例如:

> 但愿恒河立即破除你们的愚昧!在它的岸边,
> 众仙人正在进行沐浴和日常仪式,满怀喜悦,
> 一道道纯洁的水波自由翻滚,消除他们的痴迷,
> 高大的树林下,掀起狂澜,洞中的青蛙跳跃。(4)

> 听说魔王从自己的宫中出来,
> 尽管这只是一种偶然的举动,
> 因陀罗依然慌张地闩上城门,
> 仿佛天国京城吓得闭起双眼。(5)

以上是《诗光》中名为《论诗的功用、原因、特征和分类》的第一章。

第 二 章

论词音和词义的性质

接着，说明词音和词义的性质：

这里，词有表示词、转示词和暗示词。（6ab）

这里指在诗中。这三种词的性质将在下面论述。

表示义等等是它们的意义。（6c）

也就是表示义、转示义和暗示义。

有些人认为还有句义。（6d）

由于期望、邻近和关联的力量，词义（它们的性质将在下面论述）互相联系，产生特殊形式的含义，虽然不是词义，但是句义，这是"词义联系说"（abhitānvayavāda）一派的看法。表示义就是句义，这是"联系词义说"（anvitābhdhānavāda）一派的看法。①

---

① "词义联系说"认为表示义和转示义只是表达单词的意义，而句义是句中单词之间互相联系的意义。并非任何单词的组合都能产生句义。只有句中各个单词之间具有逻辑联系，才能产生句义。这种逻辑联系表现为"关联、期望和邻近"。"关联"指词与词之间的有机联系。例如，说"洒水"，"洒"和"水"这两个词之间就有关联，能形成句义，而说"洒火"，"洒"和"火"这两个词之间就没有关联，不能形成句义。"期望"指词与词之间意义的连贯完整。例如，说出一个单词"马"，听者就会期望知道有关马的事。如果说出"马跑"，形成句义，听者的期望就得到满足。"邻近"指词与词之间发音时间接近。例如，先说出一个单词"梵授"（人名），紧接着又说"回家"，这就形成句义。如果这两个单词的发音时间间隔了很长时间，就无法形成句义。因此，只要词与词之间具有这些逻辑联系，它们的组合就会产生不同于各个单词的表示义或转示义的句义。而"联系词义说"认为词不仅能表示事物，也能表示事物之间的联系。词表达的意义体现在词与词之间的相互关系中。换言之，表示义或转示义本身就体现句义，因此，不必另立"句义说"。

所有的意义一般都可以具有暗示性。(7ab)

这里，表示义的暗示性，例如：

妈妈，你已经说过，今天确实没有家务。
你说，该做什么吧！白昼不会这样停住。(6)

这里，暗示一个女孩盼望自由玩耍。

转示义的暗示性，例如：

女友啊，为我劝慰情人，时刻让你为难，
你的行动确实像是出于真情和挚爱。(7)

这里，转示义是你使我的情人高兴，形同我的情敌。暗示义是由此表明那个男子对爱情不忠。

暗示义的暗示性，例如：

请看，仙鹤寂然不动，停留在荷花叶上，
仿佛贝螺安放在光洁无瑕的翡翠盘上。① (8)

这是某个女子对某个男子说的话，寂然不动暗示安全，由此暗示无人打扰，是幽会的好地方。或者这话暗示说，你撒谎，你没有来过这里。

下面依次说明表示词等的性质。

表示词直接表达惯用的意义。(7cd)

这里，不掌握惯用义，就不能获得词的特定意义。只有借助惯

---

① 引自《七百咏》。

用义，才能获得词的特定意义。因此，不受干扰，掌握一个词的惯用义，这个词便是表示词。

惯用义分成普遍性等四种，或者只是普遍性。（8ab）

即使只有个别具备有效功能，能够运动或停止，但由于无限性和不稳定性，仍然不能确定为惯用义。诸如一头牛、白色、走动和迪特这些词的区分无法获得。所以，惯用义存在于个别的特性。

特性分成两类：事物固有的特性和说话者随意加上的特性。固有的特性分成两类：完成的和将完成的。完成的特性分成两类：给予词义以本质的和给予词义以特征的。前者是普遍性。因为《句词论》①中说道："牛，就其自身而言，既不是牛，也不是非牛，只是由于与牛性相联系，才成其为牛。"

后者是特征。在事物获得本质后，便通过白色等加以区分。将完成的包含有先有后的行动方式。

迪特这类词通过最后一个音素而认定。说话者随意将这种词的形态加在迪特等的对象上，作为对象的特性。因此，这种名词形态具有随意性。"一头牛，白色，走动，迪特"（"一头名叫迪特的白牛在走动"），《大疏》的作者说这个例子说明词的四种活动方式。②极微（原子）等的性质属于特征是技术性的，因为它们已被列在特征的范畴中。特征、行动和随意性虽然在事实上只是一种形态，但由于依附的事物不同，显得有差异，正如同一张面孔，由于剑、镜和油等映照物不同，显得有差异。

虽然依附于雪、奶和螺等的白色在事实上有差异，但存在一种普遍的白色性。由此，不断产生一种共同的表达和认识：这个是白

---

① 《句词论》是伐致呵利的梵语语法哲学著作。唐义净在《南海寄归内法传》中提及这部著作，音译为《薄迦论》。

② 《大疏》是梵语语法著作《波你尼经》的注疏，作者是波颠阇利。词的四种活动方式即普遍性、特征、行动和随意性。

色的，那个是白色的，等等。同样，在煮糖浆、煮米饭等中，有一种普遍的煮性。同样，虽然迪特等词，出自儿童、成人和鹦鹉等之口，或迪特等的对象时时刻刻变化，但存在一种普遍的迪特性。因此，另外有些人认为普遍性是一切词的流通基础。

还有一些人认为词义是属于普遍的个别，或是对相反者的否定。由于害怕增加本书篇幅，也由于与本书题旨无关，这里略去不论。

这是字面义。它的这种字面功能叫做表示。(8cd)
"这"指直接表达的惯用义，"它的"指词的。

一旦字面义不适用，出于惯用法或作者意图，另一种意义就会显示。这种词义的增长功能就是转示。(9)

例如，"工作能手"（kuśala）与"采草"无关；又如，"恒河上的茅屋"，茅屋不可能坐落在恒河上，因此，字面义不适用。但由于它们与"辨别力"（如采草）和"邻近"（如恒河与岸）相关，前者可以依据惯用法理解为"能手"，而后者可以依据作者意图理解为"恒河岸上的茅屋"，非此不足以表达"圣洁性"等等意义。这种被加上的、间接传达的词的功能叫做转示，它通过字面义转示另一义。

纯粹的转示分成两种：纳入的和排除的。前者纳入另一义而完善字面义，后者排除字面义而确立另一义。(10)

例如，"矛进入"，"棍进入"，为了使矛或棍进入的意义完整，矛或棍纳入手持矛或棍的人，这便是纳入的转示。

"牛就要献祭。"这里，一般的牛纳入这头个别的牛，理由是"我将怎样按照经典规定献祭"。"牛"这个词没有说出这头个别的牛，那是因为"字面义的力量已经消耗在表示分别上，不再进而表示分别者"。但是，这个例举不能用来说明纳入的转示。这里既没有作者意图，也没有惯用法。由于一般与个别的不可分离性，一般包含个别。这正如"让做吧!"包含行动者,"做吧!"包含行动对象,"进入"包含屋子(业格),"糖块"(业格)包含吃,等等。

"胖梵授白天没吃",这不转示"夜里吃"。因为这属于所闻判断或所见判断的领域。

在"恒河上的茅屋"中,"恒河"排除字面义以确立岸作为茅屋的地点。诸如此类是排除的转示。以上两种转示是纯粹的转示,因为没有夹杂辅助成分。这两种转示,在转示者(字面义)和被转示者(转示义)之间不存在明显的区别。当"恒河"一词传达岸的意义时,只有理解为两者同一,才能实现想要传达的作者意图。如果只是理解为与恒河相关[①],那么,这种转示与"恒河岸上的茅屋"这种直接的字面表达有什么区别呢?

另一类转示是叠加的,叠加者和被叠加者都得到表达。(11ab)

叠加者和被叠加者的区别不加隐藏,共同得到表达,这是叠加的转示。

如果叠加者吞没另一者,便是同化的转示。(11cd)

如果叠加者吞没或吸收另一者即被叠加者,便是同化的转示。

进而又分两种:一种依据相似,称作性质型,另一种依据其他的关系,称作纯粹型。(12abc)

叠加的转示和同化的转示依据相似的例子是"这个瓦希迦人是头牛"和"这是头牛"。一些人认为,与"牛"这个词的字面义相关的愚笨、迟钝等性质即使得到转示,也是为了达到表达另一义(即这个瓦希迦人)的目的。另一些人认为,由于与字面义相关的性质没有区别,只是转示另一义的性质,而不是表达另一义。还有一些人认为,由于依据共同的性质,另一义得到转示。还有另一种说法:"转示是认知与字面义不无关系者。由于与被转示者的性质相关,

---

[①] 意思是只将恒河理解为河流或水流,与岸无关。

这种方式称作性质型。"这里,"不无关系"是指有关系,但不是必然的关系。否则,诸如"床在哭喊"① 等就不存在转示。如果有必然的关系,那么,可以运用推理达到目的,而不需要运用转示。

诸如"奶酪是生命","这就是生命",其中有原因和结果那样的关系,而不是相似。在这类情况中,叠加的转示和同化的转示依据原因和结果那样的关系。在两种性质型中,作者意图是从不同中认知相似和完全相同。而在两种纯粹型中,是依据不相同和不悖谬产生效果。

有时,辅助成分是根据目的,例如为因陀罗竖立的祭柱被叫做因陀罗;有时是根据自己的主人,例如一位国王的官吏被叫做国王;有时是根据部分和整体的关系,例如手掌只是手的顶端部分,也被叫做手;有时是根据相同的行为,例如一个人不是木匠,由于做木工活,也被叫做木匠。

因此,有六种转示。(12d)

包括最初的两种。②

再有,转示——

依据惯用义便没有暗示义,但如果依据作者意图,便有暗示义。(13ab)

因为作者意图只能通过暗示功能获得。

它或是隐蔽的,或是不隐蔽的。(13c)

它指暗示义。隐蔽的,例如:

  面孔绽开笑容,目光擅长弯曲,
  步姿显出激动,思想失去坚定,

---

① "床在哭喊"中的床转示躺在床上的人。

② 也就是说,叠加的转示和同化的转示各有性质型和纯粹型,这样共有四种;再加上纳入的转示和排斥的转示,共六种。

胸脯萌发双乳，臀部丰满沉重，
啊！这少女身上，洋溢青春喜悦。①（9）

不隐蔽的，例如：

只要与财富打交道，愚人也会变得精明，
青春的骚动本身就教会少女种种魅力。（10）

这里的"教会"。②

这样，讲述了三种。（13d）

没有暗示义，有隐蔽的暗示义，有不隐蔽的暗示义。

转示的基础是转示者。（14a）

转示者是转示词。转示的基础是转示的依托。

这里，功能是暗示性的。（14b）

为什么？作者说道：

依靠转示，得以认知结果。由于唯独依据词得知结果，除了暗示，没有其他功能。（14cd、15ab）

一个词用作转示，以传达作者意图。那么，对作者意图的认知，只能通过这个词，而不是其他。在这里，除了暗示，没有其他功能。因为——

由于缺乏惯用义，它不是表示。（15c）

例如"恒河上的茅屋"，圣洁性被理解为属于岸，但"恒河"

---

① 这首诗中的"绽开"转示露出，并暗示像绽开的鲜花那样美丽；"萌发"转示鼓起，并暗示像萌发的花蕾那样可爱；对目光、步姿、思想和青春的拟人化描写也都具有转示义，并暗示少女情窦初开。

② 这首诗中的"教会"转示显露，并暗示情窦初开的少女自然而然产生种种魅力。

这个词并没有这种惯用义。

由于缺乏原因，它也不是转示。（15d）

原因指字面义不适用等三种条件。① 这样——

转示义不是字面义，也不存在不适用，不存在与结果的关联，不存在意图，这个词也没有失去作用。（16）

正如"恒河"这个词在水流的意义上不适用，因而转示岸；如果在岸的意义上也不适用，那就应该转示作者意图。而岸不是字面义；这里也不存在不适用；岸作为"恒河"一词的转示义，与应该被转示的圣洁性没有关联；除了转示的意图之外，没有任何意图；"恒河"这个词也不像岸那样，不是不能传达意图。

否则，就会形成无限性而取消一切。（17ab）

否则指如果意图被转示，那么就会这个意图接着另一个意图，形成对论题无法认知的无限性。

有人会说，具有圣洁性的岸被转示。意图是对增加意义的认知，而不是通过"恒河岸上的茅屋"这种表述。转示存在于有特性的对象。因此，何必需要暗示？对此，作者回答道：

不能说转示义具有意图。（17cd）

为什么？作者回答道：

认知的对象是一回事，而结果是另一回事。（18ab）

例如，认知的对象是蓝色，而结果是启发或感悟。②

因此，转示不存在于有特性的对象。（18c）

这已经说明。

而应该是特性存在于被转示的对象。（18d）

圣洁等特性存在于岸等等。这些特性被认知是通过另外的功

---

① 也就是字面义不适用，依据惯用法或作者意图，显示另一种意义。

② 如果仍以"恒河上的茅屋"为例，那么，认知的对象是岸，而结果是对圣洁性的感悟。

能，而不是通过表示、转示或句义。这种功能必须用暗示、余音、启发等这类词表达。因此，我们说暗示性依据转示。

现在，讲述暗示性依据表示：

当同音多义词的表示性受到结合等限定，引起一种非表示义的认知，这种功能是暗示。(19)

当词义不能确定时，结合、不结合、伴随、对立、目的、语境、标志、与另一个词贴近、效能、合适、地点、时间、词性和重音等等是认知特殊意义的原因。

根据上述指示，有贝螺和飞轮的诃利，没有贝螺和飞轮的诃利，是指毗湿奴①；罗摩和罗什曼那，是指十车王的儿子②；罗摩和阿周那的行为，两者是指婆利古的儿子和作武王的儿子③；为了毁灭世界，崇拜坚定者，是指湿婆④；神知道一切，是指你⑤；以鲨鱼为旗帜者发怒，是指爱神⑥；摧毁城市之神的，是指湿婆⑦；杜鹃因 madhu（花蜜、蜜糖或春天）而迷醉，是指春天⑧；但愿爱人的面容 pātu（保护、饮或凝视）你，是指凝视⑨；这位至高自在光辉灿烂，依据都城这样的地点，是指国王⑩；美妙之光闪耀，在

---

① 诃利不是专一的神名，但只要以肯定或否定的方式与贝螺和飞轮结合，便是指大神毗湿奴。

② 罗摩不是专一的人名，但有他的弟弟罗什曼那伴随，便是指十车王的儿子罗摩。

③ 依据罗摩和阿周那的对立关系，得知前者是婆利古的儿子，后者是作武王的儿子。

④ 依据崇拜的目的是毁灭世界，得知坚定者是指大神湿婆。

⑤ 依据语境，得知神是指你，即国王。

⑥ 鲨鱼是爱神的标志。

⑦ 依据与摧毁城市这个词组贴近，得知这位神是湿婆。

⑧ 依据春天的效能。

⑨ 依据合适。

⑩ 依据地点。

白天是指太阳，在晚上是指火焰①；密多罗光辉灿烂，中性（mitram）是指朋友，阳性（mitraḥ）是指太阳②；indraśatruḥ③，其中的重音在诗中不像在吠陀中那样用以识别特殊性。"等"包括下面例举中的手势等。

> 这些天里，她的胸围缩成这样，
> 眼睛陷成这样，境况变成这样。④（11）

通过结合等表示另一义受到限定后，如果同音多义词有时仍然传达另一义，那么，由于受到限定，它不是字面义；由于缺乏字面义不适用等，也不是转示。因而，唯独暗示发生作用。例如：

> 灵魂高尚，不可征服，出身名门，
> 精通箭术，头脑清晰，抵御敌人，
> 由于浇灌布施之水，
> 他的双手永远可爱。（12）

这首诗同时可以读作："品种优良，难以登上，高似竹子，蜜蜂麇集，步履坚定，由于流淌颗颗液汁，大象的鼻子永远可爱。"⑤

具有那个的词是暗示词。（20a）

具有那个指具有暗示。

---

① 依据时间。
② 依据词性。
③ 在吠陀中，如果这个复合词的重音在前面，意思是被因陀罗杀害者；如果重音在后面，意思是杀害因陀罗者。
④ 诗中的"这样"指手势。
⑤ 也就是通过双关词音的暗示，把国王比作大象。

因为词与另一种意义①**相连时是这样的，由于这种配合，这种意义也被认为是暗示的。**（20bcd）

这样的指暗示的。

以上是《诗光》中名为《论词音和词义的性质》的第二章。

---

① 另一种意义指表示义或转示义。

第 三 章

论意义的暗示性

这些词的意义已经说过（21a）

意义指表示义、转示义和暗示义。这些词指表示词、转示词和暗示词。

现在解释意义的暗示性。(21b)

它是怎样的？作者回答道：

由于说话者、被说话者、语调、句子、表示义、别人在场、境况、地点和时间等的特殊性，引起智者认知另一种意义。意义的这种功能便是暗示。(21cd、22)

"被说话者"指说话对象。"语调"指声音的变化。"境况"指背景。"意义"指表示义、转示义和暗示义。下面依次说明：

> 提着沉重的水罐，我匆匆赶回，女友啊！
> 直累得流汗喘气，我需要休息一会儿。①（13）

这里，暗示偷情的秘密。

> 失眠、憔悴、忧愁、倦怠和叹息，

---

① 引自《七百咏》。

诗光·第三章　论意义的暗示性

为了不幸的我，女友啊，这些也折磨你。（14）

这里，暗示传信者与女主人公的情人发生恋情。

目睹般遮罗公主在王廷的那番屈辱遭遇，
目睹我们流亡森林，身穿兽皮，与猎人为伍，
目睹我们隐姓埋名，在毗罗吒宫中充当差役，
长兄依然对我这个受难人，而不对俱卢族发怒。① （15）

这里，通过语调表明不应该与我作难，而应该与俱卢族作难。毋庸置疑，这里的语调附属于表示义，因而被认为是以韵为辅一类的诗。只要采用提问方式，这里的语调就停止作用。

原先，你的目光盯住我的脸颊，不移向别处；
现在，我还在，脸颊还在，而你的目光已消失。（16）

这里，暗示你怀有邪念。你观看映照在我的脸颊上的、我的女友时，你的目光是另一种样子；现在她走掉了，你的目光又是一种样子。

纳摩达河这地方，一排排鲜嫩的香蕉多美丽，
那些可爱的树荫凉亭，诱发妙龄女子的春情，
细腰女郎啊！陪伴你欢爱的风儿在这里吹拂，
在这些风儿前面引路的，是迸发激情的爱神。（17）

---

① 引自《结髻记》1.11。

这里，暗示进入（凉亭）交欢。

> 硬心肠的婆婆吩咐我做全部家务，
> 只有到了黄昏，或许能有片刻空闲。（18）

这里，某个妇女暗示某人在黄昏幽会。

> 听说你的丈夫今天很快就要回来，
> 朋友啊！干吗还站着？去做点准备吧。（19）

这里，某个妇女想要去会见情人，另一个妇女劝阻她说不行。

> 你们上别处去采花吧，我呆在这里，女友啊！
> 因为我不能走远，请吧，我向你们行合十礼。（20）

这里，某个妇女告诉自己的心腹，这是个僻静地方，你把我的秘密情人带到这里来。

> 你听命于长辈，爱人啊！我这不幸之人还能说什么？
> 现在你要出门，请走吧！以后的事只有你自己知道。（21）

这里，现在指春季，暗示如果你出门，我就活不下去，那样我就不再知道你的行踪。

"等"① 是姿势等。下面是通过姿势暗示的例举：

---

① 即前面所说"由于说话者、被说话者、语调、句子、表示义、别人在场、境况、地点和时间等"。

> 诗光·第三章 论意义的暗示性

> 这位美丽吉祥的女子光艳照人，
> 当我挨近门沿，她并拢伸开的双腿，
> 放下头巾，低垂滴溜转动的双眼，
> 收住出口的话，抱住蔓藤般的双臂。(22)

这里，通过姿势暗示她对情人的特殊感情。

为了满足大家的愿望，已经依据情况，一一举例说明。当说话者等互相结合时，便出现双重等的分类。转示义和暗示义的暗示性也可以按照这种方式举例说明。

通过词的手段认知的意义暗示另一种意义，因此，词协助意义的暗示性。(23)

"通过词的手段"等指通过其他手段认知的意义不是暗示的。

以上是《诗光》中名为《论意义的暗示性》的第三章。

第 四 章

论　　韵

　　在论述了词音和词义后，照例应该论述诗病、诗德和庄严。但是，只有阐明了具有属性者本身，属性的不可取性或可取性才能确认。因此，作者首先讲述诗的分类：

　　在主旨不在表示义的诗中，表示义或者转化成另一义，或者完全失去。（24）

　　如果依据转示的、隐含的暗示义突出，主旨不在表示义，那就可以知道是上述"韵诗"中的"韵"（暗示）。这里，表示义有时由于不适用，转化成另一义。例如：

　　　　我告诉你，这里在举行智者集会，
　　　　你要控制自己的思想，站在这里。（23）

　　这里，"告诉"转化成"忠告"。
　　有时，表示义由于不适用，完全失去。例如：

　　　　我受你厚爱，还有什么可说？你确实品德高尚。
　　　　但愿你永远这样行事，朋友啊，祝你幸福长寿！（24）

　　这里，某人用相反的转示义对恶人说这话。

表示义既适用，又涉及另一义，这是另一类。（25ab）

涉及另一义指涉及暗示义。这类之中，

一类的暗示义暗示过程不明显，另一类的暗示义暗示过程明显。（25cd）

暗示过程不明显：情由、情态和不定情本身不是味。但味必须依靠它们暗示，所以有个过程。然而，这个过程不明显。这里，

味、情、类味、类情、情的平息等暗示过程不明显。它们是受修饰者，不同于有味等庄严。（26）

"等"包括情的升起、情的并存和情的混合。如果在那里以味等为主，那么，它是被修饰者。这将在后面予以说明。否则，在那里以表示义为主，味等成为附属，那么，在这种以韵为辅的诗中，有有味、有情、有勇和平息等庄严。这些将在后面归在以韵为辅的诗的名下予以说明。

这里，作者讲述味的性质：

世上的爱等常情的原因、结果和辅助因素，如果在戏剧和诗中被称作情由、情态和不定情，那么，由情由等展现的常情，传统称作味。（27、28）

因为婆罗多说："味产生于情由、情态和不定情的结合。"说明如下：

爱等常情通过妇女、花园等所缘和引发情由（原因）而产生，通过媚眼、拥抱等情态（结果）而可以感知，通过忧郁等不定情（辅助因素）而强化。它首先存在于罗摩等被表演的角色中，也存在于表演这些角色的演员中。这种被感知的常情就是味。这是跋吒·洛罗吒等人的看法。

"罗摩是这个人，这个人是罗摩"；"这个人是罗摩"，随即予以否定，"这个人不是罗摩"；"这个人或许是罗摩，或许不是"；"这个人像罗摩"。与正确、错误、疑惑和类似这些认知不同，演员

被理解为罗摩,是通过"马画"方式。①

> 她是我肢体中的甘露液,眼睛中的樟脑软膏,
> 心中的光辉,生命的主宰,我的灵魂和目标。(25)

> 我不幸与美目顾盼的女郎分离,
> 这个乌云翻滚的雨季已经来到。(26)

通过钻研诸如此类的诗歌,通过学习和实践,表演自己的角色。演员展现称作情由、情态和不定情的原因、结果和辅助因素。它们即使不是真实的,也不被认为是不真实的。常情即使通过情由、情态和不定情的结合而被推断,但由于内容本身的魅力和味的可感性,也不同于其他的推理。常情即使并不存在,也被观众的潜意识品尝到。这是商古迦的看法。

味不是通过与己无关,也不是通过与己有关而被感知,被产生或被呈现。在诗歌和戏剧中,常情通过不同于表示功能的、以情由等普遍化为核心的展示功能展示。在对它的品尝中,由于善性占优势,充满光明和欢喜,具有知觉憩息的性质。这是跋吒·那耶迦的看法。

在日常生活中,依据原因、结果和辅助因素推断常情,观众在这方面具有丰富的实际经验。而在诗歌和戏剧中,原因等抛弃原因性等,由于它们的显示性等功能而被称作超俗的情由、情态和不定情。它们被认为具有普遍性,因为观众摆脱了认可或否定特殊关系的限制,诸如"这些是我的,这些是敌人的,这些是中立的,这些不是我的,这些不是敌人的,这些不是中立的"。通过情由、情态

---

① "马画"方式是指人们在欣赏一幅马的绘画时,不会认为这是真马,也不会认为这不是马,也不会怀疑这不是马,也不会认为这像马。

和不定情显示的爱等常情凭借观众的潜印象本质而存在。尽管常情凭借特定的判断者（观众）而存在，但由于普遍化的作用，此刻它摆脱有限的判断者的特殊性，展示一种不涉及其他知识的无限性，判断者和所有观众共享心理感应。常情以被品尝为唯一生命，以情由、情态和不定情为生命支柱。它以饮料味的方式被品尝，像在眼前颤动，像进入心中，像拥抱全身，像摆脱其他一切，像品尝到梵，产生超俗的"惊喜"。这就是艳情味等味。

味不是结果。如果是这样，即使情由、情态和不定情消失，它仍应继续存在。它也不是认知对象，因为它不是既定的存在。它只是通过情由、情态和不定情的暗示而可以品尝。如果有人问，哪儿能见到不是产生者和认识者的东西？回答是哪儿也见不到。但这恰恰是证明而不是否定它的超俗性。然而，由于以味的产生隐喻品尝的产生，味也可以说成是结果。

由于味是超俗的自我知觉领域，味也可以说成是认知。这种超俗的自我知觉领域不同于日常的感觉（"现量"）等知识手段（"量"），不同于具有中立意识的普通瑜伽行者的知识，不同于完全隔绝认知对象而沉入自我的高级瑜伽行者的知觉。这种把握味的手段既不是无条件的，因为首先要思考情由、情态和不定情；也不是有条件的，因为充满非凡欢愉的味的品尝是通过自我知觉完成的。它表现为既不具备这两者形态，又具备这两者特性。这并不矛盾，恰恰能证明上述的超俗性。这是著名的导师新护的看法。

老虎等是恐怖味的情由，也是英勇味、奇异味和暴戾味的情由；流泪是艳情味的情态，也是悲悯味和恐怖味的情态；忧虑是艳情味的不定情，也是英勇味、悲悯味和恐怖味的不定情。这些都不是单一性的，所以，在经文中也同时提到。

天空布满黝黑的乌云，饱含雨水，
四方充满蜜蜂和杜鹃，发出鸣声，
大地广阔无垠的怀中萌生新芽，
傻女子啊！好好对待温顺的丈夫。(27)

诸如此类。

她的肢体萎靡，像折断的莲花秆，
她的行动迟疑，听凭侍女们使唤，
她的双颊可爱，犹如崭新的象牙，
闪发出纯洁无瑕的月亮的光艳。①（28）

诸如此类。

嗨，对犯错误的爱人，她的眼睛多么善变！
远离她，焦急；走近她，转开；谈话时，睁大；
拥抱时，变红；拉扯她的衣服时，眉头紧皱；
拜倒在这位太太脚下时，立刻涌满泪水。②（29）

诸如此类。虽然情由、情态以及焦灼、羞愧、喜悦、愤怒、妒忌、平息等不定情三者各自孤立存在③，但它们具有特殊性。其中之一者也暗示另外二者，因此，不存在单一性。

作者讲述味的类型：

---

① 引自《茉莉和青春》1.22。
② 引自《阿摩卢百咏》49。
③ 意思是以上三首诗中，第一首只描写情由，第二首只描写情态，第三首只描写不定情。

> 艳情、滑稽、悲悯、暴戾、英勇、恐怖、厌恶、奇异，这些是相传的、戏剧中的八种味。(29)

这里，艳情味分为两类：会合和分离。其中，会合艳情味只能统称为一类，因为互相注视、拥抱、接吻等，花样繁多，分不胜分。例如：

> 看到卧室空寂无人，新娘轻轻从床上起身，
> 久久凝视丈夫的脸，没有察觉他假装睡着，
> 于是放心地吻他，却发现他脸上汗毛直竖，
> 她羞涩地低下头，丈夫笑着将她久久亲吻。① (30)

又如：

> "美女啊，你即使没有胸衣，也妩媚动人"，
> 情人一边说着，一边接触她的胸衣结；
> 女友们看见她坐在床边，双眼含笑，
> 便高高兴兴，寻找各种借口悄悄离开。(31)

而分离艳情味分成五种，以渴望、孤独、妒忌、旅居和诅咒为原因。依次举例——

> 但愿美目女郎对我态度自然甜蜜，
> 互相接近，加深感情，充满温馨爱意；
> 我这么想着，外部器官就停止作用，
> 内心完全沉浸在喜悦中，出神入迷。② (32)

---

① 引自《阿摩卢百咏》82。
② 引自《茉莉和青春》5.7。

"他到别处去了。"这种说法确实可靠吗?
他的那些朋友,没有一个不想得到我。
但他不回来。哎,命运怎么这样安排?
少妇辗转反侧,夜不成眠,左思右想。(33)

她因孤独而渴望。

少妇初次受到丈夫错待,没有女友指导,
她不知道运用撒娇的动作,委婉的责备;
她只会哭泣,莲花眼里充满晶莹的泪水,
流淌在洁净的双颊,滚落在摆动的发辫。①(34)

手镯脱落,我的好友——眼泪不断流出,
勇气片刻也不滞留,思想也坚决向前走;
当爱人决心离家出走,一切都跟着出走,
生命啊!如果你要走,为何扔下这些好友?②(35)

我用红垩在岩石上画出你由爱生嗔,
又想把我自己画在你脚下匍匐求情,
顿时汹涌的泪水模糊了我的眼睛,
在画图中残忍的命运也不让你我亲近。③(36)

---

① 引自《阿摩卢百咏》29。
② 引自《阿摩卢百咏》35。
③ 引自《云使》105(金克木译)。作为分离艳情味的例诗,前四首分别以渴望、孤独、妒忌和旅居为原因。这首以诅咒为原因,因为《云使》中的男女主人公是受到财神俱比罗的诅咒而分离的。

下面依次是滑稽等味的例举——

"这个妓女握紧肮脏的小拳头，
对准我洒过仙水的圣洁头顶，
给了清脆响亮的一击。哎哟哟，
我没命了！"毗湿奴夏曼哭叫道。(37)

（滑稽味）

"母亲啊！你为何匆匆离开，
　　去哪里？诸神啊，祝福在哪里？
可怜的生命啊！霹雳降临，
　　烈火燃烧你的身体和眼睛。"
这些城市妇女呜咽哽塞，
　　诉说凄切悲哀的伤心话语，
甚至使画中人物也哭泣，
　　使这些画壁出现道道痕迹。(38)

（悲悯味）

你们这些人面畜生，违反战斗规则，
犯下了公认的滔天大罪，有目共睹，
我要用你们的血肉脂肪献祭四方，
怖军、阿周那和黑天，谁也休想逃脱！[①] (39)

---

① 引自《结髻记》3.24。

（暴戾味）

小猴子们，不必害怕！我的利箭曾经射穿
因陀罗象的颞颥，不屑于落到你们身上；
罗什曼那，不必惊慌！你也不值得我愤怒，
我在搜寻一眨眼就能制服大海的罗摩。(40)

（英勇味）

一再优美地扭转脖子，察看身后追赶的车子，
不断把后半身缩向前，唯恐自己被飞箭射到，
累得张口喘气，嚼了一半的达薄草撒落路上，
看啊！它跳跃，简直是在空中飞，不是在地上跑。① (41)

（恐怖味）

这个食尸的魔鬼先是剥皮，掏出肚肠眼珠，
然后吞噬肩背臀部容易上口的腐臭肥肉，
他把骷髅放在膝上，鼓出牙齿，不紧不慢地，
继续啃吃骨头上，甚至关节中残剩的生肉。② (42)

（厌恶味）

多么奇妙，这是崇高的化身！
多么灿烂，这是崭新的面貌！

---

① 引自《沙恭达罗》1.7。
② 引自《茉莉和青春》5.16。

多么威严，这是非凡的坚定！

多么壮观，这是真正的创造！（43）

（奇异味）

现在讲述味的常情：

爱、笑、悲、怒、勇、惧、厌和惊，这些被称作常情。（30）

这很清楚。现在讲述味的不定情：

忧郁、虚弱、疑虑、妒忌、醉意、疲倦、懒散、沮丧、忧虑、慌乱、回忆、满意、羞愧、暴躁、喜悦、激动、痴呆、傲慢、绝望、焦灼、入眠、癫狂、做梦、觉醒、愤慨、佯装、凶猛、自信、生病、疯狂、死亡、惧怕和思索，这些被称为三十三种不定情。（31—34）

虽然不应该首先提出一般说来不吉祥的"忧郁"，但这样提出是为了说明它尽管是一种不定情，也用作一种常情。因此，

以忧郁为常情的平静味是第九种味。（35ab）

例如：

但愿我口念湿婆，在圣洁的林中度时光，

不问是毒蛇还是项链，是花床还是石板，

不问是宝石还是土块，是劲敌还是朋友，

不问是草芥还是女人，对万物一视同仁。（44）

以神等为对象的爱以及暗示的不定情被叫做情。（35cd、36a）

"等"指圣人、老师、国王和儿子等对象。然而，以情人为对象的爱，显示的则是艳情味。例如：

即使你喉咙里藏的是毒药，
神啊！对我也是最甜的甘露；
而如果与你的形体不沾边，
即使那是甘露，我也不喜欢。① (45)

你的来访消除现在的罪恶，
表明过去吉祥，导向未来吉祥；
它向具有躯体的众生证明：
三种时间的生活都很合适。② (46)

其他的例举也是这样。不定情，例如：

今天我梦见心爱的人愤怒地转过身，
"别，别碰我的手"，她哭叫着向前走去；
正当我抱住了她，用甜言蜜语安慰她，
兄弟啊！诡诈的命运剥夺了我的睡眠。(47)

这里，是对命运的嫉恨。
由于不合适，成为类似。(36b)
类似指类味和类情。其中，类味，例如：

我们应该赞颂哪个人？没有他，你一刻也不快乐。
美目女郎啊！你追求的那个献身战争的人是谁？
你紧紧拥抱的那个出生在吉祥时刻的人是谁？
月容女郎啊！你思念的以苦行为财富的人是谁？(48)

---

① 这首诗是表达对大神湿婆的爱。
② 引自《童护伏诛记》1.26。这首诗表达对那罗陀仙人的爱。

这首诗中提到她的多种行为,暗示她爱恋多种情人。类情,例如:

  面庞似圆月,大眼似波浪,
  青春已萌发,肢体在颤动,
  我将怎么做?怎样亲近她?
  有何好办法,能使她依从?(49)

这首诗中的忧虑不合适。其他的例举也是这样。
情的平息、升起、并存和混合。(36cd)
依次举例——

  "你为何假装拜倒在我的脚下,掩藏你的胸脯?
  那上面的檀香膏是你与她拥抱留下的痕迹。"
  "在哪儿?"我猛然紧紧拥抱她,以便擦去痕迹。
  由于拥抱的魔力,这位苗条女郎忘却了一切。[①](50)

这里,愤怒平息。

  可爱的女郎在床上,一听到提起情敌的名字,
  愤怒地转过脸去。可爱的男子说尽甜言蜜语,
  女郎情绪激动,不予理睬。男子只得保持沉默,
  这时女郎突然转过脸来,心想他不要睡着了。[②](51)

---

① 引自《阿摩卢百咏》26。
② 引自《阿摩卢百咏》23。

这里，焦灼升起。

一方面，这位苦行和勇力的宝库、骄傲的人来访，
结交好友的乐趣和英雄气概的勃发，把我迷住；
另一方面，悉多的拥抱清凉温柔似檀香和月亮，
令人销魂，一次又一次麻醉我的知觉，把我拘住。① (52)

这里，激动和喜悦并存。

不轨行为在哪里？月亮族
  在哪里？我仍要再望她一眼。
我学识能制止错误，
  但她的面容即使嗔怒也动人。
圣洁的智者会说什么？
  而我即使在梦中也难得到她。
我的心儿啊，鼓起勇气！
  哪个青年有幸吸吮她的嘴唇？(53)

这里，思索、焦灼、自信、回忆、疑惑、沮丧、坚定和忧虑混合。情的状况已经举例说明。

即使以味为主，有时这些也显得突出。(37ab)

这些指情的平息等。突出犹如一位臣仆，国王参加他的婚礼，尾随其后。

暗示过程明显的暗示义状况像余音一样可以感觉到。这种韵分成三类，产生于词音、词义和两者的力量。(37cd、38ab)

---

① 引自《大雄传》2.22。

依靠词音力量的余音暗示,依靠词义力量的余音暗示,依靠两者力量的余音暗示,分成这三类。这里,

通过词音,庄严和本事显得突出。依据这种突出,产生于词音力量的暗示分成两类。(38cd、39ab)

本事是指没有庄严,仅有事实。前一类(庄严的突出),例如:

国王用黑剑乌云,强大的吼声雷鸣,锋刃暴雨,
在战斗中,彻底扑灭三界中敌人燃烧的火焰。(54)

这里,诗句不可能表达不相关的意义,而相关和不相关对象之间的相似具有可比性。因此,这里暗示的是明喻庄严。①

你的光辉炽烈明亮,
国王啊!你行为甜蜜,
消灭敌人,总是身先士卒,
遵循理智、尊严和真理。(55)

这里,如果每个短语一拆为二,便是矛盾庄严。②

国王啊,赐福者!你战功显赫,无限伟大,
享有崇高的荣誉,是天下恶人的敌人。(56)

这里,也是矛盾庄严。③

---

① 即以雷神比喻国王。
② 按照梵语原文,这首诗中的五个短语也可拆读成"光亮、不光亮","春天、不可爱","月亮、无月亮","半月第一天、不是半月第一天","有理、无理"。
③ 按照梵语原文,从这首诗的字面上,也可读出"你无限、有限","你有益、无益"。

向湿婆致敬！他的技艺值得称颂：
无须画布和颜料，绘出世界之画。(57)

这里，是较喻庄严。① 即使它是被修饰者，也按照婆罗门沙门的方式称作庄严。② 本事的突出，例如：

旅行者啊，这村庄遍地是石头，根本没有床，
看这高耸的云朵（胸脯），你要住，就住这里。(58)

这里，暗示如果你有能耐享受我，那就留下。

你愤恨谁，他就受到土星和雷杵的严重伤害，
你喜欢谁，他就神采奕奕，妻子温顺，国王啊！(59)

这里，暗示互相对立的事情也一致遵从你的意愿。

产生于词义力量的暗示义有自然产生的、完全由诗人的想象表述产生的或由诗人创造的角色的想象表述产生的。每种或是本事，或是庄严，因此分成六类。而这六类或暗示本事，或暗示庄严，因此分成十二类。(39cd—41ab)

自然产生的指不完全是由诗人的表述产生的，而是自己适合而独立存在。另外两种不是独立产生的，而完全是由诗人的想象创造，或者由诗人描写的角色创造。这样，共有三种。每种或是本事，或是庄严，因此，暗示者分成六类。而暗示的或是本事，或是庄严。这样，产生于词义力量的韵共有十二类。

---

① 即这首诗将湿婆大神与人间画匠相比。
② 即使这里的较喻庄严是暗示义，也被称作庄严。这如同原本是婆罗门，现在成了沙门，依然使用婆罗门的名称，称作婆罗门沙门。

诗光·第四章 论韵

依次举例——

"他是懒汉中的顶珠，
他是无赖中的魁首，
而拥有大量财富，女儿啊！"
她低头听着，两眼喜悦。(60)

这里，用本事暗示本事：他正适合我享用。

与情人欢爱时交谈的种种甜言蜜语，
你都能够复述出来，你真正是幸运的；
一旦情人的手伸到我的腰带扣结上，
我发誓，女友啊！我就什么也记不清了。(61)

这里，用本事暗示较喻庄严：你是不幸的，我是幸运的。

勇士们在战斗中看到：他手中的利剑
击中因发情而盲目的香象颥颥硬顶，
染上了又浓又厚的鲜血，闪发着红光，
犹如迦梨女神因愤怒而发红的眼光。(62)

这里，用明喻庄严①暗示本事：他将在顷刻之间消灭所有敌人。

他在战斗中愤怒咬嘴唇，
解除了敌人妻子的痛苦，

---

① 即用迦梨女神的愤怒眼光比喻主人公的利剑。

免得她们的珊瑚嘴唇,
再被她们的丈夫咬伤。(63)

这里,用矛盾庄严①暗示等同庄严:在他咬嘴唇时,敌人被消灭。也暗示奇想庄严:他幻想"但愿以我的创伤解除别人的创伤"。以上这些例举是自然产生的暗示。

听到盖拉瑟山顶峰的天女
用琵琶伴唱他的光辉名声,
四面八方的大象用眼角观看,
以为是嫩藕,将鼻子甩向耳边。(64)

这里,用本事暗示本事:你的光辉名声具有魅力,甚至不谙人事的动物也会产生这样的想法。

他在战斗中猛力抓住胜利女神的头发,
正像洞穴紧紧地搂住他的敌人的脖子。(65)

这里,洞穴仿佛看到抓头发而激起情欲,便搂住他的敌人的脖子,这是暗示奇想庄严;他的敌人看到他在战斗中获得胜利而逃跑,躲进洞穴,这是暗示诗因庄严;不是他的敌人逃跑,而是洞穴唯恐他们失败,不放他们走,这是暗示否定庄严。

当爱人开始用力拥抱这位骄傲的妇女时,
她的骄傲仿佛害怕折磨,迅速从心中消失。(66)

---

① 即咬嘴唇和解除嘴唇痛苦之间的矛盾。

这里，用奇想庄严暗示本事：她也反过来拥抱等。

  坐在诗人莲花嘴上，
  语言女神胜过一切，
  仿佛为了嘲笑老梵天，
  展现另一个崭新世界。（67）

这里，用奇想庄严暗示较喻庄严：语言女神坐在柔软的莲花座上，创造永远新鲜的世界——魅力的唯一来源①。以上这些例举完全是由诗人想象的表述产生的暗示。

  雌蟒疲于交欢，用鼓胀的顶冠吸气，
  从山坡吹下的摩罗耶风变得微弱；
  现在，风刚起，一接触离妇的叹息，
  又突然变得强壮，仿佛充满青春。（68）

这里，用本事暗示本事：经过叹息的强化，有什么不能做到？

  朋友啊！我已经下过决心，保持我的骄傲，
  可是一见到情人就激动，决心顿时消失。（69）

这里，用本事暗示藏因庄严：甚至不用恳求，她也会高兴。也暗示奇想庄严：她的决心抵挡不住她见到情人后产生的诱惑力。

  你身上这些新鲜的指甲印记和牙齿伤痕，

---

① 这是与梵天大神相比：梵天坐在莲花座上，创造的是陈旧的世界。

是赐给我的红色礼物,不再引起两眼愤怒。(70)

这里,用回答庄严——"你为何两眼愤怒?"① 暗示本事:你毫不掩藏这些新鲜的指甲伤痕,我成了它们的恩赐对象。②

幸运儿啊,你的心中占满千百女人,容不下她;
她整天别无他事,只是使瘦削的身体更瘦削。③ (71)

这里,用原因庄严④暗示殊说庄严:即使她使身体瘦削,也进不了你的心中。以上这些例举完全是由诗人创造的角色想象的表述产生的暗示。这样,共有十二类。

产生于词音和词义两者的为一类。(41c)
例如:

这位妇女有明亮的月形头饰,
爱欲燃起,眼珠颤动,谁不喜欢?(72)

又读作:

这黑夜以皎洁的月亮为装饰,
点燃爱欲,星星闪烁,谁不喜欢?

---

① 即从内容可以推断,这首诗是女主人公回答男主人公提出的问题:"你为何两眼愤怒?"
② 即女主人公据此得知对方对自己不忠。
③ 引自《七百咏》。
④ 即可以推知女主人公"使瘦削的身体更瘦削"的原因是想挤进男主人公的心中。

这里，暗示明喻。①

它的分类为十八。(41d)

"它"指韵。②

味等有许多类，怎么是十八类？因此，作者回答道：

由于味等等的无穷性，它们被算作一类。(42ab)

无穷性，例如，九种味。其中，艳情味有会合和分离两类。会合又分成相互注视、拥抱、接吻、采花、水中游戏、日落、月出、季节描写等许多类。分离又分成前面说过的渴望等。会合和分离这两类还有情由、情态和不定情的多样性。其中还有男女角色的上、中、下，还有地点、时间和状况的分类。甚至一种味就有无穷性，那么，所有这一切怎么计算？但依据显示过程不明显这一共同性，味等的韵被算作一类。

产生于两者的在句中。(42c)

产生于两者指依靠词音和词义两者的力量。

其余的③也在词中。(42c)

也指在句中，也在词中。正如一位美女身上某个部位佩戴首饰而产生光艳，语言虽然通过句子，但也由词的暗示产生光艳。关于词的暗示，依次举例——

> 他的朋友是朋友，他的敌人是敌人，
> 恩惠是恩惠，他过的是真正的生活。(73)

---

① 即以黑夜比喻妇女。

② 根据以上韵的分类，主旨不在表示义的韵为两类，显示过程不明显的韵（包括味、情、类味、类情等）为一类，显示过程明显的韵中，依靠词音的为两类，依靠词义的为十二类，依靠词音和词义两者的为一类，这样，总共十八类。

③ 指其余的十七类韵。

这里，第二个词朋友、敌人和恩惠的表示义转化为值得信赖、值得惩治和值得厚爱。

> 勇士的事业受到知心的朋友们尊敬，
> 即使看到恶人行为残酷，也不会困惑。(74)

这里，困惑。①

> 那种魅力，那种光彩，那种容貌，那种言谈，
> 那时是甘露之所在，现在成了灼人的烈焰。(75)

这里，通过那种等词暗示那些只能体会的事物。又如：

> "傻女子啊，你为什么始终这么傻？
> 对爱人要骄傲，要强硬，别那么单纯！"
> 女友提醒她。而她面露惧色，回答道：
> "小声些，藏在我心中的爱人会听到。"② (76)

这里，通过"面露惧色"暗示提出"小声些"的合理性。通过词暗示情等等方面没有更多的奇特之处，不再举例。

> 铁臂恐怖而又漂亮，举着沾满鲜血的剑，
> 前额宽阔，皱着眉结，这一位可怕的国王。(77)

---

① 即"困惑"这个词暗示"受阻"。
② 引自《阿摩卢百咏》70。

这里，暗示用怖军比喻这位可怕的国王。①

> 充满寂静的教诲，带来享受和解脱，
> 对于这样的经典，有谁会不感兴趣？（78）

这里，她用这种杰出的方式赞扬与她约会的情人。②

> 你完毕黄昏的沐浴，抹了檀香膏，
> 太阳落在西山，缓步来到这里；
> 你的奇妙的柔情蜜意完全耗尽，
> 现在，你的双眼已不能保持睁开。（79）

这里，通过本事暗示本事：你沐浴时与别的男子调情。它由"现在"这个词显示。

> 不能获得他，痛苦非凡，涤除了一切罪过，
> 凝神冥想他，喜悦无比，耗尽了累积功德；
> 黑天是世界的源泉，至高之梵的化身，
> 那位牧女沉思他，止住呼吸，达到解脱。（80、81）

这里，分离的痛苦和沉思的喜悦用尽几千生的恶果和善果。因此，它由"一切"和"累积"这两个词暗示夸张庄严。

---

① 这首诗中形容国王的"可怕"（bhīma）一词，也是史诗英雄怖军的名字。
② 按照梵语原文，这首诗中的"经典"一词也可读作"善人来到"。由此，这首诗也可读作："指定幽静的地点，获取享受和解脱，这样的善人来到，有谁不喜气洋洋？"

夜晚非夜晚,森林非森林,嗜好非嗜好,
英雄啊,当你转身面对敌人,一切都转身。(82)

这里,补证庄严①辅助依靠词音力量的矛盾庄严②,由"一切"这个词暗示本事:命运也听从你。

"清晨,你的爱人的嘴唇成了褪色的莲花瓣。"
听到这话,年轻的新娘把脸儿朝地面垂下。(83)

这里,隐喻庄严暗示诗因庄严:你一次又一次亲吻,因而褪色。它由"褪色的莲花瓣"这些词显示。以上这些例举是自然产生的暗示。

他在月光清澈的夜晚,大显身手,
挥动着他的美丽的弓,称霸世界。(84)

这里,通过本事暗示本事:没有一个情人违抗他们的国王爱神的命令;他们彻夜不眠,享受欢爱。它由"称霸世界"这个词显示。

爱神把自己的力量转移到
妙龄少女眼光上,充当利箭;
这眼光无论落到哪个方位,
都会出现种种不同的情况。(85)

---

① 这首诗的后半部分是对前半部分的补充说明。
② 按照梵语原文,这首诗的前半部分也可读作:"夜晚不得安宁,森林变成避难所,嗜好变为牧羊。"意思是敌人遭到厄运。

这里，通过本事暗示矛盾庄严：甚至互相对立的情况也会同时出现。它由"种种不同"这个词显示。

  心儿焦躁不安，努力挤开项圈；①
  项圈出身纯洁，依然不离胸脯。(86)

这里，通过"出身纯洁"体现的原因庄严，由"不离"这个词暗示本事：项圈依然不停地晃动。

  爱神以少女的发髻作为自己肢体，乌黑迷人，
  从她的肩膀获得力量，在欢爱的战斗中取胜。(87)

这里，通过隐喻庄严②暗示藏因庄严：由于不断拉扯，发髻散落肩上，仿佛情人在合欢后，意犹未尽。它由"肩膀"这个词显示。以上这些例举完全是由诗人的想象表述产生的暗示。

  你与新升的圆月有何关系，老实告诉我；
  今天谁成为最幸运的情人，就像那黄昏？(88)

这里，通过本事暗示本事：你对其他情人也像对我一样，只是开始热情，此后便不。它由"新升"、"黄昏"这些词显示。③

  亲密的胸脯朋友挤掉碍事的项圈后，

---

① 意思是项圈妨碍拥抱。
② 即以发髻比喻爱神，以战斗比喻欢爱。
③ 意思是黄昏时分，新升的月亮发红表示爱恋黄昏，而夜晚来到后，这种红色便消失。

在新的欢爱战斗中，朋友啊，欢情如何？（89）

这里，通过本事暗示较喻庄严：在项圈去掉后，肯定别有一种欢情，请说说那是什么样的？这由"如何"这个词显示。

女友啊！你进入屋来，又转过脸去凝望小路，
把水罐搁肩上，哭泣道："碎掉了。"这是为什么？（90）

这里，通过原因庄严暗示本事：你看到情人前往约会地点，如果你想去，拿着另一个水罐，去吧。它由"为什么"这个词显示。

女友啊，突然看见你局促不安，目光犹疑，
水罐以为自己太沉，假装碰在门上，跌碎。（91）

这里，通过"假装碰在门上"体现的否定庄严暗示本事：你去蔓藤茂密的河边幽会未成，而后你回来，进屋之时，看见他来了。为了再次前往河边，你故意撞门破罐，我这么猜想。你何必不放心？去实现你的心愿吧！我将在你的婆婆面前瞒过一切。

这位别人的妻子，春情已被月光和蜜酒耗尽，
哎，尽管她已年老，也像新娘一样迷住你的心。（92）

这里，通过诗因庄严暗示略去庄严：你扔下我们，追求别人的年老妻子。对你的这种行为，我们无话可说。它由"别人的妻子"这个词显示。

以上这些例举完全是由诗人创造的角色的想象表述产生的暗示。句的暗示已在前面举例说明。产生于词音和词义两者力量的暗

示不是词的暗示。因此，共有三十五类。①

产生于词义力量的暗示也在文中。（42d）

例如，在兀鹰和豺狼的对话中：

坟场可怕，充满兀鹰豺狼，遍地骷髅，
它使一切生物恐惧，不要在此久留。（93）

在这里，到达命限的人，谁都不会复活，
无论他可爱可憎，这是生物的共同归宿。（94）

这是在白天活动的兀鹰的话，意在打发人走。

表达慈爱吧，傻瓜们，趁太阳还没落，
此刻充满阻碍，但这孩子或许会复活。（95）

这孩子金子般灿烂，还未达到青春年纪，
傻瓜们，怎能轻信兀鹰的话，将他抛弃？（96）

这是在夜间活动的豺狼的话，意在挽留住人。② 这种暗示只在文中。为避免本书冗长，其他十一类不再举例。它们可以依此类推。也指在文中，也在词中和句中。

味等也在词的组成部分、词语组合方式和音素中。（43ab）

这里，词干的暗示。例如：

---

① 即十八类句的暗示和十七类词的暗示。
② 因为豺狼是在夜间活动的，如果送葬的人们听从兀鹰的话，现在离去，孩子的尸体就会让兀鹰吃掉，没有豺狼的份了。这四首诗引自《摩诃婆罗多》中的《和平篇》。

在爱的游戏中脱去衣裳，
波哩婆提赶紧伸出双手，
如同树叶，遮住湿婆的双眼，
被吻的第三只眼获得胜利。① (97)

这里，使用"胜利"，而不使用"光辉"等等。因为同样是遮住眼睛的行动，遮住这第三只眼睛的方式却是非凡的。因此，它是杰出的优胜者。

黄昏，这位可爱的人拜倒在地，赌誓发咒，
遭到妻子拒绝后，还没走出卧室两三步，
妻子就追了上来，手中拨动着腰带扣结，
弯下身，抱住他。啊哈，千姿百态的爱情！(98)

这里，使用的是"步"，而不是"门"。②
动词和词尾的暗示。例如：

每条路上，嫩芽美如鹦鹉嘴，
每个方向，蔓藤在风中摇曳，
每人身上，爱神施放着花箭，
每个城镇，骄妇的怨言平息。(99)

这里，"施放"（现在时态）暗示放箭尚在进行中；"平息"（过去分词）暗示已经平息。它们分别是动词和词尾的变化。后者也是通过过去分词后缀暗示过去性。又如：

---

① 引自《七百咏》。湿婆大神的额上有第三只眼睛。
② 意思是还没有走出门，表示妻子急迫的心情。

你的心肝低头坐在外边，正在划地，
女友们不吃饭，眼睛红肿，哭泣不停，
笼中的鹦鹉停止欢语笑声，不再学舌，
这般境况，硬心人啊，请你现在息怒吧！①（100）

这里，使用"划"的现在分词，而不是"划"的现在时态；使用"坐"的现在时态，而不是"坐"的过去分词，表明他要坐到你高兴为止。"地"使用的是业格，而不是依格，表明他不是有意识地在地上刻写什么。这是动词和词尾变化的暗示。

我是乡下女人，住在乡下，不知道城里生活；
不管我是什么人，我迷住城里女人的丈夫。（101）

这里，使用"城里女人的"是属格的暗示。②

"这位刹帝利王子过去是可爱的。"这是时态的暗示，因为这是愤怒的婆利古之子（持斧罗摩）对折断大自在天（湿婆）神弓的十车王之子（罗摩）说的话。③

词数的暗示。例如：

种种赏识，种种渴望，种种话语，
这份爱情，就这样结束，美人啊！④（102）

---

① 引自《阿摩卢百咏》7。
② 暗示不是迷住一般的男人，而是迷住城里女人的丈夫。
③ 暗示持斧罗摩必将杀死罗摩，罗摩现在虽生犹死。
④ 在这首诗中，"赏识"、"渴望"和"话语"使用复数语尾，"爱情"使用单数语尾。

这里，暗示赏识等是多种多样的，而爱情应该是专一的。

人称变化的暗示。例如：

哎呀，女人的媚眼秋波！心儿啊！你怎么会
抛弃虔诚的爱，见到羚羊眼女郎就骚动？
我想你怎么会浪荡？摒弃有害的欲望吧！
那只是轮回之海中绑在脖子上的石头。① （103）

这里，暗示荒谬可笑。

不规则的置前暗示。例如：

那些只靠臂力行事的人，被认为是软弱的，
而那些只靠正道论的国王又有什么作为？
像你这样勇武和德政兼备的完美圣雄，
大地之主啊，在这三界或许没有两三个。② （104）

这里，暗示勇武为主。

特殊的词格暗示。例如：

在充满弓箭声响的战场上，敌人战斗了一天，
国王啊，凭这一天战斗，你值得接受诸神祝贺。（105）

这里，"一天"使用具格，暗示获得战果。

茉莉一次又一次在楼上窗户看见：

---

① 在这首诗中，"我想你怎么会浪荡？"由第一人称转成第二人称。
② 在这首诗中，复合词"勇武和德政兼备"中，勇武位于德政之前。

青春一次又一次从大道附近经过；
她的柔嫩的肢体忍受着强烈的渴望，
日益消瘦，犹如罗蒂看见年轻的爱神。① （106）

这里，"肢体"一词加上后缀 ka，暗示怜悯。

无边无沿，无法用语言描述，
今生今世从来没有体验过，
大痴大迷，完全失去分辨力，
这种感情麻醉我，也折磨我。② （107）

这里，"失去"一词加上前缀 pra。③

你的心儿追求辉煌，我们的敌人必定灭亡；
只有太阳尚未升上东山之时，黑暗才存在。（108）

这里，通过表示并列的不变词 ca，暗示等同性。④

这罗摩凭英勇品质在世界上获得伟大成就，
如果大王您不知道他，那实在是我们的不幸；
风儿像歌手，用七种音调歌唱他的光辉名声，
音调发自由一支箭射穿成行的大娑罗树洞。（109）

---

① 引自《茉莉和青春》1.15。
② 引自《茉莉和青春》1.30。
③ 表示"完全失去"。
④ 即国王的辉煌和敌人的灭亡同时发生。

这里，使用"这"（指称代词）、"世界"（复数）和"品质"（复数）[1]；不使用"你的"、"我的"，而使用"我们的"，表示与所有的人有关；使用"不幸"一词，表示不是走向成功，而是走向毁灭。

> 正当青春年华，双眉学会爱神的弓术，
> 这位眼如惊鹿的女郎位于美妇之首。（110）

这里，词形的变化："青春"使用后缀 iman，而不使用 tva；"爱神的弓"使用不变复合词；"首"使用业格，而不使用依格。虽然两者的表示义相同，但这里这么使用具有某种词形的特殊性，产生魅力，达到暗示作用。其他的词形变化依此类推。音素和词语组合方式的暗示将在论述诗德的部分说明。也指在文中、剧中等。这样，味等包括前面的两种分类，共有六类。[2]

这样，共有五十一类。[3]（43c）

这些已经说明。

这些与三种混合方式和一种并存方式结合。（43d、44ab）

不仅仅这纯粹的五十一类。五十一类各自又分成五十一类。每类又分成四类——其中三类互相混合：主次存疑、主次分明和共同暗示，其中一类互相独立。这样，共有

吠陀（4）、空（0）、海（4）、空（0）、月（1），即 10404 类。（44c）

---

[1] 以强调罗摩的伟大。

[2] 即前面提到的词和句的暗示，加上这里提到的词的组成部分、音素、词语组合方式和文的暗示，共六类。

[3] 前面提到过三十五类，后又提到依靠词义的文的暗示十二类，再加上味等等新增的四类，共五十一类。

加上纯粹的五十一类，共有

箭（5）、箭（5）、时代（4）、空（0）、月（1），即 10455 类。(44d)

这里，仅仅提示性地举例：

> 这个女子前来参加节日欢庆，
> 你的妻子不知对她说了什么，
> 现在她在楼顶的空屋中哭泣，
> 兄弟啊，去安慰这可怜女子吧！(111)

这里，"安慰"是转化成另一种意义，表示"享受"，还是以余音方式，是暗示"享受"的暗示词，存在怀疑。

> 云朵以浓密的阴影涂抹天空，仙鹤飞翔，
> 微风湿润，云朵的朋友发出甜蜜的欢鸣，
> 随它们去吧！我是罗摩，心地坚硬，能忍受一切。
> 可是，我的悉多会怎样呢？哎呀，王后，你要坚定。(112)

这里，"涂抹"和"云朵的朋友"两者的表示义完全失去①。这两者并存，与"我是罗摩"混合，形成主次关系。"我是罗摩"的表示义转化成另一种意义。② 而在"罗摩"这个词中，表示义转化成另一种意义和味③两者共同得到暗示。其余依此类推。

以上是《诗光》中名为《论韵》的第四章。

---

① "涂抹"表示"布满"，"云朵的朋友"表示"孔雀"。
② 不是十车王的儿子罗摩，而是经历了种种不幸遭遇的罗摩。
③ 这里是分离艳情味。

第 五 章

论以韵为辅和韵的混合分类

前面论述了韵,现在讲述各类以韵为辅的诗。

不隐含、附属于其他、用于完善表示义、含混、可疑的突出、同样突出、音调的暗示和不突出,这些被称作八类以韵为辅的诗。(45、46ab)

隐含义像少女鼓起的乳房那样产生魅力。不隐含,明显地表示,便是以韵为辅。不隐含,例如:

敌人蔑视我,嘲骂我,
比灼热的针尖还刺耳,
我只配给女人系腰带,
虽生犹死,还有什么可说。(113)

这里,"虽生犹死"的表示义转化成另一种意义。①

家中的池塘,满目是盛开的红莲,
花粉染红正在甜蜜歌唱的黑蜂,
一轮红日闪闪发光,吻着东方的山,

---

① 暗示蒙受耻辱。

像新开的般度奢婆花那样鲜艳。(114)

这里,"吻"的表示义完全失去。①

这里是蛇的套索,你的兄弟胸部受到箭伤,
这里是哈奴曼搬来的药草山,鹿眼女郎啊!
这里是因陀罗者,被罗什曼那神箭送往阴府,
这里是被某人砍断的十首魔王的脖子林。(115)

这里,"某人"是依词义力量的余音暗示。"某人"应该换成"那个"。②

附属于其他是味等或暗示义附属于其他的味等或表示义。

正是这只手,扯开我的腰带,抚摸我的丰满乳房,
接触我的肚脐、大腿和下腹,解开我的衣服扣结。(116)

这里,艳情味附属于悲悯味。③

愿雪山神女脚指甲的光辉永远庇护你们!
它的红涂料因湿婆前额的眼光映照而明亮,
这样的光辉仿佛出于互相竞争而发出,
迅速驱散她的像红莲花一样湿润的眼光。(117)

---

① 暗示日出。
② "某人"暗示说话者罗摩。这种暗示被认为太明显。"某人"换成"那个"后,这句诗的读法是:这里是被砍断的那个十首魔王的脖子林。
③ 这首诗是战死将士的妻子见到自己丈夫尸体时说的话。引自《摩诃婆罗多》中的《妇女篇》。

这里，味附属于情。①

　　四周耸立着崇山峻岭，翻滚着汪洋大海，
　　你支撑着它们，不知疲倦，我要向你致敬！
　　一次又一次，每当我惊异地颂扬大地时，
　　一想起你支撑大地的手臂，便又闭上嘴。(118)

这里，热爱大地之情附属于热爱国王之情。

　　国王啊，你的士兵抓住敌人们的鹿眼妻子，
　　就在她们的丈夫眼前，拥抱，下跪，带走，亲吻，
　　而你的敌人们依然称颂你："合适的大海啊！
　　我们有幸见到你，解除了我们的全部不幸。"(119)

这里，前半首和后半首暗示的类味和类情附属于情。②

　　你的敌人不断挥舞刀剑，瞪眼竖眉，咆哮恐吓，
　　可是一遇见你的目光，他们的骄傲不知去向。(120)

这里，情的平息。③

　　你的敌人即使饮酒作乐，

---

① 这首诗描写湿婆大神拜倒在雪山神女脚下，消除了她发怒的眼光。但这种艳情味附属于诗人对雪山神女的虔信之情。
② 前半首暗示士兵的类艳情味，后半首暗示敌人们的类尊敬味，两者附属于诗人对国王的尊敬之情。
③ 敌人骄横之情的平息附属于诗人对国王的尊敬之情。

有鹿眼女郎和朋友助兴，

言谈中偶尔提到你的名字，

国王啊！也会气氛紧张。（121）

这里，恐惧的升起。①

他不忍目睹雪山女儿的严酷苦行，

而又感到她的真心话儿亲切有味，

在卸下梵志伪装时，既急切，又迟缓。

愿毁灭爱神的湿婆赐予你们快乐！（122）

这里，激动和镇定并存。②

"别人会看见，走开！浪人啊，怎么这样鲁莽？我是

少女。用手扶住我！哎呀，这是越轨，你去哪里？"

大地之主啊，这是你的森林里的敌人的女儿，

在采集果子和嫩芽的时候，对某个人这样说。（123）

这里，疑虑、愤怒、镇定、回忆、疲乏、沮丧、觉醒和焦急的混合。③

这些是有味等庄严。虽然情的升起、情的并存和情的混合不被说成庄严，但有人这样说，因此这里也这样说。

尽管不存在这样的情况，即其中没有韵和以韵为辅以及它们各种分类的混合或并存，仍然依据某种因素在某种场合发挥主要作用

---

① 敌人恐惧之情的升起附属于诗人对国王的尊敬之情。
② 附属于诗人对湿婆大神的虔信之情。
③ 附属于诗人对国王的尊敬之情。

而命名。

> 游荡人间，心中充满追逐黄金的渴望，
> 每走一步都洒泪，哭喊道："赐予我吧！"
> 我已经看够了那些卑鄙主子的嘴脸，
> 尽管我成了罗摩，但未获得吉祥财富。（124）

又读作：

> 游荡在阁那斯坦，心中渴望追逐金鹿，
> 每走一步就哭喊一声："毗提诃公主啊！"
> 用许多箭射向楞伽魔王成排的脑袋，
> 身为罗摩，却失去俱舍和罗婆的母亲。

这里，依靠词音力量的余音①，暗示说话者与罗摩相似，附属于表示义。

> 请看，这闪耀着千道光芒的太阳，
> 在某处度过了一夜，在早晨返回，
> 拜倒在因分离而憔悴的莲花脚下，
> 温柔地安抚取悦，苗条的女郎啊！（125）

这里，依靠词义力量暗示本事——主角的行为，但完全附属于独立的太阳和莲花的行为。

用于完善表示义。例如：

---

① 即依靠双关暗示。

云蛇的雨水充满威力，使那些分离中的妇女眩晕、
痛苦、困乏、麻木、昏厥、痴呆、发沉甚至死亡。(126)

这里，暗示义"毒液"① 只是用来完善"蛇"的表示义。又如：

"不动者啊！我要走了。只是看见你，我怎能满足？
可是，我俩呆在这个僻静处，坏人会说三道四。"
牧女用委婉的话语表示她白白等待的沮丧，
诃利便拥抱她，令她汗毛直竖。愿他庇护你们！(127)

这里，"不动者啊"② 等的暗示义用来完善"委婉的话语"等的表示义。

上述两个例举的不同之处在于前者涉及一个说话者，后者涉及两个不同的说话者。

含混。例如：

看不到你时，渴望看到你；看到你时，害怕分别。
无论是看不到你，还是看到你，我都没有快乐。(128)

这里，暗示你应该既不要让我看不到你，也不要让我害怕分别，意思含混。

湿婆的坚定有点儿动摇，
犹如月亮升起时的大海，

---

① 这首诗描写雨季中离妇的痛苦。"雨水"暗示"毒液"。
② "不动者"是诃利（即毗湿奴大神）的化身黑天的称号。

他将目光转向乌玛的脸，
看见频婆果般的下嘴唇。①（129）

这里，暗示义是想吻乌玛的下嘴唇，表示义是目光转向乌玛的脸，哪一种突出，存在怀疑。

同样突出。例如：

为了你们的利益，不要侮辱婆罗门，
否则，你们的朋友持斧罗摩会生气。②（130）

这里，暗示义是持斧罗摩会像消灭刹帝利那样消灭罗刹，与表示义同样突出。

音调的暗示。例如：

我不在战斗中狠揍俱卢族，
我不喝难降胸膛里的鲜血，
我不用铁锤砸断难敌的腿，
让你们的国王签订和约吧！③（131）

这里，说话的语调暗示"我要……"，与相反的表示义"我不……"同时存在。不突出。例如：

听到沙恭尼鸟从凉亭飞走的响声，
这媳妇还没有忙完家务，肢体发沉。（132）

---

① 引自《鸠摩罗出世》3.67。
② 引自《大雄传》2.10。
③ 引自《结髻记》1.15。

这里，暗示义是媳妇的情人已经践约进入凉亭。但她的"肢体发沉"这个表示义更有魅力。

这八类在应用上如前所述。（46cd）

在应用上是指："如果仅仅通过本事暗示，它们肯定成为韵的组成部分，因为诗的运作依靠它们。"① 按照韵论作者的这种说法，凡是仅仅通过本事暗示的庄严，就不是以韵为辅。

韵与庄严、有庄严、混合庄严和结合庄严相结合。（47ab）

有庄严指表示的庄严和以韵为辅的庄严，正如韵论作者所说："韵通过与以韵为辅、庄严和自己的分类，或结合，或混合，呈现许多类。"②

这样，通过互相结合，韵的分类数目非常庞大。（47cd）

这样，按照这种方式计算次分类，数目非常庞大。例如，艳情味的次分类数目就无穷，何况所有的次分类数目。

但简而言之，韵又可以按照暗示的内容分成三类。③ 其中，有的韵能表述，有的韵则不能。④ 能表述的分为奇异的和不奇异的。不奇异的仅仅是本事，奇异的是庄严。尽管它（庄严韵）实际上是被修饰者，但仍按照婆罗门沙门的方式称作庄严。⑤ 而味等即使在梦中也不能表述。它们可以用味等词或艳情等词表述，但从不这样表述。即使使用这些词，在缺乏情由、情态和不定情的情况下，它们也无法体认。另一方面，即使不使用这些词，只要运用情由、情态和不定情，它们就能得到体认。因此，依据正反两方面的理由，它们只能暗示。由于缺乏表示义不适用等条件，它们甚至也不能

---

① 《韵光》2.29。
② 《韵光》3.43。
③ 即本事韵、庄严韵和味韵。
④ 本事韵和庄严韵能表述，味韵不能表述。
⑤ 庄严本身是修饰者，而作为庄严韵，成了被修饰者。但仍以庄严命名。这正如已经成为沙门的婆罗门，仍以婆罗门命名。

转示。

前面已经说明，如果不是仅仅表现为本事的暗示义，其中的表示义转化为另一义，或表示义完全失去，那就不存在转示。

在依靠词音力量的暗示中，表示义受到限制，不能表示的另一义和明喻等庄严无可争议地是暗示义。

在依靠词义力量的暗示中，由于惯用义不适用于特殊性，依据期望、邻近和关联的力量，具有普遍性的词义互相结合，产生特殊的、不同于词义的句义。那么，按照"词义联系说"一派的理论，这种暗示义怎么能说成是表示义？

另一些人说："依靠感觉得知词、老人和词表示的对象。听者依靠推理和行为达到理解。依靠'否则不能解释'的假定，得知双重能力①。这样，通过三种知识手段②得知互相的联系。"

按照这种说法，例如，一个老年人说道："提婆达多，把牛牵来！"接着，一个中年人将一头有垂肉等特征的动物从一处牵到另一处。于是，一个儿童依据这个行为推理：这个中年人从这样的句子获得这样的意义。由此，他明白句子和句义之间存在不可分割的能指和所指的关系。此后，他听到这样的句子，诸如"吉多罗，把牛牵来！""提婆达多，把马牵来！""提婆达多，把牛牵走！"他依据肯定和否定，得知如此这般是如此这般的意思。唯独句子用于确定行动或停止。因此，句子中互相联系的词的惯用义是通过互相联系的词义得知的。句义就是这些特殊的词义，而不是这些词义的特殊。③

这些词也在其他句子中使用，并被确认为是同样的词。因此，惯用义只是与其他词相联系的词义。尽管如此，它以寓有一般的特

---

① 即能指和所指的双重能力。
② 即感觉、推理和假定。
③ 意思是句义就是这些互相联系的词义，而不是这些互不联系的词义的结合。

殊形态被理解。这些互相联系的词就是这种性质。这是"联系词义说"一派观点。

按照他们的观点,惯用义是寓有一般的特殊形态的词义。这样,句子中不存在的那种尤为特殊的意义(即暗示义),肯定不是表示义,因为它不具有惯用义的性质。例如,在"乳边的檀香膏一点不剩……"(引诗2)这首诗中,"肯定"等领会的词义是远远不同于表示义的另一义。①

按照"词义联系说",词义原本互不联系。而按照"联系词义说",词义总是与其他词义相联系,但互相联系的特殊性不被表示。因此,这两种学说都认为句义不是词义。

也有人说:"原因依据它们的结果认知。"② 这里,原因或者是制作者("所作因"),或者是致知者("令知因")。词是启明者,不是制作者。而对于未知物,它又怎么能成为致知者?认知性只能依靠惯用义。而惯用义只能依靠互相联系。这样,原因尚未真正被确认为原因,怎么能认知结果?因此,"原因依据它们的结果认知",这是缺乏考虑的说法。

还有人说:"词的功能像箭那样,射得很远。"又说:"词企图表示什么,什么就是词义。"因此,在"乳边的檀香膏一点不剩……"(引诗2)这首诗中,"肯定"的意思就是表示义。这些无知的人不懂含义,却热衷于含义说。

实际上,完成者和将要完成者同时出现,完成者是为了促成将要完成者。这样,名词一旦与动词发生联系,获得将完成的性质,因为它们以自己的行动促成主要行动。③ 按照"燃烧未燃烧者这个

---

① 表示义是否定,暗示义是肯定。
② 意思无论是表示义、转示义或暗示义,原因都是词,都是词的结果。
③ 例如,"牵牛来!"牛作为完成者要以自己行走的行动促成"牵"这个主要行动。

准则",这里强调的是未完成者。例如,"那些戴红头巾的祭司在走动",在已经确认"那些祭司在走动"的情况下,这里强调的是"戴红头巾的"。又如,"他用酥油祭供",在已经确认"祭供"的情况下,这里强调的是"酥油"。有时强调两者,有时强调三者。例如,"织红布",可以强调一者、两者或三者。①

因此,凡是所强调者都是含义。含义与既定的词义有关,而不仅仅是领会义。否则,"前面的人在跑",它的含义也会涉及后面的人。

还有,"吃毒药吧!而不要在他的家中吃饭"。这里,含义是"不应该在他的家中吃饭",因此,这是句义。但应该说,这里,"而"这个连接词表明这是一个统一的句子。

这两个句子都有独立的动词,没有主次之分。而"吃毒药"具有派生意义,因此被认为是附属的。这样,两句合成"在他家中吃饭比吃毒药更糟,因此,你绝不要在他的家中吃饭"。可见,含义在既定的词义中。

如果听到词语,获得的意义都是表示义,那么,"婆罗门啊!你生了一个儿子",或者,"你的未婚女儿怀孕了"。听到诸如此类词语后显现的喜悦或沮丧,为什么不称作表示义?为什么又有转示义?因为转示义也可以理解为表示功能的延伸。又为什么在圣言、转示、句法联系、语境、位置和名称之间有意义的强弱之分?因此,即使按照"联系词义说",那首诗中"肯定"的意义也只能是暗示义。

还有,kuru rucim("高兴起来吧!")在诗中颠倒使用,为什么会被认为是诗病?② 这种不雅的词义与其他词义无关,并不是表示

---

① 如果第一次吩咐织工"织红布",强调的是"织"、"红"和"布"这三者。如果已经确认了"织",则强调的是"红"和"布"这两者。如果已经确认了"织布",则强调的是"红"这一者。

② 如果词序颠倒使用,那么,rucim kuru 在连读中,就会出现 ciṅku(女性生殖器)的词音。

义，那就无须回避这种表达方式了。①

如果不承认暗示者和暗示义不同于表示者和表示义，那么，也就不可能有语法错误等"常病"的分类和刺耳等"非常病"的分类。② 然而，人人都明白这样的分类并不是不可能的。如果承认暗示者和暗示义不同于表示者和表示义，而暗示义具有多样性，某种意义适合某种情况，这样的分类也就能成立。

在"由于你渴望与佩戴骷髅者结合，现在有了两件令人哀怜的事物……"（引诗186）这首诗中，为什么选用"佩戴骷髅者"比"持弓者"更适合诗意？③ 这两个称号的表示义对于所有听众都是同样的，固定不变的。

又如，"太阳落山了"的表示义固定不变。但在不同场合，诸如特殊的语境、说者和听者等，则暗示不同的意义。这样，"太阳落山了"可以暗示"袭击敌人的时间到了"、"你该去会见情人了"、"你的情人就要来了"、"我们该收工了"、"让我们开始晚祷吧"、"别走远了"、"赶牛入栏吧"、"现在快凉快了"、"让我们收摊吧"、"情人还没来"等等。诸如此类的暗示义显然不胜枚举。

在"乳边的檀香膏一点不剩……"（引诗2）这类诗中，表示义的特征是否定，暗示义的特征是肯定。

> 贤士们，摒弃妒意，慎思而行，
> 请你们说一说行为的规范吧！
> 应该侍奉巍巍高山的山坡，

---

① 由此说明，并非一切词义都只是表示义。
② "常病"指永远是诗病，"非常病"指有时是诗病，有时不是诗病。例如，刺耳在艳情味中是诗病，在英勇味中不是诗病。
③ 佩戴骷髅者和持弓者都是大神湿婆的称号。这里，选用佩戴骷髅者更能体现湿婆之妻波哩婆提令人哀怜。

还是媚笑传情的女郎臀部？（133）

在这首诗中，表示义是疑问，暗示义是在平静味和艳情味之间作出抉择。

你用锋利的剑刃砍下敌人的头颅，
占据了他的财富，怎么还会骄躁？
凭着你消灭敌人，使他们粉身碎骨，
难道你的光辉名声没有抵达天国？（134）

在这首诗中，表示义是责备，暗示义是赞扬。

还有，在时间上，表示义的认知在先，暗示义的认知在后；在传达上，表示义依靠词，暗示义依靠词、词的组成部分、词义、音素和词语组合方式；在认知方法上，表示义依靠语法，暗示义还依靠语境等以及清晰的想象力；在效果上，表示义为明白人提供理解，暗示义为知音提供魅力；在数量上，上述"太阳落山了"的例举已经说明。

看到自己妻子的嘴唇受伤，哪个丈夫不会生气？
不听劝阻，嗅有蜜蜂的莲花，你现在就忍着点吧！（135）

在这首诗中，诉说对象不同：表示义的诉说对象是女友，暗示义的诉说对象是女友的丈夫。①

面对这些不同，如果仍将表示义和暗示义等同起来，那么，蓝色和其他颜色也就没有区别了。正如前人所说："区别或区别的理

---

① 即女主人公的女友故意说给女主人公的丈夫听，以掩饰女主人公的嘴唇被情夫咬伤的实情。

由在于特征相违和原因不同。"

表示的词需要表示的词义，而暗示义的词不一定需要这样的词义。这也说明暗示不同于表示。

在"听到沙恭尼鸟从凉亭飞走的响声……"（引诗132）这首诗中，表示义暗示了领会义①后，仍然保持自己的表示义，而成为以韵为辅的诗。而这种并非是用自己的词表示的词义或句义怎么会进入认知领域？由于什么功能，这种意义会成为认知对象？

"我是罗摩，能忍受一切。""罗摩热爱生命，可爱的人啊！却不懂爱情。""这罗摩凭借自己的勇气，在世上获得至高成就。"有人会说，在这些例句中，罗摩的转示义多种多样②，成为特殊称呼的原因。对它的理解也依据词音和词义，也需要语境等。为何还要另外确认暗示义？

应该说，即使转示义多种多样，但它仍像同音异义的表示义那样，数量有限。而且，如果不与表示义有确定的联系，词义就不能转示。而暗示义由于语境等等的特殊性，可以有确定的联系，可以没有确定的联系，也可以有间接的联系。

> 婆婆睡这里，我睡这里，趁白天你看仔细，
> 客人啊，夜里眼瞎，莫要睡到我俩的铺上。③（136）

在这首韵诗中，表示义是禁止，而想要表达的是另外的意义。④这怎么会是转示义？前面已经说过⑤，即使在转示中，暗示也肯定

---

① 暗示的领会义是"情人已经践约进入凉亭"。
② 第一句中的罗摩转示坚忍不拔，第二句中的罗摩转示心地坚硬，第三句中的罗摩转示英勇非凡。
③ 引自《七百咏》。
④ 即向客人暗示自己的铺位。
⑤ 参阅第二章第14颂b。

起了作用。正如表示义依靠惯用义，转示义也依靠表示义不适用等三种情况下的特殊惯用义。① 因此，人们称其为表示义的尾巴。

暗示看似发生在转示之后，但肯定不属于转示。暗示不附随转示，因为它的产生也可能依据表示义。暗示也不附随这两者，因为可以看到它也可能依据没有表示义的音素。暗示也不附随词，因为它也可以依据无言的斜眼等等姿态。因此，不可否定，暗示或称作韵等的功能超越表示义、含义和转示义这三者的功能。

在"婆婆睡这里，我睡这里……"（引诗 136）这首诗中，暗示义和表示义有确定的联系；在"看到自己妻子的嘴唇受伤……"（引诗 135）这首诗中，暗示义和表示义没有确定的联系。

> 换位交欢时，看见坐在肚脐莲花中的梵天，
> 情急之中，吉祥女神赶忙合上诃利的右眼。（137）

在这首诗中，暗示义和表示义有间接的联系。诃利这个词暗示他的右眼是太阳。② 由此，合上右眼暗示太阳落山。太阳落山暗示莲花合拢，由此覆盖梵天。③ 这样，吉祥女神的隐秘部位无人可见，她就可以纵情交欢。

也有些人认为那是完整地认知的句义，仍然是表示义。句子就是表示者。然而，在实际运用中，他们必然思考词音和词义。因此，即使按照他们的观点，在"乳边的檀香膏一点不剩……"（引诗 2）这类诗中，"肯定"之类的意义仍然是暗示义。

还有些人认为与表示义没有联系者不可能被暗示，否则，任何词可以暗示任何意义。因此，暗示者和暗示义绝不会没有确定的联

---

① 参阅第二章第 9 颂。
② 按照印度古代神话，诃利（即毗湿奴大神）的右眼是太阳，左眼是月亮。
③ 梵天坐在毗湿奴肚脐上长出的莲花中。

系。由于"相随"("必然联系")、确定性和三重"相"("标志")①，对于"有相"("某种事物")的认知必定是推理。例如：

知礼守法的人啊，尽管放心走吧！今天，
戈达河边树丛中的猛狮，咬死了那条狗。②（138）

在这首诗中，除掉了屋中的狗，表明可以放心行走，由此推理，戈达河上有猛狮，则不能放心行走。凡是胆小的人行走，必定先要确认已经消除危险因素。而戈达河岸上有猛狮，否定了可以行走。

应该说，即使是胆小的人，由于老师或主人的下令，或热恋情人，或其他原因，明知有危险因素，也会行走。因此，这个前提就不能成立。一个勇敢的人，即使害怕狗③，也可能不害怕狮子。这也说明前提不能成立。戈达河岸上有狮子，既没有凭感觉，也没有凭推理证实，只是听说而已。言辞没有得到证实，就没有认知的可靠性。这也说明前提不能成立。因此，怎么能用这样的前提推理结论呢？

同样，在"乳边的檀香膏一点不剩……"（引诗2）这首诗中，檀香膏一点不剩等作为标志，可以由其他原因造成，正如在这首诗中所说，可以由沐浴造成。因此，它并不一定与调情有联系。这样，前提不能成立。而在韵论家看来，这些标志借助"下流胚"这个称呼能产生暗示性。而且，"下流胚"的性质在这里也不需要加以证实。这怎么会是推理呢？在无须证实的情况下，从这些词语中

---

① 三重"相"指"相"有三个特征，例如在"此山有火"的推理中，烟作为"相"的三个特征是此山有烟、如灶和并非如湖。
② 引自《七百咏》。
③ 因为狗常常被认为是污秽不洁的动物。

展现这样的意义,韵论家不认为是缺陷。

以上是《诗光》中名为《论以韵为辅和韵的混合分类》的第五章。

第 六 章

论音画和义画

音画和义画两类诗前面已经提及,依据音画和义画的主次而定。(48)

在音画诗中,缺乏词义的奇妙,或者,在义画诗中,缺乏词音的奇妙。正如前人所说:"一些人坚持认为隐喻等是诗的装饰,因为一位女子的面容即使可爱,如果不加装饰,也缺乏光彩。另一些人认为隐喻等是外表的装饰,名词和动词的安排才是语言的装饰。他们说道:'词音(名词和动词)的正确安排是装饰,而词义不是这样。'由于存在音庄严和义庄严的区别,我们接受这两种装饰。"①

音画,例如:

月亮升起,先泛红晕,后闪金光,
接着宛如离妇憔悴苍白的面颊,
进入夜晚,又像新切开的藕块,
光泽洁白,能够驱散弥漫的黑暗。②(139)

---

① 引自婆摩诃《诗庄严论》1.13—15。
② 这首诗的梵语原文运用了谐音修辞。也就是说,这首诗中的谐音修辞效果比明喻突出。

义画，例如：

美女的鬈发搭在眼睛上方，
低垂在额前，轻快地摇晃，
永远保持着乌黑和卷曲，
有谁见了，心儿不会发慌？（140）

又读作：

正如那些恶人卑鄙下流，
逢场作戏，动不动就撒谎，
永远保持着黑心和狡诈，
有谁见了，心儿不会发慌？①

在诗中，一般是通过表现情由、情态和不定情，最终达到味。但在这两类诗中，缺乏明显的味，因此缺乏暗示。依据音庄严和义庄严的种种分类，画诗也有许多分类。这些分类留在论庄严时讲述。

以上是《诗光》中名为《论音画和义画》的第六章。

---

① 由此可见，这首诗主要运用双关和明喻修辞。

第 七 章

论 诗 病

已经说明诗的性质,现在讲述诗病的一般特征:

诗病是对主要意义的损害。味和味所依托的表示义是主要意义。词等与这两者有关,因此,诗病也与它们有关。(49)

损害即毁坏。词等等是词音和组合方式。

现在讲述各种诗病的特征:

词病有刺耳,违反语法,不合惯例,缺乏意义,使用僻义,用词不当,滥用衬字,词不达意,三种用词不雅,词义含混,使用经论术语,俚俗,费解,出现在复合词中的难解,词义重点不明和含有歧义。(50、51)

刺耳即词音刺耳。例如:

这细腰女郎斜视的秋波是爱神的居处,

他受到这秋波的拥抱,何时能实现愿望?(141)

其中,kārtārthyam(实现愿望)一词词音刺耳。

违反语法即不符合语法规则。例如:

村长的女儿啊!你的乳房周边白,顶端黑,

犹如半熟的丁土伽果,适合青年猎人抚摸,

那些大象忧心忡忡，渴望保护自己的颞颥，
乞求你不要用那些树叶覆盖住这对乳房。（142）

其中，anunāthate（乞求）违反语法规则。按照语法规则，词根 nāth 采用中间语态，通常含有祝福的意思，例如，"但愿得到酥油"。而这里的意思是乞求，应该使用主动语态，即 anunāthati。

不合惯例指即使形式上正确，但不为诗人们采用。例如：

这个人的行为一贯残酷无情，
看来他的神灵是鬼怪或罗刹。（143）

其中，daivata（神灵）一词按照语法规则可以用作中性或阴性，但即使可以用作阳性，诗人们也都不采用。①

缺乏意义是一个词用作那个意义，但实际上它不能表达那个意义。例如：

已在许多圣地沐浴，获得功德，
他满怀尊敬，前往神圣的恒河。（144）

其中，hanti 一词用以表达"前往"，但实际上不能表达这个意义。

使用僻义是在含有两种词义的情况下，使用其中不常用的词义。例如：

一踢之下，脚上湿润的红染料染红情人的发髻，

---

① 在这首诗中，"神灵"一词使用阳性，因而不合惯例。

情人看到她惊恐不安，赶紧抱住她，亲吻她。（145）

其中，śoṇita 一词常用义是血，染红是僻义。

用词不当。例如：

苦行者久经艰辛达到的归宿，
祭祀者尽心竭力追求的归宿，
一旦成为战争马祭中的牲畜①，
这些光辉的人即刻就能达到。（146）

其中，"牲畜"一词含有卑怯之意，因而用词不当。

滥用衬字仅仅是为了填衬而使用 ca 等小词。例如：

高利女神啊！你的肤色如同盛开的莲花花蕊花粉，
金光灿烂，但愿凭借你的恩惠，实现我的愿望吧！②（147）

其中，hi 一词用作填衬，并无意义。

词不达意。例如：

怒不可遏，但能解除危难，
人们自愿服从这样的人，
而对于无怒无爱的家伙，
人们既无敌意，也无敬意。③（148）

---

① 这句意谓刹帝利武士战死疆场。
② 引自《龙喜记》1.13。
③ 引自《野人和阿周那》1.33。

其中，jantu（家伙或生物）一词想要表达"无益于人"的意义，但实际上不能表达这个意义。又如：

我看到这月容女郎变成黑夜，哎呀！
尽管离愁别恨造成黑暗，日子依旧，
造物主始终与我作对，我能怎么办？
而我的生命世界为何不同样变成黑夜？（149）

其中，dinam（日子）一词不能表达明亮的意义。另外，由于增加前缀，词义发生变化。例如：

胜利属于跋婆尼模仿丈夫的杖足舞姿，
具有从自身魅力之湖产生的莲花之美，
以修长的大腿为莲花秆，以指甲为花须，
以鲜艳的红染料为花瓣，以脚镯为蜜蜂。（150）

其中，dadhat（具有）一词由于加上前缀 vi，变成 vidadhat，则词不达意。

三种用词不雅是含有羞耻、反感和不吉祥。例如：

这位智者眉毛竖起，谁能抗衡？
他的军队庞大，世上无人可比。（151）

这傻女子看到另一个女子任意啃咬他的下嘴唇，
便用玩耍的莲花拍打他，而他站着闭起了双眼，
仿佛眼中沾上莲花粉，随即她出于慌乱或狡黠，

用嘴为他吹气，而他不断吻她，不必再下跪求情。①（152）

我的爱人已经消失，如今微风吹拂，
浓密可爱的尾翎散开，无可匹敌；
倘若美发女郎的发髻缀有花朵，
在欢爱中散开，孔雀还能吸引谁？②（153）

在这三首诗中，sādhana（军队或阳物）、vāyu（气或风）和 vināśa（消失或毁灭）分别含有羞耻、反感和不吉祥。

词义含混。例如：

你在战斗中受到胜利女神拥抱，
不断听到致敬祝福，怜悯他们吧！（154）

其中，vandyā 一词的意思究竟是"被俘的女子"，还是"致敬"，令人疑惑。③

滥用经论术语。例如：

正知的大光辉已经驱散他的业行，
他即使从事行动，也不受行动束缚。（155）

其中，āśaya（业行）一词在瑜伽经典用作 vāsanā（熏习或潜印象）的同义词。

俚俗即民间用语。例如：

---

① 引自《阿摩卢百咏》72。
② 引自《优哩婆湿》4.22。
③ 如果是被俘的女子，诗中应该改读"怜悯被俘的女子吧！"

你的面庞的光辉取自圆月，
屁股宛如金板，夺人心魂。(156)

其中，kati（屁股）一词俚俗。
费解是使用转示义，但不能产生这种转示义。例如：

这是明朗秋夜的情人①，细腰女啊！
而你的面庞使她成为击掌的对象。(157)

其中，"击掌"一词转示"战胜或胜过"，但实际上不能转示这种意义。
以下是仅仅出现在复合词中的诗病。其他各种或出现在单词中，或出现在复合词中。
难解是意义的理解受阻。例如：

大地之主啊！你的行为光彩熠熠，就像那些
在阿特利眼中产生者光照下闪耀光辉者。(158)

其中，"在阿特利眼中产生者"指月亮，在月亮"光照下闪耀光辉者"指睡莲。
词义重点不明是主要意义不突出。例如：

我也要努力保卫城市，那我的这些脑袋有什么用？
我曾割开颈脖，鲜血汩汩流淌，洗涤湿婆的双足，
由此赢得恩惠，在世上享有虚名。我的这些手臂

---

① 指月亮。

又有什么用？它们充满骄傲，想要掀翻盖拉娑山。（159）

其中，"虚名"不应该是修饰主语的形容词，而应该是谓语。①
又如：

她一次又一次提起从腰间下滑的盖瑟罗花腰带，
爱神精通部位，仿佛是他安在那里的第二根弓弦。②（160）

其中，想象的重点是"第二"，因此，正确的表述应该是"弓弦第二"。③
又如：

眼睛畸形的身体，不明不白的出身，裸体表明的财富，
鹿眼女郎啊！作为新郎，你看中这三眼湿婆哪一点？④（161）

其中，正确的表述应该是"出身不明不白"。⑤

她是欢喜之海，安定浮躁的心，
过去你一时一刻都离不开她，
如今一说起她，你就心烦意乱，
哎呀，真叫我们这些朋友伤心。（162）

---

① 按照原文中的语法关系，虚名修饰脑袋，即"这些享有虚名的脑袋"。
② 引自《鸠摩罗出世》3.55。
③ 意谓应该用"弓弦第二"取代"第二根弓弦"，从而突出"第二"。
④ 引自《鸠摩罗出世》5.72。
⑤ 意谓应该突出"不明不白"，不应该将它用作形容词。

其中,"离不开"(amuktā)强调的是否定语气,应该使用否定词 na,即 na muktā。例如:

这是浓密的新云,不是骄横的妖魔,
这是伸长的彩虹,不是射箭的强弓,
这是迅猛的暴雨,不是密集的利箭,
这是金色闪电,不是我的优哩婆湿!①(163)

在前一首诗中,"离不开"(amuktā)并非是附属于主要者的次要者,例如:

不恐惧而保护自己,
不烦恼而遵行正法,
不贪婪而接受财富,
不执著而享受幸福。②(164)

其中,"不恐惧"(atrasta)等附属于"保护自己"等。
含有歧义。例如:

他的行为纯洁无瑕,如同月光,
我该怎样描述这位无私的朋友?(165)

其中,akāryamitra 表示"无私(或不计得失)的朋友",但也能理解"作恶的朋友"。又如:

---

① 引自《优哩婆湿》4.7。这首诗中使用否定词 na。
② 引自《罗怙世系》1.21。这首诗中没有使用否定词 na。

久别重逢，眼中充满喜悦，
她扑上去搂住爱人的脖子。（166）

其中，"搂住脖子"的用词应该是 kaṇṭhagraha，而不应该是 galagraha。① 又如：

如果罗摩不惧怕跋婆尼的丈夫，折断他的弓，
因为这位尊神怜悯一切众生，灵魂永远平静，
他的儿子室建陀杀死狂妄的多罗迦，举世同庆，
那么，他怎么忘记我？湿婆的学生，情同室建陀。②（167）

其中，"跋婆尼的丈夫"会被理解为跋婆尼的又一位丈夫。③ 又如：

雪山之女的狮子站在他的坐骑公牛旁边，
也脱尽傲气，但愿安必迦之夫保佑你们！（168）

其中，"安必迦之夫"会产生歧义。④
复合词中的刺耳。例如：

眼睛妩媚的女子已经远去，
现在到了孔雀鸣叫的时刻。⑤（169）

---

① galagraha 是一种喉病名称。
② 引自《大雄传》2.28。
③ 因为"跋婆尼"的意思就是湿婆的丈夫。
④ 按照原文中的用词也可理解为"安必迦之母"。
⑤ 这首诗原文第二行的复合词中有刺耳诗病。

其他可以依此类推。

除了违反语法、缺乏意义和滥用衬字，以上各种诗病也出现在句中，有些也出现在词的组成部分中。(52)

有些，则不是全部。依次举例：

学习吠陀，祭祀天神，
供奉祖先，尊重亲友，
克服六病，热衷政事，
消灭敌人，连根铲除。① (170)

但愿难坠者持续不断赐予你幸福，
但愿他用聋哑之病打击你的敌人。(171)

其中，用 duścyavana（难坠者）表示因陀罗，用 aneḍamūka 表示聋哑，都不是常用词，即不合惯例。

你的手臂有利剑相助，统辖大海环绕的大地，
国王啊！你名声显赫，像月亮那样闪耀光辉。(172)

其中，剑、大海、大地、月亮和名声用的不是常用词，而是箭、爱神、宽容、莲花和偈颂的僻义。

你是大地之主，展示种种美德，
歌手们在各地传扬你的名声，
主人啊！你的荣誉广为人知，

---

① 这首诗原文句中有刺耳诗病。

完美无瑕，如同秋夜的月光。(173)

其中，kuvinda（大地之主）等词具有织布匠等别的词义，造成对赞颂对象的贬抑，因此，用词不当。①

太阳升上云彩美丽的天空，
那些莲花的睡意顿时消失。(174)

其中，云彩、天空、太阳、合拢和莲花瓣使用的原词属于词不达意。②

国王的军队愤怒地向前挺进，
奋勇打击，令敌人魂飞魄散。(175)

其中，upasarpaṇa（挺进）、prahaṇana（打击）和 mohana（魂飞魄散或失去知觉）这些词引起羞耻感③，因此，用词不雅。

一些诗人热衷剽袭别人的观念，
吃别人的呕吐物，喝别人的屎尿。(176)

其中，呕吐物和屎尿这些词引起反感。

我和全体家属一起走向父亲的住宅，
已经获得净化，拔除了心头所有愁箭。(177)

---

① 按照这些词的另外读法，这首诗成了赞颂织布匠。
② 应该说，其中用"睡意消失"表示"不再合拢"并非词不达意。
③ 这些词也是有关性爱描写的用词。

其中，pitṛvasati（父亲的住宅）可以理解为火葬场（或坟地），pāvaka（净化）可以理解为火，因此，显得不吉祥。

> 这个人向往天国，军队庞大，
> 通晓箭术，享有荣华富贵。(178)

其中，surā等的词义是天神、军队、箭和荣华富贵，还是酒等，令人疑惑。①

> 怀有强烈的冲动，采取超绝方法，
> 他聚精会神，顽强努力，获得成功。(179)

其中，adhimātropāya（超绝方法）等都是瑜伽经典专用术语，造成难以理解。

> 腮帮塞满蒟酱叶，闲聊瞎扯，
> 这种人就是这种吃相和喝相。(180)

其中，galla（腮帮）等用词俚俗。

> 空中琉璃之足已经驱逐不动者继善性
> 和忧性之后的暗性，现在展开眼睛之战。(181)

其中，空中琉璃之足（即太阳的光芒）、不动者（即大地）和

---

① 若是酒等，这首诗的读法是：这个人沉湎酒肆，瑟瑟发抖，到处乞讨，身上沾有灰烬。

眼睛之战（即双眼），这些词令人费解。①

> 看到这位鹿眼女郎梳起发髻，
> 新颖漂亮，有谁心中不会动情？（182）

其中，"看到发髻漂亮，有谁心中不会动情？"（在原文中）词序混乱，造成难解。

> 我的敌人存在，这本身就是羞辱，何况他是苦行者。
> 就在这里杀戮罗刹族，哎呀！在我罗波那活着之时。
> 呸，呸，因陀罗耆！唤醒了鸠槃羯叻拿，又顶什么用？
> 这些劫掠天国小村的手臂徒然健壮，又顶什么用？（183）

其中，（原文中的"羞辱就是这本身"）应该是"这本身就是羞辱"。另外（原文中的"徒然健壮的手臂"）应该突出"健壮"，而不只是受"徒然"修饰。这首诗中的词序颠倒的毛病属于句子，不属于句义。又如：

> 促使你秋波在眼角跳动，双眉飞扬，
> 贴身乳搭汗毛竖起，美人啊！他来了。（184）

其中，关系代词 yaḥ 和代词 asau 应该是主语和谓语的关系，而现在都成了主语。代词 tat 表示的对象如果已经提到、已经知道和已经感觉到，则不需要使用关系代词 yat。依次举例：

---

① 这首诗表达的意思是阳光驱散大地上的黑暗，双眼睁开。

有谋无勇是懦夫,
有勇无谋是野兽,
他依靠这两者的
结合,追求成功。① (185)

由于你渴望与佩戴骷髅者结合,
现在有了两件令人哀怜的事物,
一件是闪烁光辉的弯弯月牙儿,
还有一件是你,世界眼中的月光。② (186)

浑身颤抖,外衣在恐惧中脱落,
那双痛苦的眼睛向四面张望,
你突然遭到凶猛的烈火焚烧,
而它在黑暗笼罩下,看不见你。③ (187)

如果后面句中的关系代词 yat 具有足够的力量,那么,前面句中不需要使用代词 tat。例如:

在更可爱的月亮升起之时,莲花合拢,十分知趣,
而在更可爱的美女面庞前,月亮依然大胆升起。④ (188)

句子前面出现关系代词 yat,而后面没有出现代词 tat,则没有

---

① 引自《罗怙世系》17.47。其中,有代词 saḥ(他),没有关系代词 yaḥ。
② 引自《鸠摩罗出世》5.71。其中,有代词 sā(这),没有关系代词 yā。
③ 其中,有代词 te(那双),没有关系代词 ye。
④ 在原文中,"莲花合拢"在后,"十分知趣"在前。其中,有关系代词 yat(指"合拢"),没有代词 tat(指"知趣")。

实现对它的期望。例如，在这首诗中，如果"莲花合拢"在前，"十分知趣"在后，便出现这种情况。如果关系代词 yat 和代词 tat 都出现，那就没有缺憾。在有些情况中，由于句子本身的表现力量，关系代词 yat 和代词 tat 都不出现。例如：

> 确实有些人在贬低我们，
> 深知我的创作不为他们，
> 当今和未来有我的知音，
> 因为时间无限，大地无垠。①（189）

其中，utpatsyate（将要出生）就隐含有关系代词和代词。

这样，在"促使你秋波在眼角跳动……"（引诗 184）这首诗中，没有出现代词，也就没有实现期望。其中的 asau 并不能起到代词 tat 的作用。

> 微风吹拂可爱的醉花，一轮圆月皎洁明亮，
> 分离中的妇女目光焦灼，注视春天来到，
> 正如微风亲吻妙项军队统帅可爱的发髻，
> 分离中的罗摩目光焦灼，注视哈奴曼来到。（190）

其中，（出现在句首的）asau 不被理解为代词 tat。如果它被理解为代词，那么，在下面这首诗中，后面又出现代词，就成为多余的累赘了。

> 可怕的双臂配上利剑，战斗中无可匹敌，

---

① 引自《茉莉和青春》1.6。

如果国王任用这个人，日后将事事顺遂。① （191）

又如：

看到天下万物全部是你的形体，自在天啊！
他永远快乐，怎么会惧怕包含自己的世界？（192）

如果说 idam 和 adas 也表示代词 tat，那么，它们只能出现在另一句中，而不能出现在同一句中。事实上，代词 tat 若与关系代词并列使用，它也只是表示已知的事物。例如：

这位国王的刹帝利威力巨大无比，
然而在掷骰子赌博中，被剥夺殆尽。② （193）

其中，与关系代词 yat 并列的代词 tat 只是表示国王的威力。但是，为什么在下面这首诗中，前面两个 yat 连用，而后面只用一个 tat？

你是一切福利之所在，宇宙的形象，
神啊！请你开恩，赐予我荣华富贵！
我敬拜你，请你消除我的任何罪孽，
让我永远吉祥幸福，尊敬的世主啊！③ （194）

其中，前面的两个 yat 连用是表示所有各种（罪孽），而后面

---

① 这首诗上句中使用了 yaḥ（关系代词）和 asau，下句中使用了代词 saḥ。
② 引自《结髻记》1.13。
③ 引自《茉莉和青春》1.3。

的 tat 就是表示这一切（罪孽）。还有，

> 婆罗多让他的母亲做这种事，是出于贪婪？
> 我的二妈做这种事，是出于女人天性轻浮？
> 我想错了！他是高尚者的弟弟，尊敬的二妈
> 是父亲的妻子，因而我认为这是命运的安排。（195）

其中，"高尚者（罗摩）的弟弟"应该使用 āryasyānujaḥ，"父亲的妻子"应该使用 tātasya kalatram，而不应该使用复合词 āryānujaḥ 和 tātakalatram，由此造成高尚者（罗摩）和父亲这两个词在复合词中处于附属地位。复合词中的这类例子还可举出。

> 躺在地上，血染尘土，身躯被豺狼拽住，
> 今天，他们肉体毁灭，生命和感官离去。（196）

这首诗描写死亡，但其中一些词含有歧义，形成另一种读法：

> 他们心地宽容，坚持行善，受人爱戴，
> 如今躺倒在地，断绝麻烦，摆脱痛苦。

出现在词的组成部分中，依次举例：

> 绝不能与女人结交，她们生性轻浮，
> 如同梦幻和泡影，最终没有好结果，
> 尽管我反复思考这个真理一百次，
> 内心依然不能忘却那个鹿眼女郎。（197）

其中，接连三个词都以 tvāt 结尾，刺耳。又如：

因此，你去完成天神的事业吧！
这件事需要依靠另一件事完成，
故而期盼你成为主要的原因，
如同种子发芽之前需要浇水。① (198)

其中，两个词的结尾分别是 ddhyai 和 bdhyai，刺耳。

它的一座座山峰充满矿物，
成为众天女装饰品的供应者，
闪耀的光辉映红片片云彩，
仿佛是不按时间的晨曦晚霞。② (199)

其中，充满（或丰富）是 mattā（迷醉）一词的僻义。

眼睛涂有厚厚眼膏，受到叹息
之风煽起的离愁之火烧灼，
这位鹿眼女郎现在洒下滴滴
泪水，仿佛在磨快爱神之箭。(200)

其中，眼睛使用复数，没有意义，因为诗中描写的只是一位女郎。它也不像《阿摩卢百咏》第五首诗中那样，由于眼睛的不同作用而使用复数。这里的"眼睛"一词不是表示作用。此外，动词使用中间语态（kurute）也没有意义，因为主要的行动结果与主人公

---

① 引自《鸠摩罗出世》3.18。
② 引自《鸠摩罗出世》1.4。

无关，其中不存在属于主人公的行动结果。

> 你的弓术老师是湿婆神；你战胜迦缔吉夜；
> 你用武器击退大海，作为居处；你施舍大地，
> 尽管这些都是事实，但我的旃陀罗赫娑剑，
> 仍然耻于与你砍下奈奴迦头颅的斧子交战。(201)

其中，"战胜"一词使用动形容词后缀（意谓"你能战胜的"），不能表达使用过去分词后缀（意谓"被你战胜"）的意义。

> 这歹徒言语不多，又轻声柔气，
> 实际上，他心中仿佛充满毒汁。(202)

其中，pelava（柔气）用词不雅。①

> 在恒河等等许多圣地沐浴，
> 潜心钻研经典，灵魂净化，
> 出身高贵，俊杰中的俊杰，
> 这样的贤士确实很难遇到。(203)

其中，pūyate（净化）词不雅。②

> 他一向是谦恭友爱的化身，朋友啊！
> 现在成了情人，怎么能看作同一人？(204)

---

① pelava 中的 pela 可以读作睾丸。
② pūyate 中的 pūya 可以读作脓液。

其中，abhipreta（情人）用词不雅。①

从事哪项工作，他的才能不展露？
这位行善人，让我们合掌致敬！（205）

其中，sādhucara 可以理解为以前行善，也可理解为正在行善，词义含混。

国王顶冠上的宝珠有什么可说？
它的光辉甚至天神也难以获得。（206）

其中，vacobāṇa 表示 gīrbāṇa（天神），造成费解。实际上，这个复合词（gīrbāṇa）中，不仅前一个词（gīr）不能用同义词（vacas）替换，后一个词也不能用同义词替换。又如，大海（jaladhi）这类复合词中的后一个词，海火（bāḍavānala）这类复合词中的前一个词，都不能用同义词替换。

虽然不合惯例等实际上属于缺乏意义（即缺乏表示能力），但其他诗学家们都这样分类，因此，我们在前面也按照这样的分类举例说明。

音素不协调，词尾送气音ḥ多次受损，词尾送气音ḥ多次略去，连声失当，韵律失调，用词不足，用词过量，用词重复，优美减弱，结尾重复，属于上句的词进入下句，缺乏合理联系，遗漏必要的词语，词的位置不当，复合词用处不当，词句混乱，句中插句，违反惯用语，前后用词不一，词序不当，词的含义不合语境，这些是句病。（53—55ab）

---

① abhipreta 中的 preta 可以读作死人。

与味配合的音素，后面会讲到。音素与味不相配，则造成不协调。例如，在艳情味中：

嗓音甜美的人啊！我的渴望
不可抑止，顶住了我的喉咙，
这位女子颈似贝螺，请让我
拥抱一下，解除喉咙的痛苦。①（207）

在暴戾味中：

同样的地点，湖泊中充满敌人的血水，
同样的耻辱，父亲被刹帝利揪住发髻，
同样的武器，光辉灿烂，摧毁敌人武器，
愤怒的马嘶做着与罗摩同样的事情。②（208）

其中，使用坚硬的音素和长复合词，适合暴戾味。又如：

从来不能挽开的湿婆神弓被折断成两截，
我怒不可遏，用圆柱手臂掷出这把斧子，
金光闪闪，但愿它刹那间落在你颈背上！
正是这把斧子，湿婆在世上得名碎斧神。③（209）

其中，第四诗步与暴戾味无关，因此，使用的音素与前三诗步不同。

---

① 在这首诗中，重复出现 nth 音素，与艳情味不协调。
② 引自《结髻记》3.33。
③ 引自《大雄传》2.33。

词尾送气音ḥ变成 o，或者略去。例如：

这位国王勇敢，谦恭，机敏，容貌英俊，
他的侍从自恃有力，忠诚，富有智慧。①（210）

连声失当分为三种：不连声、连声不雅和连声刺耳。第一种，例如：

你的行为闪耀月亮的光辉，
国王啊！甚至照亮地下世界；
你正确运用智慧和双臂的
力量，无往不胜，大放光芒。（211）

又如：

他佩戴光彩迷人的项圈，犹如月亮从山上升起，
充满可爱的魅力，犹如珍珠，在家族中闪耀光芒。（212）

其中，任意不连声，即使出现一次，也构成诗病。而按照语法规则可以不连声者，若重复出现，也构成诗病。②

这只鸟儿勇猛有力，迅速飞上天空，

---

① 这首诗中，前一行中词尾送气音ḥ接连多处变成 o，后一行中送气音ḥ多处略去。

② 上面所举第一首诗中，tāni indor 属于任意不连声，bale atitate 和 vṛttīātanvatī 属于按照语法规则不连声，但重复出现。第二首诗中，tata udita udāra 也是属于按照语法规则不连声，但重复出现。

感到那里很热，你就在这里歇着吧！（213）

其中，连声产生不雅的词音。①

　　这里是沙漠边，树木成行，适宜休憩，
　　这里你要稍微低头，不能挺直行走。②（214）

韵律失调分为三种：即使符合规则，但不悦耳；诗步末尾的轻音节没有变成重音节；与味不协调。依次举例：

　　甘露是甘露，蜜糖是蜜糖，毋庸置疑，
　　甚至那些芒果，滋味也是又甜又美，
　　而让一个通晓滋味的人公正地说：
　　有哪种滋味比情人的嘴唇更甜美？（215）

其中，yadihānyat svādu syāt（有哪种滋味）读音不悦耳。

　　由于优美，始终不能避开人们注意，
　　甚至敌人也认为这是他的唯一缺点。（216）

其中，harium tīrai（能避开）读音不悦耳。

　　盛开的芒果树散发诱人的芳香，黑蜂嘤嘤嗡嗡，
　　新叶可爱如同拂尘，春天甚至迷住牟尼的心。（217）

---

① 即产生 raṇḍā 和 ciṅku 两个词音，分别意谓淫妇和生殖器。
② 这首诗中的多处连声造成词音坚硬。

其中，如果 hāri（诱人）后面的词改成 pramuditasaurabha，就能使 ri 这个轻音节成为重音节。又如：

> 那儿是福地，珠宝优异，泥土也神奇，
> 因而造物主能创造出这样一位青年：
> 一见到他，就令人心慌，敌人的武器
> 从手中脱落，美女的衣裳从腰部滑落。（218）

其中，vastrāṇi（衣裳）后面的 ca 改成 api，那么，这个末尾音节即使是轻音节，也具有重音节的性质。

> 你是智者，诗人们的恩主，
> 广大勇士的庇护，国王啊！
> 坦率，机敏，集会上的明珠，
> 你去哪里，我们也去哪里。（219）

这首诗的韵律适合滑稽味。①
用词不足。例如：

> 目睹般遮罗公主在王廷的那番屈辱遭遇，
> 目睹我们流亡森林，身穿兽皮，与猎人为伍，
> 目睹我们隐姓埋名，在毗罗吒宫中充当差役，
> 长兄依然对我这个受难人，而不对俱卢族发怒。②（220）

---

① 而实际上这首诗传达的是悲悯味。
② 引自《结髻记》1.11。

其中，缺少 asmābhiḥ（我们）①，另外，khinne（受难人）前缺少 ittham（这样的）。

用词过量。例如：

此人纯洁如同水晶，本身就是精深的经典，
辩才无碍，流畅贯通，令对手甘拜下风。(221)

其中，"水晶"之后的 ākṛti（样子）一词多余。又如：

男人年老后，还怀有情欲，并不恰当和合适，
美臀女乳房下垂后，还喜欢交合，也是如此。(222)

其中，"美臀女"前面的 kṛtam（做）一词多余。它造成意义不连贯。如果将 kṛtam nitambitīnām 改成 kuraṅgalocanānām（鹿眼女），意义也就连贯。

用词重复，例如：

你用手掌托住脸颊，假装睡眠，
受手掌压迫，腮边的苍白消退，
妙腰女郎啊！请你说说你要为
哪位青年灌顶，成为爱神王子？(223)

其中，līlā（游戏，假装）先后出现两次，用词重复。

优美减弱。例如：

---

① "我们"一词已在汉译中补上。

哪里的野猪不发出可怕的嚎叫声？
哪里的大象不践踏莲池中的莲花？
哪里的野牛不连根撞倒林中树木？
而这头雄狮受雌狮爱抚，躺在那里。①（224）

结尾重复。例如：

这位苗条女郎手臂忽上忽下挡住胸衣，
腕环随之发出声响，犹如爱神的弓弦声，
杜鹃调笑声，蜜蜂采花声，鹧鸪欢叫声，
愿这声响增强你的爱意，犹如伴舞笛声。②（225）

属于上句的词进入下句。例如：

"地上有达薄草，你要轻轻挪动步子！
天上太阳灼热，你要用布遮盖头顶！"
那些旅行者的妻子眼中噙满泪水，
在路上望着遮那迦的女儿，叮嘱她。③（226）

缺乏合理联系。例如：

他们的热力烤干天国大象的颞颥液汁，
他们使天国欢喜园林荫变成宴饮场所，
他们的吼叫声使天王因陀罗心慌意乱，

---

① 这首诗的前三行都使用谐音，而第四行却没有使用。
② 这首诗中结尾的犹如伴舞笛声，与前面意思重复。
③ 这首诗上句中的代词 tat 进入了下句。

你能说这些妖魔的所作所为令你满意？（227）

按照语法规则，若干从句互不联系，同时属于主句。这样，这首诗中，三个从句的关系代词中，有一个 yaiḥ（具格）与主句名词妖魔（属格）不一致。若将妖魔由属格改成具格，就能保持一致。又如：

你这样美丽，他也富有魅力，
你俩已经达到艺术的极致，
真是天生的一对，互相匹配，
此后要做的事是展现美德。（228）

其中，有 yat，无 tat，有 tadānīm，无 yadā，不合适。若将 yat 改成 cet（如果）问题就解决了。又如：

国王啊！你一旦到达战场，将弦挂在弓上，
就能凭借什么，获得什么，请听我告诉你：
弓获得箭，箭获得敌人的头颅，头颅获得大地，
大地获得你，你获得大名声，名声获得三界。[①]（229）

其中，作为听取的对象，弓和箭等都应该使用业格，而作为句义表达的对象，弓和箭等都应该使用主格[②]。弓等在这里不是关系代词 yat 表示的意义[③]，也不是它的形容词。这里也不存在凭借这

[①] 在这首诗中，弓和箭等等分别使用具格和主格。
[②] 因为弓和箭等等的互相关系都已由前面的关系代词 yena（具格）和 yat（业格）表明。
[③] 因为 yat 在前面是作为听取的对象，使用业格。

个和那个的问题。

又如：在"你的弓术老师是湿婆神……"（引诗 201）这首诗中，主旨是谴责持斧罗摩。其中，kṛtavatā（做了）① 是具格，修饰斧子。若使用属格 kṛtavataḥ，修饰持斧罗摩，意思更合适。又如：

  我们是四位祭司，尊师诃利是导师，
  国王举行战争祭祀，王后恪守誓言，
  俱卢族是祭牲，为爱妻雪耻是成果，
  隆隆擂响的荣誉鼓声召唤武士们。②（230）

其中，adhvara（祭祀）一词（在原文中）处在复合词中间，用作国王的修饰词，因而不能与其他意义发生直接联系。

又如：在"胜利属于跋婆尼模仿丈夫的杖足舞姿……"（引诗 150）这首诗中，nijatanu（自身）一词的意义与跋婆尼相联系，而处在复合词中间，则被理解为与杖足舞姿相联系。

遗漏必要的词语。例如：

  这个非凡之人的奇迹吸引我，
  即使如此，我仍然不能相信：
  他是无限伟大的威力化身，
  却只是一个英勇少年的模样。③（231）

其中，mama hṛtasya（受吸引的我）应该改为 apahṛtāsmi（我受

---

① 与 bādhām 相连，意谓"砍下"。
② 引自《结髻记》1.25。
③ 引自《大雄传》2.39。

吸引)。① 还有，thatāpi（即使如此）的用法应该前面另有一个独立的句子。② 又如：

> 我出生自雪山之女的莲花脸，
> 远远超越神和魔的种种意愿；
> 我让魔王之女的美貌有结果，
> 安排她与阿尼娄陀梦中相会。（232）

其中，所要表达的意思是甚至远远超越种种意愿，而句中没有使用api（甚至）一词。又如：

> 我始终钟情你，说话讨你喜欢，
> 小心翼翼，避免爱情出现差错；
> 你看到我犯了什么微小过失，
> 傲慢的人啊！抛弃我这个仆从？③（233）

其中，所要表达的意思是"甚至微小的过失"，而句中没有使用api（甚至）一词。

词的位置不当。例如：

> 情人编制花环，当着她的情敌们的面，
> 亲手佩戴在她的乳房高耸的胸脯上，
> 即使被水玷污，她也不会将它丢弃，

---

① 因为前者中的"吸引"是形容词，而后者中的"吸引"是表语。
② 在这首诗中的原文中，前面的词语都用作形容词，没有形成独立的句子。
③ 引自《优哩婆湿》4.55。

因为它的价值在爱情,不在外表装饰。① (234)

其中,na(不)应该放在 vijahau(丢弃)前面,而不应该放在 kācit(这样一位女子)前面。又如:

湿婆大神的发髻在交欢中受到抓扯,披散垂下,
睡在发髻上的月牙在波哩婆提脸上留下印记,
女友们取笑说是指甲印,她害羞地用嫩芽般的
手指擦去它。但愿这道弯弯的红印记保佑你们!(235)

其中,kuṭilātāmra(弯弯的红色)应该在 nakhalakṣma(指甲印)之前说出。

复合词用处不当。例如:

"呸!骄傲直到现在还希望停留在女人心中,
以山峰般乳房作为城堡。"月亮仿佛气红了脸,
将一条条月光手臂远远伸出,刹那间握住
从绽放的晚莲花丛中飞出的排排蜜蜂之剑。(236)

其中,愤怒的月亮说的话不应该使用长复合词,而其余的诗人说的话可以使用长复合词。

词句混乱是一个句子的词语插入另一个句子。例如:

你难道没有看见你的好丈夫匍匐在你脚下?
抛弃你心中黑暗的愤怒,伸出双臂拥抱他吧!(237)

---

① 引自《野人和阿周那》8.37。

其中，（在原文中）词序混乱。这是与出现在一个句子中的词病难解的区别。

句中插句。例如：

无论如何都不要，我告诉你实话，
与热衷毁谤他人的恶人们交往。（238）

其中，"我告诉你实话"是插在句子中的句子。又如：

他的名声遵照吉祥女神旨意，
前往大海，仿佛传达这个讯息：
"人们看到这把剑（放荡的女子）
通体沾满鲜红的血（充满激情），
落在敌人的脖颈上（搂住脖颈），
甚至也落在大象（贱民）的头上。
这个人乐此不疲，而不顾一切。
你要知道，我已经被他抛弃。"（239）

其中，插入"你要知道"这句，造成不必要的歧义，即可以理解成吉祥女神离开他。①

踝铃等的声音用词是 raṇita 等，鸟等的声音用词是 kūjita 等，交欢的声音用词是 stanita 和 maṇita 等，云等的声音用词是 garjita 等。

违反惯用语。例如：

今天，战斗之海发出的响声为何

---

① 按照这首诗的本意是指名誉离开他。

前所未闻，充斥天地，震耳欲聋，
犹如时代末日，世界大毁灭时，
狂风大作，乌云密集，雷声隆隆？① （240）

其中，rava（响声）一词习惯用于表示青蛙的叫声，不宜用作战士们的狮子吼。

前后用词不一。例如：

黑夜之主月亮按照规则落山，黑夜也跟着离去，
高贵的妇女没有比安分守己更吉祥安宁的事。（241）

其中，"落山"（astam gata）和"离去"（yātā）两者的动词词根不一致。"离去"的用词应该改为 gatā。有的著作中指出"一个词通常不要使用两次"。前面也提到用词重复的诗病。怎么这里一个词能使用两次？回答是：在缺乏相关者或参照者的情况下，不应该使用相同的词。而在具有相关者或参照者的情况下，不使用相同的词或代词，就构成诗病。例如：

太阳升起时是红色，落下时也是红色，
伟大的人面对祸福得失，不改本色。（242）

其中，如果两个"红色"（tāmra）中，后一个"红色"用词改成 rakta，那么，用词不同，似乎表明意义不同，有碍于对相同意义的理解。

---

① 引自《结髻记》3.4。

追求名声，追求幸福，或追求超脱，踏实努力，
不急不躁，成功就会走向他，仿佛急不可待。①（243）

其中，后缀不一致。追求幸福的后缀也应该使用 tum，与追求名声和追求超脱的后缀保持一致。

他们问候雪山，然后见到持戟的湿婆神，
向他报告任务完成，经他同意，升空离去。②（244）

其中，代词不一致。"经他同意"中的代词 tat（他）应该改用 anena，与"向他报告"中的他（asmai）保持一致。

尽管雪山有儿子，但对这个孩子百看不厌，
正如春天百花竞放，蜜蜂依然偏爱芒果树。③（245）

其中，同义词不一致。putravat（有儿子）应该改成 apatyavat（有孩子），保持一致。但有些人认为不必改，因为这首诗的意思是：虽然他有儿子（男孩子），但更宠爱这个女孩子。

国王啊！不幸压垮懦夫，希望离开不幸者，
无希望者必定受轻视，受轻视者无幸福。④（246）

---

① 引自《野人和阿周那》3.40。
② 引自《鸠摩罗出世》6.94。
③ 引自《鸠摩罗出世》1.27。
④ 引自《野人和阿周那》2.14。

其中，前缀和同义词都不一致。①

  有的身上沾有经血，面色如同惨淡的月光，
  有些如同昏暗的四方，离愁似火，心绪混乱，
  还有些步履匆忙似风，浑身颤抖，如遇地震，
  在国王们出发时，这些妇女仿佛预示恶兆。(247)

其中，词数不一致。单数 kācit（有的）应该改成复数 kāścit（有些），保持词数一致。另外，"颤抖"应该由现在分词改成完成时，保持动词时态前后一致。

  让那些野牛进入水池，不断用角击水，
  让那些聚集在树荫下的鹿群反刍食物，
  让那些野猪安静地践踏池边香附子草，
  也让我的弓弦已经放松的弓休息会儿。②(248)

其中，词格不一致。野猪应该由具格改成主格，同时，动词由被动语态改成主动语态，与野牛和鹿群保持一致。

  这位牟尼具有无上的苦行威力和勇气，
  堪称荣誉之海，高傲自负，愤怒地跑来，
  我的手突然抖动，既想骄傲地展示自己
  新近学到的弓箭术，又想拥抱他的双足。③(249)

---

① 其中，"不幸"的两个用词属于前缀不一致；"轻视"的两个用词属于同义词不一致。
② 引自《沙恭达罗》2.6。
③ 引自《大雄传》2.30。

其中，词序不一致。"想拥抱他的双足"应该叙述在前。① 其他情况依此类推。

词序不当。例如：在"由于你渴望与佩戴骷髅者结合……"（250，即引诗186）这首诗中，ca（还有）应该紧接 tvam（你）。② 又如：

"你的双臂中有剑的力量，脸上有月亮光芒，
腰间挂着杀人的长剑③，命令下达四面八方，
我已经衰老，对你还有什么用？"他的名誉
洁白如同月光，仿佛说完这些，愤然离去。(251)

其中，procyevettham（仿佛说完这些）的正确词序应该是 ittham procyeva。同样，在"他的名声遵照吉祥女神旨意……"（引诗239）这首诗中，iti 应该放在 śrīniyogāt（遵照吉祥女神旨意）之前。

词义不合语境。例如：

罗刹女妲吒迦被罗摩的不可抵御的箭射中
心窝，流淌着腥味的血，走向死神的住处，
犹如夜行女子被爱神的不可抵御的箭射中
心窝，涂抹芳香檀香膏，走向情人的住处。④（252）

其中，诗中暗含的艳情味有碍原始的厌恶味。

---

① 意思是要与前面的叙述次序保持一致，因为想拥抱他的双足是针对牟尼的苦行，想展示弓箭术是针对牟尼的高傲自负。
② 在原文中，ca 在 lokasya（世界）之后。
③ 这前三句中含有双关意义，分别为拥抱淫女，充满污点，伴有娼妇。
④ 引自《罗怙世系》11.20。

现在讲述义病。

不贴切，晦涩，矛盾，重复，次序失当，庸俗，含混，缺乏原因，违反常识，违反经典，缺乏变化，缺乏特指，无须特指，缺乏限制，无须限制，意义不全，词语位置不当，类比失当，违背原意，述语不当，定语不当，结尾重复，不文雅。（55cd—57）

与意义有关的诗病。依次举例：

光荣属于太阳！它放弃愉快的休息，行进在漫长的
空中之路，让那些莲花绽开笑容，在风中散发芳香。
（253）

其中，"漫长的"等形容词，即使删去，也不损害有关的意义。① 因此这是不贴切，而不是不一致或重复。

在大诗人精美的语言中，高傲的辩才女神
风格变化多样，流淌甘露液汁，充满魅力；
这些精美的语言层出不穷，甜蜜可爱，密布
在诗的广阔天空中，怎么可能简单明了。② （254）

这首诗中语含双关，另一种意思是：在阳光中，流经三界的恒河流淌甘露液汁，充满芳香，而云彩遍布空中，怎么可能清晰可见？

这首诗的主要意思是：在大诗人精美的语言中，具有自然、繁缛和适中三种风格的语言女神充满魅力，怎么可能像其他诗作那样通俗易懂？这正如在阳光中，流经三界的恒河充满芳香，而在云彩

---

① 这首诗的意思是太阳升起，莲花开放。
② 这首诗用作晦涩的例举。

包围下怎么可能清晰可见？

> 在这个世界上，纵然有新月等等
> 许多事物，天生可爱，令人喜悦，
> 而她是我眼中的月光，生命中的
> 唯一欢乐，已经进入我的视野。①（255）

其中，主人公并不看重新月等，却又突出月光，造成意义矛盾。

在"你们这些人面畜生，违反战斗规则……"（引诗39）这首诗的前面②已经提到"阿周那啊！阿周那！"在这里也提到"你们"。因此，再提到阿周那，造成重复。又如：

> 我的父亲，一切弓箭手的老师，
> 已经变成敌军之海中的海火，
> 用炽烈的武器之火吞噬敌人；
> 只要由他担任着军队的统帅，
> 迦尔纳啊，不必惊慌！慈悯啊，
> 投身战斗！成铠啊，不要犹豫！
> 只要我的父亲手中紧握着弓，
> 担负战斗重任，谁会感到害怕？③（256）

其中，第四诗步（最后两行）的句义重复。

---

① 引自《茉莉和青春》1.36。
② 这里所说的"前面"指在原剧《结髻记》中这首诗的前面。
③ 引自《结髻记》3.7。

国王中的瑰宝，乐善好施者啊！
请你赐给我一匹马或一头醉象！（257）

其中，应该先提象。①

这人睡着了，我跟你睡，这对你有何损失？
收下这些钱吧，赶快抬起你合拢的双腿！（258）

这是庸俗。下面是含混。

在"贤士们，摒弃妒意，慎思而行……"（引诗133）这首诗中，缺乏语境，因而存在疑问。一旦知道主人公属于平静或艳情，就能解除疑问。

武器啊！你并不适合他，是害怕受辱而接受你，
由于他的威力，无论是谁都逃不过你的打击；
如今他抛弃你，并非胆怯，而是出于丧子之痛，
现在我也要抛弃你，因此，我祝福你万事如意。②（259）

其中，没有说明说话者抛弃武器的原因。

告诉我，面庞令莲花羞怯的女子啊！
谁说这是金镯子，以致你信以为真；
其实它是飞轮，能够攻克一切难关，
由于爱神喜欢你，将它戴在你手腕。（260）

---

① 因为象比马贵重。
② 引自《结髻记》3.19。

其中，爱神的飞轮这种说法违反常识。① 又如：

> 放弃戈达波利河边的这条路，
> 旅行者啊，你们走另一条路吧！
> 有个绝望女人用莲花脚踢踏，
> 这里的红色无忧树萌发新芽。(261)

其中，按照诗人的描写惯例，应该是脚踏无忧树开花。

> 这位秀目女子在月光下自由前行，
> 一身洁白的衣服和装饰，月亮沉没，
> 然后有人诵唱你的名誉，她消除疑惧，
> 走向情人住处，你在哪里不是赐福者？(262)

其中，无形的名誉被说成明亮如同月光，这违反日常知识，但符合诗人的描写习惯，不是诗病。

> 这位智者经常在夜里沐浴，然后，
> 整个白天研读和听取各种经典。(263)

除非发生日食，在夜里沐浴违反法论。

> 他的臂力看来无与伦比，
> 确实不必遵循治国六术。② (264)

---

① 飞轮通常是大神毗湿奴的武器。
② 治国六术指联盟、战争、进军、停止、求助和离间。

这种说法违反利论。

> 这女子扔掉爱神的标志臂钏,
> 替换上情人留下的指甲印痕。(265)

其中,在佩戴臂钏的部位留下指甲印痕,违反欲经。

> 抛开其他难以获得的成就,
> 这优秀牟尼以禅定为财富,
> 坚定不移地修习八支瑜伽,
> 获得向往的正知,达到解脱。(266)

其中,正知产生于有分别禅定,然后是无差别禅定,最后是解脱。解脱并非直接产生于正知。因此,这种说法违反其他有关经典。

> 如愿获得了一切财富,又怎样?
> 脚已踩在了敌人头上,又怎样?
> 亲友们都已心满意足,又怎样?
> 肉身之人活够了一劫,又怎样?(267)

其中,重复使用"又怎样",缺乏变化。避免这种诗病,例如:

> 如果火在燃烧,有何奇怪?
> 如果高山沉重,又算什么?
> 大海中的水永远是咸的,
> 永不沮丧是伟人的本性。(268)

在这颗珠子前，造物主创造的一切都黯然失色，
甚至想要称述它的优美，也是对它的极大侮辱，
它的财富远远超出众生所能达到的想象极限，
它最好成为被它映照成珠子的石子中的石子。(269)

其中，应该有所特指，即"它最好成为唯独被它映照成珠子的石子中的石子"。①

娑罗私婆蒂河（语言女神）永远
住在你的莲花嘴上，你的下嘴唇
正是这索纳河（红色），你的手臂
是南海（机敏，有吉祥标志），凶猛，
令人想起迦古私特后裔的勇武，
这些河流（军队）始终在你身边，
片刻也不离开，你的纯洁的内心
是清澈的湖，怎么还会渴望饮水？(270)

其中，"正是这索纳河"，无须这样特指。

用稠密的黑墨汁将黑夜涂黑，
用咒语魔法剥夺白莲的笑容，
将月亮摔在石板上，顿时粉碎，
我就能看到她的脸映照十方。(271)

---

① 这颗珠子不是一般的珠子，而是能满足一切愿望的如意宝珠。这一句表达的意思是，石子得到它的光照，就能变成珠子。对于这样神奇的如意宝珠，最好是与被它映照成珠子的那些石子混在一起，不为人注意。

其中，应该限定这个黑夜是明月之夜。

请你不要用惊涛骇浪卷起沙石，
猛烈拍击，羞辱这些宝石，大海啊！
难道不正是为了憍斯杜跋宝石，
连毗湿奴大神也向你伸手乞讨？（272）

其中，不必限定为叫憍斯杜跋宝石，应该泛指宝石，即"难道不正是为了其中的一块宝石"。

即使大王你提出了请求，也没有如愿以偿，
相反，罗摩对你抱有敌意，却获得这个少女，
你作为世界之主十首王，怎能忍受别人优秀，
自己丧失骄傲和名誉，还有这位女中之宝？①（273）

其中，"这位女中之宝"意义不全，应该是"放弃这位女中之宝"。因为它不能与前面"别人的"相衔接。②

他能下令带来因陀罗顶珠，新奇的目光中蕴含
一切经典，虔信众生之主湿婆，居住在楞伽圣城，
出生在大梵天世系，这样的新郎实在难以寻觅，
如果他不是罗波那，哪里会发现所有这些优点？（274）

其中，"如果他不是罗波那"应该用作结尾。

---

① 引自《大雄传》2.9。
② 即这首诗中表达的意思是：你怎能忍受别人的（女中之宝）优秀，放弃这位女中之宝。

学问装饰智慧，恶习装饰愚蠢，
痴情装饰妇女，流水装饰江河，
月亮装饰夜晚，镇静装饰坚定，
治国的方略装饰人中因陀罗。（275）

其中，低劣的恶习和愚蠢不同于优秀的学问和智慧等，类比失当。

在"他的名声遵照吉祥女神旨意……"（引诗239）这首诗中，"你要知道"这句话产生"吉祥女神要离开他"的意思，违背原意。

今夜你会沉睡，直至赞歌声努力把你唤醒，
黑天、般度族和苏摩迦族今天都会被消灭，
大臂勇士们的战争话题到此结束，让大地
得以解除国王丛林给它造成的沉重负担吧！①（276）

其中，"努力把你唤醒"应该作为述语。② 又如：

毒蛇实行斋戒，饮风维生，将世界吸空，
孔雀严守誓愿，以雨滴维生，吞噬毒蛇，
猎人身披粗糙的羚羊鹿皮，捕杀孔雀，
明知伪善的恶果，恶人依然执迷不悟。（277）

其中，饮风等三种行为，在叙述中应该颠倒次序。③

---

① 引自《结髻记》3.34。
② 在原文中是作为形容词。
③ 饮风维生、以雨滴维生和身披鹿皮都属于苦行生活方式，因此，应以苦行的难度排列次序，先易后难。

啊，花瓣颤动的蓝莲花，美女手上的装饰者，
成排成排蜜蜂的庇护者，情爱羞涩的消除者，
离别之人生命的压迫者，秀丽湖泊的装饰者，
解除我的困惑烦恼，告诉我月容女郎在哪里？（278）

其中，"离别之人生命的压迫者"作为蓝莲花的修饰语不合适。①

在"他的名声遵照吉祥女神旨意……"（引诗239）这首诗中，"你要知道"是用作收尾的句子，而后面又出现独立句子，造成结尾句子重复。

顽固不化，热衷伤害，寻找缝隙，
他必定会倒下，再也不能挺立。（279）

其中，也暗示男性生殖器，不文雅。

以上诗例都用来说明一种诗病。其中也会含有其他诗病，但不涉及论题，也就不作说明。

在 karṇāvataṃsa（耳环）等用语中，耳等等用于表达所在部位的意义。（58abc）

avataṃsa 等本身就是耳环。在这种情况下，加上耳（karṇa）等，表示耳等部位。例如：

她的耳饰胜过一切首饰，
因而，她的耳环光彩照人。（280）

---

① 这首诗中，主人公向蓝莲花求助，说的都是称赞的话。

> 他们走来这里，个个佩戴头冠，
> 香气传播四方，蜜蜂嘤嘤嗡嗡。（281）

其中，耳和头这些词用于表达部位。

> 国王啊，在与敌人对阵厮杀的可怕战斗中，
> 弓弦在你的手臂上磨出的老茧闪耀光辉。（282）

其中，在 jyā（弓弦）前面加上 dhanu（弓），表示弓弦在弓上。而在"弓弦绑住不动的手臂"这样的句子中，就只使用 jyā（弓弦）。

> 这对乳房佩戴闪闪发光的珍珠项链，
> 感觉到情人的热烈拥抱，仿佛在微笑。（283）

其中，在 hāra（珍珠项链）前面加上 muktā（珍珠）是为了表示没有与其他珠宝混合。

> 她美貌绝伦，年轻，又妩媚多情，朋友啊！
> 怎么会不吸引人，如同花环吸引蜜蜂？（284）

其中，在 mālā（花环）前面加上 puṣpa（花）表示格外美丽的花。因为单纯的 mālā（花环）表示一般的花环。

这是在一些已经形成习惯的情况中的用法。（58d）
不能像使用耳环那样使用腰带。①

---

① 意思是不能像在"耳环"前面加上"耳"那样，在"腰带"前面加上"腰"。

他说出甜蜜和音节清晰的话。(285)

有人(伐摩那)认为,即使所指对象已经知道,由于它有形容词,也可以直接提到。① 这并不正确,因为这些形容词可以用修饰动词的副词取代。如果它是正确的,则适用于这样的例子:

这人没穿鞋子,光脚奔走,
跑了很长距离,不知疲倦。②(286)

如果意义明确,缺乏原因不是诗病。(59a)
例如:

那位变化无常的吉祥女神,
接近月亮,不能享受莲花美,
接近莲花,不能享受月光美,
接近乌玛的脸,则两全其美。③(287)

其中,莲花在夜里合闭,月光在白天消失,众所周知,因此,无需说明"不能享受"的原因。

凡出于模仿,都不算诗病。(59b)
刺耳等一切诗病。例如:

---

① 这是指"他说出甜蜜和音节清晰的话"。这里,动词"说"(jag)本身就意味说话,因此不必再提到"话"这个词。但是,它有形容词"甜蜜和音节清晰的",那就可以直接提到它。这是伐摩那的看法。
② 意思是在这首诗中,"没穿鞋子"不能用副词表达。
③ 引自《鸠摩罗出世》1.43。

这个人说"我看到这位鹿眼女郎"等等，
又说"看这头牛！"还说"祭供因陀罗！"① (288)

由于适合说话者等，有时诗病成为诗德，有时既非诗病，也非诗德。(59cd)

由于说话者、说话对象、暗示义、表示义和语境等的力量，有时诗病成为诗德，有时既非诗病，也非诗德。说话者或说话对象是语法家，暗示义是暴戾味等，词音刺耳也成为诗德。依次举例：

如同词根 dīdhīṅ 和 vevīṅ，
有的人与品德和繁荣无缘；
同样，如同词缀 knit，
有的人也与这两者无缘。② (289)

你通晓语法，今天我能见到你，
仿佛见到自己老师，深感荣幸。③ (290)

这个女妖疯狂地奔跑着，形体狰狞恐怖，
晃动的胸脯上方沾满喝进吐出的污血，
佩戴的装饰品主要是头骷髅和大腿骨，
串挂在肠子上，可怕的叮当声回荡空中。④ (291)

---

① 这首诗中的三句话都是模仿他人的话。在原文中，第一句词音刺耳，第二句有语法错误，第三句用词不合惯例。
② 这首诗的说话者是语法家，其中的 guṇa（品德）和 vṛddhi（繁荣）作为语法术语是指二合元音和三合元音。
③ 诗中词音刺耳。但说话对象是语法家。
④ 引自《大雄传》1.35。诗中词音刺耳，但暗示义是厌恶味。

由于表示义的力量。例如：

　　大象啊，你乱吼什么？豺狼啊，你瞎叫什么？
　　鹿和牛啊，疯狂什么？在空地上，谁不能逞勇？
　　倘若狮子发怒，鬃毛竖起，吼声如同海啸，
　　那么，面对这种吼声的吼叫才真正是吼叫。(292)

其中，狮子作为表示义，故而词音刺耳。
由于语境的力量。例如：

　　那位纤腰女郎抛弃爱她的人，去了哪里？
　　你为何在风中摇着头，假装没有看见她？
　　无忧树啊！没有她的脚踢，你怎么会开花？
　　一群群焦急忙碌的蜜蜂咬坏了你的叶芽。(293)

其中，出于对无忧树摇头的愤怒，话中词音刺耳。
有时在缺乏味的情况下，词音刺耳既非诗德，也非诗病。例如：

　　那些人长期沾染罪恶，鼻子和手脚残缺，
　　身体长疮，嗓子喑哑，唯有接受众天神
　　献礼的太阳始终同情他们，治愈他们，
　　但愿太阳的光芒迅速涤除你们的罪恶！[1]（294）

不合惯例和使用僻义在双关等中，不是诗病。例如：

---

[1] 引自《太阳神百咏》6。

> 但愿诛灭安陀迦的乌玛之夫永远亲自保护你!
> 他曾焚毁爱神,使诛灭钵利者的身体变成武器,
> 以身体蜷曲的大蛇为项链和臂钏,托住恒河,
> 以月亮为头顶装饰,众天神以诃罗之名称颂他。(295)

(这首诗中语含双关,上面的读法是称颂湿婆大神,下面的另一种读法是称颂毗湿奴大神:)

> 但愿这位赐予一切的摩豆族后裔亲自保护你!
> 他无生,与声同一,让安陀迦族定居,毁车灭蛇,
> 托起山岳和大地,战胜钵利,让身体进入女性,
> 众天神以砍下吞月的罗睺头颅的事迹称颂他。

其中,称颂毗湿奴大神的读法中,将 śaśimat(有月亮)读作罗睺,将 andhakakṣayakara(诛灭安陀迦)读作让安陀迦族定居,属于不合惯例和使用僻义。

有时,不文雅也成为诗德。正如《欲经》中所说,在交欢时谈话,"应该用双关语暗示这种隐秘之事"。

> 旗帜依靠象鼻投身激烈的战斗,
> 向前挺进,在军队中闪耀光辉。① (296)

涉及平静味的谈话:

> 不是蛆虫,谁会迷恋妇女湿润的

---

① 这首诗中语含双关,按照另一种读法是描写性行为。

伤口，如同青蛙鼓胀裂开的腹部？① (297)

但愿般度之子和黑天高兴满意，
看到敌人已经平静，仇恨的火焰熄灭；
但愿俱卢族王子和随从们一起，
热爱和统治大地，停止争斗，安享太平。② (298)

其中，暗示俱卢族的凶兆。③

即使词义含混，有时在佯赞中，由于表示义的力量，产生明确的意义，而成为诗德。例如：

国王啊！我俩的住宅如今完全相同：
你的装满金子，我的装满孩子的哭声，
你有一切仆从侍奉，我们全家睡地上，
你那里大象成群，我这里充满耗子屎。④ (299)

如果说话者和说话对象都是智者，使用经论术语也成为诗德。例如：

喜爱自我，热衷于不可思议的入定，
知识优异，解开痴暗之结，立足善性，
才能看到那位超越黑暗和光明的

---

① 其中湿润的创口暗指女性阴部。
② 引自《结髻记》1.7。
③ 其中，"热爱和统治大地，停止争斗"，语含双关，也可以读作"鲜血染红大地，身体破碎"。
④ 这首诗的后三行在原文中是用双关语表达的。

古老大神，这人愚昧无知，怎会知道？① （300）

或者，在自我思索中。例如：

胜利属于充满能力的能力之夫②！
他的灵魂居于十六脉圈的中央，
形象居于心中，赐予信徒们成功，
崇拜者们努力寻求他，思想坚定。③ （301）

如果是底层人物说的话，俚语成为诗德。例如：

信度婆罗树盛开的花簇，
如同稻米，令我欣喜不已，
还有那些可爱的茉莉花，
如同滴淌的母牛奶油。（302）

这是丑角说的话，其中的稻米和母牛奶油，使用的都是俗语。有时，用词不足成为诗德。例如：

热烈的拥抱压紧她的胸脯，浑身战栗，
激情荡漾，漂亮的内衣已从腰间滑落，
"不要！不要！行了！够了"她的话音急促，

---

① 这首诗的说话者和说话对象是怖军和偕天，两人都是通晓瑜伽的智者。
② 指湿婆大神。
③ 引自《茉莉和青春》5.1。

然后，她是睡着，昏死，还是融化在我心？① （303）

有时，既非诗德，也非诗病。例如：

或许她生气而施展神力隐身，但怒气不会长久，
或许她已经又升入天国，但依然对我怀有柔情，
如果在我面前，甚至天神的敌人也不能夺走她，
而我的双眼始终看不见她，难道这是命运作怪？② （304）

其中，紧接"隐身"之后，应该说，"但不是这样，因为"。缺少这些词既不是诗德，因为它并不产生特殊的意思，但也不是诗病，因为后面的话（"但怒气不会长久"）否定了前面的意思（"或许她生气而施展神力隐身"）。

有时，用词过量成为诗德。例如：

恶人说尽好话，一味阿谀奉承，
为了谋求利益，想方设法骗人，
善人们不是不知道，而是知道，
只是不忍心让他的恭维落空。（305）

其中，第二个"知道"是强调善人们知道，而不是其他人知道。又如：

"说吧！说吧！敌人已经被打败？"

---

① 引自《阿摩卢百咏》40。这首诗中女主人公的话语没有使用动词，意在表达感情热烈。

② 引自《优哩婆湿》4.9。

"他没有被杀死,嘴里念叨着
'我是你的,你的',在儿子死后,
哭泣着,奇怪地发出啊啊声。"(306)

这种用词过量出现在说话者充满喜悦或恐惧的话中。

在罗德谐音中表示义转化成另一义,在涉及前面提到的意义时,用词重复成为诗德。依次举例:

你像太阳,而名誉的光辉
宛如可爱的月光,国王啊!
大丈夫气概和荣华富贵
不属于别人,唯独属于你。①(307)

受到知音赏识,品德才成为品德,
受到阳光宠爱,莲花才成为莲花。②(308)

谦恭有礼得自控制感官,
品德优秀得自谦恭有礼,
民众爱戴得自品德优秀,
繁荣富强得自民众爱戴。③(309)

有时,优美减弱成为诗德。例如:

从来不能挽开的湿婆神弓被折断成两截……(310,即引

---

① 其中,kara、vibhā和kamalā三个词重复使用,产生谐音效果。
② 第二个莲花指绽放的莲花。
③ 这首诗中,前者的结果依次成为后者的原因。

诗209）。①

有时，结尾重复既非诗德，也非诗病。其中，不只是提供形容词语，也形成另一个句子。仍可以这首诗为例举。有时，复合词用处不当成为诗德。例如：

那位纤腰女郎抛弃爱她的人……（311，即引诗293）。②

句中插句也是如此。例如：

即使我不守规矩，不受约束，缺乏分辨力，
请相信我，甚至在梦中，我也没有忘却你。（312）

其中，插句"请相信我"，用以强化结论。
其他的诗病，依次类推。
直接使用不定情、味或常情的名称，情态或情由不明，情由、情态或不定情与味矛盾，反复加强，不合时宜，突然中止。喧宾夺主，忽略主要因素，违背人物性格，描写离题，这些是味病。（60—62）
不定情直接使用自己的名称，例如：

波哩婆提与湿婆初次相逢，目光中充满爱意；
见到情人的面孔，她害羞；见到象皮衣，她怜悯；
见到蛇，她畏惧；见到流淌甘露的月亮，她惊奇；

---

① 其中，最后一行不像前三行那样使用刺耳的词音和长复合词。
② 其中，这首诗使用长复合词，强化主人公的痛苦心情。

见到骷髅，她沮丧；见到阇赫努之女，她妒忌。①（313）

这首诗应该这样描写才合适："……见到情人的面孔，她低下头；见到象皮衣，她闭上眼；见到蛇，她汗毛竖起；见到流淌甘露的月亮，她目不转睛；见到骷髅，她脸色变白；见到阇赫努之女，她皱起双眉。"

味直接使用自己的名称，或使用艳情味等名称，依次举例：

这位女郎进入他的视线，
是爱神吉祥光辉的化身；
凝视她微微抬起的肩膀，
心中产生源源不断的味。②（314）

她体态迷人，容貌美丽，
柔嫩的面颊流露温情，
看啊，他刚刚步入青春期，
见到这女郎，堕入艳情河。③（315）

直接使用常情的名称，例如：

听到战场上士兵的武器
互相碰击，激发他的勇气。（316）

---

① 诗中提及的象皮衣、蛇、月亮、骷髅和阇赫努之女（即恒河）都是湿婆大神的象征性装饰。
② 这首诗直接使用味的名称。
③ 这首诗直接使用艳情味的名称。

这首诗中直接使用常情勇的名称。

月亮像樟脑那样洁白,
遍照四方,这青年看到
她巧妙地摆弄头巾,
以显示高耸的胸脯。(317)

这首诗中引发情由和所缘情由具体,适合艳情味,但没有产生情态。因此,情态不明。

拒绝欢乐,灭寂思想,
全身颤抖,不停翻滚,
唉,他的身体如此痛苦,
我们又能帮什么忙?(318)

这首诗中,表现为妇女的情由不明,拒绝欢乐等情态也适用于悲悯味等。

高兴起来,愉快起来,别再生气,亲爱的!
用你甘露般的话语,浇灌我枯萎的肢体;
你的脸是幸福宝库,请面对我望上一刹那!
傻女子啊,时间之鹿一旦跑过,永不返回。(319)

这首诗描写艳情味,但具体展示的情由人生无常和不定情忧郁属于对立的平静味。

这位新娘见到爱人,周围都是长辈,

> 她的心儿渴望抛弃一切，前往森林。（320）

这首诗中，"抛弃一切，前往森林"是平静味的情态。如果借口捡柴，前去欢会，前往森林就不构成味病。

反复加强，例如《鸠摩罗出世》中的罗蒂哭夫。

不合时宜，例如《结髻记》第二幕中，在众人生命危在旦夕之际，描写难敌和般努摩提的艳情。

突然中止，例如《大雄传》第二幕中，在罗摩和持斧罗摩的英勇味达到高潮之际，罗摩却说"我要去褪下我的手镯"。

喧宾夺主，例如《马首伏诛记》中对马首的描写。

忽略主要因素，例如《璎珞传》第四幕中，在巴伯罗维耶到达之时，海女（即璎珞）受到忽视。

人物分成神、人和半神三类。每一类又分成坚定而高尚、坚定而傲慢、坚定而多情和坚定而平静，分别以英勇、暴戾、艳情和平静为主味。同时，每类又分成上、中、下三等。与人一样，神也有爱欲、欢笑、悲伤和惊奇。但不应该描写上等的神在会合艳情味中的爱欲，正如绝对不宜描述自己的父母交欢。

> 空中响起众天神的呼声：
> "控制住愤怒，主人啊！"
> 而湿婆眼中喷出的烈火，
> 已经将爱神化成了灰烬。[①]（321）

诸如这首诗中的愤怒，没有皱眉等具体形态，直接产生效果；还有上天入地、跨越大海等行为中的英勇，只适用于神。描写人，

[①] 引自《鸠摩罗出世》3.72。

只能依据流传的或合适的事迹，超过限度就会变得虚假，起不到这样的教诲作用："应该像主角那样生活，而不要像反面角色那样。"描写半神，可以运用上述两种方式。正如要合适描写神、人和半神，也要合适描写坚定而高尚的等人物，否则就是违背人物性格。

"尊者"和"世尊"是上等人物而不是下等人物，用于称呼牟尼而不是国王。"至尊"和"至高自在"用于称呼国王而不是牟尼。否则，违背人物性格。同样，服饰和行为也要符合地点、时间、年龄和种姓等。

描写离题，无助于味，例如《迦布罗曼阁利》中，国王忽略女主角以及他本人对春天的描绘，而赞美歌手的描绘。

这些味病中还包括男主角遭到女主角脚踢而发怒等这类描写。正如韵论家所说："除了不合适，别无其他损害味的原因；味的至高奥秘在于保持公认的合适性。"①

有时，这些情况不成为味病。

有时，不定情使用自己的名称，不是味病。（63ab）

例如：

> 因焦急而加快步伐，因天生的羞涩而转身，
> 在众位女眷劝说下，波哩婆提仍被带往前，
> 见到丈夫，既爱又怕，湿婆面露微笑拥抱她，
> 初次会合，汗毛竖起，但愿她赐给你们幸福。②（322）

这里，"焦急"这种不定情，单凭它的情态不能确认，所以使用它的名称。同样，

---

① 《韵光》3.14 以下。
② 引自《璎珞传》1.2。

嗨，对犯错误的爱人，她的眼睛多么善变！

远离她，焦急；……（323，即引诗29）

这首诗中也使用了"焦急"这个词。因为单凭转身这类情态不能确认不定情羞涩，单凭突然追赶或加快步伐这类情态不能确认不定情焦急。

不定情等存在矛盾，但受到抑制，便成为诗德。（63cd）

受到抑制，则不仅不是味病，反而能加强主味。例如，在"不轨行为在哪里？月亮族在哪里？……"（引诗53）这首诗中，出现思索等，但最终落实在忧虑上，能加强主味。

你那苍白憔悴的脸，

多情的心，倦怠的身，

女友啊，分明透露出

你心中的不治之病。（324）

这里，苍白等对于艳情味和悲悯味具有共同性，不形成矛盾。

美女确实迷人，财富确实可爱，

但生命像骄妇秋波，变化无常。（325）

这里，前半首受到抑制。秋波甚至比生命更不稳定。它作为众所周知的无常性的类比，只能加强平静味。这里，感受不到艳情味的辅助成分，也就感受不到艳情味。认为这是为了吸引弟子注意而描写艳情味，这种看法不能成立，因为平静味和艳情味互不连接。认为这是为了增加诗的魅力而描写艳情味，这种看法也不能成立，因为描写别的味或只要使用谐音也能达到这个目的。

对立的味不发生在同一对象，而是发生在不同对象身上；互不连接的味，中间插入另一种味。(64)

英勇味和恐怖味发生在同一对象身上，便产生矛盾。因此，恐怖味应该安放在对立一方身上。平静味和艳情味互相连接，便产生矛盾。因此，应该插入另一种味。例如，《龙喜记》中，平静的云乘太子产生艳情，爱上摩罗耶婆提，中间插入奇异味："啊，这歌声！啊，这音乐！"

不仅在一部作品中，甚至在语句中，插入第三种味，能消除对立。例如：

尸体沾满尘土，而他们的胸脯沾满新鲜花粉，
尸体被豺狼紧紧抓住，而他们怀中拥着天女。(326)

食肉的兀鹰扑腾沾有鲜血的翅膀扇动尸体，
而洒了檀香水的、芬芳的如意藤衣扇动他们。(327)

那时，这些英雄坐在飞车的宝座上，怀着好奇，
顺着天女手指，看到自己倒在大地上的尸体。(328)

这里，英勇味插在厌恶味和艳情味中间。

对立的味属于回忆，或意思同样重要，或两者都附属主味，不形成味病。(65)

例如：

正是这只手，扯开我的腰带，抚摸我的丰满乳房，
接触我的肚脐、大腿和下腹，解开我的衣服扣结。(329)

这是广声的妻子在战场上看到丈夫的断臂说的话。这里，回忆的往事属于艳情味，但它加强悲悯味。

> 这狮子之妻渴饮鲜血，
> 在你汗毛直竖的身上，
> 留下牙齿印和指甲痕，
> 连众牟尼也热切注视。①（330）

这里，留在菩萨身上的牙齿印和指甲痕与留在情人身上的牙齿印和指甲痕一样具有魅力。正如世人看到情人身上的这种痕迹而充满艳情，牟尼们看到菩萨身上的这种痕迹也充满激情。两者的意思同样重要。

> 泪流满面，柔嫩的脚趾踩在草地，
> 受伤流血，仿佛掉下点点红粉脂，
> 敌人的妻子惊恐地挽着丈夫手臂，
> 绕着野火走，犹如再度举行婚礼。（331）

这首诗的含义是颂扬国王，因此，诗中的悲悯味和艳情味都处于附属地位，不构成矛盾。正如：

> 过来！走开！跪下！起来！说话！闭嘴！
> 财主作弄这些渴望讨点施舍的乞丐。（332）

这里，"过来！"是作弄，"走开！"也是作弄。无论来去，都

---

① 这首诗颂扬佛陀前生作为菩萨时，以身饲狮的英勇精神。

属于作弄，不构成矛盾。

>愿湿婆的火焰烧尽我们的罪恶！
>这火焰犹如惹人生气的情人——
>魔城妇女的莲花眼中含着泪水，
>甩开它，它依然拉住她们的双手，
>拍打它，它依然拽住她们的衣角，
>推开它，它依然抱住她们的身躯，
>不让它抓头发，它又匍匐在脚下，
>由于情绪激动，她们还没有察觉。① (333)

这首诗极力颂扬湿婆大神的威力，诗中的悲悯味起辅助作用。而艳情味又辅助悲悯味。尽管艳情味辅助悲悯味，但这首诗没有落实在悲悯味上，因此，悲悯味仍处于辅助地位。或者说，湿婆的火焰形同情人，因此，艳情味加强悲悯味，而悲悯味加强湿婆的威力。这就是所谓的"自己经过修饰，然后侍奉主人；也只有这样，才能更好地侍奉主人"。

按照我们先前所说的味，与另一种味之间不能存在矛盾，也不能存在主次关系。因此，这里使用的味这个词代表常情。

以上是《诗光》中名为《论诗病》的第七章。

---

① 引自《阿摩卢百咏》2。

第 八 章

论诗德及其与庄严的区别

已经讲述了诗病,现在讲述诗德和庄严的区别。

诗德是主要者味的属性,犹如勇气等是灵魂的属性,有强化的作用和稳定的状态。(66)

正如勇敢等是灵魂的属性,而不是形体的属性,甜蜜等诗德是味的属性,而不是音素的属性。然而,有时,人们看到与勇敢相配的魁梧身材,就会说:"他的模样很勇敢。"由于这种说话习惯,有时一个人并不勇敢,只是身材魁梧,而被说成勇敢。有时一个人即使勇敢,只是身材矮小,而被说成不勇敢。正如这种缺乏主见的惯常说法,有些人将甜蜜等说成是暗示甜蜜等味的柔软等音素,不甜蜜等味的构成仅仅由于柔软等音素而甜蜜等,甜蜜等味的构成则由于不柔软等音素而不甜蜜等。总之,他们对味缺乏理解。实际上,甜蜜等是味的属性,由合适的音素暗示,而不完全依靠音素。音素的暗示方式下面会举例说明。

有时,谐音和比喻等庄严如同项链等,通过构成部分辅助其中存在的味。(67)

庄严通过美化作为构成部分的表示者(能指)和表示义(所指),辅助其中存在的主要者味,正如项链等通过美化作为肢体的颈脖等,辅助灵魂。如果其中不存在味,庄严只是美妙的表达方式。有时,即使其中存在味,庄严也不起辅助味的作用。

"扔掉樟脑，抛开花环，这些莲花有何用？女友啊！
这些莲花秆就足够了！"这少女日日夜夜这样絮叨。
（334）

这是通过表示者。①

这爱情像不停地扩散的烈性毒液，
像借助风势猛烈燃烧的无烟之火，
又像灼热高烧，折磨我的全身肢体，
父亲或母亲，还有你，都不能保护我！②（335）

这是通过表示义和庄严③辅助诗中的味。

这年轻才女给人印象深刻，
她不忽视品德，又活泼好动，
爱在床上打滚儿，擅长言谈，
写诗的时候久久沉思冥想。（336）

这是仅仅辅助表示者。④

太阳去了某处，池中莲花沮丧地合上嘴，
蜜蜂发出哀鸣，看到仙鹤与妻子在一起，
那分离的鸳鸯既不吞下，也不吐出莲根，

---

① 即通过具有谐音的词语辅助诗中的艳情味。
② 引自《茉莉和青春》2.1。
③ 即明喻。
④ 即诗中的谐音仅仅辅助词语。

留在嘴中，仿佛是阻挡生命流失的门闩。(337)

这是辅助表示义，而不是辅助味。其中的明喻不合适，莲根并不能阻挡生命流失。

这便是诗德和庄严的区别。因此，这种说法是不正确的："勇敢等是内在的，项链等是相关的，这是品德和装饰的区别。而壮丽等（诗德）和谐音等（庄严）两者都是内在的。认为这两者有区别是盲目轻信。"另外，这种说法也是不合适的："诗德是构成诗美的成分，庄严是加强诗美的因素。"如果是这样，那么，诗是具有所有诗德，还是具有一些诗德？如果具有一些诗德，不具有所有诗德的高德风格和般遮罗风格怎么能构成诗的灵魂呢？如果具有一些诗德，那么，

这座山上，大火熊熊燃烧，浓烟滚滚。(338)

其中，具有壮丽等诗德，称之为诗。

这女子肤色美丽，嘴唇蜜汁藐视甘露，
凭借自己的这个身体就能赢得天国。(339)

其中，有殊说和较喻两种庄严，而缺乏诗德，也称之为诗。
现在，讲述诗德的分类。
甜蜜、壮丽和清晰，共三种，而不是十种。(68ab)
依次说明特征。
甜蜜属于艳情味，令人愉快，引起心的溶化。(68cd)

艳情味指会合艳情味。溶化仿佛浸透。动听则与壮丽和清晰相同。①

它在悲悯味、分离艳情味和平静味中尤为突出。（69ab）

因为它引起更充分的溶化。

壮丽属于英勇味，令人激动，引起心的扩张。（69cd）

壮丽令人激动，仿佛引起心的扩张。

它依次在更大程度上属于厌恶味和暴戾味。（70ab）

壮丽在厌恶味中比在英勇味中更突出，在暴戾味中比在厌恶味中更突出。

清晰属于所有的味，犹如干柴中的烈火，或清澈的流水，迅速遍及其他。（70cd，71ab）

遍及其他指布满心中。它存在于所有的味和所有的词语组合。

它们存在于音和义中，这是间接说法。（71cd）

间接的说法指比喻的说法。它们指诗德。这正如说勇敢存在于形体中。②

现在讲述诗德为何是三种，而不是十种。

其中有些包含在这三种中，另外一些只是对诗病的否定，其余一些有时存在缺陷。因此，它们不是十种。（72）

紧密是许多词仿佛融合为一体，三昧是升降有序，高尚是词语仿佛翩翩起舞，清晰是与壮丽结合中的松弛，这些都包含在壮丽中。甜蜜是词语分明，一目了然。易解包含在清晰中。同一是风格一致，有时成为诗病。例如，"大象啊，你乱吼什么？……"（引诗292）这首诗，描写狮子，放弃柔软的风格，成为诗德。刺耳和俚俗是诗病，因此，柔和是不刺耳，美好是优雅而不俚俗。这样，

---

① 婆摩诃在《诗庄严论》中将动听视为甜蜜诗德的特征，而这里认为动听也是壮丽诗德和清晰诗德的特征。

② 意思是诗德实际上属于味，正如勇敢实际上属于灵魂。

音德不是十种。

成熟是用一个句子表达一个词义，用一个词表达一个句义，扩展，简缩。所谓成熟，也就是壮丽。它只是文体的绚丽多彩，而不是诗德。即使缺少它，也照样是诗。以蕴含意义为特征的壮丽，以意义简明为特征的清晰，以话语奇妙为特征的甜蜜，以不刺耳为特征的柔和，以不俚俗为特征的高尚，这些是避免词义不贴切、用词过量、缺乏新意、用词不雅而不吉祥和俚俗。易解是如实描写，属于自性庄严。美好是以味韵为主或以味韵为辅。紧密包含行动有序，狡黠、适当和合理，只是文体的绚丽多彩。同一的特征是避免前后不一致，这只是避免诗病，本身不是诗德。只要不是疯子，有谁会说话前后不相干？如果既见不到意义的独创，也见不到意义的借鉴，怎么会不是有病之诗？因此，三昧是对意义的理解，而不是诗德。

因此，这些义德不必提及。（73a）

不必提及也就是不应该提及。

而那些音德，其中的音素、复合词和词语组合方式具有暗示作用。（73bcd）

现在讲述什么暗示什么。

顶辅音之外的所有辅音与各自的鼻音结合，顶半元音和顶鼻音与短元音结合，无复合词或有中等复合词，词语组合和谐，这些属于甜蜜。（74）

除了 taṭhaḍaḍha 这些顶辅音之外，从 ka 到 ma（即喉辅音、腭辅音、齿辅音和唇辅音）与各自的鼻音结合，顶半元音 r 和顶鼻音 ṇ 与短元音结合，无复合词或有中等复合词，词语组合和谐，这些暗示甜蜜诗德。例如：

　　她的肢体弯曲波动，犹如爱神的舞台，

牢牢摄住青年的心，使他们忘却一切。① （340）

　　同一类辅音中的第一个和第三个辅音各自与第二个和第四个辅音结合，任何辅音和顶半元音结合，同一辅音结合，顶辅音，腭咝音，顶咝音，长复合词，词语组合夸饰，这些属于壮丽。(75)

　　同一类辅音中的第一个和第三个辅音各自与第二个和第四个辅音结合，任何辅音与前面或后面的顶半元音 r 结合，同一辅音结合，除了 ṇ 之外的顶辅音，腭咝音，顶咝音，长复合词，词语组合夸饰，这些是壮丽。例如："我也要努力保卫城市……"（引诗159）这首诗。②

　　一听到词音，就能理解词义，这是适用于一切的清晰诗德。(76)

　　一切指味、复合词和词语组合方式。例如：

　　　　两头在丰满的胸脯和臀部压迫下褪色，
　　　　中间接触不到她的腰部，依然保持翠绿，
　　　　这里因柔弱的手臂不断摆动，凌乱不堪，
　　　　这张荷叶床表明这细腰女郎内心焦灼。③ （341）

　　尽管词语组合方式等依靠诗德，

　　但是，为了适合说话者、表示义和作品本身，词语组合方式、

---

　　① 上半首中，六次出现 ṅg（腭鼻音和腭辅音结合），三次出现 ra（顶半元音和短元音结合），下半首中，四次出现 nt（齿鼻音和齿辅音结合），诗中无长复合词，只有中等复合词，词语组合和谐。

　　② 在这首诗中，有同一类辅音的第一个和第三个辅音各自与第二个和第四个辅音结合，如 cch 和 ddh；任何辅音和 r 结合，如 rdh dr ghr 和 rp；同一辅音结合，如 tt 和 jj；还有两个腭咝音 ś，三个顶咝音 ṣ，两个长复合词。

　　③ 引自《璎珞传》2.12。

复合词和音素，有时也可以变更。（77）

有时，词语组合方式等为了适合说话者，不考虑表示义和作品。例如：

> 鼓声深沉，如同曼陀罗山搅动，海水灌满山洞，
> 每次捶打，如同世界毁灭之时，雷云互相撞击，
> 如同黑公主愤怒的信使，毁灭俱卢族的飓风，
> 如同我们的狮子吼的回声，是谁擂起这战鼓？①（342）

其中，表示义不暗示愤怒等，而且，这首诗用作表演，因此，夸饰的词语组合方式等不适宜。然而，说话者是怖军。

有时词语组合方式等为了适合表示义，不考虑说话者和作品。例如：

> 可怕的鸠槃羯叻拿的头颅从空中坠落，
> 头颈空穴中发出的风声如同赞颂罗摩，
> 阿鲁那见到后，以为是罗睺，惊恐地勒马，
> 将太阳车引向一边，躲开它迅猛的落点。②（343）

有时，词语组合方式等为了适合作品，不考虑说话者和表示义。例如，在传记作品中，即使描写艳情，也不使用柔软的音素。在故事作品中，即使描写愤怒，也不过分使用刺耳的音素。在戏剧等作品中，即使描写愤怒，也不使用长复合词。其他适合与否的情况可以依次类推。

以上是《诗光》中名为《诗德及其与庄严的区别》的第八章。

---

① 引自《结髻记》1.22。
② 表示义是鸠槃羯叻拿可怕的头颅，因而采用刺耳的词语组合方式等等。

第 九 章

论音庄严

在论述诗德之后,论述庄严。现在,先说音庄严:

通过双关或语调,一种意义变成另一种意义,这是曲语,分为两种。(78)

这两种是双关曲语和语调曲语。其中,分拆词语的双关曲语,例如:

"如果你善待妇女,便是智者。""智者怎会
善待敌人?""你不是向弱女子行善的人。"
"毁灭缺乏力量者的利益,难道不合适吗?"
"你怎么可能毁灭天王因陀罗的心愿?"① (344)

不分拆词语的双关曲语,例如:

哎,你的思想如此残忍,不知由谁造成?

---

① 这首对话诗中含有双关,nārīṇām 可以读作"妇女",也可以分拆成 na ariṇām,读作"不向敌人";vāmānām 可以读作"女子",也可以读作"敌人";hitakṛt 可以读作"行善",也可以读作"毁灭利益";balābhāva 可以读作"缺乏力量者",也可以读作"诛灭钵罗者"("因陀罗")。

只听说思想含有三性,从不含有木头!①(345)

语调曲语,例如:

他听从长辈的吩咐,就要出门去远方,朋友啊!
在黑蜂嗡嗡、杜鹃声声的芬芳季节,不会回来。②(346)

谐音是使用相同的音素。(79a)

即使元音不同,只要辅音相同,就构成音素相同。谐音是适合味等的特殊组合。

分成智者谐音和风格谐音两类。(79b)

智者是熟练者。风格是依靠某些音素传达味。这两类是智者谐音和风格谐音。

这两类的特征是什么?回答是:

前者是若干音素重复一次。(79c)

若干辅音重复一次,这是智者谐音。例如:

月亮的形体因霞光闪耀而消隐,
犹如美女的脸颊因相思而苍白。③(347)

后者是同一音素也重复多次。(79d)

同一辅音和若干辅音重复两次或多次,这是风格谐音。其中,

---

① 按照印度数论哲学,万物含有善、忧和暗三性。在这首诗中,利用 dāruṇā(残忍)一词中含有 dāru(木头)一词,改变意义。

② 若将"不会回来"改成疑问语气"不会回来?"就能变成"肯定会回来"的意思。

③ 第一行中,nd 重复一次;第二行中 ṇḍ 重复一次。

暗示甜蜜的音素，称作文雅；暗示壮丽的音素称作坚硬。（80abc）

这两类的例举见前面引诗。①

其他的称作柔软。（80d）

其他的即其余的。有些人称之为俚俗。例如：

"扔掉樟脑，抛开花环！这些莲花有什么用？女友啊！
这些莲花秆就足够了！"这少女日日夜夜这样絮叨。（348）

按照另一些人的说法，这些是维达巴等等风格。（81ab）

按照伐摩那等人的说法，这三种风格称作维达巴、高德和般遮罗风格。

罗德谐音是词的谐音，区别只在于句义。（81cd）

词的谐音在词音和词义上没有区别，区别只在于词的联系（句义）。罗德人喜欢这种谐音，故而称作罗德谐音。另一些人称作词谐音。

属于若干词。（82a）

属于若干词的谐音。例如：

无情人在身旁，清凉的月光如同森林大火，
有情人在身旁，森林大火如同清凉的月光。②（349）

属于一个词。（82a）

还有属于一个词的谐音。例如：

---

① 引诗 340 和 162。
② 这首诗中，只有 ca（有）和 na（无）两个词不同，其他词都相同。

那位美丽女子的面庞确实是月亮，

而月亮在哪儿都不能去除斑点。①（350）

在同一复合词中，在不同复合词中，在复合词和非复合词中，名词词干重复。(82bc)

在同一复合词中，在不同复合词中，在复合词和非复合词中，不同于名词的名词词干重复。例如：

你像太阳，而名誉的光辉

宛如可爱的月亮，国王啊！

大丈夫气概和荣华富贵

不属于别人，唯独属于你。②（351）

这样，共分五种。(82d)

音组重复，如果有意义，则意义不同，这是叠声。(83ab)

在 samarasamaraso'yam（他对战斗有同样的激情）中，一个音组（samara）有意义（战斗），而另一个同样的音组（samara）没有意义，两者不能称作同音异义。因此，上面指出"如果有意义"。同时，音组要音序相同，有别于 sara 和 rasa 这样的音序。

叠声出现在诗步中或诗步的部位中，多种多样。(83cd)

第一诗步与第二诗步、第三诗步或第四诗步重复，第一诗步与第三诗步或第四诗步重复，第三诗步与第四诗步重复，第一诗步与其他三个诗步重复，共有七种。第一诗步与第二诗步重复，同时第三诗步与第四诗步重复；第一诗步与第四诗步重复，同时第二诗步

---

① 这首诗中，只重复"月亮"这个词。

② 在这首诗中，kara 在同一复合词中重复，vibhā 在不同复合词中重复，kamalā 在复合词中，又在非复合词中重复。

与第三诗步重复，又是两种。这样，诗步重复共有九种。还有两种是半颂重复和整颂重复。

每个诗步又可以分成两部分。然后，依照上述方法，第一诗步等的前面部分与第二诗步等的前面部分重复，第一诗步等的后面部分与第二诗步等的后面部分重复，共有二十种。出现在不同的颂（诗节）中的部分重复不计在内。每个诗步也可以分成三部分（头、腹、尾），这样就有三十种。每个诗步也可以分成四部分，这样就有四十种。

第一诗步等的后面部分等与第二诗步等的前面部分等重复，有许多种，诸如尾头重复、头尾重复、它们的结合、腹头重复、头腹重复、尾腹重复、腹尾重复和它们的结合。同样，在同一诗步中，头部等与腹部等重复。还有非固定部位的重复（即任何的互相重复）。这样，类别多种多样。

这些是诗体增生的赘物，无须一一界定。下面只是举例说明，指出它的方向：

愿你赢得大地！你破除幻术，在战场上征服敌象，
取悦佩戴月亮顶冠、获得女中之宝乌玛的大神。① （352）

死神阎摩吞噬生命，破坏幸福，顷刻之间使那些
控制思想、没有过错的世人陷入痛苦，失去知觉。② （353）

这位国王能击碎骨头，热衷采取行动，
经常向疲弱而喧嚣的敌军发起攻击。（354）

---

① 在原文中，第一诗步和第三诗步重复。
② 在原文中，第一诗步和第二诗步重复，第三诗步和第四诗步重复。

他热爱正义，渴望消灭一切敌人，
犹如森林大火，席卷耸立的树林。①（355）

她的伟大遍及宇宙，连梵天也不知底，
她像母亲一般，向虔诚的人施以仁慈。②（356）

我牢记她忠于湿婆，爱心无限，赐予吉祥，
谁崇敬她，获得好运，就不会逾越仪轨。③（357）

辩才女神啊！你留在我的心海中，但愿你满意！
以我的身体作为俱卢之野，但愿你舒适自在！④（358）

初夏与骄傲的爱神同行，有莲花，
有芦苇，有新车，也不缺少鸟啼声。⑤（359）

世界充满芳香，吉祥美丽，成行的蜜蜂征服美女的心，
绵延的棕色芒果林鲜花盛开，莲花也不凋谢枯萎。⑥（360）

就这样，可以举出数以千计的例子。

---

① 以上两节诗同音异义，是整颂重复。
② 在原文中，第二诗步的后面部分与第四诗步的后面部分重复。
③ 在原文中，每个诗步中的前面部分与后面部分重复。
④ 在原文中，第一诗步的前面部分与第三诗步的后面部分、第三诗步的前面部分与第四诗步的后面部分互相重复，第三诗步的后面部分与第四诗步的前面部分重复。
⑤ 在原文中，第一诗步的前面部分与第二诗步的后面部分重复，第一诗步的后面部分与第二诗步的前面部分重复，第二诗步的后面部分与第四诗步的后面部分、第三诗步的后面部分与第四诗步的前面部分重复。
⑥ 在这首诗中，是不规则重复。

发音相同的词因表示义不同而不同，这是双关，分成音素等八种。(84)

"词因词义不同而不同"，"诗中不计较重音"，按照这些理论，词即使因表示义不同而不同，但发音相同，没有区别，这是双关。它分成八种：音素、词、词性、俗语、词干、词缀、语尾和词数。依次举例：

以可怕的头骷髅为装饰，以一头
老公牛为财富，仆从们肢体破裂，
连众神之主湿婆的境界也是如此，
弯月（厄运）降临头上，我们会怎样？① (361)

国王啊！我俩的住宅如今完全相同：
你的装满金子，我的装满孩子的哭声，
你有一切仆从侍奉，我们全家睡地上，
你那里大象成群，我这里充满耗子屎。② (362)

诃利的双眼或身体与蓝莲花媲美，关注虔信者，
成为追求至福而入定的瑜伽行者的沉思对象，
堪称美的海洋，成为吉祥女神眼中的至高之爱，
但愿诃利的双眼和身体消除你们的人生痛苦！(363)

这首诗中也包含词数双关。③

---

① 在这首诗中，vidhau 一词既是月亮（vidhu）的依格，也是命运（vidhi）的依格。这是运用音素 au 的双关。弯月是湿婆的顶饰。
② 这首诗是运用词的不同读法，是词双关。
③ 这首诗中一些词的中性双数和阴性单数相同。

乌玛啊！让我热爱众天神也渴望的知识，
迅速消除我陷入生死轮回的精神痴迷！（364）

又读作：

湿婆之妻啊！让我热爱正法，
摆脱对世俗的盲目执著，
女神啊！你是我的庇护主，
迅速消除我的精神痴迷！①

这位王子熟记一切经典，向智者们宣讲，
增强朋友们的力量，削弱敌人们的力量。②（365）

我已在吉祥时刻目睹以月亮为顶饰者
的莲花脚，获得前所未有的千重福德，
依仗你的恩惠，我充满热诚，愿我成为
令人喜悦者，成为你的仆从中的南迪。③（366）

你要夺取一切人的一切，一心杀戮，
追求肉体生活方式，摒弃施恩行善！（367）

又读作：

---

① 以上两首诗，第一首是按照俗语的读法，第二首是按照梵语的读法，因而是俗语和梵语双关。

② 在这首诗中，vakṣyati 中的词干可以读作 vah（熟记），也可以读作 vac（宣讲）；kṛt 中的词干可以读作 kṛ（增强），也可以读作 kṛt（削弱）。

③ 这首诗中利用不同的词缀在语法变化中读音相同，属于词缀双关。

你是一切中的一切，一心解除世俗苦难，
诃罗啊！你奉行守戒和施恩的生活方式。①

还有第九种，其中词干等没有区别。② （85ab）
还有第九种，例如：

智者之王经常能在刹那之间消灭
敌方盟军，布施成万成亿，光彩熠熠。（368）

又读作：

天神之王经常能在刹那之间砍掉
高山双翼，施展雷杵威力，光彩熠熠。③

这里，没有语境等的限制，两种意义都是表示义。有人会问：重音等不同，作出的发音努力不同；重音等相同，作出的发音努力相同。在这样的词语组合中，双关分成音双关和义双关两类，由此产生其他庄严。其他人将这两种双关归入义庄严，这里怎么视为音庄严？回答是：诗病、诗德和庄严分属音和义是依据有关和无关。例如，刺耳等（诗病）、紧密等（诗德）和谐音等（庄严），意义矛盾等（诗病）、成熟等（诗德）和明喻等（庄严），依据有关和无关，分属音和义。

---

① 以上两首诗是同音异义。其中的 hara 一词，既是动词 hṛ（夺取）的命令语气第二人称，也是名词 hara（诃罗）的呼格。

② 前面的八种双关，往往要对词语进行分拆，而这里所说的第九种双关，不需要对词语进行分拆。

③ 以上两首诗是同音异义，不需要对其中的词语进行分拆。

诗光·第九章　论音庄严

　　她的光辉手臂犹如清晨的太阳，嫩芽一般艳红，

这是不分拆的双关。①

　　她赐予难得的成果，犹如清晨赐予早祷的成果。（369）

这是分拆的双关。②

以上两者都依靠词音，由此形成音双关。其中前者也不是义双关。如果替换词语，双关也不受影响，这是义双关。例如：

　　啊，小人的行为与秤杆多相似，
　　加一点，往上翘，减一点，往下落。③（370）

在前面那首诗（引诗369）中，不是双关成为明喻的原因，而是明喻成为双关的原因。例如："这迷人的面庞如同莲花，光彩熠熠。"这是明喻，性质或行为相似，或这两者都相似。又如，"这座城市此刻充满喧闹，犹如月亮充满月分"。④ 即使只依靠词音相同，也是明喻。楼陀罗吒说："显然，即使只依靠词音相同，明喻和聚集庄严也能成为义庄严。"

不能说"面庞如同月亮"这类缺乏对共同性质的描述的明喻才是明喻。⑤ 倘若这样，就排斥了完全的明喻。

---

　　① 其中的 bhāsvatkara 一词兼有"光辉的手臂"和"太阳"两义。
　　② 其中的 asvāpa 一词，按 a-su-āpa 的读法，义为"难得的"，按 a-svāpa 的读法，义为"早祷的"。
　　③ 这首诗中的双关词句可以用"多给些，往上翘，少给些，往下落"替代。
　　④ 其中，sakalakala 既可读作"充满喧闹声"，也可读作"充满月分"。一个月分是月面的十六分之一。
　　⑤ 这类明喻是不完全的明喻。

神啊！你是地下世界，你联系四面八方，
你是众神和风神住地，三界集于一身。(371)

又读作：

国王啊！你是保护者，你是实现愿望者，
你是拂尘之风享受者，三界集于一身。①

这是双关，不同于明喻。如果具备两者，则是混合庄严。仔细考察，前面那首诗（引诗369）属于明喻，否则，抹煞了这个完全的明喻。又如，"她美如水中之月，始终流淌着美的水滴"。其中，不是双关成为矛盾庄严的原因，而是矛盾庄严成为双关的原因。因为这里的音双关（abindu，水中之月或没有水滴）并不产生两种意义，第二种意义只是暗示，并不明确。② 同时，这里的矛盾不是类矛盾，双关也不是类双关。因此，在这样的例举中，另一种庄严是产生双关的原因。例如：

高贵家族（优秀竹子）的真珠。(372)

国王啊！你确实伟大，名声不小，
不像那种诗作很少的小诗人。③ (373)

黄昏充满红色（激情），白天走在她前面。(374)

---

① 以上两首诗是同音异义。
② 按照暗示的第二种意义，这首诗的读法是："她没有美的水滴，而始终流淌美的水滴。"这构成矛盾庄严。
③ 其中，"名声不小"和"诗作很少"是双关语。

向怪眼湿婆致敬！他奇妙地取出不动的弓，

挽上磨损的弦，射出不落的箭，粉碎目标。①（375）

这些都不是双关，而分别是部分隐喻、双关较喻、合说和矛盾庄严。

将这些音双关纳入义庄严，根据什么规则？奇特的庄严，这是诗人想象力的活动领域。奇特性是庄严的根基。如果说，这些词音涉及意义，那么，谐音等也是这样，为何不称作义庄严？谐音等等依靠特殊的表示义暗示味等，也是庄严。音德和音病也涉及词义，也是诗德和诗病。而且，义德、义病和义庄严也涉及词音，也与词音有关。倘若这样，在"弯月（厄运）降临头上"（引诗361）这种音素双关中，即使词不同，而发音的努力相同，也成了义双关。这些由你们自己仔细考虑。②

字母排列成剑等等图案，这是图案。（85cd）

字母采用特殊的编排方式，形成刀、鼓和莲花等图案，这是图案诗。对于这种很难写作的诗，这里只是指出它的方向。例如：

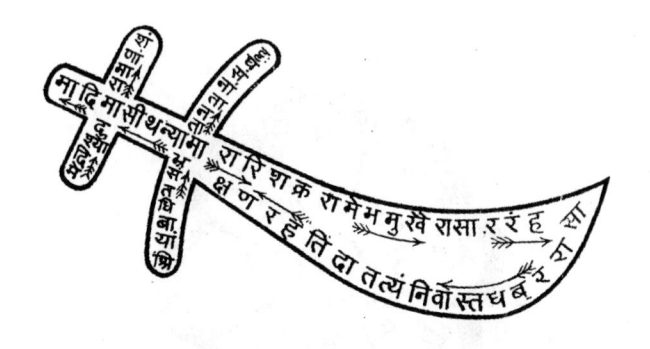

---

① 其中，"不动的"又读作"山"，"磨损的"又读作"蛇王"，"不落的"又读作"毗湿奴"。

② 这里总的意思是不能简单地依据词音和词义分音庄严和义庄严。

她经常受到湿婆、因陀罗、罗摩和群主
热烈赞颂，而她也能消除他们的痛苦；(376)
妇女典范，信徒之母，积聚吉祥，解除恐惧，
受人尊敬，但愿这位始祖乌玛赐福于我。(377)

　　　　　　　　　　　　　　以上是刀图案。

成群的黑蜂抖动翅膀，忙忙碌碌，嘤嘤嗡嗡，
天鹅随处可见，国王勤勉，黑半月依然明亮。(378)

　　　　　　　　　　　　　　以上是鼓图案。

哟！才华之精髓！你的会堂光辉灿烂，驱除愚暗，
充满情味，纯洁无瑕，论辩精彩，犹如众神集会。(379)

以上是莲花图案。

र	सा	सा	र	र	सा	सा	र
सा	य	ता	क्ष	क्ष	ता	य	सा
सा	ता	वा	त	त	वा	ता	सा
र	क्ष	त	स्त्व	स्त्व	त	क्ष	र
र	क्ष	त	स्त्व	स्त्व	त	क्ष	र
सा	ता	वा	त	त	वा	ता	सा
सा	य	ता	क्ष	क्ष	ता	य	सा
र	सा	सा	र	र	सा	सा	र

大地之精华！大眼者！欢乐者！坚定者！
增益者！但愿大地消除罪恶，摆脱灾害！(380)

以上是全旋图案。

这类图案还有其他各种图案。它们只是展示技巧，称不上真正的诗，这里不再举例说明。

貌似重复，也就是词形不同，词义仿佛相同。(86ab)

词形不同，无论有无意义，而在表面上仿佛词义相同，这是貌似重复。

存在于词中，(86c)

只存在于词中，分拆或不分拆。例如：

这位国王是大地之装饰，尊敬善人，坚定如山，

激励弓箭手杀敌，迅速集合骑兵、步兵和车兵。① (381)

这些智者陪伴思想高尚的国王，神采飞扬，
享有美丽的女子，以好奇心为快乐的源泉。② (382)

也存在于词和词义两者中。(86d)
例如：

这狮子是心胸博大者的首领，
威力之渊薮，永远渴望胜利，
利爪被优秀大象的鲜血染红，
即使身体瘦削，也无与伦比。(383)

在这首诗中，如果有些词被替换，就不构成貌似重复庄严，而有些词被替换，则不影响貌似重复庄严，因此，这是存在于词和词义两者的貌似重复庄严。

以上是《诗光》中名为《论音庄严》的第九章。

---

① 在这首诗中，一些词貌似重复，但经过分拆，则意义不同。
② 在这首诗中，一些词貌似重复，但意义不同。

第 十 章

论义庄严

现在论述义庄严：

明喻是不同事物有相似性。（87a）

喻体和本体之间，而不是原因和结果等之间，有相似性。这两者之间有相似性，因而构成明喻。标明"不同事物"是为了排除"自比"。

分成完全的和不完全的。（87b）

提及喻体、本体、共同性和比喻用词，这是完全的。缺少其中一者、二者或三者，这是不完全的。

前者分成明显的和暗含的，存在于句中、复合词中和词缀中。（87cd）

前者是指完全的。yathā、iva、vā（像、似、如）这些词与喻体相连，表明喻体的比喻性。这些词的功能明显，如同属格，表明喻体与本体的联系。由于这些词的存在，这种比喻是明显的。按照《波你尼经》（5.1.116），vat 用作 iva（像）的意义，也是同样情况。

tulyam（一样，同样）等的词用在本体上，如"这个（本体）同那个（喻体）一样"，用在喻体上，如"那个（喻体）同这个（本体）一样"，也用在两者上，如"这个（本体）和那个（喻体）一样"。在这些情况中，认为两者一样是考虑到两者具有共同性。使用"一样"等的词,含有相似性的意义,这种比喻是暗含的。按照《波你尼经》(5.1.115),vat 用作"同那个一样"的意义,也是同样情况。在明显的比喻中,iva(像)在不变复合词中的使用规则是:"与 iva 结合时,词格语尾不失去,前面的词发音照旧。"(《释补》2.1.4)依次举例说明:

在战争中,胜利的光辉在梦中
也不抛弃你——力量的源泉,
正像控制丈夫的妇女在梦中
也不抛弃情人——激情的源泉。① (384)

嗔怒中,眼睛颤动(像)受惊的鹿,
脸色闪耀迷人的光辉(像)朝霞,
这在他的心中引起一阵喜悦:
"她的脸庞同艳红的莲花一样。"② (385)

这位国王用四种手段维持大地,
如毗湿奴的四臂,遍及一切,
惩治恶人,业绩神奇,光辉灿烂,
永远是吉祥天女的游乐场所。③ (386)

大地之主啊!你保持愿望之路通畅,德高望重,
备受赞颂,同神树一样,有谁不对你满怀期待?④ (387)

---

① 这首诗是句中明显的明喻,使用比喻词 yathā。
② 这首诗是句中暗含的明喻,使用 samam(一样)一词。
③ 这首诗是复合词中明显的明喻,比喻词 iva 用于复合词。
④ 这首诗是复合词中暗含的明喻,sadṛśa(一样)一词用于复合词。

他的深沉确实如同恒河之夫大海，

在战斗中难以逼视，如同夏季太阳。① (388)

正如控制丈夫的妇女依然忠于情人，胜利的光辉永远陪伴国王，这形成非凡的魅力。② 缺乏这种领会，就不成为奇妙的表达。这种奇妙性形成庄严。尽管如此，这不能称为韵或以韵为辅。因为对这种魅力的感受，不是出自对暗示义的认知，而是出自表示义的奇妙展示。

味等类型的暗示义以及其他庄严，到处可见，但在举例说明某种庄严时，则撇开其他方面。而缺乏暗示义等，这样的例举就变得无味。因此，不应该认为这里的叙述与先前矛盾。③

缺少性质的也是这样。④ **但是，存在于后缀中，则不是明显的明喻。**(88ab)

性质指共同性。存在于后缀 kalpa（似）等等中，则不是暗含的明喻。因此，不完全的比喻分成五类。例如：

他富贵吉祥，无比仁慈，杰出非凡，

他的话语确实像甘露，应该照办。⑤ (389)

这位国王在战斗中挥剑驰骋，

在敌军的眼中，同死神一样。⑥ (390)

---

① 这首诗是词缀中明显的明喻，vat（像）用于词缀。
② 这是针对引诗384的阐释。
③ 意思是这里即使叙述无味（缺乏暗示义等）的诗也是出于举例说明的需要。
④ 前面讲述完全的明喻，这里讲述不完全的明喻。
⑤ 这首诗是句中明显的不完全的明喻，其中缺少话语和甘露的共同性甜蜜。
⑥ 这首诗是句中暗含的不完全的明喻，其中缺少国王和死神的共同性凶猛。

他的行动像剑，语言似甘露，心思如毒药，
朋友啊！如果你知道这些，你就能活着。① （391）

缺少喻体，分成存在于句中和复合词中。（88cd）
例如：

没有看到或听说有什么东西，哪怕一点儿，
像有味的诗，为所有的感官提供憩息至福。② （392）

如果在这首诗中，"有味的诗"后面加上 sama（一样）一词，构成复合词，并将原有的 sadṛśam（一样）一词改成 nūnam（确实），则是存在于复合词中。

缺少 vā 等（比喻词），存在于复合词、用于业格和依格的两种名动词、用于主格中间语态的名动词、用于业格和主格的两种名动词。（89abc）

vā 是比喻词。缺少 vā 等比喻词的不完全的明喻有六种：存在于复合词、用于业格和依格的两种名动词、用于主格中间语态的名动词、用于业格和主格的两种名动词。例如：

莲花之主月亮苍白（似）美女的脸颊，
装饰因陀罗的方位，令人眼睛喜悦。③ （393）

---

① 这首诗有三种不完全的明喻：复合词中明显的、复合词中暗含的和词级中暗含的，缺少共同性分别是凶残、甜蜜和狠毒。
② 引自《七百咏》。
③ 这首诗是存在于复合词。

同样：

> 看到敌军奋勇作战，他的剑刃可怕（似）黑蛇，
> 心里着急，动作迅速，身体颤动，脸颊放光。①（394）

> 他以奇妙的业绩著称于世，
> 爱民（如）子，上战场（如）入后宫；
> 看到他在战场上手持利剑，
> 展开游戏，敌军变得（像）女人。②（395）

> 这位国王的行动方式（像）阿周那，
> 在战斗中，敌人看他（似）烈日骄阳。③（396）

缺少两者，存在于名动词词缀和复合词中。(89d)
缺少两者指缺少性质和比喻词：

> 心中喜悦，太阳变（似）月亮，黑夜变（似）白天，
> 心中痛苦，月亮变（似）太阳，白天变（似）黑夜。④
> （397）

> 这国王（似）大象，在战斗中大放光彩，
> 敌人千百回在梦中也不能战胜他。⑤（398）

---

① 这首诗也是存在于复合词。
② 这首诗是存在于用于业格和依格的两种名动词以及用于主格中间语态的名动词。
③ 这首诗是存在于用于业格和主格的两种名动词。
④ 这首诗是存在于名动词词缀。
⑤ 这首诗是存在于复合词。

缺少性质和喻体，存在于复合词和句中。（90ab）
例如：

> 游荡在充满荆棘的盖多基林，你会死去，
> 蜜蜂啊！不会发现像茉莉花一样的东西。①（399）

如果将"像茉莉花一样"这个复合词改成非复合词形式，则存在于句中。

缺少vā等比喻词和本体，存在于用业格和依格的名动词中。（90c）

> 看到敌人作战勇猛，他怒目圆睁，手臂似棍，
> 高举利剑，让（自己）变（似）具有千种武器者。（400）

其中的本体是"自己"。

缺少三者，存在于复合词中。（90d）
三者指vā等比喻词、性质和喻体。例如：

> 这位鹿眼女郎进入青春，身体展现魅力，
> 她的心被爱神之箭射中，甚至迷住牟尼。②（401）

按照《释补》中的规则（2.2.23），有的复合词允许缺少这三者。"持铁叉者"这个复合词的意思是一个用铁叉达到目的的人，其中的铁叉是指残酷行为，因此，这是夸张的说法，而不是缺少三

---

① 这首诗是存在于复合词。
② 其中，"鹿眼"这个复合词缺少比喻词、共同性（颤动）和喻体（鹿的眼睛）。

者的明喻，即缺少作为本体的残酷行为、作为性质的暴戾和作为比喻词的 vā 等。

这样，不完全的明喻有十九种，加上（六种）完全的明喻，总共二十五种。

　　正像国运因苛政，尊严因贫穷，
　　莲花因霜雪，她因沮丧而憔悴。（402）

在这首诗中，共同性无区别。

　　美臀女如同月光悦目，如同蜜酒醉人，
　　又如同煊赫的王权吸引世上一切人。（403）

在这首诗中，共同性有区别。同一个本体有若干喻体，这是花环明喻。

按照次序，前面的本体变成后面的喻体，也像花环明喻分成共同性有区别和无区别。

　　乞求者形成河，国王不断布施金子，手上沾满水滴，
　　他的思想像语言，行动像思想，纯洁的名誉像行动。
（404）

　　国王的形体甜蜜像他的心，会堂雄伟像他的形体，
　　胜利的光辉像他的会堂，永远不可能被敌人征服。（405）

这是腰带明喻，和花环明喻一样，没有列入。因为这样的变异数以千计，实际没有超出上面的分类。

同一事物在一句中成为喻体和本体,这是自比。(91abc)

自比是不与其他喻体相联系。

这位绝色美女不仅光艳照人像这位美女,
她的媚态作为爱神的舞艺也像她的媚态。(406)

喻体和本体两者互换是互喻。(91d)

两者是喻体和本体。互换说明是在两句中。互喻是喻体和本体排除另一种喻体。例如:

这位国王永远光彩熠熠,
智慧像幸运,幸运像智慧,
光辉像形体,形体像光辉,
坚定像大地,大地像坚定。(407)

奇想是想象描写对象与相似者同一。(92ab)

相似者是喻体。例如:

"月亮自恃美丽而骄傲,不能容忍我在夜间绽放,
成为我的天敌,如今被这位眼似莲花瓣的女郎
用面庞的光辉征服",我认为美丽的莲花想到这些,
满怀喜悦,拜倒在你的双脚上,肢体优美的女郎啊!①
(408)

黑暗仿佛涂抹我身,

---

① 这首诗中,莲花被想象成拜倒在女郎的双脚上,也就是用莲花比喻女郎的双脚。

天空仿佛下着烟子，

犹如白白侍候恶人，

我的视力毫无收益。① （409）

在这首诗中，黑暗遍布被想象成涂抹烟子。

疑问是提及两者不同和不提及两者不同。(92cd)

提及两者不同。例如：

这是太阳吗？太阳身边有七匹马，

这是火吗？火不会烧向所有方向，

这是死神吗？死神的坐骑是水牛，

敌军在战斗中望着你，疑窦丛生。(410)

这是提及两者不同。不仅有这种隐含结论的疑问，还有一种最终作出结论的疑问。例如：

这是月亮吗？斑点在哪里？

这是莲花吗？水又在哪里？

然后听到你活泼的话语，

确认是你的脸，鹿眼女啊！(411)

但是跋吒·优婆吒忽略了这种类别，认为不像隐含结论的疑问那样，这里的结论是暗示的。

不提及两者不同。例如：

---

① 引自《小泥车》1.34。

是皎洁的月亮作为生主，还是充满艳情的
爱神亲自创造了她，或是繁花似锦的春季？
古老的牟尼长久诵习吠陀而愚呆，对爱欲
毫无兴趣，怎么会创造出如此迷人的美女？① (412)

隐喻是喻体和本体两者无区别。(93ab)
无区别是两者极其相似，但不否认有差异。
所有对象明显互相叠合，这是完全隐喻。(93cd)
叠合的对象都在词语中得到叠合。它的领域是所有对象，因此是完全隐喻。叠合的对象在这里使用复数无关紧要。例如：

黑夜苦行女涂抹月光灰烬而变白，
佩戴星星骨头，乐于自己隐而不见，
手持月亮头盖，从一处向另一处游荡，
头盖上点有咒术油膏，充作月亮斑点。(413)

在这首诗的前三行中，（黑夜和苦行女）叠合的性质是"乐于自己隐而不见"，可以确认是隐喻，不应该怀疑是与明喻混合的隐喻。

其中，有些明显（提及），有些暗含（不提及），成为部分隐喻。(94ab)
一些叠合的对象用词语表达，另一些依靠意义确认，这样形成部分隐喻。例如：

在后宫战场中，他手持弯刀蔓藤，

---

① 引自《优哩婆湿》1.10。

敌军即使渴望美味，突然转身逃跑。①（414）

在这首诗中，战场和后宫的叠合在词语中提及，而女主人公与弯刀蔓藤的叠合，女主人公的情敌与敌军的叠合，则依靠意义确认，这形成部分隐喻。

这是有组成部分的隐喻。(94c)
上述两种隐喻都是有组成部分的隐喻。
而无组成部分的隐喻是单纯的隐喻。(94d)
例如：

她全身不动，如同鹿儿，停留在歌声中，
即使知道，仍向女友询问情人的消息，
夜不成眠，辗转反侧，啊！由此我明白，
爱神正在向她心中萌发的情芽浇水。②（415）

花环隐喻与前面一样。(94d)
在花环隐喻中，许多对象与一个对象叠合。例如：

这可爱女子是美的河流，青春的喜悦，
光辉的魔法咒术，纵情欢爱的乐园，
爱神的生命呼吸，曲折奇妙的语言，
妇女的顶珠，创造主无限能力的展现。（416）

另一种对象的叠合成为某种叠合原因，形成因果隐喻，依靠双关或不同的词语表达。(95)

---

① 引自《七百咏》。
② 这首诗中"情芽"一词是单纯的隐喻。

例如：

摩那娑湖中的天鹅啊！催促莲花开放的太阳啊！
追求难近母的湿婆啊！熊熊燃烧柴薪的烈火啊！
不喜爱萨蒂的陀刹啊！生在阿周那之前的怖军啊！
优秀的勇士，主人啊！但愿你统治王国一百梵年！（417）

在这首诗中，"摩那娑湖中"也读作"智者心中"，"催促莲花开放"也读作"促使敌人财富减少"，"追求难近母"也读作"不依赖要塞"，"燃烧柴薪"也读作"投身战斗"，"不喜爱萨蒂"也读作"热爱真理"，"生在阿周那之前"也读作"从来不可战胜"。这样，它们成为天鹅等与国王叠合的原因。

按照已经说到和将要说到的，这种因果隐喻是兼有音和义的庄严。但这里仍遵循传统的说法，因为其他一些人已经称它为部分隐喻。

胜利大象的柱子，越过灾难海洋的石桥，
利剑太阳的东山，吉祥天女的快乐靠枕，
在众神搅动战斗乳海游戏中的曼陀罗山，
国王啊！你的手臂让敌人的妻子成为寡妇。（418）

在这首诗中，用不同的词语表示的大象等与胜利等叠合，由此柱子等与手臂叠合。①

你以非凡的光辉照亮所有世界，国王啊！

---

① 大象、海洋、太阳、吉祥女神和乳海分别与胜利、灾难、利剑、快乐和战斗叠合，由此，柱子、石桥、东山、靠枕和曼陀罗山与国王的手臂叠合。

你是贵族（秀竹）中的真珠，谁不赞美你？（419）

还有：

无边无际，无所依傍，激发好奇心，举世第一，
化身乌龟，十四世界蔓藤之根，胜利属于你。（420）

以上两首诗中的因果隐喻没有采用花环隐喻形式。

用蔓藤嫩芽手掌，手掌莲花，莲花面庞，
妇女面庞月亮，爱神征服恋人们的心。（421）

这种腰带隐喻并不奇妙，无须说明。
否定原物，确认另一物，这是否定。(96ab)
否定本体的真实性，确认喻体的真实性，这是否定。例如：

雪山之女啊！在光照充足的月亮身上，
我觉得那格外醒目的阴影并不是斑点，
而是月亮的黑夜情人，因欢爱而疲倦，
沉睡在滴淌甘露而清凉的月亮怀中。（422）

又如：

对那些与爱人分离而憔悴的人，
朋友啊！你看，爱神的心有多狠！
他在每支箭上都涂抹了剧毒，
却伪装成芒果林中闪烁的蜜蜂。（423）

这里表达的意思是，那不是有蜜蜂的芒果林，而是有剧毒的箭。又如：

遭湿婆焚烧，爱神倒在甘露湖，
这位鹿眼女郎丰满的胯部，
那缕余烟表明他的肢体烧尽，
萦绕在肚脐，呈现为汗毛线。（424）

这里表达的意思是，那不是汗毛线，而是一缕余烟。
其他表现方式依此类推。
在一句中，有不止一种意义，这是双关。（96cd）
原本表达一种意义的词语在这里有不止一种意义，这是双关。
例如：

太阳升起，驱散四方黑暗，
消除睡意，催促众生工作，
阻止放荡不羁的行为，
啊！充满威力，光辉灿烂。（425）

又读作：

维跋迦罗欣欣向荣，驱除
罪恶，消除怠惰，促进祭祀，
阻止随心所欲的行为，
啊！充满威力，光辉灿烂。

这里，由于表示义不受限制，同时适合太阳和名叫维跋迦罗的国王。

通过双关表达另一种意义，这是合说。（97ab）

依靠双关的力量，而不是依靠名词的力量。用表达本身意义的句子，表达另一种意义。它简练地表达两种意义，因此称为合说。例如：

> 伽耶罗希蜜接触到你的手臂，心醉神迷，
> 但愿她不要与你分离而变得软弱无力。①（426）

这里，"伽耶罗希蜜"这个词不单表达王后。②

两者并无联系，而产生相似性，这是例证。（97bcd）

例证是举例说明。例如：

> 太阳族的世系在哪儿？
> 我的渺小智慧在哪儿？
> 出于愚痴，我居然想用
> 小舟渡过难以渡过的大海。③（427）

这里，凭我的智慧描写太阳族犹如用小舟渡过大海，构成相似性。又如：

> 光芒似条条绳索伸展，
> 骄阳升起，冷月落下，

---

① 引自《七百咏》。
② 伽耶罗希蜜是王后的名字，也可读作"胜利的光辉"。这样，这首诗同时适用于王后和胜利的光辉。
③ 引自《罗怙世系》1.2。

这座山美妙如同象王，
　　一对铃铛，分挂两旁。①（428）

这座山怎么会美妙如同象王？由此说明具有相似性。

他想要用双臂渡过大海，
他想要用双手摘下月亮，
他要越过弥卢山，神啊！
也是他，想要描述你的品质。（429）

这是花环例证。
通过行为说明自身和原因的关系，这是另一种例证。（98ab）
通过行为说明自己的性质和原因的联系，这是另一种例证。
例如：

"轻贱者居高位，容易坠落"，这样说着，
被微风吹动的小石子从山顶坠落。（430）

这里，通过坠落的行动，说明坠落和轻贱者居于高位这种原因的关系。

称述无关者，涉及有关者，这是间接称述。（98cd）
称述无关的事物，暗示有关的事物，这是间接称述。
分成五种：以原因见结果，以结果见原因，以特殊见一般，以一般见特殊，以相似物见相似物。（99）
以原因见结果等，依次举例：

---

①　引自《童护伏诛记》4.20。

"出外之人难道都不回家团聚？美女啊！
你不应为我忧愁伤身"，我含泪这样说，
而她的眼睛噙住泪水，眼珠羞涩滞呆，
面带微笑望了望我，表明她宁愿死去。① （431）

这里，询问的是结果，即你为何不出发？而表达的是原因。②

"国王啊！公主不教我说话，王后们也默不作声，
曲女啊！给我喂食吧！为何王子和侍臣们不吃饭？"
你的敌人宫中的这只鹦鹉被路人从笼中放出，
停在空寂的塔楼上，望着画中主人们这样诉说。（432）

这里，说出的是结果，暗示的是原因："知道你已经出发，你的敌人顷刻之间逃走。"

你只是从他的嘴里听说这一些，还有哩！
这个傻瓜将莲花叶上的水滴视为珍珠，
用指尖轻轻拣拾，这些水滴便消失不见，
心想"我的珍珠丢失"，无限悲伤，夜夜失眠。（433）

这里，讲述的是特殊，暗示的是一般：愚人执著虚妄的事物。

谁能做到向敌人复仇，
擦干朋友妻子的泪水，
便是男子汉，谋士，尊者，

---

① 引自《阿摩卢百咏》10。
② 这首诗是主人公解释自己不出发的原因。

活得有价值，吉祥之归宿。（434）

这里，讲述的是一般，暗示的是特殊：如果你杀死黑天，解除那罗迦阿修罗的妻子们的痛苦，你就值得称颂。

称述此相似物，涉及彼相似物，分成三种。依靠双关和合说，或者依靠相似性，暗示另一种相似物。依次举例：

即使会失去男性的尊严，
即使会入地，会屈尊乞求，
他仍会拯救这整个世界，
这是人中俊杰展现的路。① （435）

月亮啊！太阳升起，你变得憔悴苍白，
你应该报复他，而不再拜倒在他脚下；
如果由此精疲力竭，你会不会感到羞愧？
就这样吧！你一身清凉，在空中闪烁光辉。② （436）

从周围河流出口吸收水后，
这可恶的大海做了些什么？
它使水变咸，倾入海底之火，
流入地下世界的无底深渊。③ （437）

有的暗示义不与表示义叠合。例如：

---

① 这首诗是依靠"人中俊杰"一词双关，描写毗湿奴大神，而暗示某个崇高的人。
② 这首诗是依靠合说，描写月亮，暗示某个衰微的人。
③ 这首诗是依靠相似性，暗示某个不造福于民的国王。

大海用水覆盖大地和地下深渊，
即使如此，许多人仍能用船渡过；
倘若哪天海水不知怎么被掏空，
那么，有谁敢望一眼那无底深渊？① (438)

有的叠合。例如：

"嗨！你是谁？""你要知道，我是一棵背运的树。"
"你说话听来像厌世。""说得对。""为什么？""请听！
左边那棵榕树，那些路过的旅人都愿意去它那里，
而我即使在这路边，我的树荫也无法为人效劳。"② (439)

有的部分叠合。例如：

它的舌头奇怪地翻卷，两耳不停摆动，
目光因迷醉而不分敌我，还要说什么？
你依然决定侍奉这头鼻中空空的大象，
蜜蜂兄弟啊！你这是一种什么样的选择？③ (440)

这里，舌头翻卷，鼻中空空，并非蜜蜂不侍奉的理由。两耳摆动是不侍奉的理由。而迷醉④是蜜蜂侍奉的原因。

原本描写的事物被其他事物吞没，原本描写的事物成为其他性

---

① 这首诗的暗示义是对于百姓来说，国王的财富充足总比匮乏好。
② 这首诗的暗示义是贫困的善人不如富有的恶人受人重视。诗中的"左边"一词也含有邪恶的意思。
③ 这首诗暗示义是即使不受赏识，依然愿意侍奉主人。
④ 即大象发情，颞颥流淌液汁。

质的事物，用"如果"一词表示猜想，因果次序颠倒，这些被称作夸张。(100、101abc)

本体被喻体吞没，这是一种夸张。例如：

一朵莲花在无水之处，两朵青莲在这朵莲花上，
这三朵莲花在金蔓藤上，柔软可爱，多么奇特！(441)

这里，面庞等被莲花等吞没。①
原本的事物成为其他性质的事物，这是另一种夸张。例如：

她有别样的可爱，她有别样的魅力，
这女子不是普通创造主的创造物。②(442)

用"如果"或"倘若"这样的词，表示不可能存在的事实，这是第三种夸张。例如：

如果月圆之夜的月亮表面没有斑点，
那么，她的面庞就会忍受相似的委屈。(443)

为了说明原因的有效，先说结果，这是第四种夸张。例如：

首先是爱神的箭占据摩罗蒂的心，
然后你进入她的眼帘，美女的情人啊！(444)

两者之间有一种共同性，分属两句，这是类比。(101d、

---

① 即面庞、双眼和身体被一朵莲花、两朵青莲和金蔓藤吞没。
② 引自《七百咏》。

102ab）

本体句和喻体句中有共同性，鉴于用词重复是诗病，便用不同的词语表达，其中一个句子的意义或内容成为喻体，这是类比。例如：

> 她已经成为王后，怎么能忍受女仆的处境？
> 确实，刻有神像的宝石不宜作为饰品佩戴。（445）

> 火在燃烧，何必奇怪？山岳沉重，又有什么？
> 海水永远是咸的，不沮丧是善人的天性。（446）

这首诗是花环类比。其他形式依次类推。

喻证是所有方面得到反映。（102cd）

所有方面是共同性等。① 喻证是依据所见，得出结论。例如：

> 她的心受爱情煎熬，只有见到你，才会舒坦，
> 因为睡莲只有见到月亮，花瓣才会绽放。（447）

这是依靠相似性。也有依靠不相似性：

> 一旦你身披铠甲，投入战斗，伸手拔剑，
> 敌军就会逃跑，因为尘土无风才停留。（448）

有关和无关的事物的性质出现一次，一个名词和多个动词相联系，这是明灯。（103）

---

① 即共同性、本体和喻体。

有关和无关的事物也就是本体和喻体，它们的行为等性质出现一次，在句中占据一处，而照亮整个句子，这是明灯。例如：

守财奴的钱财，蛇冠上的顶珠，狮子的鬃毛，
贵族少女的胸脯，只要他们活着，谁敢触动？① （449）

一个名词和多个动词相联系的明灯。例如：

新娘在床上冒汗，蜷缩，转身，移动，
闭眼，斜视，暗自高兴，盼望亲吻。（450）

如果依次提供魅力，这是花环明灯。(104ab)
前者依次协助后者，这是花环明灯。例如：

一旦你来到战场，挽弓上弦，杀戮敌人，
国王啊！我们立刻就会目睹弓获得箭，
箭（获得）敌人头颅，敌人头颅（获得）大地，
大地（获得）你，你（获得）名誉，名誉（获得）三界。② （451）

一些特定的事物有同一种性质，这是等同。(104cd)
特定的事物指相关的或不相关的事物。依次举例：

你那苍白憔悴的脸，多情的心，倦怠的身，
女友啊，分明透露出你心中的不治之病。（452）

---

① 引自《七百咏》。
② 在这首诗的原文中，"获得"是共用词。

白莲、红莲和青莲在她明亮的双眸前算什么？
甘露、月亮和莲花在她的面庞前都黯然失色。(453)

另一种事物优于喻体，这是较喻。(105ab)

另一种事物是本体。优于是高于。

月亮一次一次亏缺，但又一次一次圆满，
美人啊！别生气，笑一笑，青春一去不复返。(454)

有些人说这首诗中的喻体（月亮）优于本体（青春）。这种说法不对。这首诗中表达的意思是青春易逝更优越。

提及两种理由，三种不提及理由，通过词直接传达、通过词义间接传达和通过暗示义传达相似性，也可通过双关传达，这样，共有二十四种。(105cd、106ab)

较喻的理由：本体突出的理由和喻体不突出的理由。提及这两者，三种不提及即不提及其中之一或不提及这两者。这四种有的用词传达喻体和本体的关系，有的依次用词义传达，有的依靠暗示，这样，分成十二种。这十二种又能依靠双关。这样，总共二十四种。依次举例：

这位刚强之人完全靠剑术征服敌人，
却不像其他平庸之辈那样得意忘形。(455)

在这首诗中，如果不依次提及"平庸"和"刚强"这两者之一，或同时不提及这两者，就能形成另外三种。其他情况也由此可见。在这首诗中，用 iva（像）这个词表达比喻关系。

他是刚强之海，完全靠剑术征服敌人，
却不像其他平庸之辈那样骄傲自大。（456）

在这首诗中，用 vat（像）表示相似性。这是用词义表达比喻关系。

这位眼睛秀丽的女子以光艳征服莲花，
以没有斑点的面庞战胜有斑点的月亮。（457）

在这首诗中，没有使用 iva 和 tulya 这类比喻词表达比喻关系，而是依靠暗示。

他降服感官，侍奉知识纯正的长者，
德行深广，不像藕丝那样品质脆弱。（458）

在这首诗中，vat 用作 iva 的意思，guṇa 一词双关（"德行"和"藕丝"）。

请看，这位吉祥的大地之主国土不分裂，
从不缺少技艺，就像月亮从不缺少月分。（459）

在这首诗中，用 vat 表示相似性，kalā 一词双关（"技艺"和"月分"）。

这位光辉的国王威力永不衰退，
胜过光辉常被黑夜淹没的太阳。（460）

在这首诗中，比喻关系依靠暗示。bhāsvat 一词双关（"太阳"和"光辉的"）。诸如此类使用双关词，也适用于其他类别。这在前面已经说明。

想要表达某种想法，而又不说出想要说的话，这是略去。按照"将说"和"已说"，分成两类。（106cd、107ab）

对于相关之事，想要表达想法，也应该表达想法，而由于难以表达或不言自明，不说出想要说的某种话，这是略去。按照"将说"和"已说"，分成两类。依次举例：

嗨，过来！我要告诉你那个人的事，算了，
我不说了，她做事欠考虑，让她死去吧！① （461）

月光，珍珠项链，檀香液，樟脑，芭蕉树，
月亮宝石的润滑，莲花茎秆，莲花叶，
全部变成火星儿，因为她心中只有你，
这还用得着说吗？我们也就不说了。② （462）

即使不说出原因，结果也很明显，这是藏因。（107cd）

即使不说出作为原因的行为，结果也显而易见，这是藏因。例如：

她未遭那些开花的蔓藤击打，也感觉痛苦，
未见蜂蛰也躲避，未遇莲花池水也退缩。③ （463）

---

① 引自《七百咏》。这首诗是将要说出她的相思痛苦，又略去不说。
② 这首诗是已经说出她的相思痛苦，又略去不说。
③ 这首诗中没有说出的原因是她陷入相思痛苦。

即使原因充分，也不产生结果，这是殊说。（108ab）

即使原因充足，也不产生结果，这是殊说。分成未提及理由、提及理由和理由不可思议。依次举例：

太阳升起，睡意已消，女友来到门旁，
丈夫放松拥抱，她却依然搂住不放。①（464）

向勇气无限的爱神致敬！他尽管被焚化，
如同樟脑，但依然在人人心中发挥力量。②（465）

爱神以花箭为战斗武器，独自战胜三界，
湿婆剥夺他的形体，剥夺不了他的力量。③（466）

按照次序排列事物，这是罗列。（108cd）

例如：

你奇妙地一分为三，住在
敌人、智者和鹿眼女心中，
凭借威力、修养和魅力，
引起烦恼、愉悦和爱恋。（467）

一般或特殊，互相补证，依靠相同或不同，这是补证。（109）

依靠相同性和不同性，特殊补证一般，或一般补证特殊，这是补证。依次举例：

---

① 这首诗中未提及的理由是贪恋情爱。
② 这首诗中提及的理由是"勇气无限"。
③ 这首诗中的理由不可思议。

对思想污秽的人，最美的事物也变丑，
在胆病患者眼中，洁白的贝螺也变黄。①（468）

这位秀目女子在月光下自由前行，
一身洁白的衣服和装饰，月亮沉没，
然后有人诵唱你的名誉，她消除疑惧，
走向情人住处，你在哪里不是赐福者？②（469）

出于美德本身的坏处，优秀者担负重任，
一头偷懒的牛肩上不落伤痕，活得轻松。③（470）

啊！我一生犯了这么多过错，
如今要说这些不愉快的话；
没有看到朋友失败便死去，
世上这样的人确实够幸运。④（471）

即使没有矛盾，也说成有矛盾，这是矛盾。（110ab）
即使事实上不矛盾，也说成矛盾，这是矛盾。
种类与种类等四种矛盾，性质与三种矛盾，行为与两种矛盾，实体与实体矛盾，总共十种。（110cd、111ab）
依次举例：

---

① 这首诗是依靠相同性，特殊补证一般。
② 这首诗是依靠相同性，一般补证特殊。借助你的名誉的光辉，这位女子走向情人住处，这是特殊。你在任何地方都是赐福者，这是一般。
③ 这首诗是依靠不同性，特殊补证一般。
④ 这首诗是依靠不同性，一般补证特殊。

英俊的人啊！命运安排这位鹿眼女与你分离，
如同遭到雷击，莲花叶芽和茎秆成了森林大火。① （472）

人主啊！毫无疑问，在你面前，山显得不高，
风显得无力，大海显得不深，大地显得太轻。② （473）

多么奇妙啊！这些国王一心一意与你交战，
而你用密集的尘土为他们洗脸，大地之主啊！
你的锋利的剑搂住他们的脖子，亲密无间，
然后激动不已而变红，生出一片温情柔意。③ （474）

毗湿奴轻松地创造、保护和收回世界，
在必要时也会变成一条鱼，多么奇妙！④ （475）

国王啊！婆罗门妇女经常手持木杵，忙于家务，
双手变得粗糙，而在你面前，又变得柔软似莲花。⑤ （476）

恶人的话即使温和，
也似烈火烧灼智者心，
善人的话即使尖锐，
也似檀香液令人喜悦。⑥ （477）

---

① 这首诗是种类（莲花叶芽和茎秆）与种类（森林大火）矛盾。
② 这首诗是种类（山、风、大海和大地）与各自的性质矛盾。
③ 在这首诗中，种类（国王）与行为（用尘土洗脸）矛盾，种类（剑）也与自己的性质矛盾。
④ 这首诗是种类（鱼）与实体（毗湿奴）矛盾。
⑤ 这首诗是性质（粗糙）与性质（柔软）矛盾。
⑥ 这首诗是性质（温和和尖锐）与各自行为（烧灼和令人喜悦）矛盾。

持斧罗摩确实是空前未有的创造物！在他的利箭

不断打击下，坚如磐石的麻鹬山变似鲜嫩的莲花瓣。① (478)

无边无沿，无法用语言描述，
今生今世从来没有体验过，
大痴大迷，完全失去分辨力，
这种感情麻醉我，也折磨我。② (479)

我们心中充满渴求，走近大海，
心想这是最大的水库和宝库，
有谁知道牟尼曾将它收入手心，
顷刻间连同喘息的鲸鱼一起喝下。③ (480)

你漫游到河岸，发情的大象颞颥液汁流淌成河，
与它接触的恒河成了阎牟那河，大地的装饰啊！④ (481)

描写儿童等自身的行为和形貌，这是自性。(111cd)
自身的是专有的，形貌是容貌和形态。例如：

睡醒起身，伸展后腿，抬起后身，撅起臀部，

---

① 这首诗是性质（似鲜嫩的莲花瓣）与实体（麻鹬山）矛盾。
② 引自《茉莉和青春》1.30。这首诗是行为（麻醉）与行为（折磨或烧灼）矛盾。
③ 这首诗是行为（喝下）与实体（大海）矛盾。诗中的牟尼指投山仙人。
④ 这首诗是实体（恒河）与实体（阎牟那河）矛盾。

弯下脖子，嘴贴胸部，摇晃沾有尘土的鬃毛，
渴望吃上一口青草，不停地移动鼻孔和嘴，
这匹马轻轻地嘶叫，用蹄子踢踏擦划地面。（482）

表面上责备或赞扬，实际意思相反，这是伴赞。（112ab）
貌似或假装赞扬。依次举例：

我认为最决绝无情的人非你莫属，
而财富女神的无耻哪儿也见不到，
她千方百计投靠你，却被你抛弃，
即使蒙受耻辱，她依然不离开你。①（483）

大海啊！不用说，你轻而易举胜过菩萨！
没有谁像你这样，已经发誓施恩于人，
却出于同情，帮助沙漠，共同承担恶名，
面对口渴难忍的旅人，毫无恻隐之心。②（484）

依靠"一同"的词义力量，一句话表达两个意义，这是共说。（112cd）

即使句子表达一个意义，而依靠"一同"的词义力量，传达两个意义，这是共说。例如：

幸运的人啊！她与你分离后，
沉重的叹息与日夜一同增长，
突涌的泪水与珠镯一同坠落，

---

① 这首诗貌似责备，实为赞扬。
② 这首诗貌似赞扬，实为责备。

生命的希望与柳腰一同衰弱。(485)

增长等与沉重的叹息等有关,由于"一同"的词义力量,也与日夜等有关。

有此物,而没有彼物,或不好,或好,这是没有。(113ab)
有时不好,有时好。依次举例:

没有夜晚,月亮无光;没有月亮,夜晚黑暗弥漫;
没有夜晚和月亮,情人的爱情火花不会闪烁。(486)

这王子没有那个鹿眼女,处理事务,智慧闪光,
这王子没有那个朋友,他的那颗心美如月亮。(487)

事物之间平等或不平等的交换,这是交换。(113cd)
这是名为交换的庄严。例如:

风儿给予开花蔓藤优美的舞姿,
而获得浓郁的无与伦比的芳香;
同时,蔓藤获得旅人的青睐,哎呀,
却给予他们烦恼、痛苦、哭泣和迷茫。(488)

在这首诗中,前者是平等交换,后者是不平等交换。

在战斗中遭到各种武器打击,
伴随有可怕的声响,国王啊!
傲慢的敌方勇士们交出大地,
从此,这大地与你永不分离。(489)

在这首诗中，是不平等交换。
过去和未来之事如同活现眼前，这是生动。（114ab）
过去和未来是复合词（相违释），生动是体现诗人意图。例如：

> 我看到你眼睛上曾经涂抹的黑眼膏，
> 我看到你肢体上将要佩戴的金首饰。（490）

这里，前者是过去之事，后者是未来之事。
句义或词义构成原因，这是诗因。（114cd）
句义构成原因。例如：

> 我有形体，说明我前生从未向你敬拜，
> 湿婆啊！如今向你敬拜，我将获得解脱，
> 而后我没有形体，也就不能向你敬拜，
> 大自在天啊！请你宽恕我这两种过失。（491）

一些词义构成原因。例如：

> 即使与女友们嬉戏玩耍，她的肢体
> 遭到希利奢花轻轻打击，也会疼痛，
> 你却向她的肢体掷出武器，要害死她，
> 让我的手臂如死神刑杖，落在你头上！[①]（492）

> 抹身的灰烬啊！祝你幸运！念珠啊！祝你吉祥！
> 装饰雪山之女的丈夫湿婆神殿的台阶啊！

[①] 引自《茉莉和青春》5.31。

大神对敬拜满意，今天将我投入名为解脱的
黑暗，断绝因侍奉你们而获得的幸福之光。(493)

在这三个例举中，前生和来生不敬拜（湿婆）构成两个过失的原因，掷出武器构成用手臂击打的原因，黑暗构成断绝幸福之光的原因。

语言表达不依靠表示义和表示者关系，这是迂回。(115ab)

语言表达依靠不同于表示义和表示者关系的暗示功能，也就是依靠其他曲折方式表达，这是迂回。例如：

看到了他，迷醉和骄傲抛弃长期养成的、
住在爱罗婆纳脸上和诃利心中的喜好。(494)

这里，"爱罗婆纳（大象）和诃利（因陀罗）分别摆脱迷醉和骄傲"，这个意义即使是暗示的，也通过词语表达。因此，所表达的正是所暗示的。但表达不同于暗示。正如看到一头白色的牛走动，就会断定一头白色的牛走动。但是，对看到的事物作出断定不同于看到事物。看到事物不采取区分和结合的方式，而作出断定采取区分和结合的方式。

物质丰富，这是高贵。(115c)

丰富是充分占用。例如：

智者官中，项链在娱乐中断线，珍珠撒落，
扫到院边，在早晨被散步的少女们脚上的
胭脂染红，玩耍的鹦鹉远远望去，以为是
石榴籽，上前叼啄，这是波阇王的布施游戏。(495)

提示伟大的事物。（115d）

提示是辅助，意思是辅助描写对象。例如：

> 正是这个森林，罗摩恪守十车王的命令，
> 居住在这里，依靠自己的双臂消灭罗刹。（496）

这首诗中，英勇味起辅助作用，不是主要的。①

一种原因造成某种结果，其他原因也造成同样结果，这是聚集。（116abc）

一种原因导致说到的结果，其他原因也造成同样结果，这是聚集。例如：

> 爱神之箭难以抵挡，情人远在一方，心儿焦躁，
> 呼吸艰难，正值青春，爱情浓烈，家族名声清白，
> 女性天生柔弱，眼下又是春季，死神不肯降临，
> 女伴们又不机灵，这样残酷的离别怎能忍受？（497）

这里，爱神之箭造成的离别不可忍受。此外，还有情人远在一方等原因。

聚集分成好的聚集、坏的聚集和又好又坏的聚集。例如：

> 纯洁的家族，优美的体型，博学的思想，
> 遒劲的臂力，丰富的财富，完整的权力，
> 这些是幸运之物，会使常人变得骄傲，
> 而对于你，国王啊！它们是驭象的刺棒。（498）

---

① 这首诗中，罗摩的行为辅助森林。

这首诗是好的聚集，前面的例举是坏的聚集。

> 白天苍白的月亮，失去青春的女子，
> 没有莲花的池塘，相貌堂堂的哑巴，
> 贪求财富的国王，经常落难的善人，
> 出入王官的恶人，是我心头七支箭。（499）

这里，有苍白的月亮之箭，还有其他的箭，好坏结合。

另一种聚集是性质和行为同时出现。（116d）

性质和行为指两种性质、两种行为或性质和行为。依次举例：

> 已经击溃所有敌军，你军顿时神采奕奕，
> 而那些恶人的脸色变得晦暗，国王啊！[①]（500）

> 突然间与爱人分离，我实在难以忍受，
> 现在新云又升起，往后的日子无阳光。[②]（501）

> 你的类似白莲的眼睛在敌人那里突然变得凶狠，
> 王中因陀罗啊！不幸的睨视显然落到他们身上。[③]（502）

> 他挥舞利剑，扩大名声。（503）

> 你在战场上手持利剑，

[①] 这是两种性质（"神采奕奕"和"脸色晦暗"）同时出现。

[②] 引自《优哩婆湿》4.3。这是两种行为（与爱人分离和新云升起即雨季来临）同时出现。

[③] 这是性质（"不幸"）和行为（"落到"）同时出现。

众天神在天国发出赞叹。（504）

以上两个例举说明不能认为这种聚集只出现在不同对象身上，或只出现在同一对象身上。①

一件事物连续在多处出现，这是连续。（117a）

一件事物连续在多处出现或被造成出现，这是连续。依次举例：

你所处的地位越来越高，
致命的毒药啊！是谁安排的？
最初在海底，后来在湿婆颈项，
现在你居住在恶人的舌尖。（505）

又如：

以前只看到红色出现在你的频婆果嘴唇上，
现在看到它出现在你的心上，鹿眼女郎啊！（506）

虽然 rāga（红色或爱情）的词义存在区别，但在这里被视为同一事物，因此，不违反规则。

腰部接受臀部放弃的瘦削单薄，
眼睛接受脚步放弃的灵活转动，
胸部和乳房结伴，面部无与伦比，
青春造成肢体优美姿态的交换。（507）

---

① 在前一个例举中，出现在同一个对象身上；在后一个例举中，出现在不同对象身上。

  他们的心一味地想要窃取憍斯杜跋宝石，
  被爱神转移到他们妻子的频婆果嘴唇上。(508)

还有一种连续，与此相反。(117b)
多种事物连续在一处出现或被造成出现。依次举例：

  恶人的话最初甜蜜漂亮，
  唷，分明是甘露源源流淌，
  后来却成为痴迷的缘由，
  仿佛里面藏着烈性毒药。(509)

  那幢墙壁倾斜的屋子，这座高耸入云的宫殿，
  那头衰老的母牛，这群黝黑似云、鸣叫的大象，
  那种低沉的木杵声，这种美女们甜蜜的歌声，
  奇妙啊！就这几天，这婆罗门就达到如此地位。(510)

这里并非表达一个人的放弃和接受，因此，不是交换。
叙述受证和证据，这是推理。(117cd)
证据是原因，有三重性：存在于小词中，存在于与小词性质相同者中，不存在于与小词性质不同者中。① 受证是与证据相随的关系得到确认。② 例如：

  由于这些致命的箭经常落在她们
  波浪般的眼角挑动眉毛的地方，

---

① 例如，此山有烟，凡有烟者必有火，如灶，凡无烟者必无火，如湖。
② 例如，此山有烟，因此，此山有火。

愤怒的爱神恪守使命，始终在她们
面前跑动，颤抖的双手挽弓搭箭。(511)

受证和证据的前后关系颠倒，并无多少奇妙之处，不再说明。
叙述中的形容词有意味，这是有意味。(118ab)
用于修饰描写对象的形容词。例如：

这些威武的弓箭手，以骄傲为财富，
因财富受尊敬，在战斗中赢得荣誉，
他们既不抱成一团，也不四分五裂，
为实现国王心愿，甘愿献出生命。① (512)

意义无关是诗病，因此，摒弃无关的意义，认可有关的意义。尽管如此，许多形容词这样集中使用，也具有魅力。因此，也被列入庄严中。
掩饰已经泄露的事实真相，这是借口。(118cd)
即使隐藏的事实真相不知怎么被泄露，仍然以某种借口否认，这是借口。这不是否定庄严，因为这里的此物和彼物两者之间没有相似性。例如：

雪山后宫的母后和侍从们微笑地望着湿婆，
此刻他握住雪山神递给他的雪山公主的手，
浑身激动，汗毛竖起，不能专心履行所有仪式，
说道："雪山的手真凉啊！"但愿湿婆保佑你们！(513)

---

① 引自《野人和阿周那》1.19。在这首诗中，"威武"意味勇敢，"以骄傲为财富"意味不能忍受羞辱，"因财富受尊敬"意味慷慨布施，"不抱成一团"意味不结党营私，"不四分五裂"意味忠于国王。

这里，汗毛竖起和浑身激动两种内心的感受形态被说成是由寒冷引起的，掩盖了它们的真实情况。这是运用借口。

在叙述中，无论提问与否，确认一物，排除相似的另一物，这是排除。（119）

用词语表达通过其他认识手段认知的某种事物，而这种事物没有其他目的，只是用于排除其他相似事物，这是排除。叙述的方式可以先提问，也可以不提问。同样，排除的事物可以暗示，也可以明示。这样共有四种。依次举例：

哪儿值得人们常去？圣洁的恒河附近；
什么值得独自沉思？毗湿奴的双足；
什么值得尊敬？美德；什么值得向往？慈悲；
依靠这些，人们的思想导向最终的解脱。①（514）

世上坚固的装饰是什么？是名誉，不是宝石；
正确的行为是什么？是善人的善行，不是恶行；
不受蒙蔽的视力是什么？是理智，不是眼睛；
除了你，还有谁知道善恶之间的真正区别。②（515）

曲折在你的发辫中，
红色在手脚嘴唇中，
坚挺在你的双乳中，

---

① 这首诗采用提问方式。排除的四种其他相似物采用暗示方式，例如，可以分别理解为王宫、感官对象、主人和财富。
② 这首诗采用提问方式。排除的三种其他相似物宝石、恶行和眼睛采用明示方式。

波动在你的双眼中。① (516)

虔信湿婆而非财富，
执著学问而非女人，
忧虑名誉而非身体，
伟人看来都是如此。② (517)

每个前面的事物依次成为后面的事物的原因，这是原因花环。（120abc）

例如：

控制感官而有修养，
有修养而品德优秀，
品德优秀而得民心，
得民心而繁荣富强。(518)

楼陀罗吒认为"同时描写原因和结果，没有区别，这是原因"。这里不论列这种原因庄严。因为"酥油是寿命"等③这类表述缺乏奇妙性，不能成为庄严。

这可爱的季节已经来到，茂盛的莲花开放，

---

① 这首诗不采用提问方式。排除的四种其他相似物采用暗示方式。
② 这首诗不采用提问方式。排除的三种其他相似物采用明示方式。
③ 这是楼陀罗吒在《诗庄严论》(7.83以下) 中用作原因庄严的诗例：
　　酥油是寿命，河流是圣洁，
　　偷盗是恐惧，妻子是快乐，
　　赌博是仇恨，老师是智慧，
　　崇敬婆罗门是至高的幸福。

蜜蜂迷醉，杜鹃欢欣，人人心中充满渴望。① (519)

这首诗中，诗的特征依靠柔软的谐音，并非依靠原因庄严。而原因庄严实际上是前面已经论述的诗因庄严。

通过一个行动，两个事物互相产生，这是互相。（120d、121a）

通过一个行动，两个事物互相成为原因，这是名为互相的庄严。例如：

湖泊为天鹅增美，天鹅为湖泊添色，
湖泊和天鹅，互相抬高自己的身价。② (520)

这里，通过互相增美添色，两个事物互为原因。

凭借回答就能猜出所提的问题，或者，作出不止一个出人意料的回答，这是回答。（121bcd、122ab）

从回答中能猜出前面的问话，这是一种回答。例如：

家里有了一个蓬头散发的儿媳，
商人啊！我们哪还有象牙和虎皮？(521)

从这话中可以推断求购者的话："我想要象牙和虎皮，请你按照价格卖给我。"这不是诗因庄严。回答庄严与诗因庄严并不相同，因为回答不是提问的原因。这也不是推理，因为没有同时提及受证和证据。它应该被认为是另一种庄严。

提问之后，回答不同寻常，出人意料，这是另一种回答。一次问答缺乏魅力，因此要求多次问答。例如：

---

① 这也是楼陀罗吒在《诗庄严论》（7.83 以下）中用作原因庄严的诗例。
② 引自《七百咏》。

什么不平坦？命运之路。

什么为可取？赏识美德。

什么是幸福？有个贤妻。

什么难把握？艰难世界。① （522）

在提问式排除庄严中，含义在于排除其他事物，而这里的含义就在表示义中。这是排除和回答两者的区别。

注意到某处微妙之事，以某种方式向别人展示，这是微妙。(122cd、123ab)

某处指形貌或姿势。微妙指智力敏锐的人觉察到的。例如：

看到她脸上流淌汗珠，沾湿颈脖上的番红花，

女友笑着，在她手掌上画剑，暗示她有男子气。（523）

这里，看到她这种模样，女友觉得她像男人②，巧妙地用剑的图案暗示，因为只有男人适合手中持剑。又如：

这位聪明的女子从情人挤眉弄眼的微笑中，

得知他想知道约会时间，便合上玩耍的莲花。（524）

这里，从情人的姿势中得知他想知道约会的时间，便合上莲花，巧妙地暗示在夜晚。

依次提高，达到极限，这是递进。（123cd）

极限是顶点。不断提高，达到顶点。例如：

---

① 引自《七百咏》。
② 即像交欢中的男人。

国中精粹是大地；大地中，
是城市；城市中，是宫殿；
宫殿中，是卧床；卧床中，
是美女——爱神的全部生命。（525）

形成原因和结果的两个事物同时出现在完全不同的地方，这是分离。（124）

结果被看到产生在有原因的那个地方，正如烟等。① 由于某种特殊情况，形成原因和结果的两个事物同时出现在不同地方，失去天然的互相联系，这是分离。例如：

谁有伤口谁疼痛，这种说法不牢靠，
小妾脸上有齿痕，大妾二妾心疼痛。②（526）

这有别于矛盾，不是矛盾庄严。这里的矛盾表现为两个事物出现在不同的地方。在矛盾庄严中，矛盾出现在同一个地方。即使没有说出，事实也是这样。通过排除例外，一般规则得以确立。前面对矛盾庄严的说明正是这样。

由于另一种原因相助，事情容易完成，这是天助。（125ab）

由于另一种原因相助，行动者不用费力就能完成已经开始的工作，这是天助。例如：

为了消除她嗔怒，正要跪在她脚下，
老天爷爷帮我忙，这时响起雷鸣声。（527）

---

① 即火产生于有烟的地方。
② 引自《七百咏》。

两者结合恰到好处，这是相配。（125cd）

如果两者被认为结合恰当，值得称道，这是相配。例如：

这鹿眼女是创造主技艺的试金石，
这国王容貌也无与伦比，胜过爱神；
出于天意，他俩如今结合成为伉俪，
建立起天下至高无上的艳情王国。（528）

又如：

奇妙啊，奇妙啊，多么奇妙！
出于天意，创造主巧为安排，
苦楝树结满果子，有待品尝，
众乌鸦便成为咀嚼的行家。（529）

两者极不相似，不可能结合；行动者不获得行动的成果，而出现相反的结果；原因的性质和行为分别与结果的性质和行为相对立。这些是不相配。（126、127）

由于两者极不相似，两者的结合被认为不可能；行动者从事某种行动，行动失败，不仅没有获得愿望的成果，反而获得与愿望相反的结果；同样，即使结果貌似符合原因，但两者的性质和行为互相对立。这些是与相配性质相反的四种不相配。依次举例：

这位大眼女郎的肢体比希利舍花还柔嫩，
而她的爱情之火却像谷糠之火那样灼热。[①]（530）

[①] 这首诗是两者极不相似。

兔子惧怕辛希迦的儿子，以月亮为庇身之地，
而辛希迦的另一个儿子，连同月亮将它吞噬。①（531）

他的长剑像多摩罗树一样黯黑，
而在每次战斗中，一接触他的手，
就会产生名誉，像秋月一样洁白，
成为三界的装饰。你看多么奇妙！②（532）

眼似青莲的女郎啊，你使我满心欢喜，
而由你造成的分离，却烧灼我的身体。（533）

这里，给予欢喜和烧灼身体相对立。同样，

时代毁灭之时，他躺在大海中，
以自己的大腹饮下一切世界，
而城中妇女以一只激情荡漾、
半开半闭的眼睛就把他饮下。③（534）

在这类诗中，也能发现不相配性。

容纳者和被容纳者很大，各自的被容纳者和容纳者虽然较小，却被说成更大，这是增益。（128）

被容纳者是居住者，容纳者是住处。虽然两者都很大，而各自

---

① 这首诗是出现相反的结果。母狮辛希迦有两个阿修罗儿子，一个叫盖耶，另一个叫罗睺。

② 这首诗是原因（长剑）的性质（黯黑）和结果（名誉）的性质（洁白）相对立。

③ 引自《童护伏诛记》13.40。

的容纳者和被容纳者较小，却被描写成更大，旨在突出有关事物的特点。这是增益，分成两种。依次举例：

国王啊，三界的胸膛多么宽广，
容纳了你的无法衡量的荣誉。①（535）

时代毁灭之时，黑天撤回自我，
万物在他的身体中自由存在；
在这样的身体中，也容纳不下
因苦行者到来而产生的喜悦。②（536）

不能对付敌手，便羞辱与敌手有关者，而旨在赞美这位敌手，这是敌对。(129)

不能制服羞辱自己的敌手，便羞辱与敌手有关者，而旨在抬高这位敌手。这类似将与敌手有关者代表军队，因此称作敌对。正如有人遭遇军队，却愚蠢地进攻另一人，作为军队的代表，同样，应该战胜敌手，却征服与敌手有关者。例如：

你的容貌胜过爱神，美男子啊，她深深爱你，
爱神仿佛恼羞成怒，折磨她，同时用箭五支。（537）

又如：

罗睺因被他斩首而满怀仇恨，却无法伤害他，

---

① 在这首诗中，容纳者（三界）较小，被说成比被容纳者（荣誉）更大。
② 引自《童护伏诛记》1.23。在这首诗中，被容纳者（喜悦）较小，被说成比容纳者（黑天的身体）更大。

至今仍然伤害与他的可爱脸庞相像的月亮。①（538）

这里，月亮与他（黑天）的有关者（脸庞）有关，因而与他（黑天）有关。

由于某种天生的或外来的共同特征，一种事物淹没另一种事物，这是淹没。（130）

某种天生的或外来的共同特征。由于它，一种事物被另一种具有更强力量的事物淹没。这是淹没，分成两种。依次举例：

> 目光在眼角颤动，言语甜蜜婉转，
> 步履娇柔而缓慢，面容妩媚可爱，
> 这一切是鹿眼女郎的天生丽质，
> 即使双足呈现醉态，也不易察觉。（539）

这里，目光颤动等是天生的特征，与醉态相同。因为从醉态中也可以看到这些特征。

> 你的敌人始终躲在雪山洞穴，
> 丧魂落魄，生怕你会发起攻击，
> 即使他们汗毛竖起，浑身颤抖，
> 智者也不知道这是出于恐惧。（540）

这里，雪山造成的寒冷是外来的，而由此产生的汗毛竖起和浑身颤抖有相似性，因为这两种特征也见于恐惧。

每个后面的事物确认或否认属于前面的事物，这是连珠，分成

---

① 引自《童护伏诛记》14.78。

两种。(131)

后面的事物依次确认或否认属于前面的事物，智者称为连珠，分成两种。依次举例：

城中有美女，美女有美貌，
美貌有媚态，爱神之武器。(541)

这不是水，里面没有可爱的莲花；
这不是莲花，里面没有藏着蜜蜂；
这不是蜜蜂，它没有发出嗡嗡声；
这不是嗡嗡声，它没有迷住人心。(542)

在前一首诗中，依次确认属于前者，美女属于城市，肢体的美貌属于美女，媚态属于美貌，武器属于媚态。在后一首诗中，依次否认。

看见某种相似之物，回想起曾经经历的另一物，这是回想。(132ab)

曾经感受某种具有特定形态的事物，后来看到与它相似的事物，唤醒记忆，想起了它，这是回想。例如：

水波汩汩流进这些媚眼天女的深肚脐，
她们想起在交欢时喉咙发出的叽咕声。(543)

又如：

他双手捧住耶索达的乳房，嘴唇吸吮乳头，

想起了五生螺号。向汗毛竖起的黑天致敬！①（544）

看到与另一物相似之物，认为是另一物，这是混淆。（132cd）

另一物表示另一种无关的事物。与它相似的事物是看到的事物。将看到的事物视为另一种无关的事物，这是混淆。这不是隐喻，也不是第一类夸张。因为在隐喻和夸张中不存在误认的问题，而这里正像混淆这个名称所表示的词义，明显存在误认的问题。例如：

> 猫儿舔食盘中的月光，以为是牛奶；
> 大象捕捉林间的月光，以为是莲藕；
> 裸女抓取床上的月光，以为是绸衣；
> 啊，这自我陶醉的明月，搅乱了世界。（545）

摒弃喻体，或者出于贬意，将喻体设想为本体，这是反喻。（133）

摒弃喻体，认为它无用，因为本体能出色地替代它的功能。出于贬意，将众所周知的喻体设想为本体。依据本体与喻体的逆反情况，形成两种反喻。依次举例：

> 大王啊，你是美的渊薮，具有灼热的威力，
> 你是最慷慨的施主，双臂能够支撑大地，
> 造物主既然创造了你，为何徒劳无益，
> 还要创造出月亮、太阳、如意珠和山岳？（546）

---

① 引自《七百咏》。耶索达是黑天的养母。五生螺号是黑天从一位名叫五生的阿修罗那里获得的螺号。

美人儿过来，竖起耳朵，听听毁谤中伤；
人们把你的面孔比作月亮，细腰女郎！① (547)

这里的意思是月亮与面孔相比，更缺乏魅力，因此，这个比喻不能成立。②"毁谤中伤"暗示对月亮的贬意。而有时，含有贬意，比喻也成立。例如：

贤女啊，你为何无比地看重你的这双眼睛？
在这儿那儿的湖泊中，都有这样的蓝莲花。(548)

这里，将莲花作为本体，旨在贬低莲花。同样，由于具有非同寻常的品质，即使以前从未有过作为喻体的经历，也被用作喻体，这也是反喻。例如：

诃罗毒③啊，你别骄傲，以为自己是最可怕者，
在这个世界上，充满像你这样的恶人之言。(549)

这里，诃罗毒具有不可能作为喻体的性质。

此物与彼物特征相似，聚在一起，融为一体，这是同一。(134)

有意将不相同的事物描写成相同，与无关的事物相联系，融为一体，而不失去自己的特征。由于具有相同特征，称作同一。例如：

---

① 引自《七百咏》。
② 也就是说，应该把月亮比作你的面孔。
③ 诃罗毒是众天神搅乳海搅出的毒药，能毁灭世界，因而具有不可比拟性。

她们的肢体抹了檀香液，佩戴崭新的珍珠项链，
洁白的耳坠为脸颊增辉，身穿干净发亮的绸衣，
在月光普照而白茫茫的大地上，变得不可辨认，
这些怀春女子愉快地走向情人的家，无所畏惧。（550）

这里，白色联系描写对象（妇女）和其他事物（月光），既不过多，也不过少，成为达到同一的原因。因此，两者的特征没有区别。又如：

这些少妇的肤色如同藤皮，
如果不是蜜蜂在那里飞落，
谁会认出那些占婆迦花朵，
从她们的耳尖垂到脸颊上？（551）

这里，即使由于其他的原因①，而认识到不同，但这不能改变最初认识到的相同。已经认识到相同，便不会抛弃这种认识。

没有通常的载体，所载之物存在；同一事物以同一形式在多处同时存在；某人做某事，而完成另一件不可能以同样方式完成的事。这些是独特，分成三种。（135、136）

缺少通常的载体，所载之物依然奇特地存在，这是第一种独特。例如：

即使去世升天，他们的优美言辞依然迷人，
直至世界毁灭，这样的诗人怎会不受尊敬？（552）

---

① 指蜜蜂在那里飞落。

同一事物以同一形式同时在多处存在，这是第二种独特。例如：

> 她在你的心中，在你的眼中，在你的耳中，
> 美男子啊，哪里还有我们这些罪人的空位?①（553）

某人着手努力做一件事，完成以同样的努力不可能完成的另一件事，这是第三种独特。例如：

> 造物主赋予你非凡的容貌，
> 显赫的威力和完善的学问，
> 他实际是在这大地上创造
> 新的爱神、太阳和智慧之神。（554）

又如：

> 你是主妇、顾问和知心朋友，
> 也是精通艺术的可爱学生，
> 残酷无情的死神夺走了你，
> 请说，我还有什么没被夺走?②（555）

在所有这些情况中，都以夸张为生命。缺少了它，也就不存在庄严。因此，有这种说法："诗人应该努力通过这种、那种乃至一切曲语显示意义；没有曲语，哪有庄严?"③

---

① 引自《七百咏》。
② 引自《罗怙世系》8.67。
③ 婆摩诃《诗庄严论》2.85。

此物与彼物接触，抛弃自己的特征，而借用彼物更强烈的特征，这是借用。（137）

此物的特征被附近的彼物削弱，变得与彼物相似，因为彼物具有更强烈的特征，这是借用，即借用彼物的特征。例如：

御者阿鲁那光芒四射，改变太阳之马的颜色，
然而，青如竹笋的宝石，恢复太阳之马的本色。①（556）

这里，与太阳之马比较，阿鲁那的颜色更强烈，而与阿鲁那比较，绿宝石的颜色更强烈。②

如果此物不借用彼物的特征，这是不借用。（138ab）

此物特征较弱，即使适合接受彼物的特征，也不接受，这是不借用。例如：

尽管你长得白净，美男子啊，依然染红我的心，
尽管把你放在我的红心中，你依然不被染红。③（557）

这里，即使与红心（充满激情的心）相联系，也不被染红（不引发激情），这是不借用。因此，这个定义也可以表述为：由于某种原因，此物不接受彼物的特征。例如：

天鹅啊，恒河水白，阎牟那河水黑，
沉浮其中，你的洁白不增也不减。（558）

---

① 引自《童护伏诛记》4.14。
② 太阳之马为青色，阿鲁那为红色。
③ 引自《七百咏》。

某人以某种手段完成某事，他人以同样手段复原，这是相违。（138cd、139ab）

某人以某种手段完成某种事，他人想要取胜，以同样的手段复原。由于颠覆已经完成的事，这是相违。例如：

湿婆的目光将爱神焚毁，
她们的目光使爱神复活，
我们赞美眼睛美丽的女郎，
她们胜过眼睛怪异的湿婆。（559）

这些庄严各自独立存在，这是混合。（139cd）

以上描述的这些庄严，互不依赖，同时在一处存在，或在词音中，或在词义中，或在这两者中。多种庄严并存一处，这是混合。这是音庄严混合：

另一位妇女腰带发出叮当声，
她的眼睛因头发披散而颤动，
那些蜜蜂贪恋花香，飞来飞去，
令她惊慌不安，增添她的娇美。①（560）

义庄严混合：

黑暗仿佛涂抹我身，
天空仿佛下着烟子，
犹如白白侍候恶人，

---

① 引自《童护伏诛记》6.14。

我的视力毫无收益。① （561）

前一首诗中，叠声和谐音互相独立存在，形成混合。后一首诗中，明喻和奇想以同样的方式形成混合。音庄严和义庄严混合：

村里无人能阻止这个快乐的美人
四处游荡，夺走那些青年人的心。② （562）

在这首诗中有互相独立的谐音和隐喻。两者一起出现在同一句或同一首诗中，形成混合。

这些庄严不互相独立，存在主次关系，这是结合。（140ab）
这些庄严没有取得自主地位，互相存在辅助和被辅助的关系。依据这种互相配合的性质，称作结合。例如：

国王啊，你的敌人的这些可怜的鹿眼女郎，
林中野人夺走了他们镶嵌绿宝石的顶冠，
金耳环，腰带，脚镯，而不夺走她们的项链，
因被频婆果嘴唇映红，以为是一串古迦果。（563）

这里，混淆的展现依靠借用。③ 对于知音们，借用是魅力的来源。因此，两者存在主次关系。又如：

洁白如同灰烬的月亮在天空中行走，

---

① 引自《小泥车》1.34。
② 引自《七百咏》。
③ 这首诗中，将项链误认为一串古迦果，是混淆。项链被嘴唇映红，是借用嘴唇的红色。

犹如在坟场中，地面的骷髅似群星，
发髻闪耀光辉，手上佩戴黑斑念珠，
仿佛与情人分离，失去激情而变白。（564）

明喻、隐喻、奇想和双关，这里有四种庄严。正如上述例举，在理解中有主次。"黑斑念珠"，这是隐喻。它的认知基础是有"手上佩戴"的性质。在对这个隐喻的理解中，黑斑为辅，念珠为主。因为按照通常的看法，念珠适合"手上佩戴"。尽管"手上佩戴黑斑"并不现实，但依靠双关（即 kara 兼有"手"和"光线"两义）表达，而月光和月亮近似，月亮表面有黑斑。如果理解为"黑斑像念珠"，那是明喻，黑斑就更突出。但事实上它没有"手上佩戴"的性质。而即使以它为主，也是依靠双关。

这样的结合也见于两种音庄严结合。例如：

这山坡光彩熠熠，回响着奔腾的
水流声，妖魔的吼声已平息，
毁坏森林的象群不断流淌液汁，
威严显赫，保护自己的队伍。（565）

在这首诗的两个诗步（第三和第四）中存在叠声和顺逆读法（回文）两种庄严，互相依赖。

还有，在确认中，缺乏正、反理由，这是不确定。（140cd）

在同一处有两个或更多的庄严，由于互相矛盾，不能同时并存。但既没有理由肯定其中一个，也没有理由否定其中另一个，表现出不确定性。"还有"一词表明这是第二种结合。例如：

造物主为什么不让大海变得清甜可饮，

如同它深不可测、富有宝藏和色泽纯洁？① （566）

这里，描写的是大海，但依据相似性的特征，可以领会到另一个未被描写的对象（即国王），那么，这是合说吗？或者，通过无关的大海，依据相似性的特征，达到对有关对象（即国王）的认知，那么，这是间接称述吗？这是疑问所在。又如：

尽管这轮悦目的圆月闪耀光芒，
黑暗却依然笼罩四方，不可穿透。（567）

这里，曲折地表达"这是激发爱情的时间"，那么，这是迂回吗？或者，将面庞视同月亮，那么，这是夸张吗？或者，其中的 etat（这）表示面庞，与圆月叠合，那么，这是隐喻吗？或者，旨在同时表达这两者，那么，这是明灯吗？或者，这是等同吗？或者，依据相似的特征，从夜晚的月亮领会到面庞，那么，这是合说吗？或者，这是表达面庞的洁净，那么，这是间接称述吗？由于存在多种庄严的疑问，这是不确定的结合。

如果有肯定或否定的理由，就能确定其中一种庄严，也就不存在疑问。肯定是能成立，否定是不能成立。例如：

笑容宛如月光，增添面庞月亮的美。（568）

这里，笑容被理解为主要，因为它切合面庞，因此，作为明喻能成立。② 而它不切合月亮，因此，作为隐喻不成立。

---

① 引自《七百咏》。
② 即这里的"面庞月亮"应该理解为明喻，即月亮般的面庞。

你的面庞月亮还在，另一个月亮又升起。(569)

这里"另一个"适用月亮，而不适用面庞，因此，作为隐喻能成立，而作为明喻不成立。

吉祥女神紧紧拥抱你，国王毗湿奴。(570)

这里，"拥抱"排除了明喻①，因为毗湿奴大神的妻子（吉祥女神）不可能拥抱与丈夫相似的国王。

安必迦的莲花脚上脚铃叮当作响，
可爱迷人，但愿它们保佑你们胜利。(571)

这里，脚铃声不可能适用莲花，作为隐喻不成立②。然而，它适用双足。但也不是仅仅据此认为明喻能成立。这里是依据作为否定（隐喻）的理由比肯定（明喻）的理由更突出。智者们也应该这样考察其他的情况。

在同一处，明显具有音庄严和义庄严这两者。(141ab)

在同一个词中，明显存在音庄严和义庄严这两者，这是另一种结合。例如：

日莲有展开的花苞日轮，闪耀花蕊光芒，
黄昏时刻收拢八方花瓣，封闭黑夜蜜蜂。(572)

---

① 即这里的"国王毗湿奴"是隐喻，而不是明喻。
② 即这里的"莲花脚"不是隐喻，而是明喻。

这里，在同一个词中，同时存在隐喻和谐音。①

以上讲述了三种结合。（141cd）

或有主次关系，或有疑问，或同时存在同一个词中，已经说明这三种结合。不可能再进行细分，若要细分，不计其数。

这样，已经讲述音庄严、义庄严和音义庄严三类庄严。

如果有人问，所有这些庄严同样都增添诗美，怎样确定哪种是音庄严、义庄严和音义庄严？回答是：诗中的诗病、诗德和庄严依据肯定或否定的理由确定属于音、义或两者，没有别的原则。因此，每种庄严依据肯定或否定的理由确定属于哪类庄严。这样，貌似重复和因果隐喻依据肯定或否定的理由属于音义庄严。同样，依靠"因为"一词的补证等也是如此。然而，其中意义的魅力显得更突出，因此，不管实际情况，而将它们归入义庄严。每种庄严属于它归属的类别，这种设想依据肯定或否定的理由。缺少这种依据，也就没有特殊的归属性。因此，区分各种庄严的唯一良策是依据上述理由。

这些庄严也会出现某些诗病，但可以纳入前面已经论述的相关部分，不必单独论述。（142）

例如，谐音中的三种诗病缺乏先例、没有效应和违反风格，相当于违反惯用语、不贴切和音素不协调，性质相同。依次举例：

　　太阳永远为世界谋福利，但愿太阳之车保佑你们！
　　每天满怀喜悦，手持飞轮的毗湿奴赞扬轮辐，
　　因陀罗赞扬马匹，湿婆赞扬旗顶，月亮赞扬车轴，
　　伐楼那赞扬车夫，财神赞扬车辕，众神赞扬速度。（573）

---

① 这首诗中有两个长复合词，都同时含有隐喻和谐音。

其中，确定谁赞扬什么，完全出于谐音的需要，在往世书和历史传说中并无依据，违反惯用语。

> 你谈吐可爱，美丽的月亮脸上流露喜悦，
> 双脚染红的少女啊！一旦你去会见情人，
> 你的珍珠腰带和可爱的脚铃叮当作响，
> 为什么会无缘无故地引起我焦躁不安？（574、575）

在首诗的表示义并无魅力可言。因此，其中的谐音没有效应，相当于意义不贴切。

> 嗓音甜美的人啊！我的渴望
> 不可抑止，顶住了我的喉咙，
> 这位女子颈似贝螺，请让我
> 拥抱一下，解除喉咙的痛苦。[①]（576）

这首诗描写艳情味，而使用刺耳的词音，违反前面说过的规则。其中，刺耳的谐音违反风格，也就是音素不协调。

叠声出现在三个诗步中，不合惯例，是诗病。例如：

> 正如永远闪光的毒蛇顶珠，
> 正如充满鲨鱼的清澈河水，
> 尽管人们最终会看清恶果，
> 伪善者在开初能迷惑人心。[②]（577）

[①] 第七章第 53 颂引诗。
[②] 在这首诗中，第一、第二和第四诗步的末尾都使用 sadambha 一词。

在比喻中，在类别和规模上，喻体不足和过量都是用词不当，构成诗病。性质上的不足和过量分别属于用词不足和用词过量。依次举例：

像旃陀罗们那样，你们做出最鲁莽的举动。（578）

这个太阳像火星儿那样闪光。（579）

这只饮光鸟蹲在莲花座上，光彩熠熠，
犹如原初时代准备创造众生的梵天。（580）

你的肚脐像地狱，你的乳房像高山，
还有你的发簪，像阎牟那河的河床。（581）

其中，使用旃陀罗等喻体，毫无意义，属于用词不当。①

这位牟尼腰系草绳，身穿黑鹿皮衣，
犹如太阳裹着一片乌云，闪闪发光。（582）

其中，没有任何词语提及与草绳腰带相应的喻体闪电，属于用词不足。

黑天身著黄衣，手持弯弓，既迷人又可怕，
犹如伴有闪电、彩虹和月亮的夜空之云。（583）

---

① 以上四个例举中，都是喻体和本体的性质远不相称。

本体中没有螺号等，而喻体中额外提到月亮，属于用词过量。

如果喻体和本体两者在词性和词数上不同，造成共同性质变样，那么，其中之一被理解为与这种性质相关，也就是依据这种性质确定喻体或本体的性质。这造成意义不清晰，属于前后用词不一。例如：

你像如意宝从我手中失落，哎，我真不幸！① (584)

国王啊！这些白面犹如纯洁的贵妇，已经被享用。② (585)

尽管词性和词数不同，但表达共同性质的词不出现分歧，这不构成诗病。这种共同性质能联系两者。例如：

他以无价的品德，正如大海以无价的珍宝著称。③ (586)

她的服饰如同她的魅力，甜蜜可爱，
有别于其他妇女，达到了美的极致。④ (587)

时态、人称和语气等不同，有碍意义理解的晓畅，也属于前后用语不一。例如：

---

① 其中"如意宝"（喻体）是中性，而与"你"（本体）相连的过去分词"失落"是阳性。
② 其中，"白面"（本体）和过去分词"享用"是复数，而"贵妇"（喻体）是单数。
③ 其中，"品德"（本体）是阳性，"珍宝"（喻体）是中性，而"著称"（过去分词，阳性）适合于他（本体，阳性）和大海（喻体，阳性）。
④ 其中，"服饰"（本体）是单数，"魅力"（喻体）是复数。

古摩婆提依靠俱舍获得
一个儿子,名叫阿底提,
犹如思想在夜晚最后
一个时辰,获得清晰。①(588)

其中,"智力"、"获得快乐"应该使用现在时,而不能与"得子阿迪提"一样使用完成时。

你刚刚沐浴完毕,身体清洁,
染红的衣服衬边色泽鲜艳,
你正在敬拜爱神,光彩熠熠,
犹如萌发幼芽嫩叶的蔓藤。②(589)

其中,光彩熠熠的动词形式是第二人称,适用于你,而不适用于蔓藤。对于蔓藤来说,这个动词应该使用第三人称。属于说话对象的动词形式变成了非说话对象的动词形式,造成人称不同。

让你的名声像恒河那样永远流淌吧!(590)

其中,恒河流淌应该使用陈述语气,而不能像名声流淌一样使用命令语气。命令语气是促使不动者行动。

诸如此类不适合喻体的情况,造成语气等不同。有些人会说,凭借某种共同性质,无论是明显的或隐含的,本体与有关性质相联系,比喻获得实现,也就不存在任何时态不同。甚至凭借明显的共同性质,比喻得到理解。例如,"像坚战那样,他说真话"。我们理

---

① 引自《罗怙世系》17.1。
② 引自《璎珞传》1.20。

解为"像说真话的坚战那样,他说真话"。毫无疑问,"说真话的"和"说真话"互相重复。凭借坚战说真话理解这个人说真话,如同"他增长财富的增长"这种说法。

确实是这样。但是,适用于一些固定表达方式的情况并非不容置疑,因为这有碍对有关事物的理解。在这方面以知音的判断为准。比喻中缺乏相似性和可能性,属于用词不当。例如:

我创作诗歌月亮,意义月光普照四方。(591)

其中,诗歌和月亮,意义和月光,在理解上缺乏相似性,属于用词不当。

燃烧的箭从他的满弓中央射出,像从他的嘴中射出,
犹如光灿灿的洪水从中午绕有日晕的太阳中泻出。(592)

其中,光灿灿的洪水从太阳中泻出,这不可能。这种描写形成用词不当。

在奇想中,只有dhruva(确实或肯定)和iva(仿佛)等等用词能够暗示那种奇特的想象,而不是yathā(正像或如同)。因为yathā只是用于表达相似性,而奇想的主旨不在相似性。不能表达属于词不达意,构成诗病。例如:

这朵青莲花蕾已经窜出池子水面,
紧闭着,像是惧怕美女眼睛的魅力。① (593)

---

① 这首诗中的"像是"应该说成"肯定是"。

奇想中的事物缺乏真实性质，如同不存在。如果运用其他事物证实奇想中的事物，这就像在天空中画画，极不合适。不问对象，属于用词不当，构成诗病。例如：

　　他保护像猫头鹰那样惧怕白天
　　而蜷伏洞穴的黑暗，免见太阳，
　　确实，即使卑微者前来求助，
　　高贵者也会视同善人和朋友。①（594）

其中，无生物黑暗不可能惧怕阳光，雪山怎么会为此保护它？这是表现奇想中的事物，并非不合适。然而，竭力证实它，那就多余了。

由于共同的性质特征，即使不明白说出，合说也展现某种比喻。其中，没有必要地指明无须指明的对象，这是不贴切或重复，构成诗病。例如：

　　太阳用光芒之手触摸四方，
　　美丽的白昼光辉久久观望，
　　心中愤愤不平，浑身发热，
　　如同情人忍受着痛苦折磨。（595）

其中，凭借太阳和四方同样的特征及其特殊词性，明显知道太阳和四方是男女主角。同样，明显知道夏季白昼光辉是女主角的情敌，何必还要用"情人"一词指明这一点？

然而，在双关明喻中，即使有共同的性质特征，如果不提及喻

---

① 引自《鸠摩罗出世》1.12。

体，也难以理解。例如：

她的光辉手臂犹如清晨的太阳，嫩芽一般艳红，
她赐予难得的成果，犹如清晨赐予早祷的成果。① （596）

在间接称述中，本体也按此方式理解，不必再多余地提及它。例如：

飞禽受到召唤，而蚊子飞来，也不会遭拒绝，
即使珊瑚住在大海中，也闪耀宝石的光辉，
萤火虫也毫不畏缩，同样排列在发光体中，
唉！这无知的世界，犹如看不清实在的主人。（597）

其中，无知的主人已经通过世界的特征获得间接说明，因此，不需要再提及他。

这些以及其他可能会出现的各种庄严病都包含在前面已经论述的诗病中，因此，不需要对它们一一分别说明。

至此，讲完了诗的特征。

这条道路虽然分支分叉，
但在智者眼中统一完整，
这也不足为奇，原因在于
这部著作认真努力写成。（598）

以上是《诗光》中名为《论义庄严》的第十章。

---

① 在这首诗中，如果不提及喻体清晨，意义就难以把握。

文镜

简　　介

毗首那特（Viśvanātha，十四世纪）著有《文镜》（Sāhityadarpaṇa）。现存《文镜》最早抄本标明的抄写日期是1384年。而《文镜》中提到一位名叫阿拉乌德丁的国王。这位苏丹王死于1316年。由此可以断定毗首那特是十四世纪人。从《文镜》中还可以得知，毗首那特的父亲名叫月顶，是诗人和学者。毗首那特本人还著有梵语叙事诗《罗摩游戏》、俗语叙事诗《地马传》、梵语戏剧《月牙》和《波罗跋婆蒂成婚记》等，但都已失传。毗首那特也为曼摩吒的《诗光》作注，题为《诗光镜》。

《文镜》是一部以味论为核心的综合性诗学著作，共分十章，采用经疏体。第一章论述诗的特性。毗首那特给诗下的定义是："诗是以味为灵魂的句子。"（1.3）第二章论述词、句以及词的三种功能和句义。第三章论述味、常情、情由和不定情等。他确认十种味，也就是在公认的九种味之外，增加一种慈爱味。第四章论述诗的分类。他以味为准则，将诗分为韵诗和以韵为辅的诗两类，排除韵论派承认的第三类画诗。第五章论述暗示功能，批驳否定暗示功能存在的观点。第六章论述戏剧学，论点主要依据《舞论》、《十色》和《十色注》。第七章论述诗病。他认为诗病是味的削弱者，分为词病、词素病、句病、义病和味病五类。第八章论述诗德。他接受韵论派的观点，确认甜蜜、壮丽和清晰三种诗德，并认为它们是味的属性。第九章论述风格。他认为风格是词语的特殊组合方式，对味起辅助作用。他将风格分为维达巴、高德、般遮罗和罗德四种。第十章论述音庄严和义庄严。

这里的《文镜》译文依据夏斯特里（S. Sastri）编订本（德里，1986），并参考罗耶（K. Ray）编订本（加尔各答，1958）。

第 一 章

论诗的特征

在写作开始之时,为排除障碍,如愿完成工作,作者向主管文学的语言女神求告:

但愿美似秋月的语言女神驱除我心中的黑暗,始终照亮一切事义。(1)

这部著作辅助诗艺,凭借诗的果实而有果实,因此,先讲述诗的果实:

即使是智慧浅薄的人,也能轻松愉快地从诗中获得人生四要的果实,因而,在这里描述诗的特征。(2)

按照诗中提供的教诲,做应该做的事,不做不应该做的事,应该像罗摩等人物那样行动,不应该像罗波那等人物那样行动,就很容易获得人生四要①的果实。

前人说过:"热爱好诗使人通晓正法、利益、爱欲、解脱和各种技艺,也使人获得快乐和名声。"

还有,从诗中对尊神那罗延莲花脚的赞颂等,可以获得正法。"一个词得到正确运用,正确理解,在天国和人间都成为如意神牛。"吠陀中诸如此类的语句众所周知。获得利益(财富),有目共睹。获得了利益(财富),也就获得爱欲。由于彻底理解导致解

---

① "人生四要"指人生四大目的:正法、利益、爱欲和解脱。有时也说"人生三要",指正法、利益和爱欲。

脱的语句，不执著从诗中产生的正法果实，则获得解脱。

通过吠陀经典获得人生四要，由于枯燥乏味，连智力成熟的人也很费力。而从诗中获得人生四要，由于其中充满至高的欢喜，连智力稚嫩的人也很容易。

既然有了吠陀经典，智力成熟的人为何还要在诗上下功夫呢？不应该这样说。倘若苦药能治好的病，白糖也能治好，有哪个病人不认为吃白糖更好呢？

还有，《火神往世书》中也说到诗的优异："在这世上，人身难得，知识更难得；同样，诗人难得，诗才更难得。"还说："戏剧是实现人生三要的手段。"

《毗湿奴往世书》中也说道："诗的话语和所有歌曲都是灵魂伟大的毗湿奴的语言形体的组成部分。"

因此，要描述诗的特征。由此，也说明本书的主题。关于诗的特征是什么，有人说："音和义无病，有德，有时无庄严。"① 这需要商榷。如果无病才成为诗，那么，

> 我的敌人存在，这本身就是羞辱，何况他是苦行者，
> 就在这里杀戮罗刹族，哎呀！在我罗波那活着之时。
> 呸，呸，因陀罗耆！唤醒了鸠槃羯叻拿，又顶什么用？
> 这些劫掠天国小村的手臂徒然健壮，又顶什么用？

这首诗中犯有重点不明的诗病②，它就不成为诗了。然而，它

---

① 这是曼摩吒在《诗光》（1.4）中给诗下的定义。

② 在这首诗中，"这本身就是羞辱"按梵语原文是"羞辱就是本身"，犯有重点不明的语病，因为这句话表达的重点应该是"羞辱"，而不是"这本身"。另外，复合词"徒然健壮"犯有重点不明的词病，因为这个复合词表达的重点应该是"徒然"，而不是"健壮"。

有韵，仍被认为是上品诗。① 因此，犯有定义过窄之病。②

如果说这是某个部分有病，而不是全部有病，那么，有病的部分不成为诗，而有韵的部分成为上品诗。这样，从这两部分得出的结论就会既不是诗，又是诗。刺耳等诗病不是损害诗的某个部分，而是损害诗的全部。因此，没有损害作为诗的灵魂的味，它们就不被认为是诗病。否则，就不会作出常病和非常病的区分了。韵论作者说道："刺耳等诗病并非一成不变，这已经得到说明。各种例举表明，它们只是在以韵为灵魂的艳情味中应该避免。"③ 况且，这样的诗十分罕见，或者不存在，因为完全无病的诗简直不可能。

如果说无病是指稍许有病，那就成了"诗是稍许有病的音和义"。这样，音和义无病就不成为诗了。如果说由于有病，才说稍许有病，那也不能将这说成为诗的定义。这好比在珠宝的定义中，是排除虫蛀的。因为虫蛀等并不能取消珠宝的珠宝性，而只是形成珠宝的品质等级。刺耳等对于诗，也是这样。前人说过："与虫蛀的珠宝相同，即使存在毛病，只要明显有味，仍被认为是诗。"

还有，音和义"有德"这个形容词也不合适。因为德与味性质相同，他本人就解释说："诗德是主要者味的属性，犹如勇气等是灵魂的属性。"④ 如果说它以间接的方式暗示味，这也不对。作为诗的特征，音和义中有没有味？如果没有味，也就无所谓有德，因为德的有无依据味的有无。如果有味，怎么不使用音和义"有味"这个形容词呢？

如果说有德不能理解为别的，只能理解为有味，那么，应该说音和义"有味"才合适，而不应该说"有德"。因为应该说"有人

---

① 在《韵光》3.16 中，这首诗被用作韵诗例举。
② 定义之病有三种：过窄、过宽和不可能。
③ 《韵光》2.11。也就是说，刺耳等不是常病，例如在暴戾中便不构成诗病。
④ 《诗光》8.66。

的地方"时，谁也不会说"有勇气等的地方"。

如果说"音和义有德"这种说法旨在说明诗中运用显示德的音和义，这也不对。具有显示德的音和义，这只是确认诗中的优点，而不是确认诗的特征。因为前人说过："诗以音和义为身体，以味等为灵魂，德如同勇气等，病如同眼瞎等，风格如同特殊的肢体形貌，庄严如同手镯和耳环等。"

由此，"有时无庄严"这个说法也被排除。它的意思是：诗是处处有庄严的音和义，但有时没有明显的庄严。在这里，有庄严的音和义也只是确认诗中的优点。

由此，《曲语生命论》作者所谓"曲语是诗的生命"这个说法也被排除。因为曲语也是庄严的表现形式。

关于"有时没有明显的庄严"，所举的例子是：

> 依然是这位夺走我童贞的丈夫，
> 依然是春夜，茉莉花香随风飘逸，
> 我也依然是我，但我的心却向往
> 雷瓦河畔蔓藤树下的爱情游戏。

这需要商榷。这首诗中明显存在以藏因和殊说为基础的疑问结合。①

由此，"诗人创作无病、有德、经过庄严修饰、有味的诗，赢得快乐和名声"②，诸如此类的诗的定义也被排除。

而韵论作者说："韵是诗的灵魂。"这是指本事、庄严和味等三种形式的韵，还是仅仅指味等形式的韵，是诗的灵魂？不是前一种，否则也包括谜语等，这就过宽。如果说是后一种，我们赞同。

---

① 参阅第十章第67颂。
② 这是波阇在《辩才天女的项饰》中给诗下的定义。

而如果仅仅味等形式的韵是诗的灵魂，那么，

  婆婆睡这里，我睡这里，趁白天你看仔细，
  客人啊！夜里眼瞎，莫要睡到我俩的铺上。

  诸如此类的诗仅仅暗示本事，怎么算是诗呢？如果提出这个问题，回答是不。我们说这首诗中也有类味。否则，在"提婆达多去村里了"这句话中，也暗示他的仆人随他而去村里了，这样也就成为诗了。如果说就算它是诗吧！不对，因为有味才被认为是诗。诗的目的是通过品尝味，让应受教育而智慧稚嫩、不愿学习吠陀经典的王子们获得教诲，做应该做的事，不做不应该做的事，应该像罗摩等人物那样行动，不应该像罗波那等人物那样行动。这些是前人说的。

  《火神往世书》中也说道："即使是以语言技巧为主，味仍是诗的生命。"《韵辩》作者也说道："味等形式与诗的灵魂相联系，没有人对此持有异议。"韵论作者也说道："诗人仅仅讲述故事情节，不能获得诗的灵魂，因为历史传说等能成功地做到这一点。"①

  如果说在有的作品中含有一些无味的诗，那么，这个作品就不能成为诗了。这不对。正像在有味的诗中含有一些无味的词，由于诗有味，作品有味，这些词也被认为有味。即使在一些无味的诗中，由于有显示德的音素，无病，有庄严，也按照习惯称作诗。因为它与有味等的诗相似，而在次要的意义上称作诗。

  而伐摩那说："风格是诗的灵魂。"这不对。因为风格是词语的特殊组合方式。组合方式表现为肢体形貌，有别于灵魂。

  还有，韵论作者说："受到知音赞赏的意义被确定为诗的灵魂，

---

① 参阅《韵光》3.14 以下："仅仅讲述故事情节已由历史传说等等完成，而非诗人的创作目的。"

相传它分成两种,称为表示义和领会义。"① 这里,表示义作为灵魂,与他自己所说"韵是诗的灵魂"相矛盾,而被排除。

那么,什么是诗的特征呢?

诗是以味为灵魂的句子。(3a)

我们将会讲述味的特征。味是灵魂,是精华,赋予诗以生命。缺少了它,也就被认为没有诗性。依据"味是被品尝者"这个说法,情和类情等也被包括在内。

其中,味,例如:

> 看到卧室空寂无人,新娘轻轻从床上起身,
> 久久凝视丈夫的脸,没有察觉他假装睡着,
> 于是放心地吻他,却发现他脸上汗毛直竖,
> 她羞涩地低下头,丈夫笑着将她久久亲吻。

这里是名为会合艳情的味。情,例如掌管和平和战争的外务大臣罗伽婆难陀的这首诗:

> 鱼鳞载负大海,龟背载负世界,獠牙托起大地,
> 狮爪诛灭魔王,脚步跨越天空,愤怒诛灭王族,
> 箭诛灭十首,手诛灭波罗楞波,禅定灭寂宇宙,
> 利剑消灭违背正法的种族,我向这位大神致敬!②

这里是对尊神的热爱之情。类味,例如:

> 雄蜂陪随雌蜂,在同一朵花中吮蜜,

---

① 《韵光》1.2。

② 这首诗描写大神毗湿奴的十次化身下凡的事迹。

黑斑鹿用角搔得雌鹿舒服而闭目。①

这里是描写动物的会合艳情，因而是类味。其他依此类推。
诗病的特征又是什么？
诗病是味的削弱者。（3b）
刺耳、不贴切等通过音和义，如同眼瞎和跛足等通过身体；以自己的名称表达不定情等，如同愚蠢等，直接削弱作为诗的灵魂的味，成为诗的削弱者。我们将会举例说明它们的特征。
诗德的特征是什么？
诗德、庄严和风格是味的增强者。（3cd）
诗德如同勇气等，庄严如同手镯和耳环等，风格如同特殊的肢体形貌，通过音和义如同通过身体，增强作为诗的灵魂的味，成为诗的增强者。在这里，即使诗德是味的属性，但"诗德"这个词本身间接表达显示诗德的音和义。因此，显示诗德的音和义是味的增强者，这在前面已经说过。我们也会举例说明它们的特征。

以上是《文镜》中名为《论诗的特征》的第一章。

---

① 引自《鸠摩罗出世》3.36。

第 二 章

论句子的特征

现在讲述句子的特征：

句子是具有关联性、期望性和邻近性的词的组合。（1ab）

关联性是词义互相联系，没有阻碍。如果词的组合缺乏这种关联，也可以是句子，那么，"洒火"之类也成了句子。期望性是意义尚不完整，表现为听者有所期待。如果句子可以缺乏期待性，那么，"牛"、"马"、"人"、"象"之类也成了句子。邻近性是理解不间断。如果句子的理解可以间断，那么，现在说了"提婆达多"这个词，到第二天才说"走了"这个词，也能结合成句子。

在这里，期望性和关联性分别是灵魂的和事物的性质，而间接地表示词的组合的性质。

句子的组合是大句子（篇章）。（1c）

也具有关联性、期望性和邻近性。

句子分成这样两种。（1d）

这样是指句子和大句子。前人说过："几个完整表达自己意义的句子又按照主次结合成一个大句子。"

这里，句子，例如"看到卧室空寂无人……"① 大句子（篇章），例如《罗摩衍那》、《摩诃婆罗多》和《罗怙世系》等。

---

① 第一章第 3 颂 a 引诗。

文镜·第二章　论句子的特征

已经讲述"句子是词的组合"。现在讲述什么是词的特征：

词是适合使用、互不关联和仅仅表达一个意义的音素组合。(2ab)

例如，罐（ghaṭa）这个词，适合使用，则排除了词干。① 互不关联，则排除了句子和大句子。② 仅仅一个，则排除了具有期望性的许多词和句子。③ 表达意义，则排除了 kacaṭatapa 之类的音素组合。④ 音素组合，并不意味复数。⑤

意义分成表示义、转示义和暗示义三种。(2cd)

讲述它们的特征：

表示义是通过表示传达的意义，转示义是通过转示传达的意义，暗示义是通过暗示传达的意义。它们是词的三种功能。(3)

它们指表示、转示和暗示。

其中，为首的是表示，因为它传达惯用义。(4ab)

一个老年人吩咐一个中年人，说道："把牛牵来！"一个孩子看到把牛牵来的行动，最初理解到这个句子的意思是"把一头有垂肉等的动物牵来"。此后，他听到"拴住牛"和"把马牵来"，依据词的替换，便掌握"牛"这个词的惯用义是"有垂肉等的动物"，"牵来"这个词的惯用义是"取来"。

有时，一个词的意义可以依据与它一起使用的常用词得知。例如："在这绽开的莲花腹中，制蜜者吮蜜。"⑥

有时，可以依据值得信任者的教导。例如，"这个（动物）是'马'这个词表示的意义"。

---

① 词有别于词干。在句子中实际使用的是词，而不是词干。
② 句中的词互相关联，而词中的音素互不关联，即没有逻辑联系。
③ 具有期望性的词和句子有很多，但同时具有关联性和邻近性的词仅仅一个。
④ 指无意义的音素组合。
⑤ 词通常由三个以上音素组合，但也有一两个音素组合。
⑥ 从蜜蜂吸吮花蜜得知"制蜜者"这个词是指蜜蜂。

这种不受词的其他功能干预而传达惯用义的功能称为表示。

惯用义的掌握依据种类、性质、实体和行为。（4cd）

种类是个别的牛等中的牛性等。性质是已经形成的事物性质，由此成为特征。白等使这头牛有别于同类中的其他黑牛。实体这个词表示个体，例如诃利、诃罗、迪特和德维特等。行为是有待完成的事物性质，例如煮等。煮这个词表示一个过程，从最初放上到最后取下。惯用义的掌握依据个体的这四种特征，而不只是依据个体。这就避免无穷变异的弊病。

下面讲述转示：

如果字面义不适用，依据惯用法或意图，被理解成与字面义有关的另一义，这种增加的功能是转示。（5）

"羯陵伽鲁莽"这句话中，"羯陵伽"这个词是指一个特定的国家，按照它的本义就不适用，而依靠词的转示功能，将它理解为与本义有关的"羯陵伽人"。又如，"恒河上的茅屋"，"恒河"这个词表示河流，按照它的本义就不适用，于是，将它理解为与本义邻近的"恒河岸"。词的这种增加的功能称作转示，它既不是天生的，也不是神赋予的。前者依据惯用法。① 后者用"恒河上的茅屋"表示"恒河岸上的茅屋"，其意图是充分表达清凉和圣洁。② 如果没有依据，那么，与什么都发生联系，也就无法下定义。因此，定义中说它"依据惯用法或意图"。

有些人将"工作能手"作为依据惯用法的例举。③ 他们的想法是：能手（kusala）一词依据词源"采集拘舍草"，字面义是"采集拘舍草的人"。这样，按照它的本义就不适用，于是，将它理解为与本义性质相似的"具有分辨能力的人"，即"能手"。

---

① 将羯陵伽国理解为羯陵伽人，这是通常的用词方法。
② 因为清凉和圣洁是恒河的特点。
③ 参阅曼摩吒《诗光》2.9以下。

另一些不同意这种说法，因为即使这个词依据词源，意思是"采集拘舍草的人"，但它的字面义仍然是"能手"。词的词源是一回事，词的运用是另一回事。如果字面义依据词源，那么，"牛卧着"也成了转示，因为牛（go）这个词依据词源是词根"行走"（gam）加上后缀 o。按照这个本义说它卧着就不适用。

现在讲述转示的分类：

字面义为了完善句义的内在联系，暗示另一义，同时也纳入自己的意义，这是纳入转示。（6）

依据惯用法的转示，例如"白色奔跑"。依据意图的转示，例如"许多长矛进入"。白色和长矛都是无生物，依靠自身不能作为行动者与奔跑和进入发生联系。于是，为了完善这种联系，它们分别暗示马和人。[①] 前者依据惯用法，不存在意图。后者的意图是表达长矛的稠密。这里，也纳入字面义本身。而在排除转示中，只转示另一义，这便是两种转示的区别。因此，这种转示称作不抛弃自己的意义。

为了完善另一义在句义中的联系，抛弃自己的意义，这种作为原因的转示，是排除转示。（7）

依据惯用法和意图的排除转示，例如"羯陵伽鲁莽"和"恒河上的茅屋"。这两者为了完善人和岸在句义中的联系，羯陵伽和恒河抛弃自己的意义。[②]

又如：

我受你厚爱，还有什么可说？你确实品德高尚，
但愿你永远这样行事，朋友啊！祝你幸福长寿。

[①] 即暗示"白马"和"手持长矛的人"。
[②] 即抛弃自己作为国和河流的意义。

在这首诗中，为了完善伤害等在句义中的联系，受恩等抛弃自己的意义。由于向伤害者感恩，字面义不适用，而转示相反的意义。结果是表达受到极大伤害。① 这种转示称作抛弃自己的意义。

这些各自又分成叠加和同化两种。（8ab）

"这些"指前面所说的四种转示。②

若对象不被吞没，而被认为与另一物同一，是叠加；若被吞没，则是同化。（8cd、9ab）

对象不被叠加者吞没，而被认为与叠加者同一。这种转示是隐喻庄严的种子。依据惯用法的纳入转示的叠加，例如"白马奔跑"，马具有白色性质，没有被吞没，而被理解为与自己具有的性质同一。依据意图的纳入转示的叠加，例如"这些长矛进入"。这些表示手持长矛的人，形成叠加。依据惯用法的排除转示的叠加，例如"羯陵伽人战斗"。这里，人和羯陵伽是叠加者和被叠加者的关系。依据意图的排除转示的叠加，例如"长寿奶酪"。这里，奶酪是长寿的原因，依据因果关系被理解为与长寿同一。其意图是表达奶酪比其他食品更有益于长寿。

又如，将国王的人走了说成"国王这人走了"，这是转示侍从和主人的关系。又如，将手臂的前面部分说成"这是手臂"，这是转示部分和整体的关系。甚至对一个婆罗门，也说"这个木匠"，这是转示所做之事。③ 将用于祭祀因陀罗的木柱说成"这些因陀罗"，这是转示用途。其他依次类推。对象被吞没，而被理解为与另一物同一，这是同化。这里有前面所举四种转示的例子。④

所有这些，不依据相似性是纯粹型，依据相似性是性质型，这

---

① 受你厚爱转示受到你的极大伤害。
② 纳入的转示和排除的转示，又分别依据惯用法和意图，这样共为四种。
③ 因为婆罗门不可能是木匠，只是说他在做一件与木头有关的事。
④ 即"白色奔跑"，"许多长矛进入"，"羯陵伽鲁莽"，"恒河上的茅屋"。

样，共有十六种。（9cd、10ab）

　　所有这些指前面所说的八种转示。不依据相似性是因果关系等。这种纯粹型转示有前面所举的那些例子。① 依据惯用法的纳入转示的性质型叠加，例如，"这些油在冬天令人愉快"。在这里，油（taila）这个词纳入字面义芝麻（tila）油而表示芥子油等所有的油。依据意图，例如，"王子们和那些像王子一样的人走了"说成"这些王子走了"。依据惯用法的纳入转示的性质型同化，例如"油在冬天令人愉快"。依据意图，例如，"王子们走了"。依据惯用法的排除转示的性质型叠加，例如，"国王清除荆棘高德王"。依据意图，例如"瓦希迦（人名）这头牛"。依据惯用法的排除转示的性质型同化，例如，"国王清除荆棘"。依据意图，例如，"这头牛唠唠叨叨"。

　　有些人说，这是转示牛所具有的愚蠢和笨拙等性质。这些性质成为"牛"这个词表示瓦希迦的原因。这不对。"牛"这个词不能表示瓦希迦，没有这种惯用法。"牛"这个词只能表示牛的意义，由此耗尽表示功能，不能再产生表示功能。

　　另一些人说，"牛"这个词不能表示瓦希迦，但是，它转示瓦希迦的性质，由于它们与牛具有的性质相似。而另一些人不认为是这样。因为在这里，是依据"牛"这个词理解瓦希迦的意义，或者不是？如果说是，那么，是依据"牛"这个词，还是依据这个词转示的它必然具有的性质？这里，不是前一种，因为将牛理解成瓦希迦，没有这种惯用法；也不是后一种，因为在并置的词中，不可能容纳从必然具有的性质中获得的意义。词的期望性只能由词实现。如果说不是，也不对。如果不是依据"牛"这个词理解瓦希迦的意义，那么，这个词和瓦希迦的意义一致就不可能了。

---

① 即前面所举八种转示的例子。

因此，"牛"这个词按照字面义与瓦希迦这个词没有必然联系，而是依据愚蠢等相似性转示瓦希迦。其意图是表达瓦希迦极其愚蠢。这种转示是依据性质，因而称作性质型，而前面那些不与隐喻混合，是纯粹型。隐喻是依据高度的相似性，完全掩盖对两个截然不同的词的不同理解。例如，"火"和"孩子"这两个词。① 而对于"白"和"布"这两个词在理解上没有绝对的差异。② 因此，这类是纯粹型转示。

依据意图的转示，按照暗示义隐蔽和明显分成两种。(10cd)

前面讲述了八种依据意图的转示，它们又依据表达意图的暗示义的隐蔽和明显，各分成两种，总共十六种。其中，隐蔽是需要经过认真思考句义，才能理解。例如，"我受你厚爱……"③ 明显是明白显豁，人人都能理解。例如："青春的骚动本身教会少女种种魅力。"这里，"教会"转示"显露"。如同直接说出"充分显露"的意思，暗示义很明显。

这些又依据暗示义属于对象和性质各分成两种。(11ab)

这些指上面所说十六种转示。它们依据暗示义属于对象和性质，各分成两种，总共三十二种。这里只是指出方向，例如：

> 云朵以浓密的阴影涂抹天空，仙鹤飞翔，
> 微风湿润，云朵的朋友发出甜蜜的欢鸣，
> 随它们去吧！我是罗摩，心地坚硬，能忍受一切，
> 可是，我的悉多会怎样呢？哎呀，王后，你要坚定。

---

① 例如，这个孩子是一团火。
② 因为布本身是白色的。
③ 第二章第7颂引诗。

在这首诗中,罗摩转示忍受无穷痛苦的罗摩。① 罗摩是对象,暗示义无穷痛苦属于他。

而在"恒河上的茅屋"中,恒河转示岸。暗示义充满清凉和圣洁,属于性质。

这样,智者们认为转示分成四十种。(11cd)

依据惯用法的八种,加上依据暗示义的三十二种,总共四十种。此外,

这些又依据词和句子各分成两种。(12ab)

这些指上面所说的四十种。其中,依据词,例如,"恒河上的茅屋"。依据句子,例如:"我受你厚爱……"② 这样,总共有八十种转示。

表示等功能耗尽,词和词义等表达另一种意义,这种功能称作暗示。(12cd、13ab)

按照通常说法,"词的认知和工作能力耗尽,功能也就停止"。在称作表示、转示和句义的三种功能表达各自的意义后,能力耗尽,于是,通过词、词义和词缀等的能力表达另一种意义,这种称作暗示、韵、理解和领会等的功能便是暗示。其中,

暗示分成依据词的表示和转示两种。(13cd)

现在讲述依据表示:

将一个具有多种意义的词理解成另一种意义,而依据连接等限定为一种意义,这是依据表示的暗示。(14)

"等"指不连接等。前人说过:"如果一个词的意义不能确定,那么,连接、不连接、相随、敌对、目的、语境、特征、与另一个词并列、能力、合适、地点、时间、词性和音调等,成为想起特殊意义的原因。"

---

① 意思是这里的罗摩不是十车王之子罗摩,而是受尽苦难的罗摩。
② 第二章第 7 颂引诗。

"有螺号和飞轮的诃利",依据连接螺号和飞轮,"诃利"这个词表示毗湿奴。"没有螺号和飞轮的诃利",依据不连接螺号和飞轮,同样表示毗湿奴。"怖军和阿周那",阿周那是普利塔之子。①"迦尔纳和阿周那",迦尔纳是车夫之子。②"我敬拜斯塔奴",斯塔奴是湿婆。③"天神知道这一切",天神是您。④"愤怒的以鳄鱼为旗徽者",以鳄鱼为旗徽者是爱神。⑤"这位天神,城堡之敌",城堡之敌是湿婆。⑥"madhu 令杜鹃迷醉",madhu 是春天。⑦"但愿情人的面孔保护你",面孔是会面。⑧"candra 在空中闪耀",candra 是月亮。⑨"夜晚的 citrabhānu",citrabhānu 是火⑩。"rathāṅga 闪光",rathāṅga 依据中性是车轮。⑪ 音调在吠陀中造成对意义的特殊理解,而在诗中不是这样,因此,这里不举例说明。

有些人不同意这种看法,说道:"音调在诗中表现为语调等,造成对意义的特殊理解。牟尼⑫指出吟诵中高调等造成对艳情味等的特殊理解,并举了相应的例子。"这不对,音调作为语调等,或作为高调等,都是造成对暗示义的特殊理解,而不是这里讨论的特

---

① 依据阿周那与怖军的相随关系。
② 依据迦尔纳与阿周那的敌对关系。
③ 斯塔奴的词义是木柱,也是湿婆大神的称号。依据目的或动机,确认是湿婆。
④ 依据语境,即这是对国王说的话。
⑤ 依据特征。
⑥ 依据与另一词并列。城堡之敌可以是其他国王的称号,但与"天神"这个词并列,则表示湿婆。
⑦ madhu 的词义为蜜或春天,依据令杜鹃迷醉的能力,确认是春天。
⑧ 依据合适,"面孔"这个词表示会面,即与情人会面。
⑨ candra 的词义为月亮或樟脑,依据地点,确认是月亮。
⑩ citrabhānu 的词义为火或太阳,依据时间确认是火。
⑪ rathāṅga 一词的中性是车轮,阳性是轮鸟。
⑫ 牟尼指《舞论》的作者婆罗多。

殊理解①，也就是将一个具有多种意义的词限定为一种意义。而且，如果具有多种意义的词由于缺乏语境等限制，尚未确定的两种意义依据相应的音调得以确定为一种意义，那么，也就无法确认双关的存在。然而，不是这样。因此，在论述双关时，人们说："按照惯例，在诗中，音调不予考虑。"不必再谈论这些以挑剔的眼光对尊敬的恩师们的阐释吹毛求疵的言论了。

"等"指"她的乳房只有这么大"之类用手势等表示乳房等形状如同没有绽开的莲花等。

词这样受到限制，表示一种意义，成为理解另一种意义的原因，这种功能是依据表示的暗示。

例如，我的父亲，通晓十四种语言的大诗人，掌管和平和战争的外务大臣，吉祥的月顶的这首诗：

乌玛之夫征战不受堡垒阻挡，光辉覆盖爱神，
征服那些强盛的国王，周围簇拥享乐的人们，
对刹帝利王公们不屑一顾，虔诚地敬爱湿婆，
统辖整个大地，以财富作为自己身体的装饰。

这首诗含有双关，又读作：

这位乌玛之夫，身体接受难近母②拥抱，
火焰覆盖爱神，头戴弯月，众蛇围绕，
以星宿之主③为眼睛，深深地爱戴山神④，

---

① 即对表面义的特殊理解。
② 难近母即乌玛。
③ 星宿之主指月亮。
④ 山神指乌玛的父亲。

以牛为坐骑，以灰烬为自己身体装饰。

在这首诗中，依据语境，乌玛之夫的表示义限定为一位名叫乌玛的王后之夫即国王跋努提婆，而后通过暗示，理解为高利女神（即乌玛）之夫湿婆。其他以此类推。

现在讲述依据转示的暗示：

有所意图而依靠转示，进而依靠暗示领会意图，这是依据转示的暗示。(15)

"恒河上的茅屋"，表示功能表达河流的意义，转示功能表达岸的意义，在这两种功能耗尽后，依靠暗示功能表达充满清凉和圣洁的意义，这是依据转示的暗示。

讲述了词的暗示后，现在讲述意义的暗示：

由于说话者、被说话者、句子、有别人在场、表示义、境况、地点、时间、语调和姿势等的特殊性，得以认知另一种意义，这是从意义产生的暗示。(16、17ab)

其中，说话者、句子、境况、地点和时间的特殊性，例如我的这首诗：

在这春天，以花为弓的爱神发怒，
带走欢爱疲惫的风儿徐徐吹拂，
花园和无忧树凉亭也可爱迷人，
丈夫远出在外，你说我该做什么？

在这首诗中，某个女子暗示她的女友："赶快把我的秘密情人送到这里来。"

被说话者的特殊性，例如：

乳边的檀香膏一点不剩，嘴唇的口红也已擦掉，
眼角的黑烟子不见踪影，娇嫩的肢体汗毛直竖，
撒谎的女使啊！全然不知亲人蒙受痛苦的人啊！
你从这儿去池塘沐浴，而不是去那下流胚身边。

在这首诗中，转示相反的意义："你去了他的身边。"由于被说话者女使的特殊性，得知暗示义："你去与他调情了。"

依据有别人在场的特殊性，例如：

请看，仙鹤寂然不动，停留在荷花叶上，
仿佛贝螺安放在光洁无瑕的翡翠盘上。

在这首诗中，由仙鹤寂然不动暗示安全，由安全暗示这地方僻静无人，因此，这是某个女子向身边的秘密情人暗示这是幽会的好地方。其中，特殊的暗示义即这地方僻静无人是意图。

智者们将喉咙中发出的不同声音称作语调。根据一些经典可以知道语调按照语境分类。依据语调特殊性，例如：

他听从长辈的吩咐，就要出门去远方，朋友啊！
在黑蜂嗡嗡、杜鹃声声的芬芳季节，不会回来。

在这首诗中，"他不会回来"采用不同语调，就能暗示"他会回来"。

依据姿势的特殊性，例如：

这位聪明的女子从情人挤眉弄眼的微笑中，
得知他想知道约会时间，便合上玩耍的莲花。

在这首诗中，某个女子用合上莲花等动作暗示黄昏约会。

由于意义有三种，暗示也分成三种。(17cd)

意义分成表示义、转示义和暗示义三种，以上所说所有暗示也分成三种。其中表示义的暗示，例如："在这春天，以花为弓的爱神发怒……"转示义的暗示，例如："乳边的檀香膏一点不剩……"暗示义的暗示，例如："请看，仙鹤寂然不动……"词干和词缀等的暗示性放在后面细说。

由词表达的意义暗示，用作另一义的词也暗示，一个成为暗示者，另一个则成为合作者。(18)

因为词成为暗示者，便涉及另一义，同样，意义成为暗示者，也涉及词。故而其中一个成为暗示者，另一个必定被认为是合作者。

由于表示等等三种特定的功能，词也分成表示者、转示者和暗示者三种。(19)

表示者体现表示功能，转示者体现转示功能，暗示者体现暗示功能。还有，

另一些人提出表达词义联系的功能，称作句义。这种功能产生的意义是句义。句子是这种意义的表达者。(20)

在表达每个词的意义后，表示功能停止，然后，名为句义的功能表达词义联系，呈现句义。这种功能产生的意义是句义。词义联系论者认为句子是这种意义的表达者。

以上是《文镜》中名为《论句子特性》的第二章。

第 三 章

论 味 等

然后，讲述味是什么：

由情由、情态和不定情展示的爱等常情，在知音们那里达到味性。(1)

情由等后面会讲述。真情表现为情态，不单独提出。展示是按照奶酪等方式，变成另一种形态。味正是这样被展示。不是像原先存在的罐被灯照亮那样。《韵光注》作者说过："'味被感知'就像通常所说'煮米成饭'。"在这里，"爱等"本身就表示常情，而仍然再加上"常情"一词，这是为了说明爱等在其他的味中不是常情。由此，笑和怒等在艳情和英勇等味中是不定情。前人说过："只有居于味的位置的情才是常情。"

现在讲述味的品尝方式以及味的特征：

由于充满善性，味完整而不可分割，自我启明，由欢喜和意识构成，摒绝与其他感知对象的接触，与梵的品尝是异父兄弟，以超俗的惊喜为生命，与品尝本身没有区别。它被知音们品尝，犹如自己品尝自己。(2、3)

"善性是思想不接触忧性和暗性。"这里所说的善性是某种内在性质，引导人避开外在对象。充满善性指它压倒忧性和暗性而显现。其中的原因是钻研非凡的诗歌等。完整而不可分割指由情由等和爱等展现的愉快和惊喜浑然一体。其中的原因后面会讲述。自我启明的性质等后面也会讲述。由意识构成，构成指含有。惊喜是意识的扩张，与惊奇是同义词。我们的老祖父那罗延是知音集会上的最杰出的诗人和学者，他讲过这种作为味的生命的惊喜。法授在自己的著作提到他的说法："在味中，处处感到本质是惊喜。而在惊喜的本质中，也处处感到味是惊奇。因此，智者那罗延说味是惊奇。"

知音们指前生积有功德的人。前人说："有功德的人像瑜伽行者那样理解味的扩张。"

"品尝是与诗歌内容接触而产生的内在喜悦"，即使这种说法表明品尝与味没有区别，但仍然说"味被品尝"，作出这种想象中的区别。或者说，既是行动对象，又是行动者。前人说："味的本质仅仅在于被品尝，因此，与展现的身体没有区别。"在其他类似之处，这种用语都应该理解为转义的说法。

有人会说，按照这种说法，味不是认知对象。而暗示是一种特殊的认知方式，因此味和暗示两者达到同一。还有，"所谓暗示者是依靠自己的知识成为认知其他既成事物的原因，就像灯那样。否则，它与制造者有什么区别？"这种说法表明暗示义和暗示者存在区别，就像罐和灯。那么，味怎样成为暗示义呢？

这样说是对的。因此，人们说："这种称作品尝的功能不同于通常的产生或认知。"正因为如此，它使用不同的名称，诸如品味、品尝和惊喜等。我们也唯独采用不同于表示等的暗示功能说明味等的暗示义性质。

那么，悲悯等味中含有痛苦，不应该称作味。回答是：

即使在悲悯等味中，也产生愉快。在这里，知音们的感受是唯一的准则。（4、5ab）

"等"指厌恶味和恐怖味等。为了封住那些外行的嘴，这里再提出反证：

如果这些味中有任何痛苦，谁也不会欣赏它们。（5cd）

没有哪个有头脑的人会自找痛苦。而所有的人都沉浸在悲悯等味中，可见它们令人愉快。现在再举例说明：

如果这样，《罗摩衍那》等作品成了痛苦的根源。（6ab）

如果悲悯味是痛苦的根源，那么，以悲悯味为主的《罗摩衍那》等作品都成了痛苦的根源。

那么，从痛苦的原因中怎么会产生愉快？回答是：

由于与世俗相关，成为悲喜等的原因。世俗中产生的悲喜等是世俗的。而由于与诗相关，成为超俗的情由。从这一切中产生愉快，有什么害处？（6cd—8ab）

世俗中，流亡森林等确实是"痛苦的原因"，而放在诗歌和戏剧中，则具有超俗的情由功能，因此，不采用"原因"这个词的表示义，而采用"超俗的情由"这个词的表示义。从它们中产生愉快，犹如在交欢中，从啃咬等中产生愉快。因此，"从世俗的悲喜等原因中产生世俗的悲喜等"，这是世俗的规则。而按照诗的规则，"从一切情由等中产生愉快"，没有任何弊病。

那么，从诗歌和戏剧中听到或看到诃利希钱陀罗等的事迹，怎么会流泪？回答是：

在这种情况下流泪等是由于心的溶化。（8cd）

诗中这种味的显示怎么不发生在一切人身上？回答是：

没有爱等的潜印象，就不会产生味的品尝。（9ab）

今生和前生的潜印象是味的品尝的原因。如果不需要今生的潜印象，那么，甚至吠陀学者和前弥曼差学者也会有爱等。如果不需要前生的潜印象，那就不会发生这样的事：一些人即使富有热情，却感受不到味。法授说过："在集会上或剧场中，那些有潜印象的人品尝到味，而那些没有潜印象的人如同木石。"

那么，唤醒罗摩等的爱等的原因怎么会唤醒听众或观众的爱等？回答是：

情由等具有一种名为普遍化的功能。由于它的力量，知音感到自己与跃过大海等的人物没有区别。（9cd、10）

那么，一个凡人怎么会感受到跃过大海等的勇气？回答是：

即使是凡人，由于普遍化，感受到勇等，想象自己跃过大海等，这并非错误。（11）

爱等也依靠普遍化感知：

爱等也是那样，依靠普遍化感知。（12ab）

听众将爱等理解成自己的，就会感到羞涩和窘迫等，而理解成别人的，就会感到无味。因此，那是首先依靠普遍化感知情由等。

这是别人的，这不是别人的，这是我的，这不是我的，在味的品尝中，对于情由等，没有这种区别。（12cd、13ab）

即使这样，情由等怎么会有超俗性？回答是：

情由等的功能是超俗的。这些超俗性是它们的优点，而不是缺点。（13cd、14ab）

"等"指情态和不定情。情由是依据爱等的特殊性，为品尝的产生提供合适的幼芽。情态是这样的爱等直接展现，具有味等的形态。不定情是辅助这种情况。

按照情由等的排列，依次具有原因、结果和辅助的性质，这三者怎么成为感知味的原因？回答是：

因为在世俗中，表现为原因、结果和辅助，而在味的感知中，情由等统称为原因。（14cd、15ab）

那么，在味的品尝中，它们怎么会似乎融为一体？回答是：

知音们在最初感知时，它们各自作为原因。然后，情由等融为一体，按照饮料味的方式，成为被品尝的味。（15cd、16）

正如与糖、胡椒等混合，饮料味中产生某种前所未有的滋味，情由等的混合也是这样。

如果味是情由、情态和不定情的混合，那么，只有其中的一项或两项，怎么也会形成味？回答是：

如果只有情由等中的一项或两项，则可以暗示另外的一项或两项，这不会成为缺陷。（17）

依据语境暗示另外的一项或两项，例如：

> 双目修长，面容皎如秋月，双臂斜勾肩上，
> 胸脯结实，乳房丰满挺拔，双胁仿佛擦亮，
> 脚趾弯曲，臀部又大又圆，腰围不出一掬，
> 造物主创造这形体，依照舞师心中理想。①

在这首诗中，只提供了情由——火友王迷恋摩罗维迦，描绘她的形体美，而焦灼等不定情，睁大眼睛等情态，合理地得到暗示。其他依次类推。

有些人说味存在于被模仿者。对此的回答是：

由于限定性、世俗性和时间间隔性，被模仿者对爱等的感知不能成为味。（18）

罗摩等看到悉多等而产生对爱等的感知。这种感知是限定的，世俗的，与戏剧和诗歌中看到的有时间间隔性，因此，怎么会成为味？因为味的性质不同于这三种性质。②

味也不存在于模仿者：

演员只是依据学会的技艺表演罗摩等的形象，而不是味的品尝者。（19）

然而，

由于思考诗的意义，演员也处在观众的地位。（20ab）

---

① 引自《摩罗维迦和火友王》第2幕。
② 意思是味不限定于某个人，超俗，不受时间间隔。

演员也思考诗的意义，由自己表演罗摩等的特征，因此，他也被列入观众。

味不是认知对象，因为味的存在与感知不可分离。(20cd)

罐等是认知对象，即使有时不被认知，它也存在。但味不是这样，脱离了感知，它就不存在。

味依靠情由等的结合，由于这种性质，它不是结果。(21abc)

如果味是结果，对情由等的认知便成为原因。这样，在感知味的时候，就不会感知情由等。因为对原因的认知和对原因产生的结果的认知并不同时发生。例如，对涂抹檀香膏的认知和对由此产生的愉快的认知并不同时发生。味具有依靠情由等的结合这种性质①，对情由等的认知也就不成为对味的感知的原因。

味不是永恒的，因为它在感知之前并不存在，在不被感知的时候也不存在。(21def)

它确实不是永恒的事物，在不被感知的时候不存在。

它也不是将来的，因为它显现的形态由欢喜构成。它也不是现在的，因为它的性质不同于结果和认知对象。显然，它的思考对象是情由等，知音们对它的感知充满至高的欢喜，因此，对它的感知不是无分别的认知，同样，也不是有分别的认知，因为它不适合用语言表述。(22—25a)

有分别的认知适合使用语言表述，而味不是这样。

它具有呈现的性质，因而不是超感觉。但它的呈现产生于语言作品，因而也不是直接感觉。(25bcd)

那么，你说这种形式和类别前所未闻和前所未见的事物究竟有什么性质？回答是：

因此，知音们真正地感到它是超俗的。(26ab)

---

① 意思是味与情由等同时被感知。

那么，确认它真实存在的证据是什么？回答是：

智者们的品尝与它不可分离便是证据。（26cd）

前人有这种说法："品尝是与诗的意义接触而产生的内在欢喜"。

如果味不是结果，那么，大仙人（婆罗多）怎么这样下定义："味产生于情由、情态和不定情的结合。"回答是：

品尝的产生转义为味的产生。（27ab）

品尝与味没有区别，不具有结果的性质。即使这样，由于品尝具有时有时无的性质，它被转义为具有结果的性质。由此，味也被转义为具有结果的性质。

它不是表示义等，将在论暗示义时讲述。（27cd）

"它"指味。"等"指转示义等。

如果味是爱等的聚合，那么，它怎样自我启明？又怎样完整而不可分割？回答是：

由于味的存在与对爱等的感知同一，它的自我启明的性质和完整而不可分割的性质得以确立。（28）

如果爱等有别于启明体，那么，自我启明就不能确立。但不是这样，因为已经确认两者同一。前人说："品尝与味没有区别，不是结果。即使这样，由于具有有时无的性质，被设想为具有结果的性质。爱等情与味同一，表现为无始的潜印象的变化结果，按照习惯，也称作情。"又说："如果同意味与愉快等同一，躺在我们的结论之床上，就能享受一千天年的幸福睡眠。"又说："味与品尝没有区别，与潜印象引起的爱等同一，成为知音感知的对象。"如果不承认这种感知的自我启明，吠檀多论者们的棍子便会落到他们的头上。由于这种同一性，味完整而不可分割。

爱等首先逐一被感知，然后融为一体展现，达到味性。前人说："情由、情态、真情和不定情首先分别被感知，然后，融为一体，不可分割。"又说："归根结底，就像吠檀多论确立的梵的本质，味作为整体被感知。"

下面关注情由、情态和不定情是什么？先讲述情由：

世俗中爱等的唤醒者，在诗歌和戏剧中是情由。（29ab）

世俗中，悉多等是唤醒罗摩等的爱和笑等的原因，而在诗歌和戏剧中，这些被称作情由："由于它们，知音的爱等的情变成适合萌发品尝的幼芽。"

伐致诃利说道："刚沙等呈现在语言作品中，成为认知对象，由于手段有效，如同亲眼目睹。"

现在讲述情由的分类：

相传情由分成两种：所缘情由和引发情由。（29cd）

这很清楚。其中，

所缘情由是主角等，味依靠它产生。（29ef）

"等"指女主角和反主角等。属于每种味的常情，将在论味的时候描述。其中，主角：

慷慨，能干，出身高贵，神采奕奕，年轻，英俊，有勇气，聪慧，受人爱戴，威严，练达，有品德，这是主角。（30）

聪慧指机敏。有品德指行为高尚。这些是主角具有的品质。现在讲述主角的分类：

主角首先分成这四种：坚定而高尚、坚定而傲慢、坚定而多情和坚定而平静。（31）

这很清楚。其中，坚定而高尚：

不吹嘘，宽容大度，深沉，秉性伟大，稳重，抑止骄傲，恪守誓言，这是坚定而高尚。（32）

不吹嘘指不自我吹捧。秉性伟大指不被喜忧等压倒。抑止骄傲指谦恭盖过骄傲。恪守誓言指兑现诺言。例如，罗摩和坚战等。坚定而傲慢：

热衷诡计，暴戾，浮躁，骄傲自大，喜欢自我吹嘘，这是坚定而傲慢。(33)

例如，怖军等。坚定而多情：

无忧无虑，温和，始终热爱艺术，这是坚定而多情。(34ab)

艺术指舞蹈等。例如，《璎珞传》等中的犊子王等。坚定而平静：

具有许多共同品德的婆罗门等，这是坚定而平静。(34cd)

例如，《茉莉和青春》等中的青春等。现在讲述依据他们在艳情方面表现的分类：

依据谦恭、无耻、忠贞和欺骗的表现，共有十六种。(35ab)

坚定而高尚等四种主角分成谦恭、无耻、忠贞和欺骗，总共十六种。

其中，对多个女子同样热爱，这是谦恭。(35cd)

对两个、三个、四个或更多的女主角同样爱怜，这是谦恭的主角。例如：

> 鸯耆罗王之妹迦摩罗雅掷骰子赢得今夜，
> 贡多罗公主沐浴后等着，王后也需要抚慰，
> 我通报了后宫后妃的这些情况，国王听后，
> 站在那里发呆，犹豫不决，已有半个时辰。

犯了错误不害怕，受到指责不羞愧，坏事已经暴露，还要说假话，这是无耻。(36)

例如我的这首诗：

> 看到秀眉女郎涨红的脸，我走近吻她，
> 遭到她脚踢，我连忙笑着抓住她的脚，

她动弹不得，气得流出眼泪，朋友啊！
一想到她发怒，更增添我心中的乐趣。

爱情专一，这是忠贞。(37a)
只爱一个女主角，这是忠贞的主角。例如：

我的衣服不漂亮，颈饰不发光，步履不优美，
笑声不爽朗，没什么可以自我夸耀，朋友啊！
而别人说："她的爱人尽管英俊，对别的女人
依然不看一眼。"我凭这就觉得胜过一切人。

宠爱一个女子，对其他女子表面上爱怜，隐瞒自己变心，这是欺骗。(37bcd)
宠爱一个女主角，对另外两个女主角表面上爱怜，对另一个女主角隐瞒自己变心，这是欺骗。例如：

一听到那个女人腰带珠宝的叮当声，
你拥抱时紧扣的双臂就会突然松开，
骗子啊！我何必说出这些？我的女友
已经中了你甜言蜜语的毒，听不进去。①

这些又分成上等、中等和下等三种，这样，主角共分成四十八种。(38)
这些指前面所说的十六种。现在讲述与主角有关的助手：
品质稍逊于主角，而在许多相关事情上成为主角的助手，称作

---

① 这是女主角的侍女对男主角说的话。

伙伴。(39)

缺少上述主角的某些共同品质，而在许多相关事情上成为主角的助手，称作伙伴。例如，罗摩等的伙伴须羯哩婆等。下面是在艳情方面的助手：

在艳情方面，主角的助手是清客、侍从和丑角等，忠心，善于逗乐，消除发怒的夫人们的傲气，纯洁。(40)

"等"指花环师、洗衣师、蒟酱师和香料师等。其中，清客：

清客在享受上缺少钱财，狡黠，掌握某种技艺，精通衣着和交际，擅长言辞，甜蜜可爱，在集会上受人重视。(41)

侍从，众所周知。

丑角诨名花儿和春儿等，动作、形体、服饰和言语等引人发笑，喜爱斗嘴，熟悉自己的事。(42)

自己的事指吃喝等。现在讲述在处理政务方面的助手：

在处理政务方面是大臣。(43a)

政务指军事和外交等。在论及助手时，有人定义为："大臣和自己成为处理政务的朋友。"在给国王处理政务的方法下定义时可以这样说。而在论及助手时，不能这样说。如果说"在处理政务方面，大臣是国王的助手"，那么，在句义上，也说明主角本人处理政务。而如果说"多情的主角依靠大臣，其他的主角依靠大臣和自己"，那么，这个定义表明坚定而多情的主角将政务完全托付大臣，意思就不妥。因为在处理政务方面，大臣不成为主角的助手。大臣一手包办，主角不处理政务。下面讲述后宫中的助手：

同样，在后宫中，有侏儒、太监、山民、蛮人、牧人、国舅和驼背等。国舅是国王妃子的兄弟，骄傲、愚蠢、狂妄，出身低下，依仗权势。(43bcd、44)

"等"指哑巴等。其中，太监、侏儒、山民和驼背等，例如在《璎珞传》中：

太监们不算男人，不知羞耻地逃跑，
侏儒们胆战心惊，躲进侍卫的衣服，
那些山民名副其实，没有转身逃散，
驼背生性低下，怕被发现，悄悄溜走。

国舅，例如在《小泥车》等中，众所周知。其他的就像我们所见到的那样。下面是执法方面的助手：

在执法方面，有朋友、王子、护林人、官吏、和士兵等。（45ab）

执法指惩治恶人。这很清楚。

在宗教方面，有祭官、祭司、知梵者和苦行者。（45cd）

知梵者指通晓吠陀者或通晓自我者。其中，

上等的助手是伙伴等。（46a）

"等"指大臣和祭司等。

中等的助手是清客和丑角。下等的助手是国舅和侍从等。（46bcd）

"等"指蒟酱师和香料师等。下面讲述与主角有关的使者，定义中包括分类：

受派遣办事的使者分成三种：机敏的、谨慎的和传信的。女使者的情况也是这样。（47）

这里，受派遣办事的使者是定义。其中，

机敏的使者了解双方情况，亲自作出回答，办事利落。（48）

双方指派遣使者的一方和使者被派往的一方。

谨慎的使者仅仅完成使命，说话有节制。传信的使者仅仅传达口信。（49）

下面是主角的性格：

光辉，活跃，甜蜜，深沉，坚定，威严，多情，高尚，这是男

主角八种出自善性的品质。(50)

其中，

英勇，机敏，诚实，坚强，受人爱戴，同情弱者，有进取心，人们认为这些构成光辉。(51)

其中，受人爱戴，例如：

> 臣民全都认为自己受到国王重视，
> 无不对他尊敬，犹如百川归大海。

其他以此类推。下面是活跃：

目光坚定，步履优美，说话含笑，这是活跃。(52ab)

例如：

> 他的目光将三界本质视同草芥，
> 坚定傲慢的步履仿佛压弯大地，
> 即使还是个少年，就沉重似山，
> 这是英勇味还是骄傲的化身？

即使激动，也不急躁，这称作甜蜜。(52cd)

例举可以依此推断。

深沉是不受恐惧、忧伤、愤怒和喜悦等影响。(53ab)

例如：

> 无论是奉命灌顶，还是放逐森林，
> 我看不出他有些微的情绪变化。

坚定是即使遇到重大阻碍，意志也不动摇。(53cd)

例如：

即使此刻听到天女歌唱，湿婆依然一心沉思，
因为任何障碍都不能阻断控制自我者入定。

即使抛弃生命，也不能忍受别人的毁谤和蔑视等，这是威严。言语和服饰可爱，在艳情方面的表现也是如此，这是多情。慷慨布施，言语可爱，对敌友一视同仁，这是高尚。（54、55）

例举可以依此推断。

女主角分成自己的女人、别人的女人和公共的女人三种，具有一些与男主角相应的共同品质。（56）

女主角具有一些与男主角相当的共同品质慷慨等，分成自己的女人、别人的女人和公共的女人三种。其中，自己的女人：

具有守戒和正直等品德，专心家务，忠于丈夫，这是自己的女人。（57ab）

例如：

羞涩成为最美的装饰，不迷恋别人的丈夫，
不会做出任何傻事，这是幸福之家的妻子。

自己的女人又分成无经验、稍有经验和有经验三种。（57cd）

其中，

步入青春，情窦初开，交欢时畏缩，发怒时温和，充满羞涩，这是无经验。（58）

其中，步入青春，例如我的父亲的这首诗：

她的臀部取代腰部的宽阔，腹部取代

双乳的瘦小，汗毛线取代眼光的直线，
看到爱神已经在心中王国灌顶登基，
秀眉女郎的全身肢体仿佛展开竞争。

步入青春，情窦初开，例如在我的《波罗跋婆蒂成婚记》中，

踩地的脚步慵倦缓慢，不出后院，
不放声欢笑，随时都会感到羞涩，
很少吐露心中的隐秘，皱着眉头，
凝视向她讲述情人故事的女友。

在交欢时畏缩，例如：

望着她，她目光下垂，跟她说话，她不回答，
她背对床铺站着，我紧紧拥抱她，她颤抖，
女友们离开，她也想跟着她们离开卧室，
我的新娘此刻害羞畏缩，令我更觉可爱。

在发怒时温和，例如：

少妇初次受到丈夫错待，没有女友指导，
她不知道运用撒娇的动作，委婉的责备；
她只会哭泣，莲花眼里充满晶莹的泪水，
流淌在洁净的双颊，滚落在摆动的发辫。

充满羞涩，例如："踩地的脚步慵倦缓慢……"
其中，交欢时畏缩也具有充满羞涩的性质，由于具有特殊魅

力，而分别论述。

下面是稍有经验：

交欢奇妙，青春和爱情成熟，说话稍许大胆，羞涩稍许减弱，这是稍有经验。(59)

交欢奇妙，例如：

> 这位鹿眼女郎情欲一旦激起，
> 交欢中向爱人充分展示本领，
> 家中数百鸽子仿佛成为学生，
> 一次又一次模仿她的呻吟声。

爱情成熟，正如上面这首诗。青春成熟，例如我的这首诗：

> 她的双眼胜过鹈鸰，双手赛过莲花，
> 胸前双乳高高隆起，疑是大象颞颥，
> 光艳堪比金占婆花，话音甜似甘露，
> 斜视的眼光美似爱神花环的彩带。

其他以此类推。下面是有经验：

爱欲中盲目，青春迸发，精通交欢，情绪高昂，很少羞涩，驾驭男主角，这是有经验。(60)

爱欲中盲目，例如：

> 与情人欢爱时交谈的种种甜言蜜语，
> 你都能够复述出来，你真正是幸运的；
> 一旦情人的手伸到我的腰带扣结上，
> 我发誓，女友啊！我就什么也记不清了。

青春迸发，例如：

> 胸前乳房高耸挺拔，眼睛修长，
> 眉毛弯曲，言语比眉毛更弯曲，
> 腰部极其瘦削，臀部更显沉重，
> 步履缓慢，青春变得如此奇妙！

精通交欢，例如：

> 床单上这儿沾有蒟酱，这儿沾有唾沫，
> 这儿沾有檀香膏，这儿沾有胭脂脚印，
> 又皱又乱，还有从发辫上散落的花瓣，
> 说明这个女子施展了一切交欢方式。

情绪高昂，例如：

> 以甜蜜的话语，以皱眉摇指的责备，
> 以轻快的身体姿势，借助喜庆节日，
> 以扩张的斜视目光，她一次又一次
> 协同持有五支箭的爱神，战胜三界。

很少羞涩，例如："与情人欢爱时交谈的种种甜言蜜语……"
驾驭男主角，例如：

> "挽起我的垂发，露出我的美丽吉祥志！
> 生命之主啊，接上我胸前断开的项链！"
> 她脸庞似圆月，在交欢的间歇说了这些，

而一经丈夫接触，又汗毛直竖，神志迷糊。

现在讲述稍有经验和有经验这两者的其他分类：

这两者按照稳重、不稳重和既稳重又不稳重，共有六种。（61ab）

这两者指稍有经验和有经验。其中，

稍有经验的稳重者发怒时，用嘲讽的话语指责爱人，而既稳重又不稳重者哭着指责爱人，不稳重者用刺耳的话语指责爱人。（61cd、62ab）

其中，稍有经验的稳重者，例如：

你对我说道："你是我的心爱之人。"
这话不假，因为你穿着情妇的绸衣，
来到我的住处，而女人的美丽服饰，
只要让情人看到，也就达到了目的。

稍有经验的既稳重又不稳重者，例如：

"娘子！""夫君！""别生气！""我生气又怎么了？""我难受。"

"你对我没错，一切过错都在我。""那么，你为什么哭泣，话语哽咽？""我在谁面前哭泣？""难道不是在我面前？"

"我是你的什么人？""心爱之人。""我不是，所以我哭泣。"

稍有经验的不稳重者，例如：

你的情人满怀种种欲望，
故作媚态，占据了你的心，
骗子啊！心中已经没有我，
所以，假惺惺跪在我脚前。

如果是有经验的稳重者，则掩盖愤怒，表面上对他尊敬，交欢时冷淡。（62cd、63ab）

对他指对爱人，例如：

避免他跟自己坐在一起，起身前去迎他，
不让他热烈地拥抱自己，假装去取蒟酱，
说话也不搭理，让侍女们留在自己身边，
这聪明的女子巧妙地向爱人发泄愤怒。

而既稳重又不稳重者用嘲讽的话语为难他。（63cd）

他指男主角，例如我的这首诗：

你即使毫无装饰，也夺走我的灵魂，美男子啊！
现在你身上装饰有她的指甲痕，更不知如何？

不稳重者又打又骂。（64a）

例如："看到秀眉女郎涨红的脸……"① 以上都是愤怒时的表现。

这些依照对主角情爱的深浅各自分成两种。（64bcd）

"这些"指前面所说的六种女主角。例如：

---

① 第三章第 36 颂引诗。

这个滑头看到两个可爱的女子坐在一起，
悄悄从后面走近，捂住一个女子的双眼，
佯装与她游戏，同时扭过脖子，汗毛直竖，
亲吻另一个心儿扑腾、脸儿微笑的女子。①

这样，稍有经验和有经验这两种共分十二种。无经验只有一种。因此，自己的女人共有十三种。别人的女人分成别人的妻子和少女两种。(65、66ab)

其中，

别人的妻子喜欢游荡等，败坏家族名声，不知羞耻。(66cd)

例如：

即使我喘气，丈夫也会指责，其他妻妾用鼻子
就能嗅出思想，婆婆精通姿势，嫂子善察眼神，
因此我在远处合掌求你，此刻怎能挤眉弄眼？
你在这里徒劳无益，甜蜜可爱的调情能手啊！

在这首诗中，暗示义是"我的丈夫仅仅供给我食物和衣服等，是我的主人，不是爱人。你是甜蜜可爱的调情能手，是我的爱人"。由此表明她的爱恋对象是别的主角。

少女未婚，含羞，刚刚进入青春。(67ab)

由于依靠父亲等，她是别人的女人。例如《茉莉和青春》等中的茉莉等。

公共的女人是妓女，稳重，精通技艺。既不恨无德之人，也不爱有德之人，只是看重钱财，表面上装出有情。一旦客人钱财耗

---

① 引自《阿摩卢百咏》。

尽,即使觉得他可爱,也让鸨母将他驱逐出门,盼望他以后再来。她们的情人一般是窃贼、柔弱之人、傻瓜、来钱容易的人、伪善者和偷情者等。有时也会陷入情网,真心相爱。无论她有情或无情,都很难获得她的爱。(67cd—71)

柔弱之人指风病患者等。偷情者指暗中寻欢作乐的人。无情,例如《罗吒迦梅罗迦》等中的摩陀那曼遮莉等。有情,例如《小泥车》等中的春军等。

这十六种①又按照情况各种分成八种:丈夫顺从,受到错待,追求情人,吵架分离,受到冷落,丈夫出门在外,在家中作好准备,在分离中期待。(72、73)

其中,

具有各种娇媚姿态,爱人迷上她的欢情,不离开她的身边,这是丈夫顺从。(74)

例如:"我的衣服不漂亮……"②

爱人带着与其他女人调情的印记来到她的身边,引起她妒火中烧,这是受到错待。(75)

例如"你对我说道:'你是我的心爱之人。'……"③

服从爱的意志,派人去找情人,或亲自去找情人,这是追求情人。(76)

依次举例:

> 她吩咐女使者说:"你去他那儿,说话要巧妙,
> 让他不感到我轻浮,这样就会同情怜悯我。"

---

① 即自己的女人十三种,别人的女人两种,公共的女人一种,共十六种。
② 第三章第37颂a引诗。
③ 第三章第61颂cd和第62颂ab引诗。

女友啊！我已经褪下手镯，束紧腰带，
竭力让叮当作响的脚铃保持沉默，
我迫不及待，正要出门去寻找欢乐，
月亮这恶种却掀开了遮盖的黑幕。

出身高贵的女子追求情人，紧缩全身，不让装饰品发出声响，蒙上披巾。妓女追求情人，着装艳丽，手镯脚铃叮当作响，笑容满面。使女追求情人，说话兴奋激动，眼睛转动睁大，走路跨步。（77—79）

其中，第一种，例如："女友啊！我已经褪下手镯……"后两者的例举可以依此推断。现在讲述有关追求情人的地点：

田野，庭园，神庙废墟，使女家里，树林，空地，坟地，河边。这是追求情人的女人幽会的八种地点，利用那里的隐蔽。由于生气，赶走生命之主，不接受抚慰，而事后又后悔，这是吵架分离。（80—82）

例如我的父亲的这首诗：

不听他的抚慰，不看放在眼前的项链，
也不听我的女友要我善待爱人的劝告；
他跪在我的脚前，而就在离开那一刻，
我真傻，怎么没用双臂挡住他，拥抱他？

情人约定幽会，却不前来相会，对她极不尊重，这是受到冷落。（83）

例如：

使女啊，起来，我们走吧！三更已过，他还没来，他去了别处，但愿他长寿，成为她的生命之主。

由于各种事务，丈夫远在他方，她内心充满痛苦，这是丈夫出门在外。（84）

例如：

请认一认沉默寡言的她，我的第二生命，
因为伴侣远离，她像雌轮鸟一般孤寂，
那少妇在这些沉重的日子里满心焦急，
我想她已如霜打的荷花，姿色大非昔比。①

知道情人要来，在家中梳妆打扮，作好准备，这是在家中作好准备。（85）

例如在罗伽婆难陀的戏剧中：

把臂钏放到一边，只要珠宝腕环就够了，
这条项链戴在脖子上分量重，何必用它？
你只需要给我戴上一条新项链，女友啊！
爱神本身是无形的，装饰品太多不合适。

他的情人即使想来，而命运作梗，来不了，由此她充满痛苦，这是分离中期待。（86）

例如：

"别的情人缠住了他？我的女友惹恼了他？

---

① 引自《云使》83（金克木译）。

或者他有什么急事？我的情人今天没来。"
鹿眼女郎思忖着，将莲花脸搁在手掌上，
深深地叹息，久久地哭泣，花环扔在一旁。

以上一百二十八种①**又各自分成上等、中等和下等，这样，女主角共有三百八十四种。**(87)

有的人认为其中两种别人的女人即少女和已婚女子，有些情况适合她们，例如，事先有约，她们在分离中期待；后来，她们在丑角等陪同下，追求情人；情人没有来到幽会地点，她们受到冷落。如果她们没有顺从的爱人，另一些情况不适合她们。

有时也能发现这些分类互相混合。(88ab)

例如：

"我们不适合接受这个，她暗中吮你吻你，无赖啊！
你把嫩芽给她，同气相求的两物结合才能长久。

"你为何要徒劳地用嫩芽和花朵装饰我们的耳朵？
人人都知道我们的双耳早已装满你的恶言恶语。

"你给我们嫩芽有何用？只会招来蜜蜂阵阵嘲笑声，
骗子啊！你现在去她家中，赠送给她这份大礼吧！"

她愤怒地说着，用青莲花和眼睛同时打击爱人，
这两者都在耳边②，修长可爱的眼睫毛犹如花蕊。

---

① 即十六种各自分成八种，共一百二十八种。
② 指戴在耳朵上的青莲花和接近耳朵的眼睛。

其中有嘲讽的话语、刺耳是话语和用耳朵上的青莲花打击，形成稳重的稍有经验者、不稳重的稍有经验者和不稳重的有经验者的混合。其他以此类推。

她们还有其他无数种，不再讲述，以免繁琐冗长。（88cd）

她们指女主角。下面讲述女主角的美：

青年女性产生自善性的美有二十八种。感情、激情和欲情这三种是肢体美。光艳、可爱、热烈、甜蜜、自信、高尚和坚定，这七种是天然美。 游戏、娇态、淡妆、冷淡、兴奋、怀恋、佯怒、慌乱、妩媚、傲慢、羞怯、苦恼、幼稚、迷乱、好奇、嬉笑、惊恐和娱乐，这是其他十八种。由天性产生的感情等十种也是男性的美。（89—93ab）

前面由感情至坚定十种也是男主角的美。但所有这些在女主角身上产生特殊魅力。其中，感情：

没有变化的心态初次发生变化，这是感情。（93cd）

自生下以来，没有变化的心态刚被唤醒，发生变化，这是感情，例如：

> 同样是春天，同样是摩罗耶山风吹拂，
> 同样是这个少女，但心情仿佛不一样。

下面是激情：

眉毛和眼睛等等的变化表露爱欲。如果这些变化不很明显，这是激情。（94）

例如：

> 而此时雪山之女的肢体，
> 宛如娇嫩颤动的迦昙婆花，

也展露真情，她侧脸站着，
脸上眼睛转动，更添妩媚。①

下面是欲情：
如果这些变化很明显，这是欲情。（95ab）
例如：

这个女子顷刻之间全身肢体激动，
正如女友们早已怀疑她不再天真。

下面是光艳：
以美貌、青春、妩媚和享受等为身体的装饰，这是光艳。（95cd、96a）
其中，青春的光艳，例如：

她到达了跨越童年的年龄，
那是苗条身材的天然装饰，
不称作酒，也能够令人迷醉，
不同于花，也成为爱神武器。②

其他以此类推。下面是可爱：
光艳展现爱，这是可爱。（96b）
充分展现爱，这种光艳称作可爱。例如："她的双眼胜过鹡鸰……"③ 下面是热烈：

---

① 引自《鸠摩罗出世》3.68。
② 引自《鸠摩罗出世》1.31。
③ 第三章第59颂引诗。

充分展现可爱，这称作热烈。（96cd）

例如，在我的名为《月牙》的戏剧中对月牙的描写：

> 青春的欢乐，流光溢彩的笑容，
> 大地的装饰，青年之心的征服。

下面是甜蜜：

在一切情况都显得可爱，这是甜蜜。（97ab）

例如：

> 莲花即使缠有水草，依然翘楚可爱，
> 月亮尽管有斑点，却更添一份魅力，
> 这位苗条女郎身穿树皮，十分迷人，
> 对于娇美的形体，什么不成为装饰？[①]

下面是自信：

遇事不慌，这是自信。（97c）

例如：

> 这些妇女以紧抱对紧抱，以亲吻对亲吻，
> 以啃咬对啃咬，使爱人变成自己的奴隶。

下面是高尚：

始终谦恭有礼，这是高尚。（97d）

例如：

[①] 引自《沙恭达罗》第一幕。

即使我得罪她,她也不说刺耳的话,
不紧皱双眉,不把耳环摘下摔地上,
她的女友在外面透过窗眼看到她,
而她在里屋只用含泪的双眼回望。

下面是坚定:

自我赞赏,思想不动摇,这是坚定。(98ab)

例如:

让圆月整夜整夜在天空中照耀吧!
让爱神烧灼吧!一死了之,还能怎样?
我的父亲受人爱戴,母亲出身高贵,
家族也纯洁,这些胜过他和我的生命。①

下面是游戏:

通过肢体、服饰和语言,亲热甜蜜地模仿爱人,这是游戏。(98cd、99ab)

例如:

戴上莲花茎蛇环,梳成苦行者发髻,
但愿戏仿湿婆的波哩婆提保佑世界!

下面是娇态:

特殊的步姿、站姿和坐姿等以及面部和眼睛等的动作,这是娇态。(99cd、100ab)

---

① 引自《茉莉和青春》第二幕。

例如：

胜利的爱神教诲显现，奇妙性远远胜过语言威力，
大眼女郎兴奋，各种动作饱含真情，令我失却坚定。①

下面是淡妆：

稍许打扮，增添魅力，这是淡妆。（100cd）

例如：

清水沐浴肢体，蒟酱染红嘴唇，身穿细薄素衣，
只要不缺爱神花箭，就让娇媚女子这样打扮。

下面是冷淡：

过于傲慢，甚至对满意的事也不屑一顾，这是冷淡。（100ef）

例如：

即使别人学好，她们也不改坏脾气，
宁可抛弃生命，也不愿意端详爱人，
尽管事情称心满意，依然百般挑剔，
但愿这种生性怪异的女人垂怜你！

下面是兴奋：

与心爱之人团聚等产生喜悦，造成微笑、干哭、大笑、恐惧、愤怒和疲倦等的混合，这是兴奋。（101）

例如：

---

① 引自《茉莉和青春》第一幕。

这位大腿美似象牙的女郎，
在喜悦中发出迷人的干哭，
不想推开却推开爱人的手，
责骂中也含有甜蜜的微笑。

下面是怀恋：

谈到她的爱人，她想起他搔耳朵等的情景，这是怀恋。（102）

例如：

幸运的人啊！在谈话中一说到你，这个女子
就会搔耳朵，莲花嘴打哈欠，伸展全身肢体。

下面是佯怒：

接触她的头发、胸脯和下嘴唇等，即使激动喜悦，仍然摇头摆手，这是佯怒。（103）

例如：

这位少女频婆果般的下嘴唇，
与手臂是朋友，共同宛如嫩芽，
故而情人啃咬少女下嘴唇时，
手镯叮当作响，发出痛苦叫声。①

下面是慌乱：

由于爱人来到等，兴奋激动等，匆忙之中，装饰打扮等出错，这是慌乱。（104）

---

① 意思是少女用手臂阻挡情人。

例如:

> 听见爱人从外面走近,她还在化妆,匆忙中,
> 眼膏抹额上,口红涂眼上,吉祥志点在脸上。

下面是妩媚:
各种肢体动作柔和优美,这是妩媚。(105ab)
例如:

> 优美地摆动左边莲花脚,
> 伴随有脚镯的稳重响声,
> 另一只脚也不急剧移动,
> 她沉迷爱情中,行走缓慢。

下面是傲慢:
自恃幸运和年轻等,产生骄傲,这是傲慢。(105cd)
例如:

> 你不必骄傲,觉得"爱人亲手在我的脸颊上描绘花蕾",
> 如果不是颤抖造成障碍,难道其他女眷不会这样?①

下面是羞怯:
即使可以答话,出于羞涩,不开口,这是羞怯。(106ab)
例如:

---

① 意思是由于这位女子傲慢,她的爱人不能为其他女眷描绘花蕾。

我从远方归来，向她问候安康，她默不作声，
而她的双眼噙满泪水，说出了想说的一切。

下面是苦恼：

与爱人分离中相思的情态，这是苦恼。（106cd）

例如我的这首诗：

长吁短叹，在地上翻滚，极目眺望你的路，
久久哭泣，不停摆动蔓草般柔弱的手臂，
她以你为生命，甚至盼望梦中与你相会，
渴望入睡，但残酷的命运不赐给她恩惠。

下面是幼稚：

即使是明白之事，也仿佛出于无知，询问爱人，这是幼稚。（107）

例如：

夫君！这些是什么树？长在哪个村庄？谁种的？
我腕环上镶嵌的这些珠子是它们的果实吗？

下面是迷乱：

在爱人面前，首饰佩戴了一半，茫然地四处张望，稍微说出一点儿秘密，这是迷乱。（108）

例如：

苗条女郎发髻挽了一半，吉祥志还未点完，
说出了一点儿秘密，两眼惊恐地四处张望。

下面是好奇：

渴望目睹可爱的事物，这是好奇。（109ab）

例如：

>她抽回侍女捧着的前脚，
>涂脚的红染料还在流淌，
>不顾步履优雅，跑向窗口，
>留下一行红树脂的印痕。①

下面是嬉笑：

青春迸发的笑，并无用意，这是嬉笑。（109cd）

例如：

>这位苗条女郎又突然笑了起来，
>肯定她已经进入了爱神的领地。

下面是惊恐：

出于某种原因，在爱人面前惊恐慌乱，这是惊恐。（110ab）

例如：

>这位美臀女郎臀部碰到游动的鱼，吓得手忙脚乱，
>她们在游戏中即使没原因，也会惊慌，何况有原因？

下面是娱乐：

与爱人一起游戏娱乐，这是娱乐。（110cd）

---

① 引自《罗怙世系》7.7。

例如：

> 这心急的女子用高耸的乳房撞击爱人，
> 因为他用嘴吹不出落进她眼中的花粉。

下面是无经验的女人和未婚少女的爱情表现：

看到后，面露羞涩；不直面相视；偷偷地看爱人，或在他行走时，或在他走远时。即使爱人一再询问，通常也是低着头，迟迟疑疑，吞吞吐吐，回答一点儿话。别人谈起她的爱人，她始终会竖耳谛听，而眼睛望着别处。这是少女的爱情表现。（111—113）

下面是所有女主角的爱情表现：

希望爱人经常在自己身边；不让爱人看到自己没有打扮好的模样。假装整理头巾或拢头发，明显展露自己的腋窝、乳房和莲花肚脐。用言语等讨好爱人的侍从，信任和充分尊重女友们。在女友们中间称赞爱人的品德，将自己的钱财送给他。他睡，自己才睡；他痛苦，自己也痛苦；他快乐，自己也快乐。只要在视野内，她在远处始终望着爱人。与爱人的侍从说话，要有他在场。看到点儿什么，她就会发笑，搔耳朵，松开发髻，打哈欠，伸展身体，搂抱和亲吻孩子，还会给女友们额上点吉祥志。用脚拇指划地，斜眼觑看，咬着下嘴唇，低着头跟爱人说话。不离开男主角能看到的地方。借口有事来到他的屋里。爱人给的礼物，带在身上，经常观赏。与他在一起，始终高兴；与他分离，忧愁消瘦。她敬重他的品行，以他的喜好为喜好。她询问一些琐碎小事，睡觉不背对他。在他面前，展露各种真情，说话真诚，充满柔情爱意。在这些中，充满羞涩的表现属于年轻女人，稍许羞涩的表现属于稍有经验的女人，失去羞涩的表现属于别人的女人和有经验的女人。（114—127ab）

这里只是略作提示，以我的这首诗为例：

即使我走近她身旁，她也装作没看见，
向我展露自己腋窝下新鲜的指甲痕。

同样，
女人可以通过发信、深情的目光、温柔的言语和派遣女使者传情。（127cd、128ab）
女使者：
女使者可以是女友、女演员、女仆、女邻居、少女、女苦行者、女工和女艺人等，也可以是自己。（128cd、129ab）
女工指洗衣妇等。女艺人指女画匠等。"等"指女蒟酱师和女香料师等。其中，女友，例如："长吁短叹……"①
自己作为使者，例如我的这首诗：

旅人啊，你看来口渴，为何还要去别处？
这里没有任何妨碍，留下来喝点水吧！

这些女主角的女使者也能作为男主角的女使者。
现在讲述女使者的品质：
通晓技艺，能干，可靠，善解人意，记性好，甜蜜可爱，善于逗乐，语言节制，这些是女使者的品质。她们也依照各自的情况分成上等、中等和下等。（129cd、130）
她们指女使者。下面是反主角：
坚定而傲慢，作恶多端，恣意妄为，这是反主角。（131ab）

---

① 第三章第106颂cd引诗。

例如，与罗摩对立的罗波那。下面是引发情由：

引发情由是引发味的情由。它们是所缘情由①**的姿态等和地点时间等。**（131cd、132ab）

姿态等指容貌和装饰等，地点时间等指月亮、檀香膏、杜鹃鸣叫和蜜蜂嗡嗡声等。其中，月亮升起，例如我的这首诗：

月亮用光线（手）抚摸褪去黑衣的东山
胸脯，亲吻眼睛莲花绽开的东方脸庞。

各种味的引发情由，在论述味时讲述。下面是情态：

展现由各自的原因激发的外在形态，在世俗中表现为结果，在诗歌和戏剧中表现为情态。（132cd、133ab）

悉多等所缘情由和月光等引发情由作为各自的原因，激发罗摩等内在的爱等，展现在外，这在世俗中称为结果，在诗歌和戏剧中称为情态。现在讲述这种情态是什么：

它的特征包括上述妇女的肢体美和天然美，还有真情和其他姿态。（133cd、134ab）

它的特征指情态的特征。其中，各种味的情态在论述味时讲述。其中，真情：

产生于真性的形体变化，称作真情。（134cd）

所谓真性，是一种不同的性质，展现自己内在的真实。

它们纯粹出于真性，故而不同于情态。（135ab）

这里加上一个补充语："依据公牛不同于一般的牛这个道理。"现在讲述这些真情是什么：

瘫软、出汗、汗毛竖起、变声、颤抖、变色、流泪和昏厥，这

---

① 所缘情由即上述男女主角等。

是八种真情。(135cd，136ab)

其中，

瘫软是由于恐惧、喜悦和病痛等，动弹不得。出汗是由于交欢、炎热和疲劳等，肢体冒汗。汗毛竖起是由于喜悦、惊奇和恐惧等，汗毛竖起。变声是由于醉酒、激动和痛苦等，说话口吃。颤抖是由于激动、仇恨和疲劳等，肢体抖动。变声是由于失望、醉酒和愤怒等，面部变色。流泪是由于愤怒、痛苦和喜悦等，眼睛流泪。昏厥是由于快乐和痛苦，肢体动作失去知觉。(136cd—139)

例如我的这首诗：

一接触到她的身体，我的眼睛半闭，
汗毛竖起，全身麻木，脸颊发热冒汗，
心中立刻忘却身外一切，充满喜悦，
仿佛在一刹那间，接触到至高的梵。

其他以此类推。下面是不定情：

不定情依据特殊的情况出没在常情前，或显或隐，分成三十三种。(140)

爱等作为常情存在时，忧郁等或显或隐，出没在前，这些称作不定情。下面讲述它们是什么：

忧郁、激动、沮丧、疲倦、醉意、痴呆、凶猛、慌乱、觉醒、做梦、癫狂、傲慢、死亡、懒散、愤慨、入眠、伴装、焦灼、疯狂、疑虑、回忆、自信、生病、惧怕、羞愧、喜悦、妒忌、绝望、满意、暴躁、虚弱、忧虑和思索。(141)

其中，忧郁：

由于认识真谛、遭遇灾难和妒忌等，自我轻视，表现为沮丧、忧虑、流泪、叹息、变色和喘气等，这是忧郁。(142)

认识真谛而忧郁,例如:

哎呀!我从左到右砸碎这个贝壳,
只是为了修补这个泥罐的砂眼。①

下面是激动:

激动由喜悦引起,肢体紧缩;由凶兆引起,肢体瘫软;由大火引起,烟雾迷眼等;由国王逃跑等引起,使用武器和大象等;由大象等引起,瘫软和颤抖等;由大风引起,尘土飞扬等;符合心愿而喜悦,不符合心愿而忧伤,以及其他的激动情况。(143—145ab)

其中,由敌人引起的激动,例如:

持斧罗摩不顾十车王的嘴中
说着"供品,供品",目光中
燃烧着对刹帝利的愤怒火焰,
转动可怕的眼珠,盯住罗摩。②

其他依此类推。下面是沮丧:
由于不幸等,失去活力,表现为邋遢等,这是沮丧。(145cd)
例如:

丈夫又老又瞎,靠在床上,家中只剩几根柱子,
雨季即将来临,儿子没有音信,不知安康与否,
努力贮存的油罐打碎,想到这些就心烦意乱,
又看到怀胎的儿媳身子虚弱,婆婆久久哭泣。

---

① 这首诗是感叹自己以前愚昧无知,执著卑贱的世俗生活。
② 引自《罗怙世系》11.69。

下面是疲倦：

由于交欢和长途跋涉等，身体疲乏，表现为喘息和入眠等，这是疲倦。（146ab）

例如：

城市就在前面，悉多柔嫩似花，快速走了三四步，
一次次询问"还要走多远？"使罗摩首次流下眼泪。

下面是醉意：

醉意产生于饮酒，是迷糊和喜悦的混合。有了醉意，上等人入睡，中等人又笑又唱，下等人说粗话和哭泣。（146cd、147）

例如：

喝过三杯酒，这些秀眉女郎智慧闪光，
说笑逗乐，话语巧妙，透露深藏的秘密。

下面是痴呆：

耳闻目睹喜欢或不喜欢的事毫无反应，两眼呆视和沉默不语等，这是痴呆。（148）

例如，在我的俗语诗《莲马传》中：

此刻，这对青年眼中含泪，互相凝视，
失去知觉，仿佛是画中伫立的人物。

下面是凶猛：

由于勇武和受到冒犯等，怒不可遏，表现为出汗、摇头、责骂和打击等，这是凶猛。（149）

例如：

即使亲密无间的女友们与她嬉闹开玩笑，
用希利奢花轻轻打她，她的身体也受不住，
而你现在举剑想要毁灭这个娇嫩的身体，
让我的手臂如同阎摩的刑杖落到你头上！①

下面是慌乱：

由于恐惧、痛苦、激动和忧虑等，失去主意，表现为知觉混乱、不知所措、跌倒、惊慌和视觉模糊等。（150）

例如：

迅猛的灾祸造成罗蒂昏厥，
使她所有的感官停止活动，
她还不知道丈夫已遇难，
仿佛是获得片刻的恩惠。②

下面是觉醒：

睡眠结束，意识恢复，表现为打哈欠、伸展肢体、眨眼和观看肢体等，这是觉醒。（151）

例如：

这些少妇睡得最晚，醒得最早，
看到丈夫夜里纵情欢爱而疲乏，
仍在酣睡中，便保持全身不动，

---

① 引自《茉莉和青春》第五幕。
② 引自《鸠摩罗出世》3.73。

不松开他们紧紧搂着的手臂。

下面是做梦:

入睡后,由于愤怒、激动、恐惧、虚弱、快乐和痛苦等,仍然感知外界事物,这是做梦。(152)

例如:

我有时向空中伸出两臂去紧紧拥抱,
只为我好不容易在梦中看见了你;
当地的神仙们看到了我这样情形,
也不禁向枝头洒下珍珠似的泪滴。①

下面是癫狂:

由于鬼怪附身等,精神混乱,表现为倒地、颤抖、出汗、吐白沫和流口水等,这是癫狂。(153)

例如:

他怀疑大海是疯了;围着大地咆哮,
吐着泡沫,高高扬起手臂似的巨浪。

下面是傲慢:

由于威力、财富、知识和出身高贵等,骄傲自大,表现为轻视他人、肢体和目光轻浮、不谦恭等,这是傲慢。(154)

其中,自恃勇武的傲慢,例如:

---

① 引自《云使》106(金克木译)。

只要我带了武器，其他人还用带什么武器？
如果我的武器不能取胜，谁的武器能取胜？

下面是死亡：
由于中箭等，丧失生命，表现为身体倒下等，这是死亡。（155ab）

例如：

罗刹女妲吒迦被罗摩的不可抵御的之射中
心窝，流淌着腥味的血，走向死神的住处，
犹如夜行女子被爱神的不可抵御的箭射中
心窝，涂抹檀香膏，走向生命之主的住处。①

下面是懒散：
由于疲劳和怀孕等，动作迟钝，表现为打哈欠和坐着等，这是懒散。（155cd）

例如：

这少妇不再打扮身体，不再与女友说话，
她怀孕在身，懒洋洋地坐着，一再打哈欠。

下面是愤慨：
受到指责、羞辱和蔑视等，决心回应，表现为眼睛发红、摇头、皱眉和怒斥等，这是愤慨。（156）

例如：

---

① 引自《罗怙世系》11.20。生命之主兼有情人和死神两种意义。

冒犯了你们这些受尊敬的人，我会赎罪，
但我决不会违背紧握武器的伟大的誓言。

下面是入眠：
由于疲倦、困乏和醉酒等，思想停止活动，表现为打哈欠、闭眼、呼吸和放松身体等，这是入眠。（157）
例如：

她入睡时眼睛半闭，咕咕哝哝，字音模糊，
词义似有若无，这形象仿佛铭刻我心中。

下面是佯装：
由于恐惧、敬重和羞涩等，隐藏喜悦等情态，将言语和目光等转向别处，这是佯装。（158）
例如：

神仙说着这些话，波哩婆提低下头，
靠在父亲的身旁，数着玩耍的莲瓣。①

下面是焦灼：
没有实现心愿，不能忍受时间流逝，表现为心焦、着急、出汗和深深叹息等，这是焦灼。（159）
例如："依然是这位夺走我童贞的丈夫……"②
《诗光》作者说这首诗以味为主。由于不定情也具有品尝的性质，也可以称作味，因此，这种说法是同义重复。下面是疯狂：

---

① 引自《鸠摩罗出世》6.84。
② 第一章第2颂引诗。

由于渴望、悲伤和恐惧等,思想混乱,表现为反常的哭哭笑笑、唱歌和胡言乱语等。(160)

例如我的这首诗:

蜜蜂兄弟啊,你到处飞来飞去,
是否看到胜过我的生命的她?
(听到嗡嗡声,满怀喜悦)
什么?你说是,那你赶快告诉我,
她在做什么?在哪里?情况怎样?

下面是疑虑:

由于别人的残忍和自己的错误等,预感不祥,表现为变色、颤抖、变声、东张西望和口干等。(161)

例如我的这首诗:

天亮后,这位肢体柔嫩的女郎心生忧虑,
不断用檀香膏涂抹留有指甲痕的肢体,
用口红涂抹被情人牙齿咬伤的下嘴唇,
眼睛中闪烁战战兢兢的目光,四处张望。

下面是回忆:

感到或想到相似,而感知以前经历过的事物,表现为扬眉等,这是回忆。(162)

例如我的这首诗:

我记得这莲花眼女郎微笑的脸:
看到身边女友微笑,羞涩地垂下,

我也假装把眼睛随意转向别处,
而偷偷看到她的眼珠正在斜视。

下面是自信:

由于遵行正道等,明白事理,表现为微笑、坚定、满意和尊重等,这是自信。(163)

例如:

无疑她适合嫁给刹帝利,
我的高贵的心迷上了她,
凡是遇到有疑问的事情,
善人的内心感觉是标准。①

下面是生病:

由于受风等,引起发热等,表现为想躺在地上和颤抖等,这是生病。(164ab)

其中,发热时,想要躺在地上等;发冷时,颤抖等。这类例举显而易见。下面是惧怕:

由于暴风雨、闪电和彗星等,表现为颤抖等,这是惧怕。(164cd)

例如:

这些天女臀部碰到游动的鱼,眼睛惊恐地转动,
嫩芽般的手指也在瑟瑟发抖,引起女友们注意。

---

① 引自《沙恭达罗》第一幕。

下面是羞愧：

由于行为不当，心中胆怯，表现为低下头等，这是羞愧。(165ab)

例如："我记得这莲花眼女郎微笑的脸：……"①

下面是喜悦：

由于如愿以偿等，心里高兴，表现为流泪和说话口吃等，这是喜悦。(165cd)

例如：

父亲久久望着儿子的脸，犹如穷苦人望着宝瓶，
身体装不下内在的喜悦，犹如月光下大海涨潮。

下面是妒忌：

由于骄傲、不能忍受别人的品德和繁荣等，表现为挑错、皱眉、蔑视和愤怒的姿态等，这是妒忌。(166)

例如：

车底王不能忍受坚战当众将荣誉赐给黑天，
因为傲慢的人看到别人繁荣，就会心生妒忌。

下面是绝望：

由于无能为力，失去信心，表现为长吁短叹、心焦和求助等，这是绝望。(167)

例如我的这首诗：

---

① 第三章第 162 颂引诗。

你的浓密卷曲的头发束成的这条辫子，
女友啊！似铁棒打我心，如黑蛇咬我心。

下面是满意：

由于获得知识和实现心愿等，心满意足，表现为亲切的谈话、兴高采烈和喜笑颜开等，这是满意。（168）

例如我的这首诗：

我曾压迫穷人，与臣民争论不休，
也不顾忌来世会遭到严厉报应，
我为这个身体敛聚了大量财富，
如今它只要一把野谷就能满足！①

下面是暴躁：

由于妒忌、仇恨和激情等，情绪失常，表现为威胁、粗鲁和任性等，这是暴躁。（169）

例如：

那些须曼花藤经得住你的压力，
蜜蜂啊！你到那里去寻欢作乐吧！
这株茉莉花蕾刚萌发，尚未开花，
没有花粉，你为何徒劳地戏弄它？

下面是虚弱：

由于交欢、疲劳、烦恼和饥渴等，精神萎靡，表现为颤抖和不

---

① 这首诗描写一位改邪归正而修习苦行的国王。

想动弹等，这是虚弱。(170)

例如：

> 长久的痛苦悲伤使她的鲜花般的心
> 渐渐枯萎，犹如失去茎秆的柔软花蕾；
> 也使她的苍白瘦削的身体变得虚弱，
> 犹如秋天的炎热使盖多吉树叶发蔫。

下面是忧虑：

由于不能如愿，陷入沉思，表现为空虚、叹息和发热。(171ab)

例如我的这首诗：

> 仿佛绽开的莲花与月亮敌人联合，
> 你把脸儿搁手上，心底里担忧什么？①

下面是思索：

由于疑惑，进行思考，表现为皱眉、摇头和弹指，这是思索。(171cd)

例如："别的情人缠住了他？……"②

这些是三十三种不定情。这种说法还暗含这个意思：

爱等在不被限定的味中也能成为不定情。(172ab)

如在艳情味中，唯独爱被称作常情，因为它必定存在，不可分离。而其中出现的笑，只能是不定情。它符合不定情的特征。前人

---

① 脸儿隐喻月亮，手隐喻莲花。莲花白天绽开，夜晚合拢，因而月亮仿佛是莲花的敌人。

② 第三章第86颂引诗。

说过:"只有居于味的位置的情才是常情。"

现在讲述哪种常情在哪种味中成为不定情:

笑在艳情味和英勇味中,怒在英勇味中,厌在平静味中,被称作不定情。其他可以由智者们自己判断。(172cd、173)

下面是常情:

其他的情无论与它一致或不一致,都不能排除它。它是品尝的根源,被称作常情。(174)

前人说过:"常情犹如串连花环的线,缀合其他的情,不被它们冲淡,反而得到加强。"

现在讲述常情的分类:

爱、笑、悲、怒、勇、惧、厌和惊,这是八种,还有一种是静。(175)

其中,

爱是思想倾向符合心愿的对象。笑是语言等等变异引起心的开放。悲是失去心爱的事物等引起心的衰弱。怒是面对违背心愿的事物,情绪激烈。勇是在需要行动时,毅然决然。惧是面对暴力,心中软弱无力。厌是看到错误等,对有关对象产生反感。惊是面对各种超越世俗界限的非凡事物,思想激动。静是摆脱欲望,自我安宁而产生的幸福。(176—180)

例如,《茉莉和青春》中的常情是爱,《罗吒迦梅罗迦》中的常情是笑,《罗摩衍那》中的常情是悲,《摩诃婆罗多》中的常情是静。其他依此类推。在这些常情中,出现其他各种情,无论与它们一致或不一致,都不会破坏它们,相反会强化它们,这已被知音们确认。还有,

这些常情、不定情和真情被称作情(bhāva),因为通过各种表演,它们显示(bhāvayanti)味。(181)

前人说过:"情是依靠快乐和痛苦等情引起它的产生。"

下面讲述味的分类：

艳情、滑稽、悲悯、暴戾、英勇、恐惧、厌恶和奇异，这是八种味，还有一种味是平静。（182）

其中，

艳情味产生于爱，以爱的出现为原因，通常展现在高尚的本性中。所缘情由是女主角和聪明能干等的男主角，不包括别人的妻子和缺乏爱情的妓女。引发情由是月光、檀香膏和蜜蜂嗡嗡声等。情态是扬眉和斜视等。不定情不包括凶猛、死亡、懒散和厌恶等。常情是爱。颜色是紫色。天神是毗湿奴。（183—186abcd）

例如："看到卧室空寂无人……"① 诗中描写的丈夫和新娘是所缘情由。空寂无人的卧室是引发情由。亲吻是情态。羞涩和笑是不定情。常情爱通过这些，在知音中展现，形成艳情味。

下面讲述它的分类：

它分成分离艳情味和会合艳情味两种。（186ef）

其中，

强烈的爱没有到达所爱对象，这是分离艳情味。（187ab）

所爱对象指男主角或女主角。

它又分成初恋、傲慢、远行和苦恋四种。（187cd）

其中，

初恋是互相听到或看到，产生爱情。听到可以从使者、歌手或女友的嘴中听到。看到可以从幻术或绘画中看到，也可以亲眼看到或在梦中看到。它具有十种爱的状态：渴望、忧虑、回忆、赞美、烦恼、絮叨、疯癫、生病、痴呆和死亡。② 渴望是企盼。忧虑是琢磨达到目的的办法。疯癫是不能分辨理智和不理智。絮叨是思想极其混乱，自言自语。生病是长吁短叹、苍白和瘦弱等。痴呆是肢体

---

① 第一章第3颂a引诗。
② 在胜财的《十色》中，这是失恋艳情味的十种形态。

和思想迟钝麻木。(188—193ab)

其他各种很明显。依次举例:

> 但愿美目女郎对我态度自然甜蜜,
> 互相接近,加深感情,充满温馨爱意;
> 我这么想着,外部器官就停止作用,
> 内心完全沉浸在喜悦中,出神入迷。

这里,青春亲眼看到茉莉,激发爱情,产生渴望。

> "我怎样才能见到这位羚羊眼女郎,
> 爱神的财宝?"他满怀忧虑,夜不入眠。

这里,男主角在幻术中见到某个女主角,产生爱情,心中忧虑。这是我的诗。

> 我记得这莲花眼女郎微笑的脸:……①

这是男主角的回忆。

> 她的双眼胜过鹈鸰……②

这是赞美。

---

① 第三章第 162 颂引诗。
② 第三章第 59 颂引诗。

长吁短叹，在地上翻滚……①

这是烦恼。

夜晚过去三个时辰，她的眼睛
才闭上一忽儿，又突然醒来，
自言自语："青项啊，你去了哪里？"
双臂伸向空中虚无的颈脖。②

这是自言自语。

蜜蜂兄弟啊，你到处飞来飞去……③

这是疯癫。

你那苍白憔悴的脸，
多情的心，倦怠的身，
女友啊，分明透露出
你心中的不治之病。

这是生病。

她躺在荷叶床上，全身一动不动，
只有深长的叹息，表明她还活着。

---

① 第三章第 106 颂 cd 引诗。
② 引自《鸠摩罗出世》5.57。
③ 第三章第 160 颂引诗。

这是痴呆。这是我的诗。

由于会造成味的中断，不直接描写死亡。可以描写接近死亡、渴望或死后不久复生。（193cd、194）

其中，第一种，例如：

> 夜里看到舍帕利迦花开放，
> 这细腰女郎勉强维持呼吸，
> 现在听到雄鸡唱晓，我不知
> 这苦行女还能不能活下去？

第二种，例如：

> 让蜜蜂带着嘤嘤嗡嗡声飞向四方，
> 让来自檀香树林的风儿徐徐吹拂，
> 让快乐的杜鹃鸟在芒果树顶欢唱，
> 而让坚硬似铁的生命离我而去吧！

这两首是我的诗。第三种，例如在《迦丹波利》中太白和白莲的情况。这一种也属于后面会讲述的苦恋。

有些人认为"爱的十种形态应该是眼睛喜欢，心中爱恋，相思，失眠，消瘦，漠视外界一切，失去羞耻，疯癫，昏厥，死亡"。

其中，

先描写女主角的爱情，然后依据女主角的形态描写男主角。（195ab）

形态指上述形态。例如在《璎珞传》中的海女和犊子王。也有男主角先产生爱情，而更加动人。

初恋分成靛蓝、番红和赤红三种。爱情深藏心中，既不充分显

露,也不减退,如同罗摩和悉多等,这称作靛蓝爱情。既显露,也减退,这称作番红爱情。既充分显露,也不减退,这称作赤红爱情。(195cd—197)

下面是傲慢:

傲慢是嗔怒,分成产生于亲昵和妒忌两种。亲昵的傲慢属于双方,即使十分相爱,由于任性,无缘无故嗔怒。(198、199ab)

双方指可以描写男主角和女主角双方的亲昵傲慢。

其中,男主角的,例如:

爱人啊,你闭着眼睛,假装入睡,而我亲吻你的脸颊,
你就汗毛竖起,我不能再等下去了,给我腾点地方!

女主角的,例如《鸠摩罗出世》中描写黄昏的那部分。双方的,例如:

这对夫妻怄气,处在爱的嗔怒中,互相假装睡着,
身体不动,呼吸屏住,耳朵却听着,谁能坚持更久?

如果不能坚持到和解,那就不属于分离艳情味,而成为辅助会合艳情味的不定情,例如:

即使我皱起眉头,我的目光却充满渴望,
即使我限制言语,发烧的脸却露出微笑,
即使我内心坚硬,我的肢体却汗毛竖起,
面对这个人,我的傲慢怎么能坚持到底?

又如:

这对夫妻躺在床上，背对背，不说话，
即使心里已经和解，仍然维持傲慢，
而斜眼悄悄窥视的目光突然相遇，
傲慢的防线破碎，嬉笑着紧紧拥抱。

妇女看到、听到或推断丈夫与别的女人相好，产生妒忌傲慢。推断分成三种：依据秽语、身体的欢爱痕迹和脱口说出的名字。（199cd、200）

其中，看到，例如：

他用嘴吹掉这个漂亮妻子眼中的花粉，
造成另一个妻子眼中充满愤怒的沙尘。

依据欢爱的痕迹推断，例如：

你用衣服盖住新鲜的指甲印痕，
你用手遮住被牙齿咬破的嘴唇，
但你怎么可能挡住散发的香味？
它表明你已与另一个女人调情。

其他依此类推。

丈夫应该使用六种手段平息女方的嗔怒：抚慰、分化、馈赠、求情、故意冷淡和转移兴趣。其中，抚慰是说好话，分化是争取她的女友，馈赠是借口赠送首饰等，求情是跪倒在她的脚下。抚慰等手段失败，则故意冷淡。转移兴趣是出于突然的恐惧和喜悦等，嗔怒平息。（201—203）

例如，"不听他的抚慰……"① 其中含有抚慰等五种手段。转移兴趣的例举同样可以找到。下面是远行：

远行是两地分离，由职业、诅咒或混乱造成，表现为肢体和衣服不整洁、头上只束一条发辫、长吁短叹、哭泣和倒地等。（204、205ab）

还有：

肢体不可爱，发热，苍白，瘦弱，厌弃，疲软，失落，痴迷而疯癫，昏厥，死亡，依次是分离中爱的十种状态。不可爱是肮脏，发热是相思病，厌弃是漠视外界事物，疲软是对一切缺乏热情，失落是内心空虚，痴迷是心中所想和眼中所见都是爱恋之人。（205cd—208abcd）

其他状态很明显。其中的一部分，例如我的父亲的这首诗：

她充满忧虑，思想停滞，双颊托在手掌上，
脸色苍白似清晨月亮，叹息使嘴唇憔悴，
清凉的水滴和荷叶不能止息身体发热，
陷入如此凄苦境况，她思念的离人是谁？

职业造成的分离可以分成未来、现在和过去三种。（208ef）

由于事前知道，职业的分离分成这三种。其中，未来的，例如我的这首诗：

"美人，我要走了。""你走吧！""你不必悲伤。"
"你走，我为何悲伤？""那你为什么在流泪？"
"你不赶快离开。""为何你要我赶快离开？"

---

① 第三章第82颂引诗。

"我的生命急迫地想要与你一同离去。"

现在的,例如:

手镯脱落,我的好友——眼泪不断流出,
勇气片刻也不滞留,思想也坚决向前走;
当爱人决心离家出走,一切都跟着出走,
生命啊!如果你要走,为何扔下这些好友?

过去的,例如:"她充满忧虑,思想停滞……"①

诅咒造成的分离,例如:"请认一认沉默寡言的她……"②

混乱造成的分离产生于天命、人为、暴风雨和灾难等,例如,《优哩婆湿》中的优哩婆湿和补卢罗婆娑。

在初恋中提到渴望等状态,在这里提到肢体不可爱等状态,但两者互相适用。这些已经按照传统用法分别作出说明。

下面是苦恋:

一对青年恋人,其中一个去往另一世界,有待复活,而另一个苦苦守候,这称作苦恋。(209)

例如《迦丹波利》中的白莲和太白的故事。如果不再复活或以另一个身体转生,那就成了悲悯味。

而在这里,有婆罗私罗蒂女神从空中传来的话语,因而抱着团圆的希望,产生爱,是艳情味。但它首先表现为悲悯,这是一些智者的看法,另一些人说:"抱着团圆的希望,这就是你的分离艳情味的远行类。"还有一些人也认为"这里有死亡的特殊形态,正是这一类"。

---

① 第三章第 205—208 颂引诗。
② 第三章第 84 颂引诗。

下面是会合艳情味：

两人情投意合，愉快地互相观看和抚摸等，这称作会合艳情味。（210）

"等"指互相吸吮和亲吻等，例如，"看到卧室空寂无人……"①

由于亲吻和拥抱等多种多样，数不胜数，智者们认为会合艳情味只有一种。其中，有六个季节、升起和落下的月亮和太阳、水中嬉戏、园中游戏、白天、蜜蜂、夜晚、油膏和装饰品等，以及其他纯洁和美好的东西。（211—213ab）

正如婆罗多所说："世上一切纯洁、美好、闪亮和可爱的东西都适合艳情味。"还有，

它被说成有四种，分别紧接初恋等。（213cd）

前人说过："没有分离，会合不会热烈，如同衣服等经过漂染，色彩更加鲜艳。"

其中，紧接初恋的会合艳情味，例如《鸠摩罗出世》中的波哩婆提和大神湿婆。

紧接远行的会合艳情味，例如我的父亲的这首诗：

"你还好吗？睫毛修长的人！""身体结实，瘦削是福。"
"你怎么会这样瘦削？""那是因为你的身体丰腴。"
"爱人啊，我怎么会丰腴？""因为你与心上人拥抱。"
"除了你，我没有别人。""那么，你为何问我还好吗？"

其他依此类推。下面是滑稽味：

滑稽味产生于变异的语言、服装和动作，常情是笑，颜色是白

---

① 第一章第3颂a引诗。

色,天神是波罗摩特。人们看到变异的语言和动作,就会发笑。这是所缘情由,其中的动作是引发情由。情态是眼睛收缩和面露微笑等。不定情是入眠、懒散和佯装等。上等人微笑和喜笑,中等人欢笑和嘲笑,下等人大笑和狂笑。这是六种笑。微笑是眼睛稍微睁开,嘴唇颤动,喜笑是牙齿微露,欢笑是发出甜蜜的声音,嘲笑是耸肩摇头,大笑是眼中带泪,狂笑是身体抖动。(214—219)

例如:

学了五天老师的学说,学了三天吠檀多经典,
嗅到了思辨的气味,公鸡先生已经羽毛丰满。

在《罗吒迦梅罗迦》等中,可以看到它的充分发展。其中,
即使人物的笑没有具体展现,也能依靠情由的力量获知。由于情由等的普遍化,在理解中无差别,知音们体验到滑稽味。(220、221)

对于其他的味,也应这样理解。下面是悲悯味:
悲悯味产生于愿望破灭,得非所愿。颜色是灰色,天神是阎摩。常情是悲。所缘情由是令人悲伤的对象,引发情由是焚烧等。情态是谴责命运、倒地、哭喊、变色、长吁短叹、瘫软和自言自语等。不定情是忧郁、慌乱、癫狂、生病、虚弱、回忆、疲倦、绝望、痴呆、疯狂和犹疑等。(222—225)

令人悲伤的对象指遇难的亲友等。例如在我的《罗摩传》中:

你的形体可爱迷人,无与伦比,
怎么会束起发髻,居住在林中?
显然是命运将两者连在一起,
岂不如同用剑砍伐希利舍花?

这里，十车王因罗摩流亡森林而悲伤痛苦，谴责命运。同样，也可以举与亲人分离和丧失财富等例子。在《摩诃婆罗多》的《妇女篇》中，可以看到它的充分发展。

下面讲述它与苦恋分离艳情味的区别：

这种味以悲为常情，不同于分离艳情味。分离艳情味以爱为常情，以合会为原因。（226）

下面是暴戾味：

暴戾味的常情是怒，颜色是红色，天神是楼陀罗。所缘情由是敌人，引发情由是动作。它因握拳、打击、倒下、伤残、砍杀、撕裂、战斗和混乱而充分展现。情态是皱眉、咬嘴唇、伸展手臂、威胁、讲述自己的英勇事迹和挥动武器，还有凶猛、激动、汗毛直竖、出汗、颤抖、兴奋、辱骂和凶狠的目光等。不定情是慌乱和愤慨等。（227—231ab）

例如：

> 你们这些人面畜生，违反战斗规则，
> 犯下了公认的滔天大罪，有目共睹，
> 我要用你们的血肉脂肪献祭四方，
> 怖军、阿周那和黑天，谁也休想逃脱！

下面讲述它与战斗英勇味的区别：

其中，脸和眼睛发红不同于战斗英勇味。（231cd）

下面是英勇味：

英勇味以上等人为本源，常情是勇，颜色是金色，天神是伟大的因陀罗。所缘情由是应被战胜的对象等，引发情由是应被战胜的对象的动作等。情态是寻找盟友等。不定情是坚定、自信、骄傲、回忆、思索和汗毛竖起等。它分成布施、正法、战斗和慈悲四种。

(232—234)

它指英勇味，分成四种：布施英勇味、正法英勇味、战斗英勇味和慈悲英勇味。其中，布施英勇味，例如持斧罗摩：

弃绝达到极限，慷慨布施七海环绕的大地。

这里，常情是持斧罗摩弃绝中的勇。所缘情由是接受布施的婆罗门，引发情由是布施者的善性和决心等，情态是舍弃一切财产等，不定情是喜悦和满意等，通过这些使它充分发展，形成布施英勇味。

正法英勇味，例如坚战：

王国、财富、身体、妻子、兄弟和儿子，
世上属于我的一切，永远奉献给正法。

战斗英勇味，例如罗摩：

楞伽王啊，放了悉多吧！罗摩已亲自提出请求，
你怎么头脑糊涂？要牢记法规！现在你还没事，
如果你还拒绝，我的这支箭沾有伽罗、杜舍那
和三首的血，一旦与弓弦结合，就不会再忍耐。

慈悲英勇味，例如云乘：

我的血仍在血管口流动，
我的肉此刻还在身体上，
我也没看到你吃饱喝足，

那你为何停嘴？金翅鸟啊！

在这些诗中的情由等，可以依照前面的例举推断。下面是恐怖味：

恐怖味以妇女和下等人为本源，常情是惧，颜色是黑色，天神是时神（死神）。所缘情由是引起恐惧的对象，引发情由是可怕的动作。情态是变色、说话口吃、昏倒、出汗、汗毛直竖、颤抖和四处张望等。不定情是厌恶、激动、慌乱、惧怕、虚弱、沮丧、疑虑、癫狂、混乱和死亡等。（235—238）

例如，"太监们不算男人，不知羞耻地逃跑……"[①]

下面是厌恶味：

厌恶味的常情是厌，颜色是蓝色，天神是大时神（湿婆）。所缘情由是难闻的肉、血和脂肪，引发情由是蛆虫蠕动等。情态是呕吐、转脸和闭眼等。不定情是慌乱、癫狂、激动、生病和死亡等。（239—242ab）

例如：

这个食尸的魔鬼先是剥皮，掏出肚肠眼珠，
然后吞噬肩背臀部容易上口的腐臭肥肉，
他把骷髅放在膝上，鼓出牙齿，不紧不慢地，
继续啃吃骨头上，甚至关节中残剩的生肉。

下面是奇异味：

奇异味的常情是惊，颜色是黄色，天神是健达缚。所缘情由是超越世俗的事物，引发情由是各种杰出的品质。情态是瘫软、出

[①] 第三章第 44 颂引诗。

汗、汗毛竖起、说话口吃、惊慌和睁大眼睛等。不定情是思索、激动、混乱和喜悦等。(242cd—245ab)

例如:

> 罗摩双臂挽开湿婆神弓,弓弦断裂,
> 断裂声如同宣布游戏开始的鼓声,
> 引起世界震动,梵卵合拢,它在里面
> 激荡回响,啊!怎么现在还没有停息!

下面是平静味:

平静味以上等人为本源,常情是静,颜色是优美的茉莉色或月色,天神是吉祥的那罗延。所缘情由是因无常等等而离弃一切事物,以至高的自我为本相,引发情由是圣洁的净修林、圣地可爱的园林等以及与圣人接触等。情态是汗毛竖起等。不定情是忧郁、喜悦、回忆、自信和怜悯众生等。(245cd—249ab)

> 我身穿褴褛衣走在路上,市民的目光中,
> 流露出惧怕、好奇和怜悯,而我毫不介意,
> 如同饮用琼浆玉液,内心喜悦,安然入睡,
> 什么时候乌鸦会放心叼走我掌中乞食?

它在《摩诃婆罗多》等中得到充分发展。

由于摒弃我慢,它不是慈悲英勇味等。(249cd)

因为在慈悲英勇味中,看不到摒弃我慢,如在《龙喜记》中,云乘先是爱上摩罗耶婆蒂,最后又成为持明王。而平静味表现为彻底摒弃一切形式的我慢,不能纳入慈悲英勇味。因此,《龙喜记》以平静味为主的说法不能成立。

前人说过："优秀的牟尼们认为在一切情中，平静味以静为主，其中无痛苦，无快乐，无忧虑，无仇恨，无贪爱，无渴望。"那么，处在以达到自我本相为特征的解脱状态，缺乏不定情等，这样的平静味怎么会有味？回答是：

处在摆脱束缚的状态中，常情静达到味性，其中存在不定情等，对它并无妨碍。（250）

即使说其中无快乐，也只是指世俗的快乐，因此并无妨碍。因为前人说过："尘世的感官快乐，天国的无限快乐，都比不上灭寂欲望而获得的快乐的十六分之一。"

前人又说："如果慈悲英勇味等能抛弃一切形式的我慢，也能纳入其中。"

"等"指正法英勇味、布施英勇味和敬神等。

其中，敬神，例如：

什么时候我能住在波罗奈恒河岸边，
度过一日似瞬间，腰间缠布，合掌额前，
高声祈求："高利女神之夫！摧毁三城者！
商菩神！三眼神！请你开恩，赐福于我！"

下面是优秀的牟尼们公认的慈爱味：

由于明显具有魅力，人们确认慈爱味。它的常情是父母慈爱，所缘情由是儿子等，引发情由是他们的姿态动作、学问、勇气和仁慈等。情态是搂抱、触摸身体、亲吻额头、凝视、汗毛竖起和喜悦的泪水等。不定情是担忧、喜悦和骄傲等。颜色是莲花花心色，天神是世界母亲。（251—254ab）

例如：

说着奶娘刚说过的话，牵着她的手指走路，

还学着俯首行礼，这孩儿令父亲满心欢喜。

现在讲述这些味互相之间对立的情况：

艳情味与悲悯味、厌恶味、暴戾味、英勇味和恐怖味对立。滑稽味与恐怖味和悲悯味对立。悲悯味与滑稽味和艳情味对立。暴戾味与滑稽味、艳情味和恐怖味对立。英勇味与恐怖味和平静味对立。恐怖味与艳情味、英勇味、暴戾味、滑稽味和平静味对立。平静味与英勇味、艳情味、暴戾味、滑稽味和恐怖味对立。厌恶味与艳情味对立。（254cd—258ab）

这些味互相之间共存的情况，以后会讲述。

疯狂等即使由于某种原因，有时也会产生持久性，但它们不是常情，在人物中没有持久性。（258cd、259ab）

例如，在《优哩婆湿》第四幕中补卢罗婆娑的疯狂。

味、情、类味、类情、情的平息、情的升起、情的并存和情的混合，由于能品尝，这些都是味。（259cd、260ab）

意思是由于具有品尝的性质，情等也以转义的方式说成是味。下面讲述情等：

主要的不定情，对天神等的敬爱，只是在被唤醒时，成为常情，因此称作情。（260cd、261ab）

"缺乏情便没有味，缺乏味也没有情，味和情两者相辅相成。"

根据以上所说，仔细考虑，不定情虽然经常伴随味，以味为最后憩息地，但有时显著突出，犹如臣仆举行婚礼，国王尾随其后。对天神、牟尼、老师和国王等的敬爱，只是在被唤醒时，成为常情，由于情由等不充分，不达到味性，因此称作情。

其中，不定情，例如："神仙说着这些话……"① 其中的不定情是佯装。

对天神的敬爱，例如：

让我住在天国、地上或地狱，我都愿意，毗湿奴啊！
我即使临死也会想着你的胜过秋日莲花的双脚。

对牟尼的敬爱，例如：

凭借你驱除罪恶的眼光，
我已经达到目的，牟尼啊！
但我仍想听取你的教诲，
对于幸福，谁会感到厌倦？

对国王的敬爱，例如我的这首诗：

你的马群扬起的漫天尘土都变成淤泥，
湿婆惧怕分量过重，不把恒河顶在头上。

其他依此类推。只是在唤醒时，成为常情，例如：

湿婆的坚定有点儿动摇，
犹如月亮升起时的大海，
他将目光转向乌玛的脸，
看见频婆果般的下嘴唇。②

---

① 第三章第158颂引诗。
② 引自《鸠摩罗出世》3.67。

这里是尊神（湿婆）对波哩婆提的爱。

前面说过，如同饮料味，情由等混合一体，展现味。那么，这里怎么缺乏这种混合，而不定情明显突出？回答是：

正如在饮料中，胡椒等调料混合一体，而有时某种调料明显突出，不定情在味中也是这样。（261cd、262ab）

下面是类味和类情：

行为不合适，成为类味和类情。（262cd）

婆罗多等指出味的不合适是缺乏完整性。这可以理解为部分适用。为了便于初学者掌握，对此作出具体说明：

爱上次要角色，爱上牟尼和老师的妻子，爱上很多角色，爱没有出现在双方，爱出现在反面主角，爱出现在下等人和动物等，这是艳情味中的不合适。愤怒的对象是老师等，这是暴戾味中的不合适。出现在卑贱者，这是平静味中的不合适。嘲笑的对象是老师等，这是滑稽味中的不合适。勇气用于杀害婆罗门等或出现在下等人，这是英勇味中的不合适。惧怕出现在上等人，这是恐怖味中的不合适。其他依此类推。（263—266ab）

其中爱上次要角色，例如我的这首诗：

"丈夫愚笨，少女我独自在这稠密的树林中，
黑暗如同多摩罗树荫笼罩大地，美男子啊！
赶快给我指路。"听了牧女的话，黑天拥抱她。
但愿这位热衷爱情游戏的黑天保佑你们！

爱上许多角色，例如：

我认为他们是你在这三界中的情人，
为了他们，妙腰女啊！你的脸颊苍白。

爱没有出现在双方，例如在《茉莉和青春》中，南达纳单方面爱茉莉。

即使爱后来出现在双方，但最初只出现在一方时，仍是类味。这是尊敬的《韵光注》作者（新护）的看法。例如在《璎珞传》中，在互相会面前，海女对犊子王的爱。爱出现在反面角色，例如在《马首伏诛记》中关于马首水中嬉戏的描写。

爱出现在下等人，例如：

这个毗利族女子腰束草叶，采了一些茉莉花，
在山上坐在丈夫前面，让他为自己梳理头发。

爱出现在动物，例如：

雌蜂发出弦琴般柔美的声音，唱着缠绵的歌，
召唤在林中茉莉盛开的蔓藤间游荡的情人。

"等"指苦行者等。类暴戾味，例如：

阿周那被尖刻的话激怒，丢下迦尔纳，
来到这里想要当着黑天的面，杀死坚战，
他双眼圆睁发红，上身颤抖，肩膀晃动，
手持弓箭，夸耀自己的臂力，无所畏惧。

类恐怖味，例如：

因陀罗目光怯弱，不敢凝视他，仿佛面对太阳，
这位天王躲进雪山洞窟中，恐惧地度过时光。

因为妇女和下等人的恐惧是恐怖味的本源。其他依此类推。

羞涩等类情出现在妓女等中。（266cd）

这很明显。

情的平息、升起、并存和混合依次是情的止息、产生、共存和混杂。（267）

依次举例：

"别生气了！你看，我已跪在你的脚前！
苗条女郎啊，你从来没有这样发火。"
听了丈夫这些话，她睁开眼睛斜视，
不再流淌一滴泪，也不再说一句话。

这是表现为流泪的不定情妒忌平息。

不原谅跪在脚前的爱人，骂他是骗子，
爱人感到刺痛，不再抚慰她，一走了之，
此刻，她双手捂在自己胸前，深长叹息，
呆呆地望着女友们，泪水已模糊双眼。

这是绝望升起。

这种带着醉眼的美貌难以想象，
百看不厌，既迷醉也折磨我的心。

这是喜悦和绝望并存。

不轨行为在哪里？月亮族

在哪里？我仍要再望她一眼。
我的学识能制止错误，
　　但她的面容即使嗔怒也动人。
圣洁的智者会说什么？
　　而我即使在梦中也难得到她。
我的心儿啊！鼓起勇气！
　　哪个青年有幸吸吮她的嘴唇？

　　这是思索、焦灼、自信、回忆、疑虑、沮丧、坚定和忧虑的混合。

　　　　　　以上是《文镜》中名为《诗味等》的第三章。

第 四 章

论诗分成韵和以韵为辅

下面讲述诗的分类：

诗分成韵和以暗示义为辅两类。暗示义胜过表示义，这是韵，上品诗。（1）

上品诗以韵命名，因为诗中暗示义的魅力胜过表示义。

韵又依据转示和表示分成两类：非旨在表示义和旨在依靠表示义暗示另一义。（2）

其中，非旨在表示义的韵依据转示。由于依据转示，想要传达的不是表示义，表示义在这里不适用。旨在依靠表示义暗示另一义的韵依据表示。因此，表示义在这里是想要传达的，并依靠它传达另一种暗示义。在这里，表示义展现自身，又成为暗示义的展现者，犹如灯照亮罐。依据表示的韵有许多种，留在后面讲述。现在先讲述非旨在表示义的韵的分类：

非旨在表示义的韵也分成两类：表示义转化为另一义和表示义完全失去。（3）

非旨在表示义的韵分成表示义转化为另一义和表示义完全失去两类。其中，字面义自身不适用，转化为呈现自己特殊形态的另一义。由于字面义转化为呈现自己特殊形态的另一义，形成表示义转化为另一义。

例如：

芭蕉树只是芭蕉树，手背只是手背，象鼻只是象鼻，
即使寻遍三界，这位鹿眼女郎的双股也无可比拟。

这里，字面义中一般意义上的芭蕉树等重复出现，第二个芭蕉树等就会形成用词重复，因此不适用，从而唤醒具有冰凉等性质的芭蕉树等的特殊意义。这种突出冰凉等的意义是暗示义。①

完全抛弃自己的意义，转化为另一义。由于完全抛弃字面义，转化为另一义，形成表示义完全失去。例如：

犹如镜子因哈气而失明，月亮不再发出光芒。

这里，"失明"一词②的字面义不适用，唤醒"模糊"的意义。这种突出模糊的意义是暗示义。失明和模糊不是一般和特殊的关系，因此，不是表示义转化为另一义。

知礼守法的人啊，尽管放心走吧！今天，
戈达河边树丛中的猛狮，咬死了那条狗。

在这首诗中，命令走不适合本意，从而转化为禁止走。这不应该怀疑是逆向转示。命令和禁止一出现，就转化为禁止和命令，这是逆向转示。而依据语境等，将命令和禁止理解为禁止和命令，则是韵。

前人说过："有时是表示者受阻，有时是所表示者受阻，前者

---

① 意思是第二个芭蕉树、手背和象鼻分别暗示冰凉的芭蕉树、小小的手背和粗糙的象鼻，说明它们都无法与这位女郎的双股相比。

② 意思是盲目，即失去视力。

是转示，后者是表示。①"

在前面第一首诗中，字面义转化为另一义，但它本身并不完全失去。因此，这是不抛弃自己意义的转示。而在第二首诗中，完全抛弃自己的意义，因此，这是抛弃自己意义的转示。

旨在依靠表示义也分成两类：暗示过程不明显和暗示过程明显。(4)

旨在依靠表示义暗示另一义的韵分成暗示过程不明显和暗示过程明显两类。

这里的第一类是将味和情等算作一类。即使这类中的一种，由于无限多样，也难以计数。(5)

上面说到味和情等暗示过程不明显。在这里，依据对情由等原因的理解而领会暗示义，必定有个过程。但是，犹如同时刺穿一百张叠在一起的荷叶，由于迅速，过程不明显。在味等中，即使其中的一种，由于无限多样，也难以计数，因此，暗示过程不明显的韵被说成是一类。例如，单是艳情味中的会合艳情味，由于互相拥抱、吸吮和亲吻等，也由于多种多样的情由等，难以计数，更何况对所有的味分类计数。

依靠词音、词义以及词音和词义两者的能力产生如同余音的暗示义，智者们将这种暗示过程明显的韵分成三类。(6)

过程明显，如同余音，这种暗示义分成三类：依靠词音能力产生、依靠词义能力产生以及依靠词音和词义的能力产生，由此，暗示过程明显的韵也分成三类。其中，

依靠词音能力产生的分为两种：本事类和庄严类。(7ab)

由于庄严单独列出，那么，本事被理解为无庄严者。其中，依靠词音能力的本事类暗示义，例如：

---

① 意思是前者是依据转示的韵，后者是依据表示的韵。

旅行者啊，这村庄遍地是石头，根本没有床，
看这高耸的云朵（胸脯），你爱住，就住这里。

这里，依靠床等词音能力暗示本事：如果你有能耐享受，那就住下吧！

庄严类暗示义，例如："乌玛之夫征战不受堡垒阻挡……"①

其中，对于名为乌玛的王后之夫跋努提婆的描写属于语境中的描写，而对于波哩婆提之夫（湿婆）的描写是暗示的第二义，属于非语境中的描写。大神（湿婆）和跋努提婆两者构成喻体和本体的关系，因而并非毫无关联。这首诗暗示的庄严是比喻，即乌玛之夫（跋努提婆）如同乌玛（波哩婆提）之夫（湿婆）。又如：

国王啊，赐福者！你战功显赫，无限伟大，
享受崇高的荣誉，是天下恶人的敌人。

这首诗中的 amita samita 也可读作"你无限，又有限"，但缺少 api（又）一词，因此，暗示的庄严是貌似对立。即使暗示义是被修饰者，但依照婆罗门沙门的用法，它转义为修饰者（庄严）。②

依靠词义也分成两种：本事类和庄严类。每一种又分成自然产生的、诗人想象的表述产生的和作品中人物想象的表述产生的，共有六种。这六种又分别暗示本事和庄严，这样，依靠词义能力产生的暗示义共有十二种。（7cd—9ab）

自然产生的是由于合适，即使在外在世界中也会产生。诗人想象的表述并不依据这种合适。依次举例：

---

① 第二章第 14 颂引诗。
② 庄严原本应该是暗示义的修饰者，现在成了暗示义，这如同可以用婆罗门沙门指称原先是婆罗门的沙门。

好邻舍啊！请你照看一会儿我的家。
　　孩子他爸不太爱喝这池塘无味的水，
　　我得独自赶往那条树荫浓密的溪流，
　　任凭有结带刺的芦苇扎破我的身体！

　　在这首诗中，完全依靠自然产生的本事暗示另一个本事：借口掩盖与另一个男人偷欢后会留下指甲伤痕等。

　　即使太阳的光辉在南行途中渐渐减弱，
　　那些般底耶人也不能承受罗怙的热力。

　　在这首诗中，自然产生的本事暗示较喻庄严：罗怙的热力胜过太阳的光辉。

　　看到他从远处冲来，大力罗摩
　　豪气满怀，犹如狮子看到大象。

　　在这首诗中，自然产生的明喻庄严成为暗示者，暗示本事：大力罗摩在刹那间就会消灭吠奴达林。

　　他在战斗中愤怒咬嘴唇，
　　解除了敌人妻子的痛苦，
　　免得她们的珊瑚嘴唇，
　　再被她们的丈夫咬伤。

在这首诗中，自然产生的矛盾庄严①暗示聚集庄严：咬嘴唇和消灭敌人。

> 春季之月已经准备好爱神之箭，尚未射出，
> 箭头是芒果嫩芽和绿叶梢，以少女为目标。

在这首诗中，春季作为制箭匠，爱神作为弓箭手，少女作为目标，花朵作为箭，这些是诗人想象的表述，呈现本事，暗示另一个本事：萌发爱情。

> 英雄啊！皎洁的月光夜夜照亮整个大地，
> 而你的广为传扬的名声永远使它白净。

在这首诗中，诗人想象的表述的本事暗示较喻，即广为传扬的名声在时间和照亮的性质上胜过月光。②

> 罗刹幸运女神的泪珠乔装成宝珠，
> 刹那间从十首王的顶冠滚落在地。

在这首诗中，诗人想象的表述产生的否定庄严暗示本事：罗刹（十首王）的幸运即将毁灭。

> 特利羯陵迦国的吉祥标志啊！单是你的卓著名誉，
> 就已成为因陀罗城中美眉天女们身上的装饰品：
> 发髻上一簇簇新鲜的茉莉花，手臂上洁白的莲花，

---

① 咬自己嘴唇和解除别人咬伤嘴唇的痛苦之间貌似矛盾。
② 月光只是夜里照亮大地，而白色的名声永远照亮大地，并使大地白净。

颈脖上一串串珍珠项链，胸脯上浓稠的檀香膏。

在这首诗中，诗人想象的表述产生的隐喻庄严暗示藏因庄严：你即使身处大地，也为天国居民做好事。

这小鹦鹉在哪座山上，用了多长时间，修炼哪种苦行，
女郎啊！因而能吃到像你的嘴唇那般殷红的频婆果？

在这首诗中，诗人作品中某个追求者想象的表述的本事暗示另一个本事：只有积累大量功德的人，才能享受你的嘴唇。

幸运的人啊！在这春季，爱神的箭不再是五支，
而是千千万万支，成为分离之人的死亡之箭。

在这首诗中，诗人作品中说话者想象的表述的本事是爱神的箭达到千千万万支，导致所有分离之人死亡。这个本事暗示奇想庄严："五"离开箭，而到达分离之人。①

嗔怒的女郎啊！蜜蜂在茉莉花蕾上
嘤嘤嗡嗡，宛如爱神吹响进军号角。

在这首诗中，诗人作品中说话者想象的表述产生的奇想庄严暗示本事：爱神疯狂的季节已经来临，傲慢的人啊！你为何还不息怒？

---

① "五"在这里有双关意义，用于箭指五支，用于人指死亡，即化为五大元素。

> 幸运的人啊！你的心中占满千百女人，容不下她；
> 她整天别无他事，只是使自己瘦削的身体更瘦削。

在这首诗中，通过"容不下她"，诗人作品中说话者想象的表述产生诗相庄严，由它暗示殊说庄严：即使她使自己身体变得瘦削，也进入不了你的心。

诗人作品中人物怀有激情等不等于是诗人的。诗人作品中说话者想象的表述比诗人想象的表述对知音们更有魅力，因此单独列出。

在这些暗示庄严的情况中，仅仅是隐喻、奇想和较喻等，而不是描写对象成为知音们的主要感受，因此，它们是以庄严为主。

依靠词音和词义产生的只有一种。（9c）

依靠词音和词义两者的能力产生暗示义，这样的韵诗只有一种。

例如：

> 黑天美似摆脱浓雾的月亮，是莲花之夫，爱神之父，
> 让再生族喜悦，让众天神高兴，让美妇们持久快乐。

又读作：

> 春天因月亮摆脱浓雾而可爱，莲花绽放，爱情萌发，
> 让鸟禽喜悦，让美酒味儿醇厚，让美妇们持久快乐。

在这首诗中，暗示比喻庄严①：黑天（大神）如同春天。

---

① 依靠诗中的词音和词义双关暗示比喻。

这些是依据暗示义分类的韵诗分类。

这些是十八种韵。(9d)

非旨在表示义分成两种：表示义转化为另一义和表示义完全失去。在旨在依靠表示义暗示另一义中，暗示过程不明显是一种，暗示过程明显依据词音、词义以及词音和词义的能力分成十五种。这样，总共十八种韵。而在这些中，

依靠词音和词义能力产生的韵在句中，而其他的韵在词和句中。(10ab)

其中，表示义转化为另一义的韵在词中，例如：

这位青年是幸运儿，他的眼睛是眼睛，
在他面前会有一位迷住青年的美女。

在这首诗中，第二个"眼睛"这个词暗示具有幸运等特殊性质的眼睛。在句中，例如：

我告诉你，这里在举行智者集会，
你要控制自己的思想，站在这里。

在这首诗中，由于面对面说话，对象明确，而仍然再用一个"你"字，转示"唯独对你"这种特殊性。同样，我告诉你（vacmi），已经说明说话者是我，而仍然再用一个"我"字（asmi），转示"唯独是我"这种特殊性。同样，说了智者集会，说话者话语明白，而又说我告诉你，转示"我向你提出忠告"这种特殊性。这些暗示它们具有更多的意义。整个句子的含义是"我说这话完全为你好，你一定要照我说的做"。这是在句中的表示义转化为另一义的韵。

表示义完全失去的韵在词中，例如："犹如镜子因哈气而失明……"① 在句中，例如："我受你厚爱……"② 其他的在句中，前面已经举例。在词中，例如：

那种魅力，那种光彩，那种容貌，那种言谈，
那时是甘露之所在，现在成了灼人的烈焰。

在这首诗中，"那种"等词尤为突出，暗示对魅力等的那种不可言状的感受。其他的词都辅助它们，因此，称为依靠词的韵。韵论作者说过："正如美妇人依靠身上的一处装饰，优秀诗人的语言依靠一个词展示韵，光彩熠熠。"
情等依此类推。③

充满寂静的教诲，带来享受和解脱，
这样有益的经典，有谁会不感兴趣？

又读作：

指定幽静的地点，获得享受和解脱，
这样的善人到来，有谁不喜气洋洋？

在这首诗中，sadāgama（有益的经典或善人到来）一词涉及身边的男主人公，表示义是有益的经典，暗示本事：善人到来。那

---

① 第四章第 3 颂引诗。
② 第二章第 7 颂引诗。
③ 前面说明的是味韵，情韵等等依此类推。味和情等等属于暗示过程不明显的韵。

么，为什么不说这是暗示比喻：善人到来如同有益的经典？那是因为有益的经典和善人到来构成喻体和本体，并非说者意图。使用这个双关词只是为了掩藏私情。因为仔细考虑语境等，这里提到有益的经典显然离题。

> 非凡的智慧无与伦比，统辖这整个大地，
> 这位国王是人中魁首，在世上大放光辉。

在这首诗中，暗示比喻：人中魁首（国王）如同人中魁首（毗湿奴大神）。以上两首诗是依靠词音能力的暗示过程明显的韵。

> 你完毕黄昏的沐浴，抹了檀香膏，
> 太阳落在西山，你缓步来到这里；
> 你的奇妙的柔情蜜意完全耗尽，
> 现在，你的双眼已不能保持睁开。

在这首诗中，自然产生的本事暗示另一个本事：你与别的男人调情而疲倦。"现在"一词暗示：以前没有看到过你像现在这样疲倦。因此，这个词比其他词突出，胜过其他词。

> 不能获得他，痛苦非凡，涤除了一切罪过，
> 凝神冥想他，喜悦无比，耗尽了累积功德，
> 黑天是世界的源泉，至高之梵的化身，
> 那位牧女沉思他，止住呼吸，达到解脱。

在这首诗中，由于"一切"和"累积"两个词的力量，与尊神（黑天）分离的痛苦和冥想他的喜悦被确定为等同于数千生的善

业和恶业的果实。依靠"一切"和"累积"这两个词的暗示作用，得以理解这两种夸张。这首诗中的暗示可能不是诗人想象的表述产生的，而是自然产生的。

看到你的布施之河有无数分支，大王啊！
分流三支的恒河将自己藏在湿婆头顶。

这是我的诗。"看到"是诗人想象的表述产生的诗相庄严，并通过"无数"这个词暗示较喻庄严：任何布施者都不能与你相提并论。

其他依靠词义能力的暗示过程明显的韵依此类推。

这样，前面所说的十八种韵诗中，依靠词音和词义能力产生的韵只在句中，仅有一种。而其他十七种既在句中，又在词中，共有三十四种。两者合计三十五种。

智者们认为依靠词义能力产生的韵也在篇章（作品）中。（10cd）

在篇章（作品）中指在大诗中。前面说过依靠词义能力产生的韵有十二种。例如，《摩诃婆罗多》中兀鹰和豺狼的对话：

坟场可怕，充满兀鹰豺狼，遍地骷髅，
它使一切生物恐惧，不要在此久留。

在这里，到达命限的人，谁都不会复活，
无论他可爱可憎，这是生物的共同归宿。

这是在白天活动的兀鹰希望站在坟场上的人们放下死去的孩子离去。

> 表达慈爱吧,傻瓜们,趁太阳还没落;
> 此刻充满阻碍,但这孩子或许会复活。

> 这孩子金子般灿烂,还未达到青春年纪,
> 傻瓜们,怎能轻信兀鹰的话,将他抛弃?

这是在夜里活动的豺狼不希望他们在白天放下死去的孩子离去。两者都是通过一组句子暗示,也都是自然产生的暗示。其他的十一种依此类推。这样,依靠表示义产生的暗示性已经说明。

依靠转示义,例如:"乳边的檀香膏一点不剩……"① 依靠暗示义,例如:"请看,仙鹤寂然不动……"② 这两首诗分别是依靠转示义和暗示义的、自然产生的暗示。其他的十一种依此类推。

暗示过程不明显的韵能依靠词形变化、音素、词语组合方式和篇章(作品)。(11ab)

暗示过程不明显的韵,其中,词形变化包括词干、语尾、前缀和不变词等许多种。例如:

> 你一次次接触她的移动的眼角,颤抖的眼睛,
> 贴近她的耳边,仿佛轻声柔气向她诉说秘密,
> 你吸吮饱含爱欲蜜汁的下嘴唇,不顾她挥手,
> 蜜蜂你称心如意,我们却为探求真相受伤害。③

在这首诗中,使用"受伤害",而不使用"受痛苦",这是依

---

① 第二章第16颂引诗。
② 同上。
③ 引自《沙恭达罗》第一幕。

靠词干 han（打击、杀害或伤害）暗示。①

> 她一再用手指遮住自己的下嘴唇，
> 惊慌地说着拒绝的话，更增添妩媚，
> 这睫毛修长的女郎将脸转向肩膀，
> 我好不容易抬起它，却没有亲吻它。②

在这首诗中，tu（"却"）这个不变词暗示后悔。

"我的敌人存在……"③ 在这首诗中，暗示者是复数的"敌人"，单数的"苦行者"，代词"这里"，"杀戮"和"活着"的动词语尾（现在时第三人称单数），不变词"哎呀"，"小村"的贬义后缀 ka，"劫掠"的前缀 vi，复数的"手臂"。

> 你不思饮食，彻底摒弃所有感官对象，
> 眼睛盯住鼻尖，凝思静虑，沉默不语，
> 女友啊！如今世界在你看来一切皆空，
> 嗨！你是成了苦行女，还是得了相思病？

在这首诗，"饮食"作为感官对象，使用依格，形容词"所有"和"彻底"，"沉默不语"加有表达真实感受的指示代词，"看来"加有强化性的前缀 ā，"女友"是提醒互相的情谊，"嗨"含有嘲笑调侃之意，"还是"表示强调后者的可能性，"你是"是现在时。诸如此类的暗示性，知音们都能领悟。

音素和词语组合方式的暗示性，后面会讲述。篇章（作品）的

---

① 意思是心中焦灼，远甚于一般的痛苦。
② 引自《沙恭达罗》第三幕。
③ 第一章第 2 颂引诗。

暗示性,例如《摩诃婆罗多》的平静,《罗摩衍那》的悲悯,《茉莉和青春》的艳情。其他依此类推。

这样,韵有五十一种。① 依据三种结合,一种混合②,共有吠陀(4)、空(0)、火(3)、箭(5),即5304种,加上纯粹的韵五十一种,总共箭(5)、箭(5)、火(3)、箭(5),即5355种。(11cd、12)

只能提示性地举例:

  胸脯高耸,颤动的眼睛睁大,
  她站在门口欢迎他的到来,
  毫不费力地拿着吉祥礼物:
  满满的水罐和新鲜的花环。

在这首诗中,满满的水罐比喻胸脯,新鲜的花环比喻眼睛,这是隐喻韵和味韵存在于一处的结合。

  春天的时光充满快乐,蜜蜂陶醉地
  发出嘤嘤嗡嗡声,旅人们心儿颤动,
  妇女的莲花脸如同不瞌睡的月亮,
  微风与它们的芳香混合,自鸣得意。

在这首诗,"不瞌睡"③ 等是依靠转示的韵,互相混合。

---

① 前面已经总结了三十五种,现在又加上上面讲述的十二种和四种,共五十一种。

② 结合和混合指不同的韵(暗示方式)互相结合或混合。结合有三种:存在主次关系、存在于一处和存在疑问,混合只有一种,即互相独立存在。

③ "不瞌睡"暗示明亮,属于依靠转示中的表示义完全失去的韵。

下面讲述以韵为辅：

另一类是以韵为辅，其中的暗示义没有胜过表示义。（13ab）
另一类指诗。没有胜过指低于或相等。

附属于其他、音调的暗示、用于完善表示义、可疑的突出、同样突出、含混、不隐含和不突出，这些被称作八种以韵为辅。（13cd、14）

味等暗示义附属于其他的味等。例如：

> 正是这只手，扯开我的腰带，抚摸我的丰满乳房，
> 接触我的肚脐、大腿和下腹，解开我的衣服扣结。①

在这首诗中，艳情味附属于悲悯味。

> 你的敌人首都的许多住宅中，
> 情人们想要安抚嗔怒的对方，
> 突然你的军队之海扬起涛声，
> 折磨耳朵，哎哟，他们会怎样？

在这首诗中，焦灼和惧怕混合产生的悲悯味附属于对国王的敬爱之情。

> 游荡人间，心中充满追逐黄金的渴望，
> 每走一步都洒泪，哭喊道："赐予我吧！"
> 我已经看够了那些卑鄙主子的嘴脸，
> 尽管我成了罗摩，却未获得吉祥财富。

---

① 这首诗是一位妇女在战场上面对丈夫的尸首说的话。

又读作：

> 游荡在阇那斯坦，心中渴望追逐金鹿，
> 每走一步就哭喊一声："毗提诃公主啊！"
> 用许多箭射向楞伽魔王成排的脑袋，
> 身为罗摩，却失去俱舍和罗婆的母亲。

在这首诗中，即使不说出"我成了罗摩"，依靠词音的能力也能领会这个意思。[①] 而依据相似性将罗摩和主人公叠合，用语言直接说出，就失去了暗藏性。由于说出句义的内在联系，这种相似性就成了表示义的附属。

音调的暗示，例如：

> 我不在战斗中狠揍俱卢百子，
> 我不喝难降胸膛里的鲜血，
> 我不用铁杵砸断难敌的双腿，
> 让你们的国王签订和约吧！

在这首诗中，"我要在战斗中狠揍俱卢百子"等暗示义与相反的表示义同时并存。

> 王中因陀罗啊！如同焚毁敌人竹林的森林大火，
> 你的威力四处燃烧，照亮天地之间的一切空穴。

在这首诗中，暗示义是将竹林的性质叠加于家族，但它用于完

[①] 因为这首诗使用双关修辞。

善将森林大火的性质叠加于威力的表示义。

"湿婆的坚定有点儿动摇……"① 在这首诗中，目光转向和渴望亲吻，两者之间哪种突出，存在疑问。

> 为了你们的利益，不要侮辱婆罗门，
> 否则，你们的朋友持斧罗摩会生气。

在这首诗中，暗示义是持斧罗摩会毁灭罗刹族，但它与表示义同样突出。

> 和平则财富被夺走，战争则生命被夺走，
> 不能用和平和战争对付阿罗波迪那王。

在这首诗中，暗示义是对于阿罗波迪那王，除了送礼和安抚等之外，没有其他消灾手段。但这种暗示义，即使是智者也不容易很快领悟。

> 由于这个教诲善法的人间导师，我这个遵守
> 戒规的女子变成荡妇，何必还说别的什么？

在这首诗中，暗示释迦牟尼强行与一个低贱女子交欢②，但它像表示义一样显露，不隐含。

> 听到沙恭尼鸟从凉亭飞走的响声，
> 这媳妇还没有忙完家务，肢体发沉。

---

① 第三章第 261 颂引诗。
② 这是一首诋毁释迦牟尼的诗。

在这首诗中,暗示义是情人已经如约进入凉亭,但在知音们的感受中,表示义"肢体发沉"更有魅力,因而不突出。

还有,明灯和等同等庄严中暗示比喻庄严,也是以韵为辅,因为它们的魅力在于明灯等庄严。韵论作者说过:"即使能领会到另一个庄严,但它不是诗中的重点所在,因而不是韵诗。"

有时,由于一个词等,暗含的魅力遭到破坏。例如:

"盖沙婆啊!我的眼睛被牛蹄扬起的尘土蒙住,
模糊一片,因此跌倒在地,你为什么不扶起我?
你是一切陷入困境而烦恼的弱者的唯一救主。"
这牧女语含双关。愿牧牛的诃利永远保佑你们!

在这首诗中,"牛蹄扬起的尘土"等暗示"对牧人(盖沙婆,即诃利大神的化身黑天)的迷恋"等①,而使用了"双关"一词,就暴露无遗。如果不使用"双关"一词,便是韵诗。

还有,本事、庄严和味等作为暗示义附属于另一种味,这样的诗则以为主者命名。② 韵论作者说过:"考虑到其中味等的含义,这类以韵为辅的诗也是韵诗。"

在这类诗中:

红宝石的光芒直达云彩,充满爱欲的
妇女们以为黄昏来临,急忙装饰打扮。

味等等只是辅助城市景象等本事。然而,即使它们不是诗的含义,而成为附属,诗仍以它们命名。我们家族杰出的诗人和学者钱

---

① 其中的"陷入困境"也含有双关,暗示"中了爱神之箭"。
② 也就是称作味韵诗。

迪陀娑说过:"在品尝时,全神贯注感受诗的意义,不会注意主次之分。只有在这之后,仔细考察语境等,才能确定主次。即使如此,也不能取消诗的命名,因为这种命名仅仅取决于品尝。"

有些人想把画诗定为第三类诗。他们说:"缺乏暗示义的音画诗和义画诗是下品诗。"这种说法不对。如果缺乏暗示义指没有暗示义,那么,前面已经说过,这不成其为诗。如果指只有一点儿暗示义,那么,何谓只有一点儿暗示义?这种暗示义可品尝,还是不可品尝?如果是前者,那就归入上述两类。如果是后者,那就不是诗。如果不可品尝指只有一点儿,那么,只有一点儿,便不可品尝。

韵论作者说过:"依据暗示义为主和为辅确定两类诗,其他的都称为画诗。"

以上是《文镜》中名为《论诗分成韵和以韵为辅》的第四章。

第 五 章

论暗示功能

下面,什么是这种新型的、名为暗示的功能?回答是:

在名为表示、句义和转示的功能停止后,应该确认唤醒味等的第四种功能。(1)

表示功能仅仅唤醒惯用义,然后停止,不能唤醒本事、庄严和味等的暗示义。味等不是惯用义。表示情由等也不是表示味,因为情由等并不等同于味。而且,我们在后面会讲到用自己的名称表示味是一种错误。有时会遇到"这是艳情味"之类的说法,然而,用自己的名称表示,人们并不能领会它,因为它是一种自我启明的欢喜。

联系词义说的论者们确立的名为句义的功能在完成词义的联系后,功能耗尽,不能唤醒暗示义。

有些人说:"它就是表示功能,犹如射程很远很远的箭。"而达尼迦[①]说:"暗示性与句义并无不同,不是韵。句义发挥的功能无可限量。"这两种遭到其他人严厉批评。这些批评者认为"在完成唤醒词义的任务后,功能便停止"。

如果按照那两种观点,会怎样?还需要依靠转示功能吗?因为

---

① 达尼迦是《十色》的注释者。

延伸很远的表示功能也能传达转示义。① 那么，为什么"婆罗门啊，你生了个儿子"和"你的女儿怀孕了"这类句子不表示喜悦和忧愁等？②

还有一种说法："人和神说的一切句子③都有意图。如果没有意图，不可理解，便像疯子的话。因此，诗的语言对于听者和说者，除了品尝至福之外，没有别的目的。它们的功用就是品尝至福。按照规则，词的意图便是词义。"

这里要问：这种所谓的意图是什么？它是句义，或者它是依靠句义功能唤醒句义？如果是前者，没有分歧，因为在暗示中，并不抛弃句义。如果是后者，就要问这种名为句义的功能是什么？是联系词义说的论者们确认的功能，还是别的功能？如果是前者，前面已经作出回答。如果是后者，只是名称上的分歧，因为按照后者的观点，也承认第四种功能。

如果你说"依靠句义的功能同时照亮情由等的结合和味等"。这不对，因为这两者已被确认因果关系。正如牟尼（婆罗多）所说："味产生于情由、情态和不定情的结合。"因果关系怎么会像动物的左右犄角同时并生，而缺乏先后？

在"恒河上的茅屋"中，转示功能只是唤醒河岸的意义，然后停止。它怎么能暗示清凉圣洁呢？因此，无可争辩，需要依靠第四种功能。还有，

由于唤醒者、特性、数量、原因、结果、理解、时间、依托和对象的差异，暗示义不同于表示义。（2）

仅仅通晓词和词义的语法家能感知表示义，而知音们感知暗示义。这是唤醒者的差异。

---

① 意思是如果这样，表示功能能囊括转示功能。
② 意思是这类句子传达的喜悦和忧愁不是表示功能的作用。
③ 其中，神的句子指吠陀。

有时，在"知礼守法的人啊！尽管放心走吧！……"① 这类诗中，表示义是肯定，而暗示义是否定；有时，在"乳边的檀香膏一点不剩……"② 这类诗中，表示义是否定，而暗示义是肯定。这是特性的差异。

在"太阳落山"这类句子中，理解到的表示义只有一种，而依据不同的唤醒者（说者）等，暗示义多种多样："该去会见情人了"，"赶牛入栏吧"，"情人就要来了"，"现在不会热了"，等等。这是数量的差异。

表示义仅仅依靠词音感知，而暗示义依靠清晰的想象力等感知。这是原因的差异。

表示义仅仅产生理解，而暗示义产生魅力。这是结果的差异。

表示义仅仅表现为理解，而暗示义在理解中显示魅力。这是理解的差异。

表示义在前，而暗示义在后。这是时间的差异。

表示义依托词，而暗示义依托词、词的组成部分、词义、音素和词语组合方式。这是依托的差异。

> 看到自己妻子的嘴唇受伤，哪个丈夫不会生气？
> 不听劝阻，嗅有蜜蜂的莲花，你现在就忍着点吧！

在这首诗中，表示义的对象是女友，暗示义的对象是女友的丈夫。③ 这是对象的差异。因此，表示义不是暗示义。还有，

由于味等不事先存在，表示和转示不能成为唤醒者。而且，转

---

① 第四章第 3 颂引诗。
② 第二章第 16 颂引诗。
③ 这首诗的说话对象表面上是女友，实际上是女友的丈夫，为了掩盖女友与情人偷欢留下的痕迹。

示由于排除表示义，(3)

也不能成为唤醒者。这是补足上面这句话。没有什么能证明味等词的所指，除了品味功能本身外，还有能由转示和表示功能唤醒的对象。

而且，在"恒河上的茅屋"这类词句中，只有当词义之间的联系出现不合适，受到阻碍，转示才介入。乌德衍那老师在《正理花束》中说过："如果句中词义之间的联系不存在期望性，就不会再寻找另外的意义。而如果词义之间的联系不合适，就会引出另外的意义，形成联系。"

在"看到卧室空寂无人……"① 这类诗中，表示义没有受阻。而在"恒河上的茅屋"在这类词句中，如果内含义②是转示义，那么，河岸作为表示义就会受阻③。内含义成了暗含义，那就需要另一种内含义，这样就会陷入无穷无尽之中。

而且，转示也不能同时作用于特殊的内含义和河岸，因为不可能同时理解对象和内含义。只有在感知蓝色等以后，才会产生蓝色等的知识或意识。

推理不能唤醒暗示的味等；由于原因不可靠，对味等的认知也不是回忆。(4)

《韵辨》作者④认为，由情由等认知味，能归入推理。因为认知情由、情态和不定情成为认知味的手段。它们成为爱等常情的原因、结果和辅助，得以推理味等，也就是产生味等。这些被认知的常情可以品尝，也就被称作味。这必定是一个认知过程。只是过程迅速，不被觉察。因此，即使作为暗示过程，也是这样。

---

① 第一章第 3 颂 a 引诗。
② 内含义指清凉圣洁。
③ 因为河岸不是恒河的表示义。
④ 即摩希摩跋吒。

文镜·第五章　论暗示功能

　　这里要问，你是认为通过对词语或表演提供的情由等的认知推理对罗摩等的爱情等的认知，并认为这样获得的认知是味，还是认为味是知音们依据常情的显示体验到的自我启明的欢喜。如果是前者，没有对立。但我们不把对罗摩等的爱情等的这种认知称作味，这是不同之处。如果是后者，由于缺乏普遍性，原因不可靠，结果也就不成立，因而不是推理。

　　他又说，凡有这些情由、情态、真情和不定情的表述或表演，便有艳情等味的展现，这足以说明普遍性和"翼"的存在①。因此，你们认为暗示另一义的这一切，我们依据推理论理解为是推理。②

　　这也不与我们针锋相对。但是，我们认为这种认知不是可品尝的味，因为强烈的欢喜仅仅憩息在自我启明中。因此，所证明的事实未必是想要证明的事实，其中的原因不可靠。

　　他还说，在"知礼守法的人啊，尽管放心走吧！……"③ 这类诗中，是认知本事。

> 黑天在嬉水时，不断晃动手掌，
> 忽而遮盖，忽而展露罗陀的脸，
> 好奇地看到一对年轻的轮鸟
> 聚合又分离。但愿他保佑世界！

　　在这类诗中，是推理隐喻庄严。④

---

　　① 普遍性指大词和中词之间的普遍联系，"翼"指小词。
　　② 按照《韵辨》作者的观点，暗示是推理。推理论式为：凡有情由等必有味，诗有情由等，因此，诗有味。其中，味是大词，情由等是中词，诗是小词。
　　③ 第四章第3颂引诗。
　　④ 也就是罗陀的脸隐喻月亮，因为轮鸟白天聚合，夜晚分离。

推理是通过"相"（中词）认知"有相"（大词）存在于"翼"（小词）中。这种"相"存在于"翼"以及"有翼"中，不存在于"非翼"中。①依据这种推理，不会认知与表示义无关的对象。否则，就会没有限制。因此，引起认知者和认知对象之间必定有联系。引起认知者是"相"，认知对象是"有相"。引起认知者（"相"）与"翼"有联系。"相"存在于"有翼"，不存在于"非翼"。即使不说明，也能知道。因此，通过表示义作为"相"，认知暗示义，这就是推理。

这种说法不对。例如，在"知礼守法的人啊，尽管放心走吧！……"②这首诗中，家中除掉了狗，表示可以行走，而由于戈达河边出现狮子，推理出不可以行走。但是，在这个推理中，应该说原因并不确定，出于老师或主人的命令，或出于对情人的热恋，即使一个胆怯的人，也会前去。另外，轻浮女人说的话也未必可靠。因此，原因存疑而不确定。

在"黑天在嬉水时……"③这首诗中，它的展现和不展现造成轮鸟聚合和分离，据此确定它是月亮。这不能说成是推理。因为也有受到吓唬之类的原因，所以，原因不确定。"由于诸如此类意义，成为诸如此类意义的引起认知者，认知诸如此类意义。若不是这样，就不会这样。"在这样的推理中，原因不可靠而不适用。"由于诸如此类意义"，即凭借这样的原因。然而，凭借它，也能认知并非愿望中的意义。

---

① 以这个推理论式为例：凡有烟必有火，此山有烟，因此，此山有火。其中的山是"翼"，烟是"相"，火是"有相"。"有翼"不同于"翼"，但同样存在"相"和"有相"，例如，凡有烟必有火，如灶。这里的灶是"有翼"。"非翼"也不同于"翼"，但不存在"相"和"有相"。例如，凡无烟必无火，如湖。这里的"湖"是"非翼"。

② 第四章第3颂引诗。

③ 第五章第4颂引诗。

在"好邻舍啊！请你照看一会儿我的家。……"① 这首诗中，有结带刺的芦苇扎破身体和独自赶往溪流被说成是"相"，她去与情人幽会被说成是"有相"。但是，这些也可以认为是她对丈夫的关爱。因此，原因不确定。

在"乳边的檀香膏一点不剩……"② 这首诗中，推理出女使者与女主人公的情人欢爱。那么，这种认知出于女使者，还是当时在场的其他人，或者是读到这首诗的知音们？如果是前两者，没有争议。如果是知音们，则原因不确定，这样的含义也不确定。也不能说这里的原因已经经过修饰，能协助确定说话者等的情况，因为不存在这种普遍性的联系。

而且，这种纯粹出于诗人想象的描述缺乏认知中的必然性，原因存疑而不确定。《韵辨》作者认为由于"下流胚"一词的协助，这些词义才具有暗示性。然而，女主人公的情人是不是"下流胚"，并不能得到确认，这怎么能是推理？

通过"从结果得知结论"认知暗示义也不能成立。"从结果得知结论"也依靠以前确立的必然联系。例如，凡活着的人都会在某个地方，吉多罗活着，不在集会上，必定在其他某个地方。

而且，暗示义也不能通过指示方式认知，像在卖布时那样，用食指表示数目十。指示方式也依靠约定俗成的常识，而成为某种推理。

有些人认为由于产生于潜印象，对味等的认知是记忆。而在这种认知中，原因依然不确定。

摩希摩跋吒认为"乌玛之夫征战不受堡垒阻挡……"③ 这首诗中没有第二种意义。这正如一头大象闭眼无视由经验确认的事实。

---

① 第四章第9颂ab引诗。
② 第二章第16颂引诗。
③ 第二章第14颂引诗。

这样，不能无视由经验确认的、名为味等的意义。它们依靠词等，或不同，或一致，而不依靠推理等认知方式认知，也不依靠表示等三种功能①认知。它们依靠第四种功能，这已得到确认。这种功能也不依靠普遍性②等。这一切都很清楚。

这种功能被称作什么？

智者们将这种功能称作暗示，另一些人也将这种暗示味的功能称作品味。(5)

进行了这些分析，也论及味，一切都已清楚明白。

以上是《文镜》中名为《论暗示功能》的第五章。

---

① 即表示、转示和句义三种功能。
② 普遍性指推理中大词和中词的普遍联系。

第 六 章

论可看的和可听的诗

已经讲述诗歌分成韵和以韵为辅,现在讲述诗分成可看的和可听的:

诗又按照可看的和可听的分成两类。其中可看的是表演的。(1abc)

现在讲述将可看的诗称作"色"的原因:

它被赋予形态,而称作"色"。(1d)

这种可看的诗,由于演员被赋予罗摩等的形态,而称作"色"。现在讲述什么是表演:

表演是模仿状况,分成四类:形体、语言、妆饰和真情。(2)

表演是演员用形体等模仿罗摩和坚战等人物的状况。现在讲述"色"的分类。

传说剧、创造剧、独白剧、纷争剧、神魔剧、争斗剧、掠女剧、感伤剧、街道剧和笑剧,共有十种"色"(3)

还有,

那底迦、多罗吒迦、戈希底、萨吒迦、那迪耶罗萨迦、波罗斯他那、乌拉毕耶、迦维耶、波伦伽那、罗萨迦、桑拉波迦、希利伽迪多、希尔波迦、维拉希迦、杜尔摩利迦、波罗迦罗尼、诃利舍和跋尼迦,智者称这十八种为"次色"。除了各自的特征外,所有这些都具有传说剧的一般特征。(4—6)

所有这些指创造剧等"色"和那底迦等"次色"。其中,

传说剧应该以著名的传说为情节,有五个关节,有活跃和繁荣等品质,有各种变化,充满快乐和痛苦,有各种味,五幕至十幕。主角是著名家族的王仙,坚定,崇高,勇武,还有神或亦神亦人,富有品德。应该有一种主要的味,艳情味或英勇味,其他所有的味作为辅助,结尾应该是奇异味。有四个或五个起作用的人物。作品结尾像牛尾末端。(7—11)

著名的指《罗摩衍那》等著名的故事传说,例如《罗摩传》等中采用的情节。关节,后面会讲述。有各种变化指有许多辅助成分。充满快乐和痛苦,就像罗摩和坚战的故事中展示的那样。王仙,例如豆扇陀等。神,例如黑天等。亦神亦人即使是神,而认为自己是人,例如罗摩。有些人认为像牛尾末端那样,每幕依次变短。另一些人认为像牛尾那样,有些毛短,有些毛长,作品中有些事件在开头关节中完成,有些在展现关节中完成,还有一些在其他关节中完成。

在一幕中,主角的行动栩栩如生,充满味和情,词音和词义不晦涩,多用简短的散文句子。统一的意义中间会产生断裂,但与油滴保持联系。不含有许多事件,不破坏种子。充满各种安排,不含有过多的诗歌。不要违背必要的职责。不要包含一天以上的事件。始终与主角有联系。有三四个人物。要避免表演在远处呼喊、杀戮、战斗、王国等等灾变、结婚、进食、诅咒、大小便和死亡以及交欢、用牙齿咬和用指甲掐之类令人羞耻的行为,还有躺下、吸吮下嘴唇、围攻城堡等、沐浴和涂抹油膏。不要太长。要有王后、侍从、大臣和商人等生动有趣的行为,产生情和味。在一幕结束时,所有人物退下。(12—19)

油滴等后面会讲述。必要的职责指早晨和黄昏的祈祷等等。下面讲述与幕有关的幕中幕:

在一幕中插有另一幕,有幕前准备和序幕,有种子和结果,这是幕中幕。(20)

例如,在《小罗摩衍那》中,内侍对罗波那说:

> 所有的耳朵谛听,所有的眼睛凝视,
> 悉多选婿这个戏,仿佛专为你创作。

接着演出名为《悉多选婿》的幕中幕[1]。

其中,先有幕前准备,然后向观众致敬,通报诗人的姓名和戏剧的名称等,接着是序幕。(21)

其中指在传说剧中。

演员在戏剧开演前排除演出障碍,这是幕前准备。即使它包含安放乐器等许多部分,但必定要念诵献诗,排除障碍。(22、23)

现在讲述献诗的性质:

它赞颂天神、婆罗门和国王等,含有祝福之辞,因此,称作献诗。它含有对贝螺、月亮、莲花和轮鸟的称颂。每个诗步十二音节或八音节。(24、25)

八音节,例如在《无价的罗摩》中的献诗。十二音节,例如我的父亲的《花环》中的献诗:

> 爱神的敌人将恒河安放在头顶上,
> 山神的女儿美如月亮的面庞发红,
> 而后,她的爱人拜倒在自己的脚下,
> 她又面露微笑。愿她保佑你们繁荣![2]

---

[1] 幕中幕或称戏中戏。
[2] 这是一首赞颂湿婆大神的妻子波哩婆提的献诗。爱神的敌人即湿婆,山神的女儿即波哩婆提。

其他依此类推。以上是按照一种观点讲述献诗的性质。另一些人认为实际上这是幕前准备的一部分，称作舞台演出之门。前人说过："从这里，表演开始，因此称作舞台之门，包含语言和形体表演。"在舞台演出之门中先由演员表演献诗，大仙人没有这样的指示。在大诗人迦梨陀娑的作品中：

> 吠檀多称他是囊括天地万物的唯一原人，
> 自在天一词唯有用在他身上，才恰如其分，
> 控制呼吸、渴望解脱的人们在心中寻求他，
> 愿靠虔诚瑜伽得以接近的湿婆赐福你们！①

这就不符合上述那种关于献诗的规定。那种规定还说"诗人应该从舞台演出之门开始"。在古老的抄本中可以看到，"吠檀多称他是囊括天地万物的唯一原人……"这首诗写在"诵献诗毕，舞台监督进入"之后。现在它写在"诵献诗毕，舞台监督进入"之前，而实际上表示在诵献诗毕后，舞台监督吟诵这首诗。由此，它也表明诗人的意图是："我的戏剧从这里开始。"

舞台监督完成幕前准备后，退下。另一位舞台监督上场，介绍戏剧主题。他扮成神或人，若两者混合，则取其一。他应该提示本事、种子、开头或人物。（26、27）

前后两位舞台监督具有相同的品质和特征。如今缺乏完整的幕前准备，通常由前一位舞台监督承担这一切。后一位舞台监督遇到关于神的剧情，扮成神；遇到关于人的剧情，扮成人；遇到两者混合的剧情，或扮成神，或扮成人，两者取其一。

本事指情节，例如，在《崇高的罗摩》中：

---

① 这是《优哩婆湿》的献诗。

> 罗摩遵奉父命，似将花环戴头顶，前往森林，
> 忠于他的婆罗多抛弃整个王国，连同母亲，
> 追随他的须羯哩婆和维毗沙耶地位高升，
> 傲慢的敌人十首王及其追随者彻底覆灭。

种子，例如在《璎珞传》中：

> 心爱之物即使远在异国他乡，天涯海角，
> 只要命运开恩，就会立即送到我们手中。

这里，璎珞渡海沉船而获救，由于命运恩宠，进入犊子王宫，负轭氏为国王求娶璎珞的计谋开始起作用，这是种子。

开头是通过双关等特殊的语言手段说明事件，例如：

> 可爱的秋季来到，皎洁的
> 月亮微笑，开满般杜吉婆花，
> 它已经驱逐黑暗浓密的雨季，
> 犹如罗摩消灭十首王罗波那。①

人物，例如在《沙恭达罗》中：

> 你那令人迷醉的歌曲强烈地吸引我，
> 犹如飞奔的鹿吸引这位国王豆扇陀。

用甜美的诗歌提示戏剧主题，安抚观众后，他应该介绍戏剧的

---

① 这首诗语含双关，另一种读法的大意是罗摩手持明亮的利剑消灭充满暗性的十首王，犹如秋季驱逐雨季。

名称以及诗人的名字和家族。通常描写某个季节。运用雄辩风格。(28、29ab)

他指后一位舞台监督。通常指有时也不描写季节，例如在《璎珞传》中。下面讲述雄辩风格：

雄辩风格是演员以梵语为主的语言风格。(29cd)

雄辩风格是大量使用梵语的、以语言为主的风格。

它包含这些分支：赞誉、街道剧、笑剧和序幕。其中赞誉是通过赞美，激起期望。(30)

赞誉是赞美即将开始的演出，激发观众的期望。例如，在《璎珞传》中：

> 戒日王是精巧的诗人，这儿的观众是知音，
> 优填王事迹人人着迷，我们演戏个个在行。
> 这每一项都保证愿望实现，还要别的什么？
> 一切有利条件均已齐备，我真是鸿运高照。

街道剧和笑剧，后面会讲述。

女演员、丑角或助理监督与舞台监督交谈，用生动的话语讲述自己的事情，提示戏剧的主题，这称作序幕。(31、32)

后一位舞台监督与前一位监督相同，因此也称作舞台监督。助理监督是他的随从，地位略低于他的演员。

序幕分成五支：妙解、故事开始、特殊表演、伺机进入和联系。用另一些词语揭示一些词语的隐含意义，这是妙解。(33、34)

例如，在《指环印》中，舞台监督说："残忍的彗星罗睺现在想要强行征服圆满的月亮。"随即幕后[①]传来话音："啊！我还活

[①] "幕后"也可译为"在化妆室中"。

着,这人是谁,想要征服月护王?"这里,人物(贾那吉耶)进入,以自己心中的意义接上舞台监督的含有别种意义的词语。

人物抓住舞台监督的话语或话语的含义,进入舞台,这是故事开始。(35)

话语,例如,在《璎珞传》中,舞台监督吟诵"心爱之物即使远在异国他乡……"① 这首诗后,幕后传来话音:"正是这样,有谁会怀疑?心爱之物即使远在异国他乡……"负轭氏进入舞台。

话语的含义,例如,在《结髻记》中:

> 愿般度之子们和黑天欢欢喜喜,
> 敌人已经讲和,仇恨的火焰熄灭;
> 愿持国之子们和臣仆从此安稳,
> 战争已经消失,大地充满了爱意。②

抓住舞台监督吟诵的这首诗的含义,幕后传来话音:"啊!坏家伙!你白说这些祝福的话!只要我还活着,持国之子们怎么会安稳?"然后,舞台监督退下,怖军进入舞台。

在这种表演中,引入另一种表演,由此,人物进入,这是特殊表演。(36)

例如,在《素馨花环》中,

(幕后):夫人啊!请下来,走这边,这边!

舞台监督:这是谁?他好像召唤夫人来帮助我。(作观看状)天哪!太可怜了!

---

① 第六章第 27 颂引诗。
② 这首诗语含双关,第二行也可读作:"敌人已经灭亡,仇恨的火焰熄灭";第四行也可读作:"大地充满他们身体流出的鲜血。"

>   这是罗什曼那，将悉多带往森林，
>   她在楞伽王宫中呆了很长时间，
>   罗摩惧怕世人谴责，便将她放逐，
>   即使她腹中已经怀胎，身子沉重。

这里，舞台监督希望召唤自己的妻子来表演舞蹈，转而说道："这是罗什曼那，将悉多带往森林。"暗示悉多和罗什曼那进入舞台，他退下。这是以另一种表演替换自己的表演。

舞台监督描述与主题相关的季节，由此，人物进入。这是伺机进入。(37)

例如，"可爱的秋季来到……"① 然后，依照这种描述，罗摩进入舞台。

在表演中，通过这件事，引出另一件事，智者们称作联系。(38)

例如，在《沙恭达罗》中，舞台监督对女演员说："你那令人迷醉的歌曲强烈地吸引我……"② 然后，国王进入舞台。

这里，也可以依据情况，运用街道剧的其他分支。(39ab)

这里指序幕。妙解和联系之外的街道剧分支，后面会讲述。那伽古吒说：

在传说剧等中，序幕也可以表演听到幕后的话音和空中的话音。舞台监督可以运用这些序幕分类中的任何一种，借以提示主题或人物。在序幕结束时，他应该退下。然后，演出本事。(39cd—41)

本事指情节。

智者们将本事分为两类，一类是主要情节，另一类是次要情节。支配成果者是成果的主人，诗人们将他的情节称为主要情节。(42、43)

---

① 第六章第 27 颂引诗。

② 同上。

成果指主要成果。例如，《小罗摩衍那》中罗摩的事迹。

辅助他的内容。称为次要情节。（44ab）

辅助主要情节的那些事迹是次要情节。例如，须羯哩婆等的事迹。

在戏剧情节中，应该巧妙地安排插话暗示。偶然发现与思考中的某个事物特征相似的另一个事物，这是插话暗示。（44cd、45）

现在讲述它的分类：

突然获得美好的结果，这是第一种插话暗示。（46）

例如，在《璎珞传》中，国王以为那是仙赐王后，为她解除脖子上的套束，却从声音辨认出是海女，惊呼道：怎么？这是我的心上人海女！

> 你的这个举动实在是过于轻率，
> 赶快解下蔓藤套束，生命之主啊！
> 此刻你用双臂套束套上我的脖子，
> 紧紧拴住我这摇摆不定的生命。

这里，获得的结果出乎意料，格外美好。

依据各种关联，话中充满双关，这是第二种插话暗示。（47）

例如，在《结髻记》中：

> 愿持国之子们和臣仆从此安稳，
> 战争已经消失，大地充满了爱意。

这里"爱意"和"战争"分别与"鲜血"和"身体"构成双关[①]，因此展现种子的意义，表示主角会吉祥幸福。

[①] 因此，"战争已经消失，大地充满了爱意"也可以读作"大地充满他们身体流出的鲜血"。

含蓄而合适地暗示事情，含有双关的回答，这是第三种插话暗示。(48)

含蓄指不明白说出。双关的回答指表达另一种意义，而又适用相关的事情。合适指能达到某种特殊目的。

例如，在《结髻记》第二幕中：

内侍：大王啊！折断了，折断了！

国王：谁折断的？

内侍：可怕的（怖军）。

国王：折断谁的？

内侍：您的。

国王：哎呀，你在胡说什么？

内侍：（作惧怕状）大王啊！我是说可怕的（怖军）折断你的。

国王：呸！你这老杂种！今天怎么犯糊涂了？

内侍：大王啊！我没有犯糊涂。确实就是这样，

　　可怕的狂风折断了您的战斗旗帜，
　　坠落地上，那些铃铛仿佛发出哭叫。

这里，暗示难敌的双腿最终会被打断。

话中含有双重意义，联系紧密，暗示另一种主要意义，这是第四种插话暗示。(49)

例如，在《璎珞传》中：

　　今天，我看到这株缠绕摩陀那树的蔓藤，
　　朵朵花蕾呈现可爱的淡白色，开始绽放，
　　在风儿不断吹拂下，略显疲倦，仿佛看到

另一位妇人，王后肯定会发怒，脸儿变红。①

在这里，暗示即将展开的主题。

这是四种插话暗示，有时暗示吉祥的意义，有时暗示不吉祥的意义，在所有的关节中使用。它们也可以按照剧作者的意愿，反复使用。而有些人认为"它们依次在开头等前四个关节中使用"。另一些人不同意，认为它们听任选择，可以在所有关节中使用，不受限制。

不合适的事件，有损于主角或味，可以删去，或加以改编。(50)

不合适的事件，例如，罗摩以欺诈手段杀死波林。在《崇高的罗摩》中，就没有提及这个事件。在《大雄传》中，则改编成波林冲向前来杀罗摩，而被罗摩杀死。

在各幕中，不宜表演和不宜讲述的事情，时间延续两天至一年的事件，或者其他漫长的事件，智者们认为应该采用剧情提示方式。(51、52ab)

各幕中不宜表演的事件指战斗等事件。

超过一年的事件应该限制在一年中。(52cd)

牟尼（婆罗多）说过："一月之内或一年之内发生的所有事件可以通过幕间的引入插曲提示，但绝不超过一年。"这样，尽管罗摩在森林中住了十四年，其中诸如诛灭毗罗陀等事件，可以暗示发生在一年中、一月中或两天中，而不违背规则。

一天之内不能完成的事件，可以在一天结束之时，放在幕间，以剧情提示方式表述。(53)

现在讲述有哪些剧情提示方式：

---

① 在这首诗中，对蔓藤的描写语含双关，暗示另一种意义：焦灼不安而苍白，不断叹息，痛苦烦恼，疲倦而打哈欠。

剧情提示方式有五种：支柱插曲、引入插曲、鸡冠插曲、转化插曲和幕头插曲。支柱插曲在一幕的开头表演，简要地提示已经发生和将要发生的部分事件。由一两个中等人物表演，这是纯粹的；由下等人物和中等人物一起表演，这是混合的。(54—56)

其中，纯粹的，例如，在《茉莉和青春》中，迦波罗贡多罗在坟场上的表演。混合的，例如，在《罗摩的喜悦》中，忏波那和迦波利迦的表演。下面是引入插曲：

引入插曲在两幕之间，由低等人物演出，语言粗俗，其他特征与支柱插曲相同。(57)

两幕之间，不能在第一幕中。例如，在《结髻记》关于马嘶的一幕中，两个罗刹的表演。下面是鸡冠插曲：

鸡冠插曲是在幕后提示某个事件。(58ab)

例如，在《大雄传》第四幕开头，幕后传来话音："嗨！嗨！乘坐飞车的众天神！举行吉祥的戏剧节吧！"等等。这是人物在幕后提示"罗摩战胜持斧罗摩"。下面是转化插曲：

转化插曲是在一幕末尾，由人物提示下一幕，不间断地转入下一幕。(58cd、59ab)

例如，在《沙恭达罗》第五幕中，由人物提示第六幕，第六幕仿佛成了第五幕的组成部分。下面是幕头插曲：

幕头插曲是在一幕中，由人物提示各幕中的所有事件，说明种子的意义。(59cd、60ab)

例如，在《茉莉和青春》第一幕开头，迦曼德吉和阿婆罗吉达简要地提示菩利婆苏等等人物的故事以及相关事件。

或者，由一幕末尾的人物提示下一幕开头的事件。(60cd)

一幕末尾的人物指在一幕末尾上场的人物。例如，在《大雄传》第二幕末尾，苏曼多罗（上场）说："尊者婆私吒和众友邀请你们和持斧罗摩。"其他人说："这两位尊者在哪里？"苏曼多罗说:"在十车大王那儿。"其他人说:"我们去那儿。"这一幕结束。然后,婆私吒、众友和持斧罗摩进入坐下。在这里,上一幕上场的人物苏曼多罗中断百喜和遮那迦的谈话,提示下一幕的开头。这是依据达尼迦的说法。而其他人说:"这实际上是转化插曲。"

如果删除了冗长无味的事件,而剩下有些内容需要表演,那就应该在序幕之后,由序幕中提示的人物表演支柱插曲。(61、62ab)

例如,在《璎珞传》中,由负轭氏表演的支柱插曲。

如果事件一开始就有味,那就应该紧接着由序幕中提示的人物表演下一幕。(62cd、63ab)

例如,在《沙恭达罗》中。

即使在支柱插曲等中,也不能表演主角遭到杀戮。味和本事互相不能失去平衡。(63cd、64ab)

味指艳情味等。达尼迦说过:"味不应该过量而显得本事贫瘠,本事和各种修饰也不应该淹没味。"

应该知道有五种情节元素:种子、油滴、插话、小插话和结局,并按照规则运用。(64cd、65ab)

这类情节元素是达到目的的原因。其中,种子:

种子是结果的最初原因,开始稍微显露,然后以多种方式扩展。(65cd、66ab)。

例如,在《璎珞传》中,负轭氏的努力受到命运恩宠,这是犊子王赢得璎珞的原因。在《结髻记》中,怖军的愤怒激发坚战的勇气,这是黑公主重新挽上发髻的原因。

情节发展中出现断裂时,油滴成为保持联系的原因。(66cd)

例如,在《璎珞传》中,礼拜爱神结束,故事情节出现断裂。这时,海女听到:"他们望着优填王,如同望着月亮。"她(作喜悦状)说道:"正是这位优填王!"这是保持情节联系的原因。

插话是次要情节，但具有连续性。（67ab）

例如，《罗摩传》中须羯哩婆等、《结髻记》中怖军等和《沙恭达罗》中丑角等的事迹。

插话主角不应该另有自己的成果。他的结局出现在胎藏关节或停顿关节中。（67cd、68ab）

例如，须羯哩婆等等获得王国等。牟尼（婆罗多）说过："插话结束于胎藏关节或停顿关节。"新护等解释说："插话在这里指插话主角的成果，因为可以看到插话也持续到结束。"

小插话是占据有限时间的次要情节。（68cd）

例如，在《族长》中，罗波那和阇吒优的对话。

小插话主角不应该另有自己的成果。结局是想要达到的愿望，作品为它而展开，达到愿望而结束。（69、70ab）

例如，在《罗摩传》中，罗摩杀死罗波那。

追求成果的人要经历五个阶段：开始、努力、希望、肯定和成功。（70cd、71ab）

其中，

开始是渴望获得重要成果。（71cd）

例如，在《璎珞传》中，负轭氏渴望让璎珞进入后宫。同样，也可以在作品中看到男女主角的渴望。

努力是为了获得成果，急切地活动。（72ab）

例如，在《璎珞传》中，"我没有办法与他相见，那就画他的像，依照我的心愿行事"。这些说明璎珞以画画等，用作与犊子王相会的方法。在《罗摩传》中，在海上架桥等。

希望是成功在望，既有了办法，又担心办法受挫。（72cd）

例如，在《璎珞传》第三幕中，璎珞乔装改扮赴约，作为与犊子王相会的办法，但又担心会被仙赐发现，没有绝对的成功把握。其他依此类推。

肯定是不再存在障碍，肯定能成功。（73ab）

由于不再存在障碍，有绝对的成功把握。例如，在《璎珞传》中，国王说："除了求得王后恩宠，我看没有别的办法。"这表示通过求得恩宠，排除王后的障碍，肯定能成功。

成功是获得所有的成果。（73cd）

例如，在《璎珞传》中，获得璎珞，同时又成为转轮王。其他依此类推。

与上述五个阶段相应，情节分成五个部分，即五个关节。（74）

现在论述它们的特征：

按照一个目的，联系一系列事件，这是关节。（75ab）

将与同一目的有关的故事各个部分与这个目的联系在一起，这是关节。现在讲述它们的分类：

它们分成五种：开头、展现、胎藏、停顿和结束。下面依次讲述它们的特征。（75cd、76ab）

现在依次讲述它们的特征：

种子产生，各种对象和味产生，与开始阶段相联系，这是开头。（76cd、77ab）

例如，在《璎珞传》第一幕中。

安置在开头关节中的获取成果的主要手段开始展露，而仿佛若隐若现，这是展现。（77cd、78ab）

例如，在《璎珞传》第二幕中，作为犊子王和海女相会的原因，也就是在第一幕中播下的爱情种子，被苏桑伽达和丑角察觉，稍许展露，也由于海女画画，仙赐略有所感。

先前稍许展露的获取成果的主要手段继续展露，但忽儿退缩，忽儿继续追求，这是胎藏。（78cd、79ab）

由于成果还暗藏着，这个关节称作胎藏。例如，在《璎珞传》第二幕中，苏桑伽达说："女友啊！你这样不对，即使夫主握住了你的手，你也不息怒。"这是展露。然后，仙赐进入，又成了退缩。这第三幕中，国王说："婆森德迦去打听她的消息，怎么久久不回？"这是继续追求。丑角说："嘻！嘻！我的好朋友从我这里听到喜讯，这么高兴，连获得憍赏弥王国时也没有这样。"这又展露。仙赐识破秘密，这又是退缩。海女赴约，这又是继续追求。海女套上蔓藤套索，这又是展露。下面是停顿：

获得成果的主要手段已经展露，在胎藏中得到发展，而由于诅咒等等，受到阻碍，这是停顿。（79cd、80ab）

例如，在《沙恭达罗》第四幕开头，阿奴苏耶说："毕哩阇婆陀！虽然可爱的女友沙恭达罗已经用健达缚方式得到一个相配的丈夫，吉祥幸福，我感到满意，但仍放心不下。"从这里开始，直到第七幕记起沙恭达罗，充满由于忘却沙恭达罗造成的障碍。下面是结束：

开头等关节中依次分布的、含有种子的种种对象聚合成一个目的，这是结束。（80cd、81ab）

例如，在《结髻记》中，内侍（作高兴地走近状）说："大王啊！恭喜你！这是怖军，全身沾满难敌伤口流出的鲜血，几乎认不出来了。"由此，分布在开头关节等各自己部分的挽起黑公主的发髻等种子聚合成一个目的。又如，在《沙恭达罗》第七幕中，记起沙恭达罗后的种种事件。下面讲述它们的分支：

提示、扩大、确立、诱惑、决定、接近、确证、实行、思索、展露、行动和破裂，这些是开头分支。（81cd、82）

现在依次讲述它们的特征：

提示是诗的意义产生。（83ab）

诗的意义指说明所要表现的情节。例如，在《结髻记》中，怖军说：

火烧紫胶宫，食物下毒，进入赌博厅，
剥夺我们的生命和财富，强行拽拉
般度族兄弟们的妻子的衣服和发髻，
只要我活着，持国之子们怎会安宁？

扩大是已经产生的意义得到扩充。（83cd）
例如，在《结髻记》中，

我从小就和俱卢族结下仇恨，
这与长兄、阿周那和你俩无关；
你们遵守和约吧！愤怒的怖军
要撕碎它，犹如撕碎妖连胸膛。

确立是已经产生的意义得到确认。（84a）
例如，在《结髻记》中，

王后啊！我将挥动手臂，抡起
可怕的铁杵，打断难敌的双腿，
用我这双被他的稠密的鲜血
染红的手，重新挽起你的发髻。

这里，提示仅仅是简略地提示剧中表现的情节。扩大是扩充它的意义。确立是充分地肯定，而扎根心中。这些是它们之间的区别。这些分支有先后次序。而其他分支不是这样。

诱惑是讲述优点。（84b）
例如，在《结髻记》中，黑公主说："夫君啊，一旦你发怒，有什么事情不能办到？"又如，在我的《月牙》中，描写月牙：

"这就是她，青春的光艳。"而在《沙恭达罗》中，"一再优美地扭转脖子……"这种对鹿的描写与种子的意义无关，不属于关节分支。对其他分支的理解，依此类推。

决定是确定目标。（84c）

例如，在《结髻记》中，偕天对怖军说："兄长啊！你怎么这样理解大王的话，好像不用脑子？"从这里直至怖军说：

在这世上，愤怒地消灭敌人的家族，你们感到羞愧，
而在大庭广众，揪住你们的妻子的发髻，却不羞愧。

接近是幸福来临。（84d）

例如，在《结髻记》中，

怖军：我不在战斗只狠揍俱卢百子……

黑公主：（听后，作高兴状）夫君啊，这样的话，我以前从未听到，因此，请你再说一些。

确证是种子来临。（85ab）

例如，在《结髻记》中，

（幕后）：嗨！嗨！毗罗吒王和木柱王等诸位听着：

拽拉黑公主的衣服和发髻，如同引火木，
引发愤怒的火焰，而坚战害怕破坏诺言，
努力克制，希望忘却，想为家族求得安宁，
现在又重新燃起，要焚烧俱卢族大森林。

这里，"只要我活着，持国之子们怎会安宁？"作为种子，得到主角认可，也就确定下来。

实行是造成快乐或痛苦。（85cd）

例如，在《儿童传》中，

看到你小小年纪，充满活力，
孩子啊！我既高兴，又伤悲。

又如，在我的《波罗跋婆蒂》中，"令人大饱眼福"等。

思索是话中含有好奇。（86ab）

例如，在《结髻记》中，黑公主听到鼓声，怀疑是不是战争爆发，说道："夫君啊，为何战鼓擂个不停，如同世界末日的雷鸣？"

展露是种子的意义得到发展。（86c）

例如，在《结髻记》中，
黑公主：夫君啊，你还会来安慰我吗？
怖军：

直到彻底消灭俱卢族前，你不会看到
狼腹这张忍受屈辱而羞愧沮丧的脸。

行动是事情开始实施。（86d、87a）

例如，在《结髻记》中，"王后啊，你们就要去消灭俱卢族"。

破裂是统一的分类（87b）

例如，在《结髻记》中，"从今天起，我与你们分道扬镳"。有些人说："破裂是激励。"下面是展现关节的分支：

爱恋、追求、拒绝、焦虑、逗乐、发笑、前进、受挫、抚慰、花哨、雷杵、点示和色聚。（87cd—89ab）

其中，

爱恋是渴求爱欲享受。（89cd）

爱恋是男女渴求，成为爱情的原因。例如，在《沙恭达

罗》中，

> 这可爱的女子确实不易得到，
> 但看到她的情态，心中已宽慰，
> 即使爱情还没有如愿实现，
> 两人互相爱慕也带来快乐。

追求是追求时隐时现的对象。（90ab）
例如，在《沙恭达罗》中，
国王：她应该在这里，因为

> 门口白沙上，留有她新踩的脚印，
> 由于臀部沉重，前面浅而后面深。

拒绝是不接受亲热的行为等。（90cd）
例如，在《沙恭达罗》中，沙恭达罗说："够了，够了！你们不要缠住这位王仙了，他离开了后宫，心中很焦急。"

焦虑是找不到办法。（91ab）
例如，在《璎珞传》中，
海女：

> 我爱上一个无法获得的人，深感羞愧，
> 女友啊，爱情艰难，死亡成了唯一出路。

逗乐是说笑话。（91c）
例如，在《璎珞传》中，
苏桑伽达：女友啊，你为他（它）而来，他（它）就站在你面前。

海女（作忌恨状）：我为谁而来？

苏桑伽达：不要误会我的话，你为这块画板而来。

发笑是逗乐而高兴。(91d、92a)

例如，在《璎珞传》中，

苏桑伽达：女友啊，你这样不对，即使夫主握住了你的手，你也不息怒。

海女（作皱眉含笑状）：苏桑伽达啊，你现在还不停止玩笑。

有些人说："发笑是为了掩饰错误而发笑。"

前进是答话。(92b)

例如，在《优哩婆湿》中，

优哩婆湿：祝愿大王胜利，胜利！

国王：你说了胜利，我真正获得了胜利。

受挫是遇到困难。(92c)

例如，在《愤怒的憍尸迦》中，国王说："我做事欠考虑，像瞎子那样，伸脚踩在燃烧的火焰上。"

抚慰是安抚发怒者。(92d、93a)

例如，在《璎珞传》中，丑角说："嗨！别发怒。她肯定在芭蕉凉亭里。"

花哨是优异的话语。(93b)

例如，在《璎珞传》中，

国王抓住海女的手，作抚摸状。

丑角：朋友啊！你获得了前所未有的吉祥。

国王：朋友啊，确实如此，确实如此，

她是吉祥化身，手掌是天国仙树嫩芽，
否则，这些甘露怎么会乔装汗珠渗出？

雷杵是当面刺痛人心。(93c)

例如，在《璎珞传》中，

国王：你怎么知道我在这里？

苏桑伽达：不仅仅是你，还有这画。现在，我要去把这事报告王后。

点示是劝慰。(93d)

例如，在《璎珞传》中，苏桑伽达说："主人啊，不必担心。由于女主人宠爱，我开了这些玩笑。这耳环有什么用？我的女友海女生我的气，因为我在这里画上了她。请你安抚她，这是给我更大的恩惠。"

有些人说："点示是合理之言。"例如，在《璎珞传》中，"这奴婢天生多嘴多舌"。

色聚是四色相遇。(94ab)

例如，在《大雄传》第三幕中，

> 这是仙人的集会，英雄瑜达耆特，
> 年迈的国王洛摩波陀和大臣们，
> 永恒的祭祀者和古老的宣梵者
> 遮那迦王，他们都是你的乞求者。

这里是仙人和刹帝利等种姓会合。而新护说："色指各种人物，聚合指会合。"例如，在《璎珞传》第二幕中，从"这是给我更大的恩惠"，直至"请握住她的手，安抚她"。然后，国王说："她在哪儿？她在哪儿？"等等。下面是胎藏关节分支：

作假、正道、设想、夸大、进展、安抚、推理、请求、引发、怒言、更强、恐慌和逃跑，这些是胎藏分支。其中，作假是说谎言。(94cd—96ab)

例如，在《结髻记》中关于马嘶的一幕中：

> 说话诚实的坚战含糊地说："马嘶死了。"
> 然后，又悄悄地低声补充说："那头大象。"
> 而热爱儿子的德罗纳听后，信以为真，
> 他在战场上放下了武器，同时流下泪水。

正道是说真话。(96c)
例如，在《愤怒的憍尸迦》中，
国王：尊者啊！

> 请你接受我卖掉妻子和儿子得来的这些钱，
> 至于剩下的钱，我甚至会将自己卖给旃陀罗。

设想是推测之词。(96d)
例如，在《璎珞传》中，
国王：

> 我的心儿天生跳跃不停，难以瞄准，
> 怎么会被爱神所有的箭同时射中？

夸大是夸张的说法。(97ab)
例如，在《结髻记》中关于马嘶的一幕中：

> 般度族军队中无论哪个自恃臂力，手持武器，
> 般遮罗族中无论哪个成年人、儿童乃至胎儿，
> 无论哪个目睹这个事实，即使是世界毁灭者，

在战场上与我作对,我都会愤怒地将他消灭。

进展是得知真情。(97c)

例如,在《沙恭达罗》中,

国王:我凝视这个可爱的人儿,忘了眨眼睛,这样正对。因为

她在编排词句,眉毛似蔓藤上扬,
脸颊汗毛竖起,透露对我的爱意。

安抚是通过安慰和馈赠达到目的。(97d、98a)

例如,在《璎珞传》中,国王说:"好啊,朋友!这是给你的报答。"说罢,给他手镯。

推理是依据特征推断。(98b)

例如,在《悉多和罗摩》中,

罗摩:

大地随着他游戏的步伐晃动,
一切众生随着他的目光俯首,
浅黄的身躯闪耀金子的光辉,
可知他出身太阳族,不可战胜。

请求是请求欢爱、高兴和欢度节日。(98cd)

例如,在《璎珞传》中,

国王:亲爱的海女啊!

你的脸庞似清凉的月亮,双眼似青莲,
双手似红莲,双腿似芭蕉,双臂似莲藕,

全身肢体令人愉悦的人啊，赶快拥抱我！
来吧，我受爱神折磨，解除我全身的灼热。

按照一些人的观点，这是名为请求的分支，而在结束中没有名为赞颂的分支。否则，分支总数是六十五种。①

引发是隐藏的意义展露。(99a)

例如，在《结髻记》中关于马嘶的一幕：

揪发髻已在大地上产生可怕的后果，
现在又发生这件事，整个人类将毁灭。

怒言是激愤之言。(99bc)

例如，在《愤怒的憍尸迦》中，憍尸迦说："嗨！该付的酬金怎么到今天还没有备齐？"

更强是以狡诈制服狡诈。(99d)

例如，在《璎珞传》中，甘遮那罗说："王后啊，这是画室。让我招呼婆森德迦。"

恐慌是惧怕国王等等。(100ab)

例如，在《结髻记》中，

迦尔纳之敌阿周那和行动似狼的怖军，
同乘一辆战车，来到这里，四处寻找你。

逃跑是怀疑，恐惧，颤抖，惊慌失措。(100cd)

例如，

---

① 婆罗多在《舞论》中说关节分支有六十四种，而他实际论述了六十五种。

看到十首王发怒，脸色可怕似死神，
猴子大军中，顿时出现恐慌和混乱。

下面是停顿关节分支：

责备、怒斥、决心、亵渎、威严、能力、尊敬、倦怠、受阻、对立、显示、取得和掩藏，这些是停顿分支。其中，责备是指出错误。（101、102abc）

例如，在《结髻记》中，

坚战：般遮罗迦啊，你发现了那个邪恶的俱卢族杂种的踪迹？

般遮罗迦：不仅仅是发现踪迹，而是发现这个邪恶的人，犯下揪王后发髻罪孽的主谋。

怒斥是愤怒激烈的话语。（102d）

例如，在《结髻记》中，

国王：嗨！风神之子啊！你在老王面前竟然还吹嘘你的卑劣行为。请听：

按照我这大地之主的命令，当着众王的面，在赌博中，
你、这畜生、这国王或他俩的妻子成了女奴，被揪发髻，
结下冤仇，你说说，那些被你杀死的国王有什么过错？
我为我的非凡臂力骄傲，你没有战胜我，还吹嘘什么？

怖军：（作愤怒状）你这罪人！

国王：你这罪人！

决心是由誓言产生的决心。（103ab）

例如，在《结髻记》中，

怖军：

怖军我俯首向你致敬，
我已经全歼俱卢军队，
我已经痛饮难降鲜血，
我还要打断难敌双腿。

亵渎是因悲伤和激动等而冒犯长者。（103cd）

例如，在《结髻记》中，

坚战：尊敬的黑天之兄，妙贤之兄！

你不考虑亲戚之情，不考虑刹帝利的职责，
也不考虑你的弟弟和阿周那的深厚友谊；
你应该对你的两位学生怀抱同样的感情，
你怎么会这样做？抛弃我这命运不济的人。

威严是恐吓和畏惧。（104a）

例如，在《结髻记》中，怖军对难敌说：

你声称出生在无瑕的月亮族，至今手持铁杵，
我喝难降的热血如同饮蜜酒，你视我为敌人，
你妄自尊大而盲目，甚至对黑天也傲慢无礼，
如今你这畜生惧怕我，逃离战场，藏身泥沼中。

能力是克服障碍。（104bc）

例如，在《结髻记》中，

让人们将成堆的战死将士尸体火化吧！
让亲友们为那些死难亲友和泪洒水吧！

让他们寻找被兀鹰撕碎的亲友尸首吧！

太阳已和敌人一起落下，让军队撤回吧！

尊敬是称颂长辈。（104d）

例如，在《小泥车》中，

旃陀罗迦：这位善施是沙揭罗达多的儿子，尊者毗首达多的孙子，被押到刑场处死。他贪图金子，杀了妓女春军。

善施：

我的家族从前举行过百次祭祀，

林立的塔庙充满梵声，光彩熠熠，

如今我落到了获罪处死的境地，

由这些不相称的人在这里宣告。

称述祖先在这里适合善施即将被处死的情况。

倦怠是精神或身体疲惫。（105ab）

精神疲惫，例如，在《茉莉和青春》中，

心儿痛苦迸裂，但不裂成两半，

肢体瘫软麻木，但不失去知觉，

内热焚烧肉身，但不化作灰烬，

命运切割命脉，但不取走生命。

肢体疲惫依次类推。

受阻是愿望的目的受阻。（105cd）

例如，在我的《波罗跋婆蒂》中，

始光：朋友啊！你怎么独自一人在这儿？我的至爱波罗跋婆蒂

以及陪随她的女友们在哪儿？

丑角：她被召走，不知带到哪儿去了。

始光：（作叹息状）

脸似圆月，眼似迷醉的鹧鸪，
美女啊，你抛下我，去了哪里？
生命啊，你今天就离我而去，
让作恶的命运实现愿望吧！

对立是事情趋向失败。（106ab）

例如，在《结髻记》中，

坚战：

渡过毗湿摩大海，德罗纳大火熄灭，
迦尔纳毒蛇平息，沙利耶也已升天，
胜利就在眼前，然而怖军生性鲁莽，
说话轻率，我们的生命又面临危险。

显示是指明结局。（106cd）

例如，在《结髻记》中，

般遮罗迦：手持飞轮的黑天派我来这里。……解除疑虑吧！

让宝石水罐盛满，准备为你灌顶登基吧！
让黑公主长期披散的发髻立即挽起吧！
罗摩手持闪亮的利斧斩断刹帝利大树，
怖军同样怒不可遏，驰骋战场，何必疑虑？

取得是总结结局。(107a)

例如，在《结髻记》中，

怖军：嗨！嗨！你们这些在普五地区行动的战士啊，为何这样惊慌？

> 我不是罗刹，不是鬼怪，我是愤怒的刹帝利，
> 全身沾满敌人鲜血，渡过艰险的誓言大海，
> 嗨，你们这些在战火中幸存的王族勇士啊！
> 不必惧怕而藏在战死的大象和马匹背后。

这里是对杀死所有敌人的总结。

掩藏是为了达到目的而忍受屈辱等。(107bcd)

例如，在《结髻记》中，

阿周那：尊者啊！你何必发怒？

> 他已不能用行动，而只能用语言刺痛我们，
> 可怜他失去一百个兄弟，埋怨几句又何妨？

下面是结束关节分支：

连接、觉醒、聚合、确认、谴责、落实、谦和、欢喜、平息、意外、好话、旧话、收尾和赞颂，这些是结束分支。(108、109)

其中，

连接是接近种子。(110a)

例如，在《结髻记》中，怖军说："祭坛中诞生的王后啊，你记得我当初说过：'我将挥动手臂……'"① 这是接近在开头关节播

---

① 第六章第84颂a引诗。

下的种子。

觉醒是寻找结局。(110b)

例如，在《结髻记》中，

怖军：长兄啊，给我一点儿时间。

坚战：你还要做什么？

怖军：还有一件重要的事。我要用沾有难敌鲜血的手，挽起黑公主被难降抓散的发髻。

坚战：你就去吧！让这位受苦的女子挽起发髻！

这里，挽起发髻是追求的结局。

聚合是提示种种结局。(110c)

例如，在《结髻记》中，怖军说："般遮罗公主啊，只要我活着，你就不必自己用双手挽起被难降抓散的发髻。站着，让我亲手为你挽起发髻。"这是提示结局。

确认是讲述经历。(110d、111a)

例如，在《结髻记》中，

怖军：无敌大王啊！现在在哪儿还有这个该杀的难敌？因为这个邪恶的人，

我已将他打倒在地，鲜血似油膏涂抹我身，
吉祥女神连同四海环绕的大地已经归你，
俱卢族及其臣仆、朋友和战士都葬身战火，
大地之主啊，现在难敌只剩下你说的名字。

谴责是话中含有责备。(111bc)

例如，在《沙恭达罗》中，

国王：尊敬的女士啊，那么，这位尊贵的夫人是哪位王仙的王后？

女苦行者：他已经遗弃自己的合法妻子，谁还愿意提到他的名字？

落实是达到目的而宽慰。（111d）

例如，在《结髻记》中，黑天说："以毗耶娑和蚁垤为首，这些尊者等着为你举行灌顶仪式。"这里有登基为王的灌顶吉祥仪式，肯定是落实分支。

谦和是侍奉等。（112a）

例如，在《结髻记》中，怖军为黑公主挽起发髻。

欢喜是达到愿望。（112b）

例如，在《结髻记》中，黑公主说："蒙受夫君的恩惠，我将重新学会久已忘却的梳发技巧。"

平息是消除痛苦（112c）

例如，在《璎珞传》中，仙赐拥抱璎珞，说道："妹妹，放心吧，放心吧！"

意外是令人惊奇。（112d、113a）

例如，在我的《波罗跋婆蒂》中，那罗陀出现，始光仰望着说：

　　这是什么？吉罗娑山从空中降落，
　　浅黄的颜色如同月光，映白天边，
　　佩戴着闪电般的花环，散发芳香，
　　成排的蜜蜂围绕四周，低声吟唱。

好话是安抚等。（113b）

例如，在《愤怒的憍尸迦》中，正法神说："来吧，你就住在正法世界。"

旧话是旧事重提。（113cd）

例如，在《结髻记》中，怖军说："菩提摩提迦啊，跋努摩提在哪儿？让她现在羞辱般度族兄弟们的妻子吧！"

收尾是赐予恩惠。（114ab）

例如，常见的说法："我还能做些什么让你高兴的事？"

赞颂是祝愿国王和国土等等平安。（114cd）

例如，在我的《波罗跋婆蒂》中，

愿国王永远将天下百姓视同儿子，
愿善人们长寿，品德高尚，明辨是非，
愿大地富饶繁荣，充满谷物和金子，
愿三界坚定不移，虔诚信仰那罗延。

其中，收尾和赞颂依次出现在结束关节的末尾。有些人说："还有，提示、扩大、确立、决定、展露和确证是开头关节的主要分支，追求、前进、雷杵、点示和花哨是展现关节的主要分支，作假、正道、怨言、更强和引发是胎藏关节的主要分支，责备、能力、决心、显示和取得是停顿关节的主要分支。其他分支则依据实际情况使用。"

这是智者们所说的六十四分支。它们可以不受限制地在关节中使用，但要考虑到适合味，因为一切以味为主。（115、116ab）

例如，在《结髻记》第三幕中，难敌和迦尔纳的长篇对话是决定分支。① 其他依此类推。而楼陀罗吒等人认为这些分支是"固定的"。但这种说法违背实际。

确定愿望的目的，令人惊奇，促进情节发展，产生感情效应，掩藏应该掩藏的事物，揭示应该揭示的事物，这是关节分支的六种

---

① 决定分支属于开头关节，这里出现在胎藏关节中。

作用。正如缺少肢体的人不能工作，缺少关节分支的剧作不能表演。主角和反主角应该具有关节分支。如果缺少分支，应该运用插话等；如果缺少插话等，应该运用其他方式。（116cd—119）

关节分支一般都适合主要人物运用。但提示等三种分支[①]仅仅用于稍微展示种子，因此，也非常适宜非主要人物表演。

这些关节分支的运用要注意适合展现味，不必固守经典规定。（120）

因此，在《结髻记》中，表现难敌和跋努摩提的分离艳情味，在那种情况下[②]，极其不合适。

有的事件即使不妨碍展现味等，但显得多余，智者便会加以改编，或删去。（121）

这两者的例子，在那些优秀的剧作中可以见到。下面是风格：

用于艳情味的艳美，用于英勇味的崇高，用于暴戾味和厌恶味的刚烈，用于一切味的雄辩，这四种风格是一切戏剧之母。它们尤其用于传说剧等的主角等。（122、123）

其中，艳美风格：

妆饰优美，特别迷人，与妇女有关，含有许多歌舞，各种行动导致爱的享受，欢快可爱，这是艳美风格。它有四个分支：欢情、欢情的迸发、欢情的展露和欢情的隐藏。（124、125abc）

其中，

欢情是聪明的逗乐，以抚慰心上人。它分成三种：纯粹的欢笑、含有艳情和含有恐惧。（125d、126）

其中，纯粹的欢笑，例如在《璎珞传》中，仙赐指责画板，笑着说："画在你身边的另一位，这是尊者婆森德迦的技艺吗？"

含有艳情的欢笑，例如，在《沙恭达罗》中，沙恭达罗对国王

[①] 开头关节中的提示、扩大和确立。

[②] 即在大战即将爆发的情况下。

说:"如果不满足,怎么办?"国王说:"就这样。"说罢,决定吻她。沙恭达罗转过脸去。

含有恐惧的欢笑,例如,在《璎珞传》中,苏桑伽达说:"我知道与这画板有关的事情,我要去报告王后。"

这些例子是涉及语言的欢情,还有涉及服饰和动作的欢情。

欢情的迸发是初次相会,以愉快开始,以恐惧告终。(127ab)

例如,在《茉莉和青春》中,女主角来到约会地点。

主角:

> 美人啊,你不必为相会惊慌,我对你爱慕已久,
> 我仿佛是芒果树,你仿佛是攀附我的蔓藤。

茉莉:主人啊,我害怕王后,不能做自己喜欢的事。

下面是欢情的展露:

欢情的展露是以少量的感情展示少量的味。(127cd)

例如,在《茉莉和青春》中,

> 看他步履缓慢,目光茫然,肢体孱弱,
> 呼吸沉重,这是为什么?又能为什么?
> 爱神的旨意统辖大地,青年最敏感,
> 种种甜蜜迷人的感情,谁也禁不住。

这里用缓慢的步履等少量情态,稍许展示青春对茉莉的爱慕之情。

欢情的隐藏是男主角乔装出现。(128ab)

例如,在《茉莉和青春》中,青春乔装茉莉的女友,打消她自尽的念头。

下面是崇高风格：

崇高风格充满真性、勇气、慷慨、仁慈和正直，有喜悦，很少艳情，没有悲伤，有惊奇。它分成四种：挑战、破裂、交谈和转变。挑战是用话语刺激敌人。（128cd—130）

例如，在《大雄传》中，

我见到你，是欢喜，是惊奇，还是不幸？
今日与你相逢，怎么配说大饱眼福？
既然没有欢聚缘分，废话何必多说？
用你制服持斧罗摩的手，挽开弓吧！

破裂是由于谋略、利益和天意等，同盟破裂。（131ab）

由于谋略，例如在《指环印》中，贾那吉耶运用智慧破坏罗刹的同盟。由于利益，也见于《指环印》中。由于天意，例如，在《罗摩衍那》中，罗波那和维毗沙那分裂。

交谈是严肃的谈话，含有各种感情。（131cd）

例如，在《大雄传》中，

罗摩：这是把利斧，尊神湿婆赐给你这位侍奉千年的学生，满意你战胜战神及其随从。

持斧罗摩：十车王之子罗摩啊，这就是我的尊师喜爱的那把利斧。

转变是从已经着手做的事情转向另一事。（132ab）

例如，在《结髻记》中，怖军说："偕天啊，你去吧，跟随长兄。我要到兵器库里取武器。要不，我应该先去向般遮罗公主道别。"

下面是刚烈风格：

刚烈风格含有幻术、咒术、战斗、愤怒和狂乱等动作，含有杀

戮和囚禁等。它分成四种：发生、冲突、紧凑和失落。发生是依靠幻术等，情节发生。（132cd—134）

例如，在《崇高的罗摩》中，

> 怎么回事？浓密的黑暗突然布满天空，
> 征服了不可战胜的太阳的所有光线，
> 这些豺狼痛饮无头尸体颈部的鲜血，
> 鼓着肚皮，尖声嗥叫，嘴里喷吐火焰。

冲突是两人交战，充满愤怒和激动。（135ab）

例如，在《茉莉和青春》中，青春和阿戈罗空吒激战。

紧凑是运用技艺或其他方法，情节紧凑，或者，一个角色取代另一个角色。（135cd、136ab）

前一种，例如，在《优填王传》中，使用木马。后一种，例如，在《大雄传》中，波林死去，须羯哩婆取代他。又如，持斧罗摩由高傲变得平和，说道："圣洁的婆罗门种姓……"

失落是造成进入、害怕、出去、喜悦和逃跑。（136cd、137a）

例如，在《恶魔罗波那》中，从"一个人持刀进入"直至他下场。

雄辩风格已经在前面论述。[①]（137b）

下面是戏剧中的说话方式：

说话内容别人听不到，这是独白。所有人都能听到，这是明话。背转过身，透露另一个人的秘密，这是密谈。互相谈话时，竖起三个指头，以示挡开他人，这是私语。即使没有别人在场，却仿佛听到有人对他说话，问道："你说什么？"这是空谈。（137cd—

---

① 第六章第 29 颂以下。

140)

与另一个人说话，而不让别人听到，说话者举手竖起所有手指，弯下其中的无名指，这是私语。背转身去，讲述另一个人的秘密，这是密谈。其他很清楚。

妓女的名字应该以"赐"（dattā）、"成"（siddhā）或"军"（senā）结尾。商人的名字一般以"授"（datta）结尾。男女侍从的名字应该含有描写性的事物，如"春"等。（141、142ab）

妓女，例如，春军等。商人，例如，毗湿奴授等。男侍，例如，鸭子等。女侍，例如，曼陀罗花等。

传说剧的剧名应该点明剧中内含的主题。（142cd）

例如，《罗摩的胜利》等。

创造剧等的剧名应该采用女主角的名字。（143ab）

例如，《茉莉和青春》等。

那迪迦和萨吒迦等应该采用女主角的名字。（143cd）

例如，《璎珞传》和《迦布曼阇利》等。

常常以动词词根 sādh（完成）用作 gam（走）。（144ab）

例如，在《沙恭达罗》中，两位仙人说："那么，我们走吧！""走"使用的动词词根是 sādh。

侍从称国王为"主人"或"大王"。下等人称国王为"王上"。仙人们和丑角（弄臣）称国王为"朋友"。王仙们应该称国王为"国王"或与他的父亲有关的称号。婆罗门之间随自己意愿互称名字或其他称号。其他人称婆罗门为"贤士"。国王称丑角为"朋友"，或者称呼名字。女演员和舞台监督互称"贤妻"和"贤士"。助理监督称舞台监督为"先生"。舞台监督称助理监督为"伙计"。下等人互相称呼"haṇḍa"，上等人互相称呼"朋友"，中等人互相称呼"haṃho"。兄长的称呼是"贤士"。所有人称具有神仙标志的人为"尊者"。丑角应该称王后和女侍为"太太"。车夫称坐车者为

"长寿"。年轻者称年老者为"大爷"。儿子的称呼为"孩子"、"小儿"或"孩儿",或者称呼族名。学生和弟弟也这样称呼。下等人称臣相为"贤士"。婆罗门称臣相为"臣相"或"大臣"。智者们称苦行者和平静者为"善人"。学生等等应该用吉祥的称号称呼受尊敬的人。教师的称呼是"老师"。国王的称呼是"大王"。王储的称呼是"主人"。王子的称呼是"太子"。下等人称王子为"普贤"或"妙颜"。臣民应该称国王的女儿为"公主"。上等、中等和下等人称呼妇女应该像称呼她们的丈夫那样。地位相同的妇女互相称呼"halā"。侍女的称呼是"hañje"。妓女的称呼是"ajjukā"。侍从们称鸨母为"阿婆"。人们也称受尊敬的老妇人为"阿婆"。异教徒的称呼依照他们的教派。沙迦人的名字是"贤授"等。称呼方式一般依据职业、技艺、学问或种姓。其他人也依此具有合适的称呼。(144cd—158ab)

下面是语言分类:

有教养的上等人使用梵语。这样的妇女使用修罗塞纳语。然而,她们的偈颂使用摩诃刺陀语。后宫内侍使用摩揭陀语。侍从、王子和商主使用半摩揭陀语。丑角等使用东部俗语。无赖等使用阿槃底语。士兵和市民等在赌博时使用南部俗语。沙钵罗人和沙迦人等使用沙钵罗语。北方人使用波力迦语。达罗毗荼人使用达罗毗荼语。牧人使用阿毗罗语。贱民使用旃陀罗语。以木材和树叶谋生的人以及烧炭工也使用阿毗罗语或沙钵罗语。毕舍遮人使用毕舍遮语。女侍也使用毕舍遮语。如果女侍不是低等人,使用修罗塞纳语。儿童、太监、低等星相师、疯人和病人使用修罗塞纳语,有时也使用梵语。耽迷权势的人、陷入贫困的人、比丘和身穿树皮衣的人等使用俗语。高贵的女苦行者使用梵语。有些人说王后、大臣的女儿和妓女也使用梵语。低等和中等人物在必要时改变他们使用的语言。妇女、女友、儿童、妓女、赌徒和天女,为了显示机智,也

可以时而使用梵语。(158cd—169)

这些语言的例举在许多作品中都可以找到。这些语言的特征参见我的父亲的《语言之海》。

三十六种诗相、三十三种戏剧修饰、十三种街道剧分支和十种柔舞分支,在这里应该根据需要加以运用,并顾及味。(170、171ab)

根据实际需要加以运用,指保持有机联系。在这里指在传说剧中。其中,诗相:

装饰、紧凑、优美、例举、原因、疑惑、譬喻、相似、集句、例证、想象、发现、考虑、描写、点示、反讽、突出、特殊、解释、成功、失误、逆转、殷勤、调停、花鬘、推测、谴责、提问、成就、同样、简略、称颂、机智、意愿、自明和赞辞,这些是诗相。(171cd—175abc)

其中,

装饰是具有诗德和庄严。(175d)

例如:

> 俊女子啊,这些莲花赐给你脸庞之美,
> 它们掌握宝库和刑杖,有什么办不到?①

紧凑是用少量的词表达奇妙的意义。(176ab)

例如,在《沙恭达罗》中,

国王:你们的女友身体发烧,不会太严重吧?

毕哩阇婆陀:现在,吃了草药,它会退下去。②

**优美是运用双关,同时表达通常的意义和不通常的意义,产生

---

① 宝库和刑杖比喻莲花的花和茎。
② 这句话的暗含义是沙恭达罗现在知道国王爱她,也就放心了。

奇妙的意义。(176cd、177ab)

例如：

> 出身高贵家族而纯洁，布施成亿财富而有德，
> 可是行为残酷如同弓，仍然遭到善人们唾弃。①

例举是以意义相似的话语确证想要表达的意义。(177cd、178ab)

> 你追随出类拔萃的爱人，做得很对，
> 没有太阳月亮，哪有白天黑夜之美。

原因是话语简洁，表达意图，说明缘由。(178cd)

例如，在《结髻记》中，侍女对怖军说："我对她这样说：'跋努摩提啊，只要你的发髻没有披散，我们的王后的发髻怎么会挽起？'"

疑惑是不明真相，说话不肯定。(179ab)

例如，在《迅行王胜利》中，

> 这是天王的吉祥女神，还是罗刹少女？
> 或者是这里的女神，要不是波哩婆提？

譬喻是提供例证，证明论题。(179cd)

例如，在《结髻记》中，偕天说："长兄啊，这确实适合她，因为她是难敌的妻子……"②

---

① 这首诗中含有双关，在描写国王的同时描写弓：由优良的竹子制成，具有尖头和弓弦。

② 这里没有引完的话是：由于共同相处，妻子的心思与丈夫相同，因为蔓藤即使甜美，攀附毒树后也带毒。

相似是思考接近本意的意义。（180ab）

例如，在《结髻记》中，怖军说：

梦中的景象确实有吉祥或不吉祥，
这数目一百仿佛指我的堂兄弟们。①

集句是相关意义的词语汇集在一起。（180cd）

例如，在《沙恭达罗》中，

嘴唇殷红似蓓蕾，双臂柔软似嫩枝，
青春洋溢在全身，这魅力如同鲜花。

这里，词和词义同样柔美。

例证是以常见的事例驳斥对方的论点。（181）

例如：

说什么呢？国王杀死敌人，要遵守刹帝利规则，
然而，罗摩正是在波林背对自己时，向他放箭。

想象是依据相似性，构思前所未有的意义。（182ab）

例如，在《沙恭达罗》中，

这位女子的形体天生迷人，
这位仙人想让她忍受苦行，
确是决意要用蓝莲花叶的

---

① 难敌的妻子梦见一只猫鼬杀死一百条蛇，怖军觉得这预示自己要杀死以难敌为首的一百个堂兄弟。

边缘，割开舍弥树的枝条。

发现是依据部分，推知某物。（182cd）

例如，在我的《波罗跋婆蒂》中："这只蜜蜂四处飞舞，肯定知道我亲爱的波罗跋婆蒂在哪儿。"

考虑是运用理智，确定没有看到的事物。（183ab）

例如，在我的《月牙》中，

国王：她肯定犯了相思病。因为，

她笑容中无喜悦，凝视中无目标，
回答女友们问话，前言不搭后语。

描写是按照地点和时间的特征，如实描写。（183cd）

例如，在《结髻记》中，偕天说：

今天，怖军怒不可遏，迸发的火焰如同闪电，
而黑公主如同雨季，肯定会增加它的强度。

点示是遵循经典，话语动人。（184ab）

例如，在《沙恭达罗》中，

你要孝敬长辈，对待其他嫔妃如同女友，
即使丈夫发怒，你受委屈，也不要闹对立，
你要对仆从们态度和蔼，享受不要过分，
这才成为家庭主妇，否则成为家族祸根。

反讽是行为与品质相悖。（184cd）

例如,在我的《月牙》中,女主角对月亮说:

尽管你驱除黑暗,但人人都能触摸你的脚①,
尽管你住在湿婆头顶,依然夺走妇女生命。

突出是优于普通的品质。(185ab)

例如,在我的《月牙》中,国王指着月牙的脸说:

脸庞美丽的女子啊,你从哪里获得这个月亮?
表面没有斑点,闪闪发光,如同白净的贝螺,
一对绽开的新鲜蓝莲花,上面有纷飞的蜜蜂,
不依靠黑夜,没有缺憾,任何时间都保持圆满。②

特殊是说了许多常见的意义后,指出特殊的意义。(185cd)

例如:

湖泊清纯,解除焦渴,鸟儿聚居,莲花盛开,
人人喜爱,但终究是一堆水,而你有智慧。③

解释是讲述已经完成的事情。(186ab)

例如,在《结髻记》中,怖军说:"怖军我俯首向你致敬……"④

---

① 月亮的脚指月光。
② 这首诗描写女主角的脸庞如同月亮,而且比月亮更美。
③ 这首诗中含有双关,在描写湖泊的同时也描写国王:纯洁,解除人们对财富的渴求,为婆罗门提供居所,充满财富。
④ 第六章第103颂ab引诗。

成功是称述许多事，以求达到愿望的目的。（186cd）

例如：

> 龟王的勇气，湿舍蛇的威力，国王啊！
> 集中在你一人身上，用于保护大地。

失误是傲慢的人说出与自己要表达的意义相反的话。（187ab）

例如，在《结髻记》中，难敌对内侍说：

> 不久，般度之子将在战斗中杀死难敌，
> 连同所有臣仆、亲戚、朋友、儿子和兄弟。

逆转是产生怀疑，改变想法。（187cd）

例如：

> 这些人想到世界咨音，也就心满意足，
> 国王啊，他们决定不再为你王上效力。

殷勤是迎合别人的想法说话做事。（188ab）

例如：

> 维毗沙那啊，现在你是国王，统治楞伽城吧！
> 凡得到我的长兄恩宠，不会受阻，必定成功。

调停是用温和的话语达到目的。（188cd）

例如，在《结髻记》中，慈悯对马嘶说："你精通这些神奇武器，像德罗纳一样勇武，有什么不能办到？"

花鬘是为了实现愿望，提供很多东西。（189ab）

例如，在《沙恭达罗》中，国王说：

我是否用莲叶扇子扇起湿润的风，
为你驱除疲劳，双腿美丽的女郎啊！
或者，将你的红似莲花的双脚搁在
我的怀中，为你按摩，让你感觉舒服？

推测是提及此事，领会彼事。（189cd）

例如，在《结髻记》中，迦尔纳告诉难敌，说是德罗纳想让马嘶灌顶登基为王。于是，

难敌：对呀，盎伽王，你说得对呀！否则，怎么会这样？

尽管事先作出保证，而当阿周那杀死信度王时，
这位大勇士却不管不顾，若非如此，怎么会这样？

谴责是大声指责别人的错误。（190ab）

例如，在《结髻记》中，马嘶对迦尔纳说：

像你那样，我的武器受到老师诅咒而失效吗？
像你那样，我出于惧怕，惊慌失措逃离战场吗？
像你那样，我出生在歌功颂德的车夫家族吗？
我不用武器而用眼泪报复冒犯我的敌人吗？

提问是以恳求的语气询问。（190cd）

例如，在《结髻记》中，孙陀罗迦说："诸位贤士，你们有没有看见难敌大王和他的车夫？"

成就是以种种杰出的世间成就证实意义。(191ab)

例如，在《优哩婆湿》中，国王说：

> 他的父母双方祖先是太阳和月亮，
> 优哩婆湿和大地自愿选他为丈夫。

同样是由于相似，引起激动。(191cd)

例如，在《结髻记》中，坚战将怖军错看成难敌，说道："邪恶的家伙，该杀的难敌！"

简略是以简略的方式表示自己为他人效劳。(192ab)

例如，在我的《月牙》中，国王说：亲爱的，

> 你为何徒劳地折磨柔嫩似希利舍花的肢体？

（作指着自己状）

> 这是你的奴仆，随时准备采摘你喜爱的花朵。

称颂是称赞种种美好的品质。(192cd)

例如："她的双眼胜过鹡鸰……"①

机智是依据相似性说话。(193ab)

例如，在《结髻记》中，国王说：

> 将束发安置在前面，杀死年迈的毗湿摩，
> 我们同样获得般度之子们的这种光荣。

---

① 第三章第59颂引诗。

意愿是以曲折的方式表达意愿。（193cd）

例如：

美眉女郎，看啊！这只天鹅在调情，
充满爱意，而动作迟钝，亲吻伴侣。

自明是充分展示特殊的意义。（194ab）

例如，在《后花园》中，

聪明的女子啊，你看在皎洁的月光前，
是两颗名称吉祥的幸运星和增财星。①

赞辞是以喜悦的话语确认尊者的权威。（194cd）

例如，在《沙恭达罗》中，

先开花，后结果，先有乌云升起，后下雨，
这是因果规律，而你赐予幸福在恩惠前。

下面是戏剧修饰：

祝福、号哭、欺诈、不宽容、骄傲、努力、依靠、嘲讽、渴望、激动、后悔、论证、愿望、决心、恶果、陈述、激将、指责、正道、殊义、激励、协助、傲慢、恭顺、称述、请求、道歉、告知、办事、讲述、理由、欢喜和教诲，这些戏剧修饰，戏剧之美的来源。其中，**祝福是对亲爱之人的祝愿。**（195—199ab）

例如，在《沙恭达罗》中，

---

① 幸运星和增财星即鬼宿和井宿。这首诗喻指罗摩和罗什曼那坐在众友仙人前。"自明"的意思是不言自明。

愿丈夫敬重你，如同迅行王敬重多福公主，

愿你生下儿子，成为大王，如同她生下补卢。

号哭是悲伤地哭叫。（199c）

例如，在《结髻记》中，内侍说："啊，贡蒂王后！王宫的旗帜啊！"

欺诈是运用幻术，改变模样。（199d）

例如，在《族长》一幕中，

这个罗刹抛弃鹿形，狡诈地变换形体，

与罗什曼那交战，将他引入危险境地。

不宽容是不能忍受哪怕一点儿委屈。（200ab）

例如，在《沙恭达罗》中，

国王：嗨！说真话的人啊，就算我们像你说的那样，欺骗了这个女子，那又会怎么样？

舍楞伽罗婆：灭亡！

骄傲是说话傲慢。（200c）

例如，在《沙恭达罗》中，国王说："在我的宫殿中，居然也会有妖怪来捣乱？"

努力是着手行动。（200d）

例如，在《罐》一幕中，罗波那说："我陷入悲伤，就要面对死亡。"

依靠是为了获得好结果，投靠某人。（201ab）

例如，在《维毗沙那的斥责》一幕中，维毗沙那说："我要投靠罗摩。"

嘲讽是嘲笑自认为是善人的不善之人。（201cd）

例如，在《沙恭达罗》中，舍楞伽婆说："国王啊，即使你有别人相伴而忘记过去的事情，怎么会害怕不合法而抛弃自己的妻子呢？"

渴望是渴求可爱的事物。（202ab）

例如，在《沙恭达罗》中，国王说：

这柔软可爱的下嘴唇，没有被人咬破过，
轻轻地颤动着，仿佛允许我上前去吸吮。

激动是斥责他人。（202cd）

例如：

苦行者中的败类！你在暗中杀人，
不仅毁了波林，也毁了你的来世。

后悔是悔恨自己因糊涂而疏忽大意。（203ab）

例如，在《后悔》一幕中，罗摩说："我多次无端遭受指责，为何王后不亲吻我？"

论证是提供理由，确定事情。（203cd）

例如，在《死刑台》中，

你死去，她也会死去；你活着，她才会活着；
如果你想让她活着，就用我的生命救下你。

愿望是表达心愿。（204a）

例如，在《茉莉和青春》中，在火葬场，青春说："我应该再次见她一面，这爱神的幸福殿堂。"

决心是立下誓言。(204b)

例如，在我的《波罗跋婆蒂》中，沃罗遮那跋说：

> 我用这铁杵，刹那间砸碎她的胸膛，
> 如同做游戏，铲除你们的两个世界。

恶果是所做之事产生恶果。(204cd)

例如，在《结髻记》中，"揪发髻已在大地上产生可怕的后果……"①

陈述是说明情况。(205a)

例如，在《沙恭达罗》中，两位苦行者对国王说："我俩出来捡拾柴火。这儿沿着摩哩尼河，看到的是我们老师的净修林，沙恭达罗仿佛是它的保护神。如果你没有别的要紧事，请进去，接受客人享有的款待吧！"

激将是用尖锐的言辞激将他人，以达到自己的目的。(205bcd)

例如：

> 因陀罗者啊，你勇武骇人，强大有力，名副其实②，
> 呸！呸！你居然会害怕我，充满恐惧，隐身战斗。

指责是责备他人。(206a)

例如，在《孙陀罗》一幕中，难敌说："呸！呸！车夫啊，你怎么这样做？那个罪人会对我的生性放任的弟弟下毒手。"

正道是遵循经典。(206b)

例如，在《沙恭达罗》中，豆扇陀说："进入净修林，服装要

---

① 第六章第99颂a引诗。
② "因陀罗者"这个名字的意思是战胜因陀罗。

简朴。"

殊义是以多种方式阐明说过的话，具有谴责的特征。（206cd、207ab）

例如，在《沙恭达罗》中，舍楞伽罗婆对国王说：啊！你怎么会说"这是怎么回事？"你难道不是精通世间事务的吗？

> 一位有夫之妇长期住在父亲家中，
> 即使她很纯洁，也会受到人们怀疑，
> 因此，无论她受宠爱还是不受宠爱，
> 亲友们总希望把她带到丈夫身边。

激励是用话语激励他人。（207cd）

例如，在《小罗摩衍那》中，

> 达吒迦像世界毁灭之夜那样可怕，你为何迟疑？
> 因为她是女性？为了保护三界，孩子啊，打击她吧！

协助是帮助陷入困境的人。（208ab）

例如，在《结髻记》中，

马嘶：你要站在国王一边啊！

慈悯：我今天会进行反击。

傲慢是自负。（208c）

例如，在《结髻记》中，难敌说："母亲啊，你说话软弱，与你的身份不相称。"

恭顺是谦恭随顺。（208d、209a）

例如，在《沙恭达罗》中，国王对沙恭达罗说："苦行顺利吗？"阿奴苏耶回答说："现在，你这位高贵的客人来临……"

称述是讲述过去发生的事。（209b）

例如，在《小罗摩衍那》中，

> 在这里，我们曾被蟒蛇缠住；在这里，你的兄弟
> 被标枪击中，胸部受伤，哈奴曼搬来德罗纳山。

请求是亲自请求或派遣使者请求。（209cd）

例如：

> 你现在就归还毗提诃公主吧！罗摩对你很仁慈，
> 你为何要用这些脑袋，与猴子们玩拍球游戏呢？

道歉是请求宽恕过错。（210ab）

例如：

> 生命离去之际痛苦万分，
> 我说了这些不该说的话，
> 主人啊，我请求你宽恕，
> 也把须羯哩婆托付给你。

告知是提醒受到忽视的事情。（210cd）

例如，在《罗摩的胜利》中，罗什曼那说："长兄啊，你准备恳求大海？这是为什么？"

办事是认真办事。（211ab）

例如，在《结髻记》中，国王说："内侍啊，出于对提婆吉之子黑天的尊敬，我们要认真准备，庆祝怖军的胜利。"

讲述是叙述过去的事情。（211c）

例如，在《结髻记》中，"就在这里，湖泊中流满敌人的鲜血"。

理由是确定意义。(211d)

例如，在《结髻记》中，

如果逃离战场，就能逃离死亡，
那么，从这里逃往别处也正当；
然而，凡是活人注定都会死去，
你们又何必徒劳无益，玷污名声？

欢喜是十分高兴。(212a)

例如，在《沙恭达罗》中，国王说："为何我不祝贺自己，我的心愿已经圆满实现？"

教诲是给予忠告。(212b)

例如，在《沙恭达罗》中，阿奴苏耶对沙恭达罗说："女友啊，对于住在净修林里的人来说，不热情接待尊贵的客人，而随意走开，有失体统。"

虽然诗相和戏剧修饰两者的性质基本相同，但仍按传统习惯赋予不同名称。虽然其中一些也可以纳入诗德、庄严、情和关节分支中，但仍在这里特别提出，因为在传说剧中，应该努力运用它们。牟尼（婆罗多）就说过，在传说剧中必须运用这些："诗人创作的传说剧应该含有五个关节、四种风格、六十四种关节分支、三十六种诗相以及优美的庄严，大量的味，充分的享受，高雅的词语组合方式，伟大的人物，高尚的行为，人人喜爱。它应该紧凑，适宜演出，语言柔美，令人愉快。"

街道剧分支将在后面讲述。现在讲述柔舞分支：

歌唱、吟诵、呆坐、花香、绝情、三隐、信度人、二隐、至上

和辩驳，智者们说这是十种柔舞分支。（212cd—214ab）

其中，

坐在弦乐和鼓乐前歌唱，这是歌唱。（214cd、215a）

例如，茉莉在高利女神庙中抚琴歌唱：

你的肤色金黄，如同绽开的莲花花蕊中的花粉，

高利女神啊，但愿您赐予恩惠，实现我的心愿。

情火中烧，站着吟诵俗语，这是吟诵。（215bcd）

尊敬的新护说："这是一种特征。愤怒激动，站着吟诵俗语，也是吟诵。"

没有任何乐器，悲伤忧虑，肢体没有装饰，这是呆坐。由乐器伴奏歌唱，使用各种诗律，男女动作互换，这是花香。想到丈夫绝情，与别的女人相好，心中悲愤，抚琴歌唱，这是绝情。男扮女装，动作轻盈，这是三隐。（216—219ab）

例如，在《茉莉和青春》中，摩格伦德说："我变成了茉莉。"

情人失约，弹奏弦琴，节奏清晰，吟诵俗语，这是信度人。移动四方形舞步，演唱歌曲，有问有答，充满味和情，这是二隐。出于愤怒或喜悦，含有责备、娇媚和娇嗔，诗歌美妙动人，明显有味，这是至上。含有说话和回答，诘难和驳斥，歌曲轻快活泼，这是辩驳。（219cd—223ab）

这些都很清楚。

含有所有的插话暗示和十种柔舞分支，智者们称为大型传说剧。（223cd、224ab）

以上讲述了传说剧，例如，《小罗摩衍那》。下面讲述创造剧：

**在创造剧中，情节是世俗的，由诗人虚构。以艳情味为主。主角是婆罗门、大臣或商人，关注无常的正法、爱欲和利益，性格坚

定而平静。(224cd、225)

主角是婆罗门,例如《小泥车》。主角是大臣,例如《茉莉和青春》。主角是商人,例如《花饰》。

女主角有时是良家妇女,有时是妓女,有时两者兼有,据此分成三种。在第三种中,充满骗子和赌徒等以及食客和仆从。(226、227ab)

良家妇女,例如,在《花饰》中。妓女,例如,在《楞伽婆利多》中。两者兼有,例如,在《小泥车》中。由于以传说剧为原型,其他特点与传说剧相同。下面是独白剧:

独白剧表演无赖的行迹,主要是他们的各种境遇。只有一幕,由一位聪明机智的食客在舞台上表演自己的或别人的经验。他应该以"空谈"的方式表演说话和回答,描述英勇的和优美的行为,暗示英勇味和艳情味。情节是虚构的。一般运用雄辩风格。只有开头和结束两个关节,含有十种柔舞分支。(227cd—230)

"空谈"方式是独自表演与别人对话,有问有答。通过描述优美的和英勇的行为,暗示艳情味和英勇味。一般运用雄辩风格,有时也运用艳美风格。柔舞分支包括歌唱等。例如,《欢乐蜜蜂》。下面是纷争剧:

纷争剧的情节著名,人物很多,但女性人物很少,缺少胎藏和停顿两个关节。只有一幕。不以妇女为动因。缺少艳美风格。主角著名,是王仙或天神,性格坚定而傲慢。主味不包括滑稽味、艳情味和平静味。(231—233)

例如,《采莲花》。下面是神魔剧:

神魔剧的情节著名,与天神和阿修罗有关。它有三幕,包含停顿关节之外的四个关节,第一幕包含前两个关节,后两幕分别包含其他两个关节。主角著名,有十二位崇高的天神和人,各自都获得成果。含有以英勇味为首所有的味。运用所有的风格,但很少运用艳美风格。没有油滴元素和引入插曲。依据需要运用街道剧十三分支。使用各种诗律，而以伽耶特利和优湿尼为主。它应该表现三种艳情、三种欺骗和三种激动。演出时间第一幕为十二那利迦，第二幕为四那利迦，第三幕为两那利迦。（234—239ab）

一那利迦相当于两伽迪迦。① 油滴元素和引入插曲已在传说剧中提到，但在神魔剧中不运用。其中，

三种艳情分别与正法、爱欲和利益有关，三种欺骗分别产生于天性、计谋和偶然，三种激动分别产生于无意识、有意识和两者兼有。（239cd、240）

符合经典的艳情是正法艳情。以获得利益为目的的艳情是利益艳情。滑稽（喜剧性）艳情是爱欲艳情。其中，爱欲艳情只出现在第一幕中，其他两种艳情则不受限制。有意识和无意识兼有指大象等。神魔剧这个名称的词源指包含许多事情。例如，《搅乳海记》。下面是争斗剧：

争斗剧的情节著名，充满幻术、魔术、战斗、愤怒和混乱等动作，还有日食和月食。以暴戾味为主，其他所有的味为辅。它有四幕，其中没有支柱插曲和引入插曲。主角有十六个，包括天神、健达缚、药叉、罗刹、大蛇、鬼怪和毕舍遮等，性格傲慢。风格中缺少艳美风格，关节中缺少停顿关节。味中缺少平静味、滑稽味和艳情味，而其他六种味突出。（241—244）

例如，大仙（婆罗多）提到的《火烧三城记》。下面是掠女剧：

掠女剧的情节混合，有四幕，包含开头、展现和结束三个关节。主角和反主角限于人和天神。两者都是著名的，性格坚定而傲慢。反主角暗中作恶。应该表现他的类艳情味，即违背天女意愿，

---

① 即二十四分钟。

强行夺取。插话主角有十个，天神或人，性格傲慢。愤怒至极，引起战斗，但要找借口制止。即使伟大的人物遭到杀戮，在这里也不能表现杀戮。一些人说只有一幕，主角是一位天神。而另一些人说有六位主角，以天女为战斗动因。(245—250ab)

混合指著名和不著名两者兼有。插话主角指主角和反主角，共有十个。掠女剧这个名称的词源是主角追求女主角，就像追求不可获得的鹿。例如，《花顶的胜利》等。下面是感伤剧：

感伤剧只有一幕，角色都是凡人。以悲悯味为主味，有许多妇女哭泣。情节著名，并依靠诗人的智慧扩充。关节、风格和柔舞分支与独白剧相同。战斗、胜利和失败应该用语言表达。含有许多忧郁厌世的话语。(250cd—252)

有些人说，称之为感伤剧，以区别于传说剧等中的"幕"。①另一些人说，称之为感伤剧，在于它有超越性和创造性，呈现不同的特色。例如，《多福和迅行王》。下面是街道剧：

街道剧只有一幕和一个角色。运用"空谈"方式，巧妙地应答。充分暗示艳情味，也暗示一些其他的味。只有开头和结束两个关节，而含有所有情节元素。(253、254)

一个角色可以是上等人、中等人或下等人。由于以艳情味为主，风格也以艳美风格为主。

智者们指出它有十三种分支：妙解、联系、恭维、三重、哄骗、巧答、强化、紊乱、跳动、谜语、叉题、谐谑和乱比。(255、256)

妙解和联系已在论述序幕时举例说明。②

恭维是互相谈话，言辞虚假，成为笑料。(257ab)

例如，在《优哩婆湿》中，丑角和女侍在顶楼上的谈话。

---

① 感伤剧简称为"幕"。
② 第六章第34颂和第38颂。

三重是词音相同而有多重意义。(257cd)

例如,在《优哩婆湿》中,

国王:

众山之王啊,肢体优美的女郎与我分离,
你可曾在这里可爱的树林中间见到她?

幕后传来回音。国王:"怎么?它说看到了。"①

在这里,问话也用作回答。有人认为三重是指演员等三人。

哄骗是以貌似友好而实际不友好的言辞迷惑和哄骗。(258ab)

例如,在《结髻记》中,怖军和阿周那说:

傲慢的难敌是赌博骗局设计者,紫胶宫纵火者,
以难降为首一百位弟弟的兄长,盎伽王的朋友,
对黑公主揪发髻,剥衣裳,般度族沦为他的奴隶,
请说出他在哪儿?我们并不愤怒,只是前来看他。

另一些人说哄骗是怀有一定目的,说出的话中含有哄骗、嘲笑或斥责之意。**巧答是回答两三次,含有滑稽味。**(258cd、259)

两三次是约略说法。② 例如:

比丘啊,你吃肉吗?无酒则肉味不香。
你也喜欢喝酒?嗨!还连带喜欢妓女。
妓女得花钱,钱从哪来?赌博或偷窃。

---

① 这首诗作为山中回音,也可以读作:王中之王啊,肢体优美的女郎与你分离,我曾经在这里可爱的树林中间看到她。

② 意思是也可以多于两三次。

你也赌博偷窃？堕落者哪有别的路。

一些人说巧答是意思没有完全表达而停止说话。另一些人说巧答是询问多次，回答一次。

强化是互相逞强，说话一个胜过另一个。（260ab）

例如，在我的《波罗跋婆蒂》中，

沃罗遮那跋：我用这铁杵……①

始光：嗨，阿修罗杂种！别再吹嘘了！

今天，我的坚硬似棍棒的手臂

挽开大弓，射出箭雨，刹那之间，

大地就会布满所有恶魔的鲜血，

让食肉的飞禽走兽们心满意足。

紊乱是突然说出与主题相关联的另一件事。（260cd）

例如，在《结髻记》中，正当国王对王后说着："我的大腿适合你的臀部久坐。"内侍进来说道："大王啊，折断了，折断了！"

这里，内侍说的是战车旗帜折断，而与此后难敌的大腿被打断相关联。

跳动是以另一种有味的说法加以解释。（261ab）

例如，在《受骗的罗摩》中，

悉多：孩子啊，明天要去阿逾陀城。到了那里，你们对国王要谦恭有礼。

罗婆：然后，我俩要成为依靠国王谋生的人？

悉多：孩子啊，他是你俩的父亲。

---

① 第六章第204颂b引诗。

罗婆：罗怙王是我俩的父亲？

悉多（作疑虑状）：你俩不要有别的猜想。他不仅是你俩的父亲，也是整个大地的父亲。

谜语是含有幽默的谜语式回答。(261cd)

谜语是意义隐含的回答。例如，在《璎珞传》中，

苏桑伽达：女友啊，你为他（它）而来，他（它）就站在你面前。

海女：我为谁而来？

苏桑伽达：为这块画板而来。

这里隐含的意义是"你为国王而来"。

叉题是谈话互不连贯，答非所问，愚人不领会有益的话。(262)

第一种谈话互不相连，例如在我的《波罗跋婆蒂》中，

始光（望着芒果树枝条，作喜悦状）：啊，怎么？

　　这里是我的爱人，发髻美丽，
　　如同麇集的黑蜂，身材苗条，
　　散发纯洁的香味，手掌柔嫩，
　　宛如叶芽，话音甜蜜似杜鹃。

第二种答非所问也是这样。第三种愚人不领会有益的话，例如，在《结髻记》中，甘陀罗和难敌的对话。

谐谑是迎合他人，引起欢笑和激动。(263ab)

例如，在《摩罗维迦和火友王》中，

（摩罗维迦表演完舞蹈，作想要走出状）

丑角：别走，你的舞蹈还学得不到家。

舞师：贤士啊，请说你看到她的表演程序有什么破绽？

丑角：首先应该敬拜婆罗门，她忽略了这一点。

（摩罗维迦作微笑状）等等。

主角见到纯洁的女主角，丑角的话引起他的欢笑和激动。

乱比是缺点成优点，或优点成缺点。（263cd）

依次举例：

我的生命对你残酷无情，忘恩负义，
现在我与你团聚，这些都变成优点。

她容貌美丽，全身洋溢青春魅力，
我的唯一幸福，现在变成了痛苦。

这些分支虽然也出现在传说剧等中，但在街道剧中是必定运用的。这很清楚，出现在传说剧等中的例举也已被引用。像街道那样成排成行，具有各种味，故而称作街道剧。下面是笑剧：

笑剧的情节由诗人虚构，表现那些受谴责的人物。关节、关节分支、柔舞分支和幕数与独白剧相同。（264）

其中，没有刚烈风格，也没有支柱插曲和引入插曲。

以滑稽味为主味，街道剧分支可有可无。（265ab）

其中，

主角是苦行者、尊者和婆罗门等，其中有一个无赖，这称作纯粹笑剧。（265cd、266ab）

例如，《爱神游戏》。

描写某个人物的故事，这称作混合笑剧。（266cd）

例如，《无赖传》。

有些人说混合笑剧中含有许多无赖的故事，或者一幕，或者两幕。（267）

例如，《罗吒迦梅罗迦》等。牟尼（婆罗多）说："混合笑剧中有妓女、侍从、阉人、食客、无赖和荡妇，服装、外貌和动作依照原样。"

有阉人、内侍和苦行者，有情人、舞者和士兵等的服装和语言，这称作变异笑剧。（268）

这也被纳入混合笑剧，牟尼（婆罗多）没有将它单独提出。

下面是"次色"。其中，

那底迦的情节虚构，有四幕，充满女性人物。主角是著名的国王，性格坚定而多情。与后宫有关，或与音乐有关。女主角出身王族，情窦初开。男主角追求她，但惧怕王后，怀有疑虑。出身王族的大王后机敏果敢，时刻保持威严。最后，在她的掌控下，两人获得结合。运用艳美风格，关节中可以缺少停顿关节。（269—272）

两人指男女主角。例如，《璎珞传》和《雕像》等。下面是多罗吒迦：

多罗吒迦有七幕、八幕、九幕或五幕。主角是天神和人，每幕中都有丑角。（273）

由于每幕中都有丑角，主味是艳情味。七幕，例如《兰跋》。五幕，例如，《优哩婆湿》。下面是戈希底：

戈希底有九个或十个普通人物，没有崇高的言辞，运用艳美风格，缺少胎藏和停顿关节，有五个或六个女性角色，表现艳情味，只有一幕。（274、275）

例如，《奈婆多和摩陀尼迦》。下面是萨吒迦：

萨吒迦完全使用俗语，没有引入插曲和支柱插曲，表现奇异味，幕的名称是遮婆尼迦[①]**，其他特征与那底迦相同。**（276、277ab）

[①] 遮婆尼迦的词义是"迅速移动"。

例如，《迦布罗曼阇利》。下面是那迪耶罗萨迦：

那迪耶罗萨迦只有一幕，充满音乐舞蹈。主角高尚，主角的伙伴是配角。以滑稽味和艳情味为主味。女主角在家中作好准备。①有开头和结束两个关节以及十个柔舞分支。有些人认为只缺少展现一个关节。（277cd—279）

其中，两个关节，例如，《那尔摩婆提》。四个关节，例如，《维罗娑婆提》。下面是波罗斯他那：

波罗斯他那的男主角是男仆，配角是下等人，女主角是女仆。运用艳美风格。内容结束与饮酒有关。有两幕，充满音乐歌舞。（280、281）

例如，《艳情志》。下面是乌拉毕耶：

乌拉毕耶的主角高尚，只有一幕，内容与天神有关。运用希尔波迦分支，含有滑稽味、艳情味和悲悯味。有些人说乌拉毕耶有三幕，充满战斗和泪水，歌曲迷人，有四个女主角。（282、283）

希尔波迦分支，后面会讲述。例如，《女神和大神》。下面是迦维耶：

迦维耶只有一幕，缺少刚烈风格，充满滑稽味。有优美的肯吒摩多罗、德维波迪迦和迦跋那多罗歌曲。使用瓦尔那摩多罗和遮伽尼迦诗律，表现艳情味。男主角和女主角高尚，含有开头和结尾两个关节。（284、285）

例如，《雅度族胜利》。下面是波伦伽那：

波伦伽那的主角是下等人，只有一幕，没有胎藏和停顿关节，没有舞台监督、支柱插曲和引入插曲。含有战斗和争论，运用所有的风格。歌唱、献诗和赞誉均在幕后。（286、287）

例如，《波利伏诛记》。下面是罗萨迦：

---

① 即在家中梳妆打扮，准备迎接男主角。参阅第三章第85颂。

罗萨迦有五个人物，含有开头和结束两个关节，使用梵语、俗语和方言，运用雄辩和艳美两种风格。没有舞台监督，只有一幕，含有街道剧分支和各种技艺。献诗含有双关。女主角著名，男主角愚蠢。内容逐步引向高尚。有些人说也含有展现关节。（288—290）

例如，《梅那迦希多》。下面是桑拉波迦：

桑拉波迦有三幕或四幕，主角是异教徒，包含艳情味和悲悯味之外的各种味。含有围城、欺诈、战斗和逃跑。缺少雄辩和艳美两种风格。（291、292）

例如，《幻术和迦巴利迦》。下面是希利伽迪多：

希利伽迪多只有一幕，情节著名，主角高尚而著名，女主角也著名。没有胎藏和停顿两种关节。充满雄辩风格，经常使用"希利"（"吉祥"）一词。（293、294）

例如，《游戏地狱》。

有些人说希利伽迪多只有一幕，吉祥女神坐着歌唱和吟诵，充满雄辩风格（295）

下面是希尔波迦：

希尔波迦有四幕，运用四种风格，含有平静味和滑稽味之外的各种味，主角是婆罗门，配角是下等人，含有对火葬场等等的描写。它有二十七种分支：期望、思索、怀疑、焦灼、激动、执著、努力、聚合、渴望、佯装、确证、爱恋、懒散、流泪、喜悦、宽慰、愚蠢、设法、叹息、惊诧、达到、获得、忘却、怒斥、精明、警醒和惊喜。它们的特征都很明显，无需赘言。（296—300）

其中，聚合和怒斥的特征已在前面提及。[①] 例如《迦那迦婆提和摩陀婆》。下面是维拉希迦：

维拉希迦只有一幕，充满艳情味，含有十种柔舞分支。有丑

[①] 参阅第六章第 102 颂 d 和第 110 颂 c。

角、食客和伙伴，主角是下等人。缺少胎藏和停顿两个关节。情节简单，妆饰优美。（301、302）

有些人将维拉希迦称作维那依迦。另一些人将维拉希迦纳入杜尔摩利迦。下面是杜尔摩利迦：

杜尔摩利迦有四幕，运用艳美和雄辩两种风格，缺少胎藏关节。人物是市民，主角是下等人。第一幕的时间为三那迪迦，含有食客的游戏。第二幕的时间为五那迪迦，含有丑角的游戏。第三幕的时间为六那迪迦，含有伙伴的游戏。第四幕的时间为十那迪迦，含有市民的游戏。（303—305）

例如，《宾度婆提》。下面是波罗迦罗尼：

波罗迦罗尼也是那底迦，男主角是商人，女主角出身与男主角相同。（306）

下面是诃利舍：

诃利舍只有一幕，一个男主角，七个、八个或十个女性人物。语言高雅，运用艳美风格。只有开头和结束两个关节，充满音乐和歌舞。（307）

例如，《盖利奈婆多迦》。下面是跋尼迦：

跋尼迦只有一幕，妆饰优美。只有开头和结束两个关节，运用艳美和雄辩两种风格。女主角高尚，男主角愚蠢。它有七个分支：暗示、展示、觉醒、惊慌、怒斥、例证和结束。暗示是提示结果。展示是话语忧郁。觉醒是消除错误。惊慌是话语虚妄。怒斥是愤怒斥责。例证是举例说明。结束是达到目的。（308—313ab）

例如，《爱赐》。

虽然所有戏剧以传统剧为原型，但都必须按照需要，合适地采用传说剧的特征。同时，所有戏剧都必定含有传说剧的特征。下面是可听的诗：

可听的是只能用耳朵听取，分成诗和散文两种。（313cd）

现在讲述其中的诗：

诗有诗律，分成单节诗、两节组诗、三节组诗、四节组诗和五节组诗。（314、315ab）

其中，单节诗，例如我的这首诗：

至高的梵无始无终，永恒不变，充满喜悦，
瑜伽行者们坚持禅定，哪怕目睹它一瞬间，
而幸运的摩杜罗城妇女以数以百计方式，
拥抱它，拽拉它，亲吻它，与它交谈。

两节组诗，例如我的这首诗：

"爱人啊，你为何将脸颊搁在手掌上？
对于钟爱你的人，一味发怒不恰当。"

正当我要对这位鹿眼女郎说这些话，
在芒果树中响起蜜蜂甜蜜的嗡嗡声。

其他依此类推。

大诗分章。有一个主角，天神或刹帝利，出身高贵，性格坚定而高尚。也可以有出身同一家族的许多高贵的国王。主味应该是艳情味、英勇味和平静味，其他的味作为辅助。有所有的戏剧情节关节。情节取自传说或其他，人物高尚。追求的成果是人生四要或其中之一。开头有致敬、祝福或内容提示，有时谴责恶人和称颂善人。一章使用一种诗律，而在结尾使用别种诗律。章数不太少，也不太多，一般有八章以上。有时也会发现一章中使用不同的诗律。每章结尾应该提示下一章的内容。晨曦、暮霭、太阳、月亮、夜晚、黑暗、白天、早晨、中午、狩猎、山岭、季节、森林、大海、爱人的悲欢离合、牟尼、天国、城市、祭祀、战斗、进军、结婚、商议和生子等以及相关细节，都应该根据需要，加以描写。诗的题名应该根据诗人、故事内容或主角等。而每章的题名应该根据每章的故事内容。（315cd—325ab）

关节分支根据需要运用。结尾使用别种诗律，其中的"别种诗律"一词使用了复数，并无特殊含义。相关的细节指水中嬉戏和饮酒等。例如，《罗怙世系》、《童护伏诛记》和《尼奢陀王传》等。又如，我的《罗摩传》等。

由仙人创作的这类分章诗称作传说诗。（325cd）

这类即大诗。例如，《摩诃婆罗多》。

用俗语创作的这类分章诗称作章回诗，使用斯根达迦诗律，有时也使用伽利多迦诗律。（326）

例如，《架桥记》。又如我的《莲马记》。

用阿波布朗舍语创作的这类分章诗称作章回诗，使用各种适合这种俗语的诗律。（327）

例如，《英勇的迦尔纳》。

诗通常使用梵语、俗语或方言，由诗节组合成章，表现一个主题，没有各种关节。（328）

例如，《游方乞食》和《阿利雅游戏》。

小诗与诗部分相似。（329ab）

例如，《云使》等等。

库藏诗是诗集，其中的诗互相独立，分类编排，富有魅力。（329cd、330ab）

分类是将相同类型的诗排在一起。例如，《珍珠串》。下面是各种散文：

散文没有诗律，分成四种。第一种没有复合词，第二种有部分

诗律，第三种充满长复合词，第四种有短复合词。（330cd—332ab）

第一种，例如，"语言深沉，胸膛宽阔"等。

第二种，例如在我的作品中："棍棒似坚硬的双臂渴望战斗，挽弓成圆，令敌方城市惊恐。"其中"挽弓成圆"，使用阿奴湿图朴诗律，"渴望战斗"也使用同样的诗律，只是缺少头两个音节。

第三种，例如在我的作品中，"不断射出的大量利箭撕裂阵容强大的敌军"。

第四种，例如在我的作品中，"珍宝之海，世界的头号市民，令妇女迷醉，受百姓爱戴"。

故事使用散文，情节有味。其中，有时使用阿利雅诗律，有时使用伐刻多罗和阿波伐刻多罗诗律。开头用诗体致敬，也讲述恶人等的行为。（332cd、333）

例如，《迦丹波利》等。

传记与故事相像，其中也讲述诗人的家世以及其他诗人的事迹。有时插有诗体。故事叙述分成章回。在每一章开头提示本章内容，使用阿利雅、伐刻多罗或阿波伐刻多罗诗律。（334—336ab）

有些人说："传记由主角本人讲述。"但这不对，因为檀丁说过："实际看到的情况是也由别人讲述，没有这种限制。"其他散文叙事作品可以纳入故事和传记中，不再单独讲述。檀丁说过："其他的叙事作品都可以包含其中。"

其他的叙事作品，例如，《五卷书》等。下面是散文体和诗体混合作品：

散文和诗混合的作品，称作占布。（336cd）

例如，《提舍王传》。

散文和诗混合，赞颂国王，称作维鲁陀。（337ab）

例如，《颂王珍宝花环》。

混合使用多种语言，称作迦伦跋迦。（337cd）

例如，我的使用十六种语言的《赞颂宝石串》。

其他一些作品只留下名称，不超越这些分类，因而不再单独讲述。

以上是《文镜》中名为《论可看的和可听的诗》的第六章。

第 七 章

论 诗 病

在第一章中提到诗病、诗德、风格和庄严,现在要探讨它们什么?按照提到的次序先讲述诗病的性质:

诗病是味的削弱者。(1a)

它的意义已在前面说明。① 现在讲述诗病的特征:

它们分成五种:存在于词中、词的构成部分中、句中、意义中和味中。(1bcd)

这很清楚。其中,

刺耳、三种用词不雅、用词不当、不合惯例、俚俗、使用经论术语、词义含混、费解、使用僻义、词不达意、难解、含有歧义和词义重点不明出现在词中和句中,有些也出现在词的构成部分中。滥用衬字、缺乏意义和违反语法只出现在词中。(2—4)

刺耳是音节刺耳而难听。例如:

这位细腰女郎陷入情网,何时能实现愿望?②

用词不雅分成三种,分别含有羞耻、反感和不吉祥。依次

---

① 参阅第一章第 3 颂 b。
② 其中的 kārtārthyam("实现愿望")词音刺耳。

举例：

国王啊，你的庞大军队战胜骄傲的敌人。

细腰女郎啊，你消失不见，风徐徐吹拂。

这里，sādhana（军队或阳物）、vāyu（风或气）、vināśa（消失或毁灭），依次是用词不雅。

勇士们成为战争祭祀中的牲畜，达到不朽。

这里，"牲畜"一词含有卑怯之意，因此用词不当。
不合惯例是即使符合通常用法，但不符合诗人的惯例。例如：

美丽的池中莲花绽开。

这里，"莲花"一词使用阳性。①
俚俗。例如：

你的屁股可爱迷人。

这里，"屁股"一词俚俗。
使用经论术语是只适用于部分领域。例如：

依靠瑜伽，破除欲望。

---

① 按照通常用法，莲花可以是阳性或中性，但诗人不使用阳性。

这里，āśaya（欲望）一词是《瑜伽经》用语，意谓"熏习"（或"潜意识"）。

你不断听到致敬祝福，怜悯他们吧！

这里，vandyā一词词义含混，究竟是致敬，还是被俘的女子，令人疑惑。①
费解是使用转示义，而不合惯用法。例如：

脸庞可爱的女郎，你的面庞脚踢莲花。

这里，"脚踢"转示"胜过"。
使用僻义是一词有两义，而使用其中的不常用义。例如：

阎牟那河水覆盖一切。

这里，śambara（水）一词的常用义是恶魔名，这里使用它的僻义。

用耳听歌。

这里，"给予"（datta）加上前缀 ā，成了"取来"（ādatta），造成词不达意。② 又如：

---

① 如果是被俘的女子，则读为你不断听到祝福，怜悯这个被俘的女子吧！
② 原本要表达的意思是将耳朵给予歌，即用耳听歌。而加上前缀ā后，"给予"成了"取来"，造成词不达意。

由于你的到来，黑暗笼罩的夜晚变成白天。

这里，用作白天的 dina 一词，只有"一天"或"一日"的意思，并无明亮的白天的意思，造成词不达意。

难解是意义的理解受阻。例如：

生自乳海者的住处的出生地纯洁清澈。

这里，生自乳海者是吉祥女神，吉祥女神的住处是莲花，莲花的出生地是水。

但愿跋婆尼的主人保佑你们繁荣昌盛！

这里，"跋婆尼"一词的意思是跋婆的妻子，而使用"跋婆尼的主人"，则可以理解为跋婆尼的另一位主人，因此含有歧义。

词义重点不明。例如：

这些劫掠天国小村的手臂徒然健壮，又顶什么用？[1]

这里，"徒然"应该是谓语，而在复合词中成了次要意义，被理解为主语。[2]

又如：

这些罗刹也能站在我这个罗摩的兄弟之前？

---

[1] 第一章第 2 颂引诗。
[2] 按照梵语语法，在句子的主谓关系中，谓语为主，主语为次。

这里，rāmānuja（罗摩的兄弟）应该改为 rāmasya anuja，突出罗摩。

又如：

疆域直达海边的大地之主们。

这里，应该突出"直达海边"，故而不应该放在复合词中。又如：

美眉女郎啊，你的斜视的目光所到之处，犹如五箭爱神的第六支箭。

这里，应该突出"第六支"，故而不应该放在复合词中。又如：

主人啊，过去你一时一刻都离不开她。

这里，"离不开"是复合词，而为了强调否定语气，应该不使用复合词，而直接使用否定词 na。

人们说："如果肯定为次，否定为主，那么，应该将否定词 na 和动词连用，以强调否定语气。"例如：

这是浓密的新云，不是骄横的妖魔。

而在前一个例举，"离不开"是复合词，没有单独使用否定词 na，否定语气降为次要而不突出。

人们说："如果肯定为主，否定为次，那么，不单独使用否定词 na，而采用复合词。"例如：

不恐惧而保护自己，不烦恼而遵行正法，
不贪婪而接受财富，不执著而享受幸福。

这里强调的是"保护自己"等，因而"不恐惧"等不单独使用否定词 na，降为次要，是正确的。

有人会说，"离不开"的否定语气像"在祭祖仪式上不进食的婆罗门"或"甚至不看太阳的公主"一样。这不对。如果否定语气只与"进食"等动词联系，能这样说。但这里不是这样。否定语气与行动者即进食者相联系，而行动者是接受修饰的主要意义。人们说："这里是依据祭祖仪式进食规则理解行动者，强调的不是进食，而是进食者。"然而，"离不开"与行动相联系，造成词义重点不明的语病。

难解等等这些存在于复合词中的诗病①属于词病。

刺耳在句中，例如：

与你分离，我受爱情折磨而盲目，何时能实现愿望？②

因袭他人诗意的诗人吞食呕吐物。

这里，用词不雅，引起反感。

这些弯曲者用莲花红装饰身体。

这里，用弯曲者转示妇女，用莲花红转示红宝石，造成费解。

---

① 指难解、含有歧义和词义重点不明。
② 其中，smarārtyandha 和 kārtārthya 词音刺耳。

看到这位鹿眼女郎梳起发髻,

新颖漂亮,有谁心中不会动情?

这首诗(原文)中词序混乱,造成难解。

羞辱就是本身。①

这里,要表达的意思是"这本身就是羞辱",羞辱是谓语。由于词序颠倒,羞辱降为次要。这是词序颠倒的句病。

令你的眼睛喜悦的他来了,美眉女郎啊!

按照"关系代词 yat 和代词 tad 两者永远互相联系"的规则,与 tad 意义相同的代词 idam、etad 和 adas 满足关系代词 yat 的期望,适合用作谓语。而在这里,代词紧接关系代词,这样就被理解成主语,而不是谓语。②

代词紧接关系代词甚至只是强调已知的主语。例如:

这个令你眼睛喜悦的人,美眉女郎啊,他来了。

如果代词不紧接关系代词,就能满足关系代词的期望。例如:

令你眼睛喜悦的人,现在,他来了。

---

① 参阅第一章 2 颂引诗。
② 这里需要结合例举的原文理解,下同。

代词 idam 等也是这样。① 如果关系代词和代词两者，只使用其中之一，而在理解中能满足期望，则不构成诗病。这样，在后一句中使用关系代词 yat，而依据语境可以理解前一句中含有代词 tat。例如：

> 灵魂知道什么是罪恶。

同样，

> 所有的山岭视它为牛犊，按照
> 普利图王指令，从大地母牛中
> 挤取璀璨的珍宝和大量药草，
> 而弥卢山是精通挤奶的能手。②

如果代词涉及已经提到的、众所周知或已经体会到的事物，则可以理解含有关系代词。依次举例：

> 这位英雄杀死波林，让须羯哩婆登上
> 渴望已久的王位，犹如替换动词词根。

> 但愿以月牙为顶饰的这位神让你们与他同一。

> 我心中牢记面庞美似月亮的她。

---

① 上面的例子使用的代词是 adas，其他的代词还有 idam、etad 和 tad。
② 引自《鸠摩罗出世》1.2，其中的"它"是关系代词 yam，依据语境可以理解前一首诗中含有代词 tat（指雪山）。

如果代词 idam 等紧接关系代词，但词性或格不同，也能满足期望。依次举例：

> 这位鹿眼女郎光彩照人，是大地的装饰。①

> 月亮光彩熠熠，由此，旅人的离妇们心中焦灼。②

有时，关系代词和代词两者都不出现，但依据语境可以得知。例如：

> 大地啊，不要悲叹无人能解除你的负担，
> 在难陀的宫中，有一个勇力惊人的孩子。

这里，可以理解为：有一个孩子，他能解除你的负担。

> 我的种种离愁，谁能将它解除？

这里，使用两个关系代词 yat 和一个代词 tat，但不能说其中一个 yat 没有满足期望，因为一个 tat 能表达两个 yat 所表达的种种离愁。

其他的句病可以按此方式举例。

刺耳在词的构成部分中，例如：

> 为了获得成功，你去祭拜天神吧！③

---

① 其中的关系代词是阴性，代词是中性。
② 其中的关系代词是主格，代词是具格。
③ 其中 siddhi（成功）一词用为格 siddhyai，词中的 ddhyai 刺耳。

这座山蕴藏丰富的矿物。

其中，mattā一词的词义是"迷醉"，这里用作"丰富"是它的僻义。

我怎样描写战胜多罗迦的大军？

其中，"战胜"（vijeya）一词使用动形容词后缀，而没有使用过去分词后缀，造成词不达意。

手掌柔软似嫩芽。

其中，pelava（柔软）一词中的 pela 可以读作"睾丸"，造成用词不雅。

英雄们战死疆场，成为天神。

其中，"天神"一词应该是 gīrbāṇa，而现在用同义词 vacas 替换 gīḥ，写成 vacasbāṇa，造成费解。同样，在这个词中，也不能用同义词 śara 替换 bāṇa。这是复合词中两个词都不能用同义词替换。而在 jaladhi（大海）之类的复合词中，后面一个词（dhi）不能用同义词替换；在 bāḍavānala（海火）之类的复合词中，前面一个词（bāḍava）不能用同义词替换。

其他产生于词的构成部分的诗病依此类推。

滥用衬字等三种诗病只出现在词中。依次举例：

嗔怒的女郎啊，息怒吧！

其中，hi 这个不变词仅仅用于填衬诗律，没有意义。

这细腰女郎走向花亭。

其中，hanti（杀害）不能表达"走向"的意义，造成缺乏意义。

手持甘狄拨神弓者挥动双臂，
打击三眼湿婆金块似的胸膛。

按照规则，动词 yam（控制）和 han（打击）加上前缀 ā，在行动对象是自己身体时，使用中间语态。因而，在这首诗中，han 使用中间语态，违反语法。

有人会说，这个词本身没有错误，而是与另一个词相联系造成错误，因此是句病。不能这样说。因为诗德、诗病和庄严属于词或句取决于它们与词或句的关系。上述例子中，诗病只与这个词有关系。即使替换与它相联系的另一个词，这个词的错误依然存在，因此是词病。而如果替换中间语态，就不构成诗病。同样，如果替换了动词词根 han，也不构成诗病。因此，这也不是存在于词的构成部分中的诗病。①

同样，前面的例举："美丽的池中莲花绽开。"其中"莲花"一词词性不合惯例，也应该理解为词病。

俗语和方言作品中违反语法的诗病也可以按此方式举例。

---

① 因为它是由动词词根和中间语态共同造成的诗病。

在这些词病中，缺乏意义是一个词不能表达某种意义。使用僻义是一个词有许多种意义，而使用其中偏僻的意义。使用经论术语是一个词有某种意义，但不普遍使用。不合惯例涉及一个意义，而缺乏意义涉及多种意义。hanti（杀害）用来表达"走向"的意义，造成缺乏意义。dina（一天或一日）并无明亮的意义，造成词不达意。这些是它们之间的互相区别。

上面已经说到与词病相关联的句病。现在讲述与此不同的句病：

音素不协调、词尾送气音 ḥ 多次受损、用词过量、用词不足、用词重复、韵律失调、优美减弱、连声缺失、连声不雅、连声刺耳、属于上句的词进入下句、结尾重复、缺乏合理联系、词序不当、词的含义不合语境、遗漏必要的词语、前后用词不一、违反惯用语、词的位置不当、复合词用处不当、词句混乱和句中插句，这些是仅仅存在于句中的诗病。(5—8)

音素与味不相配，造成不协调。例如，我的这首诗：

她在床上翻来覆去，独自表达欢情，
忽儿静止不动，心中羞愧，克制自己。

在这首诗中，仅仅为了展现诗人谐音技巧，反复使用音素 ṭ，而妨碍艳情味。如果只使用一次、二次、三次乃至四次，则不妨碍味，不构成诗病。

女孩啊，这些夜晚已经过去。

在这一行的四个词中，前三个词都失去词尾送气音 ḥ。
还有，词尾送气音 ḥ 都变成 o，例如：

这位坚定而优秀的人出发。

她的嘴唇红似花蕾模样。

这里,"模样"一词是用词过量。

我永远崇拜手持毕那迦弓的湿婆。

这里,"手持毕那迦弓"是形容词过量。但是,在"即使诃罗手持毕那迦弓,我也能动摇他的意志"这样的诗句中,由于"手持毕那迦弓"传达特殊含义,不构成形容词过量。

又如,"憍蹉说话"。这里,"话"是用词过量,因为"说"已含有说话的意义。而有时需要修饰,则可以这样。例如,"他说了甜蜜的话"。

有些人说,将形容词变成副词,例如,"这位智者甜蜜地说",也不恰当。

如果能望我一眼,因陀罗的地位对我又算什么?

这句话的前面部分缺少一个"你",造成用词不足。

风儿游戏似地吹走欢爱游戏引起的疲倦。

这里,"游戏"一词用词重复。同样,

他们抓着莲花绽开的莲藕,吞食莲藕。

这里，"莲藕"一词用词重复。为避免用词重复，可以使用代词。

韵律失调分成三种：即使符合规则，但不悦耳；与味不协调；诗步末尾的轻音节没有变成重音节。依次举例：

哎呀！发怒的爱神始终撕裂她的心。

嗨！傲慢的女郎，别再对我发怒了！

这里使用的韵律只适合滑稽味。①

盛开的芒果树散发诱人芳香，春天已经来到。

按照规则，每首诗的第二和第四诗步的末尾的轻音节可以算作重音节。至于第一和第三诗步，这种情况只出现在波森多底迦等诗律中。

而在这行诗中，第一诗步的末尾 ri 是轻音节。如果第二诗步改变用词为 pramudita 等等，那么，第一诗步末尾的轻音节 ri 在复辅音 pra 前，就变成重音节。又如：

那儿是福地，珠宝优异，泥土也神奇，
因而造物主能创造出这样一位青年：
一见到他，就令人心慌，敌人的武器
从手中脱落，美女的衣裳从腰部滑落。

---

① 也就是不适合这行诗句传达的艳情味。

这首诗的第四诗步末尾 vastrāṇi ca 改成 vastrāṇyapi，则由轻音节变成重音节，不构成诗病。而《诗光》作者认为这依然是轻音节而不是重音节。另一些人则认为这符合规则，但不悦耳。

但愿人狮保佑你们！他的威武的鬃毛骇人，
犹如燃烧的火焰，他的喘息吹走七座大山。

在这首诗中，谐音先强后弱，这是优美减弱。

肢体纯洁的女郎啊，你的双眼如同绽开的蓝莲。

在这行诗句中，多次出现不连声，构成诗病。如果为了凑合诗律，而故意不连声，即使出现一次，也构成诗病。例如：

在东方地平线上，月亮如同檀香膏吉祥志。①

摇来晃去，动作可怕。

这里，calan 和 ḍāmar 连声后，中间出现令人反感的 laṇḍa（粪便）一词，造成连声不雅。

这里是沙漠边，树木成行，适宜休憩。

在这行诗句中，连声刺耳。

---

① 其中的 bhāti induḥ 缺失连声。

细腰女郎啊，月亮以白似樟脑的光芒
映白世界，别再对下跪的爱人发怒了！

这首诗中，属于上句的"世界"一词进入了下句。

月光降临，驱散浓密的黑暗，
折磨分离的情人，照亮大地。

在这首诗中，结尾意义重复而多余。

这鹿眼女郎是爱神的胜利光辉，世界的装饰，
失去了她，我的生命徒劳无益，如今她在哪儿？

在这首诗中，有三个关系代词互相独立，"鹿眼女郎"只与一个关系代词有联系，而与其他两个关系代词无联系，尽管诗人的意图是都有联系。而如果加以改写，在"鹿眼女郎"后面加上一个代词，那么，就与三个关系代词都有联系。又如：

一旦你目光斜睨，爱神便举起弓。

在这行诗中，关系代词 yat 与时间副词 tadā 没有联系。若将 yat 改成 cet（如果，或一旦）问题就能解决了。又如：

光芒是浩渺之水，星星似朵朵莲花，
这月亮宛如天空湖中的天鹅之王。

在这首诗中，"天空湖"处在复合词中，成为附属，因而不与

其他意义（如水和莲花）发生直接联系。

在词义重点不明中，主次不分构成诗病。而在这里，"湖"是主要意义，但在理解中没有成为主要意义，于是，"水"等在理解中也没有成为次要意义。由此，造成对整个句子意义的阻碍。这是这两种诗病的区别。

你的这把斧子曾经砍断母亲脖子，
我的剑耻于与它交锋，跋尔伽婆啊！

前人认为谴责跋尔伽婆（持斧罗摩）不应该联系他用以砍断母亲脖子的斧子。而今人认为通过谴责斧子的方式谴责跋尔伽婆显得更加有力和巧妙。

词序不当。例如：

秋天，天鹅的叫声迷人，而孔雀的叫声刺耳，
这仿佛宣示：一切众生的强弱由时间决定。

在这首诗中，iti[①]不应该放在"宣示"一词之后，而应该放在所宣示的内容之后。同样，

由于你渴望与佩戴骷髅者结合，
现在有了两件令人哀怜的事物：
一件是闪烁光辉的弯弯月牙儿，
还有一件是你，世界眼中的月光。

---

① iti 这个不变词相当于句号。

在这首诗中，ca（还有）应该放在 tvam（你）之后，而不应该放在"世界"之后。

词的含义不合语境。例如：

罗刹女的心被难以抗衡的罗摩爱神之箭射中。

在这行诗句中，暗示的艳情味有碍原本的味（厌恶味）。

遗漏必要的词语。例如：

美目女郎啊，你看到我犯了
什么微小的过失，对我发怒？

这里，"微小的过失"后面应该加上 api（甚至或哪怕）。

在用词不足中，词是指有表示义的词，而不是 api 之类的小词。这是两种诗病的区别。其他依此类推。又如：

细腰女郎啊，爱人拜倒在脚下，你还发怒。

在这行诗中，"爱人拜倒在脚下"这个复合词应该将属格改成体格，并加上一个"你"（asi）。

前后用词不一。例如：

大臣这样说完，罗波那回答。

这里，前面的动词词根使用 vac，后面的动词词根也应该使用 vac，而不应该使用 bhāṣ。这种前后用词一致，不属于用词重复的诗病。因为它有提及和再次提及的特殊性，有别于用词重复。这里的说和回答就有这种特殊性。例如：

> 太阳升起时是红色，落下时也是红色。

这里，如果后一个"红色"换用另一个词，那么，这个不同的词似乎传达另一种不同的意义，有碍于对原本相同的意义的理解。又如：

> 他们问候雪山，然后见到持戟的湿婆神，
> 向他报告任务完成，经他同意，升空离去。

这里，"向他报告"中的"他"使用代词 idam，那么，后面的"经他同意"中的"他"也应该使用这个代词，或者使用同类的代词 etat 和 adas，而不应该使用代词 tat。又如：

> 大海阻断大地，这位水神绵延一百由旬。

这行诗句中应该改写成"水神限定大地，而这位水神……"同样，

> 追求名声，追求幸福，或追求超脱，踏实努力，
> 不急不慢，成功就会走向他，仿佛急不可待。

这首诗中，"追求幸福"的后缀也应该使用 tum，与"追求名声"和"追求超脱"保持一致。

在以上四个前后用词不一的例举中，前两个属于词干，第三个属于同义词，第四个属于词缀。其他依此类推。

违反惯用语。例如：

乌云的可怕叫声。

这里，云的响声的惯用语应该是 garjitam（呼呼声）。人们说："踝铃等发出 raṇitam（叮当声），鸟等发出 kūjitam（鸣声），欢爱中发出 stanita 和 maṇitam（哼哼嗯嗯声），乌云发出 garjitam（呼呼声）。"

词的位置不当。例如：

在那个圣地，凭借那些大象连接
而成的桥梁，他越过逆向而流的
恒河，那些天鹅展翅飞过长空，
成了他的不用费力而获得的拂尘。①

在这首诗中，"恒河"一词应该放在"那个"一词前面。同样，

不听朋友忠告，他是不称职的国王。

这里（在原文中），"不"（否定词）应该直接放在"听"（动词）之前。

以上两个举例是仅仅一个词位置不当，造成对整个句子含义的理解不顺畅，构成句病。其他依此类推。

而有些人说："这里的词通常指有表示义的词，而否定词 na 不是这样的词。无可争议，它不能脱离其他的词，自己表达意义。正

---

① 引自《罗怙世系》16.33。

如在前面'由于你渴望与佩戴骷髅者结合……'这首诗中，ca（还有）没有放在 tvam（你）之后，造成词序不当。这里也是同样情况。"

复合词用处不当。例如：

"呸！骄傲直到现在还希望停留在女人心中，
以山峰般乳房作为城堡。"月亮仿佛气红了脸，
将一条条月光手臂远远伸出，刹那间握住
从绽放的晚莲花丛中飞出的排排蜜蜂之剑。

在这首诗中，发怒的月亮说的话不应该使用长复合词，而诗人说的话可以使用长复合词。

词句混乱是一个句子中的词语插入另一个句子。例如：

请看天国的月亮，鹿眼女郎啊，你摆脱骄傲吧！

这里（在原文中），词序混乱，可以读成：你摆脱月亮，请看骄傲。

词病难解只涉及一个句子。而这里的词句混乱涉及两个句子。这是两者的区别。

句中插句是一个句子插入另一个句子。例如：

对于已经谦恭地匍匐在你脚下的爱人，
朋友啊，我对你说实话，你不能再发怒。

现在讲述义病：
不贴切、次序失当、庸俗、矛盾、不文雅、晦涩、缺乏变化、

缺乏原因、违背原意、含混、重复、违反常识、违反经典、意义不全、类比失当、词语位置不当、无须特指而特指、无须限制而限制、与前两者相反、述语不当、定语不当和结尾重复，这些是义病。(9—12ab)

与前两者相反指应该特指而不特指和应该限制而不限制。

其中，不贴切是不契合主要意义。例如：

看到辽阔天空中的月亮，爱人啊，息怒吧！

这里，"辽阔"一词对于"息怒"的含义毫无补益。

用词过量的词病在理解词义之间关系时就会显示。而不贴切这种义病的显现是在理解词义之间关系之后。这是两者之间的不同之处。

次序失当。例如：

国王啊，请赐给我一匹马或一头迷醉的象王。

这里，首先乞求的应该是象王。

庸俗。例如：

"躺在我身边！""爱人啊，我现在躺下了。"

矛盾是前面讲了某种优点或缺点，而后面的说法不同。例如：

新升的月亮等等不能吸引这些青年的心，
他们凝视这位细腰女郎，世界眼中的月光。

在这首诗中,前面说了新月不能引起喜悦,而后面又将细腰女郎视为月光。

> 顽固不化,热衷伤害,寻找缝隙,
> 他必定会倒下,再也不能挺立。

这是意义不文雅。

> 那是太阳而不是云,降下光芒中纯洁的水,
> 充溢天河的阎牟那河也确是太阳的女儿,
> 有谁不相信毗耶娑的话?有谁不相信经典?
> 然而,这头愚蠢的母鹿不相信阳光中有水。

在这首诗中,太阳下雨,阎牟那河生自太阳,两者说明水产生于太阳。因此,将阳光视为水的起源是合理的,而母鹿头脑混乱,不相信阳光中有水。即使理解这种非主要意义也很困难,更何况理解它的主要意义。因此,这是晦涩。

> 太阳永远在空中运行,风儿永远吹拂,
> 湿舍永远支撑大地,智者永远不吹嘘。

在这首诗中,"永远"一词缺乏变化。在这种义病中,即使换用同义词,也不能增添魅力。这是与用词重复的句病的不同之处。将缺乏变化改成有变化,例如:

> 太阳始终驾驭马匹,风日日夜夜吹拂,
> 湿舍永远支撑大地,国王也尽心尽职。

> 武器啊！你并不适合他，是害怕受辱而接受你，
> 由于他的威力，无论是谁都逃不过你的打击，
> 如今他抛弃你，并非胆怯，而是出于丧子之痛，
> 现在我也要抛弃你，因此，我祝福你万事如意。

在这首诗中，没有说明说话者抛弃武器的原因。因此，这是缺乏原因。

> 国王啊，祝愿你的儿子获得王权！

这里，意味着"你死去"，违背祝愿的原意。因此，这是违背原意。

> 智者们啊，请说应该侍奉高山还是女郎？

这里，由于缺乏语境，不能断定说话者属于艳情味，还是属于平静味。因此，这是含混。

> 不要鲁莽行事，不明真相导致灾难，
> 幸福热爱美德，选择行为谨慎的人。

在这首诗中，第一行后半句和第二行以不同方式表达相同意义。因此，这是重复。

违反常识。例如：

> 诃利手持锋利的股叉，投身战斗。

这里，诃利①手持股叉，违反常识。又如：

> 受到脚的踢踏，这些无忧树发芽。

这里，按照常识是受到脚的踢踏，无忧树开花，不是发芽。因此，这是违反诗人的描写惯例。

> 鹿眼女郎下嘴唇上的指甲伤痕。

这里违反欲经。因此，这是违反经典。

> 自在天湿婆之弓破碎，刹帝利兴起，
> 这位女中之宝，持斧罗摩怎能忍受？

这首诗中，"这位女中之宝"意义不全，应该是"这位女中之宝受轻视"。

> 善人遭遇不幸，女人胸脯下垂，
> 恶人受到尊敬，这些令我心痛。

在这首诗中，将可爱的善人和女人与不可爱的恶人混在一起，这是类比失当。

> 他能下令带来因陀罗顶珠，新奇的目光中蕴含
> 一切经典，虔信众生之主湿婆，居住在楞伽城，

---

① 诃利（即毗湿奴）使用的武器是飞轮。

出生在大梵天世系，这样的新郎实在难以寻觅，
如果他不是罗波那，那里会发现所有这些优点？

在这首诗中，"如果他不是罗波那"应该放在句尾。因此，这是词语位置不当。

我们怎样描述充满金刚钻的大海？

这里，应该说"充满珍宝"，只要泛指，无须特指。

你的肚脐确实是旋涡，眼睛是蓝莲花，
腰间皱褶是涟漪，因此你是美的水池。

在这首诗中，"旋涡"不必加以限制。

女人们在夜晚身裹蓝披巾前去幽会。

这里，"夜晚"应该特指，即"黑暗的夜晚"。

人们耽迷眼前的享乐，什么不会做？

这里，"眼前的"应该加以限制，即"这种眼前的"。
那么，在遗漏必要的词语的例句中，"微小的过失"遗漏 api（甚至或哪怕），而在这里的例句中，遗漏 eva（这种或仅仅），两者有何区别？有人回答说，区别在于应该限制而不限制是遗漏必要的限制词。即使是这样，仍然缺乏区别词病和语病的准则。那么，准则是什么？区别在于前者在听到词句后，就能发觉，而后者要在

理解词句意义后，才能发觉。遵照前人能不能替换词语的原则，可以确定词病和义病的区别在于：不能替换词语的诗病是词病，或者，在理解词义之间关系之前就能发觉的诗病是词病，而在理解词义之间关系之后才能发觉的诗病是义病。对于无须限制而限制和用词过量的区别也可以这样理解。

至于词的含义不合语境，例如前面所举诗句：

罗刹女的心被难以抗衡的罗摩爱神之箭射中。

它的含义必定涉及整个句子，因此属于句病。而不文雅等则不一定涉及整个句子。

让自己人高兴的他将消灭敌人。

这里，述语应该是"让自己人高兴"，即"他将消灭敌人，使自己人高兴"。这是述语不当。

你是湿婆的顶饰，月亮啊，驱散世界的黑暗，
夺走分离之人的生命，请不要徒然折磨我。

在这首诗中，说话者是与爱人分离之人，因此，不应该用"夺走分离之人的生命"形容月亮。这是定语不当。

他的名声遵照吉祥女神旨意，
前往大海，仿佛传达这个信息：
"人们看到这把剑（放荡的女子）
通体沾满鲜红的血（充满激情），

落在敌人的脖颈上（搂住脖颈），
甚至也落在大象（贱民）的头上。
这个人乐此不疲，而不顾一切，
你要知道，我已经被他抛弃。"

在这首诗中，在"你要知道"之后又添加"我已被他抛弃"，造成结尾重复。

下面讲述味病：

直接使用味、常情或不定情的名称，情由、情态或不定情与味矛盾，情态或情由不明，不合时宜，突然中止，反复加强，忽略主要因素，描写离题，喧宾夺主，违背人物性格，以及其他的不合适，这些是味病。（12cd—15）

直接使用味的名称指使用"味"这个词和"艳情"等味的名称。依次举例：

看到这位鹿眼女郎，我们就会感受不可言状的味。

看到一轮圆月，我的心就会坠入艳情。

直接使用常情的名称。例如：

你一进入她的视野，她就心生爱意。

直接使用不定情的名称。例如：

情人吻这天真少女时，她感到羞涩。

这里，应该描述羞涩的情态，即"她闭上眼睛"。

> 细腰女郎啊，你要知道，青春无常，就别生气了！

这里，指出"青春无常"，这是平静味的情由，与艳情味矛盾。因此，不适合艳情味。

> 清凉的月光照亮地面，令世人的眼睛喜悦，
> 请看这位面带微笑、目光斜睨的妙腰女郎。

这里，味的引发情由和所缘情由造成的情态不明。

> 拒绝欢乐，灭寂思想，全身颤抖，不停翻滚，
> 唉，他的身体如此痛苦，我们又能帮什么忙？

这里，拒绝欢乐等也可能出现在悲悯味等中，因此，表现为妇女的情由不明。

不合时宜。例如，在《结髻记》第二幕中，在许多英雄殊死战斗的时刻，描写难敌和跋努摩提的艳情。

突然中止。例如，在《大雄传》中，罗摩和持斧罗摩情绪激动，即将交战，这时罗摩却说："我要去褪下手镯。"

反复加强。例如，在《鸠摩罗出世》中的罗蒂哭夫。

忽略主要因素。例如，在《璎珞传》第四幕中，在巴伯维耶到达时，忘却海女。

描写离题。例如，在《迦布罗曼阁利》中，忽视国王和女主角自己对春天的描绘，而赞扬歌手的描绘。

喧宾夺主。例如，在《野人阿周那》中，描写天女的游戏等。

人物分成神、人和亦神亦人。他们又分成坚定而高尚等。他们也分成上等、中等和下等。如果不按照他们各自的情况描写，便出现违背人物性格的诗病。例如，罗摩的性格坚定而高尚，却采用诡计杀死波林，如同坚定而傲慢的人物。又如，在《鸠摩罗出世》中，描写两位上等神波哩婆提和自在天（湿婆）的会合艳情。有些人说："这正如绝对不宜描写自己的父母交欢。"

其他的不合适是不适合地点和时间等。即使是这样，由于诗本身似乎不是真实存在，而不能引起学生重视。

除了这些之外，不存在庄严病。（16ab）

"这些"指上述这些诗病。比喻中的喻体不相似和不可能以及在类别和规模上的不足和过量，在补证中证实想象中的事物，这些都是用词不当。依次举例：

我创作诗歌月亮，意义月光普照四方。①

你射出的箭如同燃烧的暴雨。②

这位国王在战斗中极其鲁莽，如同旃陀罗。③

这一轮圆月闪闪发光如同一粒樟脑。④

这只青项孔雀光彩熠熠如同湿婆。⑤

---

① 喻体不相似。
② 喻体不可能。
③ 喻体在类别上不足。
④ 喻体在规模上不足。
⑤ 喻体在类别上过量。

你的一对乳房如同两座山峰。①

他保护像猫头鹰那样惧怕白天
而蜷伏洞穴的黑暗，免见太阳，
确实，即使卑微者前来求助，
高贵者也会视同善人和朋友。②

诸如此类想象中的事物只是仿佛如此，若加以证实，就变得不合适了。

一节诗中三个诗步叠声，则属于不合惯例的诗病。例如：

月亮突然升起，这位美女立刻
与知心朋友们一起，前往花园。③

在奇想中，如果用"如同"（yathā）一词表达奇想，则属于词不达意。

例如：

这位国王保护大地，如同正法的化身。

在谐音中，违反风格属于音素不协调。例如：

她在床上翻来覆去……④

---

① 喻体在规模上过量。
② 引自《鸠摩罗出世》1.12。诗中的"他"指雪山。
③ 在这首诗中，第一、第二和第四诗步运用叠声。
④ 参阅第七章第5颂引诗。

在比喻中，共同性质的过量和不足属于用词过量和不足。依次举例：

> 湿婆身上抹灰而发白，目光炯炯，
> 犹如秋云挟带闪电和朵朵乌云。

这里，没有描写尊神（湿婆）的青项，因此，"朵朵乌云"成了用词过量。

> 仇视牟罗的毗湿奴受到吉祥女神拥抱，
> 珍珠项链闪光迷人，犹如乌云携带闪电。

这里，喻体应该是"乌云携带一行苍鹭"。

在比喻中，喻体和本体之间词性、词数、时态、人称和语气等不同，属于前后用词不一。依次举例：

> 月亮纯洁似甘露。①

> 名声洁白似月光。②

> 他俩衣着洁净，一起行走，光彩熠熠，
> 犹如在冬季之后，角宿和月亮会合。

这里，角宿和月亮会合而光彩熠熠，不是过去时，而应该是现在时。

---

① 月亮是阳性，甘露是阴性。
② 名声是单数，月光是复数。

细腰女郎啊,你像蔓藤那样优美。

这里,动词形式是第二人称("你"),不适用于第三人称(蔓藤)。

祝愿你的儿子像摩根德耶仙人那样长寿!

这里,摩根德耶仙人已经长寿,因此,"祝愿"(命令语气)不适用于他。

即使词性和词数不同,如果共同性质不矛盾,则不构成诗病。依次举例:

面庞光彩熠熠似月亮。①

她的服饰如同她的魅力,甜蜜可爱,
有别于其他妇女,达到了美的极致。②

而在前面的例举中,表达共同性质的词语只适用喻体和本体两者之一,因此,不能清晰地传达含义。

同样,谐音没有效应,属于不贴切。例如:

你的珍珠腰带和可爱的脚铃叮当作响,
红脚少女啊,为何无端引起我焦躁不安?

同样,在合说中,由于相同的特征,已经领会另一个事物,却

---

① 面庞是中性,月亮是阳性,但"光彩熠熠"适合这两者。
② 服饰是单数,魅力是复数,但"达到了美的极致"适合这两者。

又再次直接说出；在间接中，已经通过暗示，知道了所要表达的事物，却又再次直接说出，则属于用词重复的诗病。依次举例：

尽管太阳保持红色，形体悦目，不折磨人，
但已失去光辉，西方妓女便将他撵出天庭。①

这里，西方已被领会具有妓女的特征。

飞禽受到召唤，而蚊子飞来，也不会遭拒绝，
即使珊瑚住在大海中，也闪耀宝石的光辉，
萤火虫也毫不畏缩，同样排列在发光体中，
唉，这无知的世界，犹如看不清实质的主人。

这里，直接说出无知的主人不合适。②
同样，谐音中的缺乏先例属于违反惯用语。例如：

手持飞轮者赐予这位国王天下统治权，劈山者
赐予他高贵族姓，以公牛为旗徽者赐予他正义。③

在上述诗病中，有时不成为诗病，有时成为诗德。
说话者发怒，或表达的内容崇高，尤其是在暴戾味等中，刺耳成为诗德。（16cdef）
将这些也称作诗德具有转义性质，因为他们有助于强化属于特

---

① 这首诗中含有双关，"保持红色"也可读作"充满爱意"，"失去光辉"也可读作"耗尽钱财"。
② 因为通过对世界的描述，他已得到间接表达。
③ 这首诗为了追求谐音而违反惯常的描写用语。

殊品尝的主要诗德。依次举例：

> 爱神残酷无情，不断用利箭射击我的心，
> 我与她分离，生命悬在喉咙口，形容憔悴；
> 湿婆怜悯一切众生，但愿他的第三只眼
> 再次喷烈火，将爱神连同灵魂一起焚毁。

这里，表达的是艳情味，但说话者怀有愤怒。

> 愿刚烈的湿婆之舞保佑你们吉祥平安！
> 他头顶上的天河发出呼啸，浪涛翻滚，
> 泼洒的水珠仿佛抛向天空的万千星星，
> 快速抬足卷起的狂风摇撼着整个宇宙。

这里，表达的是崇高的刚烈之舞。以上两首是我的诗。而在暴戾味等中，较之以上两种，刺耳更具有诗德的性质。例如："这个食尸的魔鬼先是剥皮……"① 这是厌恶味。

在交欢时的谈话等中，不文雅也是这样。（17ab）

也是这样指变成诗德。例如：

> 旗帜依靠象鼻投身激烈的战斗，
> 向前挺进，在军队中闪耀光辉。

这里，正如《欲经》中的规定：在交欢时谈话，"应该用双关语暗示这种隐秘之事"。

---

① 第三章第239颂引诗。

"等"指也包括表达平静味的谈话等。

使用僻义和不合惯例在双关等中不成为诗病。(17cd)

例如：

你们敬拜自天而降的天河之水吧！
它冲破山岭，纯洁，深沉，战胜地狱，
犹如因陀罗手持金刚杵，劈开山岭，
毗湿奴战胜那罗迦，狮子战胜大象。

这里，对于因陀罗，用作"手持金刚杵"的 pavitra 一词是使用僻义，对于狮子，用作"大象"的 mataṅga 一词不合惯例。

如果说话者和说话对象都是智者，使用经论术语成为诗德。(18ab)

例如：

人们认为你是原质，为原人而活动，
人们知道你是原人，冷眼旁观原质。

或者，在自我思索中。(18c)

这种情况，使用经论术语也成为诗德。例如：

我寻思这灵魂似月亮，
无所依傍而纯洁无瑕，
沾染物质则增添愚痴，
摆脱物质则消除愚痴。

在涉及前面提到的意义、绝望、惊奇、愤怒、不幸、罗德谐

音、同情、抚慰、表示义转化为另一义、喜悦和强调中，用词重复成为诗德。(18d—20ab)

例如：

太阳升起时是红色，落下时也是红色。

这是涉及前面提到的意义。

天哪！天哪！我的爱人走了，在这春季也没有回来。

这是绝望。

奇妙！奇妙！面庞美丽的女郎啊，这月亮怎么不在空中？

这是惊奇。

眼睛美丽的女郎啊，请把眼睛转过来。

这是罗德谐音。

他的眼睛才是眼睛。

这里，第二个"眼睛"是表示义转化为另一义。其他依此类推。

词义含混在伴赞中，变成诗德。(20cd)

例如：

国王啊！我俩的住宅如今完全相同：
你的装满金子，我的装满孩子的哭声，
你有一切仆从侍奉，我们全家睡地上，
你那里大象成群，我这里充满耗子屎。①

如果说话者和说话对象是语法家，晦涩和刺耳成为诗德。(21abc)

例如：

如同词根 dīdhiṅ 和 vevīṅ,
有的人与品德和繁荣无缘；
同样，如同词缀 kvip,
有的人也与这两者无缘。②

这里，词义晦涩，但说话者是语法家。说话对象是语法家，也是如此。

老师啊，在这方面，我始终不能令你满意。

这里，词音刺耳，但说话对象是语法家。说话者是语法家，也是如此。

如果说话者是下等人，俚俗成为诗德。(21d)

例如我的这首诗：

---

① 这首诗的后三行在原文中是用双关语表达的。
② 这首诗中的"品德"（guṇa）和"繁荣"（vṛddhi）作为语法术语是指二合元音和三合元音。

这一轮圆月看似一团奶酪，

这洒下的月光如同牛奶雨。

这是丑角说的话。

如果意义明确，缺乏原因不成为诗病。（22ab）

例如：

现在，黄昏拆散成对成对的轮鸟。①

如果是诗人的习惯用语，违反常识成为诗德。（22cd）

下面是诗人的习惯用语：

黑色的天空或罪恶；白色的名誉、笑声或声誉；红色的愤怒或激情；河中或海中的青莲或红莲；在所有的水域中都出现天鹅等鸟禽；鹧鸪鸟饮用月光；天鹅在雨季飞往摩那娑湖；无忧树因妇女用脚踢踏而开花；勃古罗树因妇女用嘴喷酒而开花；青年都佩戴项链，与心爱之人分离而痛苦烦恼，心儿破裂；爱神的弓以成排的蜜蜂为弓弦，以花为箭；爱神的箭如同妇女斜视的目光，射穿青年的心；莲花白天绽放，睡莲夜晚绽放；月光在白半月明亮；孔雀闻听雷鸣而起舞；无忧树不结果，茉莉春天不开花，檀香树无花无果。在优秀诗人的作品中可以发现诸如此类的诗人习惯用语。（23—25）

这类例举随处可见。

在弓弦等词中，弓等词表示弦在弓上。（26abc）

例如：

弓弦（dhanurjyā）迸发的声响充斥天地之间。

---

① 雌雄结对的轮鸟白天相聚，夜晚分离。

这里"弦"（jyā）这个词本身就有"弓弦"的意思，而在前面再加上"弓"（dhanus）这个词，表示张在弓上的弓弦。

"等"指类似的用词。

你的耳坠闪闪发光。

这里，加上"耳"这个词，表示戴在耳朵上的耳坠。同样，如"耳环"和"顶饰"等。

同样，"花环"（mālā）一词在前面没有限定词时，只表示花环。即使如此，在前面加上"花"（puṣpa）这个词，则表示花的鲜艳。例如：

你的花环（puṣpamālā）光彩熠熠。

同样"珍珠项链"一词表示没有夹杂其他宝石的项链。

上述这些都可以应用。(26d)

在优秀作品中确立的"弓弦"等用词都可以应用。但"腰带"和"手镯"等的用法没有确立。①

说话者沉浸在喜悦等中，用词不足成为诗德。(27ab)

例如：

热烈的拥抱压紧她的胸脯，浑身战栗，
激情荡漾，漂亮的内衣已从腰间滑落，
"不要！不要！行了！够了！"她的话音急促，
然后，她是睡着，昏死，还是融化在我心？

---

① 即在"腰带"前再加上"腰"，在"手镯"前再加上"手"。

这里,"不要"后面缺乏"压紧"一词。

有时既非诗病,也非诗德。(27c)

这里指用词不足。例如:

> 或许她生气而施展神力隐身,但怒气不会长久,
> 或许她已经升入天国,但依然会对我怀有柔情,
> 如果在我的面前,甚至天神的敌人也不夺走她,
> 但我的双眼始终看不见她,难道这是命运作怪?

这里,"施展神力隐身"和"已经升入天国"这两者之后都应该加上"不是这样,因为",因而是用词不足。然而,缺乏这些词,并不有助于强化句中暗示的不定情思索,因而不成为诗德。同时,"怒气不会长久"这个句子显然否定了"或许她生气而施展神力隐身",因而也不成为诗病。

有时,用词过量成为诗德。(27d)

例如:

> 我不是不知道,而是知道恶人会突然做出
> 令人无法想象的事,但我的心依然不冷酷。

这里,"我不是不知道"排除了"不知道",而第二个"我知道"强调我确实知道,排除了其他人都知道,而具有特殊魅力。

有时,结尾重复既非诗病,也非诗德。(28ab)

例如:

> 那儿是福地,珠宝优异,泥土也神奇,
> 因而造物主创造出这样一位青年:

> 一见到他，就令人心慌，敌人的武器
> 从手中脱落，美女的衣裳从腰部滑落。

这里，前半部分的句子已结束，后半部分的句子又重新讲述。然而，应该知道，结尾重复只限于修饰语重复，而不是句子重复。

有时，句中插句也成为诗德。（28c）

例如：

> 他征服了由方位象群确立四面八方的大地，
> 一说到征服，我们就不由自主，浑身汗毛竖起；
> 而后，他将大地赐予婆罗门，还用说别的什么？
> 向罗摩致敬！这个奇妙故事由他制造和终结。

这里，"一说到征服……"是句中插句，增添魅力。

有时，优美减弱也是这样。（28d）

也是这样指成为诗德。例如："王后啊！我将挥动手臂……"[①]在这首诗中，第四诗步表达的意义含有柔情，因而不再使用刺耳的词音。

有时情态和情由没有得到合适的表现，不定情使用自己的名称，不成为诗病。（29）

如果凭借情态和情由，不能获得清晰的理解，如果情态和情由不适宜充分展现，不定情使用自己的名称，不成为诗病。例如：

> 因焦急而加快步伐，因天生的羞涩而转身，
> 在众位女眷劝说下，波哩婆提仍被带往前，

---

① 第六章第 84 颂 a 引诗。

> 见到丈夫，既爱又怕，湿婆面露微笑拥抱她，
> 初次会合，汗毛竖起，但愿她赐给你们幸福。

这里，凭借"加快步伐"的情态，不能正确理解"焦急"，因为"加快步伐"也可能出于"害怕"等。而"羞涩"的情态"转身"也可能出于"愤怒"等。同时，充分展现"既爱又怕"的情由等，不利于突出主要的味。因而，这些不定情使用自己的名称是合理的。

提到互相对立的不定情等，但受到抑止，成为诗德。（30ab）

例如："不轨行为在哪里？月亮族在哪里？……"① 在这首诗中，附属平静味的思索、自信、疑虑和坚定，受到附属艳情味的焦灼、回忆、沮丧和忧虑的抑止，最终强化以忧虑为主的品尝。

如果对立的味属于回忆，或具有相似性，或互相都附属于主味，则不形成对立。（30cd、31ab）

依次举例："正是这只手，扯开我的腰带……"② 这里，所缘情由（丈夫）已经战死，对爱情的回忆成为辅助因素，激发悲情，而适合悲悯味。

> 充满激情，汗水淋漓，手掌击打粗壮大腿，
> 牙齿不断咬住嘴唇，愤怒似美女伴随国王。

这里，会合艳情味与作为英勇味的不定情愤怒的情态呈现相似性。

> 但愿湿婆保佑你们！他的三只眼在入定时，

---

① 第三章第267颂引诗。
② 第四章第14颂引诗。

情味不同：第一只眼陷入沉思，几乎闭上，
第二只眼凝视波哩婆提的莲花脸和胸脯，
第三只眼望着远处挽弓的爱神，燃起怒火。

这里，平静味、艳情味和暴戾味强化对尊神的敬爱。又如：

愿湿婆的火焰烧尽我们的罪恶！
这火焰犹如惹人生气的情人——
魔城妇女的莲花眼中含着泪水，
甩开它，它依然拉住她们的双手，
拍打它，它依然拽住她们的衣角，
推开它，它依然抱住她们的身躯，
不让它抓头发，它又匍匐在脚下，
由于情绪激动，她们还没有察觉。

这里，主味是诗人对尊神的敬爱。尊神摧毁魔城的威力强化这种味。这种威力没有充分发展成为味，而只是情。悲悯味辅助这种威力。由于它如同情人，艳情味通过相似性辅助悲悯味。尽管如此，悲悯味没有成为最终的落脚点，依然处于辅助地位。这样，悲悯味和艳情味并不对立，两者都是辅助因素，同时强化尊神的威力，促进对尊神的敬爱之情的品尝。

有人会问，味通过感知情由等而充满喜悦，怎么会互相对立？味在同一个句子中也不同时产生，不会发生摩擦。它们也不存在主次之分，因为互相独立，自给自足。这种说法是对的。因此，对于那些不同于主味的味，由于它们没有最终落脚于自己，不同于充分发展的味，古人命名为"不定味"。而我的叔祖、著名的诗人和学者钱迪陀婆命名为"部分味"。他说道："如果一种主味在另一种味中成为辅助因素，或受到抑止，或成为同伴，则不能被完全品尝，因此，称作'部分味'。"

有人会问，按照前面讲述的规则，"艳情味与悲悯味、厌恶味、暴戾味、英勇味和恐怖味对立"①，那么，为何英勇味和艳情味会出现在同一首诗中：

遮那吉的双颊闪耀年轻大象象牙的光辉，
莲花脸绽露爱的微笑，汗毛竖起，颤抖跳动，
这位罗怙族的俊杰一次又一次地观看她，
同时听到罗刹军队的喧嚣声，便挽紧发髻。②

对此的回答是，判断味之间对立或不对立，有三种方式：两者的所缘情由是否相同？两者的对象是否相同？两者是否紧密相连？如果英勇味和艳情味的所缘情由相同，则形成对立。同样，会合艳情味与滑稽味、暴戾味和厌恶味形成对立，分离艳情味与英勇味、悲悯味和暴戾味等形成对立。如果对象相同，英勇味和恐怖味形成对立。如果紧密相连或情由相同，平静味和艳情味形成对立。而即使依照这三种方式，英勇味与奇异味和暴戾味不形成对立，艳情味和奇异味不形成对立，恐怖味和厌恶味不形成对立。因此，在上述例举中，英勇味和艳情味是所缘情由不同，不形成对立。

同样，在作品中存在于主角的英勇味和存在于反主角的恐怖味，由于对象不同，不形成对立。在《龙喜记》中，平静味的对象云乘爱上摩罗耶婆提，但中间插入了奇异味："啊，这歌声！啊，这音乐！"由于不紧密相连，平静味和艳情味不形成对立。其他依此类推。

---

① 第三章第 254 颂 cd。
② 这首诗中的遮那吉即悉多，罗怙族的俊杰即罗摩。

你那苍白憔悴的脸，
多情的心，倦怠的身，
女友啊，分明透露出
你心中的不治之病。

在这首诗中，苍白等辅助悲悯味和分离艳情味这两者，因而不形成对立。

在模仿中，一切诗病不成为诗病。（31cd）

一切指刺耳等。例如：

有人低声默念着"我赞颂不动者"。

这里，"不动者"一词用于称呼因陀罗，不合惯例。①

至于其他的诗病，智者们应该依据合适性确定其不成为诗病，成为诗德，或不成为这两者。（32）

不成为这两者指既非诗病，也非诗德。

以上是《文镜》中名为《论诗病》的第七章。

---

① 但这是模仿的描写，因而不成诗病。

第 八 章

论 诗 德

现在讲述诗德：

诗德是为主者味的属性，正像勇敢等是灵魂的属性。（1ab）

正像勇敢等强化为主者灵魂，而被称作"德"（性质），甜蜜等也是诗中为主者（味）的特殊性质。它们有效地协助传达为主者（味）的作品。正如前面已经阐明，它们唯独是味的属性。

它们分为三种：甜蜜、壮丽和清晰。（1cd）

它们指诗德。其中，

甜蜜是心的溶化形成的喜悦。（2ab）

有些人说："甜蜜引起心的溶化。"这不对。心的溶化与以品尝为特征的喜悦没有区别，不是它的结果。有违本性的生硬、激愤和怨怒等造成激烈、惊讶和可笑等精神紊乱。溶化是摒弃这些紊乱，而唤醒充盈爱等情感的喜悦，知音的心变得湿润柔软。

它在会合艳情味、悲悯味、分离艳情味和平静味中，依次增强。（2cd）

会合艳情味等是一般用词。因此，它也存在于类艳情味等中。

顶辅音之外的所有辅音与各自的鼻音结合，顶半元音和顶鼻音与短元音结合，形成甜蜜。无复合词或少用复合词，词语组合甜蜜，也是这样。（3、4ab）

例如：

她的斜睨眼光是爱神的吉祥胜地，
不断在青年们心中引发无尽烦恼。

又如，我的这首诗：

风儿吹动布满嘤嘤嗡嗡黑蜂的蔓藤，
拥抱人们身体，迅速激发他的爱欲，
拂动绽开的朵朵莲花，取走大量花粉，
它缓缓地行进，向四面八方播撒花蜜。

壮丽是呈现为心的扩张的激动。它在英勇味、厌恶味和暴戾味中，依次增强。（4cd、5ab）

这里，英勇味等是一般用词。因此，它也存在于类英勇味等中。

同一类辅音中的第一个和第三个辅音与第二个和第四个辅音结合，任何辅音与前面或后面的顶半元音结合，顶辅音，腭咝音，顶咝音，这些表明壮丽。多用复合词，词语组合夸饰，也是这样。（5cd—7ab）

例如：

王后啊！我将挥动手臂……①

清晰布满心中，犹如干柴烈火迅速遍及一切。它存在于一切味和词语组合中。（7cd、8ab）

布满指展现。

---

① 第六章第 84 颂 a 引诗。

一听到词音，就明白词义，表明清晰。(8cd)

例如：

> 珍珠项链啊，你被针尖刺破一次，
> 就滚落在这可爱女郎的胸脯上，
> 而我已被爱神之箭刺伤成百次，
> 为什么甚至在梦中都见不到她？

智者们以转示的方式称它们为音德。(9ab)

这正像将勇敢等称为身体的"德"（性质）。

前人所说的紧密、三昧、高尚和清晰这些诗德都已包含在壮丽中。(9cd、10ab)

在壮丽中，"壮丽"一词以转示的方式表示词音和词义的特殊性质。其中，紧密是许多词仿佛合成一个词。例如：

> 海潮涌起，挟带无数海螺而发白，
> 犹如海中象王突然从水中拱出，
> 浪涛发出刺激耳朵的巨大声音，
> 在所有峡谷和山洞中震荡回响。

这便是壮丽，词语组合夸饰。三昧是升降有序。升是增强，降是减弱。升降有序，而不造成无味。例如："王后啊！我将挥动手臂……"① 其中，前三个诗步的词语组合依次增强，第四个诗步减弱。但它的发音依然强劲有力，展现壮丽。高尚是生动，词语仿佛翩翩起舞。

---

① 第六章第 84 颂 a 引诗。

这些舞女的脚镯发出奇妙动听的叮当声。

这里，按照前人的观点，壮丽只是词语的成熟表达，并不涉及味。清晰是与壮丽结合中的松弛。

例如：

般度族军队中无论哪个自恃臂力……①

已经指出无复合词表明甜蜜，也就认同词与词互相独立是甜蜜。（10cd、11ab）

例如：

长吁短叹，在地上翻滚……②

易解包含在称作清晰的诗德中，因为词的易解是迅即传达词义。（11cd、12ab）

这类例举容易找见。

摒弃俚俗和刺耳被认为是美好和柔和。（12cd）

美好是优雅。它避免使用粗俗的语言，而富有世俗之美。柔和是不刺耳。这两者的例举容易找见。

同一是风格的统一，但有时成为诗病。而通常按照相应的情况，包含在诗德中。（13）

风格统一是作品使用柔和或刺耳的词，自始至终保持一致，而这有时也成为诗病。例如：

---

① 第六章第 97 颂 ab 引诗。
② 第三章第 106 颂 cd 引诗。

这头幼狮肢体还不够健壮,脚爪和腹部
也不够丰满,但怎么可能将它捧在手中?
它一发怒,能烤干百头大象流淌成河的
颞颥液汁,相比之下,劫火也微不足道。

这里,表达的意义崇高,摒弃柔和的词语组合,成为诗德。如果情况与此不同,则包含在甜蜜或壮丽中。例如:

风儿吹动布满嘤嘤嗡嗡黑蜂的蔓藤……①

壮丽、清晰、甜蜜、柔和和高尚被认为是义德,因为缺少它们,便形成诗病。(14)

壮丽是蕴含意义。清晰是意义简明。甜蜜是话语奇妙。柔和是不刺耳。高尚是不俚俗。这五种义德依次被认为是避免词义不贴切、用词过量、缺乏新意、用词不雅而不吉祥和俚俗。它们的例举容易找见。

易解属于自性庄严,美好属于味韵和以韵为辅。(15)

易解是如实描写。美好明显有味。这两者的例举容易找见。

紧密只是绚丽多彩。同一只是无诗病。(16ab)

紧密的特点包含有序、狡黠、适当和合理。其中,有序是行动有序,狡黠是行为狡黠,适当是描写不违反常情,合理是说明理由。它们的结合形成紧密,但只是体现绚丽多彩,并不成为一种非同一般的强化味的方式。例如:

这个滑头看到两个可爱的女子坐在一起,

---

① 第八章第3颂引诗。

> 悄悄从后面走近，捂住一个女子的双眼，
> 佯装与她游戏，同时扭过脖子，汗毛直竖，
> 亲吻另一个心儿扑腾、脸儿微笑的女子。

这里，行动是"看到"等。狡黠是同时戏弄两个女子。适当是符合世俗常情。合理是"坐在一起"，"从后面走近"，"捂住眼睛"，"扭过脖子"。读者的注意力集中在理解它们所表达意义的合理性，味的品尝在此之后。因此，它不是诗德。

同一是保持词干和词缀前后一致，不造成意义矛盾。这只是避免前后用词不一的诗病。

三昧也不是诗德。（16c）

三昧是对独创和借鉴两种意义的理解。其中，独创的意义，例如：

> 这橘子活像刚刚剃过的胡那人的下颏。

借鉴的意义，例如：

> 被自己的眼睛在水中的映像蒙骗了多次，
> 这个采集莲花的女孩遇到青莲，伸手迟疑。

这里，青莲和眼睛相似众所周知，具有特殊魅力。但三昧并不提供非同一般的美，因而不是诗德。它只是成为诗的身体。

有时，说的是一个词义："月亮"，而用一个句子："阿特利眼中闪发的光芒。"有时，说的是一个句义："这个妇女柔软的肢体冬暖夏凉"，而用一个词："肤色优美。"有时，一个句义出于某种需要，用许多句子表达，形成"扩展"。有时，许多句义用一个句子

表达，形成"简缩"。其他人说到的诸如此类的诗德并不适宜称作诗德，而只是体现绚丽多彩。

因此，没有单独的义德。（16d）

因此指以上说明的理由。义德指以上所说的壮丽等。

以上是《文镜》中名为《论诗德》的第八章。

第九章

论 风 格

现在，依次应该论述庄严。但庄严要占用很大篇幅，因此，先说风格。

风格是词语组合方式，呈现肢体的特殊安排，对味等起辅助作用。（1abc）

味等是以词音和词义为身体的诗的灵魂。

它分成四种：维达巴、高德、般遮罗和罗德。（1d、2ab）

它指风格。其中，

暗示甜蜜的音素的优美组合，无复合词，或少用复合词，这是维达巴风格。（2cd、3ab）

例如："她的斜睨眼光是爱神的吉祥胜地……"[1] 而楼陀罗吒说："维达巴风格是不使用复合词或使用短复合词，具有十种诗德，大量使用各类辅音中的第二个辅音和善于使用发音不很费力的音素。"这里，十种诗德是按照他的观点提出的紧密等。

展现壮丽的音素的繁缛组合，大量使用复合词，这是高德风格。（3cd、4a）

例如，"我将挥动手臂……"[2] 而布鲁娑多摩说："高德风格是

---

[1] 第八章第3颂引诗。
[2] 第六章第84颂a引诗。

大量使用复合词和发音费力的音素，使用长句，注重谐音。"

音素组合不同于前两者，使用五六个复合词，这是般遮罗风格。（4bcd）

前两者指维达巴风格和高德风格。例如：

> 春节盛开的摩陀维花充满蜜汁，激发雌蜂活力，
> 不断地发出迷醉的嘤嘤嗡嗡声，音素含混不清。

而波阇说："诗人们知道般遮罗风格甜蜜和柔和，有五、六个复合词，含有壮丽和美好。"

罗德风格介于维达巴风格和般遮罗风格之间。（5ab）

例如：

> 犹如东山林中的曼陀罗花绽放，
> 太阳冉冉升起，唤醒睡眠的莲花，
> 鲜红似发怒的猴子的脸颊中央，
> 驱散黑暗，令分离的轮鸟们喜悦。

有的人说："罗德风格使用柔美的复合词，不过多使用复辅音，注重用合适的形容词描写事物。"另一些人说："高德风格词语繁缛，维达巴风格词语优美，般遮罗风格是前两者的混合，罗德风格词语柔和。"

有时，词语组合等适应说话者等而加以调整。（5cd）

说话者等指还包括内容和作品。词语组合等指还包括复合词和音素。适应说话者，例如：

> 鼓声深沉，如同曼陀罗山搅动，海水灌满山涧，

每次捶打，如同世界毁灭之时，雷云互相撞击，

如同黑公主愤怒的信使，毁灭俱卢族的飓风，

如同我们的狮子吼的回声，是谁擂起这战鼓？

　　这里，内容并不暗示愤怒等，但说话者是怖军，因此，词语组合等夸饰。

　　适应内容，例如："愿刚烈的湿婆之舞保佑你们吉祥平安！……"①

　　适应作品，例如，在戏剧作品中，即使表达暴戾味，也不使用长复合词，因为不适宜表演。在传记作品中，即使表达艳情味，也不使用柔软的音素等。在故事作品中，即使表达暴戾味，也不过分夸饰。其他依此类推。

　　　　　　以上是《文镜》中名为《论风格》的第九章。

---

① 第七章第16颂引诗。

第十章

论庄严

下面，轮到讲述庄严——

庄严是音和义的不固定的属性，美化音和义，辅助味等，如同手镯等。(1)

如同手镯等美化身体，有助于人，谐音和比喻等美化音和义，辅助味等。不固定，即庄严不像诗德那样固定。

在音和义两者中，首先认知的是音，因此，先讲音庄严。貌似重复涉及音庄严和义庄严，但前人都将它归入音庄严。下面就先讲这个庄严：

词形不同，而乍看之下词义似乎相同，这是貌似重复。(2)

　　以蛇为耳环，头顶的月亮闪耀樟脑般的白光，
　　但愿摄人心魄的湿婆永远保护世界不丧亡！

在这首诗中，bhujaṅgakuṇḍalī 中的两个词乍看之下都是蛇，仿佛词义重复。然后，知道两个词的词义不同，意思是以蛇（bhujaṅga）为耳环（kuṇḍala）。pāyādavyāt 是动词意义（保护）貌似重复，实际

上，pāyāt（保护）应该读作 apāyāt（不丧亡）①。在 bhujaṅgakuṇḍalī 中，前一个词（bhujaṅga）可以换用同义词。在 haraḥ śiva② 中，第二个词 śiva（湿婆）可以替换同义词。在 śaśiśubhrāṃśu③ 中，两个词都可以替换同义词。

又如，在 bhāti sadānatyāga④ 中，dāna（施舍）和 tyāga（舍弃）两个词都不可以替换同义词。由于同时存在同义词的可替换和不可替换，貌似重复同时属于音庄严和义庄严。

谐音是词音相同，即使元音不同。(3ab)

仅仅元音相同，缺乏魅力，不算是谐音。谐音是优异的安排，适应味等。

智者是若干相同辅音重复一次，并非依据一种方式。(3cd)

智者即智者谐音。并非一种方式，指依据词音的性质和次序两种方式。诸如 rasaḥ sara 之类，辅音相同而次序不同，则属于这种庄严。以我的父亲的这首诗为例：

> 风儿经过迦维利河水净化，缓缓吹来，
> 夹带波古罗花香，一路上令蜜蜂迷醉。

在这首诗中，gandhānandhī 有两个辅音（n 和 dh）、kāverīvarī 中有两个辅音（v 和 r）、pāvanaḥ pavana 中有多个辅音（p、v 和 n）重复一次。智者即熟练者。这种谐音由熟练者使用，因而称作智者

---

① 因为 apāyāt 与前面的 sadā 连声。
② 这两个词都指称湿婆，貌似重复，但实际上 hara 与前面的 cetas 组成复合词，意思是摄人心魄。
③ śaśi（月亮）和 śubhrāṃśu（白光）这两个词都可以读作月亮，貌似重复，但实际上 śubhrāṃśu 与后面的 śītagu（樟脑）组成复合词，意思是樟脑般的白光。
④ 意思是这座山永不弯腰，光彩熠熠。

谐音。

若干相同辅音依据一种方式或不止一种方式重复多次，也有一个辅音重复一次，称作风格谐音。（4）

一种方式是依据词音的性质，而不管词音的次序。不止一种方式是依据词音的性质和次序。也有一个辅音重复一次，意思是另外有一个辅音重复多次。例如：

> 芒果树颤动的嫩枝上，蜜蜂贪恋浓郁的蜜香，
> 杜鹃在游戏中不时发出令人烦躁的咕咕声，
> 旅人怎样度过这些日子？他们只能在沉思中，
> 短暂地体味与生命般爱人团聚的欢乐之情。

在这首诗中，rasollāsairamī 中，r 和 s 重复一次，但不按照次序。在第二诗步中，k 和 l 重复多次，按照次序。在第一诗步中，t 重复一次，dh 重复多次。音素的安排与味相配合，这是风格（vṛtti）。这种适应味的优异安排，称作风格谐音。

腭和齿等发音部位相同的辅音重复，称作悦耳谐音。（5）

例如：

> 湿婆的目光将爱神焚毁，
> 她们的目光使爱神复活，
> 我们赞美眼睛美丽的女郎，
> 她们胜过眼睛怪异的湿婆①。

在这首诗中，重复使用的 j 和 y 的发音部位相同，都是腭音。

---

① 湿婆用额上的第三只眼喷出烈火，焚毁爱神。

同样，也可以举出齿音和喉音重复的诗例。这种谐音令知音悦耳，称作悦耳谐音。

如果辅音与元音结合，保持原状，在词尾重复，这是尾部谐音。(6)

保持原状，是辅音依据各种情况与鼻化音、送气音 ḥ 和元音结合。这种谐音一般用于诗步尾部和词的尾部。用于诗步尾部，例如我的这首诗：

> 头发看似一束迦舍草，
> 身躯呈现骆驼的模样，
> 眼睛如同燃烧的玛瑙贝，
> 心中依然充满强烈欲望。①

词的尾部谐音，例如：

> 发出微笑，汗毛竖起。②

词音和词义两者重复，区别仅在含义，这是罗德谐音。(7abc) 例如：

> 双眼似莲花绽放的女郎啊！你为何闭上双眼？
> 请看你的爱人胜过爱神，却依然受爱神掌控！

---

① 在这首诗中，第一和第二诗步的尾部重复使用 āsaḥ，第三和第四诗步的尾部重复使用 lpam。

② 第一个和第三个词的尾部重复使用 am，第二个和第四个词的尾部重复使用 ntaḥ。

在这首诗中，虽然词义有所区别①，不重复，但重要的是，两者词干传达的基本意义并无差别，因而是罗德谐音。又如：

> 他的这双眼睛才是眼睛。

其中，第二个"眼睛"有吉祥幸运等特殊含义，与第一个"眼睛"的意义有差别。

> 无情人在身旁，清凉的月光如同森林大火，
> 有情人在身旁，森林大火如同清凉的月光。

在这首诗中，有许多词的重复。由于罗德人普遍喜爱这种谐音，因而称作罗德谐音。

因此，谐音共分五种。(7d)

这很清楚。

元音和辅音组合，按照相同次序重复，如果有意义，则意义不同，这称作叠声。(8)

其中的两个词，有时有意义，有时无意义。有时一个有意义，另一个无意义。因此，上面提到"如果有意义"。按照相同次序，也就是说，damo moda②之类不属于叠声。叠声包含诗步、词、诗行和诗节的重复。由于诗步等重复多种多样，因此，叠声分类繁复。这里只能简略地举例说明：

> 他看到春季须曼花盛开，芳香浓郁，波罗舍树

---

① 词义有所区别指其中有两个 nayane（双眼），前一个是阴性双数呼格，后一个是中性双数业格。

② 这两个词有相同的音节，但音节次序不同。

新叶繁茂，莲花充满花粉，蔓藤嫩尖柔软下垂。

在这首诗中，有词的重复。palāsa（新叶）和 palāsa（波罗舍树）、surabhi（芳香）和 surabhi（春季）这些词都有意义。latāntalatānta 中，前一个 latānta 没有意义。① parāgaparāga 中，后一个 parāga 没有意义。② 依此类推，可以举出其他诗例。

在叠声等中，ḍ 和 l，b 和 v，l 和 r，都可以视为同音。因此，在 bhujalatām jaḍatāmabalājanaḥ 这样的诗句中，也有叠声。③

如果通过双关或语调，同一个句子也表达另一个意思，这是曲语，分为两种。(9)

分为两种：双关曲语和语调曲语。依次举例——

"你们是谁？""我们都站在地上哩！""我问你们的身份。"
"你说什么？是说鸟或蛇王，诃利大神睡在它们身上？"
"哎呀！你们这些坏家伙。""爱神怎么如此爱开玩笑，
让这人失去分辨力，把我们这些男人错看成女人。"

在这首诗中，将 viśeṣa（特征，身份）另读成 viḥ（鸟）和 śeṣa（蛇王），这是分拆双关。其他都是不分拆双关。④

眼下的季节，杜鹃鸣叫，芒果诱人，
抛弃得罪自己的情人，她不心疼。

---

① 后一个 latānta 的词义是蔓藤嫩尖，前一个 latānta 是另一个词的构成部分。
② 前一个 parāga 的词义是花粉，后一个 parāga 是为另一个词组的构成部分。
③ jalatām 和 jaḍatām 形成叠声。
④ 这首诗中的不分拆双关是将 ke（谁）另读成水，vāmā（坏家伙）另读成女人。

这是女主人公的某个女友说的话，其中的"不"，表示否定的意思。如果改变语调（"她不心疼？"），则表示肯定的意思（"她肯定心疼"）。

一些词组成的句子，按照各种语言读来都相同，这是通语。(10)

例如我的这首诗：

面对叮当作响的珠宝脚铃，
游乐的湖岸，逗趣的鹦鹉，
传送白檀香香气的微风，
女友啊！你怎么无动于衷？

这首诗用梵语、俗语、修罗塞纳语、东部语、阿槃底语、那伽罗语和阿波布朗舍语都能读通。但在 sarasam kaiṇa kavvam（诗人的诗作有味）这样的句子中，只有其中的 sarasam（有味）一词，而不是整个句子用梵语和俗语都能读通。这就缺乏奇妙性，不属于这种庄严。

一些双关词表达不止一种意义，这是双关。它按照音素、词缀、词性、词干、词、词格、词数和语言的双关，分为八种。(11、12ab)

依次举例：

面对命运，种种努力都无济于事，
太阳落下时，千道光芒也拽不住①。

---

① 这首诗中的"命运"一词也可读作"月亮"。

在这首诗中，vidhau 一词既是 vidhi（命运）的依格，也是 vidhu（月亮）的依格，因此，au 中含有 i 和 u 的双关。

月亮照临，南风吹拂，这一切
为互相拥抱的情人洒下甘露。

这首诗中的 sudhākiraḥ（洒下甘露）含有 kir 和 kira 的词缀双关，也含有复数和单数的词数双关。①

眼睛宛如蓝莲绽放，胸脯项链闪烁颤动，
但愿这位细腰女郎永远给你带来喜悦。

在这首诗中，含有中性和阴性的双关，也有词数的双关。②

这位王子熟记一切经典，向智者们宣讲，
增强朋友们的力量，削弱敌人们的力量。

在这首诗中，vakṣyati 含有动词词根 vah（运载或熟记）和 vac（说话或宣讲）的双关，sāmarthyakṛt 含有词根 kṛt（毁坏或削弱）和 kṛ（创造或增强）的双关。

国王啊！我俩的住宅如今完全相同：

---

① kiraḥ（洒下）既是 kir 的复数，也是 kira 的单数，与 sarva（一切）对应。这里的 sarva 按照连声规则，既可读作 sarve（复数），也可读作 sarvaḥ（单数）。

② 其中的 hāriṇī 读作"有项链"，是阴性单数，修饰胸脯，读作"迷人的"，是中性双数，修饰眼睛。动词 dattām（给予）可以同时用作命令语气第三人称单数和双数。

你的装满金子，我的装满孩子的哭声，
你有一切仆从侍奉，我们全家睡地上，
你那里大象成群，我这里充满耗子屎①。

在这首诗中的词的分拆中，词格和复合词格式都不相同，因此，这是词双关，而不是词干双关。

如同林中鹿儿遭遇频频射箭的猎人，如同水中
莲花遭遇成群贪婪的蜜蜂，她的眼睛慌乱转动。

在这首诗中，lubdha（猎人或贪婪的）和 śilīmukha（箭或蜜蜂）都是双关词，但词格相同，因而是词干双关。如果不做这样的区分，那么，全部都成了词双关。

你是一切中的一切，一心解除世俗苦难，
诃罗啊！你奉行守戒和施恩的生活方式。

又读作：

你要夺取一切人的一切，一心杀戮，
追求肉体生活方式，摒弃施恩行善！

在这首诗中，hara（诃罗）是对湿婆的称呼，采用呼格，属于名词语尾变化，而 hara（夺取）是动词的 hr̥ 的命令语气第二人称，属于动词语尾变化。bhara 也是这种情况。虽然这类双关也被包括

---

① 这首诗中的后三行是三个复合词的双关读法。

在词缀双关中，但由于依据名词和动词语尾变化，具有不同于其他词缀的特殊魅力，因而单独列出。

乌玛啊！让我热爱众天神也渴望的知识，
迅速消除我陷入生死轮回的精神痴迷！

又读作：

湿婆之妻啊！让我热爱正法，
摆脱对世俗的盲目执著，
女神啊！你是我的庇护主，
迅速消除我的精神痴迷！

这首诗是梵语和摩诃刺陀语双关①。
双关又分为三种：分拆、不分拆和兼有这两者。(12cd)
这三种分类依据相应情况可以归入前面的八种分类中。例如：

但愿诛灭安陀迦的乌玛之夫永远亲自保护你！
他曾焚毁爱神，使诛灭钵利者的身体变成武器，
以身体蜷曲的大蛇为项链和臂钏，托住恒河，
以月亮为头顶装饰，众天神以诃罗之名称颂他。

又读作②：

---

① 以上第一种是摩诃刺陀语的读法，第二种是梵语读法。
② 这首诗语含双关，上面的读法是称颂湿婆大神，下面的读法是称颂毗湿奴大神。

> 但愿这位赐予一切的摩豆族后裔亲自保护你！
> 他无生，与声同一，让安陀迦族定居，毁车灭蛇，
> 托起山岳和大地，战胜钵利，让身体进入女性，
> 众天神以砍下吞月的罗睺头颅的事迹称颂他。

在这首诗中，yena dhvastamanobhavena（毁灭爱神，分拆后读成毁车、无生）是分拆双关，andhakakṣayakaraḥ（诛灭安陀迦，不分拆读成让安陀迦族定居）是不分拆双关。由于这首诗兼有这两者，就不再分别举例了，以免累赘冗长。

有些人说，分拆双关属于音双关。其中，由于声调不同，发音努力不同，形成两个不同的词音，如同虫胶和木头。而不分拆双关是义双关。其中，由于声调相同，发音努力相同，词音相同，而有两个词义，如同一根藤上的两个瓜。因为修辞依据什么就是什么样的修辞，被修饰者和修饰者的关系正如日常生活中的被依靠者和依靠者。

另外一些人不同意。他们认为在韵、以韵为辅、诗病、诗德和庄严中，有关音和义的确定依据肯定和否定的方法。不能说andhakakṣaya（诛灭安陀迦或安陀迦人定居）词音相同，因为按照常规，不同的词音具有不同的词义。

此外，这体现诗人的想象力，以词音作为产生奇妙性的主要手段，因而属于音庄严。如果不相似的两个词音结合在一起，就缺乏这样的奇妙性。正是这种奇妙性形成庄严。如果它涉及词义，而归入义庄严，那么，谐音等也成了义庄严，因为它们也涉及词义，注重味等。如果词音发音努力相同而归入义庄严，那么，pratikūlatāmupagate hi vidau（面对命运或月亮），尽管词音不同，也得归入义庄严。因此，分拆和不分拆两种双关都是音庄严。如果替换同义词，双关也不消失，例如：

> 啊，小人的行为与秤杆多相似，
> 加一点，往上翘，减一点，往下落。①

这样的双关是义双关。

有些人认为双关与其他庄严不能分离，并在其他庄严中受到排斥，只是起到引发那些庄严的作用。

他们的想法是在合说和间接等等庄严中，由于第二种意义不是直接陈述的，因而，与双关毫无关系。甚至在"智者心湖中的天鹅"这种含有双关的隐喻中，虽然 mānasa 一词含有心和湖两个意义，这个双关仍被隐喻排斥。这里，作为这个词的词义，湖是主要的。而在双关中，两个词义同样重要。在"光辉的形体配有新梳的黑发"（又读作"太阳的身旁开始出现黑暗"）这样的貌似矛盾庄严中，矛盾的意义只是显露，而没有绽开，因而不是双关。在貌似重复中，也是如此。

在等同庄严中，或依靠两种直接话题把握同一性质，如上引"但愿诛灭安陀迦的乌玛之夫永远亲自保护你！……"这首诗，或依靠两种间接话题，把握同一性质，如上引"如同林中鹿儿遭遇频频射箭的猎人……"这首诗。

> 爱神和愚蠢的国王同样可恶：
> 即使怀有企图，也不明白说出，
> 而用数百支箭给人造成痛苦，
> 甚至突然之间剥夺人的生命。

在这个明灯庄严中，依靠一种直接话题和另一种间接话题把握

---

① 诗中的双关词句可以用"多给些，往上翘，少给些，往下落"替代。

同一性质。

> 这座城市此刻充满喧闹声，犹如月亮充满月分。

在这个明喻庄严中存在双关。① 在这些庄严中，双关不能脱离庄严而存在，而庄严能脱离双关而存在。如果在这些庄严中，魅力主要产生于双关，那么，应该以双关命名。否则，就不应该以双关命名。

对此的回答是：双关与其他庄严不能分离的说法不成立。上引"但愿诛灭安陀迦的乌玛之夫永远亲自保护你！……"这首诗是独立的双关，而不是等同庄严，因为其中没有按照规则有两个表示义。在 mādhava（摩豆族后裔）和 umādhava（乌玛之夫）两者之中，如果确定一个是表示义，另一个则应该是暗示义。

此外，在等同庄严中，一种性质与多种对象相联系，而在这里，多种对象与各种性质相联系。在"这座城市此刻充满喧闹声，犹如月亮充满月分"这类诗句中，不能说双关起到引发比喻的作用。若是这样，就没有完全明喻的地位。如果你说有"这张脸像莲花那样迷人"这样的完全明喻，那也不对。如果你说在"这座城市此刻充满喧闹声，犹如月亮充满月分"这类诗句中，明喻不依靠音双关，那么，说"迷人"一词依靠义双关有什么错吗？

按照楼陀罗吒的说法，像依靠性质或行为的相似那样，比喻也依靠词音的相似："明喻和聚集庄严显然是义庄严，但它们也能只依靠词音的相似。"

如果你说明喻只依靠性质或行为的相似，因为这种相似是真实的；它不依靠词音的相似，因为这种相似不是真实的。由此，完全

---

① kala（喧闹声）和 kalā（月分）。月分是月面的十六分之一。

明喻不依靠在"这座城市中此刻充满喧闹声，犹如月亮充满月分"这类诗句中的词音相似，也摒弃义双关，而只依靠性质或行为的相似，否则，就没有完全明喻的地位。对此的回答是：不。明喻是相似性，这个定义没有特殊限定，没有排除词音的相似。如果认为词音的相似不是真实的，不能构成明喻，那么，在"智者心湖中的天鹅"中，怎么能将湖视同心，将天鹅视同国王？

此外，如果认为明喻只依靠真实的相似，那么，你怎么认为"这座城市此刻充满喧闹声，犹如月亮充满月分"明喻？再有，那是双关带来相似性，而不是相似性带来双关，因为相似性不可能出现在双关之前。而在这类诗中，比喻占主要地位，因此，以它命名。这符合依据主要者命名的原则。

如果你说在音庄严中不存在分为主次的混合庄严，为何在这里将双关和明喻分出主次？对此的回答是：不是这样。因为只是在不涉及意义的谐音等中不分主次。明灯等庄严中的情况也应该照此理解。①

> 这些天鹅翅膀优美，鸣声甜蜜，装饰四方，
> 兴奋活跃，按照季节的安排，降落到地上。

又读作：

> 持国之子们有可靠盟友，说话甜蜜，统辖四方，
> 狂热地投身战斗，却在命运安排下，倒在地上。

在这首诗中，由于描写秋季，确认 dhārtarāṣṭra 等词表达天鹅等

---

① 即存在主次。

词义，而持国之子（难敌）等词义成为依靠词音力量的本事韵①。在这里，旨在暗示第二义，即作品本身想要传达的意义，而不是暗示喻体和本体的关系，因此，它既不是明喻韵②，也不是双关。一切都已说明。

字母排成莲花等图案，因此称作图案。（13ab）

"等"是指剑、鼓、轮、牛尿等。

字母以特殊的书写方式嵌入图案，与字母以特殊的结合方式传入耳朵，具有同样的魅力，因而归入音庄严。

其中的莲花图案，以我的这首诗为例：

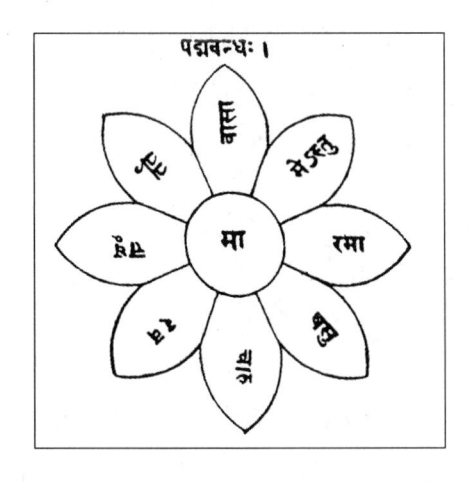

但愿吉祥女神不厌弃我，她美如爱神之母，

姣好可爱，胜过爱神之妻，从不与恶人相处。

在这个八瓣莲花图案中，四个方向的花瓣中朝里和朝外的两个字母（音节）需要读两次，四个次方向的花瓣中的两个字母（音

---

① 本事韵是暗示本事。

② 明喻韵是暗示明喻。

节）需要重复八次（见图）。剑等图案依此类推。由于它们成为诗中的赘疣，这里不再细述。

隐语妨碍味，不成为庄严。它分为略去字母和增加字母等，仅仅体现语言的诡谲。(13cd、14ab)

略去字母和增加字母。例如：

芒果林中杜鹃鸣叫，水中莲花绽放，
受爱神折磨的鹿眼女郎如何是好？

在这首诗中，sāla 一词略去了 ra，应读作 rasāla（芒果树），yauvana 一词增加了 yau，应读作 vana（树林），vadana 一词略去了 ma 增加了 va，应读作 madana（爱神）。

"等"是指隐去动词和词格等。隐去动词，例如：

这个穷人来到般度族的会堂，
他们给他牛、金子和各种服饰。

在这首诗中，duryodhana（难敌）一词隐去了动词 adur，应读作 adur（给）yo（这个）adhana（穷人）。其他依此类推。

下面轮到义庄严。依据重要性，首先讲述以相似性为基础的义庄严，尤其是其中的明喻（upamā），是这些义庄严的依托。

明喻是在一个句子中表达两个事物的相似性，而不表达差别性。(14cd)

在隐喻等中，暗示相似性。在较喻中，也表达差别性。在互喻中，使用两个句子。在自比中，只有一种事物的相似性。明喻与它们不同。

如果是完全明喻，共同性、比喻词、本体和喻体都应该得到表

达。(15abc)

共同性即两者形成相似性的性质或行为，如迷人等。比喻词如 iva（像）等。本体如面庞等。喻体如月亮等。

这种完全明喻使用直接的比喻词 yathā、iva 和 vā，或者使用具有 iva 意义的词缀 vat；也使用间接的比喻词 tulya 和 samāna 等等，或者使用具有 tulya 意义的 vat。(15d、16)

尽管 yathā、iva 和 vā 等比喻词与连接喻体的 tulya 等比喻词意义相同，但一听前面这些比喻词，就表明喻体和本体之间存在相似性，由此形成直接明喻。同样，词缀用作第七格或第六格，也具有 iva 的意义。

tulya 等用于本体，如 kamalena tulyam mukham，"这张脸如同莲花"；用于喻体，如 kamalam mukhasya tulyam，"莲花如同这张脸"；用于本体和喻体两者，如 kamalam mukham ca tulyam，"莲花和这张脸相似"。这些都需要考察意义，才能确认相似性，由此形成间接明喻。同样，vat 用作 tulya 的意义，也形成间接明喻。

这两种明喻依靠词缀、复合词和句子。(17a)

这两种是直接明喻和间接明喻。例如：

你的嘴唇芳香似莲花，双乳丰满似水罐，
你的面庞似秋月，令人心中喜悦，女孩啊！

在这首诗中依次有三种直接明喻。[①]

她的嘴唇甜蜜似甘露，手掌柔软似嫩芽，
那双颤抖的眼睛如同受到惊吓的鹿儿。

---

① 分别使用比喻词 vat、iva 和 yathā。

在这首诗中依次有三种间接明喻。①

这些是六种完全明喻。(17b)

这很清楚。

不完全明喻是共同性等四项中，缺少一项、两项或三项。这也像完全明喻，分成直接的和间接的。(17cd、18ab)

这指不完全明喻。下面讲述它的分类：

缺少共同性，则像完全明喻一样。但其中没有依靠词缀的直接明喻。(18cd)

缺少共同性，即缺少共同的性质或行为，这种不完全明喻像完全明喻一样，如同前面所说，分成六种。但是，其中不可能存在依靠词缀的直接明喻，因此，实际上只有五种。例如：

爱人啊！你的面庞像月亮，手掌像嫩芽，
话语像甘露，嘴唇像红果，心却像石头。②

这又可以分成五种：用于依格和业格的两种名动词（kyac），用于主格中间语态的名动词（kyaṅ），用于业格和主格的两种名动词（ṅamu）。(19)

这些用于缺少性质的不完全明喻。按照迦罗波语法，kyac、kyaṅ 和 ṅamu 分别称作 yin、āyi 和 nam。依次举例：

国王啊！你在战场上如同在后宫中，
对待市民如同儿子，吉祥女神对待你

---

① 分别使用比喻词 vat、tulya 和 sadr̥śī。
② 这首诗中的五个明喻都缺少共同性这一项。而这五个明喻依次是依靠句子的直接明喻，依靠句子的间接明喻，依靠复合词的直接明喻，依靠复合词的间接明喻，依靠词缀的间接明喻。

始终如同妻子，嫔妃望见你如同月亮，
你行走在大地上如同天王因陀罗。

在这首诗中，"如同在后宫中"，具有快乐的游戏场所的性质；"如同儿子"，具有满怀慈爱的性质。这类共同性没有表达。诗中其他三个明喻的情况也是如此。

在这里，没有 yathā 或 tulya 之类用词，因此，不用考虑是否属于直接明喻或间接明喻。

有些人认为这些是缺少 iva 等比喻词的例举。这种看法不正确。因为这些名动词表达相似性，也具有比喻词的意义。不能说这些名动词是词缀，缺乏独立性，以及不使用 iva 等比喻词，因而不能很好表达相似性。这也适用于 kalpa 等比喻词的情况。也不能说 kalpa 等比喻词像 iva 等那样表示相似性，而这些名动词只是暗示相似性。关于 iva 等的表示性，也无定论。即使按照有关表示性的两种观点："每个词作为整体表示"或"词干和词缀都展示各自的意义"，vat 等和这些名动词也有相同性。有些人说，vat 等作为词缀有 iva 等意义，而这些名动词只有行为意义。这种说法不对。这些名动词不仅有行为意义，也有行为相似的意义。因此，缺少共同性的不完全明喻共有十种。

缺少喻体，分成两种：在句中和在复合词中。（20ab）

例如：

没有什么可爱的东西像她的脸或如同她的眼睛。

在这行诗句中，只能推测与脸和眼睛相比的事物，因此，缺少喻体。其中，"像她的脸"如果改成使用比喻词 yathā，"如同她的眼睛"如果改成使用比喻词 iva，就成为直接明喻。这样，这两种又可以各自分成直接明喻和间接明喻两种，共有四种。但是，按照传统的分类，依然是两种。

缺少比喻词，分成两种：在句中和复合词中。(20cd)
依次举例：

这位鹿眼女郎的脸，月亮般迷人。①

他在灵魂高尚的人们面前，驴子般粗声粗气叫喊。②

在"驴子般"（gardabhati）中，缺少表示相似性的词缀。但其中不缺少本体，因为"叫喊"一词表明本体。

缺少共同性和喻体两者，分成两种：在复合词中和在句中。(21ab)
例如：

在这世上，没有什么东西像她的脸或如同她的眼睛。

缺少共同性和比喻词两者，分成两种：在名动词词缀和在复合词中。(21cd)
例如：

她的莲花脸（像）月亮。

其中，"月亮"缺少"迷人"（共同性）和表示相似性的词缀两者。有些人认为只是缺少词缀。"莲花脸"是在复合词中。

缺少本体，只有一种，在用于依格和业格的名动词词缀。

---

① 这是在复合词中，直译为"月亮迷人"，其中没有比喻词。
② 这是在句中，直译为"驴子粗声粗气叫喊"。

(22ab)

例如：

> 看到敌人作战勇猛，他怒目圆睁，手臂似棍，
> 高举利剑，让（自己）变（似）具有千种武器者。

在"让（自己）变（似）具有千种武器者"这句中，缺少本体①。依据上面说到的规则，也缺少表示相似性的比喻词。有些人认为这句的意思是"变（似）具有千种武器者"，没有任何词提到主角，因而缺少本体。这种看法经不起检验，因为这类名动词用于主格，不符合规则。②

另一种是缺少共同性和本体。（22c）

例如：

> 由于你名声远被，所有的大海让（自己）变（似）乳海。

其中，"让（自己）变（似）乳海"中，缺少本体"自己"和共同性洁白。

缺少三者，在复合词中。（22d）

例如：

> 这位鹿眼女郎光彩熠熠。

"鹿眼"这个复合词表达的意思是她的眼睛颤动像鹿的眼睛。

---

① 即作为业格的"自己"。
② 按照规则，这类名动词用于业格和依格。因此，这首诗中的本体是作为业格的"自己"，而不是作为主格的"他。"

其中缺少比喻词、共同性和喻体。①

因此，明喻总共分成二十七种。(23ab)

完全明喻六种，不完全明喻二十一种，总共二十七种。现在说明在明喻中，那些不缺少共同性的明喻的特征：

有时共同性相同，有时不同。在不同中，有原物和影子之间的不同，或只是用词不同。(23cd、24ab)

相同。例如：

嘴唇甜蜜似甘露。

原物和映像之间的不同。例如：

他用月牙箭砍下的那些头颅覆盖大地，
一颗颗满脸胡须犹如布满蜜蜂的蜂窝。

其中，"布满蜜蜂"用作"满脸胡须"的映像，如同喻证庄严。

只是用词不同。例如：

苗条女郎眼睛微笑，犹如青莲绽放，
向我透露了埋在她心中的全部秘密。

其中，"微笑"和"绽放"用词不同，意思相同，如同类比庄严。

部分明喻，其中的相似性或表示，或暗示。(24cd、25a)

---

① 即缺少比喻词像、共同性颤动和喻体鹿的眼睛。

例如：

> 湖泊之美处处显现，青莲如同眼睛，
> 睡莲如同面庞，成对鸳鸯如同双乳。

其中，青莲与眼睛、睡莲与面庞以及鸳鸯与双乳的相似性采取表示方式，湖泊之美与美女的相似性采取暗示方式。

如果本体连续转变成喻体，称作腰带明喻。（25bcd）

例如：

> 天鹅洁白可爱似月亮，美女步履可爱似天鹅，
> 流水接触舒服似美女，天空清澈透明似流水。

一个本体，多个喻体，这是花环明喻。（26ab）

例如：

> 正如湖泊依靠莲花，也如夜晚依靠月亮，
> 又如美女依靠青春，威严依靠德行迷人。

有时，喻体和本体两者都与主题相关：

> 天鹅如同月亮，流水如同天空，
> 星星如同白莲，秋天已经来临。

> 这位国王的王宫中，诸侯们的财宝闪耀光辉，
> 犹如因陀罗的天宫中，如意宝树产生的东西。

在这首诗中，作为本体的"财宝"提示作为喻体的"如意树产生的东西"是财宝。因而，这是提示明喻。还有，前面提到"王宫中"，后面又提到"天宫中"，这是重言明喻。诸如此类，不再说明，因为这样的变化数以千计。

喻体和本体是同一事物，这是自比。（26cd）

这是指表现在同一句中。例如：

> 莲花变得像莲花，流水变得像流水，
> 月亮变得像月亮，秋天真的已来临。

表达本体和喻体的这种关系是为了说明莲花等不像其他东西。这种庄严不同于罗德谐音，因为两个相同的词其中一个可以用同义词替换，如"pāthojam（莲花）变得像rājīvam（莲花）"。但在这首诗中，使用两个相同的词更合适。正如前人所说："在自比中，用词相同依据合适性，而在罗德谐音中，必须如此。"

两个事物交换位置，这是互喻。（27ab）

这里指喻体和本体交换位置，必须在两句中。例如：

> 这位国王永远光彩熠熠，智慧像幸运，幸运像智慧，
> 光辉像躯体，躯体像光辉，坚定像大地，大地像坚定。

这首诗的含义是这位国王的幸运和智慧等无与伦比。

感受到相似性，想起某个事物，这是回想。（27cd）

例如：

> 看到鹈鸰在美丽的莲花上面戏耍，
> 我想起她双眼颤动而可爱的脸庞。

在"我记得这莲花眼女郎微笑的脸……"① 这首诗中，不是感受到相似性而引起回想，不属于这种庄严。罗怙难陀宰相认为由不相似性引起的回想也属于这种庄严。例如：

> 每当柔软似花的悉多在山中遭受种种苦难，
> 罗摩就潜然泪下，想起她在宫中的种种幸福。

隐喻是将喻体叠加在本体上，而不否定本体。（28ab）

这个定义有别于转化庄严。对于这个问题，下面会有分析。"不否定"这个用词表示有别于否定庄严。

它分成三种：因果的、有组成部分的和无组成部分的。（28cd）

它是隐喻。其中，

某个叠加成为另一个叠加的原因，这是因果隐喻，依靠双关或不依靠双关。每一种又分成单纯的和花环的，总共四种。（29、30ab）

其中，依靠双关的单纯因果隐喻。例如：

> 吉祥的人中之狮，大地之主，世界征服者！祝福
> 你的手臂，它在战斗中是对付国王月轮的罗睺。

国王月轮意谓成群的国王。② "月轮"叠加在"成群的国王"上，成为"罗睺"叠加在这位国王的"手臂"上的原因。

花环因果隐喻。例如：

---

① 第三章第162颂引诗。
② 月轮和成群是 maṇḍala 一词双关。

在这大地上，你是唯一的太阳神，
促使莲花绽放，引来吉祥女神，
唯一的风神，永远吹拂，带来善行，
唯一的雷杵，劈开群山，消灭众敌。①

在这首诗中，"促使莲花绽放"叠加在"引来吉祥女神"上，成为"太阳神"叠加在国王上的原因；"带来善行"叠加在"永远吹拂"上，成为"风神"叠加在国王上的原因；"消灭众敌"叠加在"劈开群山"上，成为"雷杵"叠加在国王上的原因。

不依靠双关的单纯因果隐喻。例如：

诃利大神的四臂黝黑似云，被弓弦磨粗，
是三界殿堂的支柱，但愿它们保护你们！

在这首诗中，"殿堂"叠加在"三界"上，成为"支柱"叠加在"四臂"上的原因。

不依靠双关的花环因果隐喻。例如：

樟脑般闪亮的月轮是爱神国王的白华盖，
方位美女的吉祥志，天空湖泊中的莲花。

在这首诗中，"国王"叠加在"爱神"上，成为"白华盖"叠加在"月轮"上的原因，"美女"叠加在"方位"上，成为"吉祥志"叠加在"月轮"上的原因，"湖泊"叠加在"天空"上，成为"莲花"叠加在"月轮"上的原因。

---

① 其中，"促使莲花绽放，引来吉祥女神"，"永远吹拂，带来善行"，"劈开群山，消灭众敌"都是双关读法。

有些人说，"罗睺"叠加在"手臂"上，成为"月轮"叠加在"成群的国王"上的原因。

如果主要部分和次要部分一起构成隐喻，这是有组成部分的隐喻。在所有对象中，或在部分对象中。（30cd、31ab）

其中，

第一种是所有被叠加者（喻体）都用词语表达。（31cd）

第一种指在所有对象中。例如：

众神谷物在罗波那干旱中枯萎，
黑天乌云降下语言甘露后消失。

在这首诗中"乌云"叠加在"黑天"上，"甘露"等叠加在"语言"等上。

某个依靠意义确认，这是在部分对象中。（32ab）

某个指被叠加者（喻体）。例如：

她的脸庞布满了美蜜，充分绽开，
世间的眼睛蜜蜂，怎么会不吸吮？

在这首诗中，"蜜"叠加在"美"之上，得到表达，而莲花叠加在脸庞上，依靠意义确认。这不是部分明喻，因为"充分绽开"的性质主要属于被叠加在脸庞上的莲花，而以隐喻的方式属于脸庞。

唯独主要部分构成隐喻，这是无组成部分的隐喻，分成两种：花环隐喻和单纯隐喻。（32cd、33a）

其中，无组成部分的花环隐喻。例如：

这位莲花眼女郎是造物主的杰作，

世人眼中的月亮，爱神的游戏乐园。①

无组成部分的单纯隐喻。例如：

奴仆犯错，理应遭到脚踢，
美女啊！对此我毫无怨言，
只是我汗毛直竖，成为荆棘，
刺伤你柔软的脚，令我心疼。②

这样，分成八种隐喻。(33b)

这是前人的说法。有时，因果隐喻也存在于部分对象中。例如：

摩罗婆国王的剑是大地女神的卫士，在战斗中取胜。

其中，依靠意义可以确认王后③叠加在"大地女神"上，成为"卫士"叠加在"剑"上的原因。这种存在于部分对象中花环因果隐喻，读者可以自己寻找例举。

甚至在有组成部分的隐喻中，有时被叠加者（喻体）也依靠双关。(33cd)

其中，存在于部分对象中的、依靠双关的这种隐喻。例如我的这首诗：

月亮用光线（手）抚摸褪去黑衣的东山

---

① 在这首诗中，所有的喻体都叠加在女郎上。
② 这首诗中，只有"荆棘"叠加在"汗毛"上。
③ 王后在诗中没有直接表达。

胸脯，亲吻眼睛莲花绽开的东方脸庞。①

存在于所有对象中。例如，将这首诗中的"月亮亲吻东方脸庞"改成"月亮主人亲吻东方夫人脸庞"。② 这不是依靠双关的因果隐喻。在上引"雷杵劈开群山，消灭众敌"中，如果群山没有叠加在众敌上，雷杵就不可能叠加在描写中的国王上，因为两者（国王和雷杵）毫无相似性③。那么，为何"太阳神促使莲花绽放，引来吉祥女神"是因果隐喻？理由是国王和太阳神具有光辉威力的相似性吗？不能这样说。国王和太阳神具有光辉威力的相似性确实显而易见，但这不是这里要说的问题。这里要说的是"促使莲花绽放"和"引来吉祥女神"（这两者是 padmodaya 一词双关）具有共同性④。而在这首诗中，山和胸脯具有丰满和高耸的相似性十分明显，不是依靠双关的因果隐喻。

有时，隐喻不出现在复合词中，例如：

鹿眼女郎啊！你的脸庞是莲花，而不是别的什么。⑤

有时，两者（喻体和本体）词格不同。例如：

造物主将眉毛蔓藤组成行行蜜蜂。⑥

---

① 这首诗中的"光线"和"手"是 kara 一词的双关。
② 这样，"夫人"叠加在"东方"上，"主人"叠加在"月亮"上都得到直接表达。
③ 因而这是依靠双关的因果隐喻。
④ 因而，"促使莲花绽放"叠加在"引来吉祥女神"上，成为"太阳神"叠加在"国王"上的原因。
⑤ 脸庞和莲花没有组合复合词。
⑥ 眉毛蔓藤是具格，行行蜜蜂是业格。

有时,甚至性质不同。例如:

迦利时代的国王是仁慈水中沙漠,空中壁上
善行画,朔月的品德月光,狗尾巴的正直行为,
一些人抱有幻想,侍奉他们,而只要心怀虔诚,
侍奉湿婆大神,就能获得恩惠,无需多少能力。①

在以上隐喻中,即使有些隐喻依靠双关,但它们本身是隐喻,因而仍然归在义庄严中。对下面讲述的种种庄严,也应该这样理解。

饱含优异性的隐喻是殊胜隐喻。(34ab)
例如我的这首诗:

这脸庞显然是月亮,而且没有斑点,
这嘴唇是红果,饱满甘露,常年成熟,
这眼睛是莲花,妩媚动人,不分昼夜,
这身体是美之海,畅游其中乐无边。

其中,没有斑点等呈现优异性。②
适应主题内容,被叠加者(喻体)具有对象(本体)的性质,这是转化。它分成两种:词格相同和词格不同。(34cd、35ab)
被叠加者(喻体)转化而具有叠加对象的性质。例如:

---

① 在这首诗中,水和沙漠,空中壁和画,朔月(黑半月第十四日)和月光,狗尾巴(卷曲)和正直行为,性质不同。
② 其实,这首诗也可以理解为较喻,即本体(脸庞、嘴唇、眼睛和身体)比喻体(月亮、红果、莲花和大海)优异。

> 我从远处归来，她以微笑为礼物，
> 在玩骰子时，以紧紧拥抱为赌注。

在通常情况下，衣服和首饰等用作礼物和赌注。而在这里，适应欢迎主角和玩骰子的情况，改换成微笑和拥抱。在第一行中，两者词格不同（微笑是具格，礼物是体格）；在第二行中，两者词格相同（赌注和拥抱都是体格）。在隐喻中，如"我看见这个月亮脸"，被叠加者（喻体）月亮只是用于修饰脸，与"看到脸"这个主题内容无关。而在这里，礼物等（喻体）与本体（微笑等）同一，与欢迎主角等主题内容有关。因此，在隐喻中，被叠加者（喻体）只是用于突出本体的特征，而在这里，喻体与本体同一。上引"奴仆犯错，理应遭到脚踢……"这首诗是隐喻，不是转化。因为被叠加者（喻体）荆棘刺伤脚与主题内容无关，也不与形成主题内容有关。

像隐喻一样，其中也有殊胜转化。例如：

> 在这里夜晚，药草的光芒映入山洞中，
> 成为林中人与情侣交欢时不燃油的灯。

在这首诗中，灯（喻体）与药草（本体）同一，用于驱除黑暗，与交欢的主题内容有关。而不燃油的灯显示出优异性，成为殊胜转化。

出于想象，怀疑所说的对象是另一事物，这是疑问。它分成三种：纯粹怀疑、含有肯定和最终肯定。（35cd、36ab）

始终怀疑是纯粹怀疑。例如：

> 这女郎是青春树汁中萌发的新芽？

还是涌向堤岸的美之海的波浪？
或者是爱神教鞭的化身，一心要向
充满激情的人们宣示自己的法则？

开头和最后怀疑，中间肯定，这是含有肯定。例如：

这是太阳吗？太阳身边有七匹马，
这是火吗？火不会烧向所有方向，
这是死神吗？死神的坐骑是水牛，
敌军在战斗中望着你，疑窦丛生。

这首诗中，在中间肯定国王不是太阳，如果肯定是太阳，就不会产生第二个疑问了。

开头怀疑，最后肯定，这是最终肯定。例如：

刹那间怀疑这是湖中的莲花，还是少女的脸庞？
随即凭借莲花缺乏故作冷淡的娇态，得到确认。

如果不是凭想象提出的疑问，如"这是木桩，还是人？"就不是这种庄严。

莲花眼啊！谁的心中不产生疑问：
你的腰受不受沉重乳房的折磨？

这是夸张。因为疑问庄严是怀疑本体是喻体。

混淆是出于想象，依据相似性，将此物误认为彼物。（36cd）
例如：

谁的头脑不会被这稠密的月光搅乱?
牧人以为是牛奶,将奶桶搁在牛乳下,
美人儿用青莲装饰耳朵,以为是白莲,
山中妇女采集枣儿,以为颗颗是珍珠。

缺乏意味的混淆不是这种庄严。例如:"以为珠贝是银子。"
不依据相似性的混淆也不是这种庄严。例如:

与她分离还是团聚?还是选择分离为好:
团聚中,只有她一人;分离中,三界都是她①。

有时由于视角的多样性,有时由于对象特征的多样性,同一事物被描写成多种,这是多样。(37)
依次举例:

这位大神在牧女眼中是情人,
老人眼中儿童,众神眼中主人,
在虔诚的信徒眼中是那罗延,
而在那些瑜伽行者眼中是梵。

在这首诗中,同一位尊神(黑天),依据他的种种特点以及牧女等各自的性向,被描写成多种多样。正如人们所说:"即使考察同一个事物,形成的看法也因考察者的性向、意图和学养而不同。"

在这首诗中,尊神(黑天)作为情人等是真实的,同时接受者也各不相同,因此,不是花环隐喻,也不是混淆。它也不是将无差

---

① 这里,将三界一切都看成是她,主要不是依据相似性,而是出于思恋。

别说成有差别的那种夸张。在"这位莲花眼女郎有别样的形体美……"① 中,有意将这种美看成不同的美。而在这首诗中,并非牧女等等有意将尊神(黑天)看成情人等,因为将尊神(黑天)看成情人等,在当时是真实情况。

有些人说,这种庄严必定依靠另一种庄严的魅力。在以上这首诗例中,确定尊神(黑天)是儿童,那就意味他与情人不同,因而这是夸张。对此的回答是,即使如此,不同的接受者产生不同的理解,这种特殊魅力形成不同的庄严,名为"多样"。

对室利甘特国的描写:"前来寻找庇护的人们认为是金刚笼,风病者认为是空穴。"有人认为这有别于夸张,而是依靠隐喻的多样庄严。实际上,"空穴"体现混淆,而非隐喻。隐喻在运用中依据转示性,前提是认识到喻体不同于本体。正如尊者伐遮斯波底·弥室罗在《有身弥曼差疏解》中所说:"一个词(喻体)用于另一事物(本体),依据两者具有的共同性质。对于说者和听者来说,都理解这属于性质,以两者不同为前提。"而在对室利甘特国的描写中,风病者将空穴叠加其上,则是混淆。而在"牟尼认为是苦行林,妓女认为是乐园"中,则是依靠转化的多样庄严。

在"凭深沉,你是大海;凭稳重,你是高山"中,由于对象的性质深沉等等不同,形成多样庄严。其中,运用了隐喻。"你言语稳重似老师,胸膛宽阔似普利图,名誉清白似阿周那。"这里有别于依靠隐喻,而是依靠夸张,以双关②为基础。

否定原物,确认另一物,这是否定。(38ab)

它分成两种:有时否定先于叠加物,有时叠加物先于否定。依次举例:

---

① 第十章第47颂引诗。
② 其中的稳重和老师,宽阔和普利图,清白和阿周那,都是一词双关。

这不是天空，而是浩渺的大海，
这不是星星，而是新生的泡沫，
这不是月亮，而是蜷曲的蛇王，
这不是斑点，而是躺着的黑天。

清凉的圆月宛如一堆水沫，亲吻西山峰顶，
彻夜燃烧的情火之烟，伪装成显眼的斑点。①

这是我的一首诗。这样，否定原物也可以按照这种方式理解：大海以天空为形体，以星星为泡沫。

已经透露应该保密的事，又改变说法，依靠双关或不依靠双关，这也是否定。（38cd、39ab）

依靠双关。例如：

"在这雨季，我不能没有丈夫。""轻浮的女子啊！
看来你心中充满烦恼。""不，不，女友啊！是路滑。"

在这首诗中，apatitayā在前面的意思是"没有丈夫"，而在后面又改变成"不跌倒"的意思。②

不依靠双关。例如：

"前面的这株蔓藤遭到风吹，
摇摇晃晃，怎么不紧抱大树？"
"你想起了节日与情人交欢？"
"不！我说的是雨季中的情况。"

---

① 确认情火之烟，否定月中斑点。
② 这样，"不能没有丈夫"改变成"不能不跌倒"，故而最后说"是路滑"。

在曲语庄严中，变异出现在别人的话中，而这里出现在自己的话中，这是两者的区别。先说出应该保密的事，然后掩盖，这是与借口庄严的区别。①

否定另一物，确认原物，这是确认。(39cd)

这种庄严名为确认。另一物指被叠加者（喻体）。例如我的这首诗：

> 这是脸庞，不是莲花；这是眼睛，不是青莲，蜜蜂啊！
> 你在眼睛美丽的女郎面前飞来飞去，浪费时间。

又如：

> 爱神啊！我胸前是莲花根茎花环，不是蛇王，
> 脖子上是成串的莲花花瓣，不是毒药的印记，
> 这些是檀香膏，不是灰烬，不要误认我是湿婆，
> 愤怒地冲向我，打击我这个与爱人分离的人！

这不是最终肯定的怀疑。在那种庄严中，怀疑和肯定都发生在同一人物身上。而在这里，蜜蜂等怀疑，而主角等肯定。而且，蜜蜂等实际上也不怀疑。如果不是肯定，就不可能飞近过去。那就称之为蜜蜂等的混淆吧！但是，这两首诗中的魅力并不在这种混淆，而是主角的这种说话方式。这是知音们的感受。而且，即使并无意图表达蜜蜂的飞近或混淆，这种说话方式也能用于恭维女主角。这也不是隐喻韵，因为它没有按照莲花的特点认知脸庞。② 这也不是否定，因为它没有否定原物。因此，它是一种独立的庄严，不同于

---

① 借口是秘密已经泄露，因而借口掩盖。
② 即没有将莲花叠加在脸庞上。

前人说过的那些庄严。一个人低头望着珠贝，以为是银子，另一个人说道："这是珠贝，不是银子。"这不是这种庄严，因为缺乏奇妙性。

依据另一物的性质想象原物，这是奇想。它首先分成表示和暗示两类。表示类使用 iva 等等比喻词，而暗示类不使用。在这两类中，所想象者分为种类、性质、行为和实体。这八种又各自分为肯定和否定。而作为奇想的原因又分为性质和行为两种。这样，总共三十二种。(40—43a)

其中的表示性奇想，只能略微举例说明：

这羚羊眼女郎大腿上裙边摆动，
犹如爱神胜利金柱上旗帜飘扬。

其中，"胜利柱"表示多种对象，是种类词，属于种类奇想。

知识中的沉默，力量中的宽容，施舍中的谦卑，
他的种种美德相伴相生，仿佛具有繁殖能力。①

其中，具有繁殖能力是性质。

大王啊！你的进军鼓声仿佛进入恒河沐浴，
因为它们吓得敌军妻子们流产，犯有罪过。

其中，沐浴是行为。

---

① 引自《罗怙世系》1.22。

这位鹿眼女郎的脸庞光彩照人，宛如另一轮月亮。

其中，"月亮"表示一种实体，是实体词。

这些都是肯定类的奇想。否定类的奇想，例如：

哎呀！这位女郎那么美丽的双颊
变得这么瘦削，仿佛互相看不见。

这里，"互相看不见"，是行为的否定。其他依此类推。作为原因的性质类和行为类，例如：

在上引"大王啊！你的进军鼓声仿佛进入恒河沐浴……"中，"仿佛沐浴"是奇想，作为原因的性质是"犯有罪过"。在上引"……仿佛互相看不见"中，"变得瘦削"是作为原因的行为。其他依此类推。

暗示的奇想，例如：

想到自己不能为美丽的项链提供空间，
这位苗条女郎的双乳出于羞愧，不露脸。①

其中，"出于羞愧"是"仿佛出于羞愧"，但没有使用"仿佛"（iva）一词。这是暗示奇想。其他依此类推。有人会问：在论述韵时，说过一切庄严都可以被暗示，为何在这里又专门提到奇想被暗示？回答是：在"幸运的人啊！你的心中占满千百女人……"②这种作为庄严韵的暗示中，即使不含有奇想③，句子也完善妥帖。而

---

① 这首诗是描写这位苗条女郎的双乳丰满。不露脸的意思是不露出乳头。
② 第四章第9颂ab引诗。
③ 这首诗中暗示的奇想是她使自己的身体瘦削，仿佛为了进入你的心中。

在这首诗中,双乳不可能感到羞愧,因此,只有依靠"仿佛出于羞愧"这种奇想,才完善妥帖。这就是两者的区别。

现在讲述十六种表示奇想的特点:

这些表示奇想,除了实体类之外,全都依据特性、结果和原因分成三种。(43bcd)

在前面提到的表示和暗示的奇想分类中,有十六种表示奇想。其中,种类、性质和行为共有十二种,每种又依据特性、结果和原因分成三种,共有三十六种。再加上实体的四种,总共四十种。

特性奇想。例如,在前面的引诗中,"爱神胜利金柱"等,"仿佛具有繁殖能力"等,属于种类或性质的特性。

结果奇想。例如:

> 而罗摩发射的飞箭,
> 穿透罗波那的心,
> 又进入地下,仿佛
> 向蛇族报告喜讯。[1]

这里,在想象中,"报告"作为一种行为,是箭"进入地下"的结果。

原因奇想。例如:

> 就是在这里,我苦苦寻找你,
> 发现地上一只丢失的脚镯;
> 它仿佛脱离了你的莲花足,
> 陷入深深的痛苦,默不作声。[2]

---

[1] 引自《罗怙世系》12.91。
[2] 引自《罗怙世系》13.23。

这里，在想象中，"痛苦"作为一种性质，是脚镯"默不作声"的原因。其他依此类推。

依据特性的奇想又分成说出原因和不说出原因两种。（44ab）

在四十种中，十六种依据特性的奇想又分成说出原因和不说出原因的两种，共有三十二种。这样，表示奇想总共五十六种。其中，说出原因的，如前面的引诗中"仿佛沐浴"等，说出的原因是"犯有罪过"。不说出原因的，如前面的引诗中"宛如另一轮月亮"等，不说出的原因是她的脸庞"如此美丽"。原因和结果两种奇想肯定说出原因。如前面的引诗中"仿佛脱离了你的莲花足，陷入深深的痛苦"，这是默不作声的原因。"仿佛报告"，原因是"进入地下"。如果不说出这两个原因，句子就会不完整连贯。

现在讲述十六种暗示奇想的特点：

暗示奇想每种又分成结果和原因两种。（44cd）

例如，前面的引诗中"苗条女郎的双乳"等，想象中的"仿佛出于羞愧"是原因。在这首诗中，不能不提到缘由。如果不使用仿佛（iva），不说明缘由，读者就不能确定这是奇想。

在暗示奇想中，没有特性奇想。如果与另一物同一，不使用比喻词iva等，而使用形容词，那就成了夸张。例如："这位国王是另一位因陀罗。"因此，暗示奇想共有三十二种。

这些又按照说出原物和不说出原物分成两种。（45ab）

这些指这些奇想。说出原物，例如：前面的引诗中"羚羊眼女郎的大腿"等。不说出原物，例如：在我的剧本《波罗跋婆蒂》中，

波罗底优那：此刻这里四面八方被黑幕笼罩——

世界仿佛黑眼膏堆成，仿佛撒满麝香粉，
仿佛多摩罗树林延伸，仿佛披上黑衣裳。

在这首诗中,"黑眼膏堆成"等是奇想,而不说出它的原物"被覆盖"。又如:

黑暗仿佛涂抹我身,天空仿佛下着烟子。

这里,不说出"涂抹"的原物"覆盖",也不说出"下着烟子"的原物"黑暗降临"。这两首诗中的奇想的缘由是黑暗浓密,暴雨般降下。有些人说:黑暗不能成为涂抹者,而在想象中成为涂抹者,这种奇想的缘由是"覆盖"。天空也是这样,不能成为下烟子者,而在想象中成为下烟子者。

奇想出自其他庄严,更添魅力。(45cd)

其中,出自否定庄严的奇想。例如:

这位目光妩媚的女郎,眼睛受到点燃的祭火烟熏,
仿佛美丽之水在她体内容纳不下,化作泪水流出。

出自双关庄严的奇想。例如:

我们认为这些珍珠出自狭长的珠贝,由于居住在
莲花眼女郎可爱似螺的颈脖,成为项链,而有价值。

在这首诗"成为项链"和"有价值"是 guṇavattva 一词双关。这个奇想的原因是"居住在可爱似螺的颈脖"。其中,"我们认为"是奇想用语。同样,

"我想","我怀疑","肯定","可能","确实",这些都是奇想用语。(46ab)

有时,奇想以明喻开始,例如:

> 黑天看到海岸绿叶繁茂的成片树林，
> 如同千重波浪每时每刻掀起的海藻。

在这首诗中，如同是比喻词，因此，开始是明喻。最后，产生海岸上有海藻的想法，形成奇想。同样，在描写分离中，"腕环变似臂环"或"鹿眼女郎的斜视眼光变似耳朵上绽开的青莲"①，也是这种奇想。

在混淆中，"以为是牛奶"等②，牧人是出于混淆，没有认识到对象是月光。这是诗人的描写。而在奇想中，怀有奇想者知道对象是什么。这是混淆和奇想的区别。

在疑问中，两者同样突出。而在奇想中，成为奇想的一方更突出。

在夸张中，最终认识到对喻体的理解是不真实的。而在奇想中，这种认识始终如此。这是夸张和奇想的区别。

> 黑暗染黑各种山林？压低或阻隔天空？
> 填平凹凸不平的大地？聚合四面八方？

有些人说，黑暗覆盖树等被怀疑为染黑等，因此，这是疑问庄严。这不对。在疑问中，对同一对象的多种选择同样突出。而在这首诗中，对树等的覆盖，对象各不相同。而且，"染黑"等吞没覆盖，更为突出。另一些人说，即使其中一方更为突出，但它具有包容多样性的魅力，因而是一种特殊的疑问。这也不对。奇想是吞没对象的特性，而与另一物同一。这一点在这里显而易见，并通过疑问词 nu 以及比喻词 iva 显示，因此，它应该是奇想，而不必发明一

---

① 这两个例举都是描写女主人公在分离中消瘦的情形。
② 第十章第 36 颂 cd 引诗。

种特殊的疑问。

> 月亮中呈现的那个东西看似一片乌云，
> 人们都说是兔子，而我不同意。我认为
> 那是你的敌人的年轻妻子们满怀离愁，
> 目光似彗星，击伤月亮身体留下的疤痕。

在这首诗中，虽然使用了"我认为"这样的用语，但它不是前面所描述的那种想象①，而只是猜想。因此，它不是出自否定的奇想。

达到同一，这称作夸张。（46cd）

通过吞没原物（本体），造成另一物（喻体）与原物（本体）没有差别，达到同一。在奇想中，另一物（喻体）显示出不确定性，因而是未完成性。而在夸张中，对另一物（喻体）的理解具有确定性，因而是完成性。在奇想中，吞没原物，只是将原物降到次要地位。例如，"这个脸庞是第二个月亮"。人们说："学者们认为不管提到或不提到原物，只要降到次要地位，便是吞没。"

它分成五种：将不同说成相同，或将有联系说成无联系，或与这两者相反，或因果次序颠倒。（47）

它指夸张。或与这两者相反指将相同说成不同和将无联系说成有联系。其中，将不同说成相同，例如我的这首诗：

> 怎么孔雀翎毛在上面？下面是一道弯月，
> 然后是一对颤动的莲花、芝麻花和嫩芽。

---

① 意思是诗中的疤痕和兔子并不构成喻体和本体的关系即依据相似性，达到想象中的同一。

在这首诗中，将妇女的发辫等①与孔雀尾翎等同一。又如："……仿佛脱离了你的莲花足，陷入深深的痛苦，默不作声。"② 其中，生物的沉默不同于无生物的静寂，而在这里，两者相同。同样，

    正值青春年华，情人与她的下嘴唇一起变红（充满激情）。

这里，"变红"和"充满激情"是 rāga 一词双关。青年女子的下嘴唇"变红"和情人"充满激情"两者相同。

将相同说成不同，例如：

    这位莲花眼女郎有别样的形体美，
    别样的浓郁芳香，非凡的风韵魅力。

将有联系说成无联系，例如：

    是皎洁的月亮作为生主，还是充满艳情的
    爱神亲自创造了她，或是繁花似锦的春季？
    古老的牟尼长久诵习吠陀而愚呆，对爱欲
    毫无兴趣，怎么会创造出如此迷人的美女？③

在这首诗中，将与古老的生主创造有联系说成无联系。

将无联系说成有联系，例如：

---

① 即发辫、前额、眼睛、鼻子和嘴唇。
② 第十章第43颂 bcd 引诗。
③ 引自《优哩婆湿》1.10。

如果将一对莲花放在月亮上，
才能比拟她眼睛可爱的脸庞。

这里，依靠"如果"一词的力量，将无联系想象成有联系。

因果次序颠倒分成两种：结果先于原因和两者同时产生。依次举例：

首先，鹿眼女郎们心中充满恋情，
然后，醉花树和芒果树花蕾绽开。①

他步履似象，同时获得两者：
祖传的王位和众王的臣服。②

有些人说，这里是"发辫"等普通的美被想象成非凡的美。如果发辫等被想象成孔雀尾翎等，那么，"有别样的形体美"这类夸张就不能包括在这种庄严的定义中。这不对。在这里，"别样的形体美"也被想象为另一种美。如果将"有别样的"改读成"仿佛有别样的"，那么，这种认同就具有未完成性，成为奇想。在"首先，鹿眼女郎们心中充满恋情……"这首诗中，即使醉花树等开花在先，而被想象成在后。如果在这里也使用"仿佛"一词，同样成为奇想。其他例举，依此类推。

描写对象或其他事物因特征相同而联合，这是等同。(48)

其他事物指不是直接的描写对象。特征指性质和行为。例如：

檀香膏、鲜花、对丈夫生气的妻子和灯焰，

---

① 通常这些树先开花，然后引发少女的恋情。
② 通常是先获得王位，然后降服众王。

在那时一起发亮，唤醒睡了很久的爱神。

这首诗描写黄昏时刻，描写对象檀香膏等因相同的行为"发亮"而联合。

凡是知道你的肢体娇嫩柔软的人，
有谁不觉得茉莉、月光和芭蕉粗糙？

在这首诗中，不是直接的描写对象茉莉等因相同的性质"粗糙"而联合。同样，

应该从非本质中撷取本质，从财富中撷取施舍，
从生命中撷取名誉和正法，从身体中撷取仁慈。

在这首诗中，施舍等因相同的性质"本质"而联合，也因相同的行为"撷取"而联合。

同时照亮描写对象和其他事物，或者一个行为者与多个动词有联系，这是明灯。（49）

依次举例：

他自恃强大有力，渴望胜利，
这个世界至今仍受他压迫，
贞洁的妻子和固执的本性，
即使在来世，也还会追随他。

在这首诗中，描写对象"固执的本性"和其他事物"贞洁的妻子"因同样的行为"追随"而联合。

> 看到你，生命之主远远来到，
> 这位苦行女被爱神之箭射中，
> 她起身，躺下，来到你住处，
> 然后离去，微笑着，喘息着。

这是我的一首诗。同一位女主角与起身等多种行动有联系。这里，性质和行为在诗中的头部、腹部和尾部的三种分类略而不论，因为这种奇妙性可能数以千计。

用两个句子暗示相似性，即使性质相同，而表达不同，这是类比。（50）

例如：

> 维达巴国公主啊，你真幸运！
> 品质高贵，甚至吸引尼奢陀王；
> 对于月光，说她甚至引发海潮，
> 还有什么比这更高的赞美？

在这首诗中，"吸引"和"引发"行为相同，而表达不同，以免单调重复。

在这种类比也采用花环形式。例如：

> 太阳明亮，月亮清澈，镜子本身明净，
> 雪山如同湿婆笑容，善人生来纯洁。

在这首诗中，明亮和清澈等，实际上是一个意义。

性质不同，例如：

唯有雌性鹧鸪鸟，擅长饮用月光，
除了阿槃底美女，都不精通性爱。

事物连同特征得到反映，这是喻证。（51ab）

"连同特征"，这是与类比的不同之处。这也分成性质相同和不同两种。依次例举：

名家诗作如蜜灌耳，即使它的价值有待认识，
茉莉花环引人注目，即使它的芳香尚未闻到。

这位鹿眼女郎一见到你，相思病痛就消失，
只要月亮不升起，就能看到睡莲慵懒困倦。

我全部心思系在春痕身上，怎么会想到别的女人？
一只偏爱茉莉花蜜的蜜蜂，怎么会寻找别的花朵？

这是我的一首诗。其中，"我怎么会想"等和"怎么会寻找别的花朵"等，两者的意义达到同一，因而是类比。而在上面的引诗中，"如蜜灌耳"和"引人注目"两者有相似性，而不是同一性。在补证庄严中，作为确证和补证的两个句子具有一般和特殊的关系。而类比和喻证都不是这样，与它有区别。

可能存在的事物之间或有时甚至不可能存在的事物之间发生联系，呈现镜子和映像的关系，这是例证。（51cd、52ab）

其中，可能存在的事物之间发生联系的例证，例如：

太阳度过一个白天，也就落入西山，这说明
有谁在大地上徒劳折磨世人，能永享富贵？

在这首诗中，太阳作为行为者，用于传达这种意义，是可能的。太阳落入西山和那些折磨世人者失去富贵呈现镜子和映像的关系。

不可能存在的事物之间的例证，分成两种：在一个句子中和在多个句子中。在一个句子中，例如：

她的眼角投出的斜视眼光呈现莲花的妩媚，
嘴唇呈现嫩芽的魅力，脸庞呈现月亮的光彩。①

这里，一个事物怎么会具有另一个事物的性质？斜视眼光等呈现莲花等的妩媚等是不可能的，它只是暗示妩媚等的相似，呈现斜视眼光等和莲花等之间镜子和映像的关系。又如：

大王啊！一旦你进军，敌方那些鹿眼美女，
双脚失去天鹅步姿，脸庞失去月亮光辉。

这里，天鹅的步姿与她们的双脚并无联系，"失去"也就不可能发生。两者之间的联系是想象的，实际上不可能。它只是说明她们的步姿像天鹅的步姿。

在多个句子中，例如：

这位仙人想让这个天生迷人的形体适应苦行，
毫无疑问，他是决心用青莲叶片修剪舍弥树枝。②

这里，由关系代词（yat）和指示代词（tat）标明的两个句子

---

① 在这首诗的梵语原文中，共用一个动词"呈现"，因而是一个句子。
② 引自《沙恭达罗》第一幕。

的意义不可能达到同一。想让这样的形体适应苦行和决心用青莲叶片修剪舍弥树枝，两者形成镜子和映像的关系。又如：

> 我贪图世俗享乐，白白浪费此生，
> 唉！我以玻璃价格卖掉如意宝珠。

这里，最终是说明贪图世俗享乐而浪费此生像以玻璃价格卖掉如意宝珠。同样，

> 太阳族的世系在哪儿？
> 我的渺小智慧在哪儿？
> 出于愚痴，我居然想用
> 小舟渡过难渡的大海。①

这里，最终是说明凭我的智慧描写太阳族世系像用小舟渡过大海。

有时，本体的性质不可能出现在喻体中，例如：

> 在这位羚羊眼女郎的下嘴唇中尝到的甜蜜，
> 与精通美味者在葡萄汁中尝到的滋味相同。

这里，描写中的下嘴唇的甜蜜性质不可能出现在葡萄汁中。正如前面的情况，最终是说明相似性。

也采用花环形式，例如我的这首诗：

---

① 引自《罗怙世系》1.2。

> 你把鹦鹉投向猫嘴，你把鹿儿投向虎口，
> 你把马儿投向牛角，你把心思放在享受。

这里，不确认镜子和映像的关系，就不能确定句义。而在喻证中，句义原本已经确定，并依据句义认知镜子和映像的关系。它也不是推断庄严。在"这串项链在鹿眼女郎……"① 中，并不需要确认相似性。

本体高于或低于喻体，这是较喻。说明原因者一种，不说明原因者三种。这四种在表达相似性时，都分别依靠词、词义或暗示，分成十二种。它们又依据是否运用双关分成二十四种。这样，分属高于和低于，总共四十八种。（52cd—54）

本体高于喻体的原因是本体具有优点和喻体具有弱点。说明这两种原因者构成一种，不说明这两种原因之一者和不说明这两种原因者构成三种。这四种分别依靠词、词义和暗示表达喻体和本体的关系，构成十二种。它们又依据是否运用双关构成二十四种。它们又分属本体高于和低于喻体，总共四十八种较喻。例如：

> 她那无瑕疵的脸庞不像有斑点的月亮。

这里，脸庞无瑕疵，月亮有斑点，两种原因都得到说明。其中使用像（yathā）这个词，因而是依靠词表达比较。如果改读成"不同于有斑点的月亮"，则是依靠词义表达。如果改读成"胜过有斑点的月亮"，由于缺乏像、如同等词，则是依靠暗示表达。其中，如果删去"无瑕疵"，则是不说明本体优点的原因。如果删去"有斑点"，则是不说明喻体缺点的原因。如果这两者都删去，则是

---

① 第十章第 83 颂 cd 引诗。

不说明两者的原因。

运用双关，例如：

> 德行深广，不像藕丝那样品质脆弱。

其中，使用词缀 vat 表示 iva（像）的意义，因而是依靠词表达比较。优点和弱点的原因都得到说明。德行和藕丝是 guṇa 一词双关。其他各种，依此类推。

以上都是本体高于喻体的例举。本体低于喻体，这里只是提示一下，例如：

> 月亮一次一次亏缺，但又一次一次圆满，
> 美人啊！别生气，笑一笑，青春一去不复返。

有些人说，这里作为本体的青春易逝性更优越。一些人在定义中说"较喻是本体高于喻体，或者相反"。其中的"或者相反"没有用处。① 这种说法欠考虑。在这首诗中，高于或低于意味坚实或不坚实。对照月亮，青春显然不坚实。或者，就让这个例举存有各种理解方式吧！那么，

> 哈奴曼他们用名誉照亮使者之路，而我用敌人的讪笑。

这里该用哪种理解方式?② 因此，定义中的"或者相反"完全适用。

通过"一同"的词义力量，一句话表达两个意义，而以夸张为

---

① 也就是说，有些人认为较喻只表达本体高于喻体。
② 意思是说，在这首诗中，喻体明显高于本体。

基础，这是同说。(55)

其中的夸张以确认同一性为基础，或表现为因果颠倒。以确认同一性为基础又分为依靠双关和不依靠双关。依次举例：

> 正值青春年华，情人与她的下嘴唇一起变红（充满激情）。

这里，"变红"和"充满激情"是 rāga 一词双关。

> 这月亮的光芒遍照四方，
> 让爱情与睡莲一起觉醒，
> 让坚定与黑暗一起消散，
> 让心思与莲花一起合拢。

这是我的一首诗。其中，觉醒等用于不同事物而意义有别，不是双关。

> 她头昏脑晕，与国王一起倒地，
> 犹如灯焰与油滴一起坠落。①

这种庄严也采用花环形式。例如，上面的引诗中"与睡莲一起"等。

"罗摩与罗什曼那一起走向密林。"这类句子不以夸张为基础，不构成这种庄严。

有此物，没有彼物，不是不好或不好，这是没有。(56ab)

不是不好即不是不可爱。即使这种说法的最终意思是可爱，但

---

① 这首诗是因果颠倒的例子。由于王后晕倒，国王才晕倒，而这里写成同时倒地。

用不是不可爱表达可爱，那是为了说明所描写的事物不可爱是与别的事物相连造成的错误，而它天生是可爱的。例如：

没有雨季乌云，月色容光焕发，
没有夏季酷热，树林景色旖旎。

不好即不可爱，例如：

紧紧跟随超凡出众的夫君，你做得完全正确，
没有太阳，白天什么样？没有月亮，夜晚什么样？

又如：

莲花不看到一轮圆月，虚度此生，
月亮不看到莲花绽放，白白升起。

在这首诗中，互相"没有"，富有魅力。虽然没有使用"没有"（vinā）这个词，但其中表达了"没有"的意义，仍然是这种庄严。也应该这样理解同说，即使不使用"一同"（saha）这个词，其中也表达了"一同"的意义。

依据相同的行动、词性或特征，将另一个事物的行为叠加在描写对象上，这是合说。（56cd、57ab）

依据相同的行动，将另一个事物的行为叠加在描写对象上，例如：

摩罗耶山传送花香的风儿啊，
你真幸运！这位女郎眼似莲花，

双乳宛如一对金罐,你猛然间
吹掉她的胸衣,拥抱她的全身。

在这首诗中,在传送花香的风儿身上,叠加有一个鲁莽的情人行为。

依据相同的词性,例如:

勇士尚未实现征服的愿望,怎么会想念女人?
太阳还没有跨越整个世界,怎么会会见黄昏?

太阳和黄昏的词性是阳性和阴性,由此叠加上男主角和女主角的行为。

依据相同的特征,分成三种:依靠双关、依靠共同性和依靠暗含的相似。依靠双关,例如我的这首诗:

看到东方地平线(脸)上发亮,染上红色
(充满激情),笼罩的黑暗消失(黑衣褪去),
接受太阳光线(手)的触摸,啊!月亮惨白
似枯草,体内浑浊(心中烦恼),沉入西方。

在这首诗中,依靠地平线(脸)和红色(激情)等双关。如果"笼罩的黑暗"在原文中直接写成"黑衣",这样,诗中一个部分有隐喻。但这首诗仍是合说,而不是存在于部分对象中的隐喻。在黑衣中,黑暗和衣裳两者在覆盖的特性上具有明显的相似性,形成叠加关系。它不需要别的隐喻帮助,依靠自己就能成立。因此,它不能改变这首诗是合说的看法。如果这种叠加关系的相似性不明显,离开诗中其他部分中的叠加关系就不能理解，于是，依靠诗中其他部分中即使不凭词语表示也凭意义暗示的叠加关系加以理解，这是存在于部分对象中的隐喻。例如：

在战场后宫中，他手持弯刀蔓藤，
敌军即使渴望美味，突然转身逃跑。

在这首诗中，战场和后宫之间的相似性不明显。① 有时，在一首诗中，有许多处依靠语词表示的、相似性明显的叠加关系，有一处依靠意义暗示，这也是存在于部分对象中的隐喻。因为对于这样的诗，在理解中，隐喻占据优势，盖过合说。

如果有人说，战场和后宫明显具有（主人公）随意活动的相似性。这话不错，确实有这种相似性。但是，这种相似性是在理解句义之后产生的。因为不像月亮和脸庞本身具有可爱性，战场和后宫本身并不具有随意活动性。②

依据共同性，例如：

太阳升起，莲花绽露笑容，
散发香气，蜜蜂嘤嘤嗡嗡。

在这首诗中，依据散发香气等相同特征，将莲花的行为理解为女主人公的行为。这是由于将仅仅属于女人的绽露笑容的性质叠加在莲花上。如果缺乏这种共同性，只是依据相同特征，就不能确认那是女主人公的行为。

---

① 在这首诗的其他部分中，弯刀蔓藤（阴性）隐喻女主人公，敌军（阳性）隐喻女主人公的情敌。

② 意思是后宫和战场只是国王随意活动的场所。

依靠暗含的相似又分成三种：依靠暗含的明喻、隐喻或这两者的混合。其中，依靠暗含的明喻，例如：

这鹿眼女郎服饰优美，牙齿宛如串联的花朵，
手掌宛如柔嫩的叶芽，发髻犹如密集的蜜蜂。

在这首诗中，依据服饰优美这一点，首先理解 dantaprabhāpuṣpacita 这个复合词暗含明喻：牙齿美似花朵。接着，采用这个复合词的另一种读法：缀有许多美似牙齿的花朵。这样，凭借共同特征的力量，依据蔓藤的行为特征认知鹿眼女郎。

依靠暗含的隐喻，例如，在"她的脸庞布满了美蜜……"① 这首诗中。依靠暗含的明喻和隐喻的混合，例如，在"这鹿眼女郎服饰优美……"这首诗中，如果将"服饰优美"改成"具有"，那么，由于无法确定明喻或隐喻，便成了依靠这两者的混合。就像前面那样，有另一种复合词读法。依靠这种读法的力量，产生对蔓藤的认知。

有些人认为在这三种中，第一种和第三种是合说，因为明喻和混合不存在于部分对象中，而第二种属于存在于部分对象中的隐喻。然而，如果仔细考虑，应该承认在第一种中，正是存在于部分对象中的明喻。否则，

秋天的白云挟带彩虹，如同新鲜的指甲痕，
让有斑点的月亮高兴，而让太阳增添烦恼。

在这首诗中，怎样认知女主人公的行为？因为女主人公的胸

---

① 第十章第 32 颂 ab 引诗。

脯①上不可能有新鲜的指甲痕那样的彩虹。如果有人说，虽然在这里，"如同新鲜的指甲痕"是作为喻体，但通过对内容的全面考量，这种喻体性可以转移进彩虹。例如，在吠陀句子"用酥油祭供"中，按照习惯用法，祭品已经转移进酥油②。由此，可以理解为"如同彩虹的新鲜指甲痕"。对此的回答是，无须这样劳神费心，强作解释，只要承认这是存在于部分对象中的明喻就可以了。

确定这首诗中的共说确实不怎么容易。在前面引诗中"青莲如同眼睛"③等中，就别无选择④。合说基于对行为的认知⑤，而明喻并非这样，那么，合说怎么能依靠明喻呢？人们说："依靠相似性认知行为或性质，这种相似性不是合说，而显然是存在于部分对象中的明喻。"

这样，承认了存在于部分对象中的明喻和隐喻，自然也就在合说中排除了以这两者为基础的混合。因此，在依靠相同的特征中，依靠暗含的相似这一种就不存在。⑥ 在依靠相同的特征中，有依靠双关和依靠共同性这两种。加上原有的依靠行动和依靠词性这两种，合说共有四种。

在这一切中，行为的叠加是原因。有时，世俗事物的行为叠加在世俗事物上；有时，经典事物的行为叠加在经典事物上；有时，经典事物的行为叠加在世俗事物上；有时，世俗事物的行为叠加在经典事物上，总共四种。世俗事物又可以按照味等类别，分成许多种。经典事物也可以按照逻辑、医学和天文学等类别，分成许多种。这样，合说种类繁多，这里只能略微提示。例如，在前面的引

---

① 这首诗中的"云"也可以读作"胸脯"。
② 意思是在酥油的说法中已经包含祭品，因为在祭供中，酥油是不可缺少的。
③ 第十章第24颂cd引诗。
④ 即明显是存在于部分对象中的明喻，而不是合说。
⑤ 即将彼物的行为叠加在此物身上。
⑥ 这是对前面分类的自我否定。

诗"……吹掉她的胸衣,拥抱她的全身"中,是将世俗中鲁莽的情人行为叠加在世俗事物(风儿)上。

> 凡是看出你是唯一不变的形象,
> 以无数方式出现在一切活动中,
> 我认为他们肯定理解你的特征,
> 知道你是摆脱区别的至高者。

这是将语法经典的行为叠加在吠陀经典上。① 其他依此类推。

在隐喻中,另一事物将自己的性质叠加在描写对象上,覆盖描写对象。在合说中,另一事物将自己的状况叠加在描写对象上,使描写对象不同于先前的状况,而不覆盖描写对象的性质。因此,人们说这是行为的叠加,而不是性质的叠加。在明喻和双关中,也有实体的相似性,而在合说中,只有特征的相似性。在间接庄严中,描写对象是暗示的,而在合说中,另一事物是暗示的。

叙述中的形容词含有意味,这是有意味。(57cd)

例如:

> 盎伽王啊!统帅啊!嘲笑德罗纳的人啊!
> 迦尔纳啊!你从怖军手中救出难降吧!②

原本表示一种意义的词表示多种意义,这是双关。(58ab)

"原本表示一种意义",这是与音双关的区别。"表示",这是与韵(暗示)的区别。例如:

---

① 也就是将语法中论述的不变词的特征叠加在吠陀经典中称颂的至高之神身上。

② 诗中有关迦尔纳的几个称号含有嘲讽意味。

> 太阳（国王）从事美好的事业，
> 光辉灿烂，驱除四方的黑暗。

在这首诗中，没有语境等的限制，同时表达太阳和国王。①

从一般得知特殊，或从特殊得知一般，从结果得知原因，或从原因得知结果，还有从相似得知相似，分成这五种。其中，前者是另一个事物，后者是描写对象，这是间接。（58cd—60a）

依次举例：

> 尘土遭到脚踢而飞扬到头上，
> 也强似一个人甘愿蒙受耻辱。

在这首诗中，讲述的是一般性②，表达的是特殊性："尘土也强似我们。"

> 如果这花环能毁人性命，
> 放在我胸口，为何我不死？
> 一切按照自在天的意愿，
> 毒药变甘露，甘露变毒药。③

在这首诗中，讲述的是特殊性，表达的是一般性："按照自在天的意愿，有时坏事变好事，有时好事变坏事。"这样，这首诗也

---

① 但在这首诗中，vibhākara 一词表示太阳和一位名为太阳的国王属于音双关。如果替换一个"太阳"的同义词，就不适用于这位国王。因此，这首诗不是纯粹的义双关。

② 诗中的"一个人"指一般的人。

③ 引自《罗怙世系》8.46。

是以间接为基础的补证庄严。在喻证中，一种明白的事实用作映像，而在这首诗中，毒药和甘露互相转变不是众所周知的事实。

> 啊！在悉多面前，月亮仿佛抹上黑油膏，
> 鹿眼仿佛滞呆，珊瑚叶仿佛黯然失色，
> 金子的光泽仿佛变得灰暗，雌杜鹃
> 仿佛嗓子喑哑，孔雀尾翎仿佛不可爱。

在这首诗中，从想象中的月亮抹上黑油膏等结果，得知原因是描写对象（悉多）脸庞等的美。

> 这位鹿眼女郎一听说我要离去，
> 深深叹息，用含泪的眼角斜视我，
> 面带苦笑，对深情抚育的小鹿说：
> "今后，像爱我那样爱我的女友们。"

在这首诗中，讲述的是原因①，表达的是结果：男主人公不离去。

从另一个事物的相似得知描写对象的相似，分成两种：依据双关和仅仅依据相似性。依据双关又分成两种：或像合说那样，仅仅是特征的双关，或像双关那样，也有实体的双关。依次举例：

> 芒果树光彩熠熠，经常散发芳香，
> 布满绽开的花蕾，呈现春天之美。

---

① 即一旦男主人公离去，女主人公就会死去。

在这首诗中，运用仅仅是特征的双关①，从另一个事物芒果树得知描写对象：某个男主角。

> 即使会失去男性的尊严，
> 即使会入地，会屈尊乞求，
> 他仍会拯救这整个世界，
> 这是人中俊杰展现的路。

在这首诗中，通过"人中俊杰"这个实体（名词）的双关，首先按照习惯理解为毗湿奴②，然后理解为描写对象：某个人。

仅仅依据相似性，例如：

> 一只小鸽子受到成百只饥饿的兀鹰追逐，
> 空中毫无遮蔽，天啊！只能靠命运发慈悲。

在这首诗中，依据另一个事物小鸽子得知描写对象：某个人。这种间接有时也依据不同性，例如：

> 林中的风儿确实幸运，接触白莲而清凉，
> 又接触黝黑似青莲的罗摩，毫无阻碍。

在这首诗中，依据不同性理解描写对象：风儿幸运，而我

---

① 诗中的"散发芳香"也读作"喜气洋洋"，"布满绽开的花蕾"也读作"充满激情"。

② 毗湿奴曾化作美女迷惑众阿修罗，让众天神夺得甘露；曾化作野猪，从地下救出大地；曾化身侏儒，向阿修罗钵利乞求三步之地，从而跨出三大步，夺回三界。

不幸。①

这种间接又依据表示义分成三种：可能、不可能和两者兼有。其中，可能已见于前面例举。不可能，例如：

> 我是杜鹃，你是乌鸦，我俩一般黑，
> 而通晓音色的人们会加以区别。

在这首诗中，如果不叠加上描写对象②，杜鹃和乌鸦的对话不可能。

兼有可能和不可能，例如：

> 里面有许多洞，外面有许多刺，
> 这莲花秆质地怎么会不脆弱？

在这首诗中，如果不叠加上某个描写对象③，莲花秆有洞不可能成为它质地脆弱的原因。其他则可能。④ 这是兼有可能和不可能。

间接不同于依靠词音力量的本事韵，因为如同合说，它以行为的叠加为生命。在明喻韵中，另一个事物是暗示的。在合说中，也是这样。在双关中，另一个事物和描写对象两者都是表示的。⑤

从贬抑和褒扬的表示义中得知褒扬和贬抑，这是伴赞。（60bcd）

---

① 按照有的注释，"我"是指罗摩的父亲十车王。
② 即两个外表相同而品性不同的人。
③ 即某个陷入内忧外患的人。
④ 即刺能割裂莲花秆。
⑤ 而在间接中，另一个事物是表示的，描写对象是暗示的。

从贬抑中得知褒扬，这是乔装的褒扬。从褒扬中得知贬抑，这是虚假的褒扬。依次举例：

> 国王啊！一旦你发怒，敌人的妻子仿佛成了寡妇，
> 胸前的首饰纷纷坠落，苗条的身体扎满荆棘。①

这是我的一首诗：

> 云啊！我说你的水是世界的生命，这是表面的赞扬，
> 而说你害死旅人，充当法王助手，才是真正的赞扬。②

用另一种方式表达暗示的事实，这是迂回。(61ab)
例如：

> 用来装饰沙姬发髻的波利质多树花蕾，
> 他的军队在欢喜园中轻蔑地伸手触摸。

在这首诗中，暗示的事实是诃罗羯利婆战胜天国，这是原因。而这个原因是通过结果表达的，即他的军队轻蔑地触摸波利质多树花蕾。这种表达具有奇妙性。这不是依据结果得知原因的间接，因为在间接中，结果属于另一个事物。而在这里，结果像原因一样是描写对象，呈现描写对象的威力。同样，

> 他让敌人妻子们的胸脯上
> 洒满大似珍珠颗粒的泪滴，

---

① 这首诗表面上指责国王给妇女造成危害，实际上赞扬他战胜敌人。
② 这首诗表面上赞扬云，实际上指责它。"法王"即死神阎摩。

确实好像夺走她们的项链，
而后还给她们无线的项链。①

在这首诗中，敌人的妻子们哭泣流泪作为结果，像杀死敌人作为暗示的原因一样值得描写，都呈现描写对象国王的威力。这就是迂回。

"国王啊！公主不教我说话，王后们也默不作声，
曲女啊！给我喂食吧！为何王子和侍臣们不吃饭？"
你的敌人宫中的这只鹦鹉被路人从笼中放出，
停在空寂的塔楼上，望着画中主人们这样诉说。

在这首诗中，描写对象是原因：听说你要进军，敌人顷刻之间逃跑。有些人说，结果也是值得描写的描写对象。② 而另一些人说，王室鹦鹉的情况用于呈现描写对象的威力，因而，这是间接。

或以特殊补证一般，或以一般补证特殊，或以原因补证结果，或以结果补证原因，这四者或依据相同性，或依据不同性，这样，补证共有八种。（61cd、62）

依次举例：

卑微者有伟大者协助，也能事业有成，
山上的小溪汇入大河，也能流入大海。

在这首诗中，以第二行中表达的特殊补证第一行中表达的一般。

---

① 引自《罗怙世系》6.28。
② 因而，这是迂回。

> 黑天说完这些有意义的话，
> 便住口，伟人生性言语节制。①

> 大地啊，你要稳住！蛇王啊，你要
> 撑住她！龟王啊，你要撑住这两位！
> 四方象王啊，你们要撑住这三位！
> 这位国王就要为湿婆神弓上弦。②

在这首诗中，"要为湿婆神弓上弦"作为原因，用以补证作为结果的"大地稳住"等。

> 不要鲁莽行事，不加分辨招来灭顶之灾，
> 财富赏识品德，亲自选择三思而行的人。

在这首诗中，财富的行为作为结果，补证作为原因的不鲁莽行事者的三思而行。

以上这些都是依据相同性的例举。依据不同性，例如：

> 即使他受到如此善待，依然折磨三界：
> 平息恶人应该用报复，不应该用恩惠。③

在这首诗中，用一般补证特殊。在"不要鲁莽行事……"这首诗中，以相反的结果即招来灾祸，补证不鲁莽者。④ 其他依此类推。

---

① 这首诗是以一般补证特殊。
② 这首诗中的国王是指罗摩。
③ 引自《鸠摩罗出世》2.40。
④ 也就是说，在这首诗中，也含有依据不同性。

句义或词义中含有原因，这是诗相。（63ab）

在句义中，例如：

> 与你的眼睛同样可爱的青莲花沉入水中，
> 模拟你的脸庞光辉的月亮笼罩在乌云中，
> 效仿你的步姿的天鹅也都飞走，爱人啊！
> 仅凭相似物获取些许安慰，老天也不容我。

在这首诗中，前三句是第四句的原因。在词义中，例如我的这首诗：

> 你的马群扬起大量尘土，积成污泥，
> 湿婆惧怕超重，没有用头顶住恒河。

在这首诗中，第一行是一个复合词，是第二行的原因。在多个词中，例如我的这首诗：

> 看到你布施之水流有无数分支，大王啊！
> 只有三个流向的恒河将自己藏在湿婆头顶。

有些人不承认依据因果关系的补证，认为它们属于依据句义的诗相。这不对。因为原因分成三种：令知因、完成因和确证因。其中，令知因属于推理，完成因属于诗相，确证因属于补证。显然，依据因果关系的补证，不同于诗相。例如，在"与你的眼睛同样可爱的青莲花沉入水中……"这首诗中，第四句具有期望性而意义不完善，必须依靠具有完成性的前三句，才能达到意义完善。但是，在"不要鲁莽行事……"这首诗中，不是这样。例如：

>　　我告诉你这个真理，永远不要
>　　与热衷伤害他人的恶人结交。

　　诸如此类的训示，意义自足，不具有"期望性"。财富选择不鲁莽行事的人是补证这个训示。因此，依据因果关系的补证不同于诗相。

>　　湿婆惧怕超重，没有用头顶住恒河女神，
>　　因为你的马群扬起尘土，使她堆满污泥。

　　在这首诗中，使用了"因为"这个词，就像如果"堆满污泥"一词使用从格，明确表示原因，那就不是这种庄严。庄严的本质是奇妙性。

以奇妙的方式，依靠证据认知某物，这是推理。(63cd)

例如：

>　　这位莲花眼女郎全身肢体苍白，莲花眼紧闭，
>　　我知道她的心中有爱人的月亮脸，光芒四射。①

　　在这首诗中，具有隐喻的魅力。② 又如：

>　　花箭总是落在少女们的目光注视之处，

---

① 这首诗描写一位与爱人分离的女子。依据她全身苍白，莲花眼紧闭，推断她心中有爱人的月亮脸。也就是说，由于月亮脸的光芒照射，她的肢体发白，同时，她的眼睛作为莲花在夜晚合拢。

② 莲花眼和月亮脸都是隐喻。

我觉得挽弓搭箭的爱神跑在她们前面。①

在这首诗中，魅力在于诗人的丰富想象力。在奇想中，不需要认知的确定性②，而在推理中，需要确定性。

原因的表达与结果同一，这是原因。（64ab）

例如我的这首诗：

青春的欢乐，流光溢彩的笑容，
大地的装饰，青年之心的征服。

在这首诗中，女主角是征服的原因，而被说成征服本身。这个庄严以"欢乐"和"笑容"吞没（女主角）③为基础。

如果不随顺变成随顺，这是随顺。（64cd）

例如：

一旦你发怒，便给他留下指甲伤痕，
用双臂绳索勒紧他脖子，细腰女啊！④

这种庄严的特殊魅力显然不同于其他庄严，将它视为一种独立的庄严是合理的。

表面上不说出想要说的事，旨在传达某种特殊意义。这是略去，分成将说和已说两种。（65）

---

① 依据花箭（爱情之箭）落在少女们的目光注视之处，推断爱神跑在她们前面，按照她们的目光射箭。
② 即可以采取怀疑的方式。
③ 即喻体吞没本体。
④ 在这首诗中，原本不可爱的伤害和捆绑行为变成情人间可爱的调情行为。

其中，将说又分成两种：有时不说出已经笼统地暗示的一切，有时说出一部分，不说出另一部分；已说也分成两种：有时否认事情的性质，有时否认已经说出的事情。这样，略去分成四种。依次举例：

> 我要为受尽爱神之箭折磨的女友说几句话，
> 请留步，朋友！算了，对硬心肠的人有什么可说？

在这首诗中，女友相思病痛已经笼统地暗示，但不说出想要说的具体情况。

> 羚羊眼女郎与你分离，呆呆地凝视新开的
> 茉莉花，她必定——，啊！何必说这晦气话？

在这首诗中，不说出的另一部分是"会死去"。

> 小伙子啊！我不是信使，她喜欢你，不关我的事；
> 她若死去，你也不光彩，我是告诉你这个道理。

在这首诗中，否认信使的性质。

> 这位苗条女郎与你分离，让她怎么度过夜晚？
> 对你这个作出残酷决定的人，我何必说这些？

在这首诗中，否认已经说过的事情。

在第一首诗中，传达的特殊意义是我的女友肯定会死去。在第二首诗中，是难以说出口。在第三首诗中，是按照信使的方式传达

实情。在第四首诗中，是痛苦不堪。这些不是否定想要说的，而是表面上否定。

以同样的方式，表面上说出不想要说的事，这是另一种略去。(66ab)

同样的方式指如同上述略去，旨在传达某种特殊意义。例如：

如果你要走，就走吧！祝你一路平安！
爱人啊，但愿我能再生在你的去处。①

在这首诗中，同意丈夫离去并非出自心愿，最后变成阻止。其中传达的特殊意义是绝不能离去。

说出结果，而无原因，这是藏因。它依据说出或不说出原因分成两种。(66cd、67ab)

这种没有原因而产生的结果应该有另外某种原因。有时提到另外的原因，有时不提到，分成这两种。例如：

美眉女郎正值青春，不操劳而腰部瘦削，
不惊恐而眼睛颤动，不装饰而可爱迷人。

在这首诗中，提到另外的原因青春。如果"美眉女郎正值青春"改成"鹿眼女郎形体优美"，则是没有提到另外的原因。

有原因，而无结果，这是殊说，同样分成两种。(67cd)

同样指提到或不提到原因。② 其中，提到原因，例如：

他们品行高贵，富有而不狂妄，

---

① 这首诗的意思是丈夫若离去，女主人公就会死去。
② 指另外的原因。

年轻而不轻浮，有力而不鲁莽。①

在这首诗中，提到原因品行高贵。如果"他们品行高贵"改成"大地上有些人"，则是没有提到原因。

原因不可思议属于不提到原因，不单独列出。例如：

爱神以花箭为战斗武器，独自战胜三界，
湿婆剥夺他的形体，剥夺不了他的力量。

这首诗中，即使剥夺了身体，也没有剥夺力量，原因不可思议。

在殊说中，表达无结果，也依靠提供与结果矛盾的东西。同样，在藏因中，表达无原因，也依靠提供与原因矛盾的东西。例如：

依然是这位夺走我童贞的丈夫，
依然是春夜，茉莉花香随风飘逸，
我也依然是我，而我心中却向往
雷瓦河畔蔓藤树下的爱情游戏。

诗中表达了与向往的原因（即爱人不在身边）矛盾的东西（即爱人在身边），这是藏因。同时，诗中表达的向往与原因（即爱人在身边）会产生的结果（即不向往）矛盾，这是殊说。因此，这首诗中含有藏因和殊说的结合。纯粹的例举可以另外寻找。

种类与种类等四者，性质与性质等三者，行为与行为等两者，

---

① 在这首诗中，富有、年轻和有力作为原因没有产生相应的结果狂妄、轻浮和鲁莽。

实体与实体，互相貌似矛盾，这是矛盾，分成十种。（68、69ab）

依次举例：

> 与你分离的这些日子，对于她，
> 摩罗耶山风也成了森林大火，
> 蜜蜂的嗡嗡声也撕裂她的心，
> 月光发热，莲花成了炎炎烈日。①

> 国王啊！婆罗门妇女经常手持木杵，忙于家务，
> 双手变得粗糙，而在你面前，又变得柔软似莲花。②

> 你是不生者，而采取出生，
> 你没有意欲，而诛灭敌人，
> 你进入睡眠，而保持清醒，
> 有谁能知晓你的真实本质？③

> 这位鹿眼女郎若不拥坐爱人怀中，
> 黑夜之夫圆月在她看来充满毒焰。④

> 这位醉眼女郎的美貌令我大饱眼福，
> 超乎想象，使我的心既高兴，又烦恼。⑤

---

① 风和森林大火是种类与种类矛盾，蜜蜂的嗡嗡声和撕裂她的心是种类与行为矛盾，月光和发热是种类和性质矛盾，莲花和烈日是种类与实体矛盾。
② 粗糙和柔软是性质与性质矛盾。
③ 引自《罗怙世系》10.24。不生和出生是性质与行为矛盾。
④ 充满毒焰和圆月是性质与实体矛盾。
⑤ 高兴和烦恼是行为与行为矛盾。

你的马群扬起大量尘土……①

在"这位鹿眼女郎若不拥坐爱人怀中……"这首诗中，如果"充满毒焰"改成"是中午的太阳"，则是实体与实体的矛盾。

在"与你分离的这些日子……"这首诗中，风等种类分别与森林大火、发热、撕裂心和太阳，在种类、性质、行为和实体上看似互相矛盾，但依据女主人公与爱人分离这个原因，可以得到解释。

在"你是不生者，而采取出生……"这首诗中，不生者的性质与出生的行为矛盾。但依据大神的无上威力，可以得到解释。

在"你的马群扬起大量尘土……"这首诗中，没有用头顶住恒河（行为）与湿婆（实体）矛盾。但依据诗人的大胆想象，可以得到解释。

其他的例举很清楚。

在藏因中，有结果而无原因形成矛盾。在殊说中，有原因而无结果形成矛盾。而在矛盾中，两种对象互相矛盾。这便是区别。

结果和原因出现在不同地点，这是分离。（69cd）

例如：

她年轻，而我们胆小，她是女性，而我们怯懦，
她挺着丰满高耸的双乳，而我们感觉疲乏，
她拖着肥大沉重的双臀，而我们举步维艰，
多么奇怪，别人的缺点却使我们变得无能。②

分离对于矛盾是例外，因为在矛盾中，矛盾双方出现在同一地点。

---

① 第十章第 63 颂 ab 引诗。没有用头顶住恒河和湿婆是行为与实体矛盾。
② 引自《阿摩卢百咏》34。

原因和结果的性质或行为互相矛盾；行动无效，产生相反的结果；两个不相似的事物结合，这是不相配。（70、71ab）

依次举例：

> 他的长剑像多罗摩树一样黑暗，
> 而在每次战斗中，一接触他的手，
> 就会产生名誉，像秋月一样洁白，
> 成为三界的装饰，你看多么奇妙！

在这首诗中，暗黑的长剑作为原因产生洁白的名誉①，违反"原因的性质造成结果的性质"的原则。

> 眼似青莲的女郎啊！你使我满心欢喜，
> 而由你造成的分离，却烧灼我的身体。

在这首诗中，让人欢喜的女子作为原因产生烧灼人的分离。②

> 人说大海充满珠宝，我便下海求宝，
> 不见财宝踪影，倒是嘴中灌满咸水。

在这首诗中，不仅没有获得向往的财宝，反而嘴中灌满咸水。③

> 以树皮为装饰的森林在哪里？

---

① 即原因（长剑）的性质（暗黑）与结果（名誉）的性质（洁白）互相矛盾。
② 即原因（女子）的行为（令人欢喜）与结果（分离）的行为（折磨人）互相矛盾。
③ 即行动无效，产生相反的结果。

这位受到因陀罗称赞的国王,
他的威严在哪里?面对厄运,
种种倒行逆施,肯定难以忍受。

在这首诗中,森林和帝王威严结合。① 这是我的一首诗。又如:

时代毁灭之时,他躺在大海中,
以自己的大腹饮下一切世界,
而城中妇女以一只激情荡漾、
半开半闭的眼睛就把他饮下。②

事物的结合恰到好处,值得称赞,这是相配。(71cd)
例如:

"月光摆脱乌云,与月亮会合,
恒河流入与自己相配的大海",
城中居民认为他俩完全匹配,
异口同声,令众国王听来刺耳。③

做事追求向往的成果,而适得其反,这是奇妙。(72ab)
例如:

为求高升而俯伏,为求活命而丧命,
为求快乐而受苦,愚蠢莫过于侍从。

---

① 即两个不相似的事物结合。这首诗描写罗摩流亡森林。
② 这首诗中的"他"是指毗湿奴大神。
③ 引自《罗怙世系》6.85。

容纳者和被容纳者，其中之一增大，这是增益。（72cd）
容纳者增大，例如：

我们能说出大海有多大？诃利大神
将世界收入腹中，悄悄躺在它那里。①

被容纳者增大，例如：

世界毁灭之时，黑天撤回自我，
万物在他的身体中自由存在；
在这样的身体中，也容纳不下
因苦行者到来而产生的喜悦。②

通过一个行动，两个事物互为原因，这是互相。（73ab）
例如：

你为细腰女增色，细腰女为你增色，
月亮为夜晚增色，夜晚为月亮增色。

没有载体，所载之物依然存在；一个事物同时在多处存在；做某事，出乎意料完成另一件不可能完成的事，这是独特，分成三种。（73cd、74）
依次举例：

即使去世升天，他们的优美言辞依然迷人，

---

① 容纳者（大海）较小，而被说成比被容纳者（诃利大神）更大。
② 被容纳者（喜悦）较小，而被说成比容纳者（黑天）更大。

直至世界毁灭，这样的诗人怎会不受尊敬？

在树林里，在河岸边，甚至在山洞中，
敌人都看到你像死神耸立在前面。

你是主妇、顾问和知心朋友，
也是精通艺术的可爱学生，
残酷无情的死神夺走了你，
请说，我还有什么没被夺走？①

某人以某种手段完成某事，另一个人以同样手段完成相反的事，这是相违。(75)

例如："湿婆的目光将爱神焚毁，她们的目光使爱神复活……"这首诗。②

如果做相反的事更适宜，(76ab)

这也是相违。例如：

"你留在这里吧！我几天之内就赶回，
爱人啊！你的身体柔弱，经不起劳累。"
"正因为我身体柔弱，必须与你同行，
如果与你分离，难以承受无比烦恼。"

在这首诗中，男主人公以女主人公柔弱作为劝阻她同行的理由，而女主人公以此作为与他同行的更适宜的理由。

每个前面的事物成为后面的事物的原因，这是原因花环。

---

① 引自《罗怙世系》8.67。意谓死神夺走的不仅是主人公的妻子。
② 第十章第5颂引诗。

(76cd、77a)

例如：

勤用脑则有学问，有学问则有教养，
有教养则得民心，得民心则何所忧？

多种事物因同一性质依次相连，这是花环明灯。（77bcd）
例如：

一旦你投入战斗，弓获得箭，箭获得敌人的头颅，
敌人的头颅获得大地，大地获得你，你获得名誉。

在这首诗中，获得的行为是同一性质。
每个后面的事物依次确认或否认属于前面的事物，这是连珠，分成两种。（78）
依次举例：

湖中有绽放的莲花，莲花有蜜蜂，
蜜蜂有嗡嗡声，嗡嗡声激发爱情。

这不是水，里面没有可爱的莲花，
这不是莲花，里面没有藏着蜜蜂，
这不是蜜蜂，它没有发出嗡嗡声，
这不是嗡嗡声，它没有迷住人心。

有时，每个前面的事物依次确认或否认属于后面的事物。
例如：

水池清澈，莲花在池中竞相绽放，
蜜蜂飞临莲花，嗡嗡声出自蜜蜂。

同样，也可举出依次否认的例子。
事物依次便优秀，这是递进。（79ab）
例如：

国中精粹是大地；大地中，
是城市；城市中，是宫殿；
宫殿中，是卧床；卧床中，
是美女——爱神的全部生命。

依次涉及已经提到的事物，这是罗列。（79cd）
例如：

幸运的人啊！在与你分离期间，她的女友们
轻声柔气地谈及文珠罗花、南风和杜鹃：
"开花了，你用指甲掐它们；吹来了，你用衣摆
兜住它；飞进花园了，你用脚镯声吓唬它们。"

一个事物依次出现或被造成出现在多处，或者多个事物依次出现或被造成出现在一处，这是连续。（80）
依次举例：

最初的那些雨滴在睫毛上
停留一刹那，就落到下嘴唇，
然后在高耸的胸脯上跌碎，

落到腰间皱纹上，到达肚脐。①

你的敌人的城里，那些美妇人臀部沉重，
缓步行走的地方，现在充斥豺、狼和乌鸦。

她的手不再用于抹口红，玩耍染有胸脯红粉的球，
而与念珠为伴，采集拘舍草，手指常被草尖刺破。②

敌方妻子们的胸脯上，原先佩戴
闪光的项链，现在挂满颗颗泪珠。

在这些例举中，容纳者有时集中，有时不集中；被容纳者也是这样。例如，"最初的那些雨滴……"这首诗中，雨滴的容纳者不集中，依次是睫毛等。在"你的敌人的城里……"这首诗中，狼等的容纳者集中，都在敌人的城里。其他依此类推。

一个事物依次出现在多处，这是与独特庄严的区别。这里也不存在交换问题，这是与交换庄严的区别。

平等的、亏损的或增益的交换，这是交换。（81ab）

依次举例：

鹿眼女郎投出秋波，捕获我的心，
我献出我的心，而陷入相思之苦。

在这首诗中，前一行是平等的交换，后一行是亏损的交换。

---

① 引自《鸠摩罗出世》5.24。
② 引自《鸠摩罗出世》5.11。

年迈的阇吒优私已经升天，何必为他忧伤？
他献出衰竭的躯体，换来灿若月光的名誉。

这是增益的交换。

无论提问或不提问，确认某物，而排除类似的另一物，或明说，或暗示，这是排除。（81cd、82abc）

依次举例：

世上坚固的装饰是什么？是名誉，不是宝石；
正确的行为是什么？是善人的善行，不是恶行；
不受蒙蔽的视力是什么？是理智，不是眼睛；
除了你，还有谁知道善恶之间的真正区别？

在这首诗中，排除宝石等是明说。

应该热爱什么？善行。
应该与谁相处？善人。
应该沉思谁？毗湿奴。
应该追求什么？解脱。

在这首诗中，排除罪行等是暗示。以上两首诗是采取提问方式。不采取提问方式，例如：

虔信湿婆而非财富，
执著学问而非女人，
忧虑名誉而非身体，
伟大看来都是如此。

这位国王的军队是为了解除
受难者恐惧，学问渊博是为了
获得智者们认同，不仅是财富，
还有品德，都是为了有益他人。①

如果依靠双关，则有特殊魅力，例如：

这位国王征服世界，统治大地，杂色出现在绘画中，断弦出现在弓中。②

从回答能猜出提问，或对多个问题作出非凡的回答，这是回答。(82d、83ab)
例如我的这首诗：

婆婆双目失明，丈夫出了远门，
我孤单又年轻，你怎能住这里？

从这个回答能猜出是一个旅人求宿。

什么不平坦？命运之路。
什么为可取？赏识美德。
什么是幸福？有个贤妻。
什么难把握？艰难世界。

---

① 引自《罗怙世系》8.31。这首诗中暗示的"排除"是：不是为了折磨他人，不是为了争论，不是为了谋求私利。
② 这句话引自波那的小说《迦丹波利》。"色"又读作"种姓"，"弦"又读作"品德"。暗示杂种姓和恶行不出现在民众中。

在这里，没有排除的意思，因此，它有别于排除。它也不是推理，因为推理的确认需要提到结论和证据两者。它也不是诗相，因为回答不是产生提问的原因。

以杖饼方式，从彼物得知此物，这是推断。（83cd）

从老鼠啃掉木棍，得知它也啃掉与木棍放在一起的饼。这种依据可靠的相似性认知另一事物的方法称作杖饼方式。它分成两种：有时从有关事物得知无关事物，有时从无关事物得知有关事物，依次举例：

> 这串项链在鹿眼女郎滚圆的胸脯上摆动，
> 连珍珠都这样，何况我们这些爱神的奴仆。①

> 他甚至失去了天生的坚定，
> 发出哀悼，话音带泪而哽咽，
> 即使是铁，高温下也会变软，
> 更何况对于血肉之躯的人！②

这种相似性依靠双关产生，具有特殊魅力，如上引"这串项链在鹿眼女郎……"这首诗。

它不是推理，因为这种相似性缺乏必然联系。③

两个事物同样有力，形成对立，具有魅力，这是选择。（84ab）

例如：

---

① 这首诗中的有关事物（即描写对象）"珍珠"又读作"解脱者"。

② 引自《罗怙世系》8.43。这首诗中的有关事物是"血肉之躯"，无关事物是"铁"。

③ 例如，从老鼠啃掉木棍，可以推断它也啃掉与木棍放在一起的饼，但这不意味它必然啃掉饼。

你们低下头，或者挽开弓；以我的命令作为耳饰，或者将弓弦挽至耳边。

这里，低下头和挽开弓分别表示和平和战争。和平和战争不能同时存在，而形成对立。对立以选择其中一方而告终。低下头和挽开弓两者同样有力，仿佛互相竞争。其中暗含对比而具有魅力。"以我的命令作为耳饰，或者将弓弦挽至耳边"也是这样。同样，"让诃利大神的双眼或身体解除你的尘世痛苦"，依靠双关产生魅力。①

然而，"将你获得的财富献给天神或婆罗门"，则缺乏魅力，不是这种庄严。

即使有一个足以产生结果的原因，以谷物鸽子方式②，不存在产生同样结果的原因；结果或是两种性质，或是两种行为，或是一种性质和一种行为，这是聚集。（84cd、85）

例如我的这首诗：

你来自檀香山，以和煦的南风闻名于世，
与圣洁的戈达波利河亲密接触，风儿啊！
连你也像森林大火那样燃烧我的全身，
对于林中迷醉的黑杜鹃，我还能说什么？③

在这首诗中，即使有檀香山这个产生燃烧的原因，又提到和煦的南方等其他原因。其中，这些原因都是美好的，属于好的聚集。而第四行中，迷醉等原因不是美好的，属于坏的聚集。

---

① 这行诗句中的动词同时用于单数和双数。
② 谷物鸽子方式是指许多鸽子同时飞抵谷场啄食谷子。
③ 这首诗描写分离中的情人内心焦灼。

又好又坏的聚集，例如：

> 白天苍白的月亮，失去青春的女子，
> 没有莲花的池塘，相貌堂堂的哑巴，
> 贪求财富的国王，经常落难的善人，
> 出入王宫的恶人，是我心头七支箭。

有些人说，月亮等是美好的，恶人不是美好的，这是又好又坏的聚集。另一些人说，月亮等本质是美好的，而苍白等不是美好的，这是又好又坏的聚集。在这首诗中，苍白等等与月亮形成很大反差，产生特殊的魅力。"心头七支箭"表示结果是七支箭。但其中"出入王宫的恶人"显得不一致，成为缺点，因为其他几个名词都是美好的。

在这里，所有的原因像鸽子那样一齐飞抵谷场。而在天助中，即使有一个足以产生结果的原因，另一个原因以乌鸦棕榈树方式①意外降临。这是两者的区别。

> 一旦你的眼睛发红，你爱人的脸就发黑，
> 女友啊！一旦你低下头，他的情火就燃起。

在这首诗第一行中，同时出现两种性质（"红"和"黑"）；第二行中，同时出现两种行为（"低下头"和"燃起"）。同时出现性质和行为，例如：

> 你的美似白莲的眼睛在敌人那里突然变得凶狠，

---

① 一只乌鸦飞上棕榈树，恰好被掉下的棕榈果砸死。

王中因陀罗啊！不幸的睨视显然落在他们身上。①

"他挥舞利剑，扩大名声"等这类句子表明这种聚集也出现在一个对象身上。这不是明灯，因为性质和行为同时出现的这些聚集必定依靠夸张，即违背因果时间次序②，而明灯不依靠这种夸张。

意外地出现另一个事物，事情变得容易完成，这是天助。(86ab)

例如：

> 为了消除她嗔怒，正要跪在她脚下，
> 老天爷爷帮我忙，这时响起雷鸣声。

不能对付敌手，便羞辱与敌手有关者，结果是证明敌手优异，这是敌对。(86cd、87ab)

例如我的这首诗：

> 狮子想到细腰女郎的腰胜过自己的腰，
> 便撕裂大象的那对形同女郎双乳的颞颥。

将众所周知的喻体设想成本体，或者将喻体说成无效，这是反喻。(87cd、88ab)

依次举例：

> 与你的眼睛同样可爱的青莲花沉入水中……③

---

① 在这首诗中同时出现性质（"不幸"）和行为（"落到"）。
② 按照因果关系，原因在先，结果在后，而在这里表现为同时出现。
③ 第十章第63颂ab引诗。在这首诗中，将众所周知的喻体设想成本体。

1597

面对她的脸庞，谈何月亮？面对她的光艳，谈何金子？
面对她的眼睛，谈何莲花？面对她的微笑，谈何甘露？
面对她的眉毛，谈何爱神的弓？我们还要多说什么？
这确实证明创造主在他的创造中，避免事物重复。

在这首诗中，月亮等（喻体）的优美被脸庞等替代，变得无效。

讲述了某个特异事物的显著优势后，被设想成喻体，有些人说这是反喻。（88cd、89ab）

例如：

诃罗毒啊，你别骄傲，以为自己是最可怕者，
在这个世界上，充满像你这样的恶人之言。①

在这首诗的第一行中，讲述了显著优势。如果不讲述这种显著优势，就不是这种庄严，例如："婆罗门像梵天那样说话。"②

一个事物被另一个具有同样特征的事物掩盖，这是淹没。（89cd）

具有同样特征的事物有时是天生的，有时是外加的。依次举例：

吉祥女神的胸脯在诃利胸前留下麝香印记，
淹没在灿若青莲的肤色中，婆罗蒂没有看出。

---

① 诃罗毒是指一种能毁灭世界的毒药。
② 这句话是明喻。

在这首诗中,诃利大神的黝黑肤色是天生的。

> 那些妇女的脸颊常被红宝石耳环映红,
> 即使发怒变红,也不会引起青年们惧怕。

在这首诗中,红宝石映照在脸颊上的红色是外加的。
原物与另一物特征相似,融为一体,这是同一。(90ab)
例如:

> 发髻上插满茉莉花,身体上涂抹可爱的檀香膏,
> 这些偷情女子在月光中不易察觉,愉快地赶路。

在淹没中,相似特征中的强者淹没弱者,而在这里,两者相似特征的强度相同,没有区别。
摒弃自己的特征,采用另一物更强烈的特征,这是借用。(90cd)
例如:

> 他开口说话,露出的牙齿闪耀光辉,
> 使萦绕在莲花脸周围的蜜蜂变白。

在淹没中,原物被另一物淹没。而在这里,另一物的特征转变成原物的特征。这是两者的区别。
即使有理由,也不采用另一物的特征,这是不借用。(91ab)
例如:

> 品德洁白的人啊!我的心中充满激情,

你即使坐在我身边，怎么也不受感染？①

又如：

天鹅啊，恒河水白，阎牟那河水黑，
沉浮其中，你的洁白不增也不减。

在前一首诗中，品德洁白的男主人公即使接近鲜红（激情）的心，也没有变红。在后一首诗中，即使其中也含有间接庄严②，但考虑到恒河和阎牟那河，天鹅更应该是描写对象。它即使接触恒河和阎牟那河，也不接受这两条河的颜色。

不借用的特殊魅力表现为不接受别的事物的性质，这是与殊说的区别。不产生另一种颜色，这是与不相配的区别。

以某种巧妙的形式或姿势表示微妙的意思，这是微妙。（91cd、92ab）

微妙是指头脑愚钝的人不能理解的事物。依次举例：

看到她脸上流淌汗珠，沾湿颈脖上的番红花，
女友笑着，在她手掌上画剑，暗示她有男子气。

在这首诗中，一个女子在手掌上画出作为男性标志的剑的图案，暗示另一个女子流汗沾湿番红花而显得像男子。③

用姿势表示，例如：

---

① 这首诗中含有双关，"充满激情"又读作"充满红色"，"不受感染"又读作"不被染红"。
② 即间接称述善人无论处境好坏都保持本色。
③ 即像交欢中的男人。

这位聪明的女子从情人挤眉弄眼的微笑中，
得知他想知道约会时间，便合上玩耍的莲花。

在这首诗中，情人以挤眉弄眼等表示询问约会的时间，女主人公以合上莲花表示在夜晚。

即使真实情况已经泄露，仍借口掩饰，这是借口。(92cd)
例如：

雪山后宫的母后和侍从们微笑地望着湿婆，
此刻他握住雪山神递给他的雪山公主的手，
浑身激动，汗毛竖起，不能专心履行所有仪式
说道："雪山的手真凉！"但愿湿婆保佑你们！

这不是第一种否定庄严，因为掩饰者不说出掩饰的对象。这也不同于第二种否定庄严，已经在前面论及。①

自性是描写难以把握的事物的固有行为和特征。(93ab)
例如我的这首诗：

这头鬣狗眼睛红肿，愤怒地进入树林，
不断地用尾巴拍打，用前腿抓抠地面，
然后收缩身体，勇猛地腾身扑向天空，
发出嗥叫声，吓得所有动物四处逃窜。

过去和未来的奇妙之事活现眼前，这是生动。(93cd、94ab)
例如：

---

① 第十章第39颂ab以下。

> 胜利属于灵魂伟大的瑜伽行者之主牟尼罐生,
> 他在自己的一只手掌中看到了神圣的鱼和龟。①

又如:

> 我看到你眼睛上曾经涂抹的黑眼膏,
> 我看到你肢体上将要佩戴的金首饰。

这不是称作清晰的诗德,因为清晰并不是过去和未来之事活现眼前的原因。这也不是奇异味,因为它只是产生惊奇的原因。这也不是夸张,因为它不造成同一。这也不是混淆,因为过去和未来之事呈现为过去和未来之事。这也不是自性,因为自性是如实描写日常事物微妙的特性,而生动具有事物活现眼前的特殊魅力。有时,在自性中,对事物的描写也具有这种魅力,那就是两者的混合。

> 这个人没有华盖,却仿佛到处见他头顶白色华盖,
> 没有麈尾,却仿佛始终见他身边优美的麈尾拂动。②

在这首诗中,活现眼前的描写不属于这种庄严。因为这种庄严中的活现眼前完全依靠描写。即使描写不在眼前的事物,也活现眼前,这才是适合构成这种庄严。③ 例如上面的例举:"我看到你的

---

① 这首诗描写牟尼罐生(即投山仙人)曾经将大海盛在自己的一只手掌中,并在其中看到毗湿奴大神的下凡化身鱼和龟。

② 这首诗是描写某个人具有国王气质。

③ 这里的主要意思是这首诗是描写想象中的事物,而生动庄严是生动地描写过去和未来的事物,自性庄严则是如实地描写当前的事物。

眼睛上曾经涂抹的黑眼膏……"

描写非同一般的财富，或者也附带描写伟大人物的行为，这是高贵。（94cd、95ab）

依次举例：

> 那些月亮宝石屋顶高耸于云层之上，
> 在月亮照射下渗出水滴，滋养欢乐园。

> 他在劫末摄入世界，躺在这里，进入瑜伽睡眠，
> 受到坐在脐生莲花中的第一位创造主赞颂。①

味和情、类味和类情以及情的平息作为辅助性的修饰，依次称作有味、有情、有勇和平息。（95cd、96）

与味相联系，则是有味庄严。例如：

> 正是这只手，扯开我的腰带……②

在这首诗中，艳情味辅助悲悯味。其他依此类推。

有情显得特别可爱，例如我的这首诗：

> 她的眼睛微微闭上，眼珠停止转动，
> 抱紧我脖子的蔓藤手臂缓缓松开，
> 圆圆的脸颊上渗出一颗颗小汗珠，
> 回想起这些，我的心始终不能平静。

---

① 这首诗描写大海，同时称颂大神毗湿奴。按照印度神话，在时代末日，毗湿奴收回世界，躺在大海中。第一位创造主指梵天，他诞生在毗湿奴肚脐上长出的莲花中。

② 第四章第14颂引诗。

在这首诗中，会合艳情味辅助称作回忆的情。而它又辅助分离艳情味。

有勇即有力，这里用于不合适的行为，例如：

> 林中那些野蛮的布邻陀人如今迷上各种伎艺，
> 抛弃自己妻子，与你的敌人的妻子们寻欢作乐。

在这首诗中，类艳情味辅助对国王的热爱之情。类情也是这样。

平息是舍弃，例如：

> 你的敌人不断挥舞刀剑，瞪眼竖眉，咆哮恐吓，
> 可是一遇见你的目光，他们的骄傲不知去向。

在这首诗中，骄傲之情平息，辅助对国王的热爱之情。
情的升起、情的并存和情的混合，并以此命名。（97ab）
以此命名是指情的升起、情的并存和情的混合作为庄严的名称。依次举例：

> 你的敌人兴致勃勃，与朋友们一起饮酒，
> 不知怎么听到你的名字，顿时萎靡不振。

在这首诗中，恐惧的升起辅助对国王的热爱之情。

> 波哩婆提渴望投入这位前生的爱人怀中，
> 却羞涩地站在女友们身旁，愿她保佑你们！

在这首诗中,渴望和羞涩并存,辅助对这位女神的热爱之情。

"别人会看见,走开!浪人啊,怎么这样鲁莽?我是
少女,用手扶住我!哎呀,这是越轨!你去哪里?"
大地之主啊,这是你的森林里的敌人的女儿,
在采集果子和嫩芽的时候,对某个人这样说。

在这首诗中,疑虑、愤怒、镇定、回忆、疲乏、沮丧、觉醒和焦虑的混合,辅助对国王的热爱之情。

一些人说,庄严是通过修饰表示者和表示义,辅助味等。而接受辅助的味等不能成为庄严。另一些人说,将它们命名为庄严仅仅针对它们辅助味等,是转示义,应该依据传统说法予以承认。还有一些人说,庄严的性质仅仅在于辅助味等,在隐喻等中,对表示义等的修饰只是像长在母山羊脖子上的奶头①。而深思熟虑的人们认为味等受到暗示自己的表示义和表示者等辅助,又通过表示义和表示者的作用辅助主要的味等,得以命名为庄严。他们认为在合说中,只是女主人公等的行为构成庄严。它缺乏上面所说的情况②,不是品尝味。因此,韵论家说道:"如果味等附属于其他主要句义,我认为在这样的诗中,味等是庄严。"③

如果庄严的性质仅仅在于辅助味等,那么,这种情况也出现在表示者等中④。有些人说:"有味等庄严依据它们主要是味等,而它们又有附属性,由此成为第二种高贵庄严。"这种说法也不能成立。

---

① 意思是没有实质意义。
② 即有味等等庄严的情况。
③ 《韵光》2.5。
④ 即表示者等等也辅助味。

如果这些庄严互相混合，则形成混合和结合两种庄严。(97cd、98ab)

正如日常装饰品互相配搭，产生别样的魅力，成为又一种装饰品，同样上述种种诗的庄严互相混合，形成混合和结合两种庄严。其中，

它们互相独立存在，这是混合。(98cd)

它们指音庄严和义庄严，例如：

愿这位眼似青莲绽放的大神，诛灭刚沙者，
驱除世界黑暗的太阳，保护我们免遭灾厄。

在这首诗中，pāyādapāyāt（"保护我们免遭灾厄"）是叠声，saṃsāra（"世界"）等是谐音，这是音庄严的混合。第一行中有明喻，第二行中有隐喻，这是义庄严的混合。这两者又形成音庄严和义庄严的混合。

结合又分成三种：存在主次关系，存在于一处，存在疑问。(99)

主次关系，例如：

恒河迅速围绕大海的脚跟，
仿佛将蛇王遭到猛烈牵拉
而脱落的蛇皮用作绷带，
减轻它因搅动引起的痛苦。

在这首诗中，由于恒河叠加在蛇皮绷带上，以否定蛇皮绷带，形成否定庄严。由于恒河的存在，围绕大海的"一部分"，也读作围绕大海的"脚跟"，形成双关。否定附属双关。围绕大海的"脚

跟"与围绕大海的"一部分"达到同一,形成夸张。双关附属夸张。"仿佛减轻因搅动引起的痛苦",形成奇想。夸张附属奇想。大海和恒河表示男主人公和女主人公的行为,形成共说。奇想附属共说。又如:

> 黄昏充满激情,白天走在她前面,
> 然而永不会合,命运之路多奇特!

在这首诗中,合说附属殊说。①
存在疑问,例如:

> 这轮圆月在空中闪熠光辉,
> 驱散弥漫的黑暗,赏心悦目。

在这首诗中,将脸庞与月亮同一,是夸张吗?或者,这(idam)指称脸庞,叠加在月亮上,是隐喻吗?或者,这指称脸庞,而脸庞和月亮这两个描写对象因特征相同而联合,是等同吗?或者,月亮作为间接描写对象,是明灯吗?或者,由于特征相同,而暗示间接描写对象脸庞,是共说吗?或者,通过描写无关的月亮,暗示描写对象脸庞,是间接吗?或者,通过描写作为自己结果的月亮,描写激发爱情的时间(即夜晚),是迂回吗?存在多种庄严的疑问,因而是疑问结合。

又如,"我看到月亮脸"。这是明喻"月亮般的脸",还是隐喻"脸即月亮"?存在疑问。如果存在确认者和否认者,或者存在这两者之一,便不存在疑问。例如,"我亲吻月亮脸"。亲吻适用于脸,

---

① 合说指诗中表达的另一种意义是男女相爱而不能结合。殊说指有结合的原因,而没有产生结合的结果。

便确认是明喻；不适用于月亮，便否认是隐喻。"月亮脸闪闪发光。"闪闪发光的性质确认是隐喻，但这也可能出现在脸上，因而也不否认是明喻。

"吉祥女神热烈拥抱你这位国王那罗延。"在这里，像妇女拥抱男主人公那样是不合适的，因为吉祥女神不可能拥抱国王，从而否认是明喻。而吉祥女神拥抱那罗延是可能的，因此是隐喻。

同样，"鹿眼女郎的莲花光彩熠熠，眼睛颤动"。在这里，脸上有眼睛，因而确认是明喻；莲花没有眼睛，因而否认是隐喻。同样，"美丽的莲花脸"。在这里，提到相同的性质。按照"不提到本体与老虎等喻体的相同性"的说法，这不是明喻复合词，而按照"孔雀骗子等"的说法，确认是隐喻复合词。①

存在于一处，例如我的这首诗：

莲花眼女郎用眼角瞥我一眼，
我就不胜欢喜，忘却身外一切，
一旦她高耸的胸脯褪去胸衣，
汗毛竖起，与我拥抱，又会怎样？

在这首诗中，"用眼角瞥我一眼"中含有智者谐音和风格谐音②，而谐音又和推断庄严③并存。

又如，在"驱除世界黑暗"中，含有隐喻和谐音。④ 又如，在"古罗波迦树成了嗡嗡声的原因"中，含有两种叠声：一种是

---

① 这里是运用《波你尼经》中对明喻复合词和隐喻复合词的规定。
② 音素 k 和 ṣ 等等重复和复辅音 kṣ 重复。
③ 即推断"与我拥抱，又会怎样？"
④ 隐喻是"世界黑暗"，谐音是音素 s 重复和复辅音 dhv 重复。

rabaka 和 ravaka，另一种是 bakāra 和 vakāra。① 又如：

  雨季的乌云来临，发出轰鸣，天色阴沉似旅人，
  在这些日子，成群的孔雀伸长脖子，翩翩起舞。

  在这首诗中，"天色阴沉似旅人"是明喻。如果将这个复合词另外读作"旅人观众"②，则是隐喻。

  这是吉祥的大诗人月顶之子、
  诗王毗首那特创作的《文镜》，
  诸位聪明的读者，请你们阅读，
  愉快地掌握文学的全部真谛。（100）

  正像脸似皎月的吉祥女神装饰那罗延的身体，
  但愿这部著作赢得诗人们的欢心，著称于世。（101）

    以上是《文镜》中名为《论庄严》的第十章。
              全书终。

---

① 其中的 b 和 v，一般视为相同的音素。
② 依照这个读法，诗中相关部分也改读为"在旅人观众前翩翩起舞"。

增订本后记

　　世界文艺理论大而言之有三大体系——西方文艺理论体系、中国文艺理论体系和印度文艺理论体系。近现代以来，中国一向重视翻译和研究西方文艺理论，自古至今的西方文艺理论名著几乎都有中译本，研究著作也是层出不穷。而长期以来，印度文艺理论无人问津。印度文艺理论以梵语诗学为标志。金克木先生是中国梵语诗学翻译介绍的先驱者。他在1964年出版的《梵语文学史》中设有"文学理论"一章，并在1965年为《古典文艺理论译丛》第10辑选译了三种梵语诗学名著《舞论》、《诗镜》和《文镜》的重要章节。后来，他又增译了两种梵语诗学名著《韵光》和《诗光》的重要章节，合成单行本《印度古代文艺理论文选》（约八万字），于1980年作为《外国文艺理论丛书》之一出版。

　　金克木先生是我的恩师。我曾在《金克木先生的梵学成就》一文中写道："由这五篇译文（《印度文艺理论文选》）以及金先生撰写的引言，中国学术界才得以初步认识印度古代文艺理论的风貌。万事开头难。金先生在这五篇译文中确定了梵语诗学一些基本术语的译名，并在引言中介绍梵语诗学的一些基本著作及其批评原理，为梵语诗学研究指点了门径。我后来正是沿着金先生指点的门径，深入探索梵语诗学宝藏，写出来一部《印度古典诗学》。"

　　我是从二十世纪八十年代中期开始研究梵语诗学的，于1993

年出版了专著《印度古典诗学》。其实，我研究梵语诗学是与翻译梵语诗学著作同步进行的。研究梵语诗学首先要阅读和理解梵语诗学原著。翻译也是阅读，而且是精读。精读有助于加深理解。而理解的过程也就是研究的过程。同时，以研究和理解为基础，才能保证翻译的质量。因而，对我来说，梵语诗学的研究和翻译，两者相辅相成，不可或缺。

《印度古典诗学》出版后，我有个愿望：以我在撰写《印度古典诗学》一书过程中积累的翻译资料为基础，编一部梵语诗学论著选。但这项工作没有进行多久，我从二十世纪九十年代中期开始，将主要精力投入了主持印度古代史诗《摩诃婆罗多》的翻译工程中。这样，直至2003年《摩诃婆罗多》全书翻译告竣，我才回到这项工作中来。经过四年坚持不懈的努力，完成了《梵语诗学论著汇编》的翻译，列入《东方文化集成》丛书，于2008年由昆仑出版社出版。

在此后这些年中，我的工作重心又转向梵汉佛经对勘研究。但我没有忘却梵语诗学翻译和研究。我经常在梵汉佛经对勘研究完成阶段性成果后，抽出时间继续从事梵语诗学翻译。《梵语诗学论著汇编》共收有十种梵语诗学著作，其中《诗庄严论》、《诗镜》、《韵光》、《十色》、《诗光》和《文镜》六种是全译，《舞论》、《诗探》、《舞论注》和《曲语生命论》四种是选译。我的目标是将这四种选译中的《舞论》、《诗探》和《曲语生命论》补全。《舞论》是印度早期戏剧实践的理论总结。它自觉地将戏剧作为一门综合艺术对待，以戏剧表演为中心，涉及与此有关的所有论题。因此，国内印度学和文艺学界一直期盼《舞论》汉语全译本问世。《舞论》原著共有三十六章。而我原先选译了其中的十一章，侧重梵语戏剧原理和剧作法。这样，我准备把其余二十五章也译出。但结果是译出其中论述语言、诗律、舞蹈和形体表演等部分，共十九章，还剩下论述音乐的六章未能译出，原因是我不懂印度音乐乐理，力所不逮，只能留下遗憾。另外两部《曲语生命论》和《诗探》也是在梵语诗学中别具一格的重要著作，则已补成全译。

现在，我将这部《梵语诗学论著汇编》增订本交由中国社会科学出版社出版。我相信它基本上能满足国内学界了解和研究梵语诗学的需要，尤其希望国内的比较诗学研究，不局限于中西诗学比较，也能将印度诗学纳入其中，成为具有更开阔的世界视野的比较诗学研究，为中国文艺理论建设和创造性发展作出贡献。

黄宝生

2017 年 11 月